Drácula

Drácula

BRAM STOKER

2ª edição

Tradução
Adriana Lisboa

EDITORA
NOVA
FRONTEIRA

Editora Nova Fronteira Participações S.A.
Rua Nova Jerusalém, 345 – Bonsucesso – 21042-235
Rio de Janeiro – RJ – Brasil
Tel.: (21) 3882-8200 – Fax: (21) 3882-8212/8313

Imagem de capa: 27810639 najin / iStock by Getty Images

CIP-BRASIL. CATALOGAÇÃO NA FONTE
SINDICATO NACIONAL DOS EDITORES DE LIVROS, RJ

S883d

Stoker, Bram, 1847-1942
Drácula / Bram Stoker ; tradução Adriana Lisboa. - 2. ed. - Rio de Janeiro : Nova Fronteira, 2014.

Tradução de: Dracula
ISBN 9788520923559

1. Romance irlandês. I. Lisboa, Adriana. II. Título.

14-16135

CDD: 828.99113
CDU: 821.111(411)-3

Para Hommy-Beg,
por sua estimada amizade.

capítulo 1

Diário de Jonathan Harker (*taquigrafado*)

3 de maio. Bistrita — Parti de Munique às 8h35 da noite, no dia 1º de maio, e cheguei a Viena no dia seguinte, de manhã cedo; deveria ter chegado às 6h46, mas o trem atrasou uma hora. Budapeste parece um lugar maravilhoso, pela vista rápida que tive do trem, e pelo pouco que pude andar pelas ruas. Tive um certo receio de me afastar muito da estação, pois chegamos atrasados e, na medida do possível, partiríamos na hora certa. A impressão que tive foi a de estar deixando o Ocidente e entrando no Oriente; das esplêndidas pontes sobre o Danúbio, que aqui é bastante largo e profundo, a que fica mais a oeste levou-nos até o domínio dos turcos, com seus costumes e tradições.

Partimos quase na hora certa, e chegamos a Klausenburgo após o cair da noite. Passei a noite naquela cidade, no Hotel Royale. Ali jantei, ou melhor, ceei galinha preparada com pimenta vermelha, e o prato estava ótimo, embora desse muita sede. (*Nota:* conseguir a receita para Mina.) Perguntei ao garçom, e ele disse que se chamava *paprika hendl*; a receita, por tratar-se de um prato típico do país, eu poderia conseguir em qualquer lugar nas proximidades dos Cárpatos. Minhas noções superficiais de alemão se tornaram muito úteis aqui; na verdade, não sei como me arranjaria sem elas.

Como tinha algum tempo livre quando estava em Londres, visitara o Museu Britânico, e consultara, na biblioteca, os livros e os mapas referentes à Transilvânia. Ocorrera-me que algum conhecimento prévio sobre a região provavelmente me seria útil para lidar com um nobre do local. Descobri que o distrito por ele mencionado fica no extremo leste do país, na fronteira de três estados — Transilvânia, Moldávia e Bucovina

—, no meio dos montes Cárpatos. Trata-se de um dos lugares mais inóspitos e menos conhecidos da Europa. Não consegui descobrir através dos mapas e livros a localização exata do Castelo Drácula, pois ainda não há mapas dessa região comparáveis aos nossos; descobri que Bistrita, a cidade de distribuição de correspondência da região, mencionada pelo conde Drácula, é um lugar bastante conhecido. Registrarei aqui algumas de minhas anotações, pois podem me refrescar a memória quando conversar com Mina sobre minhas viagens.

A população da Transilvânia se compõe de quatro nacionalidades distintas: os saxões ao sul, junto com os valáquios, descendentes dos dácios; os magiares a oeste; e os *szeklers* a leste e norte. Dirijo-me para o meio destes últimos, que alegam descender de Átila e dos hunos. Talvez isso seja verdade, pois quando os magiares conquistaram a região, no século XI, encontraram os hunos ali estabelecidos. Li que todas as superstições existentes no mundo reúnem-se nos Cárpatos, como se ali estivesse o centro do redemoinho da imaginação; se for verdade, minha estada talvez venha a ser bastante interessante. (*Nota:* preciso perguntar ao conde tudo o que sabe a esse respeito.)

Não dormi bem, embora minha cama fosse suficientemente confortável, pois tive vários sonhos estranhos. Um cão uivou a noite toda sob minha janela, e isso talvez tenha tido alguma relação com os sonhos; ou talvez tenha sido a páprica, pois tive que beber toda a água de minha garrafa e continuei com sede. Adormeci quando já raiava o dia e fui despertado por batidas incessantes em minha porta; acredito, portanto, que estivesse num sono profundo. Comi mais páprica no café da manhã, junto com uma espécie de mingau de farinha de milho que eles chamam de *mamaliga* e berinjela recheada com carne picada e temperada, prato delicioso chamado *impletata*. (*Nota:* arranjar essa receita também.) Tive que tomar meu café da manhã às pressas, pois o trem saía um pouco antes das oito — ou, melhor dizendo, deveria ter saído, pois, depois de correr até a estação às sete e meia, fui obrigado a ficar sentado durante uma hora em meu vagão até que o trem começasse a se mover. Parece-me que quanto mais avançamos em direção ao Oriente, menos pontuais são os trens. Como serão eles na China?

Durante todo o dia parecíamos vagar por uma região de muitas e variadas belezas. Às vezes víamos cidadezinhas ou castelos no topo de morros íngremes, iguais aos que vemos nos missais antigos; às vezes margeávamos rios e pequenos regatos que pareciam, a tomar por suas margens cheias de pedregulhos, ser normalmente invadidos por grandes enchentes. É preciso um volume considerável de água e uma correnteza forte para varrer desse modo as margens de um rio. Em cada estação havia grupos de pessoas, às vezes multidões, trajando as mais variadas vestimentas. Alguns eram iguais aos camponeses de nosso país ou àqueles que eu vira ao atravessar a França e a Alemanha, com jaquetas curtas, chapéus redondos e calças feitas em casa, mas outros eram bastante pitorescos. As mulheres pareciam bonitas, desde que não as olhássemos de perto, mas tinham a cintura muito grossa. As mangas de suas roupas eram brancas, bufantes, e a maioria delas usava cintos grandes com uma porção de fitas presas, tremulando como saiotes de balé, mas sem dúvida usavam anáguas. Os tipos mais estranhos que vimos foram os eslovacos, mais bárbaros do que o resto, com seus enormes chapéus de vaqueiro, suas calças largas cor de marfim, suas camisas brancas de linho e seus *cintos* de *couro* enormes e pesadões, com quase trinta centímetros de largura e recobertos de tachas de metal dourado. Usavam botas longas, com as calças enfiadas para dentro; tinham cabelos negros e longos, e bigodes fartos. São bastante pitorescos, mas não parecem prepotentes. Se fossem aparecer num palco de teatro, seriam tomados imediatamente por um bando oriental de bandidos. São, porém, conforme fui informado, bastante inofensivos e têm bem pouca autoconfiança.

Já era noite quando chegamos a Bistrita, lugar antigo e muito interessante. Situando-se praticamente na fronteira — pois o passo de Borgo começa ali e termina na Bucovina —, teve uma existência bastante tumultuada, da qual é fácil observar que guarda marcas. Há cinquenta anos houve uma série de grandes incêndios, que causaram um dano terrível, em cinco ocasiões diferentes. No começo do século XVII, sofreu um cerco de três semanas e perdeu 13 mil habitantes, pois as casualidades da guerra se faziam seguir pela fome e pelas doenças.

O conde Drácula instruíra-me a ir até o Hotel Golden Krone, que descobri ser em estilo antigo até nos mínimos detalhes — o que me deixou muito satisfeito, pois naturalmente desejava conhecer o máximo possível dos costumes da região. Ficou claro que me aguardavam, pois quando me aproximei da porta deparei-me com uma senhora de aspecto alegre, trajando a roupa habitual das camponesas — vestido branco com um avental longo e duplo, na frente e atrás, de um tecido colorido, quase fugindo ao decoro de tão apertado. Quando me aproximei, ela se inclinou e disse:

— O *Herr* inglês?

— Sim — disse eu —, Jonathan Harker.

Ela sorriu e fez um sinal a um homem mais velho, de camisa branca, que a acompanhara até a porta. Ele se foi, mas logo em seguida voltou com uma carta:

> *Meu amigo,*
>
> *Bem-vindo aos Cárpatos. Aguardo-o ansiosamente. Durma bem esta noite. Amanhã às três horas parte a diligência para Bucovina; há um lugar reservado para o senhor. No passo de Borgo, minha carruagem o estará aguardando e o trará até mim. Espero que sua viagem de Londres até aqui tenha sido agradável, e que o senhor aprecie a estada em minha bela terra.*
>
> *Seu amigo,*
> *Drácula*

4 de maio — Descobri que o dono do hotel recebera uma carta do conde instruindo-o a garantir para mim o melhor lugar na diligência. Quando fiz perguntas acerca dos detalhes, porém, pareceu-me um tanto reticente, e fingiu não compreender meu alemão, o que não poderia ser verdade, pois até então ele me entendera perfeitamente. Pelo menos respondera às minhas perguntas como se entendesse. Ele e a esposa, a velha senhora que me recebera, trocavam olhares algo assustados. Resmungou que o dinheiro havia sido enviado pelo correio, e que era tudo o que sabia. Quando perguntei-lhe se conhecia o conde Drácula e se poderia me dizer algo sobre o castelo, ele e a mulher fizeram o sinal da cruz, afirmando que nada sabiam, simplesmente recusaram-se a dizer qualquer outra coisa a respeito. Já estava quase na hora da partida, de modo que não tive tempo de perguntar a mais ninguém; tudo era muito misterioso e nada reconfortante.

Logo antes de eu partir, a senhora veio até o meu quarto e disse, histérica:

— O senhor tem mesmo que ir? Ah, jovem *Herr*, o senhor tem mesmo que ir?

Ela estava num estado tão exaltado que parecia ter perdido o domínio do pouco alemão que sabia, e o misturava com alguma outra língua que eu desconhecia por completo. Só consegui acompanhar o que dizia fazendo-lhe várias perguntas. Quando lhe disse que devia partir imediatamente e que tinha negócios importantes a tratar, ela voltou a perguntar:

— O senhor sabe que dia é hoje?

Respondi que era 4 de maio. Ela balançou a cabeça e repetiu:

— Ah, sim! Isso eu sei! Isso eu sei, mas o senhor sabe que dia é hoje? — Quando eu lhe disse que não estava compreendendo, ela prosseguiu: — É véspera do dia de São Jorge. O senhor não sabe que hoje, quando o relógio bater à meia-noite, todas as coisas malignas do mundo terão poder absoluto? O senhor sabe para onde está indo e o que vai encontrar lá?

Ela estava tão evidentemente angustiada que tentei reconfortá-la, mas sem sucesso. Finalmente, a mulher pôs-se de joelhos e implorou-me que não fosse, ou que pelo menos esperasse um dia ou dois antes de partir. Tudo aquilo era bem ridículo, e eu me senti desconfortável. Havia negócios a tratar, porém, e eu não podia permitir que algo interferisse. Portanto, tentei fazer com que ela se levantasse e disse, com o máximo de seriedade de que fui capaz, que lhe agradecia, mas que meu compromisso era imperativo e que eu tinha que ir. Ela se pôs de pé, então, e enxugou os olhos; tirando um crucifixo do pescoço, entregou-o a mim. Eu não sabia o que fazer, pois, sendo membro da Igreja anglicana, fora educado para ver em tais coisas uma certa idolatria, e no entanto parecia indelicado recusar o presente de uma velha senhora que tinha tão boas intenções e que se encontrava num estado daqueles. Suponho que ela tenha visto a dúvida em meu rosto, pois colocou o rosário em torno do meu pescoço e disse:

— Por sua mãe.

E saiu do quarto. Estou escrevendo esta parte do diário enquanto espero pela carruagem — que está, é claro, atrasada —, e ainda tenho o crucifixo em meu pescoço. Se é devido ao medo da velha senhora, ou às várias superstições deste lugar, ou ao próprio crucifixo, não sei, mas minha mente não está tranquila como de hábito. Se este caderno chegar a Mina antes de mim, que lhe leve o meu adeus. Eis a carruagem!

5 de maio. O Castelo — A névoa da manhã já se dissipou, e o sol está alto sobre o horizonte longínquo, que parece todo serrilhado; se são árvores ou colinas, não sei dizer, pois está tão distante que coisas grandes e pequenas se misturam. Não tenho sono, e, como não serei chamado até acordar, naturalmente escrevo até vir o sono. Há muitas coisas estranhas a relatar, e, para que meu leitor não ache que comi demais antes de partir de Bistrita, deixe-me dizer o que exatamente comi. Meu jantar consistiu naquilo que eles chamam de filé "ladrão" — pedaços de bacon, cebola e carne temperados com pimenta vermelha, arrumados em espetos e assados no fogo, no estilo simples dos espetos de carne londrinos. O vinho era o Golden Mediasch; produz uma curiosa ardência na língua que não é, contudo, desagradável. Só tomei duas taças desse vinho, e nada mais.

Quando me sentei na carruagem, o cocheiro ainda não tomara seu assento; vi-o conversando com a dona do hotel. Ficou evidente que falavam de mim, pois volta e meia olhavam em minha direção; algumas das pessoas que se sentavam no banco exterior — designado por um nome que significa "o portador de notícias" — aproximaram-se e ficaram escutando, e depois olharam para mim, a maioria com uma expressão de pena. Eu ouvia algumas palavras repetidas com demasiada frequência, palavras esquisitas, pois havia muitas nacionalidades reunidas ali. Sem fazer alarde, tirei meu dicionário poliglota da valise e verifiquei seu significado. Devo dizer que não me alegrou muito, pois entre elas estavam *Ordog* — Satã, *pokol* — inferno, *stregoika* — bruxa, *vrolok* e *vlkoslak* — palavras com o mesmo significado, uma sendo o termo eslovaco e a outra o sérvio para uma espécie de lobisomem ou vampiro. (*Nota:* preciso perguntar ao conde sobre essas superstições.)

Quando partimos, as pessoas reunidas em torno da porta do hotel, agora em número considerável, persignaram-se todas e apontaram dois dedos em minha direção. Com alguma dificuldade, consegui fazer com que um outro passageiro me dissesse o que significava o gesto; a princípio ele não queria responder, mas, ao saber que eu era inglês, explicou que era uma simpatia para se proteger do mau-olhado. Isso não me agradou muito, pois eu partia para um lugar desconhecido, onde encontraria um homem desconhecido; mas todos pareciam tão gentis e tão pesarosos e tão solidários que acabei me sensibilizando. Jamais esquecerei a última visão que tive do pátio do hotel e sua multidão de figuras pitorescas, todas se persignando, reunidas sob o amplo arco cujo fundo compunha-se das ricas folhagens dos oleandros e das laranjeiras que cresciam, em tinas verdes, no centro do pátio. Então, nosso cocheiro, cujas amplas calças de linho cobriam todo o banco dianteiro da carruagem — chamavam-se *gotza* — açoitou com seu grande chicote os quatro cavalos pequenos e emparelhados, dando início à nossa viagem.

Logo a beleza da paisagem por onde passávamos dissipou aqueles medos sobrenaturais de minha memória — embora, se eu compreendesse a língua, ou melhor, as línguas que os outros passageiros falavam, não teria conseguido me livrar deles tão facilmente. Diante de nós havia encostas verdejantes com florestas, bosques e, aqui e ali, colinas íngremes encimadas por grupos de árvores ou por casas de fazenda, a parede sem janelas voltada para a estrada. Havia em toda parte uma atordoante profusão de flores nas árvores frutíferas — macieiras, ameixeiras, pereiras, cerejeiras; enquanto nossa carruagem passava, pude ver a grama verde sob as árvores coberta pelas pétalas caídas. Num vaivém entre essas colinas verdejantes da "Mirrel Land", como aqui é chamada, corria a estrada, desaparecendo numa curva em que ficava coberta de vegetação, ou interrompendo-se nas bordas irregulares de uma floresta de pinheiros, que aqui e ali desciam pelas encostas das colinas como se fossem labaredas. A estrada era acidentada, mas ainda assim parecíamos seguir com uma rapidez vertiginosa. Naquele momento, eu não compreendia o porquê dessa pressa, mas o cocheiro estava evidentemente disposto a não perder tempo e chegar logo a Borgo Prund. Haviam me dito que aquela estrada era excelente no verão, mas que ainda não fora restaurada após as nevascas do inverno. Nesse aspecto, é bem diferente do estado habitual das estradas nos Cárpatos, que pela tradição não costumam ser muito bem-conservadas. Em tempos idos, os potentados da Valáquia não as consertavam, para que os turcos não pensassem que estavam se preparando para receber tropas estrangeiras e assim apressar a guerra, na verdade sempre iminente.

Para além das colinas verdejantes da Mirrel Land, erguiam-se vastas encostas dominadas pelas florestas, e acima delas as escarpas grandiosas dos Cárpatos. Elevavam-se à nossa esquerda e à nossa direita, e o sol da tarde avivava as cores maravilhosas daquela bela paleta, azul-escuro e púrpura nas sombras dos picos, verde e marrom onde se misturavam pedra e vegetação, e uma perspectiva infinita de rochas serrilhadas e penhascos pontiagudos que acabavam eles próprios sumindo na distância, onde os picos nevados se projetavam, majestosos. Aqui e ali, surgiam fendas enormes nas montanhas, através das quais, à medida que o sol começava a descer, víamos vez por outra o brilho alvo de uma queda-d'água. Um de meus companheiros tocou meu braço quando fazíamos a curva ao pé de uma colina e nos deparávamos com a visão do pico majestoso e nevado de uma montanha, que parecia, enquanto serpenteávamos pela estrada, estar logo à nossa frente:

— Olhe! *Isten szek!* O Trono de Deus! — e ele se persignou, reverente.

Enquanto seguíamos por nosso caminho interminável, o sol baixava cada vez mais atrás de nós, e as sombras da noite começavam a nos rodear.

Essa impressão aumentava com o fato de o pico nevado da montanha ainda estar iluminado pelo sol e parecer brilhar com um delicado tom róseo. Aqui e ali passávamos por tchecos e eslovacos usando seus trajes pitorescos, mas notei que o bócio infelizmente era frequente ali. Junto à estrada havia muitas cruzes, e, quando passávamos por elas, meus companheiros todos faziam o sinal da cruz. Vez por outra havia um camponês ou camponesa ajoelhado diante de um altar, e nem mesmo se virava quando nos aproximávamos; parecia, tomado como estava pela devoção, não ter olhos nem ouvidos para o mundo exterior. Para mim, havia muitas novidades: por exemplo, montes de feno nas árvores, e aqui e ali grupos de bétulas em profusão, cujos troncos brancos brilhavam como prata entre o verde delicado das folhas. De vez em quando passávamos por um *leiter-wagon* — a carroça normalmente usada pelos camponeses — com sua estrutura comprida e articulada, como a de uma cobra, calculada para adequar-se às irregularidades da estrada. Nessas carroças sempre havia um grupo bem grande de camponeses voltando para casa, os tchecos com suas vestes brancas feitas de pele de carneiro e os eslovacos com as suas roupas tingidas, estes últimos carregando como se fossem lanças suas aduelas compridas, com um machado na ponta. Com o cair da tarde, começou a fazer bastante frio, e o ocaso parecia mergulhar numa uniformidade negra e difusa os vultos sombrios das árvores — carvalhos, faias e pinheiros —, embora, nos vales que se alongavam bem abaixo dos picos das colinas, os abetos escuros se pudessem divisar aqui e ali contra o fundo coberto pela neve que ainda não havia derretido, à medida que subíamos em direção ao passo. Às vezes, quando a estrada atravessava os pinheirais que na escuridão pareciam se fechar sobre nós, grandes volumes de uma neblina cinzenta cobriam num ponto ou noutro as árvores, produzindo um efeito peculiarmente estranho e solene; assim, perpetuavam-se os pensamentos e as soturnas fantasias engendradas mais cedo, quando o poente fazia com que as nuvens fantasmagóricas que ali nos Cárpatos parecem deslizar incessantemente por entre os vales parecessem estar em alto-relevo. Às vezes as encostas das colinas eram tão íngremes que, apesar da pressa de nosso cocheiro, os cavalos só conseguiam seguir bem devagar. Eu quis descer e subir a pé a ladeira, como fazemos em nossa terra, mas o cocheiro nem quis me ouvir falar sobre isso:

— Não, não — disse ele. — O senhor não deve andar aqui, os cães são muito ferozes.

E depois acrescentou, com a intenção evidente de fazer uma piada de humor negro — pois olhou ao redor em busca do sorriso de aprovação dos outros:

— E é possível que o senhor ainda tenha que lidar com muita coisa desse tipo antes de ir se deitar.

A única parada que fez foi para acender as lanternas, e não durou mais do que um instante.

Quando escureceu, parecia haver uma certa agitação entre os passageiros, que não paravam de falar com o cocheiro, um após o outro, como se insistissem para que ele se apressasse. O homem açoitava os cavalos sem piedade com seu chicote comprido e, com gritos veementes, estimulava-os a fazer mais esforço. Então pude ver, em meio à escuridão, uma espécie de clarão cinzento à nossa frente, como se houvesse uma fenda nas colinas. A agitação dos passageiros aumentou; a carruagem balançava muito sobre suas grandes molas de couro, oscilando feito um barco sacudido pela tempestade. Tive que me segurar. A estrada tornou-se mais plana, e parecíamos voar sobre ela. Depois, as montanhas davam a impressão de que se aproximaram dos dois lados e se fecharam sobre nós: estávamos entrando no passo de Borgo. Um a um, os vários passageiros me ofereceram presentes, e com tamanho fervor que não havia como recusá-los; eram, sem dúvida, variados e estranhos, mas todos me eram dados com simplicidade e em boa-fé, acompanhados por uma palavra gentil e uma bênção, mais aquela bizarra mistura de movimentos assustados que eu vira no exterior do hotel de Bistrita — o sinal da cruz e o gesto contra o mau-olhado. Então, conforme avançávamos, o cocheiro inclinou-se para a frente, e de ambos os lados os passageiros, esticando o pescoço sobre as beiradas da carruagem, perscrutavam com avidez a escuridão. Era óbvio que alguma coisa muito notável estava acontecendo, ou prestes a acontecer, mas, embora eu fizesse perguntas a todos os passageiros, nenhum deles me dava a menor explicação. Aquele estado de agitação durou algum tempo, e afinal vimos o fim do desfiladeiro, à direita. Nuvens escuras rolavam no céu, e o ar estava tomado por aquela opressiva e pesada ameaça de tempestade. Parecia que as montanhas haviam dividido o céu em duas metades, e agora havíamos penetrado na atmosfera tempestuosa. Eu próprio estava olhando ao redor à procura do transporte que haveria de me conduzir ao conde. A cada momento eu esperava ver o brilho de lanternas na escuridão, mas nada via. A única luz vinha das chamas tremeluzentes de nossas próprias lanternas, sob cujos raios a respiração ofegante dos cavalos extenuados formava nuvens pálidas. Podíamos ver agora a estrada arenosa e alva à nossa frente, mas não havia sinal de outro veículo. Os passageiros recuaram com um suspiro de satisfação que parecia fazer troça de meu desapontamento. Eu já me perguntava o que fazer quando o cocheiro, consultando o relógio, disse aos outros algo que eu mal pude ouvir, pois o tom era grave, e a voz quase um sussurro. Creio que disse "Uma hora adiantados." Depois, voltando-se para mim, falou, num alemão pior do que o meu:

— Não há carruagem aqui. Ninguém espera o *Herr*, afinal. Ele agora vai para Bucovina e volta amanhã ou depois; melhor depois.

Enquanto falava, os cavalos começaram a relinchar, a resfolegar e a corcovear feito loucos, e teve que os controlar. Então, em meio à gritaria dos camponeses e à persignação geral, um caleche com quatro cavalos ultrapassou nossa diligência e parou ao lado do cocheiro. À luz de nossas lanternas, pude ver que os animais eram pretos como carvão e esplêndidos. Conduzia-os um homem alto, com uma barba castanha e comprida e um grande chapéu preto que parecia ocultar-nos seu rosto. Só o que eu conseguia ver era o cintilar de um par de olhos muito brilhantes, que pareciam vermelhos à luz da lanterna, quando ele se virou para nós. Disse ao cocheiro:

— Está adiantado esta noite, meu amigo.

O homem gaguejou ao responder:

— O *Herr* inglês estava com pressa.

O estranho replicou:

— Era por isso, suponho eu, que o senhor queria que ele fosse para Bucovina. Não tem como me enganar, amigo. Sei de muitas coisas, e meus cavalos são velozes.

Ao dizê-lo, sorriu, e a luz do lampião iluminou uma boca de aparência severa, com lábios muito vermelhos e dentes afiados, brancos como marfim. Um de meus companheiros sussurrou para o outro um verso de *Lenore*, de Burger:

— "*Denn die Todten reiten schnell.*" ["Pois os mortos viajam depressa."]

O estranho cocheiro evidentemente ouviu aquelas palavras, pois olhou para cima com um sorriso cintilante. O passageiro desviou o rosto, estendendo ao mesmo tempo os dois dedos e persignando-se.

— Dê-me a bagagem do *Herr* — disse o cocheiro, e com excessivo vigor minhas valises foram entregues e postas no caleche.

Em seguida, desci pela lateral da diligência, pois o caleche estava parado bem ao lado. O cocheiro me ajudou, segurando-me com um punho de aço. Sua força devia ser prodigiosa. Sem dizer uma palavra, sacudiu as rédeas, os cavalos se viraram e mergulhamos na escuridão do desfiladeiro. Ao olhar para trás, vi o ar que saía das narinas dos cavalos à luz dos lampiões, e, recortados contra a claridade, meus antigos companheiros fazendo o sinal da cruz. Então, o cocheiro estalou o chicote e gritou com os cavalos, que prosseguiram em seu caminho rumo a Bucovina. Enquanto desapareciam na escuridão, senti um estranho calafrio e fui tomado por uma sensação de solidão; mas um manto foi colocado sobre meus ombros e um cobertor sobre meus joelhos. O cocheiro disse, num alemão excelente:

— A noite está fria, *mein Herr*, e meu mestre, o conde, ordenou-me que tomasse todos os cuidados com o senhor. Há uma garrafa de *slivovitz*, a aguardente de ameixa da região, sob o assento, se o senhor desejar.

Não bebi, mas era reconfortante saber que a garrafa estava ali. Sentia-me um pouco estranho e mais do que um pouco assustado. Creio que, se tivesse havido alguma alternativa, eu a teria escolhido, em vez de seguir naquela desconhecida viagem noturna. A carruagem seguia rapidamente, e sempre em frente; depois, fizemos uma volta completa e tomamos outra estrada reta. Parecia-me que estávamos simplesmente trilhando a mesma estrada repetidas vezes; portanto, reparei numa pequena saliência no terreno e descobri que era isso que ocorria. Gostaria de perguntar ao cocheiro qual o significado de tudo aquilo, mas na verdade temia fazê-lo, pois, em minha situação, nenhum protesto faria efeito caso ele estivesse deliberadamente nos atrasando. Logo, contudo, fiquei curioso em saber quanto tempo se passara. Acendi um fósforo e à luz da chama consultei meu relógio: faltavam alguns minutos para a meia-noite. Descobri-lo foi de certa forma um choque, pois suponho que a superstição comum com relação à meia-noite aumentara após minhas experiências recentes. Aguardei, com uma desagradável sensação de expectativa.

Então, um cão começou a uivar em algum lugar numa casa de fazenda mais adiante na estrada — um lamento angustiado e longo, como se o animal sentisse medo. Outro cão imitou o uivo, e depois outro, e mais outro, até que, conduzido pelo vento que agora soprava de leve pelo passo, fez-se ouvir um uivo selvagem que parecia vir de todas as partes daquela região, até onde a imaginação podia concebê-la na escuridão da noite. Ao primeiro uivo, os cavalos começaram a corcovear e empinar, mas o cocheiro falou-lhes com uma voz tranquilizadora e eles se acalmaram, mas tremiam e suavam como se tivessem acabado de correr em disparada, movidos por algum medo súbito. Então, a distância, vindo das montanhas que se erguiam dos dois lados, um uivo mais alto e mais agudo fez-se ouvir — o uivo dos lobos, que afetou os cavalos e a mim da mesma forma, pois eu estava prestes a pular do caleche e sair correndo, enquanto eles empinavam feito loucos, obrigando o cocheiro a usar de toda a sua enorme força para impedir que disparassem. Em poucos minutos, porém, meus próprios ouvidos acostumaram-se com o som, e os cavalos se acalmaram, de modo que o cocheiro pôde descer e parar diante deles. Acariciou-os e os acalmou, sussurrando qualquer coisa em seus ouvidos, como eu escutara dizer que faziam os domadores de cavalos. O efeito foi extraordinário, pois com aquelas carícias os animais tornaram-se bastante dóceis novamente, embora ainda tremessem. O cocheiro voltou ao assento e, brandindo o chicote, partiu com grande velocidade. Dessa vez, após ter ido até a extremidade do passo, tomou subitamente uma estrada menor que fazia uma curva fechada à direita.

Logo estávamos rodeados por árvores; em alguns lugares, formavam um arco sobre a estrada, que atravessávamos como se fosse um túnel. E novamente rochedos enormes e sombrios erguiam-se dos dois lados. Embora estivéssemos abrigados, podíamos ouvir o vento, que começava a soprar com mais força e que assoviava entre os rochedos. Os galhos das árvores se entrechocavam enquanto seguíamos pela estrada. A temperatura baixara e continuou baixando; flocos de neve finos como poeira começaram a cair, e logo nós e tudo o que nos cercava estávamos cobertos por um alvo lençol. O vento forte ainda nos trazia o uivo dos cães, embora o som ficasse mais fraco à medida que avançávamos. O ladrar dos lobos parecia cada vez mais próximo, como se eles nos estivessem cercando por todos os lados. Fiquei apavorado, e os cavalos compartilhavam esse medo. O cocheiro, porém, não estava nada perturbado; continuava virando a cabeça para a esquerda e para a direita, mas eu nada conseguia divisar na escuridão.

Subitamente, mais à frente à nossa esquerda, vi uma bruxuleante chama azulada. O cocheiro avistou-a no mesmo instante; deteve imediatamente os cavalos e, saltando no chão, desapareceu por entre as trevas. Eu não sabia o que fazer, sobretudo porque o uivo dos lobos se aproximava; enquanto refletia, porém, o cocheiro de súbito retornou, instalou-se em seu assento sem dizer uma palavra, e seguimos viagem. Creio que devo ter adormecido e continuado a sonhar sobre o incidente, pois ele parecia se repetir sem cessar, e agora, pensando retrospectivamente no assunto, parece-me um terrível pesadelo. Certa vez a chama apareceu tão perto da estrada que, mesmo na escuridão que nos cercava, pude acompanhar os movimentos do cocheiro. Ele foi rapidamente ao local onde a chama azul brilhava — devia ser muito fraca, pois não parecia iluminar em absoluto o espaço ao seu redor — e, juntando algumas pedras, arranjou-as de uma certa maneira. Certa vez tive uma estranha ilusão de ótica: quando ele estava entre mim e a chama, seu corpo não me obstruiu a visão, pois eu ainda podia divisar da mesma forma o brilho fantasmagórico. Isso me alarmou, mas o efeito foi momentâneo, e supus que meus olhos me iludissem, tentando enxergar na escuridão. Então, durante algum tempo, as chamas azuis desapareceram, e seguimos rapidamente em meio às trevas; ainda nos cercava o uivo dos lobos, e era como se estivessem nos acompanhando num círculo que avançava.

Afinal houve uma ocasião em que o cocheiro afastou-se mais do caleche do que até então se afastara, e, durante sua ausência, os cavalos começaram a tremer mais do que nunca, relinchando e bufando de medo. Eu não sabia o motivo, pois o uivo dos lobos cessara por completo, mas, nesse instante, a lua, saindo detrás das nuvens escuras, apareceu por trás do topo serrilhado de um rochedo saliente e coberto de pinheiros. À sua luz pude ver um círculo de lobos ao nosso redor, com dentes brancos e línguas vermelhas pendentes, com pernas compridas e fortes, e com pelo desgrenhado. Imóveis, naquele silêncio sinistro, eram cem vezes mais terríveis do que quando uivavam. Senti-me como que paralisado de medo. Somente quando um homem se depara com tais horrores, pode compreender sua magnitude.

Os lobos começaram todos a uivar, como se a luz da lua tivesse algum efeito peculiar sobre eles. Os cavalos saltavam e empinavam, e olhavam desamparadamente ao redor, movendo os olhos de uma forma que dava pena ver. O anel vivo do terror, contudo, cercava-os por todos os lados, e eles eram obrigados a ficar ali. Chamei pelo cocheiro, pois me parecia que nossa única chance era tentar sair do círculo e ajudá-lo a voltar. Gritei e golpeei a lateral do caleche, esperando, com o barulho, assustar os lobos que estavam daquele lado e assim dar-lhe uma chance de se aproximar. Como ele chegou até lá não sei, mas ouvi sua voz falando alto, num tom imperativo de comando, e, olhando na direção do som, vi-o de pé na estrada. Ao agitar seus braços longos, como se estivesse se livrando de algum obstáculo invisível, os lobos foram aos poucos se afastando. Nesse exato instante, uma nuvem densa cobriu a lua, e a escuridão voltou a reinar.

Quando fui capaz de enxergar novamente, o cocheiro estava subindo no caleche, e os lobos haviam desaparecido. Foi tudo tão estranho e sinistro que um terror mortal apossou-se de mim; eu tinha medo de falar e de me mover. O tempo parecia não passar enquanto prosseguíamos pela estrada, agora na mais completa escuridão, pois as nuvens escondiam a lua. Havia trechos de rápido declive, mas, na maior parte, continuávamos subindo. Subitamente, me dei conta de que o cocheiro estava puxando os cavalos no pátio de um amplo castelo em ruínas, de cujas janelas altas e negras não saía um único raio de luz, e cujas ameias quebradas formavam uma linha irregular contra o céu iluminado pela lua.

capítulo 2

Diário de Jonathan Harker *(continuação)*

5 de maio — Devo ter adormecido, pois se estivesse acordado teria percebido que nos aproximávamos de um lugar tão notável. De noite, o pátio parecia consideravelmente grande, e como vários caminhos escuros saíam dali, sob grandes arcos redondos, talvez desse a impressão de ser maior do que de fato é. Ainda não pude vê-lo à luz do dia.

Quando o caleche parou, o cocheiro pulou para o chão e estendeu-me a mão para me ajudar a descer. Mais uma vez, não pude deixar de notar sua força prodigiosa. Sua mão de fato parecia um torno de aço que teria esmagado a minha se ele quisesse. Apanhou, então, meus pertences, colocando-os no chão ao meu lado, diante de uma porta enorme, velha e crivada com grandes tachas de ferro, que ocupava um vão com extremidades salientes de pedra maciça. Mesmo à luz fraca eu podia ver que a pedra era ricamente entalhada, mas que o entalhe já estava bem gasto pelo tempo e pelo clima. Eu estava ali, de pé, quando o cocheiro subiu de volta ao seu assento e brandiu o chicote; os cavalos puseram-se em movimento e desapareceram numa das aberturas sombrias, junto com o caleche e tudo o mais.

Fiquei onde estava, em silêncio, pois não sabia o que fazer. Não havia sinal de campainha ou de aldrava, e era improvável que minha voz conseguisse atravessar aquelas paredes sombrias e aquelas janelas escuras. Esperei por um tempo que me pareceu infinito, e sentia o medo e as dúvidas aumentarem. A que tipo de lugar eu fora, e com que tipo de gente me metera? Que espécie de aventura sinistra era aquela em que eu embarcara? Seria um acontecimento corriqueiro na vida de um assistente de procurador enviado para explicar a compra de uma propriedade em

Londres a um estrangeiro? Assistente de procurador! Mina não iria gostar disso. Procurador, isso sim — pois logo antes de deixar Londres soube que havia sido bem-sucedido em meus exames; agora *eu* sou procurador de fato! Comecei a esfregar os olhos e a me beliscar para ver se estava acordado. Tudo me parecia um terrível pesadelo, e eu esperava despertar subitamente, em casa, a aurora insinuando-se através das janelas, como algumas vezes acontecia nas manhãs que se sucediam a dias de trabalho excessivo. Minha pele, porém, respondeu ao teste dos beliscões, e meus olhos não estavam enganados. Eu estava mesmo acordado, e no meio dos Cárpatos. Tudo o que agora me restava fazer era ser paciente e esperar a manhã chegar.

No momento em que cheguei a essa conclusão, ouvi passos pesados aproximando-se por trás da porta enorme, e vi, através das frestas, uma luz brilhar cada vez mais perto. Ouvi o ruído de correntes chacoalhando e o clangor de ferrolhos maciços se abrindo. Uma chave girou na fechadura, rangindo bastante devido ao longo desuso, e a pesada porta se abriu.

Lá dentro estava um homem alto e idoso, sem barba e com um bigode branco e comprido, vestido de preto da cabeça aos pés. Não havia nele um único detalhe colorido. Tinha nas mãos um antigo lampião de prata, em que a chama queimava sem manga ou globo de qualquer tipo e lançava sombras longas e trêmulas enquanto bruxuleava sob a corrente de ar que vinha através da porta aberta. O velho fez com a mão direita um gesto cortês, indicando-me que entrasse, e disse, num inglês excelente, ainda que com entoação estranha:

— Bem-vindo à minha casa! Entre, por sua livre e espontânea vontade!

Não fez menção de se aproximar para me encontrar, mas ficou ali como uma estátua, como se o gesto de boas-vindas o tivesse transformado em pedra. No instante em que atravessei a soleira, ele se moveu para a frente num impulso; estendendo a mão, agarrou a minha com uma força que me fez estremecer, efeito que não foi em nada aliviado pelo fato de parecer fria como gelo — mais como a mão de um morto do que de um vivo. Disse, novamente:

— Bem-vindo à minha casa. Entre por sua vontade. Vá embora em segurança e deixe um pouco da felicidade que traz.

A força do aperto de mão era bastante similar àquela que eu notara no cocheiro, cujo rosto eu não vira, e por um instante perguntei-me se não seria a mesma pessoa com quem eu agora falava; para me certificar, indaguei:

— Conde Drácula?

Ele se curvou, numa mesura cortês, e replicou:

— Sou Drácula. Dou-lhe as boas-vindas à minha casa, Mr. Harker. Entre. A noite está fria, e o senhor com certeza precisa comer e descansar.

Enquanto falava, colocou o lampião num nicho na parede, e, adiantando-se, apanhou minha bagagem. Carregou-a para dentro antes que eu pudesse impedir. Protestei, mas ele insistiu:

— Não, senhor. O senhor é meu hóspede. Já é tarde, e meus criados não estão disponíveis. Deixe que eu mesmo cuide do senhor.

Insistiu em carregar meus pertences corredor adentro, e depois ao longo de uma grande e sinuosa escadaria, e por outro corredor amplo em cujo piso de pedra nossos passos ressoavam ruidosamente. Ao fim, ele abriu uma porta pesada e eu regozijei-me ao ver uma sala bem iluminada, onde havia uma mesa posta para a ceia e em cuja lareira enorme crepitava o fogo recém-alimentado com mais lenha.

O conde se deteve, pôs no chão minha bagagem, fechou a porta e, atravessando a sala, abriu uma outra, que revelava uma saleta octogonal iluminada por um único lampião e aparentemente desprovida de qualquer tipo de janelas. Atravessando-a, abriu mais uma porta, e fez sinal para que eu entrasse. Era uma visão agradável, pois tratava-se de um amplo quarto bem iluminado e aquecido por uma lareira — à qual também havia sido acrescentada mais lenha, mas posteriormente, pois as achas que estavam por cima ainda nem haviam começado a queimar; as chamas crepitavam, num ruído abafado, no interior da larga chaminé. O próprio conde deixou minha bagagem no quarto e retirou-se, dizendo, antes de fechar à porta:

— Depois de sua viagem, o senhor deve querer se lavar e fazer sua toalete. Creio que aqui vai encontrar todo o necessário. Quando tiver terminado, venha para a outra sala, onde sua ceia estará pronta.

A luz, o calor e a recepção cortês do conde pareciam ter dissipado todos os meus temores e dúvidas. Tendo recobrado meu estado normal, descobri que estava faminto. Fiz uma rápida toalete e fui para a outra sala.

Encontrei a ceia sobre a mesa. Meu anfitrião, que estava de pé ao lado da enorme lareira e apoiava-se na moldura de pedra entalhada, fez um gesto gracioso com a mão na direção da mesa, dizendo:

— Peço-lhe que se sente e ceie à vontade. Há de me perdoar por não o acompanhar, mas ocorre que já jantei, e não tenho o hábito de cear.

Entreguei-lhe a carta selada que Mr. Hawkins me incumbira de levar. Ele a abriu e leu, com uma expressão grave; depois, com um sorriso amável, entregou-a a mim para que a lesse. Uma passagem, pelo menos, fez com que eu vibrasse de satisfação:

> *Lamento que um ataque de gota, doença de que sofro constantemente, proíba-me de empreender qualquer tipo de viagem por um bom tempo. Fico feliz em dizer, porém, que lhe envio um substituto à altura, em quem deposito a maior confiança. Trata-se de um jovem cheio de energia e talento, à sua maneira, e de índole bastante leal. É discreto e silencioso, e chegou à maturidade trabalhando para mim. Estará à sua disposição para ajudá-lo no que for necessário, enquanto for seu hóspede, e receberá suas instruções relativas a todos os assuntos.*

O próprio conde adiantou-se para destampar uma travessa, e eu na mesma hora pus-me a devorar uma excelente galinha grelhada. Foi essa a minha ceia, junto com um pouco de queijo, uma salada e uma garrafa do velho Tokay, da qual bebi duas taças. Enquanto eu comia, o conde me fez muitas perguntas a respeito da minha viagem, e aos poucos lhe contei tudo o que me ocorrera.

A essa altura, eu terminara a ceia e, para atender ao desejo de meu anfitrião, sentara-me numa cadeira junto ao fogo e começara a fumar um charuto que ele me oferecera — desculpando-se, ao mesmo tempo, por não fumar. Tive então a oportunidade de observá-lo, e notei que sua fisionomia apresentava traços bastante expressivos.

Seu rosto tinha um acentuado perfil aquilino, com um nariz magro e pronunciado, e narinas curvadas de uma forma peculiar; sua testa era larga e arredondada, e o cabelo escasseava nas têmporas, mas era farto no resto da cabeça. Suas sobrancelhas eram muito densas e quase se encontravam acima do nariz, com pelos cerrados que pareciam se enrolar, de tão profusos. A boca, até onde eu conseguia vê-la sob o bigode farto, era rígida e de aparência cruel, com dentes brancos e peculiarmente afiados. Os dentes superiores projetavam-se sobre os inferiores e apareciam entre os lábios, que eram notavelmente corados e revelavam uma surpreendente vitalidade num homem daquela idade. Quanto ao resto, suas orelhas eram pálidas, com extremidades bastante pontudas. O queixo era largo e forte, e as maçãs do rosto, firmes, ainda que magras. O efeito geral era da mais extraordinária palidez.

Eu já tinha reparado nas costas de suas mãos, apoiadas em seus joelhos, à luz da lareira, e elas me haviam causado a impressão de ser muito brancas e delicadas; vendo-as agora de perto, porém, não pude deixar de notar que eram na verdade grosseiras — largas, com dedos curtos. Por mais estranho que pareça, havia cabelo nas palmas. As unhas eram compridas e delgadas, com extremidades pontiagudas. Quando o conde se curvou em minha direção e suas mãos me tocaram, não pude evitar um calafrio. Talvez fosse por causa de seu mau hálito, mas dominou-me uma náusea terrível; não consegui disfarçá-la, por mais que tentasse. O conde evidentemente notou-a e recuou. Com um sorriso algo sinistro, que revelava mais seus dentes protuberantes do que até então, voltou a sentar-se do outro lado da lareira. Ficamos em silêncio por algum tempo; enquanto eu olhava na direção da janela, vi os primeiros e pálidos raios da aurora que se aproximava. Todas as coisas pareciam tomadas por uma estranha quietude, mas logo escutei o uivo de muitos lobos, como se viesse do vale lá embaixo. Os olhos do conde brilharam, e ele disse:

— Ouça! Os filhos da noite. Que música eles fazem!

Vendo, suponho, alguma expressão em meu rosto que lhe era estranha, acrescentou:

— Ah, meu senhor, os habitantes da cidade não são capazes de compreender os sentimentos de um caçador — e ergueu-se. — Mas o senhor deve estar cansado. Seu quarto está pronto, e amanhã poderá dormir até a hora que desejar. Terei que me ausentar até a tarde. Durma bem, então, e tenha bons sonhos!

Com uma mesura cortês, ele próprio abriu-me a porta para a saleta octogonal, e entrei em meu quarto...

Estou à deriva num mar de estranhezas. Tenho dúvidas, tenho medos, tenho pensamentos esquisitos que não ouso confessar à minha própria alma. Que Deus me proteja, ao menos em nome daqueles que me são queridos!

7 de maio — É novamente de manhã cedo, mas descansei e me diverti durante as últimas 24 horas. Dormi até tarde ontem e acordei na hora que bem entendi. Depois de ter me vestido, fui até a sala onde havia ceado e encontrei um desjejum frio sobre a mesa e café quente, pois a cafeteira estava perto da lareira. Havia um cartão sobre a mesa, e nele estava escrito:

"*Terei de me ausentar por algum tempo. Não espere por mim.* — D."

Sentei-me à mesa e comi uma farta refeição. Em seguida, procurei por uma campainha, a fim de informar aos criados que havia terminado, mas não encontrei. Há com certeza algumas curiosas deficiências nesta casa, considerando-se as extraordinárias evidências de riqueza que me cercam. Os talheres e o serviço de chá são de ouro e trabalhados de forma tão bela que devem ter um valor enorme. As cortinas, o estofado das cadeiras e dos sofás e o cortinado de minha cama são confeccionados nos tecidos mais esplêndidos, e deviam ter um valor fabuloso em sua época, pois têm séculos de existência, embora estejam em excelente estado. Acho que vi algo semelhante na Corte de Hampton, mas lá estão velhos, puídos e roídos pelas traças. Ainda assim, porém, em nenhum dos cômodos há espelhos. Nem mesmo em meu toucador, de modo que tive de apanhar em minha valise o espelhinho para poder me barbear ou pentear os cabelos. Ainda não vi criados em parte alguma, tampouco ouvi nos arredores do castelo qualquer som, à exceção do uivo dos lobos. Um pouco depois de ter concluído minha refeição — não sei se a chamo de desjejum ou de jantar, pois foi feita entre as cinco e as seis horas da tarde —, procurei algo para ler; não queria sair perambulando pelo castelo antes de ter pedido a permissão do conde. Não havia na sala livros, jornais ou mesmo papel e tinta para escrever; então, abri outra porta e deparei-me com uma espécie de biblioteca. Tentei abrir a porta na outra extremidade, mas estava trancada.

Ali encontrei, para minha grande satisfação, um vasto número de livros ingleses, prateleiras inteiras cheias desses volumes, e revistas e jornais encadernados. Uma mesa no centro estava repleta de revistas e jornais da Inglaterra, embora nenhum muito recente. Os livros eram sobre os mais variados temas — história, geografia, política, economia política, botânica, geografia, direito — todos concernentes à Inglaterra, bem como à vida, aos hábitos e aos costumes daquele país. Havia até mesmo livros de referência, tais como a lista de endereços de Londres, guias de ruas, o *Almanaque Whitaker*, a lista dos oficiais do Exército e da Marinha, e — de certa forma meu coração alegrou-se ao vê-lo — a lista da sociedade jurídica.

Enquanto eu olhava os livros, a porta se abriu, e o conde entrou. Saudou-me cordialmente, dizendo que esperava que eu tivesse repousado bem. E prosseguiu:

— Fico satisfeito que tenha encontrado a biblioteca, pois estou certo de que muita coisa aqui há de interessá-lo. Estes companheiros — disse, colocando a mão sobre alguns livros — têm sido bons amigos para mim, e durante alguns anos, desde que me ocorreu a ideia de ir para Londres, têm me proporcionado muitas horas de prazer. Foi através deles que vim a conhecer sua grande Inglaterra, e conhecê-la é amá-la. Estou ansioso por andar pelas ruas populosas da magnífica Londres, estar no meio do turbilhão e da correria da humanidade, compartilhar sua vida, suas mudanças, sua morte, e tudo o que a faz ser o que é. Mas ai de mim!, até o momento só conheço seu idioma através dos livros. Conto com o senhor, meu amigo, para aprender a falar direito.

— Mas conde — disse eu —, o senhor compreende e fala o inglês com perfeição!

Ele fez uma mesura, com ar grave.

— Agradeço-lhe, meu amigo, por sua opinião lisonjeira demais, mas receio que eu tenha avançado bem pouco nessa estrada. É verdade que sei a gramática e as palavras, mas ainda não sei como pronunciá-las.

— Na verdade o senhor tem uma pronúncia excelente — disse eu.

— Nem tanto assim — retrucou ele. — Bem, sei que se eu andasse por Londres e falasse com a gente dali, todos saberiam que sou estrangeiro. Isso não é o suficiente para mim. Aqui, sou um nobre; sou um boiardo; a gente do povo me conhece, e sou eu quem manda. Mas um estrangeiro numa terra estranha não é ninguém; os homens não o conhecem, e não o conhecer significa não se importar com ele. Ficarei contente se for igual aos outros, se ninguém parar ao me ver, ou interromper sua fala se ouvir minhas palavras, "Rá, rá, um estrangeiro!". Tenho sido senhor durante tanto tempo que quero continuar a sê-lo; ou pelo menos garantir que ninguém venha a querer mandar em mim. O senhor não veio até aqui somente como agente de meu amigo Peter Hawkins, de Exeter, para me falar sobre minha nova propriedade em Londres. Irá, acredito eu, permanecer aqui comigo por um tempo, para que através de nossas conversas eu possa aprender seu sotaque inglês. E quero que o senhor me avise quando cometer algum erro, mesmo o mais insignificante, ao falar. Sinto muito por ter tido que ficar fora durante tanto tempo, hoje, mas sei que o senhor há de perdoar alguém que tem tantos assuntos importantes para tratar.

É claro que me mostrei inteiramente disponível e perguntei-lhe se poderia ir à biblioteca sempre que quisesse.

— Certamente que sim — disse ele. — Pode ir aonde desejar no castelo, exceto onde as portas estiverem trancadas, mas é claro que nesses cômodos o senhor não há de querer entrar. Há razões para que as coisas sejam assim, e, se o senhor pudesse ver através de meus olhos e saber o que sei, talvez compreendesse melhor — acrescentou.

Eu disse que não tinha dúvidas de que sim, e ele prosseguiu:

— Estamos na Transilvânia, e a Transilvânia não é a Inglaterra. Nossos costumes não são como os seus, e o senhor há de achar muitas coisas estranhas. Pelo que me contou de suas experiências, já tem uma ideia do que pode encontrar.

Isso levou a uma longa conversa. Como era evidente que ele queria falar, mesmo que só pelo prazer da conversa, fiz-lhe muitas perguntas sobre casos que já me haviam ocorrido ou de que eu tomara conhecimento. Às vezes ele se desviava do assunto, ou mudava o rumo da conversa fingindo não compreender o que eu dizia, mas em geral respondia a tudo o que perguntava com bastante franqueza. Então, à medida que o tempo passava e eu me tornava um pouco mais audacioso, fiz-lhe perguntas sobre alguns dos estranhos acontecimentos da noite anterior — como, por exemplo, o motivo por que o cocheiro fora até os locais onde vira as chamas azuis. Ele então me explicou que em geral acreditava-se que numa certa noite do ano — a noite passada, na verdade, quando um poder ilimitado fora concedido a todos os espíritos maléficos — uma chama azul era vista sobre os lugares onde houvesse tesouros enterrados.

— É quase certo — prosseguiu ele — que os tesouros estejam escondidos na região pela qual o senhor passou ontem à noite, pois foi disputada por valáquios, saxões e turcos durante muitos séculos. Dificilmente há um palmo de terra em toda esta região que não tenha sido lavado pelo sangue dos homens, patriotas e invasores. Nos dias de outrora havia épocas movimentadas, quando os austríacos e os húngaros vinham em hordas e os patriotas saíam para combatê-los. Homens e mulheres iam à luta, e velhos e crianças também. Aguardavam a chegada do inimigo nos rochedos acima dos desfiladeiros, e assim podiam destruí-los com avalanches artificiais. Quando o invasor triunfava, encontrava pouca coisa, pois, o que quer que houvesse antes, havia sido enterrado.

— Mas como pode ter ficado tanto tempo oculto — perguntei —, quando há indicações seguras sobre sua localização e quando basta os homens se darem ao trabalho de ir procurar?

O conde sorriu, e seus lábios deixaram à mostra as gengivas com caninos longos e pontudos projetando-se de forma estranha. Respondeu:

— Porque os camponeses são no fundo covardes e tolos! Essas chamas só aparecem durante uma noite, e nessa noite homem algum se aventura fora de casa, se puder evitá-lo. E mesmo que fosse, meu caro senhor, não saberia o que fazer. Ora, nem mesmo o camponês que o senhor me diz ter marcado o local da chama saberia onde procurar, à luz do dia, as pedras que ele próprio dispôs. Nem mesmo o senhor, ouso afirmá-lo, seria capaz de encontrar esses locais.

— Isso com certeza — disse eu. — Eu saberia tanto quanto um morto onde começar a procurar.

E passamos a outros assuntos. Afinal, ele me pediu:

— Vamos, fale-me de Londres e da casa que encontrou para mim.

Desculpando-me por meu descuido, fui até meu quarto buscar os papéis que trazia na mala. Enquanto os organizava ouvi um ruído de prataria e porcelana, vindo da sala ao lado. Ao atravessá-la, notei que a mesa havia sido limpa e o lampião, aceso, pois a essa altura já estava bastante escuro. Lampiões também foram acesos no escritório ou biblioteca, e encontrei o conde estendido no sofá, lendo nada mais nada menos do que um *Guia Bradshaw da Inglaterra*. Quando entrei, ele retirou os livros e os papéis de cima da mesa; começamos a analisar juntos plantas, escrituras e todo tipo de cifras. Ele se interessava por tudo e me fez inúmeras perguntas sobre o local e seus arredores. Ficou claro que estudara antes tudo o que podia no que dizia respeito à vizinhança, pois evidentemente, ao final das contas, sabia muito mais do que eu. Quando lhe chamei a atenção para esse fato, ele retrucou:

— Certo; mas, meu amigo, é claro que eu teria que saber! Quando for para Londres, estarei sozinho, e meu amigo Harker Jonathan... não, perdoe-me, é o velho hábito de colocar o sobrenome primeiro; meu amigo Jonathan Harker não estará ao meu lado para me corrigir e ajudar. Estará em Exeter, a quilômetros dali, provavelmente lidando com seus assuntos jurídicos junto com meu outro amigo, Peter Hawkins. Pois então!

Discutimos detalhadamente a compra da propriedade em Purfleet. Quando o coloquei a par dos fatos e ele assinou os papéis necessários, e depois que escrevi uma carta para a remessa dos documentos, pronta para ser enviada a Mr. Hawkins, ele começou a me perguntar como eu encontrara local tão adequado. Li para ele as anotações que havia feito à época e que agora transcrevo aqui:

Em Purfleet, numa rua transversal, encontrei uma propriedade que me parece perfeitamente adequada e na qual havia um aviso já bem estragado anunciando que estava à venda. É cercada por um muro alto, de estrutura antiga, construído com grandes pedras, e não vê uma reforma há muitos anos. Os portões fechados são de carvalho, antigo e pesado, e de ferro todo comido pela ferrugem.

A propriedade chama-se Carfax, sem dúvida uma corruptela do antigo Quatre Face, pois a casa tem quatro fachadas, de acordo com os pontos cardeais da bússola. Tem ao todo cerca de oito hectares, e em toda a extensão é circundada pelo sólido muro de pedra mencionado acima. Há muitas árvores na propriedade, o que a torna sombria em certos pontos, e há um açude ou pequeno lago bem fundo e escuro, que evidentemente é alimentado por algumas nascentes, pois a água é limpa e corre num riacho de tamanho considerável. A casa é bem grande, construída em estilos de várias épocas; remonta, eu diria, à Idade Média, pois uma parte é de pedra muito espessa, com apenas algumas janelas no alto, todas com grossas grades de ferro. Parece ser parte de uma torre, e fica junto a uma velha capela ou igreja. Não me foi possível entrar ali, pois eu não tinha a chave que dava acesso àquela parte da casa, mas tirei fotografias de vários ângulos com minha Kodak. A casa foi anexada a essa torre, mas de forma bastante irregular, e só o que posso fazer são estimativas sobre a quantidade de metros quadrados que ocupa; devem ser muitíssimos. Há poucas casas nas proximidades — uma delas é bem grande e só recentemente foi ampliada e transformada num asilo particular para loucos. Não é visível, contudo, da propriedade em questão.

Quando terminei, ele disse:

— Fico feliz que seja antiga e grande. Eu próprio venho de uma família antiga, e morar numa casa nova seria horrível. Uma casa não tem como se tornar habitável num único dia; e, afinal de contas, poucos dias se somam para fazer um século. Também me agrada que haja uma capela como as de outrora. Nós, nobres da Transilvânia, não gostamos de imaginar que nossos cadáveres ficarão entre os da plebe. Não busco a alegria e o júbilo, tampouco a voluptuosidade do sol brilhando e refletindo-se nas águas, que agradam aos que são jovens e alegres. Já não sou jovem, e meu coração, que através de tristes anos vem pranteando os mortos, não está habituado ao júbilo. Além disso, as paredes de meu castelo estão rachadas; as sombras são muitas, e o vento sopra frio entre as frestas das ameias e dos caixilhos das janelas. Gosto das sombras e prefiro poder ficar a sós com meus pensamentos sempre que quiser.

De certo modo, suas palavras e a expressão de seu rosto pareciam estar em desacordo, ou então eram as feições que faziam com que seu sorriso parecesse maligno e sombrio.

Logo em seguida ele me deixou, desculpando-se e pedindo que eu juntasse todos os meus papéis. Ausentou-se durante algum tempo, e comecei a folhear alguns dos livros ao meu redor. Um deles era um atlas, que descobri abrir-se facilmente nas páginas que tratavam da Inglaterra, como se aquele mapa tivesse sido muito usado. Ao abri-lo, descobri que em certas partes havia pequenos círculos marcados, e, examinando-os, notei que um ficava nos arredores de Londres, a leste, precisamente onde sua nova propriedade estava situada. Os outros dois eram Exeter e Whitby, na costa de Yorkshire.

Quase uma hora se passara quando o conde voltou.

— Ahá — disse ele —, ainda metido com os livros? Ótimo! Mas o senhor não deve trabalhar o tempo todo. Venha comigo; fui informado de que sua ceia está pronta.

Tomou-me o braço e fomos para a sala contígua, onde vi que uma ceia excelente havia sido posta. O conde tornou a se desculpar, pois havia jantado fora de casa. Sentou-se como na noite precedente, porém, e conversou enquanto eu comia. Depois da ceia, fumei, como na véspera, e o conde permaneceu em minha companhia, conversando e fazendo perguntas sobre todos os assuntos imagináveis, durante horas a fio. Senti que estava de fato ficando bem tarde, mas nada disse, pois me sentia na obrigação de atender aos menores desejos de meu anfitrião. Eu não tinha sono; ter dormido até tarde na véspera fortalecera-me, mas não pude deixar de perceber aquele frio que se apossa das pessoas quando a aurora se aproxima e que é, à sua maneira, como a mudança da maré. Dizem que os moribundos normalmente morrem ao raiar do dia ou na mudança da maré. Qualquer um que, estando cansado mas não podendo abandonar seu posto, tenha vivido essa mudança na atmosfera, há de acreditar. De repente, ouvimos o canto estridente de um galo, que chegava até nós de maneira sobrenatural através do límpido ar da manhã. O conde Drácula, pondo-se de pé num salto, disse:

— Ora, já é de manhã novamente! Como sou descuidado, fazendo com que o senhor fique acordado até tão tarde. Trate de fazer com que as conversas sobre meu novo e querido país, a Inglaterra, fiquem menos interessantes, para que eu não me esqueça de como o tempo voa.

Com uma mesura cortês, rapidamente deixou-me.

Fui para o meu quarto e abri as cortinas, mas havia pouca coisa para ver. Minha janela dava para o pátio, e tudo o que eu podia ver era o cinza cálido no céu que clareava. Então tornei a fechá-las e fui escrever meus relatos sobre este dia.

8 de maio — Comecei a recear que estivesse me detendo demais nos detalhes, ao escrever neste caderno. Agora, no entanto, fico satisfeito por ter desde o princípio registrado cada pormenor dos acontecimentos, pois há algo de tão estranho neste castelo e em todas as coisas que existem nele que não posso evitar uma sensação de desconforto. Gostaria de estar a salvo fora daqui ou que jamais tivesse vindo. Talvez essa estranha existência noturna esteja me afetando; mas quem me dera que isso fosse tudo! Se houvesse alguém com quem conversar, eu poderia suportar, mas não há ninguém. Meu único interlocutor é o conde, e ele...! Temo ser eu a única alma viva neste lugar. Serei prosaico até onde podem ser os fatos; isso vai me ajudar a suportar esta situação, e a imaginação não deve correr solta em minha mente. Se o permitir, estarei perdido. Direi logo em que pé estão as coisas — ou parecem estar.

Dormi apenas umas poucas horas quando fui para a cama, e, sentindo que não conseguiria dormir mais, levantei-me. Pendurara meu espelho junto à janela e começava a me barbear. Subitamente, senti que punham a mão em meu ombro, e ouvi a voz do conde a me dizer um bom-dia. Fiquei surpreso, pois me intrigava o fato de não tê-lo visto, já que o reflexo do espelho abarcava todo o quarto às minhas costas. Com o susto, cortara-me de leve, mas não reparei na hora. Tendo respondido à saudação do conde, voltei-me de novo para o espelho a fim de me certificar de que estava enganado. Desta vez não podia haver dúvidas, pois ele estava perto de mim, e eu podia vê-lo sobre meus ombros. Sua imagem, porém, não estava refletida no espelho! Todo o quarto atrás de mim aparecia ali, mas não havia sinal de homem algum ali, exceto eu. Isso era assustador, e, somado a tantas outras coisas estranhas, começava a fazer crescer aquele vago desconforto que eu sempre sentira na presença do conde; mas nesse instante vi que o corte sangrara um pouco, e que o sangue escorria-me pelo queixo. Pus de lado a navalha e me virei com o intuito de procurar algum emplastro. Quando o conde viu meu rosto, seus olhos brilharam com uma espécie de fúria demoníaca, e ele estendeu a mão para agarrar meu pescoço. Afastei-me, e sua mão tocou o rosário onde estava pendurado o crucifixo. Isso causou nele uma mudança imediata, pois a fúria dissipou-se tão rapidamente que eu mal poderia acreditar que ele a tivesse demonstrado antes.

— Tome cuidado — disse ele. — Tome cuidado para não se cortar. Aqui nesta região isso é mais perigoso do que você imagina.

Em seguida, apoderando-se do espelho de barbear, prosseguiu:

— E eis aqui o maldito objeto que lhe causou esse mal. É um ridículo instrumento da vaidade humana. Fora com ele!

Abrindo a pesada janela com um golpe de sua mão terrível, atirou para fora o espelho, que se partiu em mil pedaços nas pedras do pátio, lá embaixo. Com isso, ele se retirou sem dizer uma palavra. Isso me aborreceu bastante, pois agora não sei como irei me barbear, a não ser que recorra à caixa do meu relógio ou ao fundo da bacia de barbear, que felizmente é de metal.

Quando cheguei à sala de jantar, o desjejum estava posto, mas não encontrei o conde em parte alguma. Comi sozinho, então. É estranho que até o momento eu não tenha visto o conde comer ou beber coisa alguma. Deve ser um homem bem peculiar! Depois do desjejum, explorei um pouco o castelo. Fui até as escadas e encontrei uma sala que dava para o sul. A vista era magnífica, e de onde eu estava era possível apreciá-la na íntegra. O castelo fica à beira de um terrível precipício. Uma pedra que caísse da janela despencaria por centenas de metros antes de tocar no que quer que fosse. Até onde alcançam os olhos há um mar de copas verdes de árvores, e ocasionalmente um intervalo aberto por uma fenda profunda. Aqui e ali, veem-se fios prateados de rios serpenteando em ravinas profundas através da floresta.

Não estou, contudo, num estado de espírito propício à descrição de belezas, pois após apreciar a vista continuei explorando o castelo: portas, portas, portas em toda parte, todas trancadas e com ferrolhos. Não há qualquer possível saída do castelo, exceto pelas janelas.

Trata-se de uma verdadeira prisão, e eu sou um prisioneiro!

capítulo 3

Diário de Jonathan Harker *(continuação)*

Quando me dei conta de que era um prisioneiro, uma espécie de loucura se apossou de mim. Subia e descia as escadas, tentando abrir todas as portas e espiando por todas as janelas que encontrava, mas, pouco depois, a convicção de minha impotência suplantou todos os outros sentimentos.

Ao olhar para trás, agora que já se passaram algumas horas, acho que devo ter ficado temporariamente louco, pois agia como um rato preso numa ratoeira. Quando me convenci de que era impotente, porém, sentei-me calmamente — tão calmamente quanto jamais fizera qualquer coisa na vida — e comecei a ponderar o que seria melhor fazer. Ainda estou refletindo e não cheguei a qualquer conclusão definitiva. Tenho uma única certeza: não adianta revelar meus pensamentos ao conde. Ele bem sabe que sou um prisioneiro. Ele próprio me prendeu aqui, e sem dúvida tem seus motivos, de modo que só faria me enganar se eu lhe confessasse tudo. Até onde posso enxergar, meu único plano será o de guardar meu conhecimento e meus temores comigo, e manter os olhos abertos. Sei muito bem que ou estou sendo ludibriado por meus medos, como um bebê, ou então estou mesmo em apuros. Se a segunda hipótese for a verdadeira, precisarei usar a cabeça para sair desta armadilha.

Mal chegara a essa conclusão quando ouvi a grande porta no andar de baixo fechar-se e soube que o conde tinha voltado. Não veio imediatamente até a biblioteca, então fui com cuidado até meu quarto e encontrei-o fazendo a cama. Isso era estranho, mas confirmava minhas suspeitas: não havia criados na casa. Quando o vi mais tarde, através da fresta nas dobradiças da porta, pondo a mesa na sala de jantar, não tive mais dúvidas. Se ele próprio realiza essas tarefas domésticas, significa que não há mais ninguém para assumi-las. Essa constatação me encheu de terror, pois, se não há mais ninguém no castelo, significa que devia ser o próprio conde o cocheiro que me trouxe até aqui. É um pensamento terrível, pois, se isso é verdade, como devo encarar o fato de ele ser capaz de controlar os lobos simplesmente erguendo a mão em silêncio, como fez? Por que toda aquela gente em Bistrita e na diligência havia temido tanto por mim? O que significou ter ganhado o crucifixo, o alho, a rosa-selvagem, a sorveira? Bendita seja aquela boníssima mulher que pendurou o crucifixo no meu pescoço! Tocá-lo me traz força e me reconforta. É curioso que um objeto que me acostumei a encarar desfavoravelmente e como um sinal de idolatria venha a significar ajuda num momento de dificuldade e de solidão. Será porque há algo na própria essência do objeto, ou será porque é um meio, um auxílio tangível para despertar memórias de solidariedade e conforto? Em algum momento, se possível, devo investigar este assunto e tentar chegar a alguma conclusão. Por ora, devo descobrir o que for possível sobre o conde Drácula, pois assim talvez possa entender tudo isto melhor. Hoje à noite ele talvez fale sobre si mesmo, se eu conduzir nesse sentido a conversa. Devo tomar muito cuidado, porém, para não levantar suspeitas.

Meia-noite — Tive uma longa conversa com o conde. Fiz-lhe algumas perguntas sobre a história da Transilvânia, e ele se entusiasmou muito com o assunto. Ao falar de fatos e pessoas, e sobretudo de batalhas, dava a impressão de ter estado ele próprio presente. Isso ele explicou em seguida, dizendo que, para um boiardo, o orgulho de sua casa e de seu nome é o seu próprio orgulho pessoal, que a glória de seus antepassados é sua própria glória, e que o destino deles é o seu próprio destino. Todas as vezes que falava de sua casa, dizia "nós", e usava o plural, como se fosse um rei. Eu gostaria de poder registrar tudo exatamente como ele disse, pois para mim foi fascinante. Naquele relato parecia inscrever-se toda a história do país. Ele foi ficando mais animado enquanto falava, e andava pelo aposento mexendo no bigode branco e agarrando objetos que suas mãos tocavam como se fossem esmagá-los com sua força descomunal. Entre tudo o que disse, há algo que vou transcrever com o máximo possível de fidelidade, pois narra, à sua própria maneira, a história de sua raça:

— Nós, *szeklers,* temos o direito de nos sentirmos orgulhosos, pois em nossas veias corre o sangue de muitas raças valentes que travaram lutas acirradas pelo poder. Aqui, neste redemoinho de raças europeias, a tribo úgrica trouxe da Islândia o espírito guerreiro que lhe foi dado por Thor e Odin, e que os escandinavos demonstraram com tão cruel propósito no litoral da Europa, e também da Ásia e da África, a ponto de os povos daquelas regiões acharem que estavam sendo atacados por verdadeiros lobisomens. Aqui, também, quando chegaram encontraram os hunos, cuja fúria guerreira varrera a terra como um incêndio, a ponto de a gente que morria acreditar que nas veias de seus inimigos corria o sangue daquelas antigas feiticeiras que, expulsas da Cítia, acasalavam-se com os demônios nos desertos. Tolos, tolos! Que demônio ou feiticeira algum dia foi tão grande quanto Átila, cujo sangue corre nestas veias? — Ele ergueu os braços. — Não é de se admirar que fôssemos uma raça de conquistadores; que tivéssemos orgulho; que quando os magiares, os lombardos, os avares, os búlgaros e os turcos chegavam aos milhares a nossas fronteiras nós os obrigássemos a dar meia-volta. Não é de se estranhar que, quando Arpad e suas legiões varreram a pátria dos húngaros, ele nos tenha encontrado ao chegar à fronteira, e que as Honfoglalas tenham tido lugar então. E quando a horda dos húngaros seguiu rumo a leste, os *szeklers* foram considerados pertencentes à mesma raça pelos vitoriosos magiares, e a nós foi confiada durante séculos a guarda da fronteira do império turco; sim, e mais do que isso, a interminável tarefa da guarda da fronteira, pois, como dizem os turcos, "as águas dormem, mas os inimigos estão em permanente vigília". Entre as quatro nações, ninguém recebeu com mais satisfação do que nós a "espada sangrenta", ou correu mais rápido para junto do estandarte do rei ao som de seu grito de guerra. Quando foi redimida aquela grande vergonha de minha nação, a vergonha de Cassova, quando as bandeiras dos valáquios e dos magiares tombaram sob o Crescente? Quem, senão um homem de minha raça, cruzou o Danúbio em Voivode e derrotou os turcos em sua própria terra? Era de fato um Drácula! Foi uma enorme desgraça que, após sua queda, seu próprio irmão, criatura torpe, tenha vendido seu povo aos turcos e o condenado à vergonha da escravidão! Não foi com certeza esse Drácula o que inspirou um outro de sua raça que, mais tarde, levou repetidas vezes suas forças a cruzarem o rio; aquele que, uma vez derrotado, retornava, e retornava, e retornava, embora tivesse que regressar sozinho do campo sangrento onde suas tropas estavam sendo dilaceradas, pois sabia que somente ele poderia, ao fim, triunfar! Dizem que ele só pensava em si. Bah! Para que servem os camponeses sem um líder? Onde termina a guerra sem um cérebro e um coração para conduzi-la? Novamente, quando, após a batalha de Mohács, nos libertamos do jugo dos húngaros, nós, os Drácula, estávamos entre os líderes, pois nosso espírito não podia tolerar que não fôssemos livres. Ah, jovem senhor, os *szeklers*, e os Drácula como o sangue de seu coração, seu cérebro e sua espada, podem se gabar de uma história de glórias que os Habsburgo e os Romanov jamais conhecerão. Os dias de guerra terminaram. O sangue é algo de muito precioso nestes dias de vergonhosa paz, e as glórias das grandes raças são como uma lenda.

A essa altura, já amanhecia, e fomos dormir. (*Nota:* este diário se parece terrivelmente com o começo de *As mil e uma noites*, pois tudo tem que se interromper quando o galo canta — ou com o fantasma do pai de Hamlet.)

12 de maio — Quero começar pelos fatos — fatos simples, atestados pelos livros e pelos cálculos, e acerca dos quais não pode haver dúvidas. Não devo confundi-los com experiências que terão que depender de minha própria observação ou de minha memória. Quando, na noite passada, o conde veio de seu quarto, começou a me fazer perguntas sobre questões jurídicas e sobre a realização de certo tipo de negócios. Eu passara o dia metido nos livros de contabilidade, e, simplesmente para manter minha mente ocupada, discorri sobre alguns dos temas que tinham feito parte de meu exame em Lincoln's Inn. As perguntas do conde seguiam um certo método, de modo que tentarei registrá-las na ordem; o conhecimento talvez venha a me ser útil, de certa forma ou em certo momento.

Primeiro, ele perguntou se é possível, na Inglaterra, ter dois ou mais procuradores. Disse-lhe que poderia ter uma dúzia, se desejasse, mas que não seria prudente ter mais de um procurador envolvido numa dada transação, pois apenas um poderia agir de cada vez, e mudar de um para o outro com certeza seria prejudicial a seus interesses. Ele pareceu compreender perfeitamente e prosseguiu, perguntando se haveria dificuldades práticas em ter uma pessoa para cuidar, por exemplo, das questões bancárias, e outra para cuidar das remessas de mercadorias, no caso de alguma ajuda local ser necessária num lugar distante da residência do procurador bancário. Pedi-lhe que me explicasse melhor, para que eu não corresse o risco de lhe dar uma explicação errada. Ele disse, então:

— Darei exemplos. Nosso amigo Peter Hawkins, que vive à sombra da bela catedral de Exeter, distante de Londres, compra para mim, por intermédio do senhor, uma propriedade em Londres. Certo. Agora, deixe-me dizê-lo com franqueza, caso contrário o senhor há de achar estranho que eu tenha ido buscar os serviços de alguém que está tão distante de Londres em vez de procurar alguém que residisse na cidade: o que me motivou foi fazer com que nenhum interesse local prevalecesse, mas tão somente o meu desejo. Como alguém que reside em Londres poderia, talvez, ter algum objetivo pessoal ou algum amigo que gostaria de ajudar, fui procurar meu agente em outra região, a fim de garantir que seus trabalhos atendam exclusivamente a meus interesses. Suponhamos, agora, que eu, que tenho muitos negócios, quisesse despachar mercadorias para, digamos, Newcastle, ou Durham, ou Harwich, ou Dover. Não seria mais conveniente contratar um procurador residente numa dessas cidades portuárias?

Respondi que certamente seria, mas que nós, advogados, adotamos um sistema de reciprocidade, de modo que um serviço local pode ser realizado a partir de instruções de qualquer procurador. O cliente pode, então, colocar-se nas mãos de um único profissional e ter seus interesses atendidos sem maiores problemas.

— Mas eu teria a liberdade de comandar eu mesmo os negócios, não? — indagou ele.

— É claro que sim — repliquei. — Essa é uma conduta frequente da parte de homens de negócios que não querem que todos os detalhes de suas transações venham a ser conhecidos por quem quer que seja.

— Ótimo.

O conde prosseguiu, perguntando sobre as formas de fazer consignações e as formalidades a cumprir, e sobre todo tipo de dificuldades que poderiam surgir, mas que poderiam ser evitadas se de antemão certas medidas fossem tomadas. Expliquei-lhe tais assuntos valendo-me de toda a minha competência, e ele me deu a impressão de que seria um ótimo advogado, pois não deixou de prever um único detalhe. Para um homem que jamais havia estado na Inglaterra, e que evidentemente não lidava muito no ramo dos negócios, seu conhecimento e sagacidade eram impressionantes. Quando se viu satisfeito com relação aos pontos que mencionara, e depois que verifiquei tudo da melhor forma possível nos livros disponíveis, ele subitamente pôs-se de pé e disse:

— O senhor escreveu alguma outra carta, além daquela primeira, a Mr. Peter Hawkins ou a qualquer outro amigo seu?

Foi com certo rancor em meu coração que lhe respondi que não escrevera, pois até então não vira qualquer oportunidade de enviar cartas a quem quer que fosse.

— Escreva agora, então, meu jovem amigo — disse ele, pousando sua mão pesada sobre meu ombro. — Escreva a seu amigo, ou a outro qualquer, dizendo, se estiver de acordo, que ficará comigo por mais um mês.

— Deseja que eu fique tanto tempo assim? — perguntei, pois meu coração enregelou diante da perspectiva.

— Desejo muito, e não aceitarei recusas. Quando seu mestre, patrão, seja lá o que ele for, comprometeu-se a enviar alguém em seu lugar, ficou acertado que somente minhas necessidades seriam levadas em conta. Não poupei despesas. Não é verdade?

O que mais podia eu fazer além de aquiescer, com uma mesura? Eram os interesses de Mr. Hawkins, não os meus, e eu tinha que pensar nele, não em mim. Além do mais, enquanto o conde Drácula falava, havia em seus olhos e em sua atitude algo que me recordava que eu era um prisioneiro, e que não me restavam escolhas. O conde viu sua vitória em minha mesura, e, na expressão perturbada do meu rosto, a certeza de que era ele quem ditava as regras, pois começou no mesmo instante a demonstrar seu poder, ainda que daquela sua forma serena e irresistível:

— Peço-lhe, meu jovem amigo, que não discorra em suas cartas sobre outros assuntos além dos negócios. Sem dúvida seus amigos ficarão satisfeitos em saber que o senhor encontra-se bem e que está ansioso em voltar para junto deles. Não é isso?

Ao falar, estendeu-me três folhas de papel finíssimo e três envelopes também muito finos. Quando olhei para eles e depois para o conde, percebendo seu sorriso silencioso com os dentes caninos e pontiagudos projetando-se sobre o lábio vermelho, compreendi tão bem quanto se ele o tivesse dito que eu deveria tomar cuidado com o que escrevesse, pois ele facilmente poderia ler minhas cartas. Decidi, então, escrever apenas cartas curtas e formais por ora, mas escrever secretamente a Mr. Hawkins contando os mínimos detalhes, e também a Mina, pois para ela eu poderia taquigrafar, o que impediria que o conde compreendesse a carta, caso viesse a lê-la. Após ter escrito minhas duas cartas sentei-me em silêncio, lendo um livro enquanto o conde escrevia várias cartas, consultando, ao escrever, alguns livros que estavam sobre a mesa. Depois pegou minhas duas cartas e colocou-as entre as suas, deixando papel, tinta e todos os outros apetrechos sobre a mesa. Inclinei-me sobre eles no instante em que a porta se fechou atrás do conde, e examinei as cartas, que estavam com a face voltada para baixo. Não me senti constrangido em agir assim, pois, dadas as circunstâncias, sentia que devia me proteger de todas as formas possíveis.

Uma das cartas estava endereçada a Samuel F. Billington, Crescent, 7, Whitby, e outra a Herr Leutner, Viena; a terceira era para Coutts & Co., Londres, e a quarta para Herren Klopstock & Billreuth, banqueiros, Budapeste. A segunda e a quarta não estavam lacradas. Eu estava prestes a abri-las quando vi a maçaneta da porta se mover. Endireitei-me no meu assento, tendo tempo apenas de colocá-las de volta da forma como estavam e retomar meu livro antes que o conde, com uma outra carta nas mãos, entrasse na biblioteca. Pegou as cartas sobre a mesa, selou-as cuidadosamente e, virando-se para mim, disse:

— Tenho certeza de que irá me desculpar, mas tenho muito trabalho a fazer esta noite. Encontrará tudo o que for de seu agrado, assim espero.

Chegando à porta, voltou-se e disse, após uma pequena pausa:

— Quero aconselhá-lo, meu jovem amigo... ou, melhor dizendo, quero adverti-lo com grande seriedade: caso saia destes aposentos, não deve em nenhuma hipótese dormir em qualquer outra parte do castelo. É muito velho, e tem muitas memórias, e sonhos ruins estão reservados àqueles que forem descuidados ao dormir. Cuidado! Caso o sono chegue, ou esteja prestes a chegar, procure rapidamente seu próprio quarto, ou algum destes aposentos, onde estará a salvo. Mas se não tomar cuidado, então...

Ele terminou sua fala de forma terrível, pois fez um gesto como se estivesse lavando as mãos. Eu entendi muito bem; minha única dúvida era se algum sonho poderia vir a ser pior do que aquela horrível teia de sombras e de mistério que parecia estar se fechando ao meu redor.

Mais tarde — Reitero as últimas palavras que escrevi, mas desta vez já não há qualquer dúvida. Não ousarei dormir em qualquer lugar em cujas proximidades o conde não esteja. Coloquei o crucifixo na cabeceira da minha cama — assim, creio estar livrando meu sono dos maus sonhos. Ali ele há de permanecer.

Quando o conde me deixou, vim para o meu quarto. Algum tempo depois, e não tendo ouvido um único ruído, saí e subi a escadaria até a sala onde podia olhar para o sul. Mesmo que me fosse inacessível, havia uma certa sensação de liberdade naquela vastidão, se comparada à escuridão e à estreiteza do pátio. Olhando para fora, senti que estava de fato numa prisão e queria respirar um pouco de ar puro, mesmo que *fosse* o ar noturno. Estou começando a sentir os efeitos dessa existência noturna. Está acabando com os meus nervos. Assusto-me com minha própria sombra e perco-me em toda sorte de terríveis devaneios. Deus sabe que todo este medo justifica-se, neste lugar amaldiçoado! Olhei para a bela vastidão lá fora, banhada pela luz amarelada e suave da lua até se tornar quase tão clara como o dia. Sob aquela luz difusa, as colinas distantes pareciam se misturar, e as sombras nos vales e nas gargantas eram de um negro aveludado. A mera visão da beleza parecia me animar; havia paz e conforto no próprio ar que eu respirava. Ao me debruçar sobre a janela, chamou-me a atenção algo que se movia no andar de baixo, ligeiramente à esquerda, onde eu imaginava serem os aposentos do conde. A janela da qual eu olhava era alta e funda, com mainel de pedra, e, embora gasta pelo tempo, ainda estava inteira — mas era claro que muitos dias se haviam passado desde que a esquadria fora instalada ali. Afastei-me, escondendo-me atrás da pedra trabalhada, e olhei cuidadosamente para fora.

O que vi foi a cabeça do conde saindo da janela. Não vi o rosto, mas reconheci-o pelo pescoço e pelo movimento das costas e dos braços. De qualquer modo, eu não confundiria as mãos que tive tantas oportunidades de estudar. Fiquei a princípio interessado, e a visão me distraiu, pois é incrível como um detalhe ínfimo pode interessar a um homem quando ele se encontra prisioneiro. Meus sentimentos, contudo, transformaram-se em repulsa e terror quando vi o corpo inteiro do conde emergir aos poucos da janela e começar a se arrastar pela parede do castelo, à beira do terrível abismo, com *a cabeça para baixo* e a capa esvoaçando ao redor como se fosse um par de gigantescas asas. A princípio não pude acreditar no que meus olhos viam. Pensei que era alguma ilusão causada pela luz da lua, algum efeito estranho das sombras, mas continuei olhando, e não podia haver engano. Vi os dedos das mãos e dos pés agarrarem os cantos das pedras, de onde o passar dos anos removera a argamassa, e assim, valendo-se de todas as saliências e irregularidades, descer pela parede com uma rapidez considerável, exatamente como faz um lagarto.

Que espécie de homem é esse, ou que espécie de criatura semelhante a um homem é essa? Sinto o pavor deste lugar horrível dominar-me; tenho medo — um medo terrível — e não há possibilidade de fuga. Estou rodeado de terrores que não ouso imaginar...

15 de maio — Voltei a ver o conde sair como um lagarto. Ele desceu uns trinta metros na parede, obliquamente, e em direção à esquerda. Sumiu dentro de algum buraco ou janela. Depois que sua cabeça desapareceu, inclinei-me para a frente a fim de tentar ver melhor, mas sem sucesso — a distância era grande demais para permitir que eu tivesse um ângulo de visão adequado. Sabia que ele agora deixara o castelo e pensei em aproveitar a oportunidade para explorá-lo mais do que até então ousara fazer. Voltei para meus aposentos e, apanhando um lampião, tentei abrir todas as portas. Estavam trancadas, como eu imaginava, e as fechaduras eram comparativamente novas; mas desci pela escadaria de pedra até o vestíbulo por onde eu entrara no castelo. Descobri que conseguia abrir com facilidade os trincos da porta, que no entanto estava trancada, e a chave havia sumido! Devia estar nos aposentos do conde; eu precisava verificar se sua porta estava destrancada, para que pudesse pegar a chave e fugir. Continuei fazendo um exame cuidadoso dos vários andares e corredores, e tentando abrir as portas com que me deparava. Uma saleta ou duas perto do vestíbulo estavam abertas, mas nada havia para ver ali, à exceção de mobília velha, empoeirada pelo passar do tempo e comida pelas traças. Afinal, porém, encontrei uma porta no alto da escadaria que, embora parecesse estar trancada, cedeu um pouco quando a empurrei. Fiz mais força e descobri que na verdade não estava trancada, mas que a resistência advinha do fato de que as dobradiças tinham cedido um pouco, e que a porta pesada apoiava-se no chão. Era uma oportunidade que eu talvez não voltasse a ter, de modo que me empenhei em abri-la, e, fazendo muita força, consegui empurrá-la o suficiente para poder entrar. Eu estava agora numa ala do castelo mais à direita do que os aposentos que eu conhecia, e um andar abaixo. Das janelas, podia ver que os quartos ficam ao longo da face sul do castelo, e as janelas do último deles abrem-se para o oeste e para o sul. Em ambas as direções há um enorme precipício. O castelo foi construído nas bordas de um grande rochedo, sendo, portanto, inexpugnável por três lados, e janelas enormes foram abertas aqui, onde fundas, arcos e colubrinas não alcançariam; consequentemente, garantiram-se o conforto e a luminosidade, que seriam impossíveis num local que tivesse que ficar sob guarda. A oeste estende-se um amplo vale, e depois, erguendo-se na distância, enormes fortalezas de montanhas serrilhadas, os picos se projetando uns sobre os outros, os rochedos íngremes guarnecidos com sorveiras e abrolhos, cujas raízes se agarram em fendas, gretas e rachaduras da pedra. Era esta, evidentemente, a parte do castelo ocupada pelas damas, em tempos idos, pois a mobília parece mais confortável do que qualquer outra que eu tenha visto aqui. As janelas não têm cortinas, e o luar amarelado, inundando o quarto através dos pequenos losangos das vidraças, permite que se vejam até as cores, pois atenua o excesso de poeira que recobre tudo e disfarça um pouco os danos causados pelo tempo e pelas traças. Meu lampião parece fazer pouco efeito à luz brilhante da lua, mas estou satisfeito por tê-lo trazido comigo, pois este lugar me traz uma terrível sensação de solidão que enregela meu coração e faz tremerem meus nervos. Ainda assim, é melhor do que me limitar àqueles cômodos que passei a odiar devido à presença do conde. Depois de tentar acalmar um pouco meus nervos, senti uma quietude suave apossar-se de mim. Aqui estou, sentado diante de uma mesinha de carvalho à qual possivelmente, em tempos idos, sentou-se uma dama para escrever, com muitos pensamentos e muitos rubores, sua carta de amor malredigida. Registro em meu diário, usando-me da taquigrafia, tudo o que me ocorreu desde a última vez que o fechei. É a última palavra do século XIX. Ainda assim, a menos que meus sentidos me enganem, os séculos passados tiveram, e têm ainda, poderes próprios que a mera "modernidade" não tem como sufocar.

Mais tarde: manhã de 16 de maio — Que Deus conserve minha sanidade, pois a isto me vejo reduzido. A segurança e a garantia da segurança são coisas do passado. Enquanto eu estiver aqui, só me resta uma única esperança, que é a de não enlouquecer — se é que já não enlouqueci.

Se minha mente estiver sã, então é com certeza enlouquecedor pensar que, entre todas as coisas hediondas que se ocultam neste lugar odioso, o conde é a que me assusta menos; que somente a ele posso recorrer em busca de segurança, mesmo que isso só valha enquanto eu ainda lhe for útil. Meu bom Deus! Meu piedoso Deus! Ajude-me a manter a calma, pois caso contrário sem dúvida hei de enlouquecer. Começo a compreender melhor certas coisas que haviam me intrigado. Até hoje, eu não chegara a entender o que queria dizer Shakespeare quando pôs as seguintes palavras na boca de Hamlet:

"Meu bloco! Rápido, meu bloco! Convém que eu tome nota disto" etc.

Agora, quando tenho a sensação de que estou perdendo a cabeça, e de que o choque talvez tenha sido grande demais para que eu consiga manter a lucidez, volto-me ao meu diário em busca de paz. O hábito de narrar tudo acuradamente há de ajudar a me acalmar.

O misterioso aviso do conde assustou-me na hora; assusta-me bem mais agora quando penso a respeito, pois no futuro terá um terrível domínio sobre mim. Não voltarei a duvidar do que ele venha a dizer!

Depois de escrever em meu diário e de ter, felizmente, recolocado o caderno e a pena em meu bolso, senti-me sonolento. O aviso do conde veio-me à mente, mas encontrei certa satisfação em desobedecê-lo. O sono me dominava, e com a obstinação que sempre o acompanha. O luar suave me acalmava, e a vastidão lá fora me dava uma sensação de liberdade que me revigorava. Decidi que naquela noite não retornaria para os aposentos sombrios, mas dormiria ali, onde, em tempos idos, damas se sentavam e cantavam e viviam vidas agradáveis enquanto seus corações delicados choravam pelos homens que estavam longe dali, lutando em guerras impiedosas. Arrastei um grande divã de seu lugar junto à parede, a fim de poder, ao me deitar, olhar para aquela adorável vista do leste e do sul. Sem pensar na poeira e sem me incomodar com ela, ajeitei-me para dormir. Creio que devo ter adormecido; espero que sim, mas tudo o que se seguiu foi real demais — tão real que agora, sentado aqui à clara e plena luz da manhã, não sou capaz de acreditar nem por um instante que tenha sido apenas um sonho.

Eu não estava só. O quarto estava idêntico, não sofrera nenhuma modificação desde que eu entrara ali. À luz brilhante da lua, eu podia ver meus próprios passos marcados no chão, nos locais onde eu profanara o longo acúmulo de poeira. Ao luar, diante de mim, estavam três mulheres jovens — damas, a tomar por suas roupas e maneiras. Na hora, pensei que devia estar sonhando quando as vi, pois, embora o luar entrasse por trás delas, não projetavam sombras no chão. Aproximaram-se de mim e ficaram me olhando por algum tempo, depois sussurraram palavras entre si. Duas eram morenas, e tinham narizes aquilinos, como o conde, e grandes olhos escuros e penetrantes, que pareciam ser quase vermelhos em contraste com o amarelo pálido do luar. A outra era loura, de um louro muito claro, com grandes ondas de cabelo dourado e olhos que eram como safiras pálidas. De certa forma, tive a impressão de reconhecer seu rosto, que relacionava a algum medo vago, mas naquele momento não consegui me lembrar de nada além disso. Todas as três tinham dentes brancos e brilhantes que cintilavam como pérolas contra o fundo cor de rubi de seus lábios voluptuosos. Havia algo nelas que me causava desconforto, desejo e ao mesmo tempo um terrível temor. Senti em meu íntimo um desejo ardente e depravado de que elas me beijassem com aqueles lábios vermelhos. Não convém registrar isso; temo que algum dia chegue aos olhos de Mina e lhe cause sofrimento. Mas é a verdade. Elas sussurravam entre si, e depois as três riram — uma risada cristalina, que era como música, mas tão forte que jamais poderia ter saído de lábios humanos. O som era a um só tempo suave e intolerável, como se fossem copos de cristal cheios d'água que alguém fizesse soar com mãos habilidosas. A loura meneou a cabeça com coqueteria, e as outras duas a incitaram a seguir adiante. Uma disse:

— Vá em frente! Você é a primeira, e nós vamos em seguida. Tem o direito de começar.

A outra acrescentou:

— Ele é jovem e forte, há beijos para todas nós.

Fiquei deitado, imóvel, olhando através das pálpebras semicerradas na agonia de uma deliciosa ansiedade. A loura aproximou-se e se curvou sobre mim, até que fui capaz de sentir sua respiração. O hálito era doce, num certo sentido; doce como mel, e causava em meus nervos a mesma sensação que suas risadas. Havia algo de amargo sob o aroma doce, porém, e um tanto repugnante, como o cheiro do sangue.

Eu tinha medo de abrir os olhos, mas conseguia ver perfeitamente por entre as pálpebras entreabertas. De joelhos, a jovem se inclinou sobre mim de forma lasciva. Havia uma voluptuosidade deliberada que era ao mesmo tempo excitante e repulsiva, e ao curvar o pescoço ela chegou a lamber os beiços, como um animal. À luz da lua, eu podia ver os lábios úmidos e vermelhos brilhando, assim como a língua escarlate, que se projetava por entre os dentes brancos e afiados. Ela baixava cada vez mais a cabeça, e os lábios afastavam-se de minha boca e queixo, parecendo prestes a se colar sobre minha garganta. Então ela se deteve. Eu podia ouvir o ruído de sua língua enquanto ela lambia os dentes e os lábios, e sentir o hálito quente em meu pescoço. Senti uma comichão ali, como ocorre quando a mão que promete carícias chega cada vez mais perto — cada vez mais perto. Eu podia sentir o tato macio dos lábios na pele ultrassensível do meu pescoço, e a dureza de dois dentes afiados que não faziam mais do que tocá-lo. Fechei os olhos num êxtase lânguido e esperei — esperei, com o coração aos pulos.

Naquele instante, porém, outra sensação assolou-me, rápida como um raio. Eu tive consciência da presença do conde, que estava furioso. Quando meus olhos involuntariamente se abriram, vi sua mão agarrar o pescoço esguio da loura e puxá-la para trás com a força de um gigante. Ela rilhava os dentes de raiva, os olhos azuis transtornados pela ira, e a face pálida inflamada pela exaltação. O conde, porém! Nunca imaginei tamanha fúria, nem mesmo nos demônios do inferno. Seus olhos definitivamente chamejavam. O fulgor vermelho que havia neles era horripilante, como se ardessem ali as próprias chamas do inferno. Sua face era de uma palidez mortal, e seus traços estavam rígidos como se fossem linhas desenhadas ali; as sobrancelhas espessas que se juntavam acima do nariz pareciam uma barra suspensa de metal incandescente. Com um gesto violento, arremessou a mulher para longe, e fez um movimento na direção das outras, como se as estivesse afastando. Era o mesmo gesto imperioso que eu vira o cocheiro fazer para os lobos. Disse, numa voz baixa, quase um murmúrio, que no entanto parecia atravessar o ar e ecoar no quarto:

— Como ousam tocá-lo? Como ousam pôr os olhos nele, quando eu as proibi? Para trás, todas vocês! Este homem pertence a mim! Cuidado para não se meterem com ele, ou terão que se ver comigo!

A loura riu com uma coqueteria vulgar e virou-se para lhe responder:

— Você nunca amou, você nunca ama!

As duas outras juntaram-se a ela, então, numa gargalhada sombria, dura, desumana que ecoou pelo quarto e quase me fez desmaiar; parecia sair da garganta de demônios. O conde virou-se, então, e disse, após olhar com atenção para o meu rosto:

— Não, também eu sou capaz de amar; vocês sabem disso, pois conhecem meu passado. Não é verdade? Bem, prometo-lhes que quando não precisar mais dele vocês poderão beijá-lo à vontade. Agora vão embora! Vão embora! Preciso acordá-lo, pois há trabalho a fazer.

— Não ganhamos nada hoje à noite? — disse uma delas com uma risada baixa, apontando para um saco que ele jogara no chão que se movia como se houvesse alguma coisa viva lá dentro.

Em resposta, o conde fez que sim com a cabeça. Uma das mulheres se adiantou e abriu o saco. Se meus ouvidos não me traíram, houve um arquejo e um gemido baixinho, como se estivesse ali uma criança meio sufocada. As mulheres cercaram-na. Eu estava estupefato, aterrorizado. Quando olhei, porém, haviam desaparecido, e com elas aquele saco horrível. Não havia portas perto delas, e não poderiam ter passado por mim sem que eu as tivesse visto. A impressão era de que simplesmente tinham sumido nos raios do luar e saído do quarto pela janela, pois eu podia ver na escuridão lá fora vultos como sombras, um momento antes de desaparecerem por completo.

O horror dominou-me, então, e perdi os sentidos.

capítulo 4

DIÁRIO DE JONATHAN HARKER *(CONTINUAÇÃO)*

Acordei em minha própria cama. Se for verdade que não sonhei, o conde deve ter me trazido até aqui. Tentei chegar a uma conclusão sobre o assunto que me parecesse definitiva, mas não era possível. Havia com certeza algumas pequenas provas, tais como o fato de minhas roupas estarem dobradas de maneira diferente. Meu relógio estava parado, e tenho o hábito de dar-lhe corda rigorosamente todas as noites antes de me deitar. E vários outros detalhes. Nada disso constitui, porém, prova definitiva, pois podem ser sinais de que minha mente não estava em seu estado normal, e, por diversos motivos, com certeza tenho estado bastante transtornado. Tenho que ficar alerta ao aparecimento de provas. Um detalhe me deixa satisfeito: se de fato o conde me carregou até aqui e me despiu, devia estar com pressa, pois meus bolsos estão intactos. Tenho certeza de que este diário seria para ele um mistério intolerável. Ele o teria levado consigo, ou o teria destruído. Quando olho ao redor deste quarto, parece-me uma espécie de abrigo, mesmo tendo sido palco de tantos temores, pois nada pode ser mais terrível do que aquelas três mulheres medonhas, que estavam — que *estão* — esperando para sugar meu sangue.

18 de maio — Desci para ver novamente aquele quarto à luz do dia, pois *tenho* que descobrir a verdade. Quando cheguei à porta, no alto da escadaria, encontrei-a fechada. Havia sido empurrada com tanta força contra o umbral que parte da madeira estava lascada. Eu podia ver que a lingueta da fechadura não estava cerrada, mas a porta havia sido trancada por dentro. Temo que não tenha sido um sonho, e preciso agir a partir dessa premissa.

19 de maio — Estou com certeza em maus lençóis. Na noite passada, o conde me pediu, com enorme delicadeza, que escrevesse três cartas: uma dizendo que meu trabalho já estava quase concluído e que eu regressaria para casa dentro de alguns dias, outra dizendo que eu partiria no dia seguinte à data da carta, e a terceira dizendo que eu deixara o castelo e chegara a Bistrita. Normalmente, eu teria protestado, mas senti que, no pé em que estão as coisas, seria loucura discutir abertamente com o conde quando ainda estou em seu poder. Recusar-me equivaleria a despertar-lhe as suspeitas e a ira. Ele sabe que sei coisas demais, e que não devo viver, de modo a não o colocar em perigo; minha única chance é prolongar minhas oportunidades. Talvez ocorra algum fato que me dê a oportunidade de fugir. Vi em seus olhos algo da ira que ele demonstrou ao atirar aquela mulher para longe. Explicou-me que o correio passava raramente, e sem regularidade; escrever minhas cartas agora garantiria a tranquilidade de meus amigos. Garantiu-me que daria ordens para que as duas últimas cartas ficassem retidas em Bistrita até o momento adequado, para o caso de minha permanência prolongar-se, e falou com tanta veemência que se eu me opusesse só faria despertar novas suspeitas. Fingi, então, deixar-me convencer por sua argumentação, e perguntei quais as datas que deveria pôr nas cartas. Ele fez alguns cálculos, e disse, em seguida:

— A primeira deve ser datada de 12 de junho, a segunda de 19 de junho e a terceira de 29 de junho.

Agora sei quanto tempo de vida ainda me resta. Que Deus me ajude!

28 de maio — Há uma chance de fuga, ou pelo menos de enviar notícias para casa. Um bando de ciganos chegou ao castelo e está acampado no pátio. Fiz anotações sobre eles em meu caderno. São típicos desta parte do mundo, embora aliem-se aos ciganos comuns que há em toda parte. Há milhares deles na Hungria e na Transilvânia, e praticamente não obedecem a qualquer lei. Vinculam-se, como norma, a algum nobre ou boiardo, e chamam-se pelo nome dele. São destemidos e não têm religião, ainda que sejam supersticiosos, e só falam seus próprios dialetos da língua romena.

Vou escrever algumas cartas para casa e tentar fazer com que eles as enviem. Já falei com alguns de minha janela, para começar a travar conhecimento. Tiram seus chapéus e fazem mesuras e vários outros sinais que, no entanto, não compreendo melhor do que compreenderia a língua que falam...

Escrevi as cartas. Para Mina, escrevi usando taquigrafia, e a Mr. Hawkins só peço que se comunique com ela. Expliquei a Mina minha situação, mas sem narrar os horrores que são apenas suposições. Ela ficaria chocada e apavorada se eu lhe abrisse meu coração. Se as cartas não forem enviadas, então o conde ainda não há de saber meu segredo e a extensão do meu conhecimento...

Entreguei as cartas; joguei-as através das barras da minha janela com uma moeda de ouro, e fiz todos os sinais possíveis para indicar que queria que fossem postadas. O homem que as apanhou apertou-as contra o peito e fez uma mesura, depois as colocou dentro do barrete. Não havia mais nada que eu pudesse fazer. Voltei para o escritório e comecei a ler. Como o conde não aparecesse, escrevi aqui...

O conde veio. Sentou-se ao meu lado e disse com uma voz muito suave, enquanto abria duas cartas:

— Os ciganos me entregaram isto. Vou abri-las, é claro, embora desconheça sua origem. Veja — ele deve ter lido. — Uma foi escrita pelo senhor, e é para o meu amigo Peter Hawkins; a outra... — ele viu então os símbolos estranhos ao abrir o envelope; a expressão de seu rosto tornou-se sombria, e seus olhos chamejaram, cheios de malícia. — A outra é algo de desprezível, um insulto à amizade e à hospitalidade! Não está assinada. Muito bem! Então não nos interessa.

Segurou calmamente a carta e o envelope sobre a chama do lampião até que ambos se consumissem. Então, prosseguiu:

— A carta para Hawkins... é claro que vou enviá-la, já que é sua. Suas cartas são sagradas para mim. Peço-lhe perdão, meu amigo, por ter inadvertidamente rompido o lacre. Não quer lacrá-la de novo?

Estendeu-me a carta, e, com uma mesura cortês, entregou-me um envelope novo. Só o que eu podia fazer era reendereçá-la e entregá-la ao conde, em silêncio. Quando ele saiu da biblioteca, pude ouvir a chave girar discretamente na fechadura. Um minuto depois fui até a porta e tentei abri-la; estava trancada.

Quando, uma ou duas horas depois, o conde voltou silenciosamente à biblioteca, sua chegada despertou-me, pois eu tinha adormecido no sofá. Ele estava bastante cortês e muito alegre também. Vendo que eu estivera dormindo, disse:

— Pois então, meu amigo, está cansado? Vá para a cama. Com certeza lá vai descansar melhor. Talvez eu não possa desfrutar o prazer de nossa conversa esta noite, pois tenho muito trabalho a fazer; mas rogo-lhe que vá dormir.

Fui para o meu quarto e deitei-me. Estranhamente, não sonhei. O desespero tem suas formas próprias de trazer a calma...

31 de maio — Hoje pela manhã pensei, ao acordar, em munir-me de papel e envelopes que havia em minha mala, guardando-os no bolso, a fim de poder escrever se a oportunidade se oferecesse — mas tive outra surpresa, outro choque!

Até os menores pedaços de papel haviam desaparecido, e com eles todas as minhas anotações, meus memorandos sobre estradas de ferro e viagens, minha carta de crédito — na verdade tudo o que me seria útil quando tivesse ido embora do castelo. Sentei-me e refleti um pouco. Um pensamento ocorreu-me; vasculhei minha valise e o armário onde guardara as roupas.

O terno com que eu havia viajado desaparecera, e também meu sobretudo e minha manta de viagem. Não consegui encontrá-las em parte alguma. Parecia tratar-se de algum plano vil...

17 de junho — Hoje de manhã, enquanto eu me sentava na beirada da cama e quebrava a cabeça, ouvi lá fora o estalar de chicotes e o ruído de cascos de cavalos sobre o caminho de pedras que levava ao pátio. Com uma grande alegria, corri até a janela e vi chegarem duas grandes carroças, os *leiter-wagons*, cada um puxado por oito cavalos robustos, e à frente de cada parelha um eslovaco, com seu amplo chapéu, seu cinto guarnecido de tachas, sua pele de carneiro suja e suas botas altas. Levavam também nas mãos seus compridos cajados. Corri até a porta, com a intenção de descer e reunir-me a eles atravessando o vestíbulo de entrada, pois achei que a porta principal devia estar aberta para eles. Outro choque: minha porta estava trancada por fora.

Corri para a janela e chamei os homens. Olharam para mim com um ar estúpido e apontaram, mas nesse instante apareceu o líder dos ciganos. Vendo que apontavam para minha janela, disse alguma coisa que fez os outros rirem. Dali em diante, nenhum esforço meu, nenhum grito digno de pena ou súplica angustiada fez com que eles sequer olhassem em minha direção. Viraram-me as costas resolutamente. As carroças continham grandes caixas quadradas, com alças espessas de corda. Evidentemente estavam vazias, dada a facilidade com que os eslovacos as carregavam e dado o ruído que faziam ao serem rudemente transportadas. Quando todas já haviam sido descarregadas e arrumadas numa pilha enorme num canto do pátio, os eslovacos receberam algum dinheiro do cigano e, cuspindo sobre as moedas para dar sorte, foram preguiçosamente cada um para o seu cavalo. Pouco depois, ouvi o estalo de seus chicotes morrer na distância.

24 de junho, antes do amanhecer — Na noite passada, o conde deixou-me cedo, e se trancou em seus aposentos. Logo em seguida, arrisquei a subir a escada sinuosa e olhei pela janela, que dava para o sul. Eu pretendia ficar vigiando para ver o que faria o conde, pois alguma coisa está acontecendo. Os ciganos estão alojados em algum lugar do castelo e trabalham em algo. Sei disso, pois volta e meia ouço um som distante e abafado de picaretas e pás, e o que quer que seja deve ser o resultado de algum fato desumano e vil.

Já havia quase meia hora que eu estava à janela quando vi algo saindo da janela do conde. Recuei e observei atentamente. Vi ele sair, de corpo inteiro. Foi mais um choque perceber que ele vestia as roupas que eu usara enquanto viajava por esta região e carregava sobre os ombros aquele saco terrível que eu vira as mulheres levarem consigo. Não podia haver dúvidas sobre o que ele pretendia fazer, e ainda por cima usava minhas roupas! Trata-se, então, de mais um lance de pura maldade: os outros vão acreditar estar vendo a mim, e ele tanto poderá fornecer provas de que fui visto nas aldeias ou cidades despachando minhas próprias cartas como fará com que atribuam a mim as perversidades que ele cometer.

Fico furioso ao imaginar que ele pode levar tudo isso adiante enquanto estou trancado aqui, como um prisioneiro, mas sem a proteção da lei, que é o direito e o consolo até mesmo de um prisioneiro.

Pensei em ficar atento ao regresso do conde, e por um bom tempo sentei-me à janela, obstinado. Então comecei a notar que havia pequenas e curiosas manchas flutuando ao luar. Eram como mínimos grãos de poeira, que rodopiavam e se juntavam de forma nebulosa. Fiquei observando, e uma espécie de tranquilidade apossou-se de mim, acalmando-me. Apoiei as costas no vão da janela, procurando uma posição mais confortável, a fim de poder apreciar melhor aquele balé aéreo.

Algo me assustou: o uivo baixo e angustiado de cães, em algum lugar lá embaixo no vale, que estava fora do alcance de meus olhos. Parecia ecoar mais alto em meus ouvidos, e os grãos flutuantes de poeira pareciam desenhar novas formas enquanto dançavam ao luar. Senti-me fazendo um esforço para ouvir o alerta de meus instintos; na verdade, minha própria alma se esforçava, e meus sentidos, entorpecidos, tentavam responder ao chamado. Eu estava ficando hipnotizado! Os grãos de poeira dançavam cada vez mais rápido; os raios de luar pareciam tremular ao passar por mim e perder-se na escuridão. Reuniam-se mais e mais, até darem a impressão de que se organizavam em formas vagas e fantasmagóricas. Assustei-me, então, despertando inteiramente e recobrando a posse de meus sentidos. Saí dali correndo. As formas fantasmagóricas que gradualmente se materializavam nos raios de luar revelavam os corpos daquelas três mulheres assustadoras às quais eu estava destinado. Fugi, e me senti um tanto mais a salvo em meus aposentos, onde o luar não penetrava e a luz do lampião brilhava intensamente.

Algumas horas haviam se passado quando ouvi ruídos no quarto do conde, algo como um choro agudo subitamente interrompido; em seguida fez-se silêncio, um silêncio profundo e terrível, que me fazia enregelar. Com o coração aos pulos, tentei abrir a porta, mas estava trancado em minha prisão, e nada podia fazer. Sentei-me e chorei.

Nisso, ouvi um barulho no pátio, lá fora — o grito angustiado de uma mulher. Corri até a janela e, abrindo-a, espiei por entre as barras. Lá estava, de fato, uma mulher com cabelos desgrenhados, as mãos postas sobre o peito como se estivesse esgotada após muito correr. Apoiava-se num canto do pórtico de entrada. Quando viu meu rosto na janela, jogou-se para a frente e gritou, numa voz ameaçadora:

— Monstro! Devolva meu filho!

Caiu de joelhos, e, levantando as mãos, gritou as mesmas palavras com um tom de voz que me cortou o coração. Começou a arrancar os cabelos e a golpear o peito, abandonando-se às violências de uma emoção intensa demais. Finalmente, atirou-se para a frente, e, embora eu não conseguisse vê-la, podia ouvir os golpes de suas mãos nuas na porta.

Em algum lugar lá em cima, provavelmente na torre, ouvi a voz do conde gritando em seu timbre áspero e metálico. Seu grito pareceu ser respondido muito longe e de todos os lados pelo uivo dos lobos. Alguns minutos depois, vários deles surgiram, como um dique que se rompe, pela entrada ampla do pátio.

A mulher não gritou, e o uivo dos lobos não se demorou. Pouco depois eles iam embora um a um, lambendo os beiços.

Eu não senti pena da mulher, pois sabia o que acontecera com seu filho, e que para ela seria melhor morrer.

O que vou fazer? O que posso fazer? Como fugir desta medonha prisão de medo, noite e escuridão?

25 de junho, pela manhã — Até que tenhamos sofrido com a presença da noite, é impossível avaliar o quão adorável e bem-vinda pode ser a manhã. Quando o sol chegou tão alto no céu esta manhã a ponto de iluminar o grande pórtico que vejo de minha janela, era como se a pomba da Arca de Noé tivesse vindo pousar na vasta superfície que sua luz tocava. Meus temores desapareceram como se fossem uma vestimenta vaporosa que se dissolvesse no calor. Devo encontrar alguma forma de agir enquanto ainda tenho a coragem que o dia me confere. Noite passada, uma de minhas cartas pós-datadas foi enviada, a primeira daquela série fatal que vai apagar os menores sinais de minha existência sobre a terra.

Mas não devo pensar nisso. A ação!

É sempre à noite que sou molestado ou ameaçado, ou, de certo modo, que corro perigo e me sinto amedrontado. Ainda não vi o conde à luz do dia. Será possível que ele durma enquanto os outros estão acordados, e que fique desperto quando os outros dormem? Se eu pudesse entrar em seu quarto! Mas não há a menor possibilidade. A porta está sempre trancada, não há meios de fazê-lo.

Sim, há uma forma. Por que não poderia uma outra pessoa ir aonde ele foi? Eu próprio o vi arrastando-se para fora de sua janela. Por que não o imitar, e entrar em seu quarto também pela janela? A esperança de ser bem-sucedido é mínima, mas minha situação é desesperadora. Vou arriscar. Na pior das hipóteses, encontrarei a morte, e a morte de um homem não é como a de um bezerro; o temido Além talvez ainda esteja aberto a mim. Que Deus me ajude nesta tarefa! Adeus, Mina, se eu falhar; adeus, meu fiel amigo e segundo pai; adeus a todos e sobretudo a Mina!

Mesmo dia, mais tarde — Fiz uma tentativa, e, com a ajuda de Deus, consegui voltar a salvo para este quarto. Preciso registrar cada detalhe em ordem. Quando ainda tinha coragem suficiente, fui diretamente até a janela na face sul, e logo saí, pisando sobre a saliência estreita de pedra que há no castelo, deste lado. As pedras são grandes e cortadas de forma grosseira, e a argamassa desapareceu de seus intervalos, com o passar do tempo. Tirei minhas botas e arrisquei-me a pisar ali, naquele caminho temerário. Olhei uma vez para baixo, para me certificar de que a súbita visão do terrível abismo não fosse me fazer cair, mas depois mantive meus olhos afastados dali. Sabia muito bem a direção da janela do conde e qual a distância até lá. Arrastei-me até ela da melhor forma que pude, dadas as condições. Não fiquei tonto — acho que estava exaltado demais — e pareceu ter-se passado um tempo ridiculamente curto até que eu me encontrasse de pé no peitoril da janela em guilhotina, tentando erguê-la. Estava muito agitado, contudo, quando me inclinei e pus pela primeira vez os pés no quarto. Olhei ao meu redor, procurando pelo conde, mas, surpreso e satisfeito, fiz uma descoberta: o quarto estava vazio! A mobília era escassa e compunha-se de móveis estranhos, que pareciam nunca ter sido usados e assemelhavam-se, em estilo, àqueles dos quartos da ala sul. Estavam cobertos de poeira. Procurei pela chave, que no entanto não estava na fechadura; não consegui encontrá-la em parte alguma. Só o que havia ali era uma grande pilha de moedas de ouro num canto — todo tipo de moedas de ouro, dinheiro romano e britânico, austríaco, húngaro, grego e turco, cobertas com uma camada de poeira, como se estivessem há muito tempo ali no chão. Nenhuma das que examinei pareceu-me ter menos de trezentos anos de idade. Também havia correntes e ornamentos, alguns adornados com joias, mas todos velhos e manchados.

A um canto do quarto havia uma porta pesada. Tentei abri-la, pois, já que não conseguia encontrar a chave da porta externa, que era meu principal objetivo, tinha que fazer outras investigações, ou então todo aquele esforço teria sido em vão. A porta não estava trancada e dava para um corredor de pedra que terminava numa escada descendente em caracol. Segui naquela direção, tomando muito cuidado, pois a escada estava escura; a única iluminação vinha das fendas na alvenaria. Ao final havia outra passagem, escura, mais parecendo um túnel, de cuja extremidade emanava um odor insalubre, o odor de terra antiga revolvida há pouco. Conforme avancei pelo corredor, o cheiro foi se tornando mais forte e intenso. Afinal empurrei uma porta pesada que estava entreaberta, e me encontrei numa capela antiga e arruinada que havia evidentemente sido usada como cemitério. O teto estava quebrado, e em dois lugares havia degraus que levavam a criptas, mas o chão havia sido recentemente cavado. A terra fora colocada em grandes caixas de madeira — as caixas que os eslovacos haviam trazido. Não havia ninguém ali, e procurei por outras saídas, mas tampouco as encontrei. Em seguida, examinei cada centímetro do chão, a fim de não deixar nada passar despercebido. Cheguei a descer até as criptas, onde a luz fraca vacilava, e embora fazê-lo me causasse um enorme terror. Entrei em duas delas, mas nada vi além de pedaços de caixões antigos e montes de poeira. Na terceira, porém, fiz uma descoberta.

Ali, dentro de uma daquelas grandes caixas (das quais havia cinquenta, ao todo), deitado sobre um monte de terra, estava o conde! Não saberia dizer se morto ou adormecido, pois seus olhos estavam abertos e imóveis, mas sem o aspecto vítreo dos olhos dos mortos, e a face tinha o calor da vida apesar de toda sua palidez. Os lábios estavam vermelhos como sempre. Não havia, porém, qualquer sinal de movimento — pulso, respiração ou o bater do coração. Curvei-me sobre ele, tentando encontrar sinais de vida, mas em vão. Ele não devia estar ali há muito tempo, pois o cheiro da terra teria se dissipado em algumas horas. Ao lado da caixa estava a tampa, cheia de buracos aqui e ali. Achei que ele devia guardar as chaves consigo, mas quando fui procurá-las vi os olhos mortos, e neles havia, embora estivessem mortos e inconscientes da minha presença, um olhar de ódio tal que fugi dali, e, saindo dos aposentos do conde pela janela, arrastei-me novamente pela parede do castelo. De volta ao meu quarto, joguei-me sobre a cama, ofegante, e tentei refletir...

29 de junho — Minha última carta está datada de hoje, e o conde tomou medidas para que parecesse genuína, pois mais uma vez o vi saindo do castelo pela mesma janela, vestido com minhas roupas. Enquanto ele descia pela parede como um lagarto, desejei ter um revólver ou alguma arma letal para poder destruí-lo, mas acho que nenhuma arma comum disparada por um homem chegaria a feri-lo. Não ousava esperar pelo seu retorno, pois temia encontrar aquelas estranhas irmãs. Voltei para a biblioteca, onde fiquei lendo até adormecer.

Despertei com a voz do conde, que olhava para mim de um modo por demais assustador e dizia:

— Amanhã, meu amigo, iremos nos despedir. O senhor regressa à sua bela Inglaterra, e eu parto num empreendimento que pode ter resultados tais que nunca voltemos a nos encontrar. Sua carta para casa foi enviada; amanhã não estarei mais aqui, mas tudo estará pronto para a sua viagem. Pela manhã virão os ciganos, que têm um trabalho a fazer aqui, e também virão os eslovacos. Depois que tiverem partido, minha carruagem o buscará para levá-lo até o passo de Borgo, onde encontrará a diligência vindo de Bucovina rumo a Bistrita. Espero voltar a revê-lo no Castelo Drácula!

Suspeitei da sinceridade de suas palavras e resolvi testá-la. Sinceridade! Parece uma profanação usar essa palavra para me referir a um monstro como aquele, de modo que lhe perguntei, sem rodeios:

— Por que não posso partir esta noite?

— Porque, meu caro senhor, meu cocheiro e meus cavalos estão ausentes, a trabalho.

— Mas eu iria a pé de bom grado. Quero ir embora imediatamente. — Ele sorriu um sorriso tão delicado, sereno e diabólico que eu soube que havia algum ardil sob aquela afabilidade. Perguntou-me:

— E a sua bagagem?

— Não me importo. Posso mandar buscá-la mais tarde.

O conde se pôs de pé e disse, com uma cortesia e uma gentileza que me fizeram esfregar os olhos, pois pareciam de fato reais:

— Seu idioma tem uma expressão de que gosto muito, pois é esse o espírito de nossos boiares: "Que sejam bem-vindos os que chegam; que possam seguir sem demora os que partem." Venha comigo, meu caro e jovem amigo. O senhor não há de ficar nesta casa um minuto contra sua vontade, apesar de sua partida me entristecer, assim como seu súbito desejo de ir embora. Venha!

Com uma gravidade solene ele se adiantou, o lampião na mão; descemos a escada e atravessamos o vestíbulo. Subitamente, ele se deteve:

— Ouça!

Chegava a nós o uivo de muitos lobos, que pareciam estar bem perto. Foi quase como se o uivo tivesse surgido quando ele ergueu a mão, exatamente como a música tocada por uma grande orquestra parece brotar sob a batuta do maestro. Após um instante de pausa, ele prosseguiu, daquela sua maneira imponente, até a porta. Ele abriu os trincos pesados, desengatou as pesadas correntes e começou a abri-la.

Para minha enorme surpresa, vi que estava destrancada. Olhei ao redor, desconfiado, mas vi que não havia chaves de qualquer espécie.

Quando a porta começou a se abrir, o uivo dos lobos lá fora tornou-se mais intenso e enfurecido; suas mandíbulas vermelhas, os dentes rilhando, e suas unhas rombudas apareceram na fresta da porta, contra a qual saltavam. Vi então que me opor ao conde naquele instante seria inútil. Com aliados como aqueles sob seu comando, eu nada podia fazer. A porta continuou a abrir-se devagar, porém, e somente o corpo do conde ficava na abertura. Subitamente ocorreu-me que aquela talvez fosse a hora e a forma do meu fim: seria dado aos lobos, e por meu próprio incentivo. Havia uma perversidade diabólica naquela ideia que era bem característica do conde, e, numa última tentativa, gritei:

— Feche a porta; vou esperar até amanhã! — e cobri meu rosto com as mãos a fim de esconder minhas lágrimas de amargo desapontamento.

Com um gesto de seu braço forte, o conde fechou a porta, e o ruído dos pesados ferrolhos se fechando ecoou pelo vestíbulo.

Regressamos em silêncio à biblioteca, e depois de um ou dois minutos fui para os meus aposentos. A última vez que vi o conde foi quando ele beijou a própria mão diante de mim, em sinal de afeto, mas com um brilho vermelho de triunfo nos olhos e com um sorriso do qual Judas, no inferno, ficaria orgulhoso.

Quando estava no meu quarto e prestes a me deitar, pensei ter ouvido um murmúrio junto à porta. Aproximei-me, em silêncio, e pus-me a escutar. Se meus ouvidos não me enganaram, era a voz do conde:

— Vão embora, vão embora para o seu lugar! Sua hora ainda não chegou. Esperem! Tenham paciência! Esta noite é minha. Amanhã, a noite é de vocês!

Houve uma risada baixa e zombeteira; furioso, abri a porta de um golpe e vi as três mulheres perversas lambendo os lábios. Quando apareci, as três se uniram numa gargalhada horrível e fugiram.

Voltei para o quarto e caí de joelhos. O fim está tão próximo, então? Amanhã! Amanhã! Deus, ajude-me, e ajude aqueles que me querem bem!

30 de junho — Estas talvez venham a ser as últimas palavras que escrevo neste diário. Dormi até perto da alvorada e, ao acordar, caí de joelhos, pois decidi que, se a Morte chegasse, devia me encontrar pronto.

Afinal senti uma súbita mudança no ar e soube que a manhã havia chegado. Ouvi o bem-vindo canto do galo, e senti que estava a salvo. Com alegria no coração, abri minha porta e corri até o vestíbulo. Vi que a porta estava destrancada, e agora a possibilidade de fuga estava diante de mim. Com mãos trêmulas de ansiedade, desatei as correntes e afastei os sólidos ferrolhos.

A porta, contudo, não se mexia. O desespero se apoderou de mim. Puxei a porta e golpeei-a até que, mesmo maciça, chacoalhou na própria moldura. Eu podia ver que o trinco tinha sido fechado, e isso acontecera depois que eu deixara o conde.

Então, fui tomado por um desejo de obter a qualquer custo a chave, e decidi que iria escalar novamente a parede externa do castelo até os aposentos do conde. Ele talvez me matasse, mas a morte me parecia agora a melhor escolha entre os males que me aguardavam. Imediatamente corri até a janela da face oriental e arrastei-me pelo muro, como fizera antes, até o quarto do conde. Estava vazio, mas isso já era esperado. Não havia chave alguma à vista, mas a pilha de ouro ainda estava lá. Entrei pela porta lateral e desci a escada em caracol, seguindo pelo corredor escuro até a antiga capela. Agora sabia muito bem onde encontrar o monstro que procurava.

O grande caixote estava no mesmo lugar, perto da parede, mas dessa vez a tampa havia sido colocada. Não estava presa, mas os pregos já estavam no lugar certo para serem martelados. Eu sabia que tinha que procurar a chave no corpo do conde, de modo que levantei a tampa, deixando-a apoiada na parede. Vi, então, algo que me aterrorizou a alma. Lá estava o conde, mas era como se sua juventude tivesse sido em parte recobrada, pois o cabelo e o bigode brancos haviam se tornado de um cinza-chumbo-escuro. As maçãs do rosto estavam mais cheias e a pele pálida parecia cor de rubi por baixo; a boca estava mais vermelha do que nunca, pois havia nos lábios gotas de sangue fresco, que escorriam pelos cantos da boca sobre o queixo e o pescoço. Até mesmo os olhos fundos e inflamados pareciam encaixar-se numa pele intumescida, pois as pálpebras e a pele logo abaixo dos olhos estavam inchadas. Era como se aquela hedionda criatura estivesse empanturrada de sangue. Estava deitado ali, como uma repulsiva sanguessuga, saciado e exausto. Estremeci ao me inclinar para tocá-la, e o contato repugnava todos os meus sentidos, mas eu tinha que procurar a chave ou estaria perdido. A noite seguinte talvez fosse ver meu próprio corpo como um banquete semelhante àquelas três mulheres medonhas. Procurei em todo o corpo, e não encontrei nem sinal da chave. Então, detive-me e fitei o conde. Havia naquele rosto inchado um sorriso de troça que parecia me enlouquecer. Aquele era o ser que eu estava ajudando a ir até Londres, onde talvez por séculos a fio ele fosse saciar sua sede de sangue entre seus muitos habitantes, criando um novo e crescente círculo de demônios para lutar contra os indefesos. O mero pensamento deixou-me enlouquecido. Apossou-se de mim um desejo terrível de livrar o mundo de um monstro como aquele. Não havia armas letais à mão, mas apanhei uma pá que os trabalhadores haviam usado para encher os caixotes e, erguendo-a bem alto, com a extremidade voltada para baixo, golpeei a odiosa face. Quando fiz isso, porém, a cabeça se virou, e os olhos fitaram-me em cheio, com todo o seu terrível brilho de basilisco. A visão pareceu paralisar-me. A pá vacilou em minha mão e desviou-se do rosto do conde, produzindo não mais do que um corte profundo na testa. A pá caiu-me das mãos sobre o caixote, e, quando fui apanhá-la, a borda esbarrou na tampa, que caiu de volta, escondendo de minha vista aquele ser horrendo. A última visão que tive foi aquela face inchada, suja de sangue e na qual se imobilizava um esgar de malícia que nada ficaria a dever aos dos demônios do último círculo do inferno.

Pensei muito sobre o que fazer em seguida, mas meu cérebro parecia estar pegando fogo, e eu aguardava com um sentimento de desespero crescente. Enquanto isso, ouvi, a distância, uma canção cigana entoada por vozes alegres, que se aproximavam, e também o rolar de rodas pesadas e o estalar de chicotes; os ciganos e os eslovacos que o conde mencionara estavam chegando. Lançando um último olhar ao meu redor e para o caixote onde estava aquele corpo abjeto, corri dali e fui até o quarto do conde, decidido a fugir assim que a porta fosse aberta. Fiquei ouvindo atentamente, e percebi que, no andar de baixo, uma chave girava na fechadura enorme e a pesada porta cedia. Devia haver outros meios de entrar ali, ou alguém tinha a chave de uma daquelas portas. Chegou até mim, então, o ruído de muitos pés caminhando pesadamente e sumindo em algum corredor de onde vinha um eco metálico. Virei-me para descer correndo novamente até a cripta, onde talvez encontrasse a nova entrada, mas naquele momento senti uma violenta rajada de vento, e a porta que dava para a escada em caracol fechou com um estrondo que fez voar a poeira que se acumulara em seus lintéis. Quando corri para abri-la, vi que não era mais possível. Novamente eu me tornara um prisioneiro. E o cerco aperta ao meu redor.

Enquanto escrevo, chegam-me do corredor lá embaixo o som de passos fortes e o estrondo de objetos pesados sendo colocados sobre o chão — sem dúvida os caixotes, cheios de terra. Agora há o som de marteladas; é a tampa da caixa que está sendo pregada. Agora posso ouvir os passos pesados novamente, e estão atravessando o vestíbulo, seguidos de vários passos mais leves.

A porta é trancada, e as correntes chacoalham; ouço o rangido da chave na fechadura, e depois ela é retirada dali. Uma outra porta então se abre e fecha; ouço o ruído da tranca e dos ferrolhos.

Eis agora, no pátio, rodas pesadas que rolam ao longo da estrada pedregosa, e chicotes que estalam, e o coro dos ciganos que se perde na distância.

Estou sozinho no castelo com aquelas mulheres terríveis. Argh! Mina é uma mulher, e nada há em comum. São demônios saídos do próprio inferno!

Não vou ficar sozinho com elas. Tentarei escalar o castelo e chegar mais longe do que até o momento tentei. Levarei comigo uma parte deste ouro, pois posso precisar dele mais tarde. Talvez eu encontre uma saída deste lugar terrível.

Então, para casa! Para o trem mais próximo e mais rápido! Para longe deste lugar maldito, desta terra maldita, onde o demônio e sua prole ainda caminham com pés humanos!

Ao menos a piedade divina é maior do que a destes monstros, e o precipício é íngreme e alto. No fundo desse abismo é possível para um homem encontrar o repouso — como homem. Adeus a todos! Adeus, Mina!

capítulo 5

Carta de Miss Mina Murray a Miss Lucy Westenra

9 de maio.

Minha querida Lucy,

Perdoe-me pela longa demora em lhe escrever, mas tenho tido trabalho demais a fazer. A vida de uma professora assistente é às vezes extenuante. Não vejo a hora de estar com você, e perto do mar, onde poderemos conversar livremente e construir nossos castelos no ar. Tenho trabalhado muito ultimamente, porque não quero ficar atrás dos estudos de Jonathan, e tenho praticado a taquigrafia com assiduidade. Quando eu e Jonathan nos casarmos, poderei ser-lhe útil; se conseguir taquigrafar suficientemente bem, serei capaz de registrar o que ele quiser dizer e depois datilografar tudo — também tenho treinado bastante a datilografia. Eu e ele às vezes trocamos cartas taquigrafadas, e ele tem mantido um diário taquigrafado de suas viagens fora do país. Quando eu estiver com você, farei o mesmo. Não me refiro a um daqueles diários de duas-páginas-por-semana-e-o-domingo-espremido-num-canto, mas um no qual eu possa escrever sempre que desejar. Não creio que haja muito interesse para outras pessoas, mas não é para elas que vou escrevê-lo. Talvez possa mostrá-lo a Jonathan algum dia, se houver nele algo que valha a pena dividir, mas na verdade será como um caderno de exercícios. Tentarei imitar as jornalistas, que fazem entrevistas, anotam descrições e tentam se lembrar de conversas. Dizem-me que, com um pouco de prática, é possível nos lembrarmos de tudo o que aconteceu ou tudo o que ouvimos durante o dia. Veremos. Vou lhe contar os meus modestos planos quando nos encontrarmos. Só recebi umas poucas linhas apressadas de Jonathan, da Transilvânia. Ele está bem e voltará dentro de cerca de uma semana. Estou ansiosa para que ele me conte as novidades. Deve ser tão bom conhecer outros países! Pergunto-me se nós dois, Jonathan e eu, algum dia chegaremos a visitá-los juntos. O relógio bate dez horas. Adeus.

Afetuosamente,
MINA

Conte-me todas as novidades quando me escrever. Faz muito tempo que você não me manda notícias. Ouvi boatos, sobretudo a respeito de um homem alto, bonito, de cabelos encaracolados...

CARTA DE LUCY WESTENRA A MINA MURRAY

17, Chatham Street,
Quarta-feira.

Minha querida Mina,

Devo dizer que é *muito* injusto de sua parte acusar-me de ser má correspondente. Escrevi-lhe *duas vezes* desde a última vez que nos vimos, e a sua última carta foi só a *segunda*. Além disso, não tenho novidades para lhe contar. Realmente não há nada que possa interessá-la. A cidade está muito agradável no momento; fazemos muitas visitas a galerias de arte e caminhamos e cavalgamos no parque. Sobre o homem alto, de cabelos encaracolados, creio que era meu acompanhante no último concerto. Alguém certamente andou inventando histórias. Trata-se de Mr. Holmwood. Vem nos visitar com frequência, e ele e mamãe se dão muito bem; têm muitas coisas em comum sobre as quais conversar. Conhecemos há algum tempo um homem que seria perfeito *para você*, se já não estivesse noiva de Jonathan. É um ótimo partido, bonito, rico e bem-nascido. É médico, e muito inteligente. Imagine! Tem só 29 anos, e sob seus cuidados está um imenso hospício. Mr.

Holmwood apresentou-o a mim, e ele veio nos fazer uma visita; agora vem com frequência. Acho que é um dos homens mais decididos que já conheci, e ao mesmo tempo o mais calmo. Parece absolutamente imperturbável. Posso imaginar o poder incrível que ele deve ter sobre seus pacientes. Tem o hábito curioso de olhar para as pessoas no rosto, diretamente, como se tentasse ler seus pensamentos. Faz isso frequentemente comigo, mas eu me gabo dizendo que sou um osso duro de roer. Sei disso graças ao meu espelho. Você já tentou ler seu próprio rosto? Eu já, e digo-lhe que não é pura perda de tempo; dá mais trabalho do que imaginamos quando ainda não tentamos. Esse cavalheiro me diz que lhe proporciono um curioso estudo psicológico, e eu humildemente concordo. Como você bem sabe, não me interesso tanto por moda a ponto de poder descrever as novas tendências. A moda é chata. Estou falando gíria outra vez, mas não faz mal, Arthur diz isso todo dia. Pronto, deixei escapar. Mina, nós dividimos nossos segredos desde crianças; dormimos e comemos e rimos e choramos juntas. Agora, embora eu já tenha falado, quero falar um pouco mais. Ah, Mina, será que você ainda não adivinhou? Eu o amo. Enrubesço ao escrevê-lo, pois embora eu *ache* que ele me ama, ele ainda não me confessou com todas as letras. Mas, ah, Mina, eu o amo, eu o amo, eu o amo! Olhe só, me faz bem dizê-lo. Gostaria de estar perto de você, minha querida, sentada junto à lareira, com roupas informais, como costumávamos fazer. Tentaria, então, dizer-lhe o que sinto. Não sei como estou escrevendo tudo isso, nem mesmo para você. Tenho medo de parar, pois rasgaria esta carta, e não gostaria de parar, pois *quero* contar-lhe tudo. Mande-me notícias *imediatamente*, e diga-me tudo o que pensa a respeito. Mina, tenho que terminar. Boa noite. Lembre-se de mim em suas orações, e reze pela minha felicidade.

LUCY

P.S. — Não preciso lhe dizer que isto é segredo. Boa noite outra vez.

L.

Carta de Lucy Westenra a Mina Murray

24 de maio.

Minha querida Mina,

Mil vezes obrigada pela sua carta adorável. Foi tão bom receber notícias suas e contar com a sua compreensão.

Minha querida, os velhos provérbios são muito sábios: não há uma sem duas nem duas sem três. Aqui estou eu, que vou fazer vinte anos em setembro e nunca fora pedida de verdade em casamento até então; pois eis que hoje fui pedida três vezes! Imagine só! TRÊS pedidos num só dia! Não é terrível? Sinto muito de verdade por dois dos pobres sujeitos. Ah, Mina, estou tão feliz que nem sei o que fazer. E três pedidos de casamento! Mas pelo amor de Deus, não conte isso a nenhuma das garotas, do contrário elas vão ficar tendo mil e um pensamentos extravagantes e se imaginando injustiçadas e menosprezadas se no primeiro dia delas em casa não receberem pelo menos seis. Certas garotas são tão vaidosas! Você e eu, querida Mina, que estamos noivas e vamos tomar juízo muito em breve, tornando-nos sensatas senhoras casadas, podemos desprezar a vaidade. Bem, preciso contar-lhe sobre todos os três pedidos, mas você terá que manter segredo, minha cara — não poderá contar a ninguém, exceto, é claro, a Jonathan. Pode contar a ele porque eu, em seu lugar, certamente contaria a Arthur. Uma mulher deve dizer tudo a seu marido — você não acha, querida? — e tenho que ser justa. Os homens gostam que as mulheres, e com certeza suas esposas, sejam honestas e corretas como eles, embora elas nem sempre o sejam tanto quanto deveriam. Bem, minha querida, o Número Um veio pouco antes do almoço. Eu lhe falei dele, dr. John Seward, o diretor do hospício, com o queixo forte e a fronte bonita. Ele dava a impressão de estar bastante calmo, mas estava mesmo era nervoso. Sem dúvida andara treinando o que fazer e dizer naquele momento, e lembrava-se de tudo, mas quase conseguiu sentar-se sobre o chapéu de seda — algo que os homens em geral não fazem quando estão tranquilos — e, quando quis parecer à vontade, ficou brincando com um bisturi de um jeito que quase me fez gritar. Falou-me de maneira bastante direta, Mina. Disse-me o quanto eu lhe era cara, embora ele me conhecesse tão pouco, e como seria sua vida se eu estivesse junto para ajudá-lo e alegrá-lo. Estava prestes a dizer o quão infeliz ficaria se eu não gostasse dele, mas quando me viu chorar disse que era um desajeitado e que não iria aumentar o meu presente sofrimento. Então, interrompeu-se e perguntou-me se com o tempo eu poderia vir a amá-lo. Quando fiz que não com a cabeça, suas mãos tremeram, e, com alguma hesitação, ele me perguntou se eu já gostava de outro. Fez a pergunta de forma bastante gentil, dizendo que não queria arrancar-me confidências, mas apenas sabê-lo, pois se o coração de uma mulher estiver livre ainda há esperanças para um homem. Então, Mina, senti que era de certa forma meu dever dizer-lhe que havia alguém. Foi tudo o que lhe disse, e ele se pôs de pé, parecendo muito forte e muito grave ao pegar minhas mãos entre as suas e dizer que esperava que eu fosse feliz, e que, se algum dia precisasse de um amigo, poderia contar com ele. Ah, minha querida Mina, não posso evitar as lágrimas, e você vai ter que me perdoar por esta carta estar toda borrada. Ser pedida em casamento é muito bom e tudo o mais, mas não é nada agradável ver um pobre sujeito que você sabe amá-la sinceramente indo embora com o coração partido e saber que, independente do que ele possa dizer naquele momento, você está de fato saindo de sua vida. Minha querida, devo parar por aqui, por ora. Sinto-me tão infeliz, ainda que ao mesmo tempo esteja exultante!

À noite.

Arthur acabou de ir embora, e estou num estado de espírito melhor do que quando interrompi a carta, de modo que posso prosseguir relatando-lhe como foi este dia. Bem, minha cara, o Número Dois chegou após o almoço. É um homem tão gentil, um americano do Texas, e é tão jovem que parece quase impossível que tenha estado em tantos lugares e vivido tantas aventuras. Compadeço-me da pobre Desdêmona, em cujos ouvidos um fluxo perigoso foi despejado, ainda que por um negro. Suponho que nós, mulheres, sejamos tão covardes a ponto de achar que um homem há de nos livrar de nossos medos, e nos casamos com ele. Agora já sei o que faria se fosse homem e quisesse conquistar uma garota. Não, não sei, pois Mr. Morris contava-nos muitas histórias, e Arthur nunca contou uma única, e no entanto... ah, mas estou me adiantando. Mr. Quincey P. Morris encontrou-me sozinha. Parece-me que os homens sempre encontram as moças sozinhas. Não, na verdade não é assim, pois Arthur tentou duas vezes *criar* uma situação dessas, com minha ajuda, ainda por cima; agora não me envergonho em dizê-lo. Preciso contar-lhe a princípio que Mr. Morris não fala gíria sempre — quer dizer, nunca fala diante de estranhos, ou antes deles, pois é muito educado e tem modos refinadíssimos —, mas descobriu que eu me divertia ouvindo-o falar gíria americana, e, sempre que eu estava presente, desde que não houvesse alguém que pudesse ficar chocado, dizia coisas muito engraçadas. Temo, minha querida, que ele inventasse tudo, pois era tão adequado ao que estava dizendo. Mas esta é uma das características da gíria. Não sei se eu própria virei algum dia a falar gíria, pois não sei se Arthur gosta, já que até o momento não ouvi uma única sair-lhe dos lábios. Bem, Mr. Morris sentou-se ao meu lado e parecia tão feliz e satisfeito quanto possível, mas eu podia ver que também estava nervoso. Tomou minha mão e disse, de maneira tão delicada:

— Miss Lucy, sei que não sou digno nem de ajudá-la a calçar os sapatos, mas acho que se a senhorita esperar até encontrar algum que seja, vai ser uma longa espera. Será que não quer ficar do meu lado e seguir comigo pela estrada, dividindo tudo, como se fôssemos dois cavalos atrelados numa mesma carroça?

Bem, ele me parecia tão bem-humorado e tão alegre que não tive nem a metade da dificuldade em recusá-lo comparada à que tive com o pobre dr. Seward. Disse-lhe, da forma mais gentil que pude, que não entendia nada de carroças e que ainda não tinha sido domada. Ele disse, então, que falara de forma um tanto leviana, e que esperava, caso tivesse cometido um erro desses num momento tão sério e importante de sua vida, que eu o perdoasse. Na verdade, ele parecia mesmo sério ao dizê-lo, e eu não pude evitar sentir-me um pouco séria também — sei, Mina, que você há de me achar uma coquete —, embora sentisse uma espécie de exultação com o fato de tratar-se do Número Dois, no mesmo dia. Então, minha querida, antes que eu pudesse dizer uma única palavra, ele começou a despejar uma verdadeira torrente de palavras apaixonadas, colocando seu coração e sua alma aos meus pés. Parecia tão sincero que nunca mais hei de achar que um homem deve estar sempre brincando, e nunca falando sério, só porque ele às vezes é divertido. Suponho que ele tenha visto em meu rosto algo que o refreou, pois interrompeu-se subitamente e disse, com uma espécie de fervor masculino pelo qual eu poderia tê-lo amado, se meu coração estivesse livre:

— Lucy, a senhorita é uma moça honesta, sei disso. Não estaria aqui lhe falando como estou agora se não achasse que é honesta e verdadeira nos mais secretos recantos de sua alma. Diga-me, como um bom amigo diria ao outro: você gosta de alguém? Se for esse o caso, nunca mais vou aborrecê-la, mas serei, se a senhorita quiser, um bom amigo.

Minha querida Mina, por que os homens são tão nobres quando nós, mulheres, somos tão pouco dignas deles? Eis-me quase fazendo troça desse cavalheiro honesto e de bom coração. Irrompo em lágrimas — temo, minha cara, que você há de achar que estou me derramando nesta carta, literal e figurativamente — e sinto-me de fato bastante mal. Por que não permitem que uma moça se case com três homens, ou com quantos quiser, e evite todo esse tumulto? Mas isso é heresia, não devo pensar nessa hipótese. Fico feliz em poder dizer que, mesmo chorando, consegui olhar nos olhos de Mr. Morris e confessar-lhe, sem rodeios:

— Sim, de fato amo alguém, embora ele ainda não me tenha dito se também me ama.

Fiz a coisa certa ao falar-lhe com franqueza, pois seu rosto se iluminou. Ele estendeu as mãos e segurou as minhas (acho que fui eu quem *colocou* as mãos entre as dele), dizendo, animado:

— Essa é a minha garota corajosa. É melhor chegar atrasado e perder a chance de conquistá-la do que chegar a tempo para conquistar qualquer outra moça no mundo. Não chore, minha querida. Se for por mim, sou um osso duro de roer, e aceito esse golpe sem vacilar. Se esse outro sujeito não tiver consciência da própria felicidade, bem, é melhor ele abrir os olhos, ou terá que se ver comigo. Mocinha, sua honestidade e coragem fizeram de mim um amigo, e isso é mais raro do que um amante; de qualquer modo é uma posição menos egoísta. Minha cara, tenho pela frente uma estrada bem solitária entre este reino e o dos Céus. Será que não mereço um beijo? Será algo para iluminar a escuridão, de vez em quando.

Não é proibido, a senhorita sabe, se quiser, pois aquele outro sujeito, que deve ser uma ótima pessoa, caso contrário não conquistaria o seu amor, ainda não se pronunciou.

Essas palavras me cativaram, Mina, pois sua atitude era tão corajosa e tão delicada, e nobre, também, com relação ao rival — não era? —, e ele estava tão triste. Então, inclinei-me e beijei-o. Ele se pôs de pé, segurando minhas mãos entre as suas, enquanto olhava para mim — temo que eu estivesse um bocado ruborizada — e dizia:

— Mocinha, seguro suas mãos, e a senhorita me beijou, e se isso não nos tornar amigos, nada mais poderá fazê-lo. Obrigado por sua delicada honestidade para comigo, e adeus!

Ele apertou minhas mãos e, apanhando o chapéu, saiu da sala sem olhar para trás, sem uma lágrima ou um estremecimento ou uma pausa; e eis-me aqui chorando como um bebê. Ah, por que um homem como aquele precisa sentir-se infeliz quando há por aí um monte de garotas que iriam idolatrar o próprio chão em que ele pisa? Eu seria uma delas, se estivesse livre, mas não quero estar livre. Minha querida, isso me incomoda bastante, e sinto que não posso lhe escrever imediatamente falando de assuntos felizes, após ter-lhe contado este episódio. Não quero lhe falar sobre o Número Três até que esteja de todo feliz.

Afetuosamente,
LUCY

P.S. — Ah, sobre o Número Três... não preciso lhe falar dele, preciso? Além do mais, foi tudo tão confuso; não pareceu ter se passado mais de um minuto do momento em que ele entrou na sala até o momento em que seus braços me envolviam e ele me beijava. Estou muito, muito feliz, e não sei o que fiz para merecê-lo. Preciso mostrar a Deus, no futuro, minha gratidão por toda essa bondade — por ter me enviado um amante, um marido e um amigo como esse,

Adeus.

Diário do dr. Seward *(gravado em fonógrafo)*

25 de maio — Pouco apetite, hoje. Não consigo comer, não consigo dormir, então vou me ocupar do diário. Desde a recusa que recebi ontem, estou me sentindo como que vazio; nada no mundo parece importante o suficiente, nada parece valer a pena... Como sabia que o único remédio para esse tipo de coisa é o trabalho, desci para ver os pacientes. Escolhi um que tem sido um interessante objeto de estudo. Ele é tão singular que estou decidido a compreendê-lo o melhor que puder. Creio que hoje cheguei mais perto de desvendar esse mistério do que em qualquer outro momento até então.

Interroguei-o mais detalhadamente do que das outras vezes, com a intenção de conhecer os motivos de suas alucinações. Em minha forma de agir havia, agora me dou conta, uma certa crueldade. Eu parecia querer levá-lo à beira de uma crise — algo que evito fazer com os pacientes como evitaria o próprio inferno.

(*Nota:* sob que circunstâncias eu *não* evitaria o inferno?) *Omnia Romæ venalia sunt.* O inferno tem seu preço! *Verbum sapiente sap est.* Se houver algo por trás desse instinto, será valioso traçá-lo mais tarde *acuradamente*, de modo que é melhor, portanto, começar a fazê-lo...

R.M. Renfield, 59 anos — Temperamento otimista; grande força física; obsessão mórbida; períodos de depressão, resultando em alguma ideia fixa que não consigo descobrir. Presumo que o temperamento exaltado em si e a influência perturbadora resultem num todo mentalmente coerente; um homem possivelmente perigoso, provavelmente perigoso, se for abnegado. Em homens egoístas, a precaução é uma arma tão segura para seus inimigos quanto para eles próprios. Minhas impressões no momento são de que quando o *eu* é o ponto fixo, a força centrípeta é contrabalançada com a centrífuga; quando os deveres, uma causa etc. são o ponto fixo, a força centrífuga assume a preponderância, e só um acidente ou uma série de acidentes a pode regular.

Carta de Quincey P. Morris ao honorável Arthur Holmwood

25 de maio.

Meu caro Art,

Contamos lorotas junto à fogueira do acampamento nas pradarias, e um tratou das feridas do outro depois de tentar pousar nas Marquesas. Também brindamos nas margens do Titicaca. Temos mais lorotas a contar, e outras feridas a tratar, e mais um brinde a fazer. Será que não podemos fazê-lo junto à fogueira do meu acampamento, amanhã à noite? Não hesito em convidá-lo, pois sei que uma certa dama tem compromisso (um jantar) e que você está livre. Seremos somente nós e mais o nosso velho amigo do Korea, Jack Seward. Ele também virá, e nós dois pretendemos misturar as nossas lágrimas sobre as taças de vinho e beber à saúde do homem mais feliz sobre a face da Terra, que conquistou o mais valioso e o mais nobre coração criado por Deus. Prometemos a você calorosas boas-vindas, e afetuosas saudações, e um brinde sincero. Juraremos deixá-lo em casa se você beber demais. Venha!

Meu afeto, sempre,
Quincey P. Morris

Telegrama de Arthur Holmwood a Quincey P. Morris

26 de maio — Conte sempre comigo. Levo recados que farão suas orelhas arderem.

capítulo 6

Diário de Mina Murray

24 de julho. Whitby — Lucy encontrou-me na estação, mais gentil e bonita do que nunca, e fomos até a casa em Crescent em que alugam quartos. Este lugar é encantador. O pequeno rio, o Esk, corre através de um vale fundo, que se alarga ao aproximar-se do porto. Um grande viaduto atravessa o vale, com pilares altos, através dos quais a vista de certa forma parece mais longe do que realmente é. O vale é de um verde muito bonito, e tão fundo que, quando estamos no planalto, às vezes nem chegamos a vê-lo, se não nos aproximarmos o bastante para olhar para baixo. As casas da cidade antiga — do outro lado do vale — têm todas elas tetos vermelhos e parecem empilhadas umas sobre as outras de qualquer maneira, como nas imagens que vemos de Nuremberg. Logo acima da cidade, há as ruínas da abadia de Whitby, que foi saqueada pelos dinamarqueses e que é o cenário de parte de "Marmion", onde a garota foi emparedada. São belíssimas ruínas, de dimensões imensas e cheias de detalhes bonitos e românticos; diz a lenda que uma dama de branco pode ser vista numa das janelas. Entre as ruínas e a cidade há uma outra igreja, a paroquial, em torno da qual há um grande cemitério, todo ocupado pelas lápides. Na minha opinião, é o lugar mais bonito de Whitby, pois fica logo acima da cidade e proporciona uma vista integral do porto e da baía onde o cabo chamado Kettleness se estende até o mar. A descida até o porto é tão íngreme que parte da encosta desmoronou, e alguns dos túmulos foram destruídos. Num certo local, parte da alvenaria dos túmulos estende-se sobre o caminho arenoso lá embaixo. No adro há alamedas, com bancos aqui e ali. As pessoas sentam-se lá o dia inteiro para apreciar a bonita vista e a brisa. Eu virei sentar-me aqui com bastante frequência, para trabalhar. De fato, escrevo agora com o caderno sobre os joelhos, e ouço a conversa de três velhos sentados ao meu lado. Parece que eles não fazem outra coisa o dia inteiro além de sentar-se aqui e conversar.

Lá embaixo está o porto. Numa extremidade, ergue-se um comprido muro de granito que se estende até o mar; no fim, faz uma curva na direção do mar aberto, e ali há um farol. Um maciço quebra-mar ergue-se do lado de fora. Na extremidade do porto mais próxima da terra firme, o quebra-mar faz um ângulo que é como um cotovelo com a ponta voltada para dentro, e também há um farol no fim. Entre os dois quebra-mares há uma abertura estreita que conduz ao porto e que se torna subitamente ampla.

É bonito na maré alta, mas, durante a vazante, a água quase se esvai por completo, restando apenas o curso do rio Esk entre bancos de areia, com pedras aqui e ali. Do lado de fora do porto, nesta extremidade, há um grande recife com quase um quilômetro de extensão, cuja borda pontiaguda estende-se por trás do farol que fica ao sul. Na ponta do recife há uma boia com um sino, que repica quando o tempo está ruim e propaga seu queixume através do vento. Diz a lenda local que quando um navio está perdido ouvem-se sinos repicando em alto-mar. Preciso perguntar isso ao velho, ele vem nesta direção...

É um velho engraçado. Deve ter uma idade bastante avançada, pois seu rosto está todo retorcido e cheio de nós como se fosse a casca de uma árvore. Ele me diz que tem quase cem anos e que era marinheiro da frota pesqueira da Groenlândia quando da batalha de Waterloo. Temo que seja um homem muito cético, pois quando lhe perguntei sobre os sinos no mar e sobre a dama de branco na abadia ele disse, bruscamente:

— Eu não perderia meu tempo com isso, senhorita. Essas histórias são coisas do passado, mas na minha época muita gente acreditava. São ótimas para gente de fora, viajantes, mas não para uma moça como a senhorita. Essa gente que vem a pé de Londres e York, e que fica o tempo todo comendo arenque defumado e bebendo chá e procurando âmbar negro barato para comprar também acredita. Eu me pergunto quem será que perde tempo contando essas mentiras a eles. Bem pode ser o jornal, que só publica conversa fiada.

Achei que aquele homem teria muitas coisas interessantes a contar, então lhe perguntei se poderia me falar a respeito da pesca de baleia, em tempos idos. Ele estava prestes a começar quando o relógio bateu as seis horas; então, com esforço, ele se pôs de pé e me disse:

— Tenho que ir para casa agora, senhorita. Minha neta não gosta de ficar esperando quando o chá está pronto, porque eu demoro muito para descer essa escadaria toda. E, senhorita, o meu estômago não conhece horários.

Ele se afastou, coxeando, e pude ver que descia os degraus o mais rápido possível. A escadaria é um dos pontos turísticos deste lugar. Vai da cidade até a igreja, e são centenas de degraus — não sei exatamente quantos — que sobem, sinuosos, numa curva delicada. A escadaria não é nada íngreme, e até mesmo um cavalo poderia facilmente subir e descer por ali. Acho que originalmente tinha algo a ver com a abadia. Também vou para casa. Lucy saiu com sua mãe para fazer visitas, e, como eram compromissos sem maiores interesses, não fui com elas. A essa altura, já devem ter voltado.

1º de agosto — Voltei a este mesmo lugar há uma hora, com Lucy, e tivemos uma conversa interessantíssima com meu amigo, o velho, mais os dois outros que sempre vêm se reunir a ele. O primeiro tem evidentemente uma grande ascendência sobre os outros dois, e creio que em sua época devia ter uma personalidade quase ditatorial. Não admite coisa alguma e olha para quem quer que seja com o nariz empinado. Se não consegue vencê-los pela argumentação, intimida-os e depois presume que seu silêncio signifique concordância com seu ponto de vista. Lucy estava linda em seu vestido branco de algodão; ganhou um belo bronzeado desde que veio para cá. Notei que os velhos não perderam tempo em vir se sentar perto dela quando chegamos. Lucy é muito delicada com os idosos; acho que os três se apaixonaram por ela no ato. Até meu amigo sucumbiu e não a contradisse, mas em compensação contradisse a mim em dobro.

Voltei ao assunto das lendas, e ele imediatamente deu início a uma espécie de sermão. Preciso tentar lembrá-lo e anotá-lo aqui:

— Tudo isso é um monte de bobagens, é o que é, e nada mais do que isso. Todos esses bichos-papões e fantasmas e o resto só servem para fazer criancinhas e mulheres medrosas gritarem de medo. Não há nenhuma verdade nisso. Essas crenças foram inventadas por gente mal-intencionada para meter medo nos outros e obrigá-los a fazer coisas que não querem. Fico furioso quando penso nisso. São esses sujeitos que não ficam contentes em escrever mentiras nos jornais e pregar mentiras no púlpito, e querem também gravar as mentiras nas lápides. Olhe ao seu redor, para onde quiser: todas essas pedras, que mantêm suas cabeças erguidas da melhor forma possível, por causa de seu orgulho, estão tontas, estão desabando devido ao peso das mentiras que estão inscritas nelas. Em todas elas podemos ler "Aqui jaz o corpo" ou "Consagrado à memória de", e na verdade na metade delas não há corpo nenhum. Além disso, a memória deles não tem o menor valor, muito menos pode meter medo. São mentiras, nada além de mentiras! Meu Deus, vai valer a pena estar presente no momento em que, no juízo final, eles se erguerem com suas mortalhas, todos juntos, carregando suas lápides para provar como eram bonzinhos. A maioria vai estar de pernas bambas, cambaleantes, e com as mãos tão escorregadias e moles por causa do tempo que ficaram no mar que nem vão conseguir segurar as lápides.

Eu podia ver, pelo ar enfatuado do velho e pela forma como ele olhava ao redor em busca da aprovação dos amigos, que ele estava "se mostrando", e então disse umas poucas palavras para incentivá-lo a prosseguir:

— Ah, Mr. Swales, o senhor não pode estar falando sério. Com certeza estas lápides não estão de todo erradas!

— Conversa fiada! Pode ser que uma ou outra esteja certa, exceto aquelas que falam bem demais dos defuntos, pois há gente que acha que o lugar onde se depositam os donativos é como o oceano, desde que seja para eles mesmos. Tudo um monte de mentiras. Agora olhe aqui, a senhorita é estrangeira, e está vendo este *kirkgarth* aqui...

Fiz que sim, pois imaginei que era a melhor escolha, embora às vezes não entendesse muito bem seu dialeto. Sabia que tinha algo a ver com a igreja. Ele prosseguiu:

— A senhorita acha que todas essas pedras falam de gente que foi enterrada aqui mesmo, num túmulo bonitinho e confortável?

Tornei a fazer que sim.

— É aí que começam as mentiras. Escute bem, dezenas desses túmulos são túmulos tanto quanto caixas de tabaco Dun numa noite de sexta-feira seriam. E ah, meu Deus, como poderia ser diferente? Veja aquele ali, o que está mais longe depois do catafalco. Vá até ali e leia.

Obedeci:

— Edward Spencelagh, exímio marinheiro, assassinado pelos piratas na costa de Andres, em abril de 1854, aos trinta anos de idade.

Quando voltei, Mr. Swales prosseguiu:

— Quem foi que trouxe ele de volta, para enterrá-lo aqui, eu me pergunto. Assassinado na costa de Andres! E você ainda acha que o corpo está aí! Olhe, eu poderia dizer o nome de uma dúzia de marinheiros que foram sepultados nos mares da Groenlândia, lá em cima — e apontou na direção do norte — ou então no lugar para onde as correntes os arrastaram. Talvez haja pedras por aqui. As moças podem, com seus olhos ainda jovens, ler daqui as letrinhas miúdas da mentira. Esse Braithwaite Lowrey... conheci o pai dele, que desapareceu com o *Lively* na costa da Groenlândia na década de 20. Ou Andrew Woodhouse, que afundou nos mesmos mares em 1777; ou John Paxton, que afundou um ano antes no cabo Farewell; ou o velho John Rawlings, cujo avô velejou comigo: ele se afogou no golfo da Finlândia, nos anos 50. Acham que todos esses homens vêm correndo para Whitby quando ouvem soar as trombetas? Tenho minhas dúvidas quanto a isso. Vou lhes dizer, quando chegarem aqui estarão se empurrando uns aos outros e dando encontrões como nas lutas sobre o gelo que havia antigamente, quando ficávamos lutando de manhã à noite, e tentando fazer curativos nas feridas à luz da aurora boreal.

Essa era evidentemente alguma piada local, pois o velho começou a rir, e seus amigos se juntaram a ele com entusiasmo.

— Mas com certeza — disse eu —, o senhor não está lá muito correto, pois parte do pressuposto de que toda essa pobre gente, ou seus espíritos, terão que levar suas lápides consigo no dia do juízo final. Acha que isso será mesmo necessário?

— Bem, e para que mais servem as lápides? Responda-me essa, senhorita!

— Suponho que para agradar aos familiares.

— Suponho que para agradar aos familiares! — ele repetiu, num tom de escárnio. — Como é possível agradar aos familiares quando eles sabem que há mentiras escritas ali, e que todo mundo por aqui sabe que são mentiras?

Ele apontou para uma pedra aos nossos pés que havia sido posta no chão como laje, e sobre a qual ficava o banco, perto da encosta do penhasco.

— Leia as mentiras naquele túmulo ali — disse ele.

As letras estavam de cabeça para baixo para mim; de onde Lucy estava era mais fácil lê-las. Ela se inclinou e leu:

— "Consagrado à memória de George Canon, que morreu, na esperança de uma gloriosa ressurreição, no dia 29 de julho de 1873, de uma queda dos rochedos de Ketdeness. Este túmulo foi erguido por sua mãe pesarosa para seu filho adorado. Ele era o filho único de sua mãe, e ela, uma viúva." Ora, Mr. Swale, não vejo nada de engraçado nisso! — Ela fez seu comentário com ar grave e um tanto quanto severo.

— A senhorita não vê nada de engraçado! Há! Há! Mas isso é porque não sabe que essa mãe pesarosa era uma megera que odiava o filho, por ele ser deformado. Era um sujeito esperto e a detestava tanto que acabou se suicidando para impedi-la de receber o dinheiro do seguro que a mãe tinha feito em seu nome. Estourou a própria cabeça, mandando para longe quase o tampo inteiro do crânio com um mosquete velho que usavam para espantar os corvos. Bem, pode ter servido para os corvos, mas acabou trazendo um monte de moscas e larvas! Foi assim que ele bateu as botas. E, até onde podemos pensar na esperança de uma ressurreição gloriosa, ouvi-o dizer várias vezes que esperava ir para o inferno, pois sua mãe era tão piedosa que com certeza iria para o céu, e ele não queria passar a eternidade no mesmo lugar que ela. Então, me diga se essa pedra — e ele cutucou-a com a ponta de sua bengala — não é um bando de mentiras. E Gabriel não vai rir quando Geordie aparecer subindo as escadas com a lápide nas costas, pedindo que seja aceita como prova!

Eu não sabia o que dizer, mas Lucy mudou o rumo da conversa, ao dizer:

— Ah, por que o senhor nos contou tudo isso? Este é o meu banco favorito e não posso trocá-lo por outro; e agora descubro que vou ter que continuar sentada sobre o túmulo de um suicida!

— Isso não vai lhe fazer mal, mocinha bonita, e talvez Geordie fique feliz por ter uma moça tão bonita sentada em seu colo. Não vai fazer mal à senhorita. Veja, eu tenho me sentado aqui durante quase vinte anos, e a mim não fez mal nenhum. Não se preocupe com as pessoas que estão sob seus pés, nem com aqueles que *não* estão! Vai ser de assustar quando vir todas as lápides sendo levadas embora e este lugar ficar deserto como um campo. Está na hora, tenho que ir. Meus respeitos, senhoritas! — e se afastou, coxeando.

Lucy e eu ficamos sentadas ali por mais algum tempo. A paisagem diante de nós era tão bonita que nos demos as mãos, e ela me contou outra vez tudo sobre Arthur e seu casamento próximo. Isso me deixou um pouquinho triste, pois faz um mês completo que não recebo notícias de Jonathan.

Mesmo dia — Voltei a este lugar sozinha, pois estou muito infeliz. Não havia cartas para mim. Espero que Jonathan não esteja enfrentando nenhum tipo de dificuldade. O relógio acaba de bater nove horas. Vejo luzes espalhadas por toda a cidade, às vezes enfileiradas, nos locais onde estão as estradas, e às vezes isoladas. As luzes margeiam o Esk e desaparecem na curva do vale. À minha esquerda, a vista é bloqueada por uma linha escura — é o telhado da casa antiga perto da abadia. Os carneiros e cordeiros estão balindo nos campos atrás de mim, a distância, e ouço o ruído dos cascos de um burro sobre a estrada pavimentada, lá embaixo. No quebra-mar, a banda está tocando uma valsa estridente num bom andamento, e mais adiante, no cais, o Exército de Salvação está reunido numa das ruas secundárias. Uma banda não ouve a outra, mas daqui posso ouvir e ver ambas. Pergunto-me onde estará Jonathan e se estará pensando em mim! Gostaria que ele estivesse aqui.

Diário do dr. Seward

5 de junho — O caso Renfield se torna mais interessante à medida que começo a compreender melhor o paciente. Ele possui certas características bastante desenvolvidas — egoísmo, discrição e determinação. Gostaria de descobrir qual o objetivo desta última. Ele parece ter algum projeto pessoal estabelecido, mas o que é eu não sei. A qualidade que compensa as outras é o amor pelos animais, embora esse amor de fato se manifeste em inclinações tão curiosas que às vezes acho que ele é apenas excepcionalmente cruel. Seus animais de estimação são estranhos. No momento, seu passatempo é apanhar moscas. Chegou a juntar uma quantidade tal que eu próprio tive que repreendê-lo. Para minha surpresa, ele não teve um acesso de fúria, como eu esperava, mas considerou o assunto com uma seriedade e simplicidade. Refletiu por um momento, e em seguida disse:

— O senhor me dá três dias? Vou me livrar delas.

É claro que eu disse que sim. Preciso observá-lo.

18 de junho — Ele agora voltou suas atenções para as aranhas e juntou vários espécimes bem grandes numa caixa. Alimenta-as com suas moscas, cujo número está diminuindo sensivelmente, embora tenha usado metade da sua própria comida para atrair mais moscas para o quarto.

1º de julho — Suas aranhas, agora, estão se tornando um incômodo tão grande quanto as moscas, e hoje eu lhe disse que teria que se livrar delas. Isso pareceu entristecê-lo bastante, e eu lhe disse que pelo menos reduzisse seu número. Ele aquiesceu alegremente, então, e dei-lhe o mesmo prazo que dera antes, no caso das moscas. Ele me causou uma intensa repugnância enquanto estava em seu quarto, pois quando uma horrível mosca-varejeira entrou ali, inchada após ter provavelmente comido carniça, ele a apanhou, segurou-a exultante durante alguns instantes entre o polegar e o indicador e, antes que eu entendesse o que estava acontecendo, colocou-a na boca e comeu. Ralhei com ele por causa disso, mas ele tranquilamente argumentou que o inseto era muito bom e muito nutritivo; que era vida, vida forte, e dava vida a ele. Com isso, tive uma ideia, ou o rudimento de uma ideia. Preciso observar como ele vai se livrar das aranhas. É óbvio que ele tem algum grande problema na cabeça, pois mantém um pequeno caderno de notas em que está sempre rabiscando qualquer coisa. Há páginas inteiras cheias de números, em geral somas cujos resultados são novamente somados a outros números, como se ele estivesse fazendo alguma conta específica.

8 de julho — Há um certo método em sua loucura, e minha ideia rudimentar está se avolumando. Será uma ideia completa em breve, e então, ah, inconsciente!, você terá que ceder espaço à sua irmã, a consciência.

Afastei-me de meu amigo durante alguns dias, a fim de notar alguma possível mudança. Tudo continua igual, exceto pelo fato de que ele se despediu de seus antigos animais de estimação e agora tem outro. Capturou um pardal e já quase conseguiu amansá-lo. Seu método para fazê-lo é simples, pois a quantidade de aranhas já diminuiu. As restantes, porém, são bem alimentadas; ele ainda atrai as moscas com sua própria comida.

19 de julho — Estamos progredindo. Meu amigo tem agora uma verdadeira colônia de pardais, e suas moscas e aranhas já foram quase eliminadas. Quando entrei, ele correu até mim e disse que gostaria de me pedir um grande favor — um favor muito, muito grande. Enquanto falava, ele me fazia festa como se fosse um cachorro. Perguntei-lhe o que era, e ele respondeu, com uma espécie de êxtase na voz e na postura:

— Um gatinho, um gatinho bonito, macio e brincalhão, um gatinho com que eu possa brincar, que possa ensinar e alimentar. E alimentar! E alimentar!

O pedido não me apanhou de surpresa, pois notei que seus bichos de estimação aumentavam em tamanho e vivacidade, mas eu não me incomodava que sua família de pardais mansos viesse a ser liquidada como as moscas e as aranhas; disse-lhe, portanto, que veria o que podia fazer, e perguntei-lhe se ele não preferiria ter um gato adulto ao invés de um filhote.

— Ah, sim, eu gostaria de ter um gato! Só pedi um filhote pois achei que o senhor iria me negar um gato adulto. Ninguém pode me negar um gatinho, não é mesmo?

Meneei a cabeça, e disse-lhe que, no momento, achava que não seria possível, mas que eu veria o que podia fazer. Um profundo desapontamento estampou-se em seu rosto, e notei-o como sinal de perigo, pois ele me lançou um olhar súbito, oblíquo e furioso, que parecia revelar um desejo de me matar. Esse homem é um maníaco homicida latente. Vou testá-lo com esse seu atual desejo e ver o que resulta daí. Poderei vir a saber mais, então.

22 horas — Visitei-o novamente e o encontrei sentado a um canto, ruminando pensamentos. Quando entrei, ele caiu de joelhos aos meus pés e implorou-me que o deixasse ter um gato; que sua salvação dependia disso. Mantive-me firme, porém, e disse-lhe que não seria possível, com o que ele se afastou sem dizer uma palavra e sentou-se, roendo as unhas, no canto onde eu o encontrara. Virei vê-lo de manhã cedo.

20 de julho — Visitei Renfield bem cedo, antes do turno do assistente. Encontrei-o cantarolando qualquer coisa. Estava espalhando no peitoril da janela o açúcar que guardara e obviamente recomeçava sua caça às moscas; fazia-o alegremente e de bom grado. Procurei pelos passarinhos e, como não os via, perguntei-lhe onde estavam. Sem se voltar, ele respondeu que todos tinham fugido. Havia algumas penas pelo quarto e uma gota de sangue no travesseiro. Eu nada disse, mas saí e pedi ao guarda que me comunicasse se algo de estranho se passasse com Renfield durante o dia.

11 horas — O assistente acaba de vir me dizer que Renfield passou muito mal e vomitou um monte de penas.

— Creio, doutor — disse-me —, que ele comeu os passarinhos, que simplesmente os apanhou e comeu, crus!

23 horas — Esta noite dei uma dose maciça de ópio a Renfield, suficiente para fazê-lo dormir, e peguei seu caderno de anotações para ler. O pensamento que estivera se formando em minha mente agora está completo, e minha teoria, comprovada. Meu maníaco homicida é de um tipo peculiar. Terei que inventar uma nova classificação para ele; vou chamá-lo de maníaco zoófago, pois o que ele deseja é absorver o maior número de vidas possível, e resolveu fazê-lo de forma cumulativa. Deu várias moscas a uma aranha, e várias aranhas a um pássaro, e em seguida queria um gato para comer os pássaros. Quais teriam sido seus passos seguintes? Pergunto-me se não valeria a pena permitir que seguisse adiante, para completar a experiência. Poderia ser feito, se houvesse motivos suficientes. Os homens escarneciam da vivissecção, e no entanto veja os resultados, hoje! Por que não ajudar a ciência a avançar em seu aspecto mais difícil e mais vital — o conhecimento do cérebro? Se eu possuísse o segredo de uma mente como essa — se eu tivesse a chave para as fantasias de um único louco —, poderia desenvolver meu ramo da ciência a um nível comparado ao qual a fisiologia de Burdon-Sanderson e o conhecimento que Ferrier adquiriu do cérebro seriam como nada. Se pelo menos houvesse motivos o suficiente! Não posso pensar muito sobre isso, ou vou me sentir tentado. Uma boa causa pode me fazer mudar de ideia?, pois por acaso não é possível que eu também tenha um cérebro congenitamente excepcional?

Como ele raciocinou bem! Os loucos sempre agem assim, para alcançar seus objetivos. Pergunto-me quantas vidas humanas seriam necessárias, ou se apenas uma bastaria. Ele concluiu os cálculos de forma correta, e hoje começou a fazer outro registro. Quantos de nós começam um novo registro a cada dia de nossas vidas?

Parece que foi ontem o momento em que toda a minha vida terminou com aquela nova esperança e que eu de fato dei início a um novo registro. Assim será até que Deus faça a soma e feche minha conta no livro-razão, vendo se tive lucro ou prejuízo. Ah, Lucy, Lucy, não posso ter raiva de você, assim como não posso ter raiva de meu amigo, cuja felicidade é a mesma que a sua. Tenho que aguardar, sem esperanças, e trabalhar. Trabalhar! Trabalhar!

Se eu ao menos tivesse um propósito tão forte como o de meu pobre amigo louco — um propósito bom e abnegado, pelo qual pudesse trabalhar —, isso de fato me traria a felicidade.

Diário de Mina Murray

26 de julho — Estou ansiosa, e escrever aqui me acalma. É como sussurrar para o meu íntimo e ouvir ao mesmo tempo o sussurro. E há também algo com relação aos símbolos taquigráficos que os torna diferentes da escrita. Estou infeliz por causa de Lucy e por causa de Jonathan. Não recebo notícias de Jonathan há algum tempo, e estava muito preocupada; mas ontem o caro Mr. Hawkins, sempre tão gentil, enviou-me uma carta dele. Eu escrevera a Mr. Hawkins perguntando-lhe se tivera notícias de meu noivo, e em sua resposta ele me disse que acabara de receber a carta que me enviava. Não é mais do que uma linha escrita no Castelo Drácula, e diz que ele estará em seguida voltando para casa. Esse não é o feitio de Jonathan; não compreendo, e isso me deixa apreensiva. E além disso, Lucy, embora esteja bastante bem, voltou ao seu antigo sonambulismo. Sua mãe me falou a respeito, e decidimos que eu devo trancar a porta de nosso quarto toda noite. Mrs. Westenra acredita que os sonâmbulos sempre andem pelos telhados das casas e pelas beiradas dos precipícios, despertando subitamente e caindo com um grito desesperado que ecoa por toda parte. Coitadinha! É natural que esteja ansiosa com relação a Lucy, e me contou que seu marido, o pai de Lucy, tinha o mesmo hábito: acordava no meio da noite e se vestia para sair, se ninguém o detivesse. Lucy vai se casar no outono e já está fazendo projetos para suas roupas e a decoração de sua casa. Compreendo-a, pois faço o mesmo; a diferença é que Jonathan e eu começaremos nossa vida de modo muito simples e teremos que dar duro para conseguir o dinheiro necessário ao pagamento de nossas contas. Mr. Holmwood — ele é o honorável Arthur Holmwood, filho único de lorde Godalming — virá para Whitby em breve, assim que puder deixar a cidade, pois seu pai não passa muito bem, e acho que minha querida Lucy está contando cada minuto que antecede sua chegada. Quer levá-lo até nosso banco junto ao penhasco, no adro, e mostrar-lhe as belezas de Whitby. Acredito que seja essa espera que a está perturbando; ela ficará bem quando ele chegar.

27 de julho — Nenhuma notícia de Jonathan. Estou ficando bastante apreensiva com relação a ele, embora não saiba por quê. Gostaria que escrevesse, mesmo que uma única linha. Lucy tem sonambulado mais do que nunca, e todas as noites acordo com ela andando pelo quarto. Felizmente, faz tanto calor que ela não corre o risco de se resfriar. A ansiedade, porém, mais o fato de ser acordada toda hora, está começando a me afetar, e eu própria estou ficando nervosa e insone. Graças a Deus, a saúde de Lucy continua boa. Mr. Holmwood foi subitamente chamado a Ring para ver seu pai, que está gravemente enfermo. Lucy está aborrecida com o adiamento de seu encontro, mas isso não lhe afeta a aparência. Ela está um pouquinho mais gorda, e seu rosto continua com aquele adorável tom rosado. Ela perdeu o ar anêmico que tinha antes. Rezo para que continue assim.

3 de agosto — Mais uma semana se passou, e continuo sem notícias de Jonathan — e também Mr. Hawkins, que me escreveu. Ah, espero que ele não esteja doente. Com certeza teria escrito. Olho para sua última carta, que de certo modo não me satisfaz. Não parecem ser suas palavras, mas ainda assim a caligrafia é sua. Quanto a isso não há dúvidas. O sonambulismo de Lucy diminuiu um pouco durante a última semana, mas parece estar profundamente atenta, e de uma forma estranha, que não compreendo. Até mesmo quando dorme parece estar me vigiando. Tenta abrir a porta, e, ao encontrá-la trancada, procura a chave pelo quarto.

6 de agosto — Mais três dias, e nenhuma notícia. Esse suspense está se tornando assustador. Se eu ao menos soubesse para onde escrever ou para onde ir, haveria de me sentir melhor, mas ninguém recebeu notícias de Jonathan desde a última carta. Tenho que rezar a Deus pedindo que me dê paciência. Lucy está mais nervosa do que nunca, mas, de resto, passa bem. A última noite foi bastante ameaçadora, e os pescadores dizem que uma tempestade se aproxima. Tenho que tentar observá-la e aprender os sinais meteorológicos. O dia hoje está cinzento, e, enquanto escrevo, o sol está escondido por trás de nuvens espessas, altas, acima de Kettleness. Tudo está cinzento — exceto a grama, que é como esmeralda em meio ao resto: rochedos terrosos cinzentos, nuvens cinzentas, tingidas na extremidade pelo brilho do sol, que se estendem sobre o mar cinzento, e as faixas de areia, que são como dedos cinzentos se esticando. O mar se lança sobre os bancos de areia e sobre as praias com um rugido, abafado pela maresia que se aproxima da terra firme. O horizonte se apagou em meio a uma neblina cinzenta. Tudo é tão vasto; as nuvens estão empilhadas como se fossem rochedos gigantescos, e do oceano vem um rugido forte que parece um presságio do juízo final. Há vultos escuros na praia, aqui e ali, às vezes meio ocultos pela neblina, e parecem "homens como árvores caminhando". Os barcos pesqueiros apressam-se em voltar, subindo e descendo nas ondas do mar enquanto deslizam rapidamente para dentro do porto, o embornal inclinado. Aí vem o velho Mr. Swales. Caminha direto em minha direção, e posso ver, por sua forma de tirar o chapéu, que quer conversar...

Fiquei bastante tocada com a mudança na atitude do pobre velho. Quando se sentou ao meu lado, disse, de forma bastante gentil:

— Queria lhe dizer uma coisa, senhorita.

Pude perceber que ele não se sentia à vontade, de modo que segurei sua mão idosa e enrugada entre as minhas e lhe pedi que falasse abertamente.

Ele então disse, deixando sua mão entre as minhas:

— Minha querida, acho que devo tê-la chocado com todas as coisas perversas que andei dizendo sobre os mortos, e outras do gênero, nas últimas semanas. Não estava falando sério, e quero que a senhorita se lembre disso quando eu me for. Nós, velhos senis, que já temos um pé na sepultura, na verdade não gostamos de pensar na morte e não queremos temê-la. É por isso que eu estava fazendo brincadeiras sobre o assunto: para aliviar um pouquinho meu coração. Mas, e que Deus a abençoe, senhorita, não tenho medo nenhum de morrer. É só que não quero morrer, se puder evitar. Minha hora deve estar chegando, pois estou velho, e viver cem anos é querer demais. Mas estou tão perto disso que a Ceifadeira deve estar afiando sua foice. A senhorita está vendo que não consigo parar de uma vez de falar sobre isso; continuamos comentando aquilo que estamos acostumados a comentar. Algum dia, muito em breve, o Anjo da Morte vai tocar a trombeta para mim. Mas não fique triste, minha querida! — acrescentou, pois viu que eu chorava. — Se ele chegasse esta noite, eu não iria me recusar a responder ao seu chamado. A vida não é outra coisa que esperar por algo diferente daquilo que estamos fazendo, e a morte é a única coisa com que de fato podemos contar. Mas estou contente, pois está chegando a minha hora, minha querida, e não vai demorar. Pode ser que a morte esteja se aproximando mesmo agora, enquanto conversamos. Pode ser que esteja naquele vento, lá no mar, que vai trazer perdas e causar destruição, e muito sofrimento, e entristecer os corações. Olhe! Olhe! — exclamou, subitamente. — Há alguma coisa nesse vento e no próprio céu que tem som, aspecto, gosto e cheiro de morte. Está no ar, sinto que está chegando. Meu Deus, faça com que eu responda alegremente quando for chamado!

Ele ergueu os braços com devoção e tirou o chapéu. Seus lábios se moviam como se ele estivesse rezando. Após alguns minutos de silêncio, ele se levantou, apertou-me a mão e me deu a bênção, dizendo-me um boa-noite, e saiu coxeando. Tudo isso me afetou muito e me deixou bastante inquieta.

Fiquei feliz quando o oficial da guarda costeira se aproximou, com seu telescópio sob o braço. Parou para falar comigo, como faz sempre, mas ficava o tempo todo olhando para um barco desconhecido.

— Não consigo descobrir que barco é esse — disse ele. — Tudo indica que é russo, mas está se movimentando de forma esquisita. Parece não conseguir decidir o que fazer; parece ver que a tempestade se aproxima, mas não se decide se vai para o norte, no mar aberto, ou se vem para o porto. Veja, outra vez! Está sendo governado de modo muito estranho, parece até que não obedece à mão que está no leme. A cada rajada de vento, muda seu curso. Amanhã, a esta hora, já teremos tido mais notícias desse barco.

capítulo 7

Recortes do *Dailygraph*
(*colados no diário de Mina Murray*)

De um correspondente

Whitby, 8 de agosto.

Uma das maiores e mais súbitas tempestades de que se tem registro acaba de ocorrer aqui, com consequências que são a um só tempo estranhas e singulares. O tempo tem estado um tanto abafado, mas não com uma intensidade que não seja esperada no mês de agosto. A tarde de sábado estava bastante agradável, e grupos a passeio saíram ontem para visitar o bosque de Mulgrave, a baía de Robin Hood, Rig Mill, Runswick, Staithes e vários outros lugares interessantes nos arredores de Whitby. Os vapores *Emma* e *Scarborough* faziam excursões pelo litoral, e havia um número incomum de viajantes chegando a Whitby ou partindo. O dia estava particularmente bom até o começo da tarde, quando alguns dos fofoqueiros que frequentam o adro de East Cliff, e que daquele local privilegiado observam toda a extensão visível do mar, chamaram a atenção para o súbito aparecimento de cirros altos no céu, a noroeste. Até então, o vento estivera soprando do sudoeste com pouca intensidade; na linguagem barométrica, poderíamos classificá-lo como "número dois: brisa suave". O oficial da guarda costeira que fazia seu turno comunicou-o imediatamente, e um dos velhos pescadores, que por mais de meio século tem observado os sinais meteorológicos do alto de East Cliff, previu de maneira enfática a chegada de uma súbita tempestade. O pôr do sol estava tão bonito, tão grandioso em suas nuvens em cores esplêndidas, que havia um grupo considerável reunido no caminho no antigo adro, no rochedo, para apreciar a beleza. Antes que o sol afundasse sob o negro vulto de Kettleness, que se ergue intrépido e oblíquo no céu a ocidente, seu caminho descendente estava marcado por miríades de nuvens de todas as cores — vermelhas, púrpura, cor-de-rosa, verdes, violeta e todos os tons do ouro; aqui e ali, havia massas não muito extensas, mas aparentemente de um negro absoluto, de formas variadas, e tão bem-delineadas como se fossem silhuetas gigantescas. Essa visão não se perdeu na mente dos pintores, e sem dúvida alguns dos esboços do "Prelúdio à grande tempestade" ornarão as paredes da Royal Academy e do Royal Institute no mês de maio próximo. Vários foram os capitães que decidiram naquele local e naquele instante que seus pequenos barcos de pesca ou suas "mulas" — termo que usam para designar uma classe específica de embarcação — ficariam no porto até que a tempestade passasse. O vento cessou por completo depois do ocaso, e à meia-noite havia uma calmaria absoluta, um calor opressivo e aquela intensidade reinante que, quando se aproxima uma tempestade, afeta as pessoas de natureza mais sensível. No mar, havia poucas luzes visíveis, pois mesmo os vapores costeiros, que normalmente navegam tão perto da orla, estavam em mar aberto, longe da costa, e havia poucos barcos pesqueiros à vista. O único barco a vela notável era uma escuna, com todas as velas içadas, que parecia seguir rumo a oeste. A imprudência ou ignorância de seus oficiais foi tema prolífico de comentários enquanto a escuna esteve à vista, e esforços foram feitos para sinalizar-lhe que baixasse as velas, em face do perigo. Antes que a noite caísse, ela foi vista com as velas oscilando a esmo enquanto deslizava tranquilamente pela superfície ondulante do mar,

"como um navio indolente sobre um oceano de pintura."

Pouco antes das dez horas, a quietude do ar tornou-se bastante opressiva, e o silêncio era tão intenso que o balido de uma ovelha no campo ou o latido de um cão na cidade ouvia-se com distinção, e a banda no quebra-mar, com sua animada melodia francesa, estava como que em desacordo com a grandiosa harmonia do silêncio da natureza. Um pouco após a meia-noite, um estranho som fez-se ouvir; vindo do mar, e alto no céu dissipava-se um estrondo oco, estranho e abafado.

Então, sem aviso prévio, a tempestade irrompeu. Com uma rapidez que no momento pareceu incrível, e que mesmo agora, passada a tempestade, é inconcebível, toda a natureza deu a impressão de estar entrando em convulsão. As ondas se erguiam com uma fúria crescente, cada uma ultrapassando em altura a anterior, até que, em poucos minutos, o mar vítreo se transformara num monstro que rugia e que tudo devorava. Ondas com cristas brancas golpeavam sem piedade a areia e escalavam os rochedos; outras arrebentavam sobre os quebra-mares, e sua espuma varria as lanternas dos faróis que se erguiam na extremidade dos dois quebra-mares do porto de Whitby. O vento rugia como trovão, e soprava com tal força que até mesmo os homens mais fortes mantinham-se de pé com dificuldade, ou seguravam-se fortemente aos pilares de ferro. Foi necessário evacuar dos quebra-mares o amplo grupo de observadores — caso contrário, as fatalidades daquela noite teriam se multiplicado. Para aumentar as dificuldades e os perigos daquele momento, rolos de neblina vinham do mar — nuvens brancas deslizando fantasmagoricamente, tão frias e úmidas que não era preciso ter muita imaginação para achar que os espíritos daqueles que haviam perecido no mar tocavam seus irmãos ainda vivos com as mãos viscosas da morte, e muitos estremeciam enquanto as espirais de neblina varriam a cidade. Às vezes, sua densidade diminuía, e o mar podia ser visto a alguma distância, ao clarão dos relâmpagos, que agora se tornavam frequentes e poderosos, e que se seguiam por trovões que ribombavam súbito; todo o céu parecia tremer sob o impacto dos passos da tempestade.

Algumas das cenas que então se desenrolaram eram de uma grandiosidade incomensurável e despertavam enorme interesse — o mar, com ondas da altura de montanhas, lançava ao céu enormes quantidades de espuma branca, que a tempestade parecia agarrar e levar embora para o espaço num redemoinho. Aqui e ali surgia um barco pesqueiro, com a vela em farrapos, buscando abrigo desesperadamente antes que uma onda o fizesse em pedaços; vez por outra, viam-se as asas brancas de alguma ave marinha que o vento arremessava pelos ares. No topo do rochedo de East Cliff, o novo holofote estava pronto para ser testado, embora até então não tivesse sido usado. Os oficiais encarregados puseram-no para funcionar, e, nos momentos em que a neblina ficava menos espessa, varriam com o facho de luz a superfície do mar. Em uma ou duas ocasiões, seu serviço mostrou-se eficiente, como quando um barco pesqueiro, com a amurada debaixo d'água, pôde alcançar o porto graças à ajuda do holofote, e assim evitar o risco de ser arremessado de encontro aos quebra-mares. Quando cada barco chegava em segurança ao porto, o grupo de pessoas reunidas na costa irrompia em vivas, e seus gritos pareciam por um momento abrir caminho por entre o vendaval, mas logo eram varridos por sua fúria.

Não se passou muito tempo até o holofote descobrir a alguma distância da costa uma escuna com todas as velas içadas — aparentemente, a mesma que tinha sido vista mais cedo, no final da tarde. A essa altura, o vento soprava na direção do leste, e os observadores no penhasco estremeceram ao se dar conta do terrível perigo que a escuna corria. Entre ela e o porto, estava o grande recife plano contra o qual muitos bons navios de tempos em tempos batiam, e, com o vento na direção atual, seria praticamente impossível que rumasse para a entrada do porto. Já estava quase na hora da maré alta, mas as ondas eram tão imensas que, entre uma e outra, os bancos de areia da costa ficavam quase visíveis, e a escuna, com todas as velas içadas, navegava com tal velocidade que, nas palavras de um velho marinheiro, "teria que chegar a algum lugar, ainda que fosse ao inferno". Veio, então, uma nova onda de neblina, mais espessa do que até então — uma massa úmida que parecia se fechar sobre todas as coisas como um grande pano mortuário, e só deixava livre aos homens o sentido da audição, pois o rugido da tempestade, o estrondo dos trovões e o ribombar das ondas gigantescas se propagavam através da neblina ainda mais poderosamente do que antes. Os raios do holofote estavam fixados sobre a entrada do porto junto ao quebra-mar do píer Leste, onde a colisão era esperada, e os homens aguardavam com o fôlego suspenso. O vento subitamente mudou de direção, passando a soprar a nordeste, e o que restava da neblina dissolveu-se; então, *mirabile dictu*, entre os dois quebra-mares, saltando de onda em onda enquanto avançava com uma velocidade impetuosa, a escuna desconhecida precipitou-se antes de uma rajada furiosa da tempestade, e, com todas as velas içadas, viu-se na segurança do porto. O holofote seguiu-a, e todos que a acompanhavam com os olhos estremeceram, pois amarrado ao leme estava um cadáver, cuja cabeça pendente oscilava de forma macabra para a frente e para trás a cada movimento da escuna. Mais ninguém se via no convés. Todos ficaram estupefatos quando viram que a embarcação desgovernada conseguira, como que por milagre, chegar ao porto a salvo conduzida por um defunto! Tudo aconteceu, porém, em menos tempo do que o necessário para escrever estas palavras. A escuna não parou, mas, precipitando-se através do porto, encalhou em meio àquele acúmulo de areia e pedregulhos que muitas marés e muitas tempestades empilharam na extremidade sudeste do quebra-mar e que se projeta sob o penhasco de East Cliff — em Whitby, chamam-no de píer Tate Hill.

Houve, é claro, um abalo considerável quando a escuna colidiu com o monte de areia. Todas as vergas, cordas e cabos retesaram-se, e algumas das velas despencaram. O mais estranho, porém, foi que, no instante exato em que a escuna atingiu a costa, um cão imenso surgiu no cais, vindo do andar inferior, como se arremessado pela colisão, e, correndo, saltou da proa na areia. Seguindo diretamente rumo ao íngreme penhasco, onde o pátio da igreja se projeta sobre o caminho para o quebra-mar de modo tão audacioso que algumas das lápides planas — *thruff-steans* ou *through-stones*, no vernáculo de Whitby — chegam a se debruçar sobre o abismo, nos lugares onde o terreno cedeu, o cão desapareceu na escuridão, que parecia ter se tornado mais intensa para além do facho de luz do holofote.

Não havia, porém, uma única pessoa naquele momento no píer Tate Hill, pois todos aqueles cujas casas ficam nas proximidades estavam na cama ou no alto do penhasco. Assim sendo, o oficial da guarda costeira que fazia seu turno no lado direito do porto e que imediatamente correu até o pequeno quebra-mar foi o primeiro a subir a bordo. Os homens que manejavam o holofote, após examinar a entrada do porto e nada encontrar, fixaram em seguida o facho de luz sobre o navio abandonado. O oficial da guarda costeira correu até a popa; quando chegou perto do leme, abaixou-se para examiná-lo, mas imediatamente se afastou, como se algo o tivesse afetado. Isso pareceu despertar a curiosidade geral, e um número considerável de gente começou a correr. Há um bocado de chão entre o rochedo de West Cliff, junto à ponte Drawbridge, e o píer Tate Hill, mas este correspondente é um bom corredor e lá chegou rapidamente. Quando cheguei, porém, já havia, no quebra-mar, uma aglomeração de pessoas que o guarda e a polícia não permitiam subir a bordo. Por cortesia do barqueiro-chefe, eu, como correspondente, tive permissão para subir ao convés, e estive entre o pequeno grupo que viu o marinheiro morto ainda amarrado ao leme.

Não era de se admirar que o guarda tenha ficado tão surpreso, ou mesmo estupefato, pois uma visão dessas não deve ser muito frequente. O homem tinha simplesmente as duas mãos amarradas, uma sobre a outra, a uma malagueta da roda do leme. Entre a mão de baixo e a madeira havia um crucifixo, e o rosário do qual ele pendia enrolava-se nos dois punhos e na roda do leme. Cordas amarravam tudo. O pobre sujeito talvez estivesse anteriormente sentado, mas as velas descontroladas haviam feito com que o leme girasse para um lado e para o outro, de modo que as cordas que o amarravam haviam cortado sua carne até os ossos. A disposição geral em que tudo se encontrava foi registrada minuciosamente, e um médico — dr. J.M. Caffyn, residente na East Elliot Place, 33 —, que chegou logo depois de mim, declarou, após os exames, que o homem devia estar morto há uns dois dias. No bolso do marinheiro havia uma garrafa, cuidadosamente arrolhada, dentro da qual não havia mais do que um rolo de papel, que consistia num adendo ao diário de bordo. O guarda disse que o homem devia ter amarrado a si mesmo ao leme, apertando os nós com os dentes. O fato de um oficial da guarda costeira ter sido o primeiro a subir a bordo talvez possa evitar certas complicações, mais tarde, no Tribunal da Marinha, pois esses guardas não podem reivindicar a salvagem, pagamento a que tem direito o primeiro civil a pisar numa embarcação derrelita. Muita coisa já se comenta, porém, sobretudo entre os profissionais da lei; um jovem estudante de Direito afirma com convicção que o proprietário já perdeu por completo seus direitos, seus bens tornando-se inalienáveis, já que a cana do leme, como emblema (senão como prova) da posse delegada, está nas mãos de um *morto.* Desnecessário dizer que o timoneiro morto foi removido com toda reverência do local onde se manteve fiel até a morte ao seu posto de vigia e proteção — com uma firmeza tão nobre quanto a do jovem Casabianca — e colocado na capela mortuária enquanto não tinha início a investigação.

A tempestade súbita já está passando, e sua violência diminui; as pessoas retornam às suas casas, e o céu começa a ficar vermelho sobre os descampados de Yorkshire. Enviarei, a tempo de serem publicados na próxima edição, mais detalhes do navio abandonado que tão milagrosamente conseguiu chegar ao porto durante a tempestade.

Whitby, 9 de agosto.

As sequelas da estranha chegada da escuna em meio à tempestade da noite passada quase conseguem ser mais surpreendentes do que o fato em si. Descobriu-se que é uma escuna russa, de Varna, e que se chama *Demeter.* O lastro é quase inteiramente de areia, e sua carga é pequena — uma certa quantidade de grandes caixotes de madeira cheios de terra vegetal. A carga estava consignada a um advogado de Whitby, Mr. S.F. Billington, residente em Crescent, 7, que hoje pela manhã subiu a bordo e formalmente tomou posse dos bens que lhe haviam sido enviados. Também o cônsul russo, representando os envolvidos no contrato de afretamento, tomou formalmente posse da embarcação, pagou todos os impostos portuários etc. O assunto do dia aqui é a estranha coincidência; os oficiais do Ministério do Comércio foram extremamente rigorosos ao verificar se tudo se deu de acordo com o regulamento. Como o assunto provavelmente há de render, vê-se que estão determinados a evitar futuras possibilidades de querela. O cão que saltou da escuna quando da colisão despertou bastante interesse, e não foram poucos os membros da Sociedade Protetora dos Animais, que em Whitby é bastante forte, a tentarem auxiliar o animal. Para desapontamento geral, porém, não se encontrou o cão; parece ter desaparecido completamente da cidade. Pode ser que estivesse assustado e tenha fugido até o urzal, onde talvez ainda esteja escondido, aterrorizado. Alguns temem essa possibilidade, pois o cão pode se tornar uma ameaça, sendo, como se viu, feroz e nada amigável. Hoje cedo pela manhã um cão bastante grande, mestiço de mastim, que pertence a um carvoeiro residente perto do píer Tate Hill, foi encontrado morto na estrada que ladeia o quintal de seu dono. Há sinais de que tenha lutado, e seu oponente era muito feroz, pois sua garganta foi dilacerada e seu ventre aberto como que por garras selvagens.

Mais tarde — O inspetor do Ministério do Comércio fez a gentileza de me permitir o acesso ao diário de bordo do *Demeter*, que estava em ordem até três dias atrás, mas que não continha informações de particular interesse, exceto no que se referia aos tripulantes desaparecidos. O maior interesse está no papel encontrado na garrafa, que hoje foi apresentado durante o inquérito judicial, e ainda não me deparei com uma narrativa mais estranha do que a presente ali. Como não há necessidade de sigilo, permitiram-me que a divulgasse, e portanto envio ao jornal uma reprodução, da qual omito apenas os detalhes técnicos relativos à sobrecarga e às atividades marítimas. É quase como se algum tipo de mania tivesse se apoderado do comandante antes que ele se lançasse ao mar, e que essa mania tivesse aumentado sistematicamente durante a viagem. É claro que minhas declarações devem ser encaradas *cum grano salis* — escrevo a partir do que me foi ditado por um funcionário do cônsul russo, que gentilmente traduziu para mim o documento, posto que o tempo é curto.

Diário de Bordo do Demeter
(de Varna a Whitby)

Escrito em 18 de julho. Coisas tão estranhas acontecendo que vou tomar nota minuciosamente daqui em diante até aportarmos.

Em 6 de julho, terminamos de recolher a carga, a areia e os caixotes de terra. Ao meio-dia, içamos as velas. Vento leste, fresco. Tripulação, cinco marinheiros... dois imediatos, cozinheiro e eu próprio (comandante).

Em 11 de julho, entramos no estreito de Bósforo ao amanhecer. Inspetores aduaneiros turcos subiram a bordo. Propina. Tudo em ordem. Seguimos adiante às quatro horas da tarde.

Em 12 de julho, atravessamos Dardanelos. Mais inspetores aduaneiros e barco da guarda costeira. Propina novamente. Trabalho dos inspetores meticuloso, mas rápido. À noite, chegamos ao arquipélago.

Em 13 de julho, dobramos o cabo Matapan. Tripulação descontente acerca de algo. Parecem amedrontados, mas não querem falar abertamente.

Em 14 de julho, eu estava um tanto ansioso com relação à tripulação. Os homens são confiáveis e já navegaram comigo antes. O imediato não conseguiu descobrir o que estava errado; só lhe disseram que havia *alguma coisa*, e se persignaram. O imediato perdeu a paciência com um deles naquele dia e o golpeou. Imaginei que fosse haver uma briga violenta, mas tudo se aquietou.

Em 16 de julho, o imediato comunicou-me, pela manhã, que um dos tripulantes, Petrovski, havia desaparecido. Não sabia explicar como. Assumira o posto de vigia a bombordo às vinte horas, na véspera; Abramov substituíra-o, mas Petrovski não fora para o beliche. Homens mais abatidos do que nunca. Todos diziam que esperavam algo desse tipo, mas não diziam mais do que o fato de haver *alguma coisa* a bordo. O imediato se torna muito impaciente com eles; temo problemas mais adiante.

Em 17 de julho, ontem, um dos homens, Olgaren, veio à minha cabine e, aterrorizado, confidenciou-me que acreditava haver um estranho a bordo. Disse que em seu turno estivera abrigado atrás da guarita, no convés, pois chovia muito; foi então que viu um homem alto e magro que não se parecia com nenhum dos tripulantes subir a escada do tombadilho, caminhar pelo convés e desaparecer. Seguiu-o cuidadosamente, mas não havia ninguém quando chegou à proa, e as escotilhas estavam todas fechadas. Estava em pânico, tomado por um medo supersticioso, e temo que possa contagiar os outros. Para apaziguar esses temores, hoje farei uma busca minuciosa em toda a embarcação, de proa a popa.

Mais tarde, no mesmo dia, reuni toda a tripulação e disse-lhes, pois evidentemente pensavam que havia alguém no navio, que faríamos uma busca de proa a popa. O imediato ficou zangado, afirmou que era tolice e que dar crédito a ideias tão insensatas baixaria o moral dos homens; disse que iria se encarregar, com a barra do cabrestante, de não deixar que se metessem em encrencas. Deixei que ele assumisse o leme, enquanto os outros faziam uma busca minuciosa, lado a lado, com lanternas. Cada canto da escuna foi vasculhado. Como só havia aqueles grandes caixotes de madeira, não se viam cantos singulares onde alguém pudesse se esconder. Os homens ficaram muito aliviados quando a busca terminou. Voltaram alegremente ao trabalho. O imediato franzia o cenho, mas nada disse.

22 de julho — Clima ruim durante os últimos três dias, todas as mãos ocupadas com as velas. Não sobra tempo para sentir medo. Os homens parecem ter esquecido seus temores. O imediato está novamente alegre, e todos mantêm bom relacionamento. Passamos por Gibraltar e pelo estreito. Tudo vai bem.

24 de julho — Parece haver uma maldição sobre este navio. Já perdemos um tripulante, e, ao entrar na baía de Biscay, o tempo voltou a ficar ruim. Por fim, na noite passada, perdemos mais um homem — desaparecido. Como o primeiro, ele encerrou seu turno e não voltou a ser visto. Todos os outros estão em pânico, apavorados; fizeram um abaixo-assinado pedindo que os turnos passassem a ser em duplas, pois têm medo de ficar sozinhos. O imediato está furioso. Temo que tenhamos problemas, pois ou ele ou os outros tripulantes tomarão alguma atitude violenta.

28 de julho — Quatro dias de inferno, errando ao sabor de uma espécie de redemoinho e do vento de uma tempestade. Ninguém dorme. Todos estão esgotados. Mal sei como mandá-los fazer a vigia, pois nenhum deles parece estar em condições disso. O segundo imediato ofereceu-se para governar a escuna e fazer a vigia, permitindo que os outros dormissem por algumas horas. Os ventos abrandam; o mar ainda está muito agitado, mas não sentimos tanto. A escuna navega com maior estabilidade.

29 de julho — Mais uma tragédia. Fizemos a vigia individualmente hoje, pois a tripulação estava exausta demais para dobrar os turnos. Quando o vigia da manhã chegou ao convés, não havia ninguém, à exceção do timoneiro. Gritou, e todos corremos até lá. Fizemos busca minuciosa, mas ninguém foi encontrado. Agora estamos sem segundo imediato, e o pânico aumenta entre a tripulação. O imediato e eu concordamos em andar armados daqui em diante e ficar atentos a qualquer coisa que pudesse revelar a causa dos desaparecimentos.

30 de julho — Última noite. Alegramo-nos por estarmos chegando à Inglaterra. O tempo está bom, todas as velas içadas. Recolhi-me exausto e dormi profundamente; acordei com o imediato dizendo-me que tanto o vigia quanto o timoneiro haviam desaparecido. Só restamos eu e ele, mais dois marinheiros, para governar a escuna.

1º de agosto — Dois dias de neblina e nenhuma vela à vista. Esperávamos, ao entrar no canal da Mancha, poder sinalizar pedindo socorro, ou buscar ajuda em algum lugar. Sem condições de mudar a posição das velas, temos que navegar a favor do vento. Não ouso baixar as velas, pois não poderia voltar a içá-las. Parecemos estar indo de encontro a algum destino terrível. O imediato está agora com o moral mais baixo do que os outros dois marinheiros. Sua natureza mais forte parece ter conspirado internamente contra ele próprio. Os marinheiros já ultrapassaram o estágio do medo e trabalham com paciência e impassibilidade. Em suas mentes, esperam pelo pior. São russos, e ele, romeno.

2 de agosto, meia-noite — Acordei de um sono que não durava mais do que uns poucos minutos ouvindo um grito, que parecia vir do lado de fora de minha janela. Não era possível enxergar nada na neblina. Corri para o convés e topei com o imediato. Disse-me que ouvira um grito e correra, mas não havia sinal do marinheiro de vigia. Mais um se foi. Deus, ajude-nos! O imediato diz-nos que já devemos ter ultrapassado o Estreito de Dover, e, num momento em que a neblina cedeu, ele avistou North Foreland. Nesse exato instante, ouviu o grito do vigia. Se for verdade, estamos agora no mar do Norte, e só Deus pode nos guiar em meio a essa neblina, que parece se mover junto com a escuna. Deus parece ter nos abandonado.

3 de agosto — À meia-noite fui tomar o lugar do timoneiro e, ao chegar lá, descobri que não havia ninguém. O vento estava regular e não desviava o navio da rota. Eu não ousava abandonar o leme, de modo que chamei o imediato. Após alguns segundos, ele correu ao convés, em suas roupas de baixo de flanela. Parecia fora de si e abatido, e temo que tenha perdido a razão. Aproximou-se de mim e murmurou com voz rouca, a boca próxima ao meu ouvido, como se temesse que o próprio ar pudesse ouvi-lo:

— Está aqui. Agora sei que está. Em meu turno, ontem à noite, eu o vi. Parece um homem, alto e magro, e espantosamente pálido. Estava na proa e olhava para o mar. Aproximei-me furtivamente dele e o apunhalei, mas minha faca atravessou seu corpo como se não houvesse nada além do ar, ali — ao dizê-lo, pegou a faca e golpeou o ar de modo selvagem. — Mas a criatura está aqui — prosseguiu —, e vou encontrá-la. Está no porão, talvez dentro de algum daqueles caixotes. Vou abri-los, um a um. O senhor fica no leme.

Com um olhar de advertência e o dedo indicador sobre o lábio, desceu. Um vento forte começava a soprar, e eu não podia deixar o leme.

Vi o imediato voltar ao convés com ferramentas e uma lanterna, e descer pela escotilha da proa. Ele está enlouquecido, num delírio furioso e obstinado. É inútil tentar detê-lo. Ele não pode danificar os caixotes: foram faturados como "argila", e abri-los é o que ele pode fazer de mais inofensivo. Então vou ficar aqui e ater-me ao leme e a estas anotações. Só o que me resta é ter fé em Deus e esperar até que a neblina diminua. Então, se não puder conduzir a escuna até algum porto com este vento, baixarei as velas e, parado, farei sinal pedindo ajuda.

Já está quase tudo acabado, agora. Quando eu começava a ter esperanças de que o imediato fosse voltar do porão mais calmo — pois ouvi-o batendo qualquer coisa no porão, e o trabalho lhe faz bem —, chegou-me, através da escotilha, um grito súbito e aterrorizado que me congelou o sangue, e ele veio até o convés rápido como uma flecha — um louco furioso, revirando os olhos, o rosto distorcido pelo medo.

— Salve-me! Salve-me! — gritou, e olhou ao redor em meio àquele lençol de neblina.

Seu temor transformou-se em desespero, e numa voz controlada ele disse:

— É melhor o senhor vir também, comandante, antes que seja tarde demais. *Ele* está lá. Agora sei qual é o segredo. O mar vai me proteger dele, e é tudo o que me resta!

Antes que eu pudesse dizer uma única palavra ou me adiantar para detê-lo, o imediato saltou a amurada e jogou-se no mar. Acho que também sei qual é o segredo, agora. Foi esse louco quem se livrou dos outros, um a um, e agora os seguiu. Que Deus me ajude! Como poderei prestar contas de todos esses horrores quando chegar ao porto? *Quando* chegar ao porto! Será que um dia chegarei mesmo?

4 de agosto — A neblina continua, e o sol não consegue penetrá-la. Sei que faz sol apenas porque sou marinheiro. Não ousei descer, não ousei abandonar o leme. Fiquei aqui a noite inteira, e então, na obscuridade, pude vê-lo — a criatura! Que Deus me perdoe, mas o imediato fez a coisa certa saltando ao mar. Melhor morrer como um homem — ninguém poderá dizer que ele não morreu como um marinheiro. Mas eu sou o comandante e não posso abandonar meu navio. Hei de confundir esse demônio, esse monstro, pois vou amarrar minhas mãos ao leme quando minhas forças começarem a falhar, e nelas vou amarrar algo que Ele não ousa tocar. Então, com vento favorável ou não, hei de salvar minha alma e minha honra de comandante. Sinto-me cada vez mais fraco, e a noite se aproxima. Se ele tornar a me olhar no rosto, talvez eu não tenha tempo de agir... Se naufragarmos, é possível que esta garrafa seja encontrada, e aqueles que lerem estas anotações poderão compreender; se não... bem, então todos saberão que fui leal ao meu posto. Que Deus e a Virgem e todos os santos ajudem uma pobre alma ignorante tentando cumprir seu dever...

É claro que o veredito ficou em aberto. Não há provas para citação, e ninguém pode afirmar se o homem cometeu ou não os crimes. É quase um consenso entre o povo da cidade que o comandante é simplesmente um herói e terá um funeral público. Já foram tomadas providências para que seu corpo seja levado com um cortejo de barcos rio Esk acima, por uma curta distância, e depois trazido de volta ao píer Tate Hill e escadaria acima. Será enterrado no adro, no penhasco. Proprietários de mais de uma centena de barcos já deram seus nomes, declarando que desejam acompanhá-lo à sepultura.

Nenhum traço do enorme cão foi encontrado — o que muito se lamenta, pois, no estado em que se encontra a opinião pública, acredito que ele fosse acabar sendo adotado pela cidade. Amanhã veremos o funeral, e assim há de se encerrar mais este "mistério do mar".

Diário de Mina Murray

8 de agosto — Lucy esteve muito inquieta durante toda a noite, tampouco eu consegui dormir. A tempestade foi assustadora, e, ao desabar com estrondo sobre os canos das chaminés, fazia-me estremecer. Quando uma rajada violenta de vento soprou, mais pareceu uma arma disparando a distância. Lucy não despertou, o que foi bastante estranho, mas levantou-se e se vestiu por duas vezes. Felizmente, nas duas ocasiões acordei a tempo e consegui despi-la sem que ela despertasse, levando-a de volta à cama. Esse sonambulismo é algo de muito estranho, pois tão logo a vontade de Lucy é fisicamente frustrada, suas intenções, se é que as há, desaparecem, e ela retorna quase que com exatidão à rotina de sua vida.

De manhã cedo, levantamo-nos e descemos até o porto para ver se algo acontecera durante a noite. Havia algumas pessoas por ali; embora o sol brilhasse e o ar estivesse fresco e limpo, as ondas enormes e assustadoras, que pareciam escuras, porque a espuma que as coroava era branca como neve, irrompiam pela entrada estreita do porto — como um sujeito valentão em meio a um aglomerado de gente. De certa forma, senti-me feliz por Jonathan não estar no mar ontem à noite, mas sim em terra firme. Mas, ah, estará ele em terra ou no mar? Onde estará ele, e como passará? Estou ficando realmente ansiosa a esse respeito. Se eu apenas soubesse o que fazer, e pudesse fazer alguma coisa!

10 de agosto — O funeral do pobre comandante hoje foi muito comovente. Todos os barcos do porto pareciam estar presentes, e o caixão foi carregado por comandantes desde o píer Tate Hill até o adro. Lucy me acompanhou, e fomos cedo para o nosso velho banco, enquanto o cortejo de barcos subia o rio até o viaduto e voltava. A vista que tínhamos era muito bonita, e vimos a procissão quase que em toda a sua extensão. O pobre homem encontrou seu repouso bem perto de nosso banco, de modo que nos pusemos de pé quando chegou a hora do enterro e vimos tudo. A pobre Lucy parecia muito transtornada. Estava inquieta o tempo todo, e só posso achar que seus sonhos noturnos estão tendo efeito sobre ela. Em um aspecto específico, seu comportamento é bastante estranho: não admite que haja qualquer motivo para inquietude; ou, se houver, ela própria não compreende. Um motivo a mais está no fato de que o pobre Mr. Swales foi encontrado hoje de manhã em nosso banco, o pescoço quebrado. Ele evidentemente caiu para trás, como disse o médico, devido a algum susto, pois havia uma expressão de terror em seu rosto que os homens disseram tê-los feito estremecer. Pobre e querido velho! Talvez ele tenha visto a Morte com seus próprios olhos moribundos! Lucy é tão delicada e sensível que sente as mudanças mais intensamente que as outras pessoas. No momento, está bastante transtornada com um fato insignificante com que eu própria não me importei muito, embora adore os animais. Um dos homens que vinha aqui com frequência ver os barcos era sempre acompanhado pelo cachorro. O animal está sempre com ele. Ambos são bem tranquilos, e nunca vi o homem ficar zangado ou o cachorro latir. Enquanto seu dono acompanhava o funeral, no banco, junto a nós, o cachorro não se aproximou, mas ficou a alguns metros de distância, latindo e uivando. Seu dono lhe falou com gentileza, depois mais severo, e finalmente zangado, mas o cão não se aproximou nem se calou. Estava como que tomado por uma espécie de fúria, os olhos selvagens, e todos os pelos arrepiados como os da cauda de um gato quando disposto a brigar. Por fim, o homem também ficou furioso: levantou-se e chutou o cachorro, depois o segurou pela coleira; arrastou-o e o jogou sobre a lápide em que o banco está afixado. No momento que tocou a pedra, o pobre animal ficou quieto e começou a tremer da cabeça aos pés. Não tentou fugir, mas se encolheu, trêmulo, num estado de terror digno de pena; eu tentei, sem sucesso, reconfortá-lo. Lucy também se apiedou do animal, mas não tentou tocá-lo, embora olhasse para ele de uma forma um tanto angustiada. Temo que ela tenha uma natureza por demais suprassensível para sair pelo mundo sem problemas. Vai sonhar com isso hoje à noite, tenho certeza. Todo o conjunto dos fatos — o navio governado até o porto por um cadáver; a posição em que se encontrava, amarrado ao leme com um crucifixo e um rosário; o comovente funeral; o cachorro, às vezes furioso e às vezes aterrorizado — tudo isso há de fornecer matéria para seus sonhos.

Acho que o melhor para ela é ir para a cama fisicamente exausta. Portanto, vou levá-la para uma longa caminhada pelos rochedos da baía de Robin Hood, ida e volta. Ela provavelmente não vai se mostrar, então, muito inclinada ao sonambulismo.

capítulo 8

DIÁRIO DE MINA MURRAY

Mesmo dia, às 23 horas — Ah, como estou cansada! Se não tivesse assumido o compromisso de escrever este diário nem iria abri-lo esta noite. Fizemos uma caminhada bastante agradável. Depois de algum tempo, Lucy ficou alegre, acho que por causa de algumas vacas que vieram nos farejar num campo próximo ao farol e nos assustaram para valer. Acho que esquecemos tudo, exceto, é claro, os medos pessoais, o que pareceu nos permitir limpar o terreno e recomeçar do início. Tomamos um excelente chá completo na baía de Robin Hood, numa pequenina e simpática pousada ao estilo antigo, com uma janela em arco abrindo para as pedras da praia, cobertas de algas. Acredito que tenhamos horrorizado as "Novas Mulheres" com o nosso apetite. Os homens são mais tolerantes — que Deus os abençoe! Depois caminhamos de volta para casa fazendo algumas — ou, melhor dizendo, várias — paradas para descansar, e com um medo constante de touros selvagens. Lucy estava muito cansada, e pretendíamos ir para a cama o mais cedo possível. O jovem cura apareceu, porém, e Mrs. Westenra convidou-o para jantar. Tanto eu quanto Lucy tivemos que lutar contra o sono; sei que foi uma batalha árdua de minha parte, e sinto-me uma heroína. Acho que qualquer dia desses os bispos deviam se reunir e pensar na criação de uma nova classe de curas, que não jantem, por mais que seus anfitriões insistam, e que percebam quando as moças estão cansadas. Lucy já adormeceu e sua respiração está suave. Está mais corada do que o habitual, e tão bonita! Se Mr. Holmwood se apaixonou por ela vendo-a apenas em sua sala de estar, imagino o que diria se a visse agora. Algumas das "Novas Mulheres" que são escritoras algum dia começarão a achar que os homens e as mulheres deveriam ter permissão para ver uns aos outros adormecidos antes de fazer ou aceitar pedidos de casamento. Mas suponho que a "Nova Mulher" não concordará em aceitar, no futuro: será ela a fazer o pedido. E não há dúvidas de que irá fazê-lo bem-feito! Há algum consolo em pensar assim. Estou tão feliz hoje à noite, porque minha querida Lucy parece melhor. Acredito que ela tenha vencido essa crise e que seus problemas noturnos tenham acabado. Eu ficaria mais feliz ainda se soubesse que Jonathan... Que Deus o abençoe e proteja.

11 de agosto, três horas da manhã — Diário outra vez. Agora não sinto sono, de modo que posso escrever. Estou agitada demais para dormir. Que aventura acabamos de viver! Que experiência angustiante! Adormeci assim que fechei meu diário... Subitamente despertei por completo, com uma terrível sensação de medo e um certo vazio ao meu redor. O quarto estava escuro, de modo que eu não podia ver a cama de Lucy; adiantei-me e procurei por ela, tateando. A cama estava vazia. Acendi um fósforo e descobri que ela não estava no quarto. A porta estava fechada, mas não trancada como eu a deixara. Tive receio de acordar sua mãe, que tem estado mais doente do que de hábito, ultimamente, então vesti qualquer coisa e me aprontei para procurar Lucy. Ao deixar o quarto, ocorreu-me que as roupas que tivesse vestido poderiam fornecer alguma pista sobre as intenções de seu sonho. *Peignoir* significaria casa; vestido, rua. Tanto o *peignoir* quanto o vestido estavam em seus lugares. "Graças a Deus", disse a mim mesma. "Ela não pode ter ido longe, pois está só de camisola." Corri ao andar de baixo e procurei na sala de estar. Nada. Então olhei em todos os outros cômodos abertos da casa, com um medo crescente enregelando-me o coração. Por fim, fui até a porta do vestíbulo e encontrei-a aberta. Não estava aberta para trás, mas a lingueta da fechadura não estava trancada. Naquela casa, todos tomavam o cuidado de trancar a porta à noite, então receei que Lucy tivesse saído do jeito como estava. Não havia tempo para pensar no que poderia acontecer; um medo vago dominava-me e obscurecia tudo. Peguei um xale grande e pesado, e corri para fora. O relógio soava uma hora quando cheguei a Crescent, e não se via ninguém. Corri pelo North Terrace, mas não via qualquer sinal do vulto branco que esperava encontrar. À beira do rochedo de West Cliff, sobre o quebra-mar, olhei para o porto e para East Cliff, esperando (ou temendo) ver

Lucy em seu banco favorito. A lua cheia brilhava e nuvens pesadas e escuras deslizavam pelo céu, transformando todo aquele cenário num diorama fugaz de luz e sombra. Durante alguns instantes eu nada pude ver, pois a sombra de uma nuvem escondia a igreja de St. Mary e tudo mais ao seu redor. Então, quando a nuvem passou, pude ver as ruínas da abadia; quando a ponta de uma faixa estreita de luz, fina como a lâmina de uma espada, avançou, a igreja e o adro tornaram-se gradualmente visíveis. Qualquer que fosse minha expectativa, não foi frustrada, pois lá, em nosso banco favorito, a luz da lua caiu sobre um vulto como que curvado e pálido como neve. Uma outra nuvem logo deslizou sobre a lua, de modo que não pude ver grande coisa, e a sombra toldou a luz quase que imediatamente. Mas pareceu-me haver um vulto escuro, de pé, atrás do banco onde o vulto branco brilhava, inclinando-se para a frente. O que era, se uma pessoa ou um animal, não saberia dizer. Não esperei para ver de novo: desci correndo a escadaria íngreme até o quebra-mar, passei pelo mercado de peixes e fui até a ponte, único caminho para chegar ao rochedo de East Cliff. A cidade estava como morta, não encontrei vivalma. Ainda bem, pois não queria que alguém testemunhasse a situação em que se encontrava a pobre Lucy. O tempo e a distância pareciam infinitos. Meus joelhos tremiam, e eu estava quase sem fôlego ao subir os intermináveis degraus até a abadia. Devo ter corrido bem rápido, mas ainda assim parecia-me que meus pés eram de chumbo, e como se todas as juntas do meu corpo estivessem enferrujadas. Quando estava quase chegando ao topo, vi o banco e o vulto pálido, pois agora a pouca distância permitia-me distingui-lo mesmo em meio às sombras. Não restavam dúvidas de que havia algo, um vulto alto e negro, inclinado sobre o vulto branco levemente inclinado. Gritei, apavorada, "Lucy! Lucy!", e algo ergueu a cabeça. De onde eu estava, pude ver uma face pálida e olhos vermelhos e brilhantes. Lucy não respondeu, e corri até o acesso ao adro. Ao entrar, a igreja ficou entre mim e o banco, e por um instante perdi Lucy de vista. Quando voltei a vê-la, a nuvem já não toldava o brilho da lua, que a atingia em cheio. Pude vê-la semirreclinada, com a cabeça apoiada no encosto do banco. Estava só, e não havia sinal de vivalma ao redor.

Quando me curvei sobre ela, pude ver que ainda dormia. Os lábios estavam entreabertos, e ela respirava — não com a suavidade habitual, mas longa e profundamente, como se tentasse encher os pulmões a cada inspiração. Quando me aproximei, ela ergueu uma das mãos, adormecida, e puxou a gola de sua camisola, envolvendo o próprio pescoço. Ao fazê-lo, estremeceu ligeiramente, como se sentisse frio. Envolvi-a com o xale e apertei bem as pontas em volta de seu pescoço, pois temia que ela acabasse se resfriando no ar noturno devido à pouca roupa que usava. Temia acordá-la de repente; então, para liberar minhas mãos e poder ajudá-la, prendi o xale junto à garganta de Lucy com um grande alfinete de segurança. A ansiedade deve ter tornado meus gestos bem desajeitados, e creio que a espetei ou furei, pois de tempos em tempos ela levava a mão à garganta e gemia. Após tê-la agasalhado, calcei-a com meus sapatos e comecei a acordá-la com todo o cuidado. A princípio ela não respondeu, mas aos poucos seu sono foi ficando mais agitado, e ela gemia e suspirava de quando em quando. Afinal, como o tempo voasse, e como, por várias outras razões, eu quisesse levá-la imediatamente para casa, sacudi-a com um pouco mais de força até que ela finalmente abriu os olhos e acordou. Não pareceu surpresa em me ver, pois, evidentemente, não se deu conta de onde estava logo de início. Lucy sempre acorda de maneira bonita, e mesmo num momento como aquele, quando seu corpo devia estar gelado, e sua mente algo amedrontada por estar ela andando quase despida num adro à noite, ela não perdeu sua graça. Tremeu um pouco e agarrou-se a mim; quando lhe disse que viesse logo para casa comigo, ela se pôs de pé sem dizer uma palavra, obediente como uma criança. Ao caminharmos, os pedregulhos machucaram meu pé, e Lucy notou que eu prosseguia com dificuldade. Parou e insistiu que eu pegasse de volta meus sapatos, mas não concordei. No caminho do lado de fora do adro havia poças d'água formadas pela tempestade, e lambuzei meus pés na lama; assim, se encontrássemos alguém, meus pés descalços não seriam notados.

A sorte estava a nosso favor, pois não encontramos ninguém no caminho para casa. Numa ocasião avistamos um homem caminhando por uma rua à nossa frente; embora ele não parecesse estar muito sóbrio, nos escondemos no vão de uma porta até vê-lo desaparecer numa abertura como essas que há por aqui, aleias estreitas, ou *wynds*, como são chamadas na Escócia. Meu coração batia tão forte o tempo todo que em alguns momentos achei que fosse desmaiar. Estava muito ansiosa por causa de Lucy. Não apenas no que se referia à sua saúde — temia que fosse sentir as consequências de ter ficado tanto tempo exposta ao ar noturno —, mas também quanto à sua reputação, se a história se tornasse conhecida.

Quando entramos em casa, lavamos nossos pés, fizemos juntas uma oração de agradecimento e eu a coloquei na cama. Antes de adormecer, ela me pediu — na verdade implorou — que não dissesse uma palavra sobre tudo aquilo a quem quer que fosse, mesmo à sua mãe. A princípio hesitei em anuir, mas ao pensar no estado de saúde de Mrs. Westenra e em como ficaria aflita se soubesse o que havia acontecido, e também ao pensar em como uma história daquelas poderia ser distorcida — não, sem dúvida seria distorcida — caso fosse revelada, achei mais prudente concordar com Lucy. Espero que tenha feito a coisa certa. Tranquei a porta, e a chave está amarrada em meu punho; assim talvez não voltemos a ter problemas. Lucy está profundamente adormecida; a luz da aurora reflete-se no mar, a distância.

Mesmo dia, meio-dia — Tudo vai bem. Lucy dormiu até que eu a acordasse e não parecia ter sequer se movido durante o sono. A aventura noturna não parece ter lhe feito mal; ao contrário, o efeito foi benéfico, pois sua aparência hoje está melhor do que tem estado há semanas. Aborreceu-me constatar que minha inabilidade com o alfinete de segurança feriu-a. Na verdade, acho que a ferida foi séria: a pele de seu pescoço foi perfurada. Devo tê-la atingido com a ponta do alfinete e atravessado-a, pois há dois orifícios como furos de alfinete, vermelhos, e na gola de sua camisola havia uma gota de sangue. Quando pedi desculpas e me mostrei preocupada, ela riu e me afagou, dizendo que nem sentira. Felizmente, as feridas não deixarão cicatrizes, pois são bem pequenas.

Mesmo dia, à noite — Tivemos um dia agradável. O ar estava limpo, o sol brilhava e uma brisa fresca soprava. Levamos o almoço para o bosque de Mulgrave — Mrs. Westenra foi de carruagem, e Lucy e eu fomos a pé, pelo caminho que margeia o penhasco. Encontramo-nos na ponte. Eu própria me sentia um pouco triste, pois não podia deixar de pensar o quão *absolutamente* feliz ficaria se Jonathan estivesse ali comigo. Mas, ah!, só o que me resta é ter paciência. No final da tarde passeamos pelo Cassino Terrace, e ouvimos boa música de Spohr e Mackenzie. Fomos para a cama cedo. Lucy parece mais sossegada do que nos últimos tempos, e adormeceu no ato. Vou trancar a porta e guardar a chave como fiz ontem, embora não ache que venhamos a ter problemas esta noite.

12 de agosto — Eu estava enganada, pois duas vezes durante a noite fui acordada por Lucy tentando sair. Ela pareceu, mesmo adormecida, um tanto impaciente com o fato de encontrar a porta trancada e voltou para a cama como que sob protesto. Acordei com a alvorada e ouvi os pássaros trinando junto à janela. Lucy também acordou, e fiquei feliz ao constatá-la ainda melhor do que na véspera. Toda a sua velha alegria parecia estar de volta. Ela veio, aninhou-se ao meu lado e me falou sobre Arthur. Eu lhe contei o quão ansiosa estava por causa de Jonathan, e ela tentou reconfortar-me. Bem, de certa forma foi bem-sucedida, pois, embora a solidariedade não tenha o poder de alterar os fatos, pode ajudar a torná-los mais suportáveis.

13 de agosto — Mais um dia tranquilo. Fui para a cama com a chave amarrada ao punho, como antes. Voltei a acordar à noite e deparei-me com Lucy sentada em sua cama, ainda adormecida, apontando para a janela. Levantei-me em silêncio e, afastando a veneziana, olhei para fora. A lua estava brilhante, e o efeito suave da luz sobre o mar e o céu — fundidos num único e silencioso mistério — era mais belo do que as palavras poderiam descrever. Entre mim e a lua voava um enorme morcego, indo e vindo em grandes círculos. Uma ou duas vezes chegou bem perto, mas acho que se assustou ao me ver e se afastou, voando por sobre o porto na direção da abadia. Quando voltei da janela, Lucy deitara-se outra vez e dormia tranquila. Não voltou a se mexer durante toda a noite.

14 de agosto — No East Cliff, lendo e escrevendo o dia todo. Lucy parece ter se apaixonado por este lugar tanto quanto eu, e é difícil levá-la embora daqui quando chega a hora de ir para casa almoçar ou tomar o chá ou jantar. Hoje à tarde, ela fez uma observação curiosa. Estávamos voltando para casa, para jantar, e havíamos chegado ao alto da escadaria do píer Oeste; paramos para olhar a vista, como normalmente fazemos. O sol já estava baixo no céu e se punha atrás de Kettleness; a luz vermelha se espalhava sobre o rochedo e a abadia, parecendo banhar tudo com um belo brilho rubro. Ficamos em silêncio por algum tempo, e subitamente Lucy murmurou:

— Os olhos vermelhos dele outra vez! São exatamente os mesmos!

Era um comentário tão insólito, tão despropositado, que me alarmou bastante. Girei o corpo um pouco, a fim de poder observar Lucy sem que ela percebesse, e pude notar que ela estava como que sonhando, com uma expressão estranha no rosto, que eu não conseguia decifrar. Eu nada disse, mas segui seus olhos. Ela parecia olhar para o nosso banco, onde um vulto negro sentava-se, sozinho. Fiquei um pouco assustada, pois por um instante pareceu-me que o estranho tinha olhos imensos como chamas, mas um segundo olhar desfez a ilusão. A luz rubra do sol refletia-se nas janelas da igreja de St. Mary por trás do banco onde nos sentávamos, e conforme o sol declinava a refração e o reflexo modificavam-se apenas o suficiente para causar a impressão de que a luz se movia. Chamei a atenção de Lucy para aquele efeito peculiar, e ela voltou a si num sobressalto, mas ainda assim parecia triste; talvez estivesse pensando naquela terrível noite lá em cima. Nunca falamos a respeito, de modo que eu nada disse, e fomos para casa jantar. Lucy sentia dor de cabeça e foi se deitar cedo. Vi que adormecera e saí para caminhar um pouco. Margeei os penhascos que ficam a oeste e estava profundamente triste, pois pensava em Jonathan. No caminho de volta para casa — o luar brilhava tanto que, embora a frente de nosso setor em Crescent estivesse na sombra, era possível divisar tudo bastante bem —, lancei um olhar na direção de nossa janela. Vi a cabeça de Lucy debruçando-se para fora. Pensei que talvez ela estivesse procurando por mim, então desdobrei meu lenço e acenei-lhe. Ela não percebeu e não fez um único movimento. Nesse exato instante, o luar escorregou por sobre um ângulo do edifício, e a luz caiu em cheio sobre a janela. Lá estava Lucy, distintamente, com a cabeça apoiada no peitoril e os olhos fechados. Estava profundamente adormecida, e junto a ela, sobre o peitoril da janela, havia algo semelhante a um pássaro muito grande. Fiquei com medo de que ela se resfriasse, então corri até o andar superior, mas quando entrei no quarto ela estava voltando para sua cama, profundamente adormecida mas com a respiração pesada. Tinha a mão sobre o pescoço, como se quisesse se proteger do frio.

Não a acordei, mas a envolvi com as cobertas. Cuidei para que a porta ficasse trancada e a janela fechada.

Ela parece tão adorável enquanto dorme, mas está mais pálida do que o habitual, com olheiras e com um aspecto abatido e cansado que me desagrada. Acho que algo a está afligindo e gostaria de poder descobrir o que é.

15 de agosto — Acordei mais tarde do que o habitual. Lucy estava lânguida e cansada, e continuou dormindo depois que nos chamaram. Tivemos uma agradável surpresa à hora do café da manhã. O pai de Arthur melhorou e quer que o casamento seja celebrado em breve. Lucy está muito feliz, embora quieta, e sua mãe está a um só tempo triste e satisfeita. Mais tarde, revelou-me o motivo. Lamenta perder Lucy, mas alegra-se que sua filha venha a ter em breve alguém para protegê-la. Pobre e querida senhora! Confidenciou-me que recebeu sua sentença de morte. Nada disse a Lucy, e me fez prometer que manteria segredo. O médico dissera que não lhe restam mais do que alguns meses de vida, se tanto, pois seu coração está enfraquecendo muito. A qualquer instante, agora mesmo, um choque súbito com certeza iria matá-la. Ah, fizemos bem em esconder-lhe a história daquela terrível noite de sonambulismo.

17 de agosto — Faz dois dias que não escrevo em meu diário. Não tive ânimo para fazê-lo. Alguma espécie de nuvem carregada parece estar obscurecendo nossa felicidade. Não tive notícias de Jonathan, e Lucy parece cada vez mais fraca, enquanto as horas de vida de sua mãe se esvaem. Não consigo compreender esse enfraquecimento de Lucy, a tomar por seus hábitos: alimenta-se bem, dorme bastante e respira ar puro. Vejo, porém, o rubor de suas faces diminuir progressivamente; ela se torna mais fraca e lânguida a cada dia. À noite, ouço-a respirar com dificuldade. Mantenho a chave de nossa porta sempre amarrada ao punho, mas ela se levanta, perambula pelo quarto e senta-se diante da janela. Na noite passada encontrei-a debruçada sobre o peitoril, e não consegui acordá-la: havia desmaiado. Quando finalmente fiz com que se recobrasse, estava fraca demais, e ficou chorando em silêncio enquanto tentava, com dificuldade, respirar. Quando lhe perguntei como fora parar na janela, ela meneou a cabeça e virou o rosto. Espero que seu mal-estar não se deva àquele infeliz incidente com o alfinete de segurança. Olho para o pescoço de Lucy, agora que ela adormeceu, e os pequenos ferimentos parecem não ter cicatrizado. Ainda estão abertos e maiores do que antes, com bordas de uma intensa palidez. São como pontinhos brancos com o centro vermelho. A menos que cicatrizem dentro de um ou dois dias, insistirei para que o médico venha examiná-los.

Carta de Samuel F. Billington & Filho, Procuradores, de Whitby, aos srs. Carter, Paterson & Co., de Londres

17 de agosto.

Caros senhores,

Enviamos anexa a fatura de mercadorias despachadas pela Ferrovia do Norte. As mesmas devem ser entregues em Carfax, próximo a Purfleet, após serem desembarcadas na estação de King's Cross. A casa está desocupada, no momento, mas as chaves seguem com esta carta e estão todas etiquetadas.

Os caixotes a serem entregues, num total de cinquenta unidades, devem por gentileza ficar na construção parcialmente em ruínas anexa à casa e identificada com a letra A na planta aqui inclusa. Seu agente reconhecerá facilmente o local, pois trata-se da antiga capela da mansão. A mercadoria seguirá esta noite, no trem das 21h30, e chegará a King's Cross amanhã às 16h30. Como nosso cliente deseja que seja entregue o quanto antes, somos obrigados a solicitar que tenham tudo pronto em King's Cross no horário mencionado e que a mercadoria siga imediatamente para Carfax. Com o propósito de abreviar qualquer possível atraso devido a exigências rotineiras de pagamento em seus departamentos, anexamos cheque de £10, solicitando que acusem recebimento. Se as despesas não atingirem esse montante, a diferença nos poderá ser devolvida; se o ultrapassarem, enviaremos imediatamente outro cheque no valor da diferença assim que comunicados. As chaves devem ser deixadas no vestíbulo principal da casa, onde o proprietário poderá apanhá-las ao abrir a porta com sua cópia.

Esperamos não lhes causar a impressão de estar ultrapassando as fronteiras da cortesia comercial ao insistir para que se valham de todos os meios a fim de garantir a maior presteza nesses serviços.

Cordialmente,
Samuel F. Billington & Filho

Carta dos srs. Carter, Paterson & Co., de Londres, aos srs. Samuel F. Billington & Filho, de Whitby

21 de agosto.

Caros senhores,

Acusamos o recebimento de £10 e retornamos cheque de £1, 17s. e 9d., referente à diferença dos gastos, conforme consta no recibo aqui incluso. A mercadoria foi entregue precisamente de acordo com as instruções, e as chaves foram deixadas no vestíbulo principal, conforme solicitado.

Cordialmente,
Pro Carter, Paterson & Co.

Diário de Mina Murray

18 de agosto — Hoje estou feliz e escrevo sentada no banco do adro. Lucy tem melhorado bastante. Ontem dormiu a noite toda e não me incomodou nem uma única vez. Seu rosto parece estar recuperando aquele tom corado, embora no geral ela ainda guarde uma palidez de dar pena. Poderia entender se ela estivesse anêmica, mas não é o caso. Está bem-disposta, alegre e cheia de vida. Toda aquela mórbida languidez parece tê-la abandonado, e ela acaba de me lembrar, como se fosse preciso que me lembrassem, *daquela* noite, e de que foi aqui, neste exato banco, que eu a encontrei adormecida. Ao dizê-lo, Lucy bateu alegremente o salto da bota na laje de pedra e disse:

— Meu pobre pezinho não fazia muito barulho naquele momento! Acho que o velho Mr. Swales me teria dito que era porque eu não queria acordar Geordie.

Como ela estava muito comunicativa, perguntei-lhe se havia tido algum sonho naquela noite. Antes que ela me respondesse, franziu o cenho daquele jeito adorável que Arthur (chamo-o assim porque é o costume de Lucy) diz amar tanto; de fato, isso não é de se espantar. Ela prosseguiu, então, com um ar meio ausente, como se tentasse evocar os próprios sonhos na memória:

— Não foram propriamente sonhos; tudo parecia real. Só o que eu queria era estar aqui, neste lugar. E não sei por que, pois algo que não saberia definir me dava medo. Lembro-me, embora suponha que estivesse dormindo, de ter caminhado pelas ruas e atravessado a ponte. Um peixe saltou enquanto eu passava, e inclinei-me para ver. Ouvi muitos cães uivando; era como se a cidade estivesse cheia de cães uivando ao mesmo tempo, enquanto eu subia os degraus. Recordei-me vagamente, então, de um vulto alto e escuro, com olhos vermelhos, igual ao que vimos ao pôr do sol, e uma sensação ao mesmo tempo muito agradável e muito dolorosa me envolvendo. Em seguida, tive a impressão de mergulhar na água esverdeada e profunda, e uma melodia ecoava em meus ouvidos, como dizem acontecer com os homens que se afogam. Tudo parecia afastar-se de mim; minha alma parecia deixar meu corpo e flutuar pelo espaço. Creio ter a lembrança de que o Farol Oeste estava abaixo de mim, em dado momento, e então senti uma espécie de angústia, como se estivesse num terremoto. Voltei para onde estava e me deparei com você sacudindo meu corpo. Vi-a fazendo isso antes de senti-lo propriamente.

Então, Lucy começou a rir. Tudo me pareceu um tanto sinistro, e eu a ouvi falar com o fôlego suspenso. Não gostei muito do que ouvi e achei que era melhor afastar seus pensamentos daquela noite. Enveredamos, então, por outros assuntos, e Lucy voltou ao seu normal. Quando chegamos em casa, a brisa suave a revigorara, e suas faces pálidas estavam bem mais coradas. Mrs. Westenra ficou feliz ao vê-la, e passamos uma noite muito agradável juntas.

19 de agosto — Alegria, alegria, alegria! Embora não seja ainda uma alegria completa. Pelo menos, tive notícias de Jonathan. Meu pobre querido esteve doente; foi por isso que não escreveu. Não receio pensar nisso ou escrevê-lo, agora que sei a verdade. Mr. Hawkins enviou-me a carta e ele próprio escreveu-me palavras muito gentis. Parto pela manhã e vou me encontrar com Jonathan — para ajudar a cuidar dele, se necessário, e para trazê-lo de volta. Mr. Hawkins diz que não seria má ideia se nos casássemos no exterior. Chorei sobre a carta da gentil irmã até sentir o papel úmido contra meu peito, onde está agora. É de Jonathan e deve ficar perto do meu coração, pois *ele* está em meu coração. Minha viagem já foi planejada, e minha mala está pronta. Não levo mais do que uma muda de roupa. Lucy vai levar meu baú para Londres e guardá-lo até que eu mande buscar, pois pode ser que... preciso parar de escrever; preciso guardar estas palavras para Jonathan, meu marido. A carta que ele viu e tocou vai me reconfortar até nos encontrarmos.

Carta da irmã Agatha, Hospital de São José e Santa Maria, em Budapeste, a Miss Wilhelmina Murray

12 de agosto.

Cara senhora,

Escrevo-lhe a pedido de Mr. Jonathan Harker, que ainda não está forte o suficiente para escrever, embora recupere-se bem, graças a Deus e a São José e Santa Maria. Tem estado sob nossos cuidados há quase seis semanas, vítima de uma violenta meningite. Quer que eu lhe transmita seu amor e que lhe diga que escrevo também a Mr. Peter Hawkins, de Exeter, para lhe dizer, com todo respeito, que lamenta seu atraso e que o serviço de que foi incumbido já se encontra realizado. Será necessário que faça um repouso de algumas semanas em nosso sanatório nas montanhas, mas em seguida retorna à Inglaterra. Pede-me para lhe dizer que não tem dinheiro suficiente consigo e que gostaria de pagar por sua estada aqui, de modo que outros igualmente necessitados não se vejam privados de ajuda.

Que Deus a abençoe,

Afetuosamente,
Irmã Agatha

P.S. — Como meu paciente se encontra adormecido, abro esta carta para lhe dar algumas informações a mais. Ele me contou tudo a seu respeito, e que em breve há de se tornar sua esposa. Que Deus abençoe a ambos! Ele sofreu algum terrível choque, segundo nosso médico, e seus delírios foram assustadores — falava de lobos e veneno e sangue, de fantasmas e demônios, e tenho medo de dizer do que mais. Cuide bem dele para que não haja nada capaz de excitá-lo nesse sentido, durante um bom tempo. Os vestígios de uma doença como essa não desaparecem tão facilmente. Deveríamos ter escrito há muito tempo, mas nada sabíamos a respeito dos amigos dele, e ele não levava consigo nada que qualquer um de nós pudesse compreender. Veio de trem, de Klausenburgo, e o chefe de estação disse ao guarda que seu noivo correu até a estação pedindo aos berros uma passagem para casa. Vendo, por sua conduta violenta, que se tratava de um inglês, deram-lhe uma passagem para a estação mais distante que aquela linha ferroviária alcançava.

Tenha certeza de que ele está sendo bem-cuidado. Conquistou a simpatia de todos com sua doçura e gentileza. Está mesmo melhorando bastante, e não tenho dúvidas de que dentro de poucas semanas já terá se recuperado completamente. Tenha cuidado, porém, em nome da saúde de seu noivo. Rezo a Deus e a São José e Santa Maria para que o futuro lhes reserve, a ambos, muitos e muitos anos de felicidade.

Diário do dr. Seward

19 de agosto — Súbita e estranha mudança no comportamento de Renfield, noite passada. Por volta das oito horas, começou a ficar agitado e farejar ao redor como faz um cão de caça, o que chamou a atenção do assistente. Este, sabendo de meu interesse pelo caso, encorajou-o a falar. Renfield normalmente demonstra respeito pelo assistente e às vezes chega a se mostrar servil; hoje à noite, porém, conforme me foi relatado, estava bastante insolente e não quis conversar em absoluto. Tudo o que disse foi:

— Não quero falar com você. Agora você já não tem importância. O Mestre está prestes a chegar.

O assistente acha que se trata de alguma espécie de súbita obsessão religiosa. Se for verdade, seria prudente ficar atento à possibilidade de um ataque, pois um homem forte com obsessão religiosa e homicida pode vir a se tornar perigoso. A associação é das piores. Às nove horas, eu próprio fui visitá-lo. Sua conduta para comigo foi idêntica. O paciente estava voltado para si mesmo de forma tão absoluta que não parecia ver diferença alguma entre mim e o assistente. Parecia uma obsessão religiosa, e ele em breve estará achando que é o próprio Deus. Essas distinções ínfimas entre dois homens são insignificantes para um Ser Onipotente. Como esses loucos denunciam a si mesmos! O Deus verdadeiro toma cuidados para evitar a queda de um pardal, mas o Deus criado pela vaidade humana não vê diferença entre uma águia e um pardal. Ah, se os homens soubessem!

Durante meia hora ou mais, Renfield continuou se tornando cada vez mais agitado. Procurei não observá-lo, mas ainda assim mantive-me atento. De repente, seus olhos ganharam aquele brilho típico dos loucos, nos momentos em que uma ideia lhes ocorre, e ele fez aquele movimento astuto com a cabeça e as costas que os assistentes dos hospícios vêm a conhecer tão bem. Aquietou-se consideravelmente e se sentou na beira de sua cama, resignado, olhando para o nada com olhos opacos. Achei que poderia descobrir se sua apatia era real ou fingida, e tentei fazer com que falasse sobre seus bichos, tema que jamais deixou de animá-lo. A princípio ele não respondeu, mas afinal disse, mal-humorado:

— O que me importa? Não ligo nem um pouco para elas.

— O quê? — exclamei. — Você não está querendo me dizer que não se importa com suas aranhas...

As aranhas são sua atual obsessão, e o caderno está ficando cheio de colunas de pequenos algarismos. Ao meu comentário, ele respondeu, enigmático:

— As damas de honra enchem os olhos daquele que espera por sua noiva, mas, quando a noiva chega, as damas de honra perdem todo o seu brilho.

Não se explicou, mas ficou sentado na cama obstinadamente durante todo o tempo em que fiquei com ele.

Estou cansado, hoje à noite, e deprimido. Não posso deixar de pensar em Lucy e em como as coisas poderiam ter sido. Se eu não dormir logo, cloral, o Morfeu moderno... C2HCl3O e H2O! Preciso tomar cuidado para que isso não se transforme em hábito. Não, hoje à noite não tomarei cloral!

Tenho pensado em Lucy, e não hei de desonrá-la misturando esses elementos. Se for preciso, hoje ficarei insone...

Mais tarde — Fico feliz por ter tomado essa resolução, e mais feliz ainda por ter me atido a ela. Ficara perambulando a esmo e ouvira o relógio bater duas horas quando o guarda noturno veio me dizer, enviado pelo vigia, que Renfield havia fugido. Vesti-me às pressas e desci imediatamente; meu paciente é perigoso demais para ficar solto por aí. Suas ideias podem ter consequências perigosas na presença de estranhos. O assistente esperava por mim. Disse que não se haviam passado dez minutos da última vez que vira Renfield, aparentemente adormecido, em sua cama, quando olhara pela janelinha da porta. Chamou-lhe a atenção o ruído da janela sendo arrancada com força. Correu de volta e viu os pés de Renfield desaparecendo no vão da janela. Mandou me chamar imediatamente. O paciente vestia apenas suas roupas de dormir e não pode ter ido longe. O assistente achou mais sábio observar para onde ia Renfield do que segui-lo, pois poderia perdê-lo de vista enquanto estivesse saindo do edifício pela porta. Ele é corpulento e não conseguiria passar pela janela. Como sou magro, saí, com sua ajuda, mas os pés primeiro; como estávamos a poucos metros do chão, não me machuquei ao cair. O assistente me disse que Renfield seguira pela esquerda, em linha reta; então, corri o mais depressa que pude. Quando atravessei o grupo de árvores que circundam o hospício, vi um vulto branco escalar o muro alto que separa nosso terreno daquele da casa abandonada.

Corri de volta imediatamente e ordenei que o vigia reunisse dois ou três homens e me acompanhassem até Carfax, para o caso de nosso amigo se tornar perigoso. Apanhei uma escada, pulei o muro e caí do outro lado. Pude ver o vulto de Renfield desaparecendo por trás do ângulo da casa e corri atrás dele. Encontrei-o na outra extremidade, apertado contra a velha porta de carvalho e ferro da capela. Estava falando, e aparentemente com alguém, mas tive medo de me aproximar o suficiente para ouvir o que dizia; Renfield poderia se assustar e fugir. Perseguir um enxame errante de abelhas não é nada comparado a perseguir um louco despido que tem diante de si a possibilidade da fuga! Após alguns minutos, porém, pude perceber que ele não se dava conta do que acontecia ao seu redor; arrisquei uma aproximação — pois, além do mais, os homens haviam agora pulado o muro e o estavam cercando. Ouvi-o dizer:

— Aqui estou para cumprir Suas ordens, Mestre. Sou Seu escravo, e o Senhor há de me recompensar, pois serei leal. Tenho adorado o Senhor há muito tempo, e mesmo com toda a distância. Agora que está próximo, aguardo Suas ordens; o Senhor não há de me esquecer, não é mesmo, adorado Mestre, quando for distribuir as dádivas?

Ele *é* afinal de contas um velho pedinte egoísta. Pensa em suas vantagens pessoais mesmo quando crê estar na Presença Divina. Suas obsessões combinam-se de forma assustadora. Quando o acuamos, ele lutou como um tigre. É muito forte, pois se parece mais com um animal selvagem do que com um homem. Nunca vi um louco tendo um acesso de raiva como esse e espero nunca mais ver. Foi uma sorte imensa termos descoberto sua força e periculosidade a tempo. Com uma força e uma determinação como as suas, ele poderia ter feito um estrago enorme antes de ser capturado. Agora está impedido de fazer mal, porém: nem o próprio Jack Sheppard poderia se livrar da camisa de força que pusemos nele, e está acorrentado à parede na cela acolchoada. Seus gritos são às vezes assustadores, mas os silêncios que se seguem conseguem ser ainda piores, pois cada gesto e movimento seu revelam impulsos assassinos.

Há pouco, ele disse as primeiras palavras coerentes:

— Serei paciente, Mestre. Está chegando... chegando... chegando!

Captei a indireta e me retirei. Estava excitado demais para dormir, mas este diário me acalmou, e acho que vou conseguir descansar um pouco esta noite.

capítulo 9

Carta de Mina Harker a Lucy Westenra

Budapeste, 24 de agosto.

Querida Lucy,

Sei que você deve estar ansiosa para ouvir tudo o que aconteceu desde que nos despedimos, na estação de trem de Whitby. Bem, minha cara, cheguei bem a Hull e tomei o barco para Hamburgo; de lá, vim de trem até Budapeste. Mal me recordo da viagem, exceto do fato de que sabia estar vindo me encontrar com Jonathan, e que, como provavelmente teria que cuidar dele, seria melhor dormir tanto quanto conseguisse... Ah, encontrei meu amado tão magro e pálido, aparentando tanta fraqueza. Toda a determinação abandonara seu olhar, e toda aquela dignidade silenciosa sobre a qual lhe falei desaparecera. Ele não é mais do que a sombra do antigo Jonathan, e não se recorda de nada do que tenha lhe acontecido nos últimos tempos. Pelo menos quer me fazer acreditar nisso, e jamais hei de questioná-lo. Ele sofreu algum choque terrível, e temo que tentar recordá-lo venha a ser um esforço demasiado para o seu pobre cérebro. A irmã Agatha, que é uma boa pessoa e uma enfermeira nata, disse-me que ele falava sobre coisas terríveis enquanto delirava. Queria que ela me dissesse que coisas eram essas, mas ela se persignava e declarava que nunca diria, que os delírios dos enfermos eram os segredos de Deus, e que, se a vocação de uma enfermeira a levasse a ouvi-los, ela deveria manter segredo. Trata-se de um espírito bondoso e adorável. No dia seguinte, vendo que eu estava preocupada, voltou ao assunto, e, após ter dito que jamais poderia revelar o que meu pobre querido falou em seus delírios, acrescentou:

— Só o que posso lhe dizer, minha querida, é que não se tratava de algo que ele tenha feito de prejudicial a si mesmo, e você, como sua futura esposa, não tem motivos para pensar nisso. Ele não a esqueceu, ou a seus compromissos. Seu medo devia-se a coisas terríveis e grandiosas, coisas com as quais nenhum mortal deve se envolver.

Acredito que a boa criatura devia achar que eu talvez estivesse com ciúmes, temendo que meu pobre querido tivesse se apaixonado por outra moça. Imagine só, *eu* com ciúmes de Jonathan! Contudo, minha cara, tenho que lhe confessar que fiquei feliz quando tive a *certeza* de que não foi uma outra mulher a causa de seus problemas. Sento-me agora junto à sua cama, de onde posso ver seu pálido rosto adormecido. Está acordando!...

Ao acordar, pediu-me seu casaco, pois queria apanhar algo no bolso. Falei com a irmã Agatha, e ela trouxe seus pertences. Vi que entre eles havia um caderno, e ia lhe pedir que me deixasse lê-lo — porque sabia que poderia descobrir alguma pista de seus problemas —, mas suponho que ele deve ter lido esse desejo em meus olhos, pois pediu que eu fosse até a janela, alegando o desejo de ficar sozinho por alguns instantes. Depois me chamou de volta, e, quando me aproximei, sua mão estava sobre o caderno. Ele me disse, solenemente:

— Wilhelmina — eu soube então que falava sério, pois nunca me chamara assim desde que me pedira em casamento —, você sabe o que penso, minha querida, sobre a sinceridade que deve haver entre marido e mulher: não deve haver qualquer segredo. Sofri um grande choque e quando tento pensar a respeito sinto minha cabeça girar; não sei se foi tudo real ou apenas o delírio de um louco. Você sabe que tive meningite, o que é uma espécie de loucura. O segredo está aqui, e não quero conhecê-lo. Quero recomeçar minha vida aqui, com nosso casamento — pois, minha cara, decidimos nos casar assim que as formalidades forem cumpridas. — Você está de acordo, Wilhelmina, em compartilhar da minha ignorância? Eis o caderno. Leve-o, e leia, se quiser, mas nunca me conte o que está escrito, a menos que alguma necessidade urgente me obrigue a recordar as horas terríveis, fruto do sono ou da vigília, da loucura ou da sanidade, que registrei aí.

Deitou-se, exausto, e eu coloquei o caderno sob seu travesseiro e o beijei. Pedi à irmã Agatha que solicitasse à madre superiora permissão para que nosso casamento fosse celebrado esta tarde, e aguardo sua resposta...

Ela voltou, dizendo-me que mandaram chamar o capelão da missão da Igreja anglicana. Devemos nos casar dentro de uma hora, assim que Jonathan acordar...

Lucy, tudo foi tão rápido. Sinto-me bem séria, mas muito, muito feliz. Jonathan acordou um pouco depois da hora, e tudo estava pronto; sentou-se na cama, recostando-se nos travesseiros. Pronunciou seu "aceito" com voz firme e forte. Eu mal podia falar; estava tão emocionada que parecia prestes a engasgar até mesmo com essa palavra. As queridas freiras foram tão gentis. Deus permita que eu nunca as esqueça, nem as responsabilidades sérias e deliciosas que assumi. Preciso lhe contar sobre o meu presente de casamento. Quando o capelão e as freiras me deixaram a sós com meu marido — ah, Lucy, é a primeira vez que escrevo as palavras "meu marido" —, apanhei o caderno sob seu travesseiro, embrulhei-o com papel branco, amarrei-o com um pedaço de fita azul-claro que levava no pescoço e lacrei o nó com cera, usando minha aliança como selo. Beijei o pacote e mostrei-o a meu marido, dizendo-lhe que ficaria assim, de modo que teríamos para toda a vida um símbolo externo e visível de nossa mútua confiança; disse-lhe que nunca abriria o embrulho, a menos que fosse pelo seu próprio bem ou em nome de alguma séria obrigação. Então, ele tomou minha mão, ah, Lucy, foi a primeira vez que tomou a mão de *sua esposa*, dizendo-me que era a maior preciosidade no mundo inteiro, e que ele viveria todo o passado outra vez apenas para ganhá-la, se necessário. Meu pobre querido referia-se a uma parte do passado apenas, mas ainda não pode pensar sobre o tempo, e não vou me admirar se ele a princípio se enganar não apenas com relação ao mês, mas ao ano também.

Bem, minha querida, o que eu poderia dizer? Somente que era a mulher mais feliz do mundo inteiro e que nada tinha a lhe dar exceto eu mesma, minha vida e minha confiança, e que com isso ele recebia também meu amor e o meu respeito por todos os dias de minha vida. E, minha querida, quando ele me beijou e me puxou para si com suas mãos fracas, foi como se um pacto solene se firmasse ali entre nós...

Lucy, querida, sabe por que lhe conto isso tudo? Não só porque me é tão caro, mas porque você tem sido e continua a ser muito cara a mim. Foi meu privilégio ser sua amiga e guia quando você veio da escola e se preparou para o mundo, para a vida. Quero que você veja, agora, e com os olhos de uma esposa muito feliz, aonde o dever me levou, para que em sua vida de casada também você possa ficar tão feliz quanto eu. Minha querida, permita Deus que sua vida seja tudo aquilo que promete ser: um longo dia de sol, sem ventos fortes, sem se esquecer de seus deveres, sem desconfianças. Não vou desejar que seja livre de todo sofrimento, pois isso é impossível, mas espero que você seja *sempre* feliz como eu estou *agora.* Adeus, minha querida. Vou enviar esta carta imediatamente e talvez lhe escreva novamente em breve. Preciso terminar aqui, pois Jonathan está acordando, e tenho que atender ao meu marido!

Afetuosamente,
MINA HARKER

CARTA DE LUCY WESTENRA A MINA HARKER

Whitby, 30 de agosto.

Minha adorada Mina,

Oceanos de amor e milhões de beijos, e que você possa estar logo em sua própria casa com seu marido. Gostaria que vocês pudessem voltar a tempo de ficar aqui conosco. O ar de Whitby faria com que Jonathan se recuperasse rápido; foi esse o efeito que teve sobre mim. Estou com um apetite voraz, cheia de vida e durmo bem. Você ficará feliz em saber que meu sonambulismo cessou por completo. Acho que, uma vez tendo me deitado para dormir, não levantei da cama uma única vez, há uma semana. Arthur diz que estou ficando gorda. A propósito, esqueci de lhe contar que Arthur está aqui. Fazemos tantos passeios, remamos, jogamos tênis e pescamos juntos; amo-o mais do que nunca. Ele *diz* me amar ainda mais, mas eu duvido, pois a princípio disse-me que era impossível amar-me mais do que amava então. Ah, mas isso é puro *nonsense.* Aí vem ele, chamando por mim. Nada mais no momento, portanto, de sua

LUCY

P.S. — Mamãe quer que eu lhe transmita seu amor. Parece melhor, a pobrezinha.

P.P.S. — Vamos nos casar no dia 28 de setembro.

Diário do dr. Seward

20 de agosto — O caso Renfield se torna cada vez mais interessante. Ele já se aquietou tanto que há períodos em que abandona sua obsessão. Durante a primeira semana após seu ataque, estava ininterruptamente violento. Então, certa noite, logo depois que a lua surgiu no céu, aquietou-se e ficou murmurando para si mesmo:

— Agora posso esperar. Agora posso esperar.

O assistente veio me contar, e desci imediatamente para dar uma olhada no paciente. Ainda estava na sala acolchoada e com a camisa de força, mas a expressão de ira profunda desaparecera de seu rosto; os olhos tinham algo de sua velha delicadeza, que eu diria quase servil, e pareciam sempre nos implorar alguma coisa. Fiquei satisfeito com seu presente estado e dei ordens para que fosse libertado da camisa de força. Os assistentes hesitaram, mas afinal cumpriram minhas ordens sem reclamar. Foi bastante estranho que o paciente tenha tido sensibilidade suficiente para perceber a desconfiança deles, pois, aproximando-se de mim, sussurrou, enquanto olhava-os furtivamente:

— Eles acham que eu poderia machucá-lo. Imagine só, *eu* machucando *o senhor*! Esses tolos!

Tranquilizou-me, de certa forma, saber que até mesmo na mente desse pobre louco estou dissociado dos outros; ainda assim, porém, não sei o que quis dizer. Devo supor que nós dois temos algo em comum e que, portanto, temos que nos unir, ou que eu lhe represento algum ganho tão estupendo que meu bem-estar lhe é caro? Preciso tentar descobri-lo, mais tarde. Hoje à noite ele não quer falar. Mesmo a oferta de um gatinho ou de um gato adulto não o tentou. Só o que ele disse foi:

— Não estou interessado em gatos. Tenho mais em que pensar agora, e posso esperar. Posso esperar.

Logo depois, deixei-o. O assistente me disse que ele ficou calmo até pouco antes da alvorada, quando começou a ficar inquieto, e por fim violento, até que finalmente teve um acesso que o exauriu a ponto de deixá-lo numa espécie de coma.

...O mesmo aconteceu por três noites — violento o dia todo, depois tranquilo entre o surgir da lua e a alvorada. Gostaria de ter alguma ideia de qual possa ser a causa. É quase como se houvesse algum tipo de influência intermitente. Que pensamento feliz! Hoje à noite vamos brincar de sãos *versus* loucos. Antes, ele fugiu sem a nossa ajuda; hoje, fugirá com ela. Vamos lhe dar uma chance, e deixar os homens prontos para segui-lo caso seja necessário...

23 de agosto — "O inesperado sempre acontece." *Como* Disraeli sabia das coisas! Ao encontrar a gaiola aberta, nosso pássaro não quis fugir, de modo que todo o nosso minucioso planejamento foi inútil. Pelo menos conseguimos provar que os períodos de tranquilidade são razoavelmente longos. No futuro, poderemos soltá-lo durante algumas horas, todos os dias. Dei ordens para que o assistente noturno se limite a trancá-lo na sala acolchoada, uma vez Renfield tendo se tranquilizado, até uma hora antes da alvorada. O corpo do pobre infeliz há de se sentir aliviado, mesmo que sua mente não consiga acompanhá-lo. Ah, eis que mais uma vez o inesperado acontece! Vieram me chamar; o paciente voltou a fugir.

Mais tarde — Outra aventura noturna. Renfield astutamente esperou que o assistente entrasse na sala para fazer a inspeção; então, passou por ele como uma flecha e saiu pelo corredor afora. Dei ordens para que os assistentes o seguissem. Ele foi outra vez para o terreno da casa abandonada, e o encontramos no mesmo lugar, apertado contra a porta da antiga capela. Quando me viu, ficou furioso, e, se todos os assistentes não o tivessem contido a tempo, teria tentado me matar. Enquanto o segurávamos, algo de estranho aconteceu: ele de súbito redobrou suas forças, e logo em seguida, da mesma forma súbita, tranquilizou-se. Olhei ao redor instintivamente, mas nada pude ver. Acompanhei, então, o olhar do paciente, voltado para o céu enluarado, mas nada divisei além de um grande morcego, que seguia silencioso e fantasmagórico para oeste. Os morcegos normalmente voam em círculos, de forma irregular, mas esse parecia seguir em linha reta, como se soubesse para onde se dirigia ou como se tivesse alguma intenção particular. O paciente foi ficando cada vez mais calmo, e em seguida disse:

— Não precisam me amarrar; vou acompanhá-los.

Voltamos para o hospício sem problemas. Sinto que há algo de ameaçador na calma de Renfield e não hei de me esquecer desta noite...

Diário de Lucy Westenra

Hillingham, 24 de agosto — Preciso imitar Mina e pôr tudo no papel. Assim, poderemos ter longas conversas quando nos reencontrarmos. Pergunto-me quando será. Gostaria que ela estivesse aqui comigo, pois me sinto tão infeliz. Noite passada eu parecia estar sonhando novamente da mesma forma como sonhava em Whitby. Talvez seja a mudança de ares ou o fato de voltar para casa. Tudo é escuro e terrível para mim, pois não consigo me recordar de coisa alguma, mas estou tomada por um medo vago e me sinto fraca, exausta. Quando Arthur veio para o almoço, ficou bastante aflito ao me ver, e eu não tinha ânimo suficiente para tentar parecer alegre. Pergunto-me se eu poderia dormir hoje no quarto de minha mãe. Vou inventar alguma desculpa e tentar.

25 de agosto — Outra noite ruim. Minha mãe pareceu não compreender minha intenção. Ela própria não me parece lá muito bem e sem dúvida teme preocupar-me. Tentei ficar acordada, e consegui, durante algum tempo, mas ao soar as 12 horas o relógio despertou-me de um cochilo, o que significa que devo ter pegado no sono. Havia um ruído de algo arranhando ou batendo as asas, na janela, mas não me incomodou — e, já que não me lembro de nada além disso, acredito que devo ter adormecido. Mais sonhos ruins. *Gos*taria de conseguir me lembrar deles. Hoje de manhã estou terrivelmente fraca. Meu rosto está lívido, e meu pescoço dói. Deve haver algo de errado com meus pulmões, pois nunca tenho a sensação de estar inspirando ar suficiente. Vou tentar me alegrar um pouco quando Arthur chegar — do contrário, sei que ele ficará arrasado ao me ver.

Carta de Arthur Holmwood ao dr. Seward

Albemarll Hotel, 31 de agosto.

Meu caro Jack,

Quero que você me faça um favor. Lucy está doente — isto é, não tem qualquer doença em especial, mas sua aparência é péssima, e está piorando a cada dia. Perguntei-lhe se há alguma causa para isso; não tenho coragem de perguntar à sua mãe, pois deixar a pobre senhora preocupada com sua filha seria, em seu atual estado de saúde, fatal. Mrs. Westenra confidenciou-me que sua sentença de morte já foi pronunciada — doença do coração —, embora a pobre Lucy ainda não saiba. Tenho certeza de que algo está atormentando a cabeça da minha mocinha querida. Fico quase enlouquecido quando penso nela; olhá-la me causa uma angústia profunda. Disse-lhe que deveríamos chamá-lo para examiná-la, e embora ela tenha a princípio objetado — e sei por que, meu camarada —, afinal consentiu. Será uma tarefa dolorosa para você, velho amigo, mas é pelo bem *dela*, e não posso hesitar em lhe fazer este pedido, ou você em atendê-lo. Venha almoçar em Hillingham amanhã, às duas horas, de modo a não despertar suspeitas em Mrs. Westenra, e após o almoço Lucy dará um jeito de vocês ficarem a sós. Voltarei na hora do chá, e nós dois podemos ir embora juntos. Estou muito ansioso e quero falar com você em particular logo após tê-la examinado. Não deixe de vir!

Arthur

Telegrama de Arthur Holmwood ao dr. Seward

1º de setembro — Fui chamado para ver meu pai, que piorou. Mande notícias hoje à noite para Ring. Envie um telegrama, se necessário.

Carta do dr. Seward a Arthur Holmwood

2 de setembro.

Meu caro amigo,

Com relação à saúde de Miss Westenra, apresso-me em lhe dizer de imediato que em minha opinião não há qualquer distúrbio funcional ou qualquer doença que eu conheça. Por outro lado, não estou de modo algum satisfeito com sua aparência; ela está lamentavelmente diferente da última vez que a vi. Você não deve se esquecer, é claro, que não tive oportunidade de examiná-la como gostaria; o próprio fato de sermos amigos cria uma certa dificuldade que nem mesmo a ciência médica ou o hábito podem suplantar. É melhor que eu lhe diga exatamente o que ocorreu, deixando-o à vontade para tirar suas próprias conclusões. Direi então o que fiz e o que proponho fazer.

Encontrei Miss Westenra aparentemente alegre. Sua mãe estava presente, e em poucos segundos concluí que a filha esforçava-se ao máximo para enganá-la, evitando que ficasse ansiosa. Não tenho dúvidas de que ela adivinhe, se de fato não sabe, que é preciso tomar muito cuidado com a mãe. Almoçamos, e como todos nos esforçávamos por parecer alegres, acabamos, como uma espécie de recompensa, por conseguir criar uma alegria genuína entre nós. Em seguida, Mrs. Westenra retirou-se para se deitar, e Lucy ficou comigo. Fomos para o seu *boudoir*, e até chegarmos lá ela continuou alegre, pois os criados iam e vinham. Tão logo a porta se fechou, porém, a máscara caiu-lhe do rosto, e ela desabou sobre uma cadeira com um suspiro profundo, escondendo os olhos com as mãos. Quando vi que sua boa disposição a abandonara, na mesma hora aproveitei-me de sua reação para fazer o diagnóstico. Ela me disse, com muita doçura:

— Não sou capaz de lhe dizer o quanto odeio falar de mim mesma.

Recordei-lhe que o sigilo médico era sagrado, mas que você estava muito ansioso com relação a ela. Imediatamente ela compreendeu o que eu queria dizer e decidiu tudo com poucas palavras:

— Diga a Arthur o que quiser. Não me importo comigo, mas por ele faço tudo!

De modo que tenho bastante liberdade.

Era fácil ver, de saída, que ela está um tanto pálida, mas não havia os sinais habituais de anemia, e por acaso pude fazer um teste sanguíneo — pois, ao abrir uma janela emperrada, uma das cordas cedeu, e o vidro quebrado fez um pequeno corte em sua mão. Era um acontecimento em si insignificante, mas me deu uma oportunidade óbvia; colhi algumas gotas do sangue e o analisei. A análise qualitativa demonstra uma condição normal — mais do que isso, um estado vigoroso de saúde. Em outros aspectos físicos fiquei bastante satisfeito ao constatar que não há motivo para ficarmos ansiosos. Como deve haver, porém, alguma causa em algum lugar, cheguei à conclusão de que deve ser mental. Ela se queixa da dificuldade de respirar satisfatoriamente às vezes, e de um sono pesado, letárgico, com sonhos que a assustam, mas dos quais ela não se lembra. Disse que, quando criança, era sonâmbula, e que em Whitby esse hábito retomou; certa noite, saiu de casa durante o sono e foi para o rochedo de East Cliff, onde Miss Murray a encontrou. Assegura-me, porém, que ultimamente o sonambulismo não tem se manifestado. Tenho minhas dúvidas, de modo que tomei a providência que considerei a mais adequada: escrevi ao meu velho amigo e mestre, o professor Van Helsing, de Amsterdã, que sabe mais sobre doenças obscuras do que qualquer outra pessoa no mundo inteiro. Pedi-lhe que viesse até aqui, e como você me disse que vai arcar com todas as despesas, expliquei-lhe quem você é e quais as suas relações com Miss Westenra. Isto, meu caro amigo, vem atender a seus desejos, e fico orgulhoso e feliz em fazer tudo o que estiver ao meu alcance por ela. Sei que Van Helsing faria tudo o que eu lhe pedisse como favor pessoal; portanto, não importa o que ele diga ou faça, devemos aquiescer. Ele age de forma aparentemente arbitrária, mas isso se dá porque conhece os assuntos de que fala melhor do que qualquer um. Trata-se de um filósofo e de um metafísico, e um dos mais prósperos cientistas de sua época; acredito que ele tenha uma mente cem por cento aberta. Isso, associado a nervos de aço, a uma enorme frieza, uma determinação a toda prova, autocontrole, grande tolerância e o mais gentil e honesto dos corações — tudo isso o equipa para o nobre trabalho que tem feito pela humanidade — funciona tanto na teoria quanto na prática, pois ele tem uma visão tão ampla quanto sua universal compreensão.

Digo-lhe tudo isso para que você saiba por que confio tanto nele. Pedi--lhe que viesse de imediato. Verei Miss Westenra novamente amanhã. Ela deve me encontrar em Stores, para não alarmar sua mãe com uma outra visita tão próxima.

Cordialmente,
JOHN SEWARD

CARTA DO DR. ABRAHAM VAN HELSING, PH.D., LIT. D., ETC., ETC., AO DR. SEWARD

2 de setembro.

Meu caro amigo,

Saí ao seu encontro assim que recebi sua carta. Por sorte, posso partir de imediato, sem com isso faltar a nenhum daqueles que depositaram sua confiança em mim. Fosse a sorte diferente, pior para os que assim fizeram, pois não deixarei de atender ao meu amigo quando ele me chama para ajudar seus entes queridos. Diga a seu amigo que quando você tão gentilmente sugou da minha ferida o veneno da gangrena causado pela faca que aquele seu outro amigo, nervoso demais, deixou escorregar, fez mais por ele no momento em que ele precisa de minha ajuda e você a solicita do que a enorme fortuna dele faria. É, porém, uma satisfação a mais poder ajudá-lo; é por você que vou. Reserve, portanto, quartos para mim no Great Eastern Hotel, de modo que eu possa ficar bem perto, e, por favor, faça o necessário para que possamos ver a jovem não muito tarde, amanhã, pois é provável que eu tenha que regressar logo a Amsterdã. Caso seja necessário, porém, voltarei após três dias, e então ficarei mais tempo, se tiver de fazê-lo. Até breve, então, meu amigo John.

VAN HELSING

Carta do dr. Seward a Arthur Holmwood

3 de setembro.

Meu caro Art,

Van Helsing já veio e se foi. Acompanhou-me a Hillingham e viu que Lucy tomara providências para que sua mãe almoçasse fora, de modo que ficamos a sós com ela. Van Helsing examinou minuciosamente a paciente. Vai dar a mim o parecer, e eu a você, pois é claro que não estive presente o tempo todo. Temo que ele esteja bastante preocupado, mas diz que precisa pensar. Quando lhe falei sobre nossa amizade e o quanto você confia em mim no que diz respeito a esse assunto, ele falou:

— Você deve dizer a ele tudo o que pensa. Diga-lhe o que penso eu, se quiser, e se puder adivinhá-lo. Não, não estou brincando. Isto não é nenhuma brincadeira, mas uma questão de vida e morte, ou talvez mais.

Perguntei-lhe o que queria dizer com aquilo, pois seu ar era de grande seriedade. Isso se deu quando havíamos voltado para a cidade e tomávamos uma xícara de chá antes de seu regresso a Amsterdã. Nada mais Van Helsing me disse. Não fique zangado comigo, Art, porque seu comportamento reticente significa que sua mente está trabalhando pelo bem de Lucy. Ele vai se explicar no momento oportuno, fique certo. Então, disse-lhe que iria simplesmente escrever a você um relato de nossa visita, como se estivesse elaborando um artigo especial descritivo para o *Daily Telegraph*. Ele pareceu não ter ouvido, mas observou que a neblina em Londres já não estava tão suja quanto na época em que estudava aqui. Vou receber seu parecer amanhã, se ele conseguir terminá-lo. De qualquer modo, vou receber pelo menos uma carta.

Bem, mas quanto à visita: Lucy estava mais alegre do que no primeiro dia em que a vi, e sem dúvida parecia melhor. Perdera algo daquele aspecto pálido que tanto o preocupou, e sua respiração estava normal. Foi muito amável com o professor (como sempre é) e tentou fazer com que ele ficasse à vontade, mas eu podia notar que a pobre moça fazia um esforço imenso. Creio que Van Helsing também notou, pois vi o olhar rápido sob suas sobrancelhas espessas — o olhar que conheço há muito tempo. Ele começou então a conversar sobre várias coisas, exceto sobre nós mesmos e sobre doenças, e de forma tão genial que pude ver a alegria fingida de Lucy aos poucos ceder à realidade. Então, sem qualquer mudança aparente, ele discretamente desviou a conversa para sua visita e disse, com suavidade:

— Minha jovem senhorita, isso é para mim um enorme prazer, pois vejo que é tão amada. Isso é muito, minha cara, considerando que ainda não conheço todas as suas qualidades. Disseram-me que estava abatida e terrivelmente pálida. Eis o que digo a eles: "Puf!" — E estalou os dedos para mim. — Mas você e eu vamos lhes mostrar o quão errados eles estão. Como pode ele — e apontou para mim com o mesmo olhar e gesto que usou certa vez para me expulsar de uma aula, devido a uma ocorrência particular de que está sempre me lembrando — saber alguma coisa sobre moças jovens? Ele tem suas madames com quem brincar, trazendo de volta a felicidade a elas e àqueles que as amam. É um trabalho árduo, mas, ah, recompensas aguardam aqueles que podem conceder tamanha felicidade. Mas as jovens! Ele não tem uma esposa ou uma irmã, e os jovens não se abrem com os jovens, mas com os velhos, como eu, que já tiveram muitas tristezas e conhecem suas causas. Então, minha querida, vamos mandá-lo fumar um cigarro no jardim, enquanto eu e você conversamos um pouquinho em particular.

Captei a indireta e fiquei caminhando um pouco lá fora. Logo em seguida, o professor veio até a janela e pediu que eu entrasse. Sua expressão era grave, mas ele disse:

— Examinei-a minuciosamente, mas não há causas funcionais. Concordo com você quanto ao fato de ela ter perdido muito sangue; perdeu, mas já não continua perdendo. Não tem, porém, as características gerais da anemia. Pedi-lhe que me enviasse sua criada, pois gostaria de lhe fazer uma ou duas perguntas a fim de não correr o risco de deixar que algo me passe despercebido. Bem sei o que ela há de me dizer. Ainda assim, porém, existe uma causa; sempre há causas para tudo. Preciso voltar para casa e refletir. Quero que você me envie telegramas todos os dias, e se for necessário voltarei. A doença — pois não estar cem por cento bem é estar doente — me interessa, e essa adorável jovem também me interessa. Ela me encanta, e eu viria por ela, mesmo que não pela doença ou por você.

Como lhe falei, ele nada mais disse, nem mesmo quando estávamos sozinhos. E agora, portanto, Art, você sabe tudo o que eu sei. Vou me manter alerta. Espero que seu pobre pai esteja se restabelecendo. Deve ser terrível para você, meu velho, estar numa situação dessas, entre duas pessoas que lhe são tão queridas. Compreendo seu sentimento de dever para com seu pai, e você está certo em respeitá-lo; porém, se for necessário, mando chamá-lo para vir imediatamente ver Lucy. Portanto, não fique ansioso demais, a menos que receba notícias minhas.

Diário do dr. Seward

4 de setembro — O paciente zoófago ainda nos mantém interessados em seu caso. Só voltou a ter um acesso, que ocorreu ontem, numa hora pouco usual. Pouco antes de soar o meio-dia, começou a ficar inquieto. O assistente conhecia os sintomas e imediatamente pediu ajuda. Por sorte, os homens chegaram logo, e bem a tempo, pois ao meio-dia o paciente ficou tão violento que precisaram usar todas as suas forças para segurá-lo. Em cerca de cinco minutos, porém, ele começou a se aquietar e finalmente mergulhou numa espécie de melancolia, estado em que se encontra até agora. O assistente me disse que seus gritos durante o ataque eram apavorantes; tive muito trabalho quando cheguei, cuidando de alguns dos outros pacientes, que haviam se assustado com ele. Na verdade, compreendo bem esse efeito, pois os gritos perturbaram até a mim, embora eu estivesse um pouco distante. Já se encerrou o horário de almoço no hospício, e até agora meu paciente está sentado a um canto, perdido em pensamentos, com uma expressão apática, taciturna e desolada no rosto, que mais parece indicar do que revelar alguma coisa diretamente. Não compreendo muito bem.

Mais tarde — Outra mudança em meu paciente. Às cinco horas fui vê-lo, e encontrei-o aparentemente tão alegre e contente quanto o habitual. Estava capturando moscas e comendo-as. Registrava as capturas fazendo marcas com a unha no canto da porta, nas frestas do acolchoado. Quando me viu, aproximou-se e se desculpou por sua má conduta. Pediu-me, de forma bastante humilde e bajuladora, para ser levado de volta ao seu quarto e para que lhe fosse devolvido seu caderno. Achei que não haveria problemas em fazer-lhe a vontade, de modo que ele voltou para o seu quarto, e a janela está aberta. Espalhou o açúcar do chá sobre o parapeito e está capturando um bocado de moscas. Não as está comendo, mas sim colocando numa caixa, como fazia antes, e já começou a examinar os cantos do quarto, em busca de uma aranha. Tentei fazer com que ele falasse sobre os últimos dias, pois qualquer pista de seus pensamentos me seria imensamente útil, mas ele nada disse. Em alguns momentos, pareceu-me muito triste, e disse, com uma voz distante, como se acreditasse dizê-lo mais para si mesmo do que para mim:

— Tudo acabou! Tudo acabou! Ele me abandonou. Não há esperanças para mim, a menos que eu aja por conta própria!

Então, virando-se para mim súbita e resolutamente, disse:

— Doutor, o senhor me faria a gentileza de arranjar-me um pouco mais de açúcar? Acho que seria bom para mim.

— E para as moscas? — perguntei.

— Sim! As moscas também gostam de açúcar, e eu gosto das moscas; portanto, gosto de açúcar.

E existe gente ignorante a ponto de achar que os loucos não raciocinam. Dei-lhe uma ração dupla, e isso fez dele, suponho, o homem mais feliz do mundo. Gostaria de conseguir penetrar em sua mente.

Meia-noite — Outra mudança em Renfield. Eu havia ido ver Miss Westenra, que estava bem melhor; acabava de voltar, e estava de pé junto ao nosso portão, vendo o pôr do sol, quando o ouvi gritando outra vez. Como seu quarto fica naquele lado da casa, pude ouvir melhor do que pela manhã. Foi um choque desviar-me da beleza esfumaçada e maravilhosa de um pôr do sol sobre Londres, com suas luzes intensas e sombras escuras e todos os matizes soberbos que se refletem até mesmo nas nuvens e água sujas, e me aperceber da austeridade cinzenta do hospício, repleto de tristeza humana, e meu coração desolado tendo que suportar tudo. Cheguei ao quarto de Renfield no momento em que o sol se escondia e de sua janela vi o círculo vermelho afundar. Com isso, o paciente foi aos poucos saindo de seu frenesi; assim que o sol desapareceu no horizonte, escorregou das mãos que o seguravam e caiu no chão, uma massa inerte. É incrível, porém, a força intelectual que os loucos têm para se recuperar, pois em poucos minutos ele se levantou tranquilamente e olhou ao redor. Sinalizei aos assistentes para que não o segurassem: estava ansioso para ver o que ele faria. Foi direto até a janela e limpou os restos de açúcar. Depois, pegou sua caixa de moscas, esvaziou-a do lado de fora e a jogou fora; fechou a janela e, atravessando o quarto, sentou-se na cama. Tudo isso me surpreendeu, e lhe perguntei:

— Você não vai mais guardar as moscas?

— Não — disse ele —, estou cansado de toda essa bobagem!

Trata-se com certeza de um caso interessantíssimo. Gostaria de compreender minimamente sua cabeça e as causas de suas obsessões súbitas. Pode ser, porém, que afinal de contas consiga uma pista, se pudermos descobrir por que suas crises vêm ao meio-dia e ao pôr do sol. Será possível que haja uma influência maligna do sol nesses períodos, capaz de afetar certas naturezas — como às vezes faz a lua com outras? Veremos.

Telegrama do dr. Seward, de Londres, para Van Helsing, em Amsterdã

4 de setembro — Paciente ainda melhor hoje.

Telegrama do dr. Seward, de Londres, para Van Helsing, em Amsterdã

5 de setembro — Paciente melhorou bastante. Bom apetite, sono normal, bom humor, palidez diminuindo.

Telegrama do dr. Seward, de Londres, para Van Helsing, em Amsterdã

6 de setembro — Mudança terrível, para pior. Venha imediatamente, não perca uma hora. Aguardo sua chegada para enviar telegrama a Holmwood.

capítulo 10

Carta do dr. Seward ao excelentíssimo Arthur Holmwood

6 de setembro.

Meu caro Art,

As notícias hoje não são muito boas. Esta manhã, Lucy piorou um pouco. Há, porém, algo de positivo em tudo isso: Mrs. Westenra estava, é claro, ansiosa com relação a Lucy, e consultou-me profissionalmente a esse respeito. Aproveitei a oportunidade dizendo-lhe que meu antigo mestre, Van Helsing, o famoso especialista, estava de chegada, para se hospedar comigo, e que eu colocaria Lucy sob seus cuidados, além dos meus próprios. Agora podemos, portanto, ir e vir sem alarmá-la excessivamente, pois um choque seria para ela equivalente à morte súbita — o que, nas condições tão fracas de Lucy, seria desastroso. Estamos cercados de dificuldades, todos nós, meu velho amigo; mas se Deus quiser iremos superá-las. Caso haja necessidade, escrevo, de modo que, se não receber notícias minhas, entenda que estou apenas aguardando novidades. Às pressas,

Seu amigo
John Seward

Diário do dr. Seward

7 de setembro — As primeiras palavras que Van Helsing me disse quando nos encontramos em Liverpool Street foram uma pergunta:

— Contou alguma coisa para nosso amigo, o noivo dela?

— Não — disse eu. — Esperava até que nos reencontrássemos, como disse em meu telegrama. Escrevi a ele uma carta contando apenas que o senhor estava para chegar, já que Miss Westenra não ia muito bem, e que avisaria caso necessário.

— Fez bem, meu amigo — disse ele —, fez muito bem. É melhor que ele não saiba, por ora; talvez ele jamais venha a saber. Rezo para que assim seja; mas, se for preciso, então ele saberá tudo. E, meu caro amigo John, deixe-me preveni-lo. Está acostumado a lidar com os loucos. Todos os homens são loucos, de um jeito ou de outro, e já que você age discretamente com seus loucos, aja assim com os loucos de Deus também. Ou seja, com o resto do mundo. Você não diz aos seus loucos o que faz nem por que o faz, não lhes diz o que pensa. Portanto, manterá o conhecimento no lugar certo, onde ele possa repousar. Onde ele possa cercar-se de seus pares e se multiplicar. Eu e você ainda manteremos o que sabemos aqui e aqui — tocou-me no peito e na testa, depois tocou a si mesmo de maneira igual. — Guardo para mim certos pensamentos, por ora. Mais tarde, vou revelá-los a você.

— Por que não agora? — perguntei. — Talvez seja positivo, talvez cheguemos a alguma conclusão.

Ele parou e olhou para mim, dizendo:

— Meu amigo John, quando o milho já cresceu, mesmo antes de amadurecer; quando o leite de sua mãe-terra ainda corre nele e enquanto o sol ainda não começou a tingi-lo de dourado, o fazendeiro arranca a espiga, esfrega-a entre suas mãos ásperas e sopra os resíduos verdes, dizendo: "Veja, o milho é bom, a colheita vai ser boa quando a hora chegar."

Não entendi o que Van Helsing queria dizer e confessei-o. Em resposta, ele alcançou minha orelha[1] e puxou-a, brincalhão, como costumava fazer há muitos anos durante as aulas:

1 A palavra inglesa *ear* significa tanto "espiga" quanto "orelha". (N.T.)

— O bom fazendeiro lhe diz isso naquela hora porque o sabe, mas não antes disso. Você não vê, porém, o bom fazendeiro escavar a terra para ver se o milho plantado está crescendo; isso é para as crianças que brincam de agricultores, e não para aqueles que empenham sua vida nessa tarefa. Agora você me compreende, caro John? Semeei meu milho, e a Natureza desempenha seu papel fazendo-o brotar; se brotar, há esperanças. Vou esperar até que as espigas comecem a crescer.

Ele parou aí, pois viu que eu compreendia. Prosseguiu, então, de forma muito grave:

— Você foi sempre um aluno dedicado, e seu livro de anotações tinha sempre mais registros do que os dos outros. Você era só um aluno, então; hoje é um profissional, e espero que aquele bom hábito não o tenha abandonado. Lembre-se, meu amigo, de que o conhecimento é mais forte do que a memória, e não devemos confiar nos mais fracos. Mesmo que você não tenha mantido aquele bom hábito, deixe-me dizer que o caso desta nossa querida moça talvez seja, e note que falo *talvez seja*, de tal interesse para nós e para outros que nada conseguirá diminuir-lhe a importância. Registre-o cuidadosamente, portanto. Garanto-lhe que nada é insignificante, anote até mesmo suas dúvidas e suposições. No futuro, pode ser interessante verificar até que ponto suas suspeitas se confirmam. Aprendemos com nossos erros, não com os acertos!

Quando descrevi os sintomas de Lucy — os mesmos de antes, só que bem mais acentuados —, ele assumiu um ar de extrema gravidade, mas nada disse. Levou consigo uma valise com vários instrumentos e drogas, "a parafernália medonha de nossa benéfica ocupação", como ele certa vez denominou, numa de suas palestras, o equipamento de um professor da arte da cura. Quando chegamos, Mrs. Westenra veio nos receber. Estava alarmada, mas não tanto quanto eu esperava encontrá-la. Num momento de benevolência, a Natureza ordenou que mesmo a morte tivesse algum antídoto aos seus próprios terrores. Aqui, num caso em que qualquer choque pode se revelar fatal, tudo se organizou de tal maneira que o que não é pessoal — mesmo a terrível mudança em sua filha, a quem é muito apegada — não parece afetá-la. É, num certo sentido, como a forma com que a Mãe Natureza envelopa um corpo estranho com um tecido insensível, impedindo assim que cause mal ao organismo com que se encontra em contato. Se isso for um egoísmo normatizado, então precisamos parar para pensar antes de condenar quem quer que seja por pensar só em si mesmo — talvez haja raízes mais profundas do que conhecemos para essa conduta.

Vali-me de meu conhecimento dessa fase da patologia espiritual e decidi que Mrs. Westenra não deveria ficar junto a Lucy ou saber mais do que o estritamente necessário sobre a doença. Ela concordou prontamente — tão prontamente que vi mais uma vez a mão da Natureza lutando pela vida. Van Helsing e eu fomos conduzidos ao quarto de Lucy. Se eu ficara chocado ao vê-la ontem, seu aspecto hoje me deixou horrorizado. Estava mortalmente pálida. A cor parecia ter abandonado até mesmo seus lábios e gengivas, e os ossos de seu rosto estavam proeminentes. Dava pena vê-la e ouvi-la respirar. O rosto de Van Helsing ficou duro como mármore, e suas sobrancelhas convergiram a ponto de quase se encontrar acima do nariz. Lucy estava deitada, imóvel, e não parecia ter forças para falar, de modo que ficamos todos em silêncio por um tempo. Van Helsing fez um gesto, então, e saímos discretamente do quarto. No instante em que fechamos a porta, ele adiantou-se rapidamente pelo corredor até a outra porta, que estava aberta. Puxou-me para dentro e fechou-a:

— Meu Deus! — exclamou. — Isso é terrível. Não temos tempo a perder. Ela morrerá por falta de sangue suficiente para manter o coração em funcionamento. Temos que fazer uma transfusão imediatamente. Você ou eu?

— Sou mais jovem e mais forte, professor. Serei eu.

— Então se prepare. Vou buscar minha valise. Já estou preparado.

Fui ao andar inferior com ele, e enquanto descíamos ouviram-se batidas na porta de entrada. Quando chegamos ao vestíbulo, a criada acabara de abri-la, e Arthur entrava apressadamente. Correu até mim e sussurrou:

— Jack, eu estava tão ansioso. Li nas entrelinhas de sua carta e tenho estado numa verdadeira agonia. Meu pai melhorou, então vim correndo a fim de ver com meus próprios olhos. Aquele cavalheiro não é o dr. Van Helsing? Agradeço-lhe tanto por ter vindo, meu senhor.

Quando o professor pôs pela primeira vez os olhos nele, ficou zangado por ser interrompido num momento daqueles, mas em seguida, quando viu sua robustez e a força e a juventude que pareciam emanar dele, seus olhos brilharam. Sem uma pausa, disse-lhe, com ar grave, enquanto lhe estendia a mão:

— O senhor chega na hora certa. É o noivo da nossa querida moça. Ela está mal; muito, muito mal. Não, rapaz, não fique assim — disse, pois subitamente Arthur empalideceu e sentou-se numa cadeira, à beira de um desmaio. — O senhor pode ajudá-la. Pode fazer mais por ela do que qualquer outro ser humano vivo, e sua coragem é a melhor ajuda.

— O que posso fazer? — perguntou Arthur, rouco. — Diga-me, e farei. Minha vida é a vida de Lucy, e eu daria até a última gota de sangue que há em meu corpo para ajudá-la.

O professor tinha um forte lado irônico que eu já conhecia havia muito; pude reconhecê-lo em sua resposta:

— Meu jovem senhor, não lhe peço tanto. Não até a última gota!

— O que devo fazer?

Seus olhos pegavam fogo, e suas narinas dilatadas tremiam, devido à sua determinação. Van Helsing deu-lhe uns tapinhas no ombro.

— Venha! — disse ele. — O senhor é homem, e é de um homem que precisamos. O senhor é melhor do que eu, melhor do que meu amigo John.

Arthur pareceu aturdido, e o professor prosseguiu, explicando-lhe, de modo gentil:

— A mocinha está mal, muito mal. Precisa de sangue, e se não o receber vai morrer. Meu amigo John e eu discutimos o assunto e estamos prestes a fazer uma transfusão sanguínea. Ou seja, transferir o sangue das veias cheias de alguém para as veias vazias de quem necessita. John ia doar seu sangue, pois é mais jovem e forte do que eu — nesse ponto, Arthur tomou minha mão e apertou-a fortemente, em silêncio. — Agora o senhor está aqui, porém, e é melhor do que nós todos, velhos ou moços, que trabalhamos sobretudo no campo do pensamento. Nossos nervos não são tão calmos e nosso sangue não é tão puro quanto o seu!

Arthur virou-se para ele e disse:

— Se o senhor soubesse o quão alegremente eu morreria por ela, compreenderia que...

Interrompeu-se, pois a voz lhe falhou.

— Bom rapaz! — disse Van Helsing. — Quando o momento não tão distante assim chegar, o senhor ficará feliz por ter feito tudo por aquela que ama. Venha, agora, e faça silêncio. Vai beijá-la uma vez antes da transfusão, mas depois deve se afastar e sair quando eu lhe fizer sinal. Não diga uma palavra sobre isso à madame; sabe em que condições ela se encontra! Não pode receber nenhum choque, e tomar conhecimento disso certamente seria chocante. Venha!

Subimos todos para o quarto de Lucy. Arthur recebeu instruções para ficar do lado de fora. Lucy voltou a cabeça e olhou para nós, mas nada disse. Não estava adormecida: estava simplesmente fraca demais para tal esforço. Seus olhos falavam por ela, e era tudo. Van Helsing tirou alguns instrumentos de sua valise e colocou-os sobre uma mesinha fora da vista da paciente. Então preparou um narcótico e, aproximando-se da cama, disse, alegremente:

— Muito bem, senhorita! Aqui está seu remédio! Beba, seja boazinha. Veja, vou erguê-la assim para que seja fácil engolir. Assim! — ela conseguiu engolir o líquido.

Fiquei surpreso com o tempo que a droga levou para fazer efeito — o que demonstrava, na verdade, toda a extensão da fraqueza de Lucy. Pareceu se passar um tempo infinito até que o sono começasse a fazê-la pestanejar. Afinal, contudo, o narcótico manifestou toda a sua potência, e ela adormeceu profundamente. Quando o professor viu-se satisfeito, chamou Arthur, e pediu-lhe que tirasse o casaco. E acrescentou:

— O senhor pode dar aquele único beijinho enquanto trago a mesa. Amigo John, ajude-me!

Nenhum de nós olhou, portanto, quando ele se curvou sobre ela. Voltando-se para mim, Van Helsing disse:

— Ele é tão jovem e de sangue tão puro que não precisamos desfibrinar.

Em seguida, com rapidez mas com total segurança, Van Helsing fez a transfusão. Durante o processo, algo semelhante à vida parecia retornar à face da pobre Lucy, e Arthur estava radiante, mesmo através de uma palidez crescente. Após algum tempo, comecei a ficar ansioso, pois a perda de sangue começava a ter consequências para Arthur, mesmo sendo ele forte como era. Tive uma ideia da terrível privação pela qual o sistema de Lucy devia ter passado, pois o que enfraquecia Arthur só parcialmente fazia com que ela se restabelecesse. O rosto do professor estava rígido, contudo, e ele se mantinha de pé com o relógio na mão e os olhos fixos ora na paciente, ora em Arthur. Eu podia ouvir as batidas do meu próprio coração. Logo em seguida, Van Helsing disse, numa voz suave:

— Fique imóvel um instante. Basta. Cuide dele, e eu cuido dela.

Quando tudo terminou, pude ver como Arthur enfraquecera. Fiz o curativo na ferida e tomei-lhe o braço para levá-lo dali, mas o professor disse, sem se virar (o homem parecia ter olhos na nuca):

— Acho que o corajoso noivo merece outro beijo, que poderá dar agora mesmo.

Como já concluíra os procedimentos, ajustou o travesseiro à cabeça da paciente. Ao fazê-lo, a estreita fita de veludo negro que ela parecia usar sempre no pescoço, presa com um antigo broche de diamantes que seu amado lhe dera, moveu-se um pouco, revelando uma marca avermelhada em sua pele. Arthur não percebeu, mas eu pude ouvir a profunda inspiração entre os dentes que é uma das maneiras com que Van Helsing se trai e revela suas emoções. Nada disse naquele momento, mas virou-se para mim, falando:

— Agora leve nosso jovem e valente noivo, dê-lhe um pouco de vinho do Porto e deixe que se deite por algum tempo. Em seguida, ele deve ir para casa descansar, dormir muito e comer muito, para que possa se recuperar do procedimento a que por amor se submeteu. Ele não deve ficar aqui. Espere! Um momento. Suponho, senhor, que esteja ansioso para saber o resultado. Fique certo, então, de que a operação foi em todos os sentidos bem-sucedida. O senhor salvou a vida de Miss Lucy desta vez e pode ir para casa e descansar com a mente tranquila, pois já fizemos tudo o que podia ser feito. Contarei a ela o que aconteceu quando tiver se recuperado; vai amá-lo ainda mais quando souber o que fez. Adeus!

Quando Arthur se foi, voltei para o quarto. Lucy dormia um sono tranquilo, mas sua respiração estava mais forte. Eu podia ver a coberta se mover enquanto seu peito subia e descia. Junto à cama sentava-se Van Helsing, olhando intensamente para a paciente. A fita de veludo voltara a cobrir a marca vermelha. Perguntei ao professor, num sussurro:

— O que o senhor acha dessa marca em seu pescoço?

— O que acha você?

— Ainda não examinei — respondi, e fui então desprender a fita.

Exatamente sobre a jugular externa havia dois orifícios, não muito grandes, mas de aspecto nada saudável. Não havia sinal de infecção, mas as bordas estavam pálidas e machucadas, como se tivessem sido trituradas.

Ocorreu-me imediatamente que aquela ferida, ou o que quer que fosse, talvez explicasse aquela significativa perda de sangue, mas abandonei a ideia tão logo ela me ocorreu, pois era impossível. A cama inteira teria ficado escarlate, ensopada com o sangue que a moça teria que ter perdido para ficar tão pálida quanto estava antes da transfusão.

— E então? — perguntou Van Helsing.

— E então — disse eu —, não sou capaz de concluir nada a partir desse ferimento.

O professor se pôs de pé:

— Tenho que voltar a Amsterdã esta noite — disse. — Há livros e outras coisas lá que me serão úteis. Você precisa ficar aqui a noite toda, sem tirar os olhos dela.

— Devo contratar uma enfermeira? — perguntei.

— Nós somos as melhores enfermeiras, você e eu. Fique alerta a noite inteira. Certifique-se de que ela seja bem-alimentada e que nada a incomode. Você não poderá dormir durante toda a noite. Mais tarde dormiremos. Voltarei o mais rápido possível. E então poderemos começar.

— Poderemos começar? — indaguei. — O que quer dizer com isso?

— Veremos! — respondeu ele e saiu às pressas.

Voltou ao quarto logo em seguida, enfiou a cabeça pela porta e disse, erguendo um dedo em sinal de advertência:

— Lembre-se, ela está sob seus cuidados. Se deixá-la, e algum mal se suceder, não vai ter um sono muito tranquilo depois!

Diário do dr. Seward *(continuação)*

8 de setembro — Fiquei a noite toda acordado, sentado ao lado de Lucy. O narcótico fez efeito até a aurora, e ela acordou naturalmente. Parecia outra pessoa, tão diferente de antes da transfusão. Estava até bem-humorada e cheia de uma alegre vivacidade, mas eu podia ver os indícios da absoluta prostração por que passara. Quando disse a Mrs. Westenra que o dr. Van Helsing dera ordens para que eu ficasse acordado vigiando o sono de Lucy, ela quase zombou da ideia, ressaltando que sua filha recobrara as forças e estava muito bem-disposta. Mantive-me firme, porém, e me preparei para minha longa vigília. Depois que a criada arrumara Lucy para dormir, entrei no quarto, tendo naquele ínterim jantado, e sentei-me junto à cama. Ela não fez qualquer objeção, mas sempre que nossos olhares se cruzavam o dela demonstrava agradecimento. Depois de um longo tempo, ela começou a mergulhar no sono, mas com esforço pareceu se recompor e despertar. Isso se repetiu várias vezes, com esforço cada vez maior e com pausas menores conforme o tempo passava. Aparentemente, ela não queria dormir, e eu abordei o assunto na mesma hora:

— Não quer dormir, Miss Lucy?

— Não. Estou com medo.

— Com medo de dormir! E por quê? É um benefício pelo qual todos ansiamos.

— Ah, não quando se é como eu, quando o sono é um presságio de horror!

— Um presságio de horror? O que quer dizer com isso?

— Não sei. Ah, não sei. E isso é o mais terrível. Toda essa fraqueza me vem durante o sono, e hoje eu tenho medo até mesmo de pensar em dormir.

— Hoje à noite pode dormir, Miss Lucy, pois estou aqui velando pelo seu sono e lhe garanto que nada vai acontecer.

— Ah, no senhor sei que posso confiar!

Aproveitei a chance, dizendo-lhe:

— Prometo que, se vir qualquer sinal de que esteja tendo pesadelos, acordo-a imediatamente.

— Fará isso? Ah, fará mesmo isso? Como o senhor é bom para mim. Então vou dormir!

Quase que imediatamente após tê-lo dito, ela suspirou fundo, aliviada, e adormeceu. Fiquei acordado a noite inteira, observando-a. Ela nem se mexeu e dormiu um sono longo, tranquilo, revigorante, que iria ajudá-la a recuperar a saúde. Seus lábios estavam ligeiramente afastados, e os seios subiam e desciam com a regularidade de um pêndulo. Lucy tinha um sorriso no rosto, e estava claro que nenhum pesadelo perturbava sua tranquilidade mental.

De manhã cedo, a criada veio. Deixei Lucy sob seus cuidados e fui para casa, pois estava ansioso com relação a uma série de coisas. Mandara telegramas curtos para Van Helsing e para Arthur, falando-lhes do excelente resultado da operação. Meu próprio trabalho estava muito atrasado e tomou-me o dia inteiro; já escurecera quando pude pedir notícias de meu paciente zoófago. O relatório era bom: ele ficara quieto durante todo o dia e a noite anteriores. Chegou-me um telegrama de Van Helsing, de Amsterdã, enquanto eu jantava; ele sugeria que eu passasse a noite em Hillingham, pois seria bom estar por perto. Disse que ele próprio estava partindo naquela noite e viria se encontrar comigo de manhã cedo.

9 de setembro — Eu estava exausto quando cheguei a Hillingham. Mal pregara os olhos durante duas noites seguidas, e minha mente começava a ser tomada por aquela letargia que marca a exaustão cerebral. Lucy estava acordada e bem-disposta. Quando nos cumprimentamos, ela me lançou um olhar penetrante e disse:

— Nada de passar a noite em claro hoje. O senhor está exausto. Já estou muito bem outra vez. É verdade, estou mesmo. Se alguém vai ficar em claro hoje, sou eu, velando pelo seu sono.

Eu não iria discutir, mas fui jantar. Lucy me acompanhou, e, alegrado por sua presença encantadora, fiz uma refeição excelente e tomei uns dois cálices de um vinho do Porto mais do que excelente. Em seguida, Lucy levou-me ao andar superior e me indicou um quarto ao lado do seu,

onde uma agradável lareira estava acesa.

— Muito bem — disse ela. — O senhor fica aqui. Vou deixar sua porta aberta e a minha também. Pode deitar no sofá, pois sei que nada é capaz de convencer um médico a se deitar numa cama enquanto houver um paciente no horizonte. Se eu precisar de alguma coisa, posso chamá-lo, e o senhor pode ir me atender na mesma hora.

Não pude deixar de aquiescer, pois estava morto de cansaço e não teria conseguido passar a noite em claro mesmo que tentasse. Então, fazendo-a prometer novamente me chamar caso precisasse de algo, deitei-me no sofá e me esqueci de tudo.

Diário de Lucy Westenra

9 de setembro — Sinto-me tão feliz esta noite. Tenho estado tão miseravelmente fraca que ser capaz de pensar e de me movimentar é como sentir o sol brilhando após um longo período de ventos e de céu cor de chumbo.

De alguma forma, Arthur parece estar muito próximo. Sinto sua presença ao meu redor, aquecendo-me. Suponho que seja porque a doença e a fraqueza nos deixem egoístas e voltem nossos olhos interiores e nossa solidariedade para nós mesmos, ao passo que a saúde e a força dão rédeas ao amor, que pode, em pensamento e em sentimento, vagar livre. Sei onde estão meus pensamentos. Se Arthur soubesse! Meu querido, meu querido, suas orelhas devem estar ardendo enquanto você dorme, assim como as minhas ardem quando estou acordada. Ah, o abençoado repouso que consegui ter na noite passada! Como dormi, com o caro e bondoso dr. Seward velando por mim! E hoje não terei medo de dormir, pois ele está bem perto e posso chamá-lo, se precisar. Obrigada a todos por serem tão bons comigo! Obrigada, meu Deus! Boa noite, Arthur.

Diário do dr. Seward

10 de setembro — Tomei consciência da mão do professor em minha cabeça, e despertei subitamente, num segundo. Isso é algo que aprendemos no hospício, de qualquer maneira.

— E como está nossa paciente?

— Estava bem quando a deixei. Ou, melhor dizendo, quando ela me deixou — respondi.

— Venha, vamos ver — disse ele, e fomos juntos para o quarto de Lucy.

A cortina havia sido baixada, e fui até a janela para levantá-la delicadamente, enquanto Van Helsing foi até a cama, com seus passos suaves, como os de um gato.

Quando ergui a cortina e a luz da manhã inundou o quarto, ouvi o professor inspirar entre os dentes; sabendo que *isso* era raro, meu coração enregelou-se. Quando me aproximei, ele se afastou, e sua exclamação de horror, "*Gott im Himmel!*", não precisava ser reforçada por sua face angustiada. Ergueu a mão e apontou para a cama; a expressão pétrea de seu rosto havia desabado. Ele estava lívido. Senti que meus joelhos começavam a tremer.

Ali na cama, aparentemente desfalecida, estava a pobre Lucy, mais horrivelmente pálida e abatida do que nunca. Até os lábios estavam brancos, e as gengivas pareciam ter encolhido, como às vezes se vê num cadáver após uma doença prolongada. Van Helsing ergueu o pé e ia batê-lo no chão, tomado pela raiva, mas seu instinto e o hábito criado durante longos anos lhe foram úteis; ele baixou o pé delicadamente.

— Rápido! — disse ele. — Traga a aguardente!

Corri até a sala de jantar e voltei com a garrafa. Ele umedeceu os lábios da pobre Lucy com a aguardente, e juntos esfregamos o líquido sobre as palmas, os punhos e o peito. Ele ouviu-lhe o coração e, após alguns minutos de angustiante suspense, disse:

— Ainda não é tarde demais. O coração está batendo, ainda que muito fraco. Todo nosso trabalho foi por água abaixo; temos que começar do zero. O jovem Arthur não está aqui, agora; terei que recorrer a você desta vez, amigo John.

Enquanto falava, remexia na valise e retirava dali os instrumentos para a transfusão. Eu tirara o casaco e arregaçara a manga da camisa. Não era possível ministrar um narcótico naquele momento, e não havia necessidade; assim, sem mais demora, começamos a operação. Algum tempo depois — não me pareceu pouco tempo, já que o esvair-se de nosso sangue, mesmo que concordemos em doá-lo, é uma sensação horrível —, Van Helsing ergueu um dedo, avisando-me:

— Não se mexa — disse ele —, mas temo que, com o recobrar de suas forças, ela venha a acordar, e isso seria perigoso. Muito perigoso. Vou tomar uma precaução. Vou aplicar uma injeção hipodérmica de morfina.

Foi o que fez, com rapidez e habilidade. O efeito em Lucy não foi mau, pois o desfalecimento pareceu se transformar sutilmente no sono induzido por narcóticos. Foi com um orgulho pessoal que pude ver um tom róseo muito suave voltar à face e aos lábios pálidos. Homem algum sabe, até que tenha a experiência, o que é sentir seu próprio sangue escorrer para dentro das veias da mulher que ama.

O professor me observava com olhar crítico.

— É o suficiente — disse ele.

— Já? — protestei. — O senhor tirou muito mais de Art.

Ele sorriu um sorriso algo triste ao responder:

— Ele é o amado, o noivo. Você tem que trabalhar, tem que trabalhar muito, pelo bem dela e de outros. Essa quantidade será suficiente.

Quando terminamos a operação, ele ocupou-se de Lucy, enquanto eu aplicava pressão digital sobre a incisão no meu próprio braço. Deitei-me, enquanto aguardava que ele terminasse e pudesse me atender, pois me sentia fraco e um pouco nauseado. Pouco depois, ele fez meu curativo e mandou que descesse para tomar um cálice de vinho. Quando eu saía do quarto, Van Helsing me seguiu, e disse, num murmúrio:

— Lembre-se, não diremos nada a respeito disso. Se nosso jovem noivo aparecer inesperadamente, como antes, não lhe diga nada. Ficaria ao mesmo tempo assustado e enciumado, e não queremos que isso aconteça.

Quando voltei, ele me observou cuidadosamente e disse:

— Você não está tão mal assim. Vá para o quarto, deite-se em seu sofá e descanse um pouco. Depois, tome um desjejum caprichado e volte aqui.

Segui suas ordens, pois sabia que eram corretas e prudentes. Eu havia feito a minha parte, e agora a tarefa seguinte era recuperar as forças. Sentia-me bastante fraco, e a fraqueza fez com que eu perdesse um pouco da estupefação diante do que acontecera. Adormeci no sofá, porém, pensando e repensando como Lucy regredira tanto, e como podia ter perdido tanto sangue sem qualquer sinal aparente. Acho que essas reflexões devem ter invadido meus sonhos, pois, dormindo ou acordado, meus pensamentos sempre retornavam àquelas duas perfurações em seu pescoço, com as bordas ásperas e gastas — mesmo que tão pequenas.

Lucy dormiu boa parte do dia e, ao acordar, estava razoavelmente forte e bem-disposta, embora nem de longe tanto quanto na véspera. Van Helsing foi vê-la e depois saiu para dar uma volta, deixando-a sob meus cuidados, com ordens estritas de que eu não a deixasse por um momento sequer. Eu podia ouvir sua voz no vestíbulo, perguntando aonde ir para enviar um telegrama.

Lucy conversou bastante comigo e não parecia ter a menor consciência do que acontecera. Tentei diverti-la e mantê-la interessada na conversa. Quando sua mãe foi vê-la em seu quarto, não pareceu perceber qualquer mudança, mas me disse, agradecida:

— Devemos muito ao senhor, dr. Seward, por tudo o que tem feito, mas agora deve tomar cuidado para não trabalhar em excesso. É o senhor quem está pálido. Precisa mesmo é de uma esposa para cuidar do senhor, isso sim!

Quando sua mãe disse essas palavras, Lucy ficou escarlate, embora só por um instante, porque suas pobres veias enfraquecidas não eram capazes de sustentar por muito tempo uma drenagem inusitada para a cabeça como aquela. A reação veio numa palidez excessiva, enquanto ela voltava olhos suplicantes para mim. Sorri e fiz que sim, colocando o dedo sobre os lábios; com um suspiro, ela afundou de novo entre os travesseiros.

Van Helsing voltou aproximadamente duas horas depois, e logo em seguida me disse:

— Você agora vá para casa, coma e beba bastante. Recobre as forças. Ficarei aqui hoje à noite, e eu mesmo farei vigília para velar pelo sono da senhorita. Você e eu temos que acompanhar o caso e não podemos permitir que outros venham a saber. Tenho sérias razões para isso. Não, não pergunte quais são; pense o que quiser. Não tenha medo de pensar até no mais improvável. Boa noite.

No vestíbulo, duas criadas vieram me perguntar se uma delas poderia ficar acordada cuidando de Miss Lucy, ou mesmo as duas. Imploraram-me que deixasse, e, quando lhes disse que era o desejo do dr. Van Helsing que ele próprio ou eu fizéssemos a vigília, elas me pediram para interceder junto ao "cavalheiro de fora", e cheguei a ter pena das duas. Fiquei bastante sensibilizado com sua gentileza. Talvez sua devoção tenha se manifestado por eu estar fraco no momento, ou talvez por ser pelo bem de Lucy. Repetidas vezes testemunhei demonstrações semelhantes de gentileza por parte das mulheres. Voltei para casa a tempo de jantar; fiz minhas visitas — tudo estava tranquilo. Escrevi estas páginas enquanto aguardava o sono, que já está chegando.

11 de setembro — Hoje à tarde fui a Hillingham. Encontrei Van Helsing de excelente humor, e Lucy bem melhor. Pouco depois de ter chegado, o professor recebeu um grande pacote do exterior. Abriu-o, muito surpreso — puro fingimento, é claro —, e tirou de lá um enorme buquê de flores brancas.

— São para a senhorita, Miss Lucy — disse.

— Para mim? Ah, dr. Van Helsing!

— Sim, minha cara, mas não são apenas para enfeitar. Trata-se de um remédio. — Ao ouvi-lo, Lucy fez uma careta. — Não, não vai ter que beber infusões, ou nada do gênero, então não precisa torcer o nariz, ou terei que advertir meu amigo Arthur sobre o desgosto que será obrigado a suportar vendo toda essa beleza que ele tanto ama assim distorcida. Arrá, bela mocinha, assim seu nariz fica de novo no lugar. Estas são plantas medicinais, mas a senhorita não sabe como agem. Penduro em sua janela, faço uma bela grinalda e ponho em torno do seu pescoço, para que a senhorita durma bem. Ah, sim! Estas flores, como o lótus, nos fazem esquecer nossos problemas. Seu aroma é o das águas do Lete, e daquela fonte da juventude que os conquistadores procuravam na Flórida, encontrando-o tarde demais.

Enquanto ele falava, Lucy ficou examinando e cheirando as flores. Largou-as, dizendo, com um riso que não escondia o desgosto:

— Ah, professor, acho que o senhor está apenas brincando comigo. Isto aqui é alho comum.

Para minha surpresa, Van Helsing pôs-se de pé e disse, com toda a severidade, uma expressão dura no rosto e as sobrancelhas espessas juntando-se:

— Não faça pouco caso de mim! Não sou de fazer pilhérias! Há um propósito bastante sério em todas as minhas ações, e aconselho-a a não me contrariar. Tome cuidado, pelo bem dos outros, se não pelo seu próprio.

Então, vendo a pobre Lucy assustada, o que não era de se estranhar, ele prosseguiu num tom mais brando:

— Ah, minha cara mocinha, não tenha medo de mim. Só penso no seu bem, e estas flores comuns podem ter um efeito muito benéfico sobre sua saúde. Veja, eu mesmo vou arrumá-las no seu quarto. Eu mesmo farei a guirlanda que a senhorita vai usar. Mas, psiu! Nada de contar aos outros, que vivem fazendo um milhão de perguntas. Temos que obedecer, e o silêncio é parte da obediência; a obediência vai deixá-la forte e saudável dentro dos braços apaixonados que a aguardam. Agora fique quietinha um instante. Venha, amigo John, e me ajude a espalhar o alho pelo quarto. Estas flores vieram de longe, de Haarlem, onde meu amigo Vanderpool as cultiva em estufas o ano todo. Tive que telegrafar-lhe ontem, ou elas não estariam aqui.

Fomos até o quarto, levando as flores conosco. Os procedimentos do professor eram sem dúvida estranhos, e eu não haveria de encontrá-los em qualquer farmacopeia que conheça. Primeiro, fechou as janelas e passou os trincos. Depois, pegando um punhado das flores, esfregou-as sobre os caixilhos, como se quisesse garantir que o menor sopro de ar que entrasse no quarto viesse impregnado com o cheiro do alho. Esfregou as flores amassadas também na ombreira da porta, por cima, por baixo e de ambos os lados, e por volta da lareira, da mesma forma. Tudo me parecia grotesco, e logo em seguida eu disse:

— Bem, professor, sei que o senhor sempre tem uma razão para suas ações, mas desta vez estou mesmo intrigado. Ainda bem que não há nenhum cético por aqui, ou ele diria que o senhor está fazendo alguma simpatia para manter a distância um espírito maligno.

— Talvez eu esteja! — respondeu ele, em voz baixa, enquanto começava a confeccionar a guirlanda que Lucy deveria usar em torno do pescoço.

Esperamos então que ela fizesse sua toalete noturna, e, quando já estava na cama, ele mesmo colocou a guirlanda de alho ao redor de seu pescoço.

Suas últimas palavras a Lucy foram estas:

— Tome cuidado para não danificar a guirlanda e, mesmo que o quarto pareça abafado, não abra as janelas ou a porta esta noite.

— Prometo — disse Lucy —, e muitíssimo obrigada a ambos por toda essa gentileza para comigo! Ah, o que eu fiz para merecer a bênção de sua amizade?

Ao deixarmos a casa em meu cabriolé, que nos aguardava, Van Helsing disse:

— Hoje à noite poderei dormir em paz, e preciso mesmo disso, pois foram duas noites de viagem, entremeadas por muitas leituras, mais muita ansiedade no dia seguinte e uma noite de vigília, sem pestanejar. Amanhã cedo mande me chamar, e viremos juntos ver nossa mocinha, que estará bem mais forte graças à "simpatia" que fiz. Rá! Rá!

Ele parecia tão confiante que eu, lembrando-me de minha própria confiança duas noites antes e dos resultados desastrosos, senti admiração e também um certo medo. Deve ter sido minha fraqueza o que me impediu de dizê-la ao meu amigo, mas isso só fez aumentar a sensação, que é como a de estar retendo as lágrimas.

capítulo 11

Diário de Lucy Westenra

12 de setembro — Como eles são bondosos comigo. Gosto muito daquele querido dr. Van Helsing. Pergunto-me por que ele estava tão ansioso com relação a estas flores. Assustou-me de verdade; estava tão arrebatado. E, no entanto, tinha razão, pois já me sinto reconfortada por elas. De certo modo, hoje à noite não sinto medo de ficar sozinha e posso ir dormir tranquila. Não preciso me preocupar com o ruído de asas batendo do lado de fora da janela. Ah, como tenho lutado contra o sono ultimamente, e como é terrível a insônia, ou o medo do sono, que me trazia horrores desconhecidos! Certas pessoas são abençoadas, pois suas vidas não conhecem medos; para elas, o sono é uma dádiva que recebem toda noite e que nada lhes traz além de bons sonhos. Bem, eis-me aqui, esta noite, desejando dormir, e, como Ofélia na peça, com "grinaldas de virgem e flores arremessadas no túmulo de donzela". Jamais gostei de alho anteriormente, mas hoje à noite o aroma é delicioso! Traz-me paz, e já sinto o sono chegando. Boa noite para todos.

Diário do dr. Seward

13 de setembro — Encontrei-me com Van Helsing no Berkeley, e ele foi, como de hábito, pontual. A carruagem solicitada do hotel já estava esperando. O professor pegou sua valise, que agora sempre traz consigo.

Quero registrar tudo de forma precisa. Van Helsing e eu chegamos em Hillingham às oito horas. A manhã estava muito agradável; o sol brilhante e o frescor do início do outono pareciam coroar o trabalho anual da natureza. As folhas pareciam estar se tingindo de várias e belas cores, mas ainda não haviam começado a cair das árvores. Quando chegamos, encontramos Mrs. Westenra, que saía de sua sala íntima. Tem o hábito de se levantar cedo. Recebeu-nos calorosamente e disse:

— Ficarão felizes em saber que Lucy está melhor. Ainda não acordou, a minha menina. Fui espiá-la em seu quarto, mas não entrei, para não a incomodar.

O professor sorriu, parecendo satisfeitíssimo. Esfregou as mãos e disse:

— Arrá! Eu achava mesmo que tinha o diagnóstico do caso. Meu tratamento está funcionando.

Ela então respondeu:

— O senhor não deve reivindicar todo o crédito, doutor. O estado de Lucy hoje de manhã deve-se em parte a mim.

— O que a senhora quer dizer com isso, madame?

— Bem, eu estava preocupada com a minha menina durante a noite e fui até seu quarto. Ela dormia profundamente, tão profundamente que até mesmo minha chegada não a despertou. Mas o quarto estava abafado demais. Havia um monte daquelas flores horrorosas, de cheiro forte, por toda parte, e até mesmo uma guirlanda em torno do pescoço de Lucy. Tive medo de que o cheiro forte viesse a ser prejudicial à minha querida filha, dada sua fraqueza, então tirei todas do quarto e entreabri a janela, para deixar entrar um pouco de ar puro. O senhor vai ficar satisfeito com ela, tenho certeza.

Mrs. Westenra se retirou para o seu *boudoir*, onde na verdade já havia feito o desjejum, mais cedo. Quando terminou de falar, fiquei observando o rosto do professor e vi que se empalidecia. Ele conseguira se controlar enquanto a pobre senhora ainda estava presente, pois conhecia seu estado e sabia que um choque teria efeitos ruins; chegara mesmo a sorrir ao abrir a porta para que ela se retirasse aos seus aposentos. No instante em que ela se foi, porém, puxou-me até a sala de jantar, súbita e energicamente, fechando a porta.

Então, pela primeira vez em minha vida, vi Van Helsing desesperar-se. Ergueu as mãos sobre a cabeça, numa espécie de muda aflição, e juntou as palmas com força, demonstrando o quão impotente se sentia. Afinal, sentou-se numa cadeira e, cobrindo o rosto com as mãos, começou a soluçar — soluços altos e secos que pareciam vir do fundo de seu coração aflito. Ergueu os braços outra vez, como se apelasse ao universo inteiro:

— Deus! Deus! Deus! — exclamou. — O que fizemos nós, o que fez essa pobre senhora, para que tenhamos que ser tão cruelmente perseguidos? Será que pesa sobre nós alguma maldição, lançada no mundo pagão de outrora, para que tais coisas tenham que acontecer, e desta forma? Essa pobre mãe, inteiramente inocente e certa de estar fazendo o melhor, faz algo como deixar sua filha vulnerável em corpo e alma; e não podemos lhe dizer, não podemos sequer alertá-la, pois nesse caso morreria, e as duas morreriam. Ah, como estamos sendo perseguidos! Como todos os poderes demoníacos se armaram contra nós! — Subitamente, ele se pôs de pé. — Venha — disse. — Venha, temos que ver e agir. Que sejam ou não demônios, ou que sejam todos os demônios a um só tempo, não importa. Vamos enfrentá-los ainda assim! — Foi até a porta de entrada apanhar sua valise, e juntos subimos ao quarto de Lucy.

Mais uma vez abri a cortina, enquanto Van Helsing ia até a cama. Dessa vez, ao olhar para o pobre rosto ele não se alarmou a ponto de assumir a mesma cadavérica palidez de antes. Sua expressão era de tristeza sombria e de infinita piedade.

— Como eu esperava — murmurou, com aquele arquejo profundo e tão cheio de significados.

Sem mais uma palavra, foi até a porta e trancou-a. Começou a colocar sobre a mesinha os instrumentos para fazer mais uma transfusão sanguínea. Eu já sabia que seria necessária, e começara a tirar o casaco, mas o professor ergueu a mão e me deteve:

— Não! — disse ele. — Hoje você vai operar. Serei eu o doador. Você já está enfraquecido.

Ao dizê-lo, tirou o casaco e arregaçou a manga da camisa. Outra vez a operação, outra vez o narcótico, outra vez um pouco de cor regressando à face pálida, e a respiração regular do sono saudável. Dessa vez fiquei observando enquanto Van Helsing deitava-se para repousar e se restabelecer.

Pouco depois, ele aproveitou uma oportunidade para dizer a Mrs. Westenra que não deveria retirar coisa alguma do quarto de Lucy sem consultá-lo. Disse-lhe que as flores tinham poder medicinal, e que a inalação de seu odor era parte do tratamento. Então, ele assumiu os cuidados com a paciente, dizendo que faria vigília naquela noite e na seguinte, e que mandaria me chamar.

Uma hora depois, Lucy despertou, revigorada e radiante, na verdade bastante bem para quem passara por uma provação como a sua.

O que significa tudo isso? Começo a me perguntar se meu costume de viver entre os loucos por acaso está tendo consequências sobre meu próprio cérebro.

Diário de Lucy Westenra

17 de setembro — Quatro dias e quatro noites de paz. Estou recobrando tanto as forças que mal me reconheço. É como se eu tivesse tido um longo pesadelo e acabasse de acordar para ver o sol brilhando e sentir o ar fresco da manhã ao meu redor. Tenho a vaga memória de uma época longa e ansiosa, época de espera e de medo, e de uma escuridão em que não havia sequer a dor da esperança para fazer o sofrimento mais pungente. Seguiam-se longos períodos de esquecimento, e eu regressava à vida como um mergulhador subindo à superfície através de um volume imenso de água. Desde que o dr. Van Helsing está comigo, porém, todos esses sonhos ruins parecem ter desaparecido. Os ruídos que me assustavam tanto — o bater de asas nas janelas, as vozes distantes que pareciam tão próximas, os sons ásperos que vinham não sei de onde e me ordenavam a fazer não sei o quê — tudo isso cessou. Vou para a cama agora sem temer o sono. Nem chego a tentar manter-me acordada. Passei a gostar muito do alho, e uma nova remessa chega diariamente de Haarlem. Hoje à noite, o dr. Van Helsing vai se ausentar, pois precisa ir a Amsterdã por um dia. Não preciso que me vigiem, porém: estou bem o suficiente para ficar sozinha. Graças a Deus, pelo bem de minha mãe, e do meu querido Arthur, e de todos os amigos que têm sido tão gentis! Nem vou chegar a sentir a diferença, pois ontem à noite Van Helsing dormiu em sua cadeira boa parte do tempo. Encontrei-o adormecido por duas vezes, quando acordei, mas não tive medo de voltar a dormir, embora contra a janela batessem quase com raiva os galhos das árvores ou as asas dos morcegos, ou o que quer que fosse.

The Pall Mall Gazette, 18 de setembro

O lobo fugido

Uma perigosa aventura de nosso repórter

Entrevista com o zelador do Jardim Zoológico

Após várias tentativas e quase o mesmo número de recusas, e sempre usando como uma espécie de talismã as palavras "Pall Mall Gazette", consegui encontrar o zelador da seção do Jardim Zoológico em que se inclui o departamento dos lobos. Thomas Bilder mora numa cabana atrás da jaula do elefante e acabava de se sentar para tomar o chá quando o encontrei. Thomas e sua esposa são gente hospitaleira, mais idosos e sem filhos, e se o que desfrutei de sua hospitalidade for rotineiro, suas vidas devem ser bastante confortáveis. O zelador não queria falar sobre o que chamava de "negócios" até que a refeição fosse concluída e estivéssemos todos satisfeitos. Quando a mesa foi tirada e ele acendeu seu cachimbo, disse-me:

— Agora, meu senhor, pode me perguntar o que quiser. Vai me desculpar por eu não querer falar de assuntos profissionais antes das refeições. Sempre dou aos lobos e aos chacais e às hienas de nossa seção seu chá, antes de começar a lhes fazer perguntas.

— O que o senhor quer dizer com "lhes fazer perguntas"? — perguntei, tentando deixá-lo disposto a conversar.

— Uma das maneiras é bater em sua cabeça com uma vara. Coçar suas orelhas é outra, útil para os sujeitos que querem impressionar suas garotas. Não tenho problemas com a primeira, o golpe na cabeça antes de lhes dar o jantar, mas espero até que eles tenham tomado o licor e o cafezinho, por assim dizer, antes de tentar coçar as orelhas. Repare — acrescentou, filosoficamente —, nós, humanos, temos um bocado em comum com esses bichos. Olhe só o senhor aqui me fazendo perguntas sobre o que eu faço, e eu de mau humor; se não fosse pela maldita moeda que me deu, o teria expulsado antes de responder. Não o mandei embora mesmo quando me perguntou sarcasticamente se eu queria que fosse pedir permissão ao superintendente para me fazer perguntas. Sem querer ofender, eu não o mandei ao inferno?

— Mandou.

— E quando o senhor disse que iria me denunciar por falar palavrão, isso foi me golpear na cabeça. Mas o dinheiro acertou as coisas.

Eu não ia brigar com o senhor, de modo que fiquei esperando a comida, dando meu uivo como fazem os lobos, os leões e os tigres. Mas agora que a minha velha, que Deus a abençoe, me deu um pedaço de bolo para comer e me encheu de chá, e que já estou fumando, o senhor pode coçar minhas orelhas à vontade, e eu nem vou rosnar. Pergunte o que quiser. Sei o que quer saber, é sobre aquele lobo que fugiu.

— Exatamente. Quero ouvir seu ponto de vista sobre o caso. Diga-me como aconteceu; quando eu estiver a par dos fatos, vou querer saber a sua opinião sobre a causa e sobre o provável desfecho dessa história.

— Está certo, doutor. A história foi mais ou menos assim. Aquele lobo, que chamávamos Bersicker, era um dos três lobos cinzentos que vieram da Noruega para Jamrach, de quem o compramos, há quatro anos. Ele é um lobo bem-comportado, e nunca me deu problemas. O que mais me surpreende é que ele, entre todos os animais deste lugar, fosse querer fugir. Mas não se pode confiar nos lobos, nem nas mulheres.

— Não ligue para o que está dizendo — interrompeu Mrs. Tom com um riso divertido. — Ele tem cuidado desses bichos há tanto tempo que acho que ele próprio parece um velho lobo. Mas não faz mal a uma mosca.

— Bem, doutor, haviam se passado cerca de duas horas depois de alimentá-los, ontem, quando ouvi a confusão. Estava fazendo uma cama na casa dos macacos para um puma jovem que está doente; mas, assim que escutei os latidos e uivos, fui logo. Lá estava Bersicker se debatendo contra as grades feito um louco, como se quisesse sair. Não havia muita gente por ali naquele dia, e perto só estava um homem, um sujeito alto e magro, de nariz aquilino e barba pontuda e grisalha. Tinha um olhar duro e frio, e olhos vermelhos, e não gostei dele, pois parecia que era com ele que os animais estavam irritados. Tinha luvas brancas de pelica e apontou para os animais, dizendo: "Zelador, esses lobos parecem estar nervosos com alguma coisa."

"Talvez seja com o senhor", eu disse, porque não gostei da pose dele. Ele não ficou zangado, como achei que fosse ficar, mas deu um sorriso insolente, com sua boca cheia de dentes brancos e afiados.

"Ah, não, eles não iriam gostar de mim", disse ele.

"Ah, sim, iriam gostar", disse eu, imitando sua maneira de falar. "Eles sempre gostam de um ou dois ossos para limpar os dentes na hora do chá, e o senhor é um saco de ossos."

Bem, foi bastante estranho, mas quando os animais nos viram falando, eles se deitaram, e quando fui até Bersicker, ele me deixou afagar suas orelhas, como sempre. Então o homem se aproximou, e macacos me mordam se ele também não estendeu a mão e afagou as orelhas do lobo!

"Tome cuidado, senhor", eu disse. "Bersicker é rápido."

"Não se preocupe", disse ele. "Estou acostumado."

"Também é do ramo?", perguntei, tirando o chapéu. Porque um homem que negocia lobos e outros bichos é um bom amigo para um zelador.

"Não", disse ele. "Não exatamente do ramo, mas já tive vários como bichos de estimação."

Com isso, ele tirou o chapéu como se fosse um lorde e foi embora. O velho Bersicker ficou olhando para ele até sair de vista, e então foi se deitar num canto e não saiu mais a tarde inteira. Bem, noite passada, assim que a lua apareceu, os lobos começaram a uivar. Não havia motivo para isso. Não havia ninguém por perto, a não ser alguém que chamava um cachorro em algum lugar atrás dos jardins, atrás das aleias do zoológico. Uma ou duas vezes saí para ver se tudo estava bem, e estava. Os uivos logo pararam. Um pouco antes da meia-noite, fui ver de novo, antes de dormir, e minha nossa! Quando cheguei em frente à jaula de Bersicker, vi que as grades estavam todas retorcidas e quebradas, e que a jaula estava vazia. E é só o que sei com certeza.

— Alguém mais viu alguma coisa?

— Um de nossos jardineiros estava voltando para casa mais ou menos naquela hora quando viu um enorme cachorro cinzento saindo do jardim. Pelo menos é o que ele diz, mas eu não acredito nisso, pois, se ele viu mesmo, não disse uma palavra à sua mulher quando chegou em casa. Foi só quando todos ficaram sabendo que o lobo havia fugido, e depois de termos passado a noite toda procurando por ele no parque, que o jardineiro se lembrou de ter visto alguma coisa. Acho que a bebedeira dele antes de ir para casa estava afetando sua cabeça.

— E o senhor poderia, Mr. Bilder, dar qualquer explicação para a fuga do lobo?

— Bem, doutor — disse ele, com uma espécie de modéstia suspeita —, acho que sim, mas não sei se o senhor ficaria satisfeito com a teoria.

— Com certeza que sim. Se um homem como o senhor, que conhece bem os animais devido à sua experiência, não puder arriscar um palpite, quem mais poderia?

— Bem, doutor, a minha explicação é a seguinte: parece-me que aquele lobo fugiu simplesmente porque queria.

Pela maneira como ele e sua esposa riram da piada, percebi que eu não era a primeira vítima, e toda aquela explicação era só para deixar a piada ainda melhor. Eu não era capaz de competir com o ilustre Thomas em termos de gracinhas, mas eu conhecia o caminho mais garantido ao seu coração. Então, disse:

— Mr. Bilder, consideremos que aquela moeda já está garantida, e que uma outra está esperando para se juntar a ela quando o senhor tiver me dito o que acha que vai acontecer.

— Ah, o senhor tem razão — disse ele, recompondo-se. — O senhor vai me desculpar pela brincadeirinha, mas a velha estava piscando o olho, o que é a mesma coisa que me dizer para continuar.

— Ah, mas como você se atreve? — disse a senhora.

— Minha opinião é a seguinte: o lobo está escondido em algum lugar.

O jardineiro que não se lembrava disse que ele galopava na direção norte mais rápido do que um cavalo. Mas eu não acredito, porque, o senhor entende, os lobos não galopam, nem os cachorros, porque não foram feitos para isso. Nos livros de criança, os lobos são muito bravos; imagino que, quando eles se juntam para perseguir alguma presa, podem fazer um barulho dos diabos e partir em pedaços qualquer que seja essa presa. Mas, vou lhe dizer, na vida real, o lobo é só uma criatura inferior e não tem a metade da inteligência e da coragem de um bom cachorro, e a oitava parte da capacidade de lutar. Esse lobo não estava acostumado a brigar, nem mesmo para sua sobrevivência. É mais provável que esteja em algum lugar do parque, escondido e tremendo, e, se é que ele é capaz de pensar, se perguntando onde vai arranjar o café da manhã. Ou talvez esteja em algum lugar da cidade, escondido em um porão. Meu Deus, alguma cozinheira vai levar um susto e tanto quando vir os olhos verdes brilhando no escuro! Se ele não conseguir comida, vai procurar por ela, e talvez tenha a sorte de passar num açougue a tempo. Por outro lado, se alguma babá se afastar um pouco com um soldado, deixando o bebê no carrinho... bem, eu não ficaria surpreso se o censo registrasse um bebê a menos. Isso é tudo.

Eu estava lhe entregando a moeda quando alguma coisa apareceu na janela, e o rosto de Mr. Bilder ficou duas vezes mais comprido com a surpresa.

— Macacos me mordam! — disse ele. — Se não é o velho Bersicker de volta por conta própria!

Foi até a porta e a abriu; parecia-me um procedimento bastante desnecessário. Sempre pensei que um animal selvagem nunca fica tão bem quanto nos momentos em que há entre nós algum objeto de forte resistência. Minha experiência pessoal serviu para reforçar essa ideia, em vez de diminuí-la.

Afinal de contas, porém, não há nada como o hábito, pois nem Bilder nem sua esposa reagiram à presença do lobo de maneira mais exaltada do que eu reagiria à de um cachorro. O animal era pacífico e bem-comportado, como o pai de todos os lobos das histórias — o velho amigo de Chapeuzinho Vermelho, embora se valesse do fingimento para conquistar-lhe a confiança.

Toda aquela cena era uma indizível mistura de comédia e *pathos*. O lobo perverso que durante a metade de um dia paralisara Londres e deixara de pernas bambas todas as crianças da cidade estava ali como que com um ar penitente, e era recebido e afagado como uma espécie de filho pródigo vulpino. O velho Bilder examinou-o com o maior carinho e solicitude; quando terminou, disse-me:

— Viu só? Eu sabia que o pobre coitado ia se meter em alguma encrenca. Não disse que ia? Aqui está ele com a cabeça toda cortada e cheia de cacos de vidro. Ele com certeza estava tentando pular algum muro ou coisa parecida. É um absurdo que as pessoas tenham permissão para colocar garrafas quebradas em cima do muro. Isso é o resultado. Venha, Bersicker.

Pegou o lobo e trancou-o numa gaiola, junto com um pedaço de carne capaz de satisfazê-lo — ou, de qualquer forma, em boa quantidade, o que eram as condições elementares de sobrevivência do filho pródigo —, e saiu para relatar o ocorrido.

Também fui embora, para relatar o ocorrido, que é a única informação exclusiva dada hoje acerca da estranha fuga no zoológico.

Diário do dr. Seward

17 de setembro — Após o jantar, fiquei em minha biblioteca pondo em dia os livros — que, por eu ter me ocupado de outros trabalhos e feito tantas visitas a Lucy, estão bastante atrasados. Subitamente, a porta se abriu de um golpe, e meu paciente entrou, o rosto distorcido de exaltação. Fiquei estupefato, pois um paciente indo por conta própria ao escritório do superintendente é algo praticamente inédito. Sem um segundo de hesitação, ele veio diretamente até mim. Tinha uma faca na mão, e, como vi que era perigoso, tentei manter a mesa entre nós. Ele era, porém, rápido e forte demais para mim, pois, antes que eu conseguisse me equilibrar, golpeara-me, fazendo um corte profundo em meu punho esquerdo. Antes que ele pudesse me atacar de novo, contudo, consegui dar um golpe com a mão direita e ele caiu estatelado no chão, de costas. Meu punho sangrava muito, e os pingos já haviam formado uma pequena poça no carpete. Vi que meu amigo não pretendia fazer novas investidas e comecei a atar a ferida em meu punho, observando o tempo todo, de soslaio, a figura prostrada no chão. Quando os assistentes entraram, e voltamos nossas atenções a Renfield, fiquei enojado ao ver o que ele fazia: estava deitado no chão, de bruços, e lambia, como um cachorro, o sangue que escorrera de meu punho ferido. Foi facilmente contido, e, para minha surpresa, acompanhou os assistentes com bastante calma, limitando-se a repetir seguidas vezes:

— O sangue é a vida! O sangue é a vida!

Não posso perder sangue neste momento; já perdi uma quantidade suficiente há pouco tempo, o que comprometeu meu bem-estar físico. Além do mais, esse prolongamento da doença de Lucy, e suas horríveis fases, está começando a ter consequências sobre mim. Estou agitado demais e exausto; preciso descansar, descansar e descansar. Felizmente, Van Helsing não me requisitou, de modo que não vou ter que me privar do sono. Esta noite, ele haveria de me fazer muita falta.

Telegrama de Van Helsing, Antuérpia, para Seward, Carfax
(Enviado para Carfax, em Sussex, pois o condado não foi mencionado. Entregue com 22 horas de atraso.)

17 de setembro — Não deixe de ir a Hillingham esta noite. Caso não possa vigiar toda a noite, faça visita e confira flores; muito importante; não deixe de ir. Estarei com você o mais cedo possível após chegada.

Diário do dr. Seward

18 de setembro — Acabo de sair para pegar o trem rumo a Londres. A chegada do telegrama de Van Helsing me encheu de desânimo. Toda uma noite perdida, e sei, por minha própria e dolorosa experiência, o que pode acontecer em uma noite. É possível, claro, que tudo esteja bem, mas o que pode ter acontecido? Com certeza há algum destino terrível pesando sobre nós, pois tudo parece estar contra nós. Vou levar comigo este cilindro, e assim poderei completar meu registro usando o fonógrafo de Lucy.

Memorando deixado por Lucy Westenra

17 de setembro, à noite — Escrevo estas páginas e deixo-as para que sejam lidas, a fim de que ninguém venha a ter problemas por minha causa. Este é um registro exato do que aconteceu esta noite. Sinto que estou morrendo de fraqueza e mal tenho forças para escrever, mas isso tem de ser feito, mesmo que eu morra ao fazê-lo.

Fui para a cama conforme o habitual, certificando-me de que as flores tivessem sido dispostas de acordo com as instruções do dr. Van Helsing, e logo adormeci.

Fui acordada pelo ruído de asas batendo junto à janela, que começou desde aquela noite de sonambulismo no penhasco, quando Mina me salvou, e que agora conheço tão bem. Não sentia medo, mas gostaria que o dr. Seward tivesse estado no quarto ao lado — como o dr. Van Helsing disse que estaria — e que eu tivesse podido chamá-lo. Tentei dormir, mas não conseguia. Regressou, então, aquele velho medo do sono, e decidi que ficaria acordada — mas o sono, perverso, tentava me dominar quando eu não queria. Então, como eu temia ficar sozinha, abri minha porta e chamei:

— Há alguém aí?

Não houve resposta. Receava acordar minha mãe, de modo que tornei a fechar minha porta. Então, ouvi uma espécie de uivo, como o de um cachorro, só que mais feroz e penetrante. Vinha lá de fora, das moitas de arbustos. Fui até a janela e olhei para fora, mas nada pude ver, exceto um grande morcego, que evidentemente estivera batendo suas asas contra a janela. Voltei para a cama, então, mas decidida a não dormir. Pouco depois, a porta se abriu, e minha mãe espiou dentro do quarto; vendo que eu me mexia e que não estava dormindo, entrou e sentou-se ao meu lado. Disse-me, num tom ainda mais delicado e suave do que o habitual:

— Eu estava um pouco inquieta com relação a você, querida, e vim ver se estava bem.

Receei que ela pudesse se resfriar sentada ali e lhe pedi que viesse dormir comigo. Ela então se deitou em minha cama ao meu lado. Não tirou o *peignoir*, pois disse que ficaria apenas por algum tempo e que depois voltaria para sua própria cama. Quando estava ali, nos meus braços, e eu nos seus, o som das asas batendo e roçando na janela recomeçou. Ela ficou alarmada e um pouco amedrontada, exclamando:

— O que é isso?

Tentei acalmá-la e acabei conseguindo. Ficou deitada em silêncio, mas eu ainda podia ouvir seu pobre coração batendo com muita força. Após algum tempo, ouviu-se novamente o uivo baixo, vindo da moita de arbustos; pouco depois houve um estrondo na janela, e as vidraças espatifaram-se no chão. A veneziana se abriu com a força do vento, e, no espaço entre os caixilhos quebrados, apareceu a cabeça de um enorme lobo cinzento e magro. Minha mãe gritou, aterrorizada, tentando se sentar e agarrando-se desesperadamente a tudo o que pudesse auxiliá-la. Entre outras coisas, agarrou a guirlanda de flores que o dr. Van Helsing insistira que eu usasse em volta do pescoço, arrancando-a. Durante um ou dois segundos, ficou sentada, apontando para o lobo, e de sua garganta vinha um horrível gorgolejar; depois, caiu como se um raio a tivesse atingido. Sua cabeça atingiu minha testa, e fiquei tonta por alguns instantes. O quarto parecia girar, assim como tudo ao meu redor. Eu mantinha meus olhos fixos na janela, mas o lobo tirou a cabeça dali. Uma miríade de pequenas partículas pareceu entrar com o vento através da janela quebrada, e as partículas dançavam numa espiral como aqueles pilares de poeira que os viajantes descrevem quando há simum no deserto. Tentei me mexer, mas eu parecia enfeitiçada, e o corpo de minha pobre mãe, que já parecia mais frio, pois seu coração cessara de bater, pesava sobre mim; perdi momentaneamente a consciência.

Não pareceu se passar muito tempo até que eu a recobrasse, mas foram momentos de fato terríveis. Em algum lugar nas proximidades, soava um dobre de finados. Todos os cães da vizinhança estavam uivando, e na moita de arbustos de nossa casa, aparentemente bem perto, um rouxinol cantava. Eu estava atordoada, e a dor, o terror e a fraqueza impediam-me de pensar, mas o canto do rouxinol era como a voz de minha mãe morta retornando para me reconfortar. O barulho parecia ter também despertado as criadas, pois eu podia ouvir seus pés descalços do lado de fora do meu quarto. Chamei-as, e elas entraram, e quando viram o que acontecera, e o que estava sobre mim, na cama, gritaram. Uma rajada de vento entrou pela janela, e a porta bateu com um estrondo. As criadas levantaram o corpo de minha querida mãe. Depois que me levantei, elas a deitaram sobre a cama, cobrindo-a com um lençol. Estavam tão assustadas e nervosas que mandei que fossem até a sala de jantar e tomassem um cálice de vinho. A porta se abriu por um instante, depois voltou a se fechar. As criadas deram um grito agudo e foram todas juntas para a sala de jantar; coloquei todas as flores que havia ali sobre o peito de minha adorada mãe. Quando estavam ali, lembrei-me do que me dissera o dr. Van Helsing, mas não queria retirá-las, e, além do mais, chamaria uma das criadas para ficar comigo durante o restante da noite. Fiquei surpresa por não terem voltado ainda. Chamei-as, mas não houve resposta, então fui até a sala de jantar procurá-las.

Fiquei arrasada ao ver o que acontecera. As quatro estavam caídas no chão, a respiração pesada. A garrafa de xerez estava sobre a mesa, pela metade, mas havia no ar um odor estranho, acre. Fiquei desconfiada e examinei a garrafa. Cheirava a láudano, e, olhando sobre o aparador, vi que o frasco que o médico de minha mãe usa com ela — ah, usava! — encontrava-se vazio. O que devo fazer? O que devo fazer? Estou de volta ao quarto, com minha mãe. Não posso deixá-la, e estou só, à exceção das criadas adormecidas, que alguém drogou. Sozinha com os mortos! Não ouso sair, pois posso ouvir o lobo uivando do lado de fora.

O ar parece cheio de pequenas partículas que flutuam e circulam na corrente de ar que entra pela janela quebrada, e as chamas dos lampiões estão azuladas e fracas. O que devo fazer? Que Deus me proteja de todos os males, esta noite! Vou esconder esta folha junto ao peito, onde vão encontrá-la quando vierem vestir meu cadáver. Minha querida mãe se foi! É chegada também a minha hora. Adeus, querido Arthur, se eu não sobreviver a esta noite. Que Deus o proteja meu amado, e que ajude a mim!

capítulo 12

Diário do dr. Seward

18 de setembro — Fui imediatamente para Hillingham e cheguei cedo. Deixei o cabriolé aguardando na ponte e subi a pé a avenida. Bati à porta suavemente e fiz soar a campainha o mais discretamente possível, pois temia incomodar Lucy ou sua mãe, e esperava que só uma criada me ouvisse. Após certo tempo, como não houve resposta, bati e fiz soar a campainha outra vez; de novo, nenhuma resposta. Amaldiçoei a preguiça das criadas, que deviam estar na cama àquela hora — eram quase dez da manhã; toquei a campainha e bati à porta novamente, perdendo a paciência, mas ainda assim não houve resposta. Até então, eu pusera a culpa apenas nas criadas, mas um medo terrível começou a se apossar de mim. Seria aquela desolação apenas mais um aro naquela corrente de desgraças que parecia estar se apertando ao nosso redor? Estaria eu chegando de fato a uma casa de mortos, tarde demais? Sabia que minutos ou mesmo segundos de atraso poderiam significar horas de perigo a Lucy, se ela tivesse tido uma daquelas assustadoras recaídas; contornei a casa para ver se havia outro lugar por onde entrar.

Não encontrei. Todas as janelas e portas estavam fechadas. Voltei frustrado ao pórtico de entrada. Lá chegando, ouvi o barulho de cascos de cavalo, aproximando-se rapidamente. Pararam junto à ponte, e poucos segundos depois encontrei Van Helsing subindo às pressas a avenida. Quando ele me viu, gaguejou:

— Então era você e acabava de chegar. Como está ela? Chegamos tarde demais? Você não recebeu meu telegrama?

Respondi o mais rápido e coerentemente possível que só recebera seu telegrama de manhã cedo, e que não perdera um minuto, seguindo de imediato para Hillingham. Disse-lhe também que não conseguia fazer com que me ouvissem, na casa. Ele se deteve e tirou o chapéu, dizendo, solene:

— Então, temo que tenhamos chegado tarde demais. Que seja feita a vontade do Senhor.

Com aquela costumeira energia que sempre conseguia recuperar de imediato, prosseguiu:

— Venha. Se não há uma entrada disponível, teremos que fabricar uma. O tempo significa tudo, agora.

Fomos até os fundos da casa, onde havia uma janela na cozinha. O professor apanhou um pequeno serrote cirúrgico em sua valise e, entregando-o a mim, apontou para as barras de ferro que protegiam a janela. Imediatamente comecei a serrá-las e rapidamente já havia me livrado de três. Depois, com uma faca comprida e delgada, abrimos o trinco e a janela. Ajudei o professor a entrar e segui-o. Não havia ninguém na cozinha ou nos quartos dos criados, que eram bem próximos. Procuramos em todos os aposentos ao seguir pela casa adentro, e na sala de jantar, fracamente iluminada pelos raios que atravessavam as venezianas, encontramos quatro criadas caídas ao chão. Não havia motivo para pensar que estivessem mortas, pois o cheiro acre de láudano na sala não deixava dúvidas sobre sua condição. Van Helsing e eu nos entreolhamos, e, ao prosseguir, ele me disse:

— Podemos cuidar delas mais tarde.

Subimos então para o quarto de Lucy. Por um instante ou dois nos detivemos junto à porta e escutamos, mas nada havia para ouvir. Pálidos, com as mãos trêmulas, abrimos a porta com cuidado e entramos no quarto.

Como descrever o que vi? Na cama, estavam as duas mulheres, Lucy e sua mãe. A última estava na ponta mais distante e coberta com um lençol branco, cuja beirada o vento que entrava pela janela quebrada afastara, revelando a face lívida e abatida em que se fixara uma expressão de terror. Ao lado estava Lucy, o rosto pálido e ainda mais abatido. Encontramos as flores que haviam estado ao redor de seu pescoço sobre o peito de sua mãe, e o pescoço estava nu, exibindo apenas as duas pequenas feridas que já notáramos antes, mas terrivelmente pálidas e dilaceradas. Sem dizer uma palavra, o professor inclinou-se sobre a cama, a cabeça quase tocando o peito da pobre Lucy. Ele mexeu rapidamente a cabeça, como alguém que escuta; pôs-se de pé num salto e exclamou:

— Ainda não é tarde demais! Rápido! Rápido! Vá buscar a aguardente!

Corri ao andar inferior e voltei com a garrafa, tomando cuidado ao cheirar e provar o conteúdo, pois talvez estivesse drogado como o xerez que encontrei sobre a mesa. As criadas ainda tinham a respiração pesada, mas mais inquieta, e imaginei que o efeito do narcótico estivesse passando. Não fiquei ali para ver se tinha razão. Voltei para junto de Van Helsing. Ele esfregou a aguardente nos lábios e nas gengivas de Lucy, como fizera da outra vez, e também em seus punhos e nas palmas de suas mãos. Disse-me:

— Posso fazer isto, pois é só o que cabe fazer no momento. Desça e acorde aquelas criadas. Bata em seus rostos com uma toalha molhada, e bata com força. Diga-lhes que façam fogo e esquentem água para um banho. Esta pobre criatura está quase tão fria quanto a outra a seu lado. Teremos que aquecê-la antes de tomar qualquer outra providência.

Desci imediatamente e encontrei alguma dificuldade em acordar três das mulheres. A quarta não passava de uma menina, e a droga obviamente a afetara com mais intensidade; deitei-a no sofá e deixei que continuasse dormindo. As outras estavam atordoadas, a princípio, mas, quando a memória lhes retornou, começaram a chorar e a soluçar como histéricas. Fui severo com elas, porém, e não as deixei falar. Disse-lhes que já era ruim o suficiente perder uma vida e que, se elas demorassem demais, acabariam sacrificando Miss Lucy. Então, soluçando e chorando, retiraram-se, semidespidas como estavam, para acender o fogo e esquentar a água. Por sorte, as brasas do fogão e da caldeira ainda estavam vivas, e não faltava água. Preparamos o banho, tiramos Lucy da cama como estava e a deitamos na banheira. Enquanto nos ocupávamos friccionando seus membros, ouvimos batidas na porta da frente. Uma das criadas correu, vestiu às pressas alguma coisa e abriu-a. Regressou, em seguida, murmurando que se tratava de um cavalheiro com uma mensagem de Mr. Holmwood. Instruí-a que simplesmente lhe dissesse para esperar, pois não podíamos receber visitas naquele instante. Ela foi transmitir o recado, e, absorvido como estava pelo trabalho, esqueci-me completamente do tal cavalheiro.

Jamais vira, em toda a minha experiência, o professor trabalhar com tamanho fervor. Eu sabia — como ele também sabia — tratar-se de um corpo a corpo com a morte, e quando fizemos uma pausa disse isso a ele. Van Helsing respondeu-me de uma forma incompreensível, mas com o ar mais severo que seu rosto poderia assumir:

— Se isso fosse tudo, eu pararia aqui mesmo, e agora, deixando que ela descansasse em paz, pois não vejo luz alguma no horizonte de sua vida futura.

Continuou o trabalho com um vigor renovado e ainda mais frenético, se é que isso era possível.

Pouco depois, notamos que o calor começava a fazer algum efeito. O coração de Lucy estava ligeiramente mais audível ao estetoscópio, e seus pulmões faziam um movimento perceptível. A face de Van Helsing quase se iluminou, e, quando a erguemos da banheira e enrolamos numa coberta quente para secá-la, ele me disse:

— A primeira batalha vencemos nós! Xeque!

Levamos Lucy para um outro quarto, que a essa altura já havia sido preparado, deitando-a na cama e a obrigando a beber algumas gotas de aguardente. Notei que Van Helsing amarrou um lenço macio de seda ao redor de seu pescoço. Ela ainda estava inconsciente, e tão mal quanto já a havíamos visto antes — se não pior.

Van Helsing chamou uma das mulheres, dizendo-lhe que ficasse com Lucy e não tirasse os olhos dela até que retornássemos. Então, chamou-me para fora do quarto.

— Temos que discutir o que vai ser feito — disse, enquanto descíamos a escada.

No vestíbulo, abriu a porta da sala de jantar; entramos, e ele a fechou cuidadosamente em seguida. As janelas haviam sido abertas, mas as venezianas fechadas, em obediência à etiqueta do luto que as inglesas de classes mais baixas observam com tanto rigor. A sala estava, portanto, na penumbra, mas havia luz suficiente para os nossos propósitos. A rigidez de Van Helsing cedeu um pouco, dando lugar a uma expressão de perplexidade. Era evidente que estava torturando a própria mente com algum assunto, então esperei um pouco, até que ele falou:

— O que devemos fazer agora? A quem pediremos ajuda? Temos que fazer outra transfusão, e logo, pois a essa moça não resta mais do que uma hora de vida. Você já está exausto, e eu também. Receio recorrer a essas criadas, mesmo que elas tenham coragem suficiente para se submeter à operação. O que fazer para conseguir alguém que se disponha a abrir suas veias para ela?

— E qual o problema comigo, afinal de contas?

A voz veio do sofá que ficava na outra ponta da sala, e o timbre trouxe alívio e contentamento ao meu coração, pois pertencia a Quincey Morris. Van Helsing alarmou-se e pareceu zangado ao ouvi-la, mas relaxou a expressão do rosto e pareceu satisfeito quando exclamei "Quincey Morris!" e corri até ele com as mãos estendidas.

— O que o traz aqui? — indaguei, enquanto nos cumprimentávamos.

— Acho que Art é o motivo.

Estendeu-me um telegrama:

"Não recebo notícias de Seward há três dias, e estou terrivelmente ansioso. Não posso partir. Meu pai ainda na mesma situação. Mande notícias de Lucy. Não demore. — Holmwood."

— Acho que cheguei na hora certa. Sabem que basta me dizer o que fazer.

Van Helsing aproximou-se e lhe tomou a mão, olhando-o nos olhos ao dizer:

— O sangue de um homem corajoso é a melhor coisa nesta terra quando uma mulher está em dificuldades. Não há dúvidas de que o senhor seja um homem. Bem, o demônio pode fazer tudo o que sabe para nos destruir, mas Deus nos envia homens quando precisamos.

Mais uma vez recorremos à desagradável operação. Não tenho ânimo para descrever os detalhes. Lucy tivera um choque terrível, e as consequências foram mais graves do que antes, pois, embora um grande volume de sangue tenha passado às suas veias, seu corpo não respondeu ao tratamento tão bem quanto em outras ocasiões. Sua luta para voltar à vida era um tanto assustadora de ver e ouvir. Porém, a função cardíaca melhorou, bem como a respiratória, e Van Helsing aplicou-lhe uma injeção subcutânea de morfina, como antes, e com bons resultados. Lucy, que antes estava desmaiada, passou a um sono profundo. O professor ficou observando enquanto eu descia com Quincey Morris e mandava uma criada ir pagar o cocheiro de um dos cabriolés, que estava esperando. Deixei Quincey deitado após lhe dar um cálice de vinho e disse à cozinheira que preparasse um bom desjejum. Um pensamento ocorreu-me, então, e voltei ao quarto onde agora Lucy estava. Quando entrei, cuidadosamente, encontrei Van Helsing com umas folhas de papel nas mãos. Era óbvio que as lera, e estava pensando a respeito, sentado, com a mão na testa. Havia em seu rosto uma expressão de satisfação e extrema seriedade, como a de alguém que esclareceu uma dúvida. Estendeu-me os papéis, dizendo:

— Caiu do peito de Lucy enquanto a carregávamos para o banho.

Quando terminei de ler, fiquei olhando para o professor, e após uma pausa perguntei-lhe:

— Por Deus, o que significa isto? Será que ela estava, ou está, louca? Ou então, que tipo de horrível perigo é este?

Eu estava tão perplexo que não sabia o que dizer. Van Helsing estendeu a mão e pegou os papéis, dizendo:

— Não se preocupe com isto. Esqueça, por ora. Você vai saber de tudo e compreender tudo na hora certa, mais tarde. E o que foi que veio me dizer?

Essas palavras me trouxeram de volta à realidade e a mim mesmo:

— Vim falar sobre a certidão de óbito. Se não agirmos de maneira adequada e prudente, talvez haja uma investigação, e esses papéis terão que ser revelados. Espero que não haja necessidade de inquérito, pois isso certamente mataria a pobre Lucy, se outra coisa não a matar. Eu sei, o senhor sabe e o outro médico que cuidava dela também sabe que Mrs. Westenra tinha problemas cardíacos, e podemos atestar que foi essa a *causa mortis.* Preparemos logo a certidão de óbito, e eu próprio vou levá-la ao escrivão, procurando em seguida o agente funerário.

— Ótimo, meu amigo John! Bem pensado! É verdade que Miss Lucy, embora sofra com o inimigo que a está perseguindo, pelo menos encontra felicidade nos amigos que a amam. Um, dois, três, todos abrem suas veias para ela, além deste velho aqui. Ah, sim, eu sei, amigo John; não sou cego! Aprecio-os ainda mais por isso! Agora vá.

No vestíbulo, encontrei Quincey Morris, com um telegrama para Arthur dizendo-lhe que Mrs. Westenra estava morta, que Lucy também estivera doente, mas que agora melhorava, e que Van Helsing e eu estávamos com ela. Disse-lhe para onde estava indo, e ele falou que me apressasse, mas acrescentou, enquanto eu saía:

— Quando estiver de volta, Jack, será que posso ter uma conversa com você, em particular?

Fiz que sim em resposta e saí. Não houve dificuldades quanto ao registro, e acertei com o agente funerário local que fosse à tarde tirar as medidas para o caixão e tomar as providências necessárias.

Quando voltei, Quincey me esperava. Disse-lhe que iria lhe falar assim que verificasse o estado de Lucy e fui até seu quarto. Ela ainda estava dormindo, e o professor parecia não ter se movido de seu assento, ao lado dela. Quando pôs o dedo sobre os lábios, deduzi que esperava que ela despertasse em breve e que temia apressar a natureza. Voltei para junto de Quincey, então, conduzindo-o à sala onde o desjejum estava servido. Ali, as venezianas não tinham sido fechadas, e a sala estava um pouco mais alegre — ou, antes, um pouco menos triste do que os outros cômodos. Quando ficamos a sós, ele me disse:

— Jack Seward, não quero impor minha presença num lugar onde não tenho o direito de estar, mas este não é um caso comum. Você sabe que eu amava essa moça e queria me casar com ela, mas, embora tudo isso sejam águas passadas, é inevitável que eu fique ansioso por sua causa, do mesmo jeito. O que há de errado com ela? O holandês, e já notei que se trata de um sujeito admirável, disse que precisavam fazer *mais uma* transfusão sanguínea, e que ambos estavam exaustos. Pois bem, sei que todos vocês médicos falam *in camera*, e que nós leigos não devemos ter a pretensão de saber o que discutem em particular. Mas esta não é uma situação comum, e, seja o que for, fiz minha parte. Não é verdade?

— É verdade — disse eu.

— Deduzo que tanto você quanto Van Helsing já tenham feito o que fiz hoje. Não é verdade?

— É verdade.

— E acho que Art também. Quando nos vimos em sua casa, há quatro dias, ele estava com uma aparência estranha. Jamais vi alguma coisa definhar tão rapidamente desde que estive nos Pampas e uma égua de que eu gostava acabou-se em uma noite. Um daqueles morcegos grandes a que chamam vampiros a atacou. Com o sangue que sugou e a veia que deixou aberta, a égua não tinha sangue suficiente nem para se pôr de pé, e tive que sacrificá-la com um tiro ali mesmo onde estava. Jack, se você puder me responder sem trair nenhum tipo de sigilo, Arthur foi o primeiro, não foi?

Ao falar, o pobre coitado parecia terrivelmente ansioso. Era uma tortura aquele suspense em torno da mulher que amara, e sua completa ignorância acerca do terrível mistério que parecia cercá-la aumentava seu sofrimento. Seu coração estava em pedaços, e ele precisava recorrer a toda a sua masculinidade — de que havia um bocado, também — para não se desesperar. Hesitei um instante antes de responder, pois sentia que não deveria revelar algo que o professor quisesse manter em segredo, mas Quincey já sabia tanto, e adivinhava tanto, que não podia haver razão para não responder. Repeti, então, a mesma frase:

— É verdade.

— E há quanto tempo isso está acontecendo?

— Faz uns dez dias.

— Dez dias! Acho, então, Jack Seward, que essa pobre criatura que todos amamos recebeu em suas veias, durante esse período, o sangue de quatro homens fortes. Puxa vida, seu corpo é pequeno demais para tanto sangue!

Aproximando-se de mim, então, ele perguntou, com veemência, mas meio sussurrando:

— E o que foi que lhe tirou o sangue?

Balancei a cabeça:

— Esse é o xis da questão. Van Helsing está simplesmente fora de si quanto a isso, e eu já não sei o que fazer. Não posso nem mesmo arriscar um palpite. Houve uma série de pequenos incidentes que causaram o insucesso de todos os nossos cálculos no sentido de que Lucy seja devidamente vigiada. Mas não voltarão a acontecer. Ficaremos aqui até que estejamos todos bem. Ou todos doentes.

Quincey estendeu a mão:

— Inclua-me nessa — disse ele. — Você e o holandês me dizem o que fazer, e eu farei.

Quando Lucy acordou, no final da tarde, seu primeiro movimento foi apalpar o peito e tirar dali, para minha surpresa, os papéis que Van Helsing me dera para ler. O professor, cuidadoso, colocara-os de volta, para que ela não ficasse alarmada ao acordar. Seus olhos então se depararam com Van Helsing e comigo, e ela se alegrou. Olhou ao redor, e, vendo onde estava, estremeceu; deu um grito alto, e pôs suas pobres mãos magras diante do rosto pálido. Ambos compreendemos o que aquilo significava — ela havia se dado conta integralmente da morte de sua mãe. Tentamos fazer o possível para reconfortá-la. Sem dúvida, a solidariedade tranquilizou-a um pouco, mas ela estava bastante deprimida, mental e espiritualmente, e chorou um choro baixinho e enfraquecido durante um bom tempo. Dissemos a ela que agora um de nós ficaria em sua companhia o tempo todo, o que pareceu reconfortá-la. À hora do ocaso, começou a cochilar. Algo de muito estranho aconteceu, então. Ainda adormecida, ela tirou a folha que guardava junto ao peito e rasgou-a ao meio. Van Helsing se adiantou e tirou o papel de suas mãos. Ainda assim, porém, ela continuou a rasgar, como se a folha permanecesse em suas mãos. Por fim, ela ergueu as mãos e as abriu, como se estivesse espalhando os fragmentos. Van Helsing pareceu surpreso, e suas sobrancelhas se juntaram como se estivesse pensando, mas ele nada disse.

19 de setembro — Durante toda a noite passada ela caiu em um sono intermitente, sempre com medo de dormir, e estava um pouco enfraquecida ao acordar. O professor e eu fizemos vigília em turnos, e não a deixamos sozinha por um único instante. Quincey Morris nada disse sobre suas intenções, mas sei que durante toda a noite ficou patrulhando ao redor da casa.

Quando raiou o dia, a luz do sol revelou todos os danos causados à saúde de Lucy. Ela mal conseguia virar a cabeça, e a pouca comida que conseguiu ingerir não pareceu ser de qualquer ajuda. Às vezes, ela dormia, e tanto Van Helsing quanto eu notamos o quanto mudava nesses momentos. Adormecida, ela parecia mais forte, embora mais cansada, e sua respiração era mais suave. A boca aberta deixava ver as gengivas pálidas recuando sobre os dentes, que assim pareciam positivamente mais compridos e afiados do que o usual. Quando ela despertava, a suavidade de seu olhar evidentemente modificava a expressão, pois ela parecia ter voltado a ser ela mesma, embora moribunda. À tarde, ela pediu a companhia de Arthur, e telegrafamos, chamando-o. Quincey foi encontrá-lo na estação.

Quando chegou, eram quase seis horas, e o sol se punha, ainda aquecendo a terra enquanto afundava no horizonte; a luz avermelhada penetrava no quarto através da janela e dava mais cor à face pálida de Lucy. Ao vê-la, Arthur fez o possível para silenciar seus sentimentos, e nenhum de nós conseguia falar. Nas horas seguintes, os períodos de sono, ou a condição comatosa que a ele se assemelhava, haviam se tornado mais frequentes, assim, as pausas em que a conversação era possível diminuíram. A presença de Arthur, porém, parecia funcionar como estimulante; ela recobrava parcialmente as forças e lhe falava de forma mais animada do que fizera desde que havíamos chegado. Ele também tentava se controlar, e falava o mais alegremente possível, de modo que tudo transcorreu da melhor forma.

Já é quase uma hora, e ele e Van Helsing estão acordados vigiando-a. Devo ir substituí-los dentro de 15 minutos e estou gravando estas palavras no fonógrafo de Lucy. Até às seis horas, os dois vão tentar descansar. Temo que amanhã nossa vigília vá terminar, pois o choque foi grande demais, e a pobre menina não é capaz de restabelecer-se. Que Deus nos ajude a todos.

Carta de Mina Harker a Lucy Westenra

(Não foi aberta pela destinatária.)

17 de setembro.

Querida Lucy,

Parece fazer *séculos* que não recebo notícias suas, ou na verdade desde que escrevi pela última vez. Sei que você há de me perdoar por essa falta quando ler todas as notícias que tenho para lhe contar. Bem, trouxe meu marido de volta. Quando chegamos em Exeter, havia uma carruagem esperando por nós, e nela estava Mr. Hawkins, embora tenha sofrido um ataque de gota. Levou-nos à sua casa, onde nos preparara quartos bonitos e confortáveis, e jantamos juntos. Após o jantar, ele disse:

— Meus caros, quero brindar à sua saúde e prosperidade, e que ambos sejam abençoados. Conheço os dois desde crianças e foi com amor e com orgulho que os vi crescerem. Agora quero que morem aqui comigo. Não tenho mais filhos; todos se foram, e em meu testamento deixo tudo a vocês.

Eu chorei, Lucy querida, enquanto Jonathan e o velho senhor apertavam as mãos. Tivemos uma noite muito, muito feliz.

Então, aqui estamos, instalados nesta bela casa antiga, e tanto de meu quarto quanto de minha sala de visitas posso ver os grandes olmos do átrio da catedral, com seus troncos altos e negros erguendo-se contra o fundo da antiga pedra amarela da catedral, e posso ouvir as gralhas lá em cima, grasnando e crocitando e conversando e fofocando o dia inteiro, como fazem as gralhas — e os seres humanos. Não preciso lhe dizer que estou ocupada arrumando tudo e cuidando da casa. Jonathan e Mr. Hawkins trabalham o dia todo; agora que Jonathan é sócio, Mr. Hawkins quer lhe passar tudo a respeito dos clientes.

Como está sua querida mãe? Gostaria de poder dar um pulo na cidade por um dia ou dois, para vê-las, minha cara, mas não ouso fazê-lo enquanto ainda tiver tanto trabalho sobre os ombros, e enquanto Jonathan ainda requerer cuidados. Ele está começando a recuperar um certo peso, mas ficou terrivelmente enfraquecido pela longa doença. Mesmo agora, ele às vezes desperta subitamente, alarmado e trêmulo, até que eu consiga trazê-lo de volta à sua placidez habitual. Essas ocasiões, porém, e graças a Deus, se tornam cada vez menos frequentes com o passar dos dias, e acredito que acabarão por desaparecer de todo. Agora que lhe contei minhas novidades, deixe-me perguntar quais são as suas. Quando você vai se casar, e onde, e quem vai celebrar a cerimônia, e o que você vai usar? Será uma cerimônia pública ou íntima? Conte-me tudo, querida; conte-me tudo, pois nada que é de seu interesse deixará de me ser caro. Jonathan me pede que lhe mande seus "melhores votos", mas acho que isso não está à altura do sócio minoritário da importante firma Hawkins & Harker. Assim sendo, como você me ama e ele me ama e eu os amo em todas as possíveis conjugações do verbo, envio-lhe simplesmente o seu "amor". Adeus, minha querida Lucy, e que Deus a abençoe.

Com todo meu afeto,
MINA HARKER

RELATÓRIO DO DR. PATRICK HENNESSEY, MEMBRO DO ROYAL COLLEGE OF SURGEONS, LICENCIADO PELO KING'S AND QUEEN'S COLLEGE OF PHYSICIANS OF IRELAND ETC. ETC., AO DR. JOHN SEWARD.

20 de setembro.

Caro senhor,

De acordo com seu desejo, anexo relatório da situação de tudo o que foi deixado sob meus cuidados... Com relação ao paciente Renfield, há mais coisas a dizer. Teve um outro acesso, que poderia ter tido um desfecho terrível, mas que felizmente resolveu-se sem maiores consequências. Hoje à tarde, a carreta de uma empresa de transportes chegou à casa vazia cujo terreno é vizinho ao nosso — casa para a qual, como o senhor deve se lembrar, o paciente fugiu duas vezes. Os dois homens que traziam a carreta pararam em nosso portão para perguntar o caminho, pois não eram daqui. Eu próprio estava olhando pela janela do escritório, fumando um pouco, após o jantar, e vi um deles vindo até o hospício. Quando passou diante da janela de Renfield, o paciente começou a insultá-lo lá de dentro, xingando-o de todas as palavras obscenas que conhecia. O homem, que parecia gente de bem, limitou-se a mandá-lo "calar a boca, pois não passava de um mendigo desbocado". Nosso paciente então acusou-o de tê-lo roubado e de querer assassiná-lo, dizendo que iria impedi-lo se tentasse fazê-lo. Abri a janela e fiz um sinal para que o homem o ignorasse; ele limitou-se a olhar ao redor e se dar conta do tipo de lugar em que fora parar, dizendo:

— Por Deus, meu senhor, não vou me incomodar com o que me digam num hospício. Tenho pena do senhor e do diretor por terem que viver na mesma casa que uma besta selvagem como essa.

Ele então pediu uma indicação de seu caminho, e o fez civilizadamente; eu lhe disse onde ficava o portão da casa vazia. Ele se foi, seguido por ameaças e xingamentos e insultos de nosso paciente. Desci para ver se conseguia descobrir a origem da sua raiva, já que ele normalmente se comporta bem e, à exceção de seus acessos de violência, nada desse tipo veio até hoje a ocorrer. Para minha surpresa, encontrei-o bastante calmo e com uma atitude cordial. Tentei fazê-lo falar do incidente, mas ele me perguntou delicadamente a que eu me referia, o que me fez crer que ele o esquecera por completo. Lamento dizer, porém, que se tratava apenas de uma estratégia astuciosa sua, pois meia hora depois tive que voltar a me ocupar com ele. Dessa vez, ele escapara através da janela de seu quarto e corria pela avenida abaixo. Pedi aos assistentes que me acompanhassem, e corremos atrás do paciente, pois eu temia que ele estivesse tramando alguma maldade. Meu temor se justificou quando vi a mesma carreta descendo a rua e carregando uns caixotes grandes de madeira. Os homens estavam enxugando a testa e tinham a face corada, como se tivessem feito um exercício violento. Antes que eu conseguisse alcançá-lo, o paciente correu até os dois e, puxando um deles para fora da carreta, começou a bater com sua cabeça no chão. Se eu não o tivesse agarrado nesse momento, creio que teria matado o homem ali mesmo. O outro saltou da carreta e golpeou o paciente na cabeça com a base de seu pesado chicote. Foi um golpe terrível, mas não pareceu afetá-lo, pois agarrou o outro homem e lutou com três de nós, puxando-nos num vaivém como se fôssemos gatinhos. O senhor sabe que não sou nenhum peso-pena, e os dois outros eram homens corpulentos. De início, ele lutava em silêncio, mas, quando começamos a dominá-lo, e os assistentes estavam colocando nele uma camisa de força, ele começou a gritar:

— Vou impedi-los! Eles não vão conseguir me roubar! Não vão matar-me aos pouquinhos! Vou lutar pelo meu Mestre e Senhor! — e todo tipo de delírios incoerentes similares.

Foi com enorme dificuldade que conseguiram levá-lo de volta ao hospício e colocá-lo na sala acolchoada. Um dos assistentes, Hardy, teve um dedo quebrado. Tratei dele, porém, e ele passa bem.

Os dois carregadores a princípio fizeram sérias ameaças de mover ações por danos e prometeram despejar sobre nós todas as penalidades da lei. Suas ameaças se mesclavam, contudo, a uma espécie de pedido de desculpas indireto pelo fato de ambos terem sido derrubados por um louco fraco. Diziam que, se não fosse o fato de terem esgotado suas energias carregando os pesados caixotes e colocando-os na carreta, teriam acabado com a raça dele. Como outra razão para sua derrota, alegaram que tinham uma sede inacreditável devido à quantidade de poeira que seu trabalho os obrigava a inalar e à distância desagradável entre seu local de trabalho e qualquer local público de diversão. Eu compreendi o que queriam dizer, e, após um copo de bebida alcoólica forte, ou mais de um, e umas moedas nas mãos, eles suavizaram o ataque e juraram encontrar um louco pior qualquer dia desses pelo prazer de conhecer um "sujeito tão admirável" como o seu correspondente. Tomei nota de seus nomes e endereços, caso venham a ser necessários. São os seguintes: Jack Smollet, de Dudding's Rents, King George's Road, Great Walworth; e Thomas Snelling, Peter Farley's Row, Guide Court, Bethnal Green. Ambos trabalham para a Harris & Sons, Companhia de Transportes e Mudanças, Orange Master's Yard, Soho.

Comunico-lhe caso haja aqui qualquer ocorrência digna de nota, e telegrafo imediatamente se algo de importante se suceder.

Atenciosamente,
PATRICK HENNESSEY

Carta de Mina Harker a Lucy Westenra
(Não foi aberta pela destinatária.)

18 de setembro.

Querida Lucy,

Que golpe recebemos. Mr. Hawkins morreu subitamente. Alguns talvez achem que a situação não é tão triste assim para nós, mas os dois viemos a amá-lo tanto que é como se na verdade tivéssemos perdido um pai. Jamais conheci pai ou mãe, de modo que a morte desse querido senhor é um golpe para mim. Jonathan está bastante afetado. Não sente apenas pesar, um pesar profundo, pelo homem bondoso que durante toda a vida foi seu amigo, e que agora no fim tratou-o como um filho, deixando-lhe uma fortuna que para as pessoas de nossas origens modestas está além dos sonhos de cobiça; Jonathan está abalado também num outro nível. Diz que a responsabilidade que agora assume deixa-o nervoso. Começa a duvidar de suas próprias capacidades. Tento animá-lo, e *minha* crença *nele* o ajuda a recuperar um pouco de sua autoconfiança. É aqui, porém, que o grave choque que sofreu revela suas sequelas. Ah, é muito duro que uma natureza gentil, simples, nobre e forte como a sua — natureza que o transformou, com a ajuda de nosso querido amigo, de funcionário a patrão em poucos anos — receba um golpe tão violento a ponto de destruir a essência mesma de sua força. Perdoe-me, querida, pois a estou preocupando com os meus problemas, você que está tão feliz; mas, Lucy, querida, tenho que contar a alguém, porque o esforço de manter uma aparência alegre e corajosa para Jonathan é uma verdadeira provação, e não conheço ninguém aqui em que possa confiar. Receio ir a Londres, como teremos que fazer depois de amanhã, pois o pobre Mr. Hawkins orientou, em seu testamento, que o enterrassem no túmulo de seu pai. Como não há quaisquer parentes, Jonathan será a pessoa mais próxima presente no enterro. Tentarei ir vê-la, minha querida, mesmo que apenas por alguns minutos. Perdoe-me por tê-la incomodado. Que Deus a abençoe,

Com todo meu afeto,
Mina Harker

Diário do dr. Seward

20 de setembro — Só a resolução e o hábito me levam a fazer minha gravação no fonógrafo, esta noite. Estou tão arrasado, deprimido, cansado do mundo e de tudo o que há nele, inclusive a própria vida, que não me incomodaria em ouvir neste momento o bater das asas do Anjo da Morte. E ele tem batido suas asas impiedosas ultimamente, com algum propósito — a mãe de Lucy e o pai de Arthur, e agora... Vou prosseguir com meu trabalho.

Fui pontualmente substituir Van Helsing, que fazia vigília junto a Lucy. Queríamos que Arthur também fosse descansar, mas ele a princípio se recusou. Só quando lhe disse que precisaríamos de sua ajuda durante o dia e que não podíamos correr o risco de ter um colapso por falta de sono, pois do contrário Lucy haveria de sofrer, ele concordou. Van Helsing foi muito gentil com ele.

— Venha, meu garoto — disse —, venha comigo. Está abatido e fraco, e enfrentou muitas tristezas e muita dor, além daquela sobrecarga em sua força física que conhecemos. Não deve ficar sozinho, pois ficar sozinho é sinônimo de medos e sustos. Venha para a sala de visitas, onde há uma grande lareira acesa e dois sofás. Vai se deitar num deles, e eu no outro, e nossa mútua solidariedade há de nos reconfortar, mesmo que não troquemos palavras e mesmo que venhamos a dormir.

Arthur saiu com ele, lançando um último olhar ansioso para o rosto de Lucy, deitado no travesseiro e quase tão branco quanto o linho da fronha. Ela estava imóvel, e eu olhei ao redor para ver se tudo estava em ordem, no quarto. Pude notar que o professor também pusera em prática naquele quarto o uso do alho, como fizera no outro. A janela inteira exalava o cheiro, e em torno do pescoço de Lucy, sobre o lenço de seda que Van Helsing a instruíra a usar, havia uma rústica grinalda das mesmas flores de odor forte. Lucy tinha a respiração um tanto rouca, estertorosa, e seu rosto nunca estivera pior, pois a boca aberta mostrava as gengivas pálidas. Seus dentes, à luz fraca e difusa, pareciam mais longos e afiados do que estavam pela manhã. Os caninos, em particular, devido a algum efeito da luz, pareciam mais longos e afiados que os outros. Sentei-me ao seu lado, e em seguida ela se moveu desconfortavelmente. No mesmo instante, ouvi uma espécie de batida surda na janela. Fui até lá, sem fazer ruído, e espiei pelo canto da veneziana. A lua estava cheia, e pude ver que o barulho era feito por um grande morcego, que esvoaçava por ali — sem dúvida atraído pela luz, mesmo tão fraca — e volta e meia batia suas asas contra a janela. Quando voltei ao meu assento, notei que Lucy se movera um pouco e que arrancara do pescoço as flores de alho. Coloquei-as de volta da melhor maneira possível e continuei a observá-la.

Logo em seguida ela acordou, e lhe dei um pouco de comida, como instruíra Van Helsing. Ela só comeu um pouco e estava bem lânguida. Já não parecia haver nela a mesma luta pela vida e pela força que era notável antes. Achei particularmente curioso o fato de, ao se tornar consciente, ela apertar as flores de alho de encontro ao próprio corpo. Com certeza, era estranho que sempre que entrava naquele estado letárgico, com a respiração rouca, ela tirasse as flores do pescoço, mas que as agarrasse junto ao corpo quando consciente. Não havia qualquer possibilidade de engano com relação a isso, pois, durante as horas longas que se seguiram, ela dormia e acordava intermitentemente, repetindo a ação em ambos os casos.

Às seis horas, Van Helsing veio me substituir. Arthur adormecera, e ele, piedosamente, resolvera deixá-lo descansando. Quando viu o rosto de Lucy, pude ouvir o profundo suspiro, e ele me disse, num sussurro brusco:

— Abra a veneziana. Quero luz!

Em seguida, inclinou-se e, com o rosto quase tocando o de Lucy, examinou-a cuidadosamente. Tirou as flores e removeu o lenço de seda que lhe envolvia o pescoço. Ao fazê-lo, recuou, e pude ouvir a exclamação, "*Mein Gott!*", que ele sufocou. Curvei-me para olhar, também, e um estranho calafrio percorreu-me.

As feridas no pescoço haviam desaparecido por completo.

Durante cinco minutos completos, Van Helsing ficou olhando para Lucy, seu rosto mais rígido do que nunca. Virou-se para mim, então, e disse, calmamente:

— Ela está morrendo. Agora não vai demorar muito. Fará muita diferença, preste atenção no que lhe digo, se ela morrer consciente ou durante o sono. Acorde aquele pobre garoto para que venha vê-la pela última vez. Ele confia em nós, e lhe prometemos.

Fui até a sala de jantar e o acordei. Ficou um tanto atordoado por um momento, mas, quando viu a luz do sol penetrando pelos cantos das venezianas, achou que já era tarde demais e expressou seus temores.

Assegurei-lhe que Lucy ainda dormia, mas lhe disse, da maneira mais delicada possível, que tanto Van Helsing quanto eu achávamos que o fim estava próximo. Ele cobriu o rosto com as mãos e caiu de joelhos junto ao sofá, onde ficou, talvez por um minuto, com a cabeça baixa, rezando. Seus ombros sacudiam-se com os soluços. Segurei-lhe a mão e o ergui.

— Venha — disse eu. — Meu velho, reúna todas as suas forças. Assim será melhor e mais fácil para ela.

Quando chegamos ao quarto de Lucy, pude notar que Van Helsing, com sua prudência habitual, estivera arrumando tudo e fazendo com que o ambiente parecesse o mais agradável possível. Chegara mesmo a pentear os cabelos de Lucy, que cobriam o travesseiro com suas habituais ondas douradas. Quando entramos no quarto, ela abriu os olhos. Vendo-o, sussurrou suavemente:

— Arthur! Ah, meu amor, fico tão feliz que você tenha vindo!

Ele se inclinava para beijá-la, mas Van Helsing fez um gesto para que recuasse.

— Não — sussurrou ele —, ainda não! Segure sua mão; isso vai reconfortá-la mais.

Arthur então segurou a mão de Lucy e ajoelhou-se ao seu lado. Ela estava linda como sempre, os traços do rosto casando com a angélica beleza dos olhos. Seus olhos gradualmente se fecharam, e ela mergulhou no sono. Por um curto tempo seu peito oscilou suavemente, e sua respiração era como a de uma criança cansada.

Então, de forma quase imperceptível ocorreu aquela estranha mudança que eu notara à noite. Sua respiração tornou-se estertorosa, a boca aberta; as gengivas pálidas, recuadas, faziam com que os dentes parecessem mais longos e afiados do que nunca. De uma maneira algo vaga, inconsciente, como a dos sonâmbulos, ela abriu os olhos, que agora estavam a um só tempo opacos e severos, e disse, numa voz suave e voluptuosa que eu nunca ouvira sair-lhe dos lábios:

— Arthur! Ah, meu amor, fico tão feliz que você tenha vindo! Beije-me!

Arthur inclinou-se, ansioso para beijá-la. Naquele instante, porém, Van Helsing — que, como eu, ficara alarmado com seu tom de voz — agarrou-o pelo pescoço com uma força que nunca imaginei possuir, e de fato quase o arremessou para o outro lado do quarto.

— Não faça isso, pela sua própria vida! — exclamou. — Pela sua alma, e pela alma de Lucy! — e ficou entre os dois como um leão acuado.

Arthur ficou tão surpreso que por um momento não soube o que fazer; antes que qualquer impulso violento se apoderasse dele, deu-se conta de onde estava e de qual era a situação. Ficou em silêncio, aguardando.

Eu mantinha meus olhos fixos em Lucy, assim como Van Helsing, e vimos algo como um espasmo de raiva nublar-lhe o rosto; ela trincou os dentes afiados. Seus olhos então se fecharam, e ela começou a respirar profundamente.

Pouco depois, voltou a abrir os olhos, que haviam recobrado toda a suavidade. Estendendo sua pobre mão magra e pálida, tomou a mão grande e morena de Van Helsing. Puxando-a para si, beijou-a.

— Meu verdadeiro amigo — disse ela, a voz fraca, mas revelando um indizível sofrimento. — Meu verdadeiro amigo, e dele também! Ah, proteja-o e me dê paz!

— Juro que sim! — disse Van Helsing de forma solene, ajoelhando ao lado de Lucy e erguendo a mão, como quem faz de fato um juramento. — Venha, rapaz — disse, voltando-se para Arthur. — Tome a mão dela nas suas. Beije-a na testa, e uma vez só.

Seus olhos se encontraram em lugar de seus lábios, e assim eles se despediram.

Os olhos de Lucy se fecharam. Van Helsing, que ficara observando de perto, segurou o braço de Arthur e o afastou.

A respiração de Lucy tornou-se estertorosa outra vez e subitamente cessou.

— Tudo terminou — disse Van Helsing. — Ela está morta!

Segurei Arthur pelo braço e levei-o até a sala de visitas, onde ele se sentou e cobriu o rosto com as mãos, soluçando de uma forma que quase também me fez perder o controle.

Voltei ao quarto, e encontrei Van Helsing olhando para a pobre Lucy, a face mais rígida do que nunca. Algumas mudanças haviam ocorrido no corpo da moça. A morte devolvera-lhe parte da beleza, pois sua testa e maçãs do rosto recobraram seus traços harmoniosos; até mesmo os lábios perderam aquela palidez mortal. Era como se o sangue, já não mais necessário para fazer funcionar o coração, tivesse ido tornar a aridez da morte o menos rude possível.

"Achamos que ela morria enquanto estava dormindo,
E parece dormir agora que está morta."

Fiquei de pé ao lado de Van Helsing e disse:

— Ah, bem, a pobre moça afinal está em paz. É o fim!

Ele se voltou para mim e disse, de forma muito grave e solene:

— Não é verdade. Ai de mim! Não é verdade. É apenas o começo.

Quando eu lhe perguntei o que ele queria dizer com aquilo, limitou-se a balançar a cabeça, e respondeu:

— Por ora, não podemos fazer nada. Espere e verá.

capítulo 13

Diário do dr. Seward *(continuação)*

O funeral foi marcado para o dia seguinte, de modo que Lucy e sua mãe pudessem ser enterradas juntas. Ocupei-me de todas as desagradáveis formalidades, e o agente funerário local mostrou que seus empregados em parte sofriam — ou gozavam — de sua delicadeza servil. Até mesmo a mulher que fez as exéquias comentou comigo, de maneira confidencial, como se falasse com alguém de uma profissão similar à sua, quando Lucy saiu do quarto:

— Ela é um cadáver muito bonito, senhor. É um privilégio atendê-la. Não seria exagero dizer que ela dará crédito ao nosso estabelecimento!

Notei que Van Helsing nunca se afastava muito, o que era possível pela desordem que reinava na casa. Não havia parentes por ali; como Arthur teve que ir embora no dia seguinte a fim de comparecer ao funeral de seu pai, não pudemos avisar às pessoas que deveriam ser convidadas. Devido às circunstâncias, Van Helsing e eu assumimos a tarefa de examinar papéis etc. Ele insistiu em ver ele mesmo os papéis de Lucy. Perguntei-lhe por quê, pois temia que ele, que era estrangeiro, talvez não estivesse a par dos procedimentos legais ingleses e acabasse causando algum problema desnecessário. Ele me respondeu:

— Eu sei, eu sei. Você se esquece de que sou advogado, além de médico. Mas isso não é assunto para a lei. Você sabia disso, quando quis evitar a necessidade de um médico-legista. Há outras coisas que também quero evitar. Talvez haja outros papéis como este.

Ao falar, ele tirou do bolso o memorando que estivera no peito de Lucy e que ela acreditou ter rasgado enquanto dormia.

— Quando descobrir quem é o procurador da finada Mrs. Westenra, lacre todos os seus papéis e escreva a ele hoje à noite. Quanto a mim, vou vasculhar aqui e no antigo quarto de Miss Lucy durante toda a noite e ver o que encontro. Não convém que as reflexões dela caiam nas mãos de estranhos.

Cumpri minha parte da tarefa; meia hora depois, já encontrara o nome e o endereço do procurador de Mrs. Westenra e já lhe escrevera. Todos os papéis da pobre senhora estavam em ordem, e orientações explícitas haviam sido deixadas com relação ao local do enterro. Eu mal lacrara a carta quando, para minha surpresa, Van Helsing entrou no quarto, dizendo:

— Posso ajudá-lo, amigo John? Estou livre, e a seu dispor, se o desejar.

— Encontrou o que procurava? — perguntei.

— Não estava procurando nada específico. Só esperava encontrar, e de fato encontrei tudo o que havia nesse sentido, algumas cartas e memorandos, e um diário recentemente iniciado. Tenho-os comigo, porém, e por ora nada diremos a respeito. Vou ver aquele pobre rapaz amanhã à tarde, e, com sua permissão, farei uso destes documentos.

Quando terminamos o trabalho, ele me disse:

— E agora, amigo John, acho que podemos nos deitar. Precisamos de sono, tanto eu quanto você, e de descanso, para nos recuperarmos. Amanhã teremos muito a fazer, mas hoje à noite não somos necessários. Ai de mim!

Antes de nos recolhermos, fomos ver a pobre Lucy. O agente funerário com certeza fizera bem o seu serviço, pois o quarto havia se transformado numa pequena *chapelle ardente.* Havia uma grande quantidade de belas flores brancas, e o aspecto repulsivo da morte havia sido reduzido ao mínimo. A extremidade da mortalha cobria-lhe o rosto. Quando o professor inclinou-se e o afastou delicadamente, ambos ficamos surpresos com a beleza diante de nós, que a luz das velas altas evidenciava o suficiente. Lucy recuperara todo o seu encanto depois de morta, e as horas que haviam se passado, em vez de revelar o apagamento operado pelos dedos da decomposição, tinham lhe restaurado a beleza da vida, a ponto de eu positivamente não ser capaz de acreditar que estava olhando para um cadáver.

A expressão do professor era grave e rígida. Ele não a amara como eu, e não havia motivo para lágrimas virem-lhe aos olhos. Disse-me:

— Fique aqui até eu voltar — e saiu do quarto.

Regressou com um punhado de alho da caixa que havia no vestíbulo e que ainda não fora aberta. Espalhou as flores entre as outras e sobre a cama. Tirou então do próprio pescoço um pequeno crucifixo de ouro que estava escondido por trás do colarinho, colocando-o sobre a boca de Lucy. Recolocou a mortalha no lugar e fomos embora.

Eu me despia em meu próprio quarto quando, com uma batida premonitória à porta, ele entrou e imediatamente começou a falar:

— Quero que você me traga amanhã, antes de anoitecer, um jogo de bisturis para autópsia.

— Teremos que fazer uma autópsia? — perguntei.

— Sim e não. Quero operá-la, mas não como você imagina. Vou lhe contar, mas não diga uma palavra a quem quer que seja. Quero cortar a cabeça de Lucy e extrair-lhe o coração. Ah! Você, um cirurgião, chocado desse jeito! Você, que vi fazer, sem tremor nas mãos e sem o acelerar do coração, operações de vida ou morte que fazem estremecer os outros. Ah, mas não devo me esquecer, amigo John, de que você a amava; e de fato não me esqueci, pois serei eu a operar, e você só terá que ajudar. Gostaria de fazê-lo esta noite, mas não devo, por causa de Arthur. Ele ficará livre após o funeral de seu pai, amanhã, e vai querer ver o corpo de Lucy. Então, quando ela estiver no caixão, pronta para ser enterrada, você e eu viremos quando todos tiverem ido dormir. Abriremos o caixão e faremos nossa operação, e depois colocaremos tudo de volta, de modo que ninguém além de nós ficará sabendo.

— Mas por que fazer isso? A pobre moça está morta. Por que mutilar seu pobre corpo sem necessidade? Se não é preciso fazer uma autópsia e se nada ganharemos com isso, nenhuma vantagem para ela, para nós, para a ciência, para o conhecimento humano... por que o fazer? Sem uma justificativa, isso é monstruoso!

Em resposta, ele pôs a mão sobre meu ombro e disse, com infinita ternura:

— Amigo John. Apiedo-me do seu coração que sofre, e estimo-o ainda mais por vê-lo sofrer assim. Se eu pudesse, tomaria para mim o fardo que você carrega. Há coisas que não sabe, mas que virá a saber, e a me agradecer por isso, embora não sejam coisas nada agradáveis. John, meu filho, você tem sido meu amigo há muitos anos. Acaso já me viu fazer o que fosse sem um bom motivo? Posso me enganar, mas sou humano, e acredito em tudo o que faço. Não foi por esse motivo que você mandou me chamar quando surgiram as grandes dificuldades? Sim! Não ficou surpreso, ou mesmo horrorizado, quando não permiti que Arthur beijasse sua amada, embora ela estivesse morrendo, e o empurrei para longe dela com toda minha força? Sim! E ainda assim você viu como ela me agradeceu, com seus belos olhos às portas da morte e sua voz tão fraca, e como beijou minha mão velha e grosseira, abençoando-me? Sim! E por acaso você não me ouviu fazer a ela um juramento, que a fez fechar os olhos agradecida? Sim! Bem, tenho bons motivos agora para tudo o que quero fazer. Há muitos anos você tem confiado em mim; e não vacilou nem mesmo nas últimas semanas, quando procedimentos bastante estranhos poderiam muito bem ter abalado sua confiança. Acredite em mim por mais algum tempo, amigo John. Se perder a confiança, terei que lhe dizer o que penso, e isso talvez não seja bom. Mas vou fazer o meu trabalho, confie você em mim ou não, e neste último caso eu o faria com o ânimo abatido e com uma grande sensação de solidão, pois preciso de toda a ajuda e coragem que possa obter! — ele fez uma pausa. — Amigo John — prosseguiu, solenemente —, dias estranhos e terríveis nos aguardam. Que não sejamos dois, mas um só, a fim de alcançar nossos objetivos. Será que você não confia mais em mim?

Segurei-lhe a mão e lhe prometi minha confiança. Segurei a porta aberta enquanto ele se afastava, e observei-o ir até seu próprio quarto e fechar a porta. Como eu estivesse imóvel, vi uma das criadas passar silenciosamente pelo corredor — eu estava às suas costas, de modo que ela não me viu — e entrar no quarto onde estava Lucy. A visão me comoveu. A devoção é tão rara, e ficamos tão agradecidos àqueles que se mostram espontaneamente devotos às pessoas que amamos. Ali estava uma pobre moça deixando de lado os temores que naturalmente tinha da morte e indo velar sozinha junto ao ataúde da senhora que amava, para que a falecida não ficasse só até ser levada ao local de seu eterno repouso...

Devo ter dormido um sono longo e pesado, pois o sol já brilhava alto no céu quando Van Helsing me acordou, entrando em meu quarto. Veio até a cabeceira da minha cama e disse:

— Esqueça os bisturis. Não faremos mais aquela operação.

— Por que não? — perguntei; a solenidade que ele demonstrara na véspera me impressionara bastante.

— Porque é tarde demais — disse ele, asperamente —, ou cedo demais. Veja! — e ergueu diante de mim o pequeno crucifixo de ouro. — Isto aqui foi roubado durante a noite.

— Como, roubado — perguntei, surpreso —, se está com o senhor, agora?

— Eu o apanhei de volta daquela desgraçada imprestável que o roubou. Uma mulher que rouba dos vivos e dos mortos! Receberá sua punição, sem dúvida, mas não através de mim; ela não sabia toda a dimensão de seu ato e, em sua ignorância, roubou o crucifixo. Agora teremos que esperar.

Saiu ao dizê-lo, deixando-me um novo mistério em que pensar, um novo quebra-cabeça com que me engalfinhar.

Foram momentos terríveis até o meio-dia, mas então chegou o procurador: Mr. Marquand, de Wholeman, Sons, Marquand Lidderdale. Era bastante cordial e se mostrou muito satisfeito com o que tínhamos feito, assumindo toda a responsabilidade sobre os detalhes. Durante o almoço, contou-nos que Mrs. Westenra já esperava morrer subitamente de um ataque cardíaco, e que deixara todos os seus negócios na mais perfeita ordem. Informou-nos de que, à exceção de certa propriedade cuja sucessão se restringia aos herdeiros do pai de Lucy, que agora, na ausência de descendência direta, retornaria a um ramo distante da família, todo o espólio, bens móveis e imóveis, tudo era integralmente deixado a Arthur Holmwood. Após tê-lo dito, prosseguiu:

— Sinceramente, fizemos o possível para evitar um testamento como esse, e salientamos certas contingências que poderiam deixar sua filha sem um tostão, ou não tão livre quanto deveria ser ao tomar uma atitude do âmbito da aliança matrimonial. Chegamos a pressioná-la tanto nesse assunto que quase nos desentendemos, pois ela nos perguntou se estávamos ou não preparados para atendê-la. É claro que não tivemos outra alternativa a não ser aceitar. Nossos princípios eram corretos, e a probabilidade de que a lógica dos fatos viesse a comprová-lo era de 99%. Francamente, porém, devo admitir que neste caso qualquer outra forma de testamento teria impossibilitado o cumprimento de seus desejos. Vindo

Mrs. Westenra a falecer antes da filha, a propriedade seria passada a esta última, e, mesmo que ela só tivesse sobrevivido cinco minutos à sua mãe, sua propriedade seria julgada como sendo ela intestada, no caso de não haver um testamento. E, convenhamos, seria praticamente impossível a existência de um testamento num caso desses. Lorde Godalming, embora seja um amigo querido, não teria qualquer direito, e os herdeiros, parentes distantes, decerto não abririam mão de seu direito em nome de um completo estranho. Asseguro-lhes, meus senhores, que estou satisfeito com o resultado. Muito satisfeito.

Era um bom sujeito, mas sua satisfação com um pequeno detalhe — em que ele estava oficialmente interessado — daquela enorme tragédia era lição prática sobre as limitações da solidariedade humana.

Ele não se demorou, mas disse que retornaria mais tarde para ver lorde Godalming. Sua vinda, porém, reconfortou-nos um pouco, pois nos trouxe a certeza de que não precisaríamos temer críticas hostis com relação a qualquer um de nossos atos. Esperávamos que Arthur viesse às cinco horas; um pouco antes, portanto, visitamos a câmara mortuária. O quarto tornara-se de fato digno desse nome, pois agora tanto mãe quanto filha repousavam ali. O agente funerário, que fizera um bom trabalho, arrumara o quarto da melhor forma possível, e havia um ar mortuário naquele lugar que baixava imediatamente nossos ânimos. Van Helsing solicitou que o quarto fosse rearrumado, ficando como estava na véspera; explicou que, como lorde Godalming já estava prestes a chegar, seria menos doloroso para ele se pudesse ficar sozinho com o que restara de sua noiva. O agente funerário pareceu chocado com a própria estupidez e esforçou-se para deixar tudo como na noite anterior, para poupar a Arthur tais abalos.

Pobre rapaz! Estava arruinado, à beira do desespero; até mesmo sua masculina robustez parecia ter afundado sob a tensão de suas emoções, exaustivamente postas a prova. Eu sabia que ele havia sido genuína e devotamente ligado ao pai; perdê-lo, num momento como aquele, fora um golpe duro. Foi afetuoso como sempre comigo, e tratou Van Helsing com gentileza e cordialidade, mas não pude deixar de notar que havia um certo constrangimento. O professor também percebeu e me fez sinal para que o levasse ao andar superior. Obedeci, deixando Arthur à porta do quarto, pois senti que ele queria ficar a sós com Lucy. Ele, porém, segurou meu braço e me fez entrar também, dizendo, a voz embargada:

— Você também a amava, meu velho. Ela me contou tudo, e nenhum amigo lhe era mais caro do que você. Não sei como agradecer-lhe por tudo o que fez por ela. Ainda não consigo pensar...

Ele perdeu o controle, então. Passou os braços em torno dos meus ombros e apoiou a cabeça em meu peito, chorando.

— Ah, Jack! Jack! O que vou fazer? A vida parece ter me abandonado de uma vez só, e no mundo inteiro já não existe nada que me motive a viver.

Reconfortei-o da melhor forma que pude. Em situações como essas, os homens não precisam de muitas palavras. Um aperto de mãos, um braço que se estreita em redor do ombro, lágrimas que se unem, tudo isso são expressões de solidariedade caras ao coração dos homens. Fiquei imóvel e em silêncio até que o pranto dele se extinguisse e, então, lhe disse, delicadamente:

— Venha vê-la.

Fomos juntos até a cama, e eu ergui a mortalha que recobria a face de Lucy. Meu Deus! Como estava linda. Sua beleza parecia aumentar com o passar das horas, o que de certa forma me assustava e surpreendia. Quanto a Arthur, ele começou a tremer, e por fim a dúvida o percorreu como um calafrio. Afinal, após uma longa pausa, disse-me, num sussurro quase inaudível:

— Jack, ela está mesmo morta?

Assegurei-lhe que sim, infelizmente, e observei em seguida — pois uma dúvida horrível como aquela não devia persistir por um segundo a mais, se eu pudesse evitá-lo — que é comum os rostos se tornarem mais delicados após a morte, e até mesmo recuperarem um pouco da beleza da juventude; isso se dava sobretudo quando a morte havia sido precedida por um sofrimento agudo ou prolongado. Isso pareceu acabar com suas dúvidas, e, após ajoelhar-se junto à cama por um tempo e ficar contemplando Lucy amorosamente, ele se virou. Eu lhe disse que precisava dizer adeus, pois o caixão tinha que ser preparado. Ele então voltou, tomou a mão da morta entre as suas e beijou-a; inclinando-se, beijou-a também sobre a testa. Saiu do quarto, olhando apaixonadamente sobre o ombro, para Lucy.

Deixei-o na sala de visitas e disse a Van Helsing que ele havia se despedido da noiva; o professor então foi até a cozinha dizer aos homens da funerária que dessem continuidade aos preparativos e que aparafusassem o caixão. Quando voltou de lá, falei-lhe da pergunta de Arthur, e ele replicou:

— Não estou surpreso. Há pouco eu próprio também tive minhas dúvidas!

Jantamos todos juntos, e pude ver que o pobre Art se esforçava para manter o controle. Van Helsing ficara em silêncio durante a maior parte do jantar, mas disse, depois que acendemos nossos charutos:

— Lorde...

Arthur interrompeu-o, contudo:

— Não, não, isso não, pelo amor de Deus! Pelo menos ainda não. Perdoe-me, eu não quis falar de maneira ofensiva, mas acontece que a perda ainda é tão recente.

O professor respondeu de modo muito afável:

— Só usei aquele nome porque estava na dúvida. Não posso chamá-lo de "Mr.", e passei a ter-lhe um sincero afeto, meu caro rapaz, como Arthur.

Arthur estendeu a mão e tomou a do velho, afetuosamente.

— Chame-me como quiser — disse ele. — Espero que eu tenha sempre o título de amigo. E deixe-me dizer que não encontro palavras para agradecer-lhe por sua bondade para com minha pobre querida.

Fez uma pequena pausa e depois prosseguiu:

— Sei que ela compreendeu sua bondade ainda melhor do que eu; se fui rude, ou de algum modo não muito educado naquele momento em que o senhor agiu com tanta... o senhor se lembra — o professor anuiu. — Por favor, me perdoe.

Van Helsing respondeu num tom grave e gentil:

— Sei que foi difícil confiar em mim, naquela ocasião, pois minha atitude foi violenta e ultrapassou a sua compreensão. Presumo que você também não confie em mim agora, que não possa confiar, pois ainda não compreende. E talvez haja outros momentos em que eu peça sua confiança e você não me possa dar, pelo mesmo motivo. Chegará a hora, porém, em que sua confiança em mim será integral, e tudo ficará cristalino, como se transpassado pelos raios do sol. Você então há de me agradecer por tudo que fiz desde o início, pelo seu próprio bem, pelo bem dos outros e pelo bem daquela que jurei proteger.

— De fato, de fato — disse Arthur, afetuosamente —, minha confiança no senhor será integral. Sei que tem uma boa alma, acredito nisso, e é amigo de Jack, e era amigo dela. Faça o que desejar.

O professor pigarreou algumas vezes, como se prestes a falar, e por fim disse:

— Posso lhe fazer uma pergunta, agora?

— Certamente.

— O senhor sabe que Mrs. Westenra lhe deixou todos os seus bens?

— Não, pobre coitada, nunca imaginei que viesse a fazê-lo.

— E como é tudo seu, o senhor pode fazer o que bem entender. Quero que me dê permissão para ler todos os papéis e cartas de Miss Lucy. Acredite-me, não se trata de simples curiosidade. Tenho meus motivos, e ela sem dúvida aprovaria. Os papéis estão aqui. Peguei-os antes que soubéssemos que eram seus, para que mãos estranhas não os tocassem, para que olhos estranhos não perscrutassem a alma de Lucy através de suas palavras. Vou guardá-los comigo, se permitir. Nem mesmo o senhor poderá vê-los, por ora, mas estarão a salvo. Nem uma única palavra se perderá, e no momento apropriado vou devolvê-los. Sei que é um pedido difícil de atender, mas o senhor fará isso, pelo bem de Lucy?

Arthur falou com entusiasmo, como fazia outrora:

— Dr. Van Helsing, o senhor pode fazer o que quiser. Sinto que ao dizê-lo estou fazendo o que a minha amada teria aprovado. Não irei importuná-lo com perguntas até que seja chegado o momento certo.

O velho professor pôs-se de pé e disse, solene:

— E você está certo. Ainda sofreremos muito, todos nós; mas não será apenas dor, tampouco a dor que sentimos agora será a última. Nós, e também o senhor, sobretudo o senhor, caro rapaz, teremos que beber de águas amargas antes de chegar à água doce. Mas teremos que ser corajosos e abnegados, e cumprir nosso dever, e tudo ficará bem!

Dormi num sofá no quarto de Arthur, naquela noite. Van Helsing não chegou a ir se deitar. Ficou andando de um lado para o outro, como se patrulhasse a casa, e em nenhum momento perdeu de vista o quarto onde Lucy repousava em seu caixão. As flores de alho selvagem, salpicadas ali, impregnavam a noite com um cheiro forte, capaz de suplantar o odor dos lírios e das rosas.

DIÁRIO DE MINA HARKER

22 de setembro — No trem para Exeter. Jonathan dorme.

Parece que foi ontem que fiz minhas últimas anotações, e no entanto quanta coisa aconteceu de lá para cá. Eu estava em Whitby, então, sem notícias de Jonathan e com o mundo diante de mim; agora, estamos casados, ele é um procurador, sócio da firma, rico, chefiando seu próprio negócio, Mr. Hawkins morto e enterrado, e Jonathan com uma outra crise que pode prejudicá-lo. Algum dia ele talvez me pergunte a respeito. Vou escrever tudo aqui. Minha taquigrafia está enferrujada — o que a prosperidade inesperada pode fazer conosco —, de modo que será bom treiná-la com um pouco de exercício, de qualquer forma...

O funeral foi bastante simples e muito solene. Estávamos apenas nós dois e os criados da casa, mais um ou dois velhos amigos de Exeter, seu agente em Londres e um senhor representando Sir John Paxton, presidente da Incorporated Law Society. Jonathan e eu ficamos de mãos dadas, e sentimos que nosso melhor e mais querido amigo havia partido...

Voltamos para a cidade em silêncio, tomando um ônibus para o Hyde Park Corner. Jonathan achou que eu talvez gostasse de ficar no Row por algum tempo, então nos sentamos. Havia pouca gente ali, no entanto, e ver tantas daquelas cadeiras vazias nos entristecia e nos deixava um tanto desolados. Recordava-nos a cadeira vazia em casa; levantamo-nos, então, e caminhamos por Piccadilly. Jonathan me segurava pelo braço, do jeito como fazia nos velhos tempos, antes que eu fosse para a escola. Achei aquilo bastante impróprio, pois é impossível passar alguns anos ensinando etiqueta e decoro para outras moças sem que o pedantismo do assunto nos afete um pouco, mas era Jonathan, e ele era meu marido, e não conhecíamos nenhuma das pessoas que nos viam — e não nos importávamos que vissem —, de modo que seguimos em frente. Eu estava olhando para uma moça muito bonita, com um chapéu grande, sentada numa vitória em frente ao Giuliano's, quando senti Jonathan apertar meu braço com tanta força que chegou a doer. Ele disse, num sussurro:

— Meu Deus!

Estou sempre apreensiva com relação a Jonathan, pois temo que alguma crise nervosa possa vir a transtorná-lo novamente; voltei-me para ele na mesma hora e lhe perguntei o que o perturbara.

Ele estava muito pálido, e seus olhos pareciam saltar das órbitas enquanto ele, em parte aterrorizado e em parte admirado, fitava um homem alto e magro, de nariz adunco, bigode preto e cavanhaque, que também observava a bela jovem. Ele a olhava tão intensamente que nem sequer nos viu, e pude, assim, dar uma boa espiada nele. Seu rosto não era o de uma pessoa bondosa: as feições eram rígidas, cruéis e sensuais. Seus dentes brancos e compridos, que pareciam ainda mais brancos em contraste com o vermelho intenso dos lábios, eram pontiagudos como os de um animal. Jonathan não parava de encará-lo, e temi que o homem pudesse notar. Talvez fosse interpretá-lo mal, pois parecia tão ameaçador e maldoso. Perguntei a Jonathan por que estava transtornado, e ele respondeu, evidentemente achando que eu sabia tanto a respeito quanto ele próprio:

— Está vendo quem é?

— Não, querido — disse a ele. — Não o conheço. Quem é?

Sua resposta me chocou e alarmou, pois foi como se ele não soubesse estar falando comigo, Mina:

— É ele, em pessoa!

O pobre coitado estava evidentemente apavorado com algo — apavorado de verdade. Acredito que se eu não estivesse ali para apoiá-lo ele teria caído ao chão. Continuava olhando. Um homem saiu da loja com um pequeno pacote e deu-o à moça, que partiu. O homem de quem Jonathan falava manteve seus olhos fixos nela e, quando a carruagem seguiu por Piccadilly, ele tomou a mesma direção, chamando um cabriolé. Jonathan continuou olhando e disse, como que para si mesmo:

— Acho que é o conde, mas parece mais jovem. Meu Deus, se for verdade! Ah, meu Deus! Meu Deus! Se eu soubesse! Se eu soubesse!

Ele estava tão exaltado que eu temia lhe fazer perguntas, pois elas manteriam sua mente voltada para aquele assunto, de modo que me calei. Levei-o dali em silêncio, e ele, segurando meu braço, acompanhou-me sem protestar. Caminhamos um pouco mais, depois entramos no Green Park e nos sentamos por alguns momentos. Era um dia relativamente quente, considerando-se que estávamos no outono, e havia um banco de aspecto confortável num local à sombra. Depois de alguns minutos fitando o nada, os olhos de Jonathan se fecharam e ele adormeceu silenciosamente, a cabeça apoiada em meu ombro. Achei que era a melhor coisa para ele, de modo que não o perturbei. Após cerca de vinte minutos, ele acordou, e me disse, alegre:

— Ah, Mina, eu estava dormindo! Ah, perdoe-me por ter sido tão rude. Venha, vamos tomar chá em algum lugar.

Ele obviamente esquecera tudo sobre aquele estranho, do mesmo modo como esquecera, enquanto estava doente, tudo o que aquele episódio lhe recordava. Não gosto desses mergulhos no esquecimento; eles podem lhe causar algum dano ao cérebro, ou não permitir que se cure do que talvez já exista. Não devo lhe perguntar, pois temo fazer-lhe mais mal do que bem, mas preciso de algum modo descobrir o que aconteceu em sua viagem para o exterior. Receio que tenha chegado o momento de abrir o pacote e descobrir o que está escrito. Ah, Jonathan, você há de me perdoar se eu estiver agindo mal, mas é pelo seu próprio bem.

Mais tarde — Foi triste voltar para casa, em todos os sentidos: aquela alma adorada e tão boa para nós já não estava ali; Jonathan ainda estava pálido e atordoado devido àquela ligeira recaída; e agora um telegrama de Van Helsing, quem quer que seja ele:

"Ficarão consternados em saber que Mrs. Westenra faleceu há cinco dias, e que Lucy morreu anteontem. Ambas foram enterradas hoje."

Ah, quanto pesar em tão poucas palavras! Pobre Mrs. Westenra! Pobre Lucy! As duas se foram, se foram; jamais retornarão para junto de nós! E pobre Arthur, por ter perdido sua amada! Que Deus nos ajude a carregar nosso fardo.

Diário do dr. Seward

22 de setembro — Tudo acabou. Arthur voltou a Ring, levando Quincey Morris consigo. Que boa pessoa é Quincey! Acredito, em meu íntimo, que ele tenha sofrido tanto com a morte de Lucy quanto qualquer um de nós, mas enfrentou tudo com a força de um *viking.* Se os Estados Unidos continuarem a ter filhos como esse, de fato hão de se tornar uma potência mundial. Van Helsing foi se deitar, para descansar um pouco antes de viajar. Vai para Amsterdã hoje à noite, mas diz que volta amanhã à noite. Só quer acertar alguns detalhes, e precisa fazê-lo pessoalmente. Ficará comigo, então, se puder; diz que tem trabalho a fazer em Londres, e que esses trabalhos irão lhe tomar algum tempo. Pobre sujeito! Sinto que a tensão das últimas semanas abalou até mesmo seus nervos de aço. Ao longo de todo o enterro pude notar que ele estava se contendo terrivelmente. Quando tudo terminou, estávamos de pé ao lado de Arthur, pobre coitado, que falava sobre sua parte na operação, quando seu próprio sangue fora transfundido para as veias de Lucy. Pude ver Van Helsing ficar alternadamente lívido e cor de púrpura. Arthur dizia sentir desde então que ele e Lucy haviam realmente se casado, e que ela era sua esposa aos olhos de Deus. Nenhum de nós disse uma palavra sobre suas operações, e jamais o faremos. Arthur e Quincey foram juntos para a estação, e Van Helsing e eu viemos para cá. No instante em que ficamos a sós na carruagem, ele deu vazão a um acesso de histeria. Mais tarde, negou que tenha sido histeria, insistindo que se tratava apenas de seu senso de humor se fazendo valer sob condições demasiado terríveis. Riu até chorar, e eu tive que baixar as cortinas, para que ninguém nos visse e interpretasse mal. Ele então chorou até voltar a rir novamente, depois riu e chorou ao mesmo tempo, como fazem as mulheres. Tentei falar-lhe com severidade, como se fala com as mulheres em tais circunstâncias, mas não surtiu efeito. Homens e mulheres são tão diferentes ao manifestar força ou fraqueza emocional! Então, quando seu rosto voltou a assumir o velho ar de gravidade e rigidez, perguntei-lhe por que a hilaridade, e por que num momento como aquele. Ele me respondeu de modo característico, pois falou com lógica, enérgica e misteriosamente:

— Ah, você não compreende, amigo John. Não pense que não estou triste, embora eu ria. Veja, mesmo quando o riso me sacudia eu chorava. Tampouco ache que estou sentindo um pesar profundo quando choro, pois o riso não deixa de existir. Guarde bem em sua memória: o riso que bate à sua porta e lhe pergunta "Posso entrar?" não é o verdadeiro riso. Não! Esse reina e chega quando e como quer. Não pede permissão a quem quer que seja e não escolhe um momento apropriado. Diz apenas "Aqui estou". Eis um exemplo: sofro muitíssimo por aquela jovem adorável; dei-lhe meu sangue, embora eu esteja velho e cansado, dei-lhe meu tempo, minha arte, meu sono; abandonei os outros sofredores de que cuidava para dedicar-me exclusivamente a ela. E ainda assim sou capaz de rir sobre seu túmulo, rir quando o barro da pá do coveiro caiu sobre seu caixão com um baque surdo que ecoou em meu coração, fazendo com que ele bombeasse de volta o sangue para minha face. Fico muito triste por aquele pobre e querido rapaz, que tem a mesma idade que teria meu próprio filho se o destino tivesse lhe permitido viver, e o mesmo cabelo e os mesmos olhos. Muito bem, agora você sabe por que o amo tanto. Ele diz coisas que comovem meu coração de marido e que sensibilizam meu coração de pai como nenhum outro homem sensibilizaria, nem mesmo você, amigo John, pois nossa relação é antes de igual para igual, e não de pai para filho. Mesmo nesses momentos, porém, Sua Majestade, o Riso, me assalta e urra em meus ouvidos, dizendo "Aqui estou! Aqui estou!", até que o sangue regresse dançando e leve à minha face um pouco do brilho do sol que traz consigo. Ah, amigo John, este mundo é estranho, é triste, um mundo cheio de sofrimentos, de infortúnios e de problemas; ainda assim, quando Sua Majestade, o Riso, chega, faz com que tudo dance conforme a sua própria música. Corações partidos, *ossos* secos no cemitério, lágrimas que queimam o rosto ao rolar: tudo dança em conjunto ao som da música que ele faz com seus lábios sisudos. Acredite-me, amigo John: o riso nos faz um gesto de bondade ao chegar. Um gesto de gentileza. Ah, nós, homens e mulheres, somos cordas retesadas sofrendo puxões de diferentes direções. As lágrimas vêm, então; como a chuva caindo nas cordas, elas nos ajudam a ter força, até que a tensão se torne demasiada e nós rompamos. O riso soberano chega como a luz do sol, porém, relaxando outra vez essa tensão, e nós conseguimos prosseguir em nossa luta, seja ela qual for.

Não queria magoá-lo alegando não entender seu argumento; mas, como ainda não compreendia a causa de seu riso, perguntei-lhe. Ao responder, seu rosto se tornou severo, e ele disse, num tom diferente:

— Ah, era a terrível ironia de tudo isso: essa moça bonita coroada de flores, com uma aparência tão encantadora que todos nos perguntamos se estaria de fato morta; essa moça indo ocupar aquela bela casa de mármore no adro solitário, onde repousam tantos familiares seus, onde repousa sua mãe, que tanto a amava e que ela tanto amava; o sino sagrado dobrando de forma tão triste e vagarosa; os religiosos, com as vestes brancas dos anjos, fingindo ler livros quando na verdade seus olhos nem por um instante estavam nas páginas; todos nós com as cabeças curvadas. E por que isso tudo? Ela está morta, não está?

— Bem, por tudo o que me é mais sagrado, professor — disse eu —, não vejo nada de risível nisso tudo. Ora, sua explicação torna tudo ainda mais confuso. Mas mesmo que o enterro tivesse sido cômico, e quanto ao pobre Art e todo o seu sofrimento? Ora, ele estava simplesmente arrasado.

— Isso mesmo. Então ele não disse que aquela transfusão de seu próprio sangue para as veias de Lucy havia feito dela sua esposa?

— Sim; foi um pensamento agradável para ele e reconfortou-o.

— É verdade. Mas há um probleminha aí, amigo John. Se for verdade, e quanto aos outros? Rá, rá! Aquela doce mocinha é poliandra. E eu, que tenho uma pobre esposa morta a meus olhos mas viva segundo a lei da Igreja, embora destituída de suas faculdades mentais, e que tenho sido fiel a ela apesar disso... eu me tornei um bígamo!

— Também não vejo onde está a graça — disse eu, que já não achava particularmente agradáveis as coisas que ele dizia.

Van Helsing pôs a mão no meu braço, falando:

— Amigo John, perdoe-me se eu o estou magoando. Não revelei meus sentimentos aos outros, pois poderia feri-los, mas somente a você, meu velho amigo, em quem posso confiar. Se você pudesse ter olhado no interior do meu coração quando eu queria rir, se pudesse tê-lo feito quando o riso chegou, se pudesse fazê-lo agora, quando Sua Majestade, o Riso, já empacotou sua coroa e todos os seus pertences, pois vai para bem longe de mim e demorará muito a voltar... então talvez você tivesse mais pena de mim do que de qualquer outro.

Fiquei comovido com a ternura de seu tom de voz e lhe perguntei por quê.

— Porque eu sei!

Agora nos separamos, e por vários e longos dias a solidão há de pousar sobre nossos tetos com asas que envolvem tudo. Lucy jaz no nobre túmulo de sua família, num adro solitário, longe da agitada Londres; lá onde o ar é puro e o sol nasce por trás de Hampstead Hill, e onde flores silvestres crescem por conta própria.

Assim sendo, posso encerrar este diário, e sabe Deus se jamais virei a iniciar um outro. Se o fizer, ou se reabrir este, será para tratar de outras pessoas e de outros assuntos; aqui, no fim, quando o romance da minha vida já foi relatado, antes que eu vá retomar o fio da obra à qual tenho consagrado meu tempo, escrevo, triste e sem esperanças, a palavra *Finis*.

THE WESTMINSTER GAZETTE,
25 DE SETEMBRO
MISTÉRIO EM HAMPSTEAD

O bairro de Hampstead está sendo, no momento, atormentado por uma série de eventos que parecem assemelhar-se àqueles que ficaram conhecidos dos repórteres como "O Horror de Kensington" ou "A Mulher do Punhal" ou "A Mulher de Negro". Ao longo dos últimos dois ou três dias, foram relatados vários casos de crianças que se perderam no caminho de casa ou que simplesmente não voltaram depois de ter ficado brincando no Heath. Em todos os casos, as crianças eram ainda muito pequenas para fornecer um relato lógico sobre o que lhes ocorrera, mas há um consenso em suas desculpas: todas elas alegaram ter estado na companhia de uma "moça de branco". Em todas as ocasiões, as crianças desapareceram após a hora do poente, e em duas delas só foram encontradas na manhã seguinte, bem cedo. A suposição geral nas redondezas é que, como a primeira criança desaparecida deu a explicação de que uma "moça de branco" a chamara para um passeio, as outras usaram a mesma justificativa mais tarde. É o mais plausível, pois a brincadeira favorita dos pequenos, no momento, é enganar os outros e levá-los para longe. Um correspondente nos diz que ver as crianças fingindo ser a "moça de branco" é muito engraçado. Diz ele que alguns de nossos caricaturistas poderiam aprender alguma coisa sobre a ironia do grotesco ao comparar a realidade e o retrato. Foi de acordo com os princípios gerais da natureza humana que essa "moça de branco" se tornou um papel popular em tais apresentações *al fresco*. Nosso correspondente alega, ingenuamente, que Ellen Terry não conseguiria ser tão atraente quanto algumas dessas crianças de rosto sujo fingem ou mesmo acreditam ser.

Há, contudo, um lado possivelmente sério nessa questão, pois algumas das crianças — na verdade todas aquelas que desapareceram à noite — têm discretos arranhões ou feridas no pescoço. As feridas parecem ter sido feitas por uma ratazana ou um cão de pequeno porte, e, embora não tenham muita importância individualmente, parecem sugerir que, qualquer que seja, o animal tem um sistema ou um método próprio. A polícia daquele distrito recebeu instruções para ficar atenta a crianças perdidas, sobretudo as muito pequenas, nos arredores do Hampstead Heath, e a qualquer cão perdido que possa estar nas cercanias.

***The Westminster Gazette*, 25 de setembro Edição especial extraordinária O horror de Hampstead Mais uma criança ferida A "moça de branco"**

Acabamos de receber a informação de que outra criança, desaparecida ontem à noite, só foi encontrada hoje pela manhã, bem tarde, sob um tojo, na extremidade do Hampstead Heath próxima a Shooter's Hill — talvez menos frequentada que as outras. Tinha a mesma pequena ferida no pescoço que fora notada nos outros casos. Estava muito fraca, e parecia ter emagrecido bastante. Após ter se recuperado parcialmente, a criança relatou a mesma história: disse ter sido atraída para longe pela "moça de branco".

capítulo 14

Diário de Mina Harker

23 de setembro — Jonathan está melhor após uma noite ruim. Estou feliz que ele tenha bastante trabalho a fazer, pois isso mantém sua mente afastada daquelas coisas terríveis. E, ah, estou satisfeitíssima que ele já não esteja se sentindo oprimido pela responsabilidade de sua nova posição. Sabia que ele seria fiel a si mesmo, e como estou orgulhosa, agora, ao ver meu Jonathan elevar-se à altura dos progressos que fez e manter-se a par, em todos os sentidos, das obrigações que assumiu. Ficará fora o dia todo, até tarde, pois disse que não poderá vir almoçar em casa. Já cumpri minhas tarefas domésticas; portanto, vou pegar esse diário escrito no exterior e trancar-me em meu quarto para lê-lo...

24 de setembro — Não tive condições de escrever ontem à noite; aquele terrível diário de Jonathan me abalou demais. Pobre querido! Como deve ter sofrido, independente de ter relatado fatos reais ou frutos de sua imaginação. Pergunto-me se há alguma verdade em tudo aquilo. Será que ele já sofria de meningite e então escreveu todas aquelas coisas terríveis, ou será que tinha de fato motivos para fazê-lo? Suponho que jamais venha a saber, pois não ouso tocar nesse assunto com ele... Aquele homem que vimos ontem, contudo! Jonathan parecia bastante seguro a respeito dele... Pobre rapaz! Acho que o funeral o abalou e lhe trouxe de volta à mente pensamentos antigos...

Ele próprio acredita em tudo. Lembro-me de como falou, no dia de nosso casamento: "a menos que alguma necessidade urgente me obrigue a recordar as horas terríveis, fruto do sono ou da vigília, da loucura ou da sanidade." Parece haver alguma continuidade em tudo isso... Aquele conde assustador vinha para Londres... Se for assim, e ele tiver vindo para esta cidade, com seus atraentes milhões... Talvez haja uma necessidade urgente; se for verdade, não devemos nos acovardar diante dela... Estarei preparada. Vou pegar minha máquina de escrever imediatamente e começar a transcrição. O diário estará pronto para que outros o leiam, se preciso. E se assim quiserem. Então, se eu estiver preparada, talvez o pobre Jonathan não fique abalado, pois posso falar por ele e jamais permitir que ele fique preocupado ou alarmado com nada disso. Se um dia ele superar o nervosismo, talvez possa querer me contar tudo, e posso lhe fazer perguntas e esclarecer detalhes, e ver o que faço para reconfortá-lo.

Carta de Van Helsing a Mrs. Harker

24 de setembro.

(*Confidencial*)
Cara senhora,

Peço que me perdoe por lhe escrever, eu que antes assumi a tarefa de lhe transmitir a triste notícia da morte de Miss Lucy Westenra. Graças à gentileza de lorde Godalming, recebi o direito de ler todas as suas cartas e papéis, pois estou profundamente interessado em certos assuntos de importância vital. Em meio a essa papelada, encontrei algumas cartas suas, que mostram como as duas eram amigas e como a senhora a amava. Ah, madame Mina, imploro-lhe, em nome desse amor, que me ajude. É pelo bem de outras pessoas que lhe faço esse pedido — é para reparar grandes males e evitar muitas e terríveis desgraças, que talvez sejam maiores do que a senhora possa conceber. Seria possível nos encontrarmos? Pode confiar em mim. Sou amigo do dr. Seward e de lorde Godalming (este último era o Arthur de Miss Lucy). É preciso que no momento esse encontro seja estritamente confidencial. Partirei para Exeter imediatamente se a senhora me autorizar e me disser onde e quando podemos nos encontrar. Imploro-lhe que me perdoe, madame. Li suas cartas para a pobre Lucy; sei o quão bondosa é a senhora e como seu marido sofre; rogo-lhe então, que, se possível, não lhe diga nada a esse respeito, para evitar quaisquer males. Mais uma vez, minhas sinceras desculpas.

Van Helsing

Telegrama de Mrs. Harker a Van Helsing

25 de setembro — Venha hoje no trem das 10h15, se conseguir chegar a tempo. Posso vê-lo a qualquer hora. Wilhelmina Harker.

Diário de Mina Harker

25 de setembro — Não posso evitar uma terrível perturbação à medida que se aproxima a hora da visita do dr. Van Helsing, pois de certa forma imagino que vá esclarecer um pouco a triste experiência de Jonathan; e, como ele cuidou da querida Lucy em seus momentos finais, poderá me contar tudo sobre ela. Essa é a razão de sua vinda: quer conversar sobre Lucy e seu sonambulismo, e não sobre Jonathan. Então eu agora jamais saberei a verdade! Como sou tola. Aquele terrível diário se apossa da minha imaginação e projeta sua sombra sobre tudo mais. É claro que é sobre Lucy. O hábito retornara à minha pobre querida, e ela deve ter adoecido naquela terrível noite no penhasco. Quase me esqueci, envolvida como estava em meus assuntos particulares, de como ela ficou doente após aquela noite. Deve ter contado a ele a respeito de sua aventura sonâmbula no penhasco, e também que eu sabia tudo a respeito; agora ele quer que eu lhe diga o que sei, para que ele possa compreender melhor. Espero ter agido corretamente não dizendo nada a Mrs. Westenra; jamais me perdoaria se alguma atitude minha, mesmo que a simples omissão, causasse algum mal à pobre Lucy. Espero que o dr. Van Helsing também não me recrimine; tenho tido tantas preocupações e suportado tanta ansiedade ultimamente que sinto não ser capaz de aguentar ainda mais, no momento.

Suponho que chorar às vezes nos faça bem — limpa o ar, como faz a chuva. Talvez eu tenha ficado abalada com a leitura daquele diário, ontem à noite, e agora Jonathan saiu pela manhã para ficar fora o dia todo e a noite também. É a primeira vez que nos separamos desde o casamento. Espero que ele se cuide, e que nada de desagradável ocorra. São duas horas, e logo o doutor estará aqui. Não direi nada sobre o diário de Jonathan, a menos que ele me pergunte. Estou satisfeita por ter datilografado o meu; assim, caso ele me pergunte sobre Lucy, posso mostrá-lo; isso poupará muitas perguntas.

Mais tarde — Ele veio e se foi. Ah, que encontro estranho, e como faz minha cabeça girar! Sinto-me como se estivesse sonhando. Será tudo isso possível, ou mesmo uma parte? Se eu não tivesse lido antes o diário de Jonathan, não aceitaria nem mesmo a possibilidade. Meu pobre Jonathan! Como ele deve ter sofrido. Deus permita que tudo isso não volte a alarmá-lo. Vou tentar evitar que ele saiba, mas talvez venha a ser um consolo e uma ajuda saber que seus olhos e cérebro não o iludiram, e que era tudo verdade — mesmo que isso seja terrível e que as consequências possam vir a ser assustadoras. Talvez a dúvida o persiga, e, quando *for* esclarecida, não importa qual seja a verdade — se esteve ele dormindo ou acordado —, ele venha a ficar mais satisfeito e em melhores condições de suportar esse choque. O dr. Van Helsing deve ser uma boa pessoa, e também brilhante, se é amigo de Arthur e do dr. Seward, e se eles o trouxeram da Holanda para cuidar de Lucy. Sinto, após tê-lo visto, que ele *é* uma boa pessoa, gentil e de natureza nobre. Quando vier, amanhã, perguntarei a respeito de Jonathan; e então, se Deus quiser, toda essa tristeza e ansiedade talvez terminem bem. Eu antes achava que gostaria de praticar entrevistas; o amigo de Jonathan no *Exeter News* lhe disse que a memória é tudo nesse trabalho — o entrevistador deve ser capaz de anotar praticamente cada palavra que foi dita, mesmo que tenha que reescrever isto ou aquilo mais tarde. Esta será uma entrevista rara; tentarei registrá-la *verbatim*:

Eram 14h30, quando bateram à porta. Muni-me de minha coragem *à deux mains* e aguardei. Em poucos minutos, Mary abriu a porta, e anunciou:

— Dr. Van Helsing.

Levantei-me e me inclinei, e ele veio até mim; um homem de peso médio, compleição forte, os ombros aprumados, um peito largo e um pescoço firme sobre o tronco, *como* a cabeça sobre o pescoço. O porte da cabeça impressiona de saída, pois parece indicar pensamento e poder; é uma cabeça nobre, bem-proporcionada, ampla, e larga atrás das orelhas. O rosto, barbeado, revela um queixo duro e quadrado, uma boca ampla, resoluta e expressiva, um nariz de bom tamanho — reto, mas com narinas sensíveis, que parecem se dilatar quando as grossas sobrancelhas se franzem e os lábios se comprimem. A testa é larga e bonita, praticamente reta logo acima das sobrancelhas e depois curvando-se para trás sobre duas saliências bem afastadas — a testa é de tal modo constituída que o cabelo ruivo não consegue cobri-la, caindo naturalmente para trás e para os lados. Seus grandes olhos de um azul-escuro são bem afastados um do outro; tornam-se rápidos ou ternos, ou rígidos, de acordo com o humor dele. Disse-me:

— Mrs. Harker, correto?

Inclinei a cabeça, concordando.

— E antes era Miss Mina Murray?

Novamente fiz que sim.

— Vim ver Mina Murray, que era amiga daquela pobre menina, Lucy Westenra. Madame Mina, é para falar da falecida que estou aqui.

— Meu senhor — disse eu —, o fato de ter sido amigo de Lucy Westenra e de tê-la ajudado lhe confere justificativas suficientes.

Estendi minha mão. Ele me cumprimentou e disse, afetuosamente:

— Ah, madame Mina, eu sabia que a amiga daquela pobre e delicada moça devia ser uma boa pessoa, mas ainda me faltava comprová-lo...

Terminou sua fala com uma mesura cortês. Perguntei-lhe qual o motivo exato de sua visita; assim sendo, ele imediatamente abordou o assunto:

— Li suas cartas para Miss Lucy. Perdoe-me, mas eu tinha que começar minha investigação de algum modo e não havia ninguém a quem consultar. Eu sabia que a senhora havia estado com ela em Whitby. Ela às vezes escrevia num diário. Não fique surpresa, madame Mina; o diário começou depois que a senhora partiu, Miss Lucy a estava imitando. Nesse diário, ela relaciona certos fatos a uma noite de sonambulismo, escrevendo que a senhora a salvou. Venho vê-la movido por uma grande perplexidade e lhe peço que me faça a gentileza de relatar tudo aquilo de que for capaz de se lembrar.

— Creio que posso lhe contar tudo, dr. Van Helsing.

— Ah, então a senhora tem boa memória para fatos, para detalhes? Nem sempre é assim com as jovens.

— Não, doutor, mas eu escrevi tudo na época. Posso lhe mostrar, se quiser.

— Ah, madame Mina, eu ficaria grato. A senhora estaria me prestando um grande favor.

Não pude resistir à tentação de fazer um certo mistério — creio ser um vestígio do gosto da maçã original que ainda permanece em nossas bocas —, de modo que lhe entreguei o diário taquigrafado. Ele o apanhou com uma mesura cortês e perguntou:

— Posso ler?

— Se quiser — respondi, com o máximo de seriedade possível.

Ele o abriu, e por um instante seu rosto assumiu uma expressão consternada. Então, pôs-se de pé e fez uma mesura.

— Ah, mas que mulher esperta! — disse ele. — Já faz tempo que sei que Mr. Jonathan é um homem de muita sorte, mas veja só, sua esposa tem todas as qualidades. E será que a senhora não me fará a honra de prestar-me uma ajuda lendo isto para mim? Ai de mim! Não compreendo a estenografia.

A essa altura, minha brincadeirinha já terminara, e eu estava quase envergonhada; peguei a cópia datilografada de minha cesta de costura e a entreguei a ele.

— Desculpe-me — disse eu —, não pude evitá-lo. Mas estive pensando que suas perguntas seriam acerca da pobre Lucy, e que talvez o senhor não pudesse esperar, e não por minha causa, mas porque sei que seu tempo deve ser precioso. Por isso, datilografei tudo para o senhor.

Ele pegou a cópia e seus olhos brilharam:

— A senhora é muito boa — disse ele. — Posso ler agora? Talvez queira lhe fazer algumas perguntas quando tiver terminado.

— Decerto que sim — disse eu. — Leia enquanto vou dar instruções para o almoço, e o senhor poderá me fazer as perguntas enquanto comemos.

Ele fez uma mesura, instalando-se numa cadeira, de costas para a luz. Deixou-se absorver pelos papéis, enquanto fui tratar do almoço, sobretudo para não o atrapalhar. Quando voltei, encontrei-o andando rapidamente de um lado a outro da sala, o rosto corado de exaltação. Correu até mim e segurou minhas mãos:

— Ah, madame Mina — disse ele. — Como posso dizer o quanto lhe sou grato? Estes papéis são como a luz do sol. Descortinam o caminho para mim. Toda essa luz me ofusca, sinto-me aturdido, mas ainda assim nuvens correm pelo céu o tempo todo. A senhora não compreende, sei disso, e não tem como compreender. Ah, mas estou agradecido, minha brilhante senhora. Madame — prosseguiu ele, num tom bastante solene —, se algum dia houver algo que Abraham van Helsing possa fazer pela senhora ou pelos seus, basta dizer. Será um prazer e uma alegria servi-la como amigo, e devotar tudo o que aprendi e tudo o que sou capaz de fazer em benefício da senhora e das pessoas que ama. Há escuridão em nossas vidas, e há luzes; a senhora é uma das luzes. Terá uma vida boa e feliz, e seu marido terá na senhora uma verdadeira bênção.

— Mas doutor, o senhor tece elogios demais a mim... O senhor não me conhece.

— Não a conheço! Eu, que sou velho, e que durante toda a vida estudei homens e mulheres; eu, um especialista no cérebro, em tudo o que a ele pertence e dele deriva! E li seu diário, que a senhora tão gentilmente datilografou para mim e que exala sinceridade a cada linha. Eu, que li sua carta tão carinhosa à pobre Lucy, falando-lhe de seu casamento e de sua confiança... Dizer que não a conheço! Ah, madame Mina, as boas mulheres contam tudo de suas vidas, a cada dia, a cada hora e a cada minuto, coisas tais que os anjos podem ler, e nós, homens que buscam a sabedoria, temos algo dos olhos dos anjos. Seu marido é um homem de natureza nobre, e a senhora também é nobre, pois é capaz de confiar, e a confiança não vinga em naturezas vis. Seu marido... Fale-me dele. Passa bem? Toda aquela febre já passou, e ele está mais forte e bem-disposto?

Vi ali uma oportunidade de lhe perguntar sobre Jonathan, e disse:

— Já está quase recuperado, mas ficou muito abalado com a morte de Mr. Hawkins.

Ele me interrompeu:

— Ah, sim, eu sei. Li suas duas últimas cartas.

Prossegui:

— Suponho que tenha de fato se abalado, pois quando estávamos na cidade, terça-feira passada, ele teve uma espécie de choque.

— Um choque, e tão pouco tempo após a meningite! Isso não foi nada bom. Que tipo de choque?

— Ele acreditou ter visto alguém que lhe recordou algo terrível, na verdade o motivo de ter caído doente.

Então, tudo pareceu me atropelar. A pena que eu sentia de Jonathan, o horror que ele experimentou, o mistério assustador de seu diário e o medo que pairava sobre mim desde então, tudo isso me veio à mente num tumulto. Acho que fiquei histérica, pois caí de joelhos e lhe estendi as mãos, implorando-lhe que fizesse meu marido ficar bem outra vez. Ele segurou minhas mãos e me levantou, fazendo com que eu me sentasse no sofá e sentando-se ao meu lado. Com minha mão entre as suas, ele me disse, com uma delicadeza infinita:

— Minha vida é árida e solitária, e trabalho tanto que não tive muito tempo pare dedicar às amizades. Mas desde que fui chamado aqui pelo dr. John Seward conheci tantas boas pessoas e vi tanta nobreza que sinto mais do que nunca a solidão da minha própria vida. Solidão que, aliás, aumenta conforme envelheço. Acredite-me, então, que venho aqui tomado por um profundo respeito pela senhora, e a senhora me deu esperanças. Não de que eu venha a encontrar aquilo que procuro, mas de que ainda há boas mulheres capazes de trazer felicidade à vida. Boas mulheres, cujas vidas e cuja honestidade servirão de modelo para as crianças que ainda vão nascer. Fico muito feliz em poder lhe ser útil, pois, se o seu marido sofre, as causas desse sofrimento estão dentro dos domínios de meus estudos e experiência. Prometo-lhe que por ele farei alegremente *tudo* o que puder, a fim de fortalecê-lo e devolver-lhe a coragem, e a fim de tornar sua vida, minha senhora, mais feliz. Agora deve comer. Está esgotada e talvez ansiosa demais. Seu marido Jonathan não gostaria de vê-la tão pálida, e sentir-se desagradado por quem ama não lhe fará bem. Portanto, pelo bem dele, a senhora precisa se alimentar e sorrir. Contou-me tudo sobre Lucy, e agora não falaremos mais sobre isso, para que não a aflija. Ficarei em Exeter esta noite, pois quero refletir sobre o que a senhora me contou e, depois de refletir, farei algumas perguntas, se me permitir. E, então, a senhora também vai me falar dos problemas do seu marido da melhor forma possível, mas não agora. Precisa comer, e depois pode me contar tudo.

Depois do almoço, voltamos para a sala de visitas, e ele me disse:

— E agora fale-me dele.

Quando me vi na situação de falar com aquele homem de muito estudo, comecei a recear que ele fosse me considerar uma tola e uma fraca, e Jonathan um louco — aquele diário é tão estranho —, de modo que hesitei em prosseguir. Mas ele era gentil e atencioso; prometera me ajudar, e eu confiava nele. Disse, portanto:

— Dr. Van Helsing, o que tenho a contar é tão esquisito que devo lhe pedir que não ria de mim ou de meu marido. Desde ontem a dúvida se apossou de mim como uma febre. O senhor precisa ser gentil comigo e não pode me achar uma tola por ter mesmo que parcialmente acreditado em coisas tão estranhas.

Ele me reassegurou, com suas palavras tanto quanto com sua atitude, ao dizer:

— Ah, minha cara, se soubesse o quão estranha é a situação que me traz aqui, seria a senhora a rir. Aprendi a não fazer pouco das crenças de ninguém, por mais estranhas que pareçam. Tenho tentado manter minha mente aberta, e não são os fatos corriqueiros da vida que hão de fechá-la, mas as coisas estranhas, as coisas extraordinárias, as coisas que nos fazem duvidar se estamos loucos ou sãos.

— Obrigada, mil vezes obrigada! O senhor tirou um peso da minha mente. Se me permitir, lhe darei alguns papéis para ler. São muitos, mas datilografei tudo. Esclarecerá o que me preocupa com relação a Jonathan. É a cópia do diário que ele manteve quando estava no exterior, e lá ele registrou tudo o que aconteceu. Não ouso dizer uma palavra a respeito; o senhor há de ler e de julgar. Quando nos reencontrarmos, então, talvez o senhor possa me fazer a gentileza de dizer o que pensa.

— Prometo — disse ele, quando lhe entreguei os papéis. — Pela manhã, o mais cedo possível, virei vê-la e também ao seu marido, se possível.

— Jonathan estará aqui às 11h30; o senhor pode vir almoçar conosco e aproveitar para vê-lo. Em seguida, pode embarcar no trem rápido das 15h34, que o deixará em Paddington antes das vinte horas.

Ele ficou surpreso que eu soubesse de cor os horários dos trens, mas não sabe que me informei sobre todos os trens que chegam a Exeter e que partem daqui a fim de poder ajudar Jonathan caso ele esteja com pressa.

O professor então apanhou os papéis e se foi, e aqui estou eu, pensando... pensando não sei o quê.

CARTA (*MANUSCRITA*) DE VAN HELSING A MRS. HARKER

25 de setembro, 18 horas.

Cara madame Mina,

Li o maravilhoso diário de seu marido. A senhora pode dormir sem a tortura da dúvida. Por mais que tudo pareça estranho e terrível, é *verdade*! Juro pela minha vida. Pode ser pior para outros, mas para ele e para a senhora não há perigo. Ele é um rapaz nobre. Deixe-me dizer, pela experiência que tenho com os homens, que alguém que agiu como ele, descendo pela parede do castelo até aquele quarto, e depois fazendo-o uma segunda vez, não é alguém a quem um choque vá causar danos permanentes. Seu cérebro e seu coração estão bem. Posso jurá-lo, mesmo antes de tê-lo visto. Portanto, fique descansada. Terei muitas perguntas a fazer a ele sobre outros assuntos. Foi uma bênção para mim ter ido vê-la hoje, pois descobri tanta coisa de uma só vez que estou atordoado — mais atordoado do que nunca, e preciso pensar.

Sinceramente,
ABRAHAM VAN HELSING

CARTA DE MRS. HARKER A VAN HELSING

25 de setembro, 18h30.

Meu caro dr. Van Helsing,

Mil vezes obrigada por sua carta tão gentil, que tirou um grande peso de minha mente. Ainda assim, se tudo é verdade, que coisas terríveis há no mundo, e o quão abominável é o fato de aquele homem, aquele monstro, estar realmente em Londres! Não ouso pensar nisso. Neste momento, enquanto escrevo, recebo um telegrama de Jonathan dizendo que partiria de Launceston no trem das 18h25, e que chegará aqui às 22h18, para que eu não tenha que passar a noite sozinha. Portanto, será que, em vez de vir para o almoço, o senhor não poderia estar aqui às oito horas, para o café da manhã — se não for cedo demais? Poderá ir embora, se estiver com pressa, no trem das 10h30, chegando em Paddington às 14h35. Não é necessário que me responda; se não mandar notícias, presumo então que virá para o café da manhã.

Sinceramente grata,
Sua amiga
MINA HARKER

DIÁRIO DE JONATHAN HARKER

26 de setembro — Não achei que fosse algum dia voltar a escrever neste diário, mas a hora chegou. Quando voltei para casa ontem à noite, Mina havia preparado a ceia, e depois que terminamos de comer contou-me sobre a visita de Van Helsing; disse-me que lhe deu cópias datilografadas dos dois diários e que havia ficado muito ansiosa a meu respeito. Mostrou-me a carta do doutor, na qual ele atestava a veracidade de tudo o que eu escrevera. Isso parece ter feito de mim um novo homem. Foi a dúvida quanto à realidade de tudo aquilo que me abateu. Sinto-me impotente, no escuro, e receoso, mas, agora que *sei*, já não tenho medo, nem mesmo do conde. Ele conseguiu, afinal de contas, vir a Londres, e foi ele quem vi. Rejuvenesceu, mas como? Van Helsing é o homem certo para desmascará-lo e expulsá-lo daqui, se for como Mina o descreveu. Ficamos acordados até tarde, conversando sobre o assunto. Mina está se vestindo, e eu vou falar com o hotel dentro de alguns minutos, a fim de trazê-lo até aqui...

Ele ficou, creio, surpreso ao me ver. Quando cheguei à sala em que ele estava e me apresentei, ele me segurou os ombros e girou meu rosto na direção da luz, dizendo, depois de me estudar minuciosamente:

— Mas madame Mina disse-me que o senhor estava doente, que tinha sofrido um choque!

Foi tão engraçado ouvir minha esposa ser chamada de "madame Mina" por aquele velho senhor de rosto forte e gentil. Sorri, e disse:

— Eu *estava* doente, e *sofri* um choque, mas o senhor já me curou.

— E como?

— Através de sua carta para Mina, ontem à noite. Eu tinha muitas dúvidas, e tudo assumiu um tom de irrealidade. Eu não sabia em que confiar, mesmo em se tratando do que me diziam meus sentidos. Por não saber em que confiar, não sabia o que fazer; tudo o que me restava era continuar trabalhando no que até então havia sido minha rotina habitual. Mas a rotina deixou de me satisfazer, e comecei a desconfiar de mim mesmo. Doutor, o senhor não sabe o que é duvidar de tudo, até de si mesmo. Não, o senhor não sabe; com sobrancelhas como as suas, não poderia saber.

Ele pareceu satisfeito, e riu ao dizer:

— Ah! Então o senhor é um fisionomista. Aprendo mais coisas aqui a cada hora que passa. É com muito prazer que venho acompanhá-los no desjejum. E, ah, o senhor há de perdoar elogios vindos de um velho como eu, mas sua esposa é uma verdadeira bênção.

Eu seria capaz de ficar o dia inteiro ouvindo-o tecer elogios a Mina, de modo que simplesmente fiz que sim, em silêncio.

— Ela é uma das mulheres de Deus, moldada por Sua própria mão para mostrar aos homens e às outras mulheres que há um céu no qual podemos entrar, e cuja luz pode muito bem estar aqui mesmo na Terra. Tão fiel, tão encantadora, tão nobre e altruísta, o que é muito, vou lhe dizer, nestes tempos tão céticos e egoístas. E o senhor... li todas as cartas enviadas à pobre Miss Lucy, e algumas falam do senhor, de modo que o conheço há alguns dias através das palavras de outras pessoas. Mas foi ontem à noite que vislumbrei seu verdadeiro eu. O senhor me dará sua mão, não dará? E que sejamos amigos pelo resto de nossas vidas.

Apertamos as mãos, e ele era tão honesto e tão gentil que tive de conter as lágrimas.

— E agora — prosseguiu ele —, será que posso lhe pedir ajuda? Tenho uma tarefa imensa a cumprir, e ela se inicia com o desvendar dos fatos. Aqui, o senhor pode me ajudar. Pode me dizer o que aconteceu antes de partir para a Transilvânia? Mais tarde talvez eu lhe peça outro tipo de ajuda, mas no momento isso será suficiente.

— Ouça, meu senhor — disse eu —, o que tem a fazer diz respeito ao conde?

— Sim — disse ele, solene.

— Então estou com o senhor, de corpo e alma. Como partirá no trem das 10h30, não terá tempo de ler, mas vou apanhar a papelada. Pode levá-la consigo para ler no trem.

Após o café da manhã, deixei-o na estação. Ao nos despedirmos, ele disse:

— Talvez possa vir a Londres se eu mandar chamá-lo, e madame Mina também.

— Iremos quando o senhor quiser — disse eu.

Eu comprara para ele os jornais matutinos e também os vespertinos de Londres, da véspera. Ele os folheava enquanto conversávamos junto à janela do vagão, esperando a partida do trem. Subitamente, algo pareceu chamar-lhe a atenção num deles, o *The Westminster Gazette* — eu conhecia o jornal pela cor —, fazendo-o empalidecer. Leu algo com muita atenção, murmurando para si mesmo:

— *Mein Gott! Mein Gott!* Tão cedo! Tão cedo!

Creio que chegou a se esquecer da minha presença ali, naquele momento. Nesse instante, o trem apitou e começou a se mover. Isso chamou o professor de volta à realidade. Ele se inclinou para fora da janela e acenou, dizendo:

— Lembranças a madame Mina! Escreverei assim que possível.

Diário do dr. Seward

26 de setembro — De fato, o fim é algo que não existe. Não se passou uma semana desde que escrevi *Finis*, e aqui estou, recomeçando tudo, ou na verdade continuando o mesmo diário. Até hoje à tarde, eu não tinha motivos para pensar no que foi feito. Renfield tem estado tão são quanto possível. Já estava bem adiantado com o negócio das moscas e acabava de dar início à criação de aranhas, de modo que não me criou problemas. Recebi uma carta de Arthur, escrita no domingo, e dela deduzi que ele tem suportado tudo bastante bem. Quincey Morris está com ele, o que é uma ajuda e tanto, pois ele é o rei do bom humor. Quincey me escreveu algumas palavras, também, e através dele soube que Arthur está começando a recuperar algo da sua antiga vivacidade; no que diz respeito a eles, portanto, minha mente está tranquila. Quanto a mim, voltava a me dedicar ao meu trabalho com o antigo entusiasmo, tanto que poderia dizer que a ferida que a pobre Lucy deixou em mim estava começando a cicatrizar. Tudo foi reaberto, porém; qual será o fim, só Deus sabe. Imagino que Van Helsing pense saber, também, mas só revela o suficiente em cada ocasião para estimular minha curiosidade. Foi a Exeter ontem, e passou a noite lá. Voltou hoje, e quase entrou pulando dentro do meu escritório, às 17h30, aproximadamente, colocando em minhas mãos o *The Westminster Gazette* de ontem à noite.

— O que você acha disso? — perguntou, afastando-se e cruzando os braços.

Passei os olhos pelo jornal, pois de fato não sabia o que ele queria dizer, mas ele o tirou de mim e indicou um parágrafo que falava de crianças que estavam sendo atraídas para longe em Hampstead. Isso não me disse muito, até que cheguei a uma passagem que descrevia pequenas feridas circulares em seus pescoços. Algo me ocorreu, e eu levantei os olhos.

— E então? — perguntou ele.

— São como as feridas da pobre Lucy.

— E o que você deduz disso?

— Apenas que há algo em comum. Seja lá o que tenha ferido está ferindo também as crianças.

— Indiretamente, isso é verdade, mas não diretamente.

— O que quer dizer, professor? — perguntei.

Eu estava um tanto inclinado a não levar muito em consideração sua seriedade — pois, afinal de contas, quatro dias de repouso, sem a prisão daquela ansiedade torturante, haviam servido para me animar um pouco —, mas, quando vi seu rosto, recuperei a sobriedade. Ele jamais tivera uma expressão de maior gravidade, nem mesmo no meio de todo o nosso desespero por causa da pobre Lucy.

— Diga-me! — exclamei. — Não sou capaz de arriscar uma opinião. Não sei o que pensar e não tenho informações em que possa basear minhas conjecturas.

— Quer me dizer então, amigo John, que não tem qualquer suspeita sobre a causa da morte de Miss Lucy, mesmo depois de todas as pistas dadas não só pelos fatos, mas por mim também?

— Morreu de esgotamento nervoso após uma grande perda de sangue.

— E como esse sangue foi perdido?

Balancei a cabeça. Ele foi até onde eu estava e sentou-se ao meu lado, prosseguindo:

— Você é um homem inteligente, amigo John. Tem um bom raciocínio, uma grande sagacidade, mas é preconceituoso demais. Não permite que seus olhos vejam, e que seus ouvidos escutem, e que tome conhecimento daquilo que não faz parte de sua vida cotidiana. Não acha que há coisas que não é capaz de compreender e ainda assim existem? Que há coisas que certas pessoas veem e outras não? Há muitas coisas, antigas e novas, que não devem ser contempladas pelos olhos dos homens, porque eles sabem, ou julgam saber, certas coisas que outros homens lhes disseram. Ah, o defeito da nossa ciência é querer explicar tudo. Quando não é capaz de fazê-lo, decreta que não há o que explicar. Ainda assim, porém, a cada dia vemos crescerem ao nosso redor crenças que se julgam novas, mas que não passam de crenças antigas fingindo serem novas. Como as belas senhoras na ópera. Suponho que você não acredite em transferência corporal. Não? Nem em materialização. Não? Nem em corpos astrais. Não? Nem em leitura de pensamentos. Não? Nem no hipnotismo...

— Acredito — disse eu. — Charcot demonstrou-o muito bem.

Ele sorriu e continuou:

— Então está satisfeito a esse respeito. Verdade? E é claro que compreende como funciona e pode seguir a mente do grande Charcot, que infelizmente já não está mais entre nós, até a alma do paciente que ele hipnotiza. Não? Então, amigo John, devo deduzir que você simplesmente aceita o fato e fica satisfeito ao deixar o espaço entre a premissa e a conclusão em branco? Não? Então me diga, já que sou um estudioso do cérebro, como pode aceitar o hipnotismo e rejeitar a leitura de pensamentos. Deixe que eu lhe diga, meu amigo, que atualmente certas conquistas da ciência da eletricidade teriam sido condenadas como profanas pelos próprios homens que descobriram a eletricidade. E esses homens, não muito tempo atrás, teriam sido queimados como bruxos. Sempre há mistérios na vida. Por que motivo Matusalém viveu novecentos anos; o "Old Parr", 169; e a nossa pobre Lucy, com o sangue de quatro homens em suas veias, não sobreviveu um dia? Pois, se ela tivesse vivido mais um dia que fosse, poderíamos tê-la salvado. Você conhece todos os mistérios da vida e da morte? Conhece na íntegra a anatomia comparada e pode dizer por que certos homens têm as características dos brutos e outros não? Pode me dizer por que, enquanto outras aranhas morrem tão pequenas e jovens, aquela enorme aranha viveu durante séculos na torre da antiga igreja espanhola, crescendo cada vez mais, até que, ao descer, fosse capaz de beber todo o óleo das lamparinas da igreja? Pode me dizer por que, nos Pampas, e em outros lugares, há morcegos que vêm à noite e abrem as veias do gado e dos cavalos e lhes sugam todo o sangue? Como pode ser que, em algumas ilhas dos mares ocidentais, haja morcegos que ficam o dia todo dependurados nas árvores, descritos por aqueles que os viram como nozes ou casulos gigantes, e que, quando os marinheiros dormem no convés, por fazer muito calor, voam até eles, e então... e então, na manhã seguinte, os homens são encontrados mortos, pálidos como estava Miss Lucy?

— Meu Deus, professor! — exclamei, alarmado. — O senhor está me dizendo que Lucy foi mordida por um morcego desses e que algo desse tipo existe em Londres no século XIX?

Ele fez um gesto com a mão, em silêncio, e depois prosseguiu:

— Pode me dizer por que a tartaruga vive mais do que longas gerações de homens, por que o elefante vive o suficiente para observar sucessões de dinastias e por que o papagaio nunca morre somente devido a uma mordida de gato ou de cão ou algum mal dessa natureza? Pode me dizer por que os homens acreditam, em todas as épocas e em todos os lugares, que há alguns entre eles capazes de viver para sempre, se assim permitirem? Homens e mulheres que não podem morrer? Todos sabemos, porque a ciência nos assegurou, que existiram sapos presos dentro de rochas durante milhares de anos, presos em buracos tão pequenos que somente eles cabiam ali, desde a época em que o mundo era jovem. Pode me dizer por que o faquir indiano é capaz de morrer intencionalmente e ser enterrado, e seu túmulo fechado, e o milho semeado na terra que o recobre, e o milho ser colhido e cortado e semeado e novamente colhido e cortado, e finalmente virem homens tirar a fechadura intacta e deparar-se com o faquir indiano vivo, que se ergue e anda no meio deles como antes?

Naquele ponto, eu o interrompi. Estava ficando desnorteado. Ele abarrotara de tal forma minha mente com sua lista de excentricidades e de possíveis impossibilidades da natureza que minha imaginação estava sendo estimulada demais. Eu tinha a vaga ideia de que ele estava me ensinando algo, como costumava fazer muito tempo atrás em seu estúdio, em Amsterdã; mas naquela época ele costumava me dizer o que era, para que eu pudesse ter o objeto de seus pensamentos o tempo todo em mente. Agora, eu já não contava com sua ajuda, mas ainda assim queria segui-lo, e então disse:

— Professor, deixe-me ser seu aluno predileto outra vez. Diga-me qual a tese, para que eu possa aplicar seu conhecimento à medida que o senhor avança. No momento, estou indo de um canto a outro dentro de minha própria mente, e é assim que os loucos seguem uma ideia, não os sãos. Sinto-me como um principiante se arrastando num pântano em meio à neblina, saltando de uma moita a outra num esforço cego de prosseguir sem saber para onde estou indo.

— A imagem é boa — disse ele. — Vou lhe dizer. Minha tese é a seguinte: quero que você acredite.

— Acredite em quê?

— Acredite em coisas que julga impossíveis. Deixe-me ilustrar. Certa vez, ouvi um americano definir a fé da seguinte forma: "a faculdade que nos torna capazes de acreditar em coisas que sabemos não serem verdadeiras". Eu, entre outros, estou de acordo com esse homem. Ele quis dizer que devemos ter a mente aberta, e não deixar que uma verdade ínfima comprometa o avanço de uma grande verdade, como faz uma pequena pedra com um trem. Chegamos primeiro à verdade ínfima. Ótimo! Nós a guardamos e a valorizamos, mas ao mesmo tempo não devemos achar que se trata de toda a verdade do universo.

— Então o senhor quer que eu não deixe certas convicções prévias comprometerem a receptividade de minha mente com relação a esse estranho assunto. Estou entendendo bem sua lição?

— Ah, você ainda é meu aluno preferido. Vale a pena ensiná-lo. Agora que está disposto a compreender, deu o primeiro passo rumo à compreensão. Acha então que os pequenos orifícios nos pescoços das crianças foram feitos pelo mesmo ser que feriu Miss Lucy?

— Suponho que sim.

Ele se pôs de pé e disse, solenemente:

— Então você está errado. Ah, quem dera fosse isso! Mas, ai de mim! Não é. É pior, muito, muito pior.

— Pelo amor de Deus, professor Van Helsing, o que está querendo dizer? — exclamei.

Ele desabou sem esperanças numa cadeira, colocando os cotovelos sobre a mesa e cobrindo o rosto com as mãos ao dizer:

— Foram feitos pela própria Miss Lucy!

capítulo 15

Diário do dr. Seward *(continuação)*

Por algum tempo, senti-me dominado pela mais pura raiva; foi como se ele tivesse, enquanto Lucy ainda vivia, a golpeado no rosto. Dei uma pancada forte na mesa e me pus de pé ao lhe dizer:

— Dr. Van Helsing, o senhor está louco?

Ele ergueu a cabeça e olhou para mim, e de certa forma a ternura de seu rosto me acalmou no mesmo instante.

— Quem dera que estivesse! — disse ele. — Seria mais fácil lidar com a loucura do que com isto. Ah, meu amigo, por que você acha que fiquei fazendo rodeios, que demorei tanto para lhe dizer uma coisa tão simples? Seria porque o odeio desde sempre? Seria porque queria fazê-lo sofrer? Seria porque eu queria, já tão tarde, vingar-me por aquela ocasião em que você me salvou de uma morte assustadora? Claro que não!

— Desculpe-me — eu disse.

Ele prosseguiu:

— Meu amigo, foi porque eu queria lhe revelar a verdade da forma mais branda possível. Sabia o quanto você amava aquela encantadora moça. Mesmo agora, porém, não espero que venha a acreditar. É tão difícil aceitar de imediato qualquer verdade abstrata que chegamos a duvidar de que certa coisa seja possível quando sempre acreditamos que não seria. Mais difícil ainda é aceitar uma verdade concreta e tão triste, ainda mais como a que se refere a Miss Lucy. Hoje à noite vou comprovar o que afirmei. Você tem coragem de vir comigo?

Essas palavras me desconcertaram. Não é nada agradável comprovar uma verdade dessas. Byron sabia disso, ao falar, por exemplo, do ciúme: "E comprovar a verdade que lhe era mais abominável." O professor viu minha hesitação e disse:

— A lógica é simples, e dessa vez não é a lógica de um louco, saltando de moita em moita num pântano coberto pelo nevoeiro. Se não for verdade, então prová-lo será um alívio. Pelo menos não nos fará mal algum. Mas se for verdade! Ah, isso é o que temo, mas o próprio temor deve auxiliar a minha causa, pois num certo sentido nos obriga a acreditar. Venha, vou lhe dizer o que proponho: em primeiro lugar, que partamos agora para ver aquela criança no hospital. O dr. Vincent, do North Hospital, onde os jornais dizem estar a criança, é meu amigo, e seu também, creio, já que você era estudante em Amsterdã. Ele permitirá que dois cientistas se inteirem do caso, se não permitir que dois amigos o façam. Nada lhe diremos, somente que gostaríamos de estudá-lo. E então...

— E então?

Ele tirou uma chave do bolso e ergueu-a:

— E então passaremos a noite, você e eu, no adro onde Lucy jaz. Esta é a chave da fechadura do túmulo. Consegui com o agente funerário, para entregar a Arthur.

Meu coração afundou-me no peito, pois senti que havia algo de terrível e assustador diante de nós. Nada podia fazer, contudo, então me recompus da melhor forma possível e lhe disse que era melhor nos apressarmos, pois a tarde já avançava...

Encontramos a criança acordada. Ela dormira e comera um pouco, e de modo geral se recuperava. O dr. Vincent tirou o curativo do pescoço e nos mostrou as duas perfurações. Não havia dúvidas quanto à semelhança com as feridas do pescoço de Lucy. Eram menores, e as bordas pareciam mais recentes; era tudo. Perguntamos a Vincent a que ele as atribuía, e ele respondeu que devia ser uma mordida de algum animal, talvez uma ratazana; mas ele estava inclinado a pensar que havia sido feita por um dos morcegos que são tão numerosos nos morros a norte de Londres.

— Entre várias espécies inofensivas — disse ele — talvez haja alguma espécie selvagem e maligna, oriunda do sul. Algum marinheiro deve ter trazido um espécime para cá, e o animal conseguiu escapar, ou um filhote pode ter conseguido fugir do Jardim Zoológico. Talvez uma linhagem tenha se originado ali entre o cruzamento de um morcego comum com um vampiro. Essas coisas acontecem, como sabem.

Faz apenas dez dias que um lobo fugiu, e descobriram que seus rastros seguiam na nossa direção. Durante uma semana, depois que isso aconteceu, as crianças só faziam brincar de Chapeuzinho Vermelho no parque e em cada ruazinha, até que essa "moça de branco" apareceu. Desde então, é o grande sucesso entre eles. Até mesmo este pingo de gente perguntou à enfermeira, hoje, ao acordar, se poderia ir embora. Quando ela lhe perguntou por que ele queria ir, respondeu que era para brincar com a "moça de branco".

— Espero — disse Van Helsing — que ao mandarem a criança de volta para casa advirtam seus pais para que a mantenham sob severa vigilância. Essas fantasias de que alguém os está chamando para longe são muito perigosas; se o menino ficasse fora mais uma noite, provavelmente teria sido fatal. Mas, de qualquer modo, acredito que o senhor ainda vai mantê-lo no hospital por alguns dias.

— Com certeza, pelo menos por uma semana. Mais do que isso, se a ferida não tiver cicatrizado.

Nossa visita ao hospital tomou mais tempo do que havíamos calculado, e o sol já havia se posto quando saímos. Quando Van Helsing viu o quanto escurecera, disse:

— Não há pressa. É mais tarde do que eu pensava. Venha, vamos procurar algum lugar onde possamos comer e então seguiremos nosso caminho.

Jantamos no Jack Straw's Castle junto com um grupo de ciclistas e outros fregueses bastante barulhentos. Por volta das dez horas, saímos do restaurante. Já estava bastante escuro, e as lamparinas espalhadas aqui e ali faziam com que a escuridão fosse maior quando saíamos do círculo que iluminavam. O professor com certeza sabia qual o caminho que devíamos tomar, pois seguia adiante sem hesitação; quanto a mim, eu estava bastante confuso sobre nossa localidade. Conforme avançávamos, encontrávamos cada vez menos gente, até que afinal ficamos um tanto surpresos ao encontrar até mesmo a patrulha da polícia montada fazendo sua habitual ronda pelos subúrbios. Por fim, chegamos ao cemitério, pulando o muro. Com certa dificuldade — pois estava muito escuro, e o lugar nos era praticamente desconhecido —, encontramos o túmulo da família Westenra. O professor apanhou a chave, abriu a porta que rangia e, dando um passo atrás, com toda polidez, mas sem se dar conta, fez um gesto para que eu fosse primeiro. Havia uma deliciosa ironia na oferta, na cortesia em me dar a preferência numa situação medonha como aquela. Logo depois de mim, ele entrou e cuidadosamente fechou a porta, depois de certificar-se de que não iria se trancar automaticamente. Se fosse o caso, estaríamos em maus lençóis. Remexeu na valise, então, tirando de lá uma caixa de fósforos e uma vela. Acendeu-a. À luz do dia, cheio de grinaldas de flores, o túmulo já parecera soturno e assustador o suficiente. Agora, porém, alguns dias depois, quando as flores pendiam mortas, o branco enferrujara e o verde se transformara em marrom; quando as aranhas e os besouros haviam retornado aos seus domínios habituais; quando a pedra descolorida e a argamassa onde a poeira se incrustava, e o ferro oxidado e úmido e o bronze embaçado e a prata manchada refletiam o brilho débil da vela, o efeito era mais sórdido e miserável do que se poderia imaginar. Transmitia de forma convincente a ideia de que não era apenas a vida — a animal — que se acabava.

Van Helsing começou a fazer seu trabalho de maneira sistemática. Segurando a vela de modo a poder ler as placas nos caixões, e num ângulo tal que a cera pingava em manchas brancas, congelando imediatamente ao tocar o metal, certificou-se de qual era o caixão de Lucy. Vasculhou outra vez o interior da valise e tirou de lá uma chave de fenda.

— O que o senhor vai fazer? — perguntei.

— Abrir o caixão. Você logo irá se convencer.

No mesmo instante começou a tirar os parafusos e finalmente levantou a tampa, mostrando o invólucro de chumbo por baixo. Aquela visão era quase demais para mim. Parecia uma afronta tão grande à morta como se lhe tivéssemos tirado as roupas durante o sono, enquanto ainda vivia.

Cheguei a segurar a mão do professor para detê-lo.

— Você verá — foi tudo o que ele disse, e, novamente vasculhando dentro da valise, tirou de lá uma pequena serra tico-tico.

Golpeando a chave de fenda sobre o chumbo com pancadas que me fizeram estremecer, ele fez um pequeno orifício, que era, no entanto, grande o suficiente para deixar passar a extremidade da serra. Eu esperara que dali saísse uma grande quantidade de gás, pois o cadáver já estava ali havia uma semana. Nós, médicos, que temos que estudar nossos males, precisamos nos acostumar com esse tipo de coisa, e recuei até a porta.

O professor, contudo, não se interrompeu nem por um instante. Serrou cerca de meio metro num dos lados do caixão de chumbo, depois ao longo dele, depois do outro lado. Pegando uma das pontas da aba solta, puxou-a até o pé do caixão. Segurando a vela a fim de que iluminasse a abertura, fez sinal para que eu fosse olhar.

Aproximei-me e olhei. O caixão estava vazio.

Era decerto uma surpresa para mim, e causou-me um choque considerável, mas Van Helsing mantinha-se inabalável. Estava agora mais do que nunca certo sobre suas teorias e estimulado a prosseguir em suas tarefas.

— Está satisfeito agora, amigo John?

Senti minha natureza obstinadamente argumentativa despertar dentro de mim ao lhe responder:

— Estou satisfeito com o fato de que o corpo de Lucy não está no caixão, mas isso só prova uma coisa.

— E que coisa é essa, amigo John?

— Que não está aí.

— Seu raciocínio tem lógica — disse ele. — Mas como explica que não esteja?

— Talvez um ladrão de cadáveres — sugeri. — Algum dos homens da agência funerária pode tê-lo roubado.

Senti que falava bobagem, no entanto, aquele era o único motivo real que eu era capaz de sugerir. O professor suspirou:

— Pois bem! — disse ele —, temos que obter outras provas. Venha comigo.

Fechou o caixão novamente, juntou todos os seus apetrechos, guardando-os na valise, apagou a vela e colocou-a lá também. Abrimos a porta e saímos. Ele me entregou a chave, dizendo:

— Pode ficar com isto? É melhor você não ter dúvidas.

Eu ri — não era uma risada alegre, sou obrigado a dizer —, fazendo-lhe um gesto para que a guardasse consigo.

— Uma chave não significa nada — disse eu. — Talvez haja duplicatas, e de qualquer modo não é difícil arrombar uma fechadura como aquela.

Ele nada disse, mas colocou a chave no bolso. Então me disse para vigiar um dos lados do cemitério, enquanto ele vigiaria o outro. Ocupei meu posto atrás de um teixo e vi seu vulto escuro se afastando até que as pedras tumulares e as árvores o ocultaram de mim.

Foi uma vigília solitária. Logo depois que eu ocupara meu posto, ouvi um relógio distante bater meia-noite, e depois uma e duas horas da madrugada. Eu estava gelado e amedrontado, além de zangado com o professor por ter me levado numa missão daquelas, e comigo mesmo por ter ido. Sentia frio e sono demais para ficar observando com atenção, mas não estava sonolento o suficiente para não cumprir minha obrigação, de modo que passei momentos verdadeiramente terríveis, miseráveis.

De súbito, quando olhei para o lado, achei ter visto algo como um vulto branco passando entre dois teixos negros na extremidade do cemitério oposta à do túmulo; ao mesmo tempo, um vulto escuro saiu do local onde o professor estava, e correu em sua direção. Segui para o mesmo local, mas tinha que contornar pedras tumulares e sepulturas cercadas; tropeçava nos túmulos. O céu estava nublado, e em algum lugar distante dali um galo cantou. Um pouco adiante, atrás de uma fileira de juníperos que marcavam o caminho para a igreja, um vulto branco e pouco nítido correu na direção do túmulo. Como as árvores encobriam a ambos não pude ver onde o vulto desapareceu. Ouvi ruídos vindos do local onde o vira pela primeira vez; lá chegando, encontrei o professor segurando nos braços uma criança pequena.

— Está satisfeito, agora?

— Não — disse eu, de um modo que percebi ser agressivo.

— Não está vendo a criança?

— Sim, é uma criança, mas quem a trouxe aqui? E está ferida?

— Veremos — disse o professor, e num ímpeto saímos do adro; ele levava nos braços a criança adormecida.

Quando já havíamos nos afastado um pouco, ele foi até uma moita de árvores, acendeu um fósforo e olhou o pescoço da criança. Não se via qualquer tipo de ferimento ali.

— Eu não tinha razão?

— Chegamos bem a tempo — disse o professor, aliviado.

Tínhamos então que decidir o que fazer com a criança e discutimos a respeito. Se a levássemos até uma delegacia de polícia, teríamos que fazer um relato de nosso itinerário noturno; teríamos pelo menos que dizer como havíamos encontrado a criança. Afinal, portanto, resolvemos levá-la até o parque e, quando ouvíssemos um policial se aproximando, poderíamos deixá-la num lugar onde ele a fosse ver. Tudo funcionou conforme nossos planos. Perto dos limites de Hampstead Heath, ouvimos os passos pesados de um policial. Deixando a criança no meio do caminho, ficamos esperando e observando até que ele a visse, sob o facho de luz que sua lanterna lançava de um lado a outro. Ouvimos sua exclamação de surpresa e fomos embora em silêncio. Tivemos sorte de conseguir tomar um cabriolé perto de *Spaniards* e voltamos para a cidade.

Não consigo dormir e, portanto, decidi fazer estas anotações. Mas tenho que tentar dormir pelo menos algumas horas, pois Van Helsing deve me chamar ao meio-dia. Insiste que o acompanhe em outra expedição.

27 de setembro — Passava das duas da tarde quando conseguimos uma oportunidade adequada para nossa tentativa. O funeral que acontecera ao meio-dia já havia terminado, e as últimas pessoas que pranteavam o defunto tinham ido embora com passos lentos quando, olhando com cuidado por trás de uma moita de amieiros, vimos o sacristão trancar o portão depois de sair. Sabíamos que estaríamos a salvo até de manhã, se quiséssemos, mas o professor me disse que não precisaria de mais do que uma hora. Mais uma vez tive aquele horrível senso da realidade das coisas, em que qualquer esforço de imaginação parecia fora de lugar. Distingui com nitidez os perigos que corríamos em nosso ímpio trabalho. Além disso, considerava-o inútil. Por mais que fosse ultrajante abrir um caixão de chumbo e ver se uma mulher morta há mais de uma semana estava morta de fato, agora me parecia pura insanidade abrir novamente o túmulo — pois sabíamos, após tê-lo comprovado com nossos próprios olhos, que o caixão estava vazio. Estremeci, mas permaneci quieto, visto que Van Helsing tinha aquele hábito de seguir seu próprio caminho, independentemente de quem protestasse. Pegou a chave, abriu a câmara mortuária e de novo fez aquele gesto cortês para que eu fosse na frente. O lugar não estava tão horripilante quanto na noite passada, mas, ah, o aspecto era indizivelmente ruim quando o sol batia ali. Van Helsing foi até o caixão de Lucy, e eu o segui. Ele se curvou e tornou a afastar a aba de chumbo; fiquei chocado, num misto de surpresa e desânimo.

Ali estava Lucy, e seu aspecto era idêntico ao da noite anterior ao funeral. Estava, se possível, mais bela e radiante do que nunca, e eu não podia acreditar que estivesse morta. Os lábios estavam vermelhos, ainda mais vermelhos do que antes, e havia um delicado rubor em sua face.

— Isto é algum truque? — perguntei.

— Está convencido, agora? — perguntou-me por sua vez o professor. Ao falar, estendeu a mão e, de um modo que me fez estremecer, afastou os lábios mortos e me mostrou os dentes brancos.

— Veja só — prosseguiu —, estão mais afiados do que antes. Com este aqui e este aqui — e ele tocou um dos caninos e o dente abaixo daquele —, as crianças pequenas podem ser mordidas. Acredita, agora, amigo John?

Mais uma vez, a hostilidade argumentativa despertou dentro de mim. Não podia aceitar uma ideia tão esmagadora como aquela que ele sugeria. Então, numa tentativa de discutir, da qual naquele mesmo instante me envergonhava, eu disse:

— Talvez ela tenha sido colocada aí de ontem para hoje.

— É mesmo? E quem teria feito isso?

— Não sei. Alguém.

— Mas ela está morta há uma semana. A maioria das pessoas, após esse tempo, não teria um aspecto como o dela.

Eu não tinha respostas para isso, e me calei. Van Helsing não pareceu notar o meu silêncio; de qualquer modo, não demonstrava nem despeito e nem triunfo. Olhava intensamente para o rosto da defunta, erguendo as pálpebras e vendo os olhos, e depois abrindo outra vez os lábios para examinar os dentes. Virou-se para mim, então, e disse:

— Há algo aqui que difere de todos os registros. Uma espécie de vida dupla que não é habitual. Ela foi mordida pelo vampiro quando estava num transe, em meio ao sonambulismo... Ah, você se surpreende pois não sabe disso, amigo John. Mais tarde saberá tudo. Nesse estado, era mais fácil para ele vir lhe sugar mais sangue. Foi em transe que ela morreu, e é em transe que é também Não Morta. Assim sendo, difere de todos os outros. Normalmente, quando os Não Mortos dormem em casa — e ele fez um gesto abrangente com o braço, para designar o que um vampiro considerava sua "casa" —, seu rosto mostra o que realmente são. Mas esta moça é tão adorável que, quando não está agindo como uma Não Morta, seu corpo assume o aspecto de um cadáver comum. Não há malignidade, veja, e isso torna difícil a tarefa de matá-la durante o sono.

Essas palavras enregelaram-me o sangue, e comecei a perceber que estava aceitando as teorias de Van Helsing; mas se ela estivesse de fato morta, o que havia de tão terrível na ideia de matá-la? Ele levantou os olhos para mim e obviamente viu a mudança em minha expressão, pois disse, quase alegre:

— Ah, agora você acredita?

Respondi:

— Não me pressione demais de uma vez. Estou disposto a aceitar. Como fará esse maldito trabalho?

— Vou decepar a cabeça de Lucy e encher sua boca com alho, e atravessarei seu corpo com uma estaca.

Estremeci ao pensar em mutilar daquele modo o corpo da mulher que eu amara. O sentimento não era, porém, tão forte quanto eu imaginara. Eu estava, na verdade, começando a estremecer devido à presença daquele ser, daquela Não Morta, como Van Helsing a chamava, e a abominá-la. É possível que o amor seja inteiramente subjetivo, ou objetivo?

Esperei um tempo considerável até que Van Helsing começasse, mas ele estava como que perdido em pensamentos. Logo em seguida, ele fechou a valise num gesto e disse:

— Estive pensando e me decidi sobre o que é melhor fazer. Se eu simplesmente seguisse minha inclinação, faria o que tem de ser feito agora, neste momento. Mas há outras coisas a seguir, e que são mil vezes mais difíceis, pois não as conhecemos. Isto é simples. Ela ainda não tirou a vida de ninguém, embora seja apenas uma questão de tempo; agir agora seria livrá-la para sempre do perigo. Mas então talvez precisemos de Arthur, e como diremos a ele tudo isso? Se você, que viu as feridas no pescoço de Lucy, e viu as feridas tão similares naquela criança, no hospital; se você, que viu o caixão vazio ontem à noite e hoje ocupado por uma mulher que não mudou em nada, a não ser para se tornar mais bela e corada uma semana depois de morta; se você, que sabe disso e que viu o vulto branco trazer a criança ontem à noite para o cemitério, ainda assim relutou em aceitar o que seus sentidos lhe diziam, como posso esperar então que Arthur, que não sabe de nada disso, acredite? Ele desconfiou de mim quando o impedi de beijá-la no momento de sua morte. Sei que me perdoou por ter, devido a alguma ideia equivocada, feito coisas que o impediram de dizer adeus como deveria. Talvez ele pense que, num equívoco ainda maior, esta mulher foi enterrada viva. E que, no maior de todos os equívocos, nós a matamos. Argumentará então que fomos nós que a matamos com nossas ideias equivocadas e ficará para sempre profundamente infeliz. Jamais, porém, terá certeza, e isso será o pior de tudo. Às vezes acreditará que a mulher que amava foi enterrada viva, e essa ideia tingirá seus sonhos com os horrores do que ela deve ter sofrido. Depois, achará que talvez estejamos corretos, e que sua amada era, afinal de contas, uma Não Morta. Não! Eu disse a ele uma vez, e desde então descobri muitas coisas. Agora, já que sei ser tudo verdade, tenho milhares de motivos a mais para saber que ele terá que provar de águas amargas até poder chegar à água doce. Aquele pobre rapaz há de passar por momentos em que o próprio paraíso há de lhe parecer negro; então poderemos agir em nome do bem de todos e devolver-lhe a paz. Já tomei minha decisão. Vamos. Volte hoje à noite para o hospício e certifique-se de que tudo esteja bem. Quanto a mim, passarei a noite aqui no cemitério, à minha maneira. Amanhã à noite, venha me encontrar no Berkeley Hotel às dez horas. Mandarei chamar Arthur, também, assim como aquele admirável jovem americano que doou seu sangue. Mais tarde, teremos trabalho a fazer. Vou com você até Piccadilly; pretendo jantar lá, pois tenho que estar de volta antes do pôr do sol.

Trancamos o túmulo e nos afastamos; pulamos o muro do cemitério, o que não era uma tarefa tão difícil assim, e voltamos para Piccadilly.

Bilhete deixado por Van Helsing em sua valise, no Berkeley Hotel, endereçado ao dr. John Seward *(Não foi entregue.)*

27 de setembro.

Amigo John,

Escrevo estas palavras no caso de alguma coisa acontecer. Vou sozinho ficar de vigília naquele cemitério. Quero que a Não Morta, Miss Lucy, não saia hoje à noite, de modo a estar mais faminta amanhã. Assim sendo, colocarei algumas coisas de que ela não gosta — alho e um crucifixo — na porta do túmulo, que assim estará selada. Ela ainda é uma Não Morta jovem, e há de obedecer. Além do mais, isso só vai impedi-la de sair; talvez não impeça que entre, pois nesse momento os Não Mortos se desesperam e precisam encontrar o caminho menos difícil, qualquer que seja ele. Estarei por perto durante toda a noite, desde o pôr do sol até depois da alvorada, e se houver algo que possa ser descoberto, eu descobrirei. Não temo Miss Lucy, e não temo por ela; mas o outro, aquele que a transformou numa Não Morta, tem agora o poder de procurar seu túmulo e encontrar abrigo. Ele é astuto, como sei da parte de Mr. Jonathan e a tomar pela forma como ele nos iludiu quando disputávamos a vida de Miss Lucy — e perdemos. Em vários sentidos, os Não Mortos são fortes. Suas mãos têm sempre a força de vinte homens; mesmo nós quatro, que demos nossa força a Miss Lucy, acabamos por fortalecê-lo. Além disso, pode invocar seu lobo e não sei mais o quê. Portanto, se ele vier aqui esta noite, irá me encontrar; mas ninguém mais conseguirá fazê-lo — até que já seja tarde demais. Pode ser, no entanto, que ele não tente vir até aqui. Não há motivos para isso; seu território de caça é mais divertido do que o cemitério onde a Não Morta dorme e um velho observa.

Portanto, escrevo-lhe no caso de uma eventualidade... Pegue os papéis que estão com este bilhete, os diários de Harker e o resto, e leia-os, e então encontre esse poderoso Não Morto, e decepe-lhe a cabeça e queime seu coração, ou então atravesse-o com uma estaca, para que não importune mais o mundo.

Se for assim, adeus.
VAN HELSING

DIÁRIO DO DR. SEWARD

28 de setembro — É maravilhoso o que uma boa noite de sono pode fazer por nós. Ontem eu estava quase disposto a aceitar as ideias monstruosas de Van Helsing, mas agora tudo parece se delinear de modo apavorante diante de mim como ultrajes ao senso comum. Não tenho dúvidas de que ele acredite em tudo. Pergunto-me se sua mente pode ter se tornado de algum modo desarticulada. Com certeza deve haver *alguma* explicação racional para todas essas coisas misteriosas. É possível que o professor tenha feito tudo ele mesmo? Ele tem uma inteligência tão incomum que, se perdesse a lucidez, levaria a cabo seus planos relativos a alguma ideia fixa de modo esplêndido. Reluto em considerar essa hipótese, e na verdade seria uma surpresa tão grande quanto a anterior descobrir que Van Helsing enlouqueceu. De qualquer modo, vou observá-lo cuidadosamente. Talvez descubra alguma pista desse mistério.

29 de setembro, de manhã — Na noite passada, um pouco antes das dez horas, Arthur e Quincey foram até o quarto de Van Helsing; ele nos disse o que desejava que fizéssemos, dirigindo-se sobretudo a Arthur, como se todos os nossos propósitos estivessem centrados nos dele. Começou dizendo que esperava que todos o acompanhássemos.

— Temos uma tarefa de extrema gravidade para cumprir — disse ele. — Vocês sem dúvida ficaram surpresos com a minha carta?

A pergunta dirigia-se diretamente a lorde Godalming.

— Eu fiquei. Ela me perturbou um pouco. Tem havido problemas suficientes ao meu redor nos últimos tempos. Gostaria de evitá-los, por ora. Também fiquei curioso sobre o assunto a que o senhor se referia. Quincey e eu conversamos a respeito; quanto mais falávamos, mais intrigados ficávamos, e no momento posso dizer que, no que me diz respeito, estou totalmente no escuro sobre o significado de tudo isto.

— Eu também — disse Quincey Morris, lacônico.

— Ah — disse o professor —, então estão mais adiantados do que o amigo John, aqui, que precisa voltar muito atrás antes de avançar o suficiente para poder começar.

Era evidente que ele reconhecera a volta de minha antiga atitude pouco crédula sem dizer uma palavra. Então, voltando-se para os outros dois, disse, num tom de extrema gravidade:

— Quero sua permissão para fazer, hoje à noite, aquilo que a meu ver é o correto. É pedir muito, sei disso. Só saberão o quanto isso é verdade quanto estiverem a par do que me proponho a fazer. Portanto, preciso que me deem sua permissão no escuro, a fim de que, mais tarde, embora os dois talvez fiquem zangados comigo por um tempo, e não posso deixar de admitir essa possibilidade, não venham a se culpar de nada.

— O senhor está sendo franco, de qualquer forma — interrompeu Quincey. — Fico do lado do professor. Não compreendo quais são suas intenções, mas juro que ele é honesto, e isso me basta.

— Obrigado, meu senhor — disse Van Helsing, orgulhoso. — É uma honra ter no senhor um amigo que confia em mim, e seu apoio me é muito caro.

Estendeu a mão, e Quincey a apertou. Então Arthur se manifestou:

— Dr. Van Helsing, não me agrada comprar nada no escuro, como costumam dizer, e, caso se trate de algo que envolva minha honra de cavalheiro ou minha fé de cristão, não posso fazer uma promessa dessas. Se o senhor puder me garantir que o que pretende fazer há de respeitá-las, então tem meu consentimento, mesmo que eu realmente não compreenda quais são suas intenções.

— Aceito sua limitação — disse Van Helsing. — Tudo o que lhe peço é que, caso sinta a necessidade de condenar qualquer atitude minha, em primeiro lugar a considere bem e fique satisfeito com o fato de não violar esses dois princípios.

— De acordo! — disse Arthur. — Isso é bastante justo. E agora que os *pourparlers* terminaram, posso lhe perguntar o que devemos fazer?

— Quero que venham comigo, e em sigilo, ao cemitério em Kingstead.

O desânimo estampou-se no rosto de Arthur, e ele disse, um tanto surpreso:

— Onde a pobre Lucy está enterrada?

O professor se inclinou, fazendo que sim. Arthur prosseguiu:

— E lá chegando...?

— Entrar no túmulo!

— Professor, o senhor está falando sério ou se trata de alguma piada monstruosa? Perdoe-me, vejo que fala sério.

Tornou a sentar-se, mas pude ver que sua postura era firme e orgulhosa, como a de alguém que não perde a dignidade. Fez-se silêncio até que ele perguntou novamente:

— E após entrar no túmulo?

— Abrir o caixão!

— Isso é demais! — disse ele, levantando-se irritado outra vez. — Estou disposto a ser paciente em tudo aquilo que é razoável, mas isso... essa profanação do túmulo de alguém que...

Ele chegou a engasgar de indignação. O professor olhava compadecido para ele.

— Se eu pudesse lhe poupar essa dor, meu pobre amigo — disse —, Deus sabe que pouparia. Mas hoje à noite devemos trilhar caminhos espinhosos. Do contrário, mais tarde, e para todo o sempre, os pés que tanto ama trilharão o caminho das chamas!

Arthur ergueu os olhos com uma expressão rígida no rosto pálido, e disse:

— Cuidado, meu senhor! Cuidado!

— Não seria melhor ouvir o que tenho a dizer? — sugeriu Van Helsing. — Então, o senhor ao menos saberá quais os limites da minha proposta. Devo prosseguir?

— Isso é justo o bastante — irrompeu Morris.

Após uma pausa, Van Helsing prosseguiu, evidentemente com esforço:

— Miss Lucy está morta, não é verdade? Sim! Portanto, não iremos lhe causar mal algum. Mas se ela não estiver morta...

Arthur pôs-se de pé num salto.

— Meu Deus do céu! — exclamou. — O que o senhor quer dizer? Por acaso houve algum engano e ela foi enterrada viva? — gemeu ele, numa angústia que nem mesmo a esperança amainava.

— Eu não disse que ela estava viva, rapaz. Não foi nisso que pensei. Direi apenas que talvez ela seja uma Não Morta.

— Não Morta! E não está viva! O que o senhor quer dizer? Por acaso tudo isto é um pesadelo, ou o quê?

— Há mistérios sobre os quais os homens só podem tecer conjecturas, e que era após era só podem solucionar parcialmente. Acredite-me, estamos agora diante de um desses mistérios. Mas eu não acabei. Posso decepar a cabeça de Miss Lucy?

— Pelos céus, não! — gritou Arthur, profundamente exaltado. — Por nada neste mundo eu consentiria qualquer mutilação de seu corpo. Dr. Van Helsing, o senhor está passando dos limites. O que lhe fiz para que tenha que me torturar desse modo? O que lhe fez aquela pobre e adorável moça para que o senhor queira desonrar desse modo seu túmulo? Por acaso o senhor está louco ao dizer tais coisas, ou sou eu quem está louco, por ouvi-las? Não ouse voltar a pensar numa profanação como essa.

Não consentirei em nada do que faça. É meu dever proteger o túmulo de Lucy de qualquer injúria, e, por Deus, hei de cumpri-lo!

Van Helsing levantou-se de onde estivera todo o tempo sentado e disse, num tom grave e severo:

— Meu lorde Godalming, eu também tenho um dever a cumprir. Um dever para com os outros, para com o senhor, para com a falecida. E, por Deus, hei de cumpri-lo! Tudo o que lhe peço, no momento, é que venha comigo, que olhe e que ouça. E se, quando mais tarde eu lhe fizer o mesmo pedido, o senhor não desejar vê-lo levado a cabo mais do que eu próprio, então... então cumprirei o meu dever, seja lá o que isso signifique para mim. E então, para atender aos seus desejos, estarei a seu dispor a fim de lhe prestar contas, quando e onde quiser — sua voz falhou ligeiramente. — Imploro-lhe, porém — ele prosseguiu, falando com um tom de piedade —, que não continue sentindo raiva de mim. Numa longa vida de atos que nem sempre foram agradáveis de realizar e que às vezes torturaram meu coração, nunca tive uma tarefa tão difícil quanto agora. Acredite-me, se o senhor algum dia vier a mudar de ideia com relação a mim, um único olhar seu será suficiente para apagar por completo este momento tão triste, pois eu faria tudo o que estivesse ao alcance de um ser humano para poupar-lhe este sofrimento. Só lhe peço que reflita. Por que eu me daria tanto trabalho e tanto desgosto? Vim do meu país até aqui a fim de fazer o bem que me fosse possível, a princípio para ajudar meu amigo John, e depois para ajudar uma adorável jovem que também eu vim a amar. Envergonho-me de dizê-lo, mas faço-o com a melhor das intenções: dei por ela o que o senhor mesmo deu. O sangue de minhas veias. Eu, que não era, como o senhor, o amado de Miss Lucy, mas apenas seu médico e amigo. Dei a ela minhas noites e meus dias, antes de sua morte e depois dela. Se minha própria morte lhe puder ser benéfica, mesmo agora que ela é uma morta Não Morta, de bom grado hei de concedê-la.

Disse tais palavras com um orgulho muito grave e delicado, e Arthur ficou bastante emocionado. Tomou a mão do velho professor e disse, a voz rouca:

— Ah, é difícil pensar nisso, e não sou capaz de compreendê-lo. Mas pelo menos irei com o senhor e aguardarei.

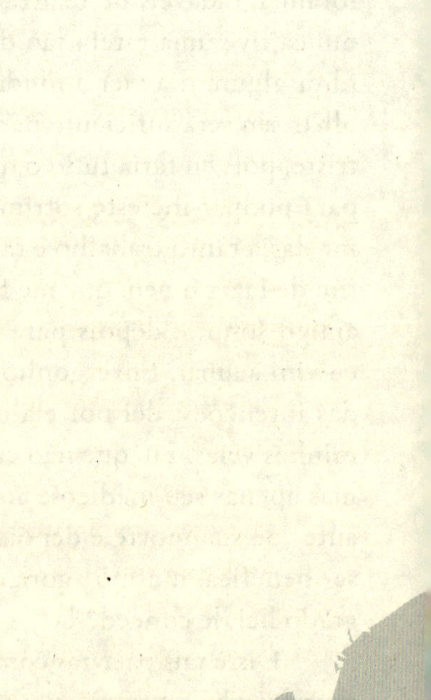

capítulo 16

Diário do Dr. Seward (*continuação*)

Faltavam apenas 15 minutos para a meia-noite quando entramos no cemitério, após ter pulado o muro baixo. A noite estava escura, e a lua brilhava ocasionalmente por entre os intervalos das nuvens espessas que corriam pelo céu. Todos nos mantínhamos juntos, e Van Helsing ia um pouco à frente, indicando-nos o caminho. Quando chegamos perto do túmulo, olhei atentamente para Arthur, pois eu temia que a proximidade de um lugar carregado de memórias tão dolorosas fosse transtorná-lo, mas ele se controlava bem. Presumi que o próprio mistério sobre aqueles procedimentos de certa forma neutralizava seu pesar. O professor destrancou a porta e, vendo uma hesitação natural entre nós, por inúmeras razões, resolveu a dificuldade entrando primeiro. O resto de nós seguiu-o, e ele fechou a porta. Acendeu um lampião escuro e apontou para o caixão. Arthur deu um passo à frente, hesitante. Van Helsing me disse:

— Você veio aqui comigo ontem. O corpo de Miss Lucy estava naquele caixão?

— Estava.

O professor voltou-se para os outros, dizendo:

— Estão ouvindo, e, no entanto, não há ninguém que acredite em mim.

Pegou sua chave de fenda e desaparafusou a tampa do caixão. Arthur olhava, muito pálido mas em silêncio. Quando a tampa foi removida, adiantou-se. Obviamente, ele não sabia da existência de um caixão de chumbo, ou, de qualquer modo, não pensara a respeito. Quando viu a fenda no chumbo, o sangue subiu-lhe ao rosto, mas logo ele voltou a assumir uma palidez intensa. Ainda estava em silêncio. Van Helsing afastou a aba de chumbo. Todos nós olhamos para o interior do caixão e recuamos. Estava vazio!

Durante vários minutos não se disse uma palavra. O silêncio foi quebrado por Quincey Morris:

— Professor, eu confio no senhor. Sua palavra é tudo o que quero. Não faria uma pergunta dessas, normalmente... não lhe causaria a desonra de duvidar do senhor, mas este é um mistério que vai além de qualquer possibilidade de honra ou desonra. Foi o senhor quem fez isto?

— Juro por tudo o que me é mais sagrado que não a removi, nem mesmo a toquei. O que aconteceu foi o seguinte: há duas noites, meu amigo Seward e eu viemos aqui. Nossas intenções eram boas, acreditem. Eu abri o caixão, que então estava lacrado, e nós o encontramos, como agora, vazio. Esperamos, então, e vimos um vulto branco se aproximando por entre as árvores. No dia seguinte, viemos aqui durante o dia, e ela estava no caixão. Não estava, amigo John?

— Sim.

— Naquela noite, chegamos bem a tempo. Mais uma criança bem pequena havia desaparecido, e nós a encontramos, felizmente a salvo, entre os túmulos. Ontem vim até aqui antes do ocaso, pois ao ocaso os Não Mortos podem se mover. Esperei aqui durante toda a noite até a alvorada, mas nada vi. Provavelmente isso se deu porque coloquei alho sobre as fechaduras e dobradiças dessas portas, e os Não Mortos não o suportam; coloquei também outras coisas de que eles costumam fugir. Na noite passada, ninguém passou por essa porta, e hoje, antes do pôr do sol, retirei meu alho e as outras coisas. E então eis que encontramos o caixão vazio. Mas tenham ainda um pouco de paciência comigo. Até o momento, há muitas coisas estranhas. Vamos aguardar do lado de fora, todos nós, tomando cuidado para que não nos vejam ou escutem, e fatos bastante estranhos ainda hão de acontecer. Então — disse ele, fechando a tampa de sua lamparina —, vamos para fora.

Abriu a porta e nós saímos em fila. Ele saiu por último e a trancou.

Ah! Como o ar noturno parecia fresco e puro após o terror daquele túmulo. Como era agradável ver as nuvens correndo pelo céu, e o brilho passageiro da lua entre elas — eram como as alegrias e as tristezas da vida dos homens. Como era agradável respirar o ar puro, que não guardava nenhum vestígio de morte e decomposição. Como era bom ver o clarão vermelho no céu para além da colina e ouvir o ruído longínquo que sublinha a vida de uma cidade grande. Todos esses detalhes eram, à sua própria maneira, solenes, e sobrepujavam o resto. Arthur permanecia em silêncio — e tentava, eu podia ver, compreender o propósito e o significado daquele mistério. Eu, de minha parte, estava razoavelmente paciente, e propenso a mais uma vez deixar de lado as dúvidas e aceitar as conclusões de Van Helsing. Quincey Morris era um homem fleumático, no sentido de alguém que aceita todas as coisas, e as aceita num espírito de bravura tranquila, a despeito de todos os riscos que corre. Não podendo fumar, cortou um bom pedaço de tabaco e começou a mastigá-lo. Quanto a Van Helsing, ocupava seu tempo de forma bastante precisa. Primeiro, tirou de sua valise algo semelhante a biscoitos finos, tipo *wafer*, embrulhados cuidadosamente num guardanapo branco. Em seguida, apanhou dois punhados de uma substância branca, como massa de pão ou pasta de cimento. Esmigalhou os biscoitos e começou a misturá-los à massa com as mãos. Depois, fez rolos delgados com a massa resultante e começou a colocá-los nos vãos entre a porta do túmulo e a moldura. Eu fiquei um tanto intrigado, e, aproximando-me, perguntei-lhe o que estava fazendo. Arthur e Quincey também foram ver, pois estavam curiosos.

— Estou fechando o túmulo para que a Não Morta não possa entrar.

— E essa massa que o senhor está colocando aí vai impedi-la? — perguntou Quincey. — Puxa vida! Isto é algum jogo?

— Sim.

— E o que está usando?

Dessa vez a pergunta foi feita por Arthur. Van Helsing tirou o chapéu em reverência ao responder:

— A hóstia. Trouxe de Amsterdã. Tenho indulgência.

Foi uma resposta que espantou o mais cético entre nós, e individualmente sentimos que, diante de um propósito honesto como o do professor — um propósito que recorria àquilo que ele tinha como mais sagrado —, nossa desconfiança não tinha como sobreviver. Num silêncio respeitoso, tomamos os lugares que nos haviam sido indicados em volta do túmulo, mas fora da vista de qualquer um que se aproximasse. Tive pena dos outros, sobretudo de Arthur. Para mim, aquilo não era novidade, pois eu já passara pela experiência daquela terrível vigília — e ainda assim eu, que até uma hora antes repudiara as provas, sentia-me deprimido. Jamais os túmulos me haviam parecido tão horrivelmente brancos; nunca antes os ciprestes ou os teixos ou os juníperos haviam parecido incorporar tanto a tristeza fúnebre; nunca as árvores ou a grama haviam farfalhado e se agitado de modo tão agourento; jamais os galhos de árvore tinham estalado de forma tão misteriosa; e nunca o uivo distante dos cães soara como um presságio tão terrível através da noite.

Houve um longo silêncio, um vazio imenso e doloroso, e então o professor fez um "S-s-s-s!" forte. No final da aleia de teixos, direção em que ele apontava, vimos um vulto branco avançar — um vulto branco e pouco nítido, com alguma coisa escura junto ao peito. Deteve-se, e nesse instante um raio de luar apareceu por entre as nuvens, revelando, com nitidez assustadora: uma mulher de cabelos escuros, vestida com uma mortalha. Não podíamos ver seu rosto, pois ela estava curvada sobre algo que notamos ser uma criança de cabelos louros. Fez-se uma pausa e ouvimos um gritinho agudo, como o das crianças durante o sono, ou o dos cachorros diante do fogo e ao sonhar. Começamos a nos adiantar, mas o professor ergueu a mão em advertência do lugar onde estava, atrás de um teixo, e nos fez recuar. Ao olharmos para o vulto branco, este começou a andar novamente. Já estava agora perto o suficiente para que o víssemos com clareza, ainda iluminado pela luz da lua. Meu coração enregelou-se, e pude ouvir Arthur arquejar quando reconhecemos a fisionomia de Lucy Westenra. Lucy Westenra, e no entanto tão mudada. Seu encanto havia se transformado numa crueldade inflexível e impiedosa; sua pureza, em voluptuosidade lasciva. Van Helsing saiu de onde estava, e, obedecendo ao seu gesto, também saímos; nós quatro nos enfileiramos diante da porta do túmulo. Van Helsing ergueu a lamparina e abriu a tampa; sob o facho de luz que caiu sobre o rosto de Lucy, pudemos ver que os lábios estavam rubros com sangue fresco, e que um pouco desse sangue escorrera-lhe pelo queixo, maculando a pureza de sua mortalha de linho.

Estremecemos de horror. Eu podia ver, sob a luz trêmula, que mesmo os nervos de aço de Van Helsing haviam vacilado. Arthur estava ao meu lado e, se eu não tivesse lhe segurado o braço e o ajudado a ficar de pé, ele teria caído.

Quando Lucy — chamo à coisa que estava diante de nós Lucy porque assumira sua forma — nos viu, recuou com um rosnado furioso, igual ao de um gato quando pego de surpresa; então, seus olhos se fixaram acima de nós. Eram os olhos de Lucy, na forma e na cor, mas estavam impuros e tomados por um fogo infernal, em lugar da pureza e da delicadeza que conhecíamos. Naquele momento, o que ainda restava do meu amor se transformou em ódio e aversão; se ela tivesse que ser morta naquele instante, eu teria realizado a tarefa com uma selvagem satisfação. Enquanto ela olhava, seus olhos faiscaram com um brilho ímpio, e a face se contorceu num sorriso voluptuoso. Ah, meu Deus, como estremeci ao vê-lo! Com um gesto negligente, insensível como um demônio, deixou cair ao chão a criança que até então agarrava tenazmente junto ao peito, rosnando sobre seu corpo como faz um cão com um osso. A criança deu um grito agudo e ficou no chão, choramingando. A frieza daquele gesto arrancou um gemido de Arthur; quando ela avançou em sua direção com os braços estendidos e um sorriso lascivo, ele recuou e escondeu o rosto entre as mãos.

Ela continuou avançando, porém, e disse, com uma graça lânguida e voluptuosa:

— Venha, Arthur. Deixe esses outros e venha. Meus braços estão famintos por você. Venha, e poderemos descansar juntos. Venha, meu marido, venha!

Havia algo de diabolicamente encantador em seu tom de voz — algo do som do vidro quando golpeado — que ecoava em nossos cérebros mesmo quando ouvíamos as palavras dirigidas a outro. Quanto a Arthur, estava como que enfeitiçado; tirando as mãos que recobriam sua face, abriu os braços. Ela saltava para dentro deles quando Van Helsing se adiantou e segurou entre os dois seu pequeno crucifixo de ouro. Ela recuou, e, com o rosto subitamente distorcido, tomado pela ira, passou como um raio por ele como se quisesse entrar no túmulo.

A menos de um metro da porta, no entanto, parou, como se alguma força irresistível a detivesse. Voltou-se, então, revelando seu rosto sob a límpida luz da lua e a chama da lamparina, que agora os nervos de aço de Van Helsing já não deixavam tremular. Nunca vi um rosto com tamanha malícia e frustração; e nunca mais, creio eu, esse rosto há de ser contemplado por olhos mortais. A bonita cor tornou-se lívida, os olhos pareciam lançar centelhas do fogo do inferno, as sobrancelhas estavam franzidas como se as dobras da pele fossem as serpentes da Medusa, e os belos lábios manchados de sangue abriram-se num quadrado, como aquelas máscaras gregas ou japonesas. Se algum rosto jamais significou morte — se a aparência pudesse matar —, então foi o que vimos naquele momento.

E assim, durante meio minuto que pareceu uma eternidade, ela ficou entre o crucifixo erguido e o lacre sagrado do local por onde costumava entrar. Van Helsing rompeu o silêncio perguntando a Arthur:

— Responda-me, amigo! Devo levar adiante meu trabalho?

Arthur caiu de joelhos e escondeu a face entre as mãos ao responder:

— Faça o que achar melhor, amigo. Faça o que achar melhor. Não pode haver um horror maior do que este — e um gemido partiu do fundo de sua alma.

Quincey e eu fomos ao mesmo tempo até ele, segurando-lhe os braços. Pudemos ouvir o estalo da lamparina se fechando enquanto Van Helsing baixava-a; aproximando-se do túmulo, começou a remover das frestas um pouco do símbolo sagrado que colocara ali. Todos observamos com surpresa e terror que, quando ele se afastou, a mulher, cujo corpo era naquele momento tão real quanto o nosso, entrou no túmulo atravessando uma fresta em que a lâmina de uma faca mal teria entrado. Todos sentimos um grande alívio quando vimos o professor calmamente recobrir o local com a massa.

Quando ele terminou, ergueu a criança e disse:

— Venham, agora, amigos. Não há mais nada que possamos fazer até amanhã. Há um funeral ao meio-dia, e devemos todos estar aqui logo depois. Os amigos do defunto terão ido embora por volta das duas horas, e, quando o sacristão trancar o portão, nós permaneceremos. Então, haverá mais coisas a fazer, mas não como esta noite. Quanto a este pequenino aqui, ela não lhe causou um dano muito grande. Ele estará bem amanhã à noite. Vamos deixá-lo onde a polícia o encontre, como na outra noite, e então voltamos para casa.

Aproximando-se de Arthur, ele disse:

— Meu amigo Arthur, esta foi uma prova de fogo, mas mais tarde, quando olhar para trás, verá que foi necessária. Está provando das águas amargas, meu filho. Nesta mesma hora, amanhã, se Deus quiser já as terá ultrapassado, e terá bebido da água doce. Portanto, procure não se lamentar em excesso. Até lá, não irei lhe pedir que me perdoe.

Arthur e Quincey vieram para casa comigo, e tentamos animar um ao outro no caminho. Havíamos deixado a criança num lugar seguro, e estávamos cansados; todos acabamos conseguindo ter quase uma noite normal de sono.

29 de setembro, à noite — Um pouco antes do meio-dia, nós três — Arthur, Quincey Morris e eu — chamamos o professor. Foi curioso notar que, numa espécie de consenso, todos havíamos vestido roupas negras. Arthur se vestia assim, é claro, pois estava de luto profundo, mas o resto de nós as usava por instinto. Chegamos ao cemitério à uma e meia e ficamos perambulando por ali, evitando ser vistos pelas pessoas que trabalhavam, de modo que, quando os coveiros terminaram sua tarefa e o sacristão, acreditando que todos já haviam ido embora, trancou o portão, o local era todo nosso. No lugar de sua pequena valise preta habitual, Van Helsing trazia consigo uma comprida valise de couro, semelhante a uma bolsa de críquete; era evidentemente pesada.

Quando nos vimos sozinhos e escutamos os últimos passos morrerem na estrada, seguimos o professor em silêncio até o túmulo, como se isso tivesse sido estabelecido previamente. Ele destrancou a porta, e nós entramos, fechando-a em seguida. Então ele tirou da bolsa a lamparina, que acendeu, e também duas velas, que, depois de acesas, afixou sobre outros caixões derretendo-lhes a extremidade, a fim de que tivéssemos luz suficiente para trabalhar. Quando tornou a abrir o caixão de Lucy, todos olhamos — Arthur tremendo como vara verde — e vimos que lá estava o corpo, em toda a sua beleza. Em meu coração, porém, já não havia amor. Tudo o que eu sentia era repulsa pela Coisa abominável que se apoderara do corpo de Lucy, onde sua alma já não habitava. Pude ver que mesmo o rosto de Arthur endureceu ao contemplá-la. Em seguida, ele disse a Van Helsing:

— Este é mesmo o corpo de Lucy, ou um demônio que tomou sua forma?

— É seu corpo, e ao mesmo tempo não é. Mas espere um pouco e há de vê-la como era, e como ainda é.

O ser deitado no caixão parecia um pesadelo de Lucy. Os dentes pontiagudos, a boca voluptuosa e manchada de sangue cuja visão nos fazia estremecer, a aparência geral lasciva e sensual que era como uma zombaria da adorável pureza de Lucy. Como sempre metódico, Van Helsing começou a retirar vários instrumentos de sua bolsa e arrumá-los, deixando-os prontos para o uso. Primeiro pegou um ferro de soldar e um pouco de solda, depois uma pequena lamparina a óleo, que, quando acesa num canto do túmulo, liberava um gás que produzia uma chama quente e azulada. Em seguida, retirou da bolsa seus bisturis, que colocou bem à mão, e por fim uma estaca cilíndrica de madeira, com uns sete centímetros de espessura e quase um metro de comprimento. Uma das extremidades da estaca foi carbonizada no fogo, endurecendo, e esculpida numa ponta bem fina. Junto com a estaca, Van Helsing pegou um martelo pesado, igual aos que são usados nas casas para quebrar os grandes blocos de carvão. Para mim, os preparativos que um médico faz para realizar qualquer tipo de trabalho são estimulantes, mas o efeito que aqueles objetos tiveram tanto em Arthur quanto em Quincey foi de uma certa consternação. Ambos aferravam-se à coragem, porém, e se mantinham quietos.

Quando tudo estava pronto, Van Helsing disse:

— Antes que façamos qualquer coisa, deixem que eu lhes diga o seguinte: tudo isto advém da sabedoria e da experiência dos antigos e daqueles que estudaram os poderes dos Não Mortos. Quando se tornam seres dessa natureza, a mudança traz consigo a maldição da imortalidade. Não podem morrer e têm de seguir era após era fazendo novas vítimas e multiplicando os males do mundo, pois todos os que morrem após serem sugados pelos Não Mortos se tornam eles próprios Não Mortos e se alimentam de seus semelhantes. Assim, o círculo se amplia cada vez mais, como as ondas produzidas por uma pedra que é lançada n'água. Amigo Arthur, se tivesse dado aquele beijo na pobre Lucy antes que ela morresse, ou ontem à noite, quando abriu seus braços para ela, após sua própria morte iria se tornar também um *nosferatu*, como chamam esses seres na Europa oriental, e por sua vez criaria mais Não Mortos que tanto nos aterrorizam. A carreira desta moça tão infeliz apenas começou. As crianças cujo sangue ela sugou ainda não são caso perdido, mas se ela continuar vivendo, uma Não Morta, perderão mais sangue e virão a ela devido ao poder que exerce, a fim de que ela ponha aqueles lábios cruéis sobre suas feridas. Se ela morrer de fato, porém, tudo termina: os pequenos orifícios no pescoço desaparecerão, e as crianças voltarão às suas brincadeiras sem nem mesmo saber o que aconteceu. Se fizermos com que essa Não Morta descanse como verdadeira morta, porém, a maior bênção será saber que a alma da pobre moça que todos amávamos estará novamente livre. Em vez de fazer coisas hediondas à noite e se degradar cada vez mais com a assimilação de seus atos durante o dia, ocupará seu lugar entre os outros anjos. Portanto, meu amigo, abençoada será a mão que desferir o golpe capaz de libertá-la. Estou disposto a fazê-lo, mas por acaso algum de nós tem mais direito? Não será nada agradável pensar nisso mais tarde, no silêncio das noites insones: "Foi minha mão que a mandou para as estrelas; foi a mão de quem mais a amava; a mão que, entre todas as outras, ela própria teria escolhido, se pudesse?" Digam-me se há alguém assim entre nós.

Todos olhamos para Arthur, que percebeu, assim como nós, a gentileza infinita que sugeria que fosse a sua a mão que nos devolveria Lucy como uma lembrança sagrada, e não ímpia. Adiantou-se e disse, corajosamente, embora sua mão tremesse e seu rosto estivesse pálido como a neve:

— Meu verdadeiro amigo, do fundo de meu coração partido lhe agradeço. Diga-me o que devo fazer, e não hei de vacilar!

Van Helsing pousou a mão por um instante em seu ombro, dizendo:

— Rapaz valente! Basta um momento de coragem e tudo estará terminado. A estaca precisa ser atravessada no corpo dela. Será assustador, repugnante, devo dizê-lo, mas será rápido, e sua satisfação há de ser maior do que sua dor. Deste túmulo sombrio, o senhor sairá como se andasse nas nuvens. Não deve vacilar, porém, uma vez tendo começado. Pense apenas que nós, seus sinceros amigos, estamos ao seu lado, e que rezamos o tempo todo pelo senhor.

— Prossiga — disse Arthur, a voz rouca. — Diga-me o que devo fazer.

— Pegue a estaca em sua mão esquerda, pronto para colocar a extremidade sobre o coração, e segure o martelo com a direita. Então, começaremos a rezar pela morta; tenho o livro aqui, e vou ler enquanto os outros acompanham. Nesse momento, golpeie a estaca, em nome de Deus, de modo que todos possamos ficar em paz com a morta que amamos e que a Não Morta seja destruída.

Arthur pegou a estaca e o martelo, e uma vez tendo se concentrado na ação que estava prestes a cumprir, suas mãos não tremeram uma vez sequer. Van Helsing abriu o missal e começou a ler; Quincey e eu o acompanhamos da melhor forma possível. Arthur colocou a ponta da estaca sobre o coração de Lucy e, quando olhei, pude ver a depressão que fazia na pele branca. Então, ele golpeou com toda a sua força.

A Coisa dentro do caixão se contorceu, e um grito medonho, de gelar o sangue, saiu dos lábios vermelhos e abertos. O corpo se sacudiu e tremeu e se revirou em contorções selvagens; os dentes brancos e afiados se trincaram até cortar os lábios, e a boca se cobriu com uma espuma escarlate. Mas Arthur não vacilou. Parecia uma imagem de Thor conforme seu braço firme se erguia e baixava, cravando cada vez mais fundo aquela abençoada estaca, enquanto o sangue do coração perfurado jorrava e esguichava ao nosso redor. Seu rosto estava rígido e parecia iluminado por sua elevada tarefa; essa visão nos encheu de coragem, e nossas vozes pareciam retinir pela pequena câmara mortuária.

As contorções e os estremecimentos do corpo começaram a diminuir, e os dentes pareceram trincar-se, e a face tremia. Por fim, imobilizou-se. A terrível tarefa estava terminada.

O martelo caiu das mãos de Arthur. Ele cambaleou e teria caído se não o segurássemos. Grandes gotas de suor brotavam-lhe da testa, e sua respiração vinha aos arquejos, entrecortada. Fora realmente um esforço supremo para ele, e, se não o motivassem fins maiores do que suas humanas ponderações, não teria conseguido chegar ao fim. Durante alguns minutos, ficamos tão preocupados com ele que não olhamos para o caixão. Quando o fizemos, porém, um murmúrio de surpresa nos saiu dos lábios. Nossos olhares eram tão ávidos que Arthur se ergueu, pois estava sentado no chão, e também veio ver: uma luz de inesperada felicidade iluminou-lhe o rosto, então, dispersando por completo o abatimento e o horror.

Ali, no caixão, já não estava a Coisa perversa que tanto temíamos e começáramos a odiar a ponto de sua destruição ser considerada um privilégio delegado ao mais merecedor entre nós, mas Lucy, tal como a havíamos visto em vida, o rosto de uma pureza e uma delicadeza inigualáveis. É verdade que também estavam ali, como havíamos visto enquanto ela vivia, os traços das preocupações, da dor e do abatimento, mas nos eram caros, pois eram coerentes com o que sabíamos ser verdade. Um a um, sentimos que a calma sagrada que cobria como a luz do sol o rosto e o corpo abatidos era apenas um símbolo e um sinal terreno da calma destinada a reinar para sempre.

Van Helsing se aproximou e pousou a mão no ombro de Arthur, dizendo:

— E agora, Arthur, meu amigo, meu caro rapaz, não estou perdoado?

A reação àquela tensão terrível veio, quando ele pegou a mão do velho professor entre as suas e, levando-a aos lábios, beijou-a, dizendo:

— Perdoado! Que Deus o abençoe por ter devolvido à minha amada sua alma, e a mim a paz.

Colocou suas mãos no ombro do professor e, deitando a cabeça sobre seu peito, chorou em silêncio por algum tempo, enquanto nós permanecíamos imóveis. Quando ergueu a cabeça, Van Helsing lhe disse:

— E agora, meu filho, pode beijá-la. Beije seus lábios mortos, se quiser, como ela teria desejado se tivesse podido escolher. Pois agora ela já não é mais um demônio com um sorriso sarcástico nos lábios. Já não é uma Coisa abominável para toda a eternidade. Já não é uma das Não Mortas do Diabo. Está morta de fato, na paz de Deus, e sua alma está junto a Ele!

Arthur se inclinou e a beijou, e em seguida mandamos que ele e Quincey saíssem do túmulo. O professor e eu serramos a outra extremidade da estaca, deixando a ponta no corpo. Então, decepamos a cabeça e enchemos a boca de alho. Soldamos o caixão de chumbo, aparafusamos a tampa do caixão e, juntando nossos apetrechos, saímos. Após trancar o túmulo, o professor deu a chave a Arthur.

Lá fora, o ar estava agradável, o sol brilhava e os pássaros cantavam. Toda a natureza parecia estar afinada num tom diferente. Havia alegria, júbilo e paz em toda parte, pois agora poderíamos descansar no que dizia respeito àquela questão, e estávamos felizes, embora não fosse uma felicidade absoluta.

Antes de irmos embora, Van Helsing disse:

— Agora, meus amigos, um passo de nossa tarefa foi dado, um passo extremamente penoso para todos nós. Mas ainda resta uma tarefa maior: encontrar o autor de todos esses males e eliminá-lo. Tenho pistas que podemos seguir, mas a tarefa é longa e árdua; não exclui os perigos e o sofrimento. Irão me ajudar? Aprendemos a acreditar, todos nós, não é mesmo? Sendo assim, nossa tarefa não está clara? Sim! E não prometeremos seguir em frente até o fim, por mais penoso que seja?

Todos nós sucessivamente tomamos sua mão, e a promessa estava feita. Disse o professor, enquanto saíamos do cemitério:

— Daqui a duas noites, encontrem-me para que jantemos às sete horas com o amigo John. Vou pedir a ajuda de duas outras pessoas, que no momento os senhores ainda não conhecem. Estarei pronto, então, para mostrar nosso trabalho e revelar nossos planos. Amigo John, venha comigo para casa, pois tenho muitos assuntos a discutir, e você pode me ajudar. Hoje à noite parto para Amsterdã, mas retorno amanhã à noite. É então que começa nossa grande empresa. Mas primeiro terei muito a dizer, a fim de que todos saibam o que deve ser feito e temido. Então, renovaremos nossas promessas, pois temos uma tarefa terrível diante de nós e, uma vez tendo colocado nossos pés em marcha, não devemos retroceder.

capítulo 17

Diário do dr. Seward (*continuação*)

Quando chegamos ao Berkeley Hotel, Van Helsing encontrou um telegrama esperando por ele:

> Chegarei de trem. Jonathan está em Whitby. Notícia importante.
> — Mina Harker

O professor ficou muito satisfeito.

— Ah, essa maravilhosa madame Mina — disse ele. — Uma pérola entre as mulheres! Ela está chegando, mas eu não posso ficar. Ela terá que ir para sua casa, amigo John. Você precisa ir apanhá-la na estação. Telegrafe a ela *en route*, para que não seja apanhada de surpresa.

Depois que o fiz, ele tomou uma xícara de chá e enquanto isso me contou sobre um diário escrito por Jonathan Harker quando estava fora do país. Deu-me uma cópia datilografada, e outra do diário que Mrs. Harker escrevera em Whitby.

— Leve isto aqui — disse ele — e os estude com atenção. Já estará a par dos fatos quando eu regressar, e então poderemos iniciar de forma mais adequada nossa investigação. Guarde-os com cuidado, pois há informações preciosas aí. Toda a sua fé será necessária, mesmo tendo passado por uma experiência como a de hoje. O que está relatado nos diários — disse ele, colocando a mão grave e pesadamente no pacote de papéis a que se referia — talvez seja o começo do fim para você, para mim e para muitos outros, ou talvez seja o repicar dos sinos dos Não Mortos que caminham pela Terra. Peço-lhe que leia tudo com a mente aberta e, se puder acrescentar o que quer que seja à história narrada aqui, não hesite em fazê-lo, pois é importantíssimo. Você tem anotado num diário todos esses acontecimentos estranhos, não é verdade? Então examinaremos tudo isso juntos quando nos reencontrarmos.

Ele se preparou para a partida, e pouco depois seguiu para Liverpool Street. Quanto a mim, fui para Paddington, onde cheguei 15 minutos antes do trem.

A multidão se dissipou, após o alvoroço comum às plataformas de trens que estão chegando. Eu começava a me inquietar, temendo não encontrar minha convidada, quando uma moça bonita, de rosto delicado, aproximou-se de mim e disse, após um rápido olhar:

— O senhor é o dr. Seward, não? — Respondi de imediato, e ela estendeu a mão para me cumprimentar. — Reconheci-o pela descrição da pobre Lucy, mas... — ela se interrompeu de repente e enrubesceu um pouco.

O rubor que também tingiu minha face de certa forma deixou-nos a ambos à vontade, pois funcionou como uma resposta tácita. Peguei sua bagagem, que incluía uma máquina de escrever, e tomamos o metrô para a Fenchurch Street, depois que mandei um telegrama para minha governanta instruindo-a a preparar imediatamente uma sala de estar e um quarto para Mrs. Harker.

Chegamos na hora adequada. Ela sabia, é claro, que se tratava de um hospício, mas vi que não pôde evitar um estremecimento quando entramos.

Disse-me que, se possível, gostaria de ir imediatamente ao meu escritório, pois tinha muito a dizer. Então, eis-me aqui encerrando meu registro em meu diário fonográfico enquanto a aguardo. Ainda não tive tempo de examinar os papéis que Van Helsing deixou comigo, embora estejam abertos diante de mim. Preciso fazer com que ela se ocupe com algo, a fim de poder ter uma oportunidade de lê-los. Ela não sabe o quão precioso é o tempo e qual a tarefa que temos nas mãos. Preciso tomar cuidado para não a assustar. Ei-la!

Diário de Mina Harker

29 de setembro — Depois de me lavar, desci para o escritório do dr. Seward. Detive-me um instante à porta, pois pensei tê-lo ouvido falando com alguém. Como ele havia me pedido que não demorasse, porém, bati, e, ao ouvi-lo dizer "Entre", abri a porta.

Para minha grande surpresa, não havia ninguém com ele. Estava só, e na mesa à sua frente havia algo que, pelas descrições, reconheci de imediato como sendo um fonógrafo. Nunca vira um e fiquei muito interessada.

— Espero não tê-lo feito esperar — disse eu —, mas parei junto à porta e, como o escutei falando, achei que havia alguém com o senhor.

— Ah — replicou ele, com um sorriso —, só estava fazendo um registro em meu diário.

— Seu diário? — indaguei, surpresa.

— Sim — disse ele. — Gravo-o aqui.

Ao dizê-lo, pôs a mão sobre o fonógrafo. Fiquei muito animada com aquilo e disse, sem pensar:

— Puxa, isso derruba até mesmo a taquigrafia! Posso ouvi-lo dizer alguma coisa?

— Claro que sim — respondeu ele, entusiasmado, e levantou-se para pôr o fonógrafo pronto para funcionar. Então se deteve, e uma expressão preocupada nublou seu rosto:

— O fato — começou ele, embaraçado — é que registro todo o meu diário aqui, e ele se refere exclusivamente... quase exclusivamente aos meus casos, e pode ser inconveniente... isto é, quero dizer...

Ele se interrompeu, e tentei ajudá-lo a se livrar do embaraço:

— O senhor ajudou a cuidar da querida Lucy no final. Deixe-me ouvir como ela morreu; por tudo que sei sobre ela, ficarei bastante agradecida. Ela me era muito, muito querida.

Para minha surpresa, ele respondeu, com uma expressão de horror na face:

— Falar-lhe sobre a morte de Lucy? Por nada nesse mundo!

— Por que não? — perguntei, pois um sentimento grave e terrível começava a me dominar.

Ele fez outra pausa, e pude ver que tentava inventar uma desculpa. Por fim, gaguejou:

— Sabe, não tenho como escolher uma parte específica do diário.

Enquanto falava, uma ideia lhe ocorreu, e ele disse, com uma simplicidade inconsciente, numa voz distinta e com a ingenuidade de uma criança:

— Isso é verdade, juro pela minha honra. Juro por Deus! — Não pude evitar um sorriso, ao qual ele respondeu com uma careta. — Eu me denunciei... — disse ele. — Mas por acaso a senhora sabe que, embora eu venha mantendo este diário há meses, nem uma única vez me ocorreu como faria para encontrar uma parte específica, se quisesse?

A essa altura, eu estava convencida de que o diário do médico que cuidara de Lucy talvez tivesse algo a acrescentar aos conhecimentos que possuíamos daquele terrível Ser e disse, ousadamente:

— Então, dr. Seward, é melhor o senhor me deixar fazer uma cópia datilografada.

Ele assumiu uma palidez cadavérica ao dizer:

— Não! Não! Não! Por nada nesse mundo eu a colocaria a par daquela história terrível!

Então foi terrível; minha intuição estava correta! Refleti por um momento, e, enquanto meus olhos passeavam pela sala, procurando inconscientemente algo capaz de me ajudar, caíram sobre uma grande quantidade de folhas datilografadas na mesa. Seus olhos perceberam a expressão dos meus, e automaticamente os acompanharam. Quando ele viu o pacote, compreendeu o que eu pensava.

— O senhor não me conhece — disse eu. — Depois de ler esses papéis, meu próprio diário e também o de meu marido, que datilografei, há de me conhecer melhor. Não hesitei em revelar meus mais íntimos pensamentos pelo bem desta causa. Mas, é claro, o senhor não me conhece... ainda. E não posso esperar que confie em mim, por ora.

Trata-se com certeza de um homem de natureza nobre: a pobre Lucy estava certa a seu respeito. Ele se levantou e abriu uma grande gaveta, em que estavam arrumados em ordem vários cilindros ocos de metal cobertos com cera escura, e me disse:

— A senhora tem toda razão. Não confiei na senhora por não a conhecer. Mas agora a conheço, e deixe-me dizer que devia tê-la conhecido há muito tempo. Sei que Lucy falou a meu respeito com a senhora; ela também me falou a seu respeito. Posso reparar essa situação da única maneira que está em meu poder? Pegue os cilindros e ouça-os. A primeira meia dúzia é pessoal e não vai horrorizá-la, ajudando-a a me conhecer melhor. Até lá, o jantar estará pronto. Nesse ínterim, lerei alguns destes documentos e estarei em posição de compreender melhor certas coisas.

Ele próprio levou o fonógrafo para minha sala de estar, preparando-o para mim. Agora descobrirei coisas agradáveis, tenho certeza, pois aqui está o outro lado de um genuíno caso de amor, do qual já conheço um lado...

Diário do dr. Seward

29 de setembro — Fiquei tão absorvido pelo maravilhoso diário de Jonathan Harker e pelo de sua esposa que deixei o tempo passar sem me dar conta. Mrs. Harker não estava no andar inferior quando a criada veio correndo avisar que o jantar estava servido, de modo que eu disse:

— Ela provavelmente está cansada; jantaremos uma hora mais tarde.

E retomei meu trabalho. Eu acabava de terminar a leitura do diário de Mrs. Harker, quando ela entrou. Estava muito bonita, mas triste também, e seus olhos estavam avermelhados, o que indicava que havia chorado. De alguma forma, isso me sensibilizou bastante. Deus sabe que tenho tido, ultimamente, motivos para derramar muitas lágrimas, mas elas me foram negadas; agora, a visão daqueles olhos encantadores, úmidos com as lágrimas recentes, falou-me direto ao coração. Eu disse, da maneira mais gentil possível:

— Receio tê-la feito sofrer.

— Ah, não, o senhor não me fez sofrer — replicou ela —, mas fiquei mais comovida do que sou capaz de dizer com o seu pesar. Esta máquina é maravilhosa, mas tudo assume uma veracidade cruel. Revelou-me, com todas as nuances, a angústia de seu coração. Era como uma alma gritando para Deus Todo-Poderoso. Ninguém jamais deve voltar a ouvir essas palavras! Veja, tentei ser útil. Transcrevi as palavras em minha máquina de escrever, e ninguém mais precisará ouvir seu coração bater como eu ouvi.

— Ninguém há de saber. Ninguém precisa saber — eu disse, em voz baixa.

Ela cobriu minha mão com a sua e disse, num tom de enorme gravidade:

— Ah, os outros precisam saber, sim!

— Precisam! Mas por quê?

— Porque se trata de uma parte dessa terrível história, uma parte da morte da pobre Lucy e de tudo o que a causou. Porque, na luta que temos diante de nós para livrar o mundo desse monstro terrível, precisamos recorrer a todo conhecimento e toda ajuda que pudermos obter. Acho que nos cilindros que o senhor me deu havia mais do que gostaria que eu soubesse, mas posso ver que seus registros iluminam de várias formas esse obscuro mistério. Vai deixar que eu ajude, não vai? Sei de tudo, até um determinado ponto. Já posso ver, embora seu diário só tenha me levado até o dia 7 de setembro, como a pobre Lucy foi assediada e como seu terrível destino estava sendo traçado. Jonathan e eu temos trabalhado dia e noite desde que o professor Van Helsing veio nos ver. Meu marido foi a Whitby reunir mais informações e estará aqui amanhã, para nos ajudar. Não precisamos de segredos entre nós. Trabalhando juntos e em total confiança, com certeza podemos ser mais fortes do que se um de nós estivesse no escuro.

Ela me lançou um olhar tão suplicante, e ao mesmo tempo seu comportamento revelava tanta coragem e determinação, que de imediato cedi aos seus desejos.

— A senhora pode agir como quiser — disse eu. — E que Deus me perdoe se eu estiver agindo mal! Ainda há coisas horríveis que virá a saber, mas, se chegou tão longe no caminho que levou à morte de Lucy, sei que não ficará satisfeita se permanecer no escuro. E mais ainda: talvez o próprio fim lhe conceda um lampejo de paz. Venha, o jantar está servido. Precisamos nos manter fortes para o que temos à nossa frente; nossa tarefa é terrível e assustadora. Depois que tiver comido, saberá o resto. E eu responderei a todas as suas perguntas, caso haja algo que, embora claro para nós, que estávamos presentes, venha a ser incompreensível para a senhora.

Diário de Mina Harker

29 de setembro — Após o jantar, vim com o dr. Seward ao seu escritório. Ele trouxe o fonógrafo de meus aposentos, e eu peguei minha máquina de escrever. Ele me instalou numa cadeira confortável e colocou o fonógrafo de maneira que eu o alcançasse sem ter que me levantar. Mostrou-me como fazê-lo parar caso precisasse de uma pausa. Então, muito atenciosamente, sentou-se numa cadeira de costas para mim, de modo a me dar toda a liberdade possível, e começou a ler. Coloquei a forquilha de metal nos ouvidos e pus-me a escutar.

Quando a terrível história da morte de Lucy — e de tudo o que se seguiu — chegou ao fim, recostei-me na cadeira, sem forças. Felizmente, não sou do tipo que costuma desmaiar. Quando o dr. Seward me viu, pôs-se de pé num pulo, com uma exclamação horrorizada. No mesmo instante, apanhou uma garrafa num armário e me deu um pouco de conhaque. Em alguns minutos, a bebida me revigorou um pouco. Meu cérebro ainda rodava, e creio que só consegui suportar tudo aquilo sem fazer uma cena porque, em meio a tantos horrores, havia um raio de luz sagrado a me garantir que minha adorada Lucy estava afinal em paz. Tudo era tão fantástico, tão misterioso e estranho que, se eu não soubesse da experiência de Jonathan na Transilvânia, não teria acreditado. De qualquer maneira, não sabia em que acreditar e consegui superar aquela dificuldade ocupando-me de outra coisa. Tirei a capa de minha máquina de escrever e disse ao dr. Seward:

— Vou escrever tudo isso agora. Temos que ter tudo pronto para o dr. Van Helsing, quando ele chegar. Enviei um telegrama a Jonathan, dizendo-lhe que venha para cá quando chegar a Londres, vindo de Whitby. Num caso como esse, as datas são tudo, e acho que teremos feito muito se conseguirmos aprontar todo o nosso material e colocar cada item em ordem cronológica. O senhor me diz que lorde Godalming e Mr. Morris também virão. Temos que estar em condições de lhes relatar tudo, quando chegarem.

Ele então ajustou o fonógrafo para que funcionasse lentamente, e eu comecei a datilografar a partir do início do sétimo cilindro. Fiz três cópias do diário, como havia feito com o resto. Já era tarde quando cheguei ao fim, mas o dr. Seward fora fazer a ronda dos pacientes. Quando terminou, voltou e sentou-se ao meu lado, lendo, para que eu não me sentisse muito só enquanto trabalhava. Como ele é bom e atencioso. O mundo parece cheio de homens bons — mesmo que também haja *monstros* em seu meio. Antes de deixá-lo, lembrei-me do que Jonathan escrevera em seu diário acerca da perturbação do professor ao ler qualquer coisa num jornal vespertino, na estação, em Exeter. Ao ver, então, que o dr. Seward guardava os jornais, peguei emprestados os arquivos do *The Westminster Gazette* e do *The Pall Mall Gazette*, levando-os para os meus aposentos. Lembro-me do quanto o *The Dailygraph* e o *The Whitby Gazette*, dos quais eu retirara alguns recortes, nos ajudaram a compreender os terríveis acontecimentos em Whitby, quando o conde Drácula desembarcou, de modo que examinarei os jornais vespertinos daquela data em diante, e talvez faça novas descobertas. Não tenho sono, e o trabalho me ajudará a manter a calma.

Diário do dr. Seward

30 de setembro — Mr. Harker chegou às nove horas. Recebera o telegrama de sua esposa pouco antes de partir. É um homem de inteligência incomum, se julgarmos por seu rosto, e cheio de energia. Se este diário for verdadeiro — e, a julgar por minhas estranhas experiências, deve ser —, é também um homem de coragem. Ter descido àquela câmara mortuária uma segunda vez foi de uma ousadia notável. Após ter lido seu relato, eu esperava encontrar um homem destemido, mas dificilmente teria imaginado tratar-se desse cavalheiro reservado e metódico que veio até aqui hoje.

Mais tarde — Após o almoço, Harker e a esposa voltaram para os seus aposentos. Ao passar diante da porta há algum tempo, ouvi o barulho da máquina de escrever. Os dois estão se empenhando a fundo. Mrs. Harker diz que eles estão reunindo e organizando em ordem cronológica até as mais ínfimas informações que têm. Harker obteve as cartas entre o consignatário dos caixotes em Whitby e os transportadores em Londres que se encarregaram deles. Agora está lendo a cópia datilografada que sua esposa fez do meu diário. Pergunto-me o que vão concluir de tudo isso. Aqui está...

É curioso que nunca tenha me ocorrido a possibilidade de que a casa vizinha fosse o esconderijo do conde! Deus sabe que tivemos pistas suficientes, dada a conduta do paciente Renfield! O pacote das cartas relativas à compra da casa estava com a cópia datilografada. Ah, se pudéssemos tê-las visto antes, talvez tivéssemos conseguido salvar a pobre Lucy! Mas devo parar de pensar nisso; é assim que começa a loucura! Harker voltou e pôs-se novamente a organizar seu material. Diz que por volta da hora do jantar poderão mostrar uma narrativa mais ou menos encadeada. Ele acha que nesse ínterim eu devia ir ver Renfield, que até o momento tem sido um índice das idas e vindas do conde. Isso ainda não me é muito claro, mas quando tiver as datas suponho que há de se tornar. Foi ótimo que Mrs. Harker tenha datilografado meus cilindros! De outro modo, jamais teríamos encontrado as datas...

Encontrei Renfield sentado calmamente em seu quarto com os dedos das mãos entrelaçados, sorrindo um sorriso benigno. Naquele momento, pareceu-me tão normal quanto qualquer um que eu jamais tenha visto. Sentei-me e conversei com ele sobre diversos assuntos, e sobre todos ele discorreu com naturalidade. Falou-me, então, e espontaneamente, sobre ir para casa, assunto que jamais mencionara durante sua estada aqui, até onde sei. De fato, ele falou confiante, pedindo sua imediata liberação. Creio que se não tivesse conversado com Harker, lido as cartas e verificado as datas de seus acessos, estaria pronto para autorizar sua liberação após um breve período de observação. A verdade é que estou bastante desconfiado. Todas as suas crises estavam de algum modo relacionadas à proximidade do conde. O que significa, então, esse contentamento absoluto? Será possível que seu instinto esteja satisfeito com o triunfo final do vampiro? Ele próprio é um zoófago e em seus impetuosos delírios falou de um "mestre". Tudo isso parece confirmar nossa ideia. Depois de algum tempo, contudo, vim embora; meu amigo está um pouco normal demais no momento para que seja prudente pô-lo a prova com muitas perguntas. Pode começar a pensar, e então...! Portanto, retirei-me. Desconfio desses seus estados de espírito tranquilos, de modo que dei instruções ao assistente para que ficasse atento a ele e para que tivesse uma camisa de força à mão, no caso de vir a ser necessária.

Diário de Jonathan Harker

29 de setembro, no trem para Londres — Quando recebi a mensagem atenciosa de Mr. Billington prontificando-se a me dar qualquer informação de que dispusesse, achei melhor ir a Whitby e fazer no próprio local minhas perguntas. Meu objetivo era rastrear aquela horrível carga do conde até o local em que se encontra, em Londres. Mais tarde talvez possamos lidar com ela. Billington Filho, um bom rapaz, encontrou-me na estação e me levou até a casa de seu pai, onde resolveram que eu deveria passar a noite. São hospitaleiros, com a verdadeira hospitalidade de Yorkshire: dão ao seu hóspede tudo aquilo de que precisa e o deixam à vontade para agir como desejar. Todos sabiam que eu tinha muito que fazer, e que minha estada seria breve. Em seu escritório, Mr. Billington já tinha aprontado todos os papéis relativos à consignação das caixas. Foi um choque tornar a ver uma das cartas que eu vira na mesa do conde antes de ficar a par de seus planos diabólicos. Tudo havia sido cuidadosamente planejado e realizado de forma sistemática e precisa. Ele parecia ter se preparado para qualquer obstáculo que por acaso pudesse surgir no caminho enquanto levava a cabo suas intenções. Não correra riscos, e a precisão absoluta com que suas instruções tinham sido seguidas era apenas o resultado lógico de seus cuidados. Vi a fatura, de que tomei nota: "Cinquenta caixas de terra comum, para ser usada com fins experimentais." Também vi a cópia da carta para Carter, Paterson & Co., e sua resposta. De ambas obtive cópias. Essas eram todas as informações que Mr. Billington podia me dar. Fui então até o porto, falar com os oficiais da guarda costeira e da alfândega, bem como com o capitão do porto. Todos tinham algo a dizer sobre a estranha chegada da embarcação, que já está se tornando tradição local, mas ninguém era capaz de acrescentar qualquer informação àquela descrição simples: "cinquenta caixas de terra comum". Fui então ver o agente ferroviário, que gentilmente me pôs em contato com os homens que haviam recebido as caixas. Seu registro correspondia à lista, e eles nada tinham a acrescentar, exceto o fato de que as caixas eram "extremamente pesadas", e que transportar havia sido um trabalho árduo. Um deles comentou que havia sido uma pena a ausência de um cavalheiro "como o senhor, *squire*", capaz de demonstrar algum apreço por seus esforços pagando-lhe uma bebida. Um outro falou que a sede que haviam sentido após todo aquele esforço havia sido tanta que nem mesmo o tempo transcorrido conseguira aplacá-la. Desnecessário dizer que antes de sair cuidei para eliminar, para sempre e de forma adequada, aquela fonte de reprimendas.

30 de setembro — O agente ferroviário teve a bondade de escrever uma carta de apresentação para mim, destinada ao seu velho companheiro, o agente ferroviário de King's Cross, para que, lá chegando pela manhã, eu pudesse lhe perguntar sobre o transporte das caixas. Ele também me pôs imediatamente em contato com os oficiais competentes, e vi que seu registro estava de acordo com a fatura original. As oportunidades de ficar com uma sede anormal estavam aqui reduzidas, mas foram utilizadas de forma bastante nobre, e mais uma vez senti-me compelido a lidar com o resultado de forma *ex posto facto*.

Dali, segui para o escritório central de Carter, Paterson & Co., onde fui recebido com a maior cortesia. Procuraram os registros da transação em seu diário e em seu copiador, e imediatamente telefonaram para King's Cross a fim de obter maiores detalhes. Por sorte, os homens que haviam feito o trabalho estavam lá, aguardando outro serviço, e na mesma hora o oficial enviou-os, mandando ainda, através de um deles, a guia e todos os papéis relativos à entrega das caixas em Carfax. Também nesse caso o registro estava perfeitamente de acordo. Os funcionários da transportadora puderam complementar a escassez de palavras escritas com alguns detalhes. Logo percebi que tais detalhes estavam quase que exclusivamente relacionados à natureza poeirenta do trabalho e à sede de que, em consequência, sofriam os trabalhadores. Quando lhes dei uma oportunidade, por meio da moeda corrente, de mais tarde mitigar aquele mal benéfico, um deles observou:

— Aquela era a casa mais esquisita que já vi na vida. Deus do Céu! Acho que ninguém punha os pés ali há uns cem anos. A camada de poeira era tão espessa que acho que poderia dormir ali sem me machucar, como se fosse um colchão. Estava tão abandonada que cheirava à velha Jerusalém. Mas a antiga capela, essa sim foi o cúmulo! Meu colega e eu não víamos a hora de sair dali. Por Deus, se eu tivesse que ficar ali depois que escurecesse cobraria um *quid* por hora!

Tendo estado na casa, posso muito bem acreditar no que disse; se ele soubesse, porém, o que eu sei, creio que sua hora aumentaria de preço.

Um detalhe me deixou satisfeito: saber que *todas* as caixas que chegaram a Whitby, provenientes de Varna, a bordo do *Demeter*, foram deixadas em segurança na antiga capela de Carfax. Deve haver cinquenta delas, a menos que alguma tenha sido removida — o que temo que tenha acontecido, a tomar pelo diário do dr. Seward.

Tentarei ver o carreteiro que trazia as caixas de Carfax quando Renfield o atacou. É possível que venhamos a descobrir muita coisa seguindo essa pista.

Diário de Mina Harker

30 de setembro — Estou tão feliz que mal sei como me conter. Suponho que seja a reação ao medo obsessivo que senti: toda essa terrível história e a reabertura de sua antiga ferida poderiam ter efeitos prejudiciais sobre Jonathan. Até onde consegui, despedi-me dele quando partiu para Whitby com uma expressão de coragem em meu rosto, mas estava muito apreensiva. O esforço, contudo, lhe fez bem. Ele nunca esteve tão resoluto, tão forte, tão cheio de uma energia vulcânica quanto atualmente. É como disse o caro professor Van Helsing: ele possui grande firmeza de mente e de espírito, e funciona ainda melhor sob uma pressão capaz de destruir naturezas mais fracas. Voltou de lá cheio de vida e esperança e determinação. Já aprontamos tudo para hoje à noite. Sinto-me impaciente com a perspectiva. Creio que deveríamos ter piedade de um ser tão perseguido como é o conde. A realidade é que essa Coisa não é humana, nem mesmo animal. Ler o relato feito pelo dr. Seward sobre a morte de Lucy e tudo o que se seguiu é suficiente para secar as fontes de piedade no coração de qualquer um.

Mais tarde — Lorde Godalming e Mr. Morris chegaram mais cedo do que esperávamos. O dr. Seward havia saído a negócios e levara Jonathan consigo, por isso tive de recebê-los. Foi um encontro bastante doloroso, pois me fez lembrar das esperanças que a pobre Lucy alimentara há apenas alguns meses. É claro que ambos haviam ouvido Lucy falar de mim, e aparentemente o dr. Van Helsing também andara me elogiando muito, como disse Mr. Morris. Pobres rapazes! Nenhum deles está ciente de que sei tudo sobre os pedidos de casamento que fizeram a Lucy. Não sabiam exatamente o que dizer ou fazer, pois não tinham certeza do que eu sabia, de modo que se limitaram a conversar sobre assuntos neutros. Refleti sobre a questão, porém, e cheguei à conclusão de que o melhor a fazer era colocá-los a par de tudo, até o momento presente. Eu sabia, a partir do diário do dr. Seward, que ambos haviam estado presentes quando da morte de Lucy — sua verdadeira morte —, e que não precisava ter medo de revelar algum segredo antes da hora. Então lhes contei, da melhor forma possível, que lera todos os papéis e diários, e que meu marido e eu, após tê-los datilografado, acabávamos de colocar tudo em ordem. Dei a cada um uma cópia para que fossem ler na biblioteca. Quando lorde Godalming recebeu sua cópia e a examinou — na verdade é um bocado espessa —, perguntou:

— A senhora escreveu tudo isto, Mrs. Harker?

Fiz que sim, e ele prosseguiu:

— Não compreendo exatamente aonde tudo isso vai nos levar, mas todos vocês são tão bons e gentis, e vêm trabalhando com tanto afinco e dedicação, que tudo o que me resta fazer é aceitar suas ideias mesmo sem compreendê-las e tentar ajudá-los. Já tive uma lição sobre aceitar os fatos que deixaria qualquer um humilde até o último dia de sua vida. Além disso, sei que a senhora amava minha pobre Lucy...

Ele virou o rosto, cobrindo-o com as mãos. Sua voz estava embargada. Mr. Morris, com uma delicadeza instintiva, pousou a mão por um breve momento em seu ombro e saiu da sala em silêncio. Suponho que haja algo na natureza das mulheres capaz de fazer com que os homens se sintam livres para perder o controle de suas emoções em presença delas e expressá-las de forma terna e emotiva, sem que isso pareça detratar sua masculinidade. Quando lorde Godalming se viu a sós comigo, sentou-se no sofá e deu livre vazão aos seus sentimentos angustiados. Sentei-me ao seu lado e segurei-lhe a mão. Espero que ele não tenha considerado esse gesto um atrevimento de minha parte, e que, se por acaso se recordar desse momento mais tarde, não venha a ter essa impressão. Mas estou fazendo mau juízo dele: *sei* que não vai pensar dessa forma — é um cavalheiro de verdade. Disse a ele, pois vi que seu coração estava partido:

— Eu amava a querida Lucy. Sei o que ela representava para o senhor, e o senhor para ela. Nós duas éramos como irmãs. Agora que ela se foi, o senhor permitirá que eu seja também sua irmã num momento de dificuldade? Sei de todas as tristezas que teve de suportar, embora eu não possa avaliar o quão profundas são. Se a compreensão e a piedade puderem ajudá-lo nessa hora de aflição, o senhor permitirá que eu lhe preste essa ajuda, em nome de Lucy?

Num instante, o pobre rapaz sucumbiu à dor. Pareceu-me dar vazão a tudo o que sofrera em silêncio ultimamente. Ficou histérico e, erguendo as mãos abertas, juntou com força as palmas num gesto de absoluta angústia. Pôs-se de pé e voltou a se sentar, as lágrimas escorrendo-lhe pela face. Senti uma pena infinita do rapaz e abri os braços instintivamente.

Soluçando, ele apoiou a cabeça em meu ombro e chorou como uma criança, seu corpo se sacudindo com a emoção.

Nós, mulheres, temos algo de maternal que faz com que nos elevemos acima de questões menos importantes quando tal espírito é invocado. Senti a cabeça daquele homem aflito apoiada em mim como se fosse a do bebê que algum dia talvez venha a repousar em meu peito, e acariciei seus cabelos como se fossem os do meu próprio filho. No momento, nem cheguei a pensar o quão estranho era tudo aquilo.

Um pouco depois, seus soluços cessaram, e ele se ergueu, desculpando-se, embora não procurasse disfarçar suas emoções. Disse-me que, ao longo dos últimos dias e noites — dias exaustivos e noites insones —, ele não fora capaz de falar com ninguém, e que um homem precisa falar nos momentos de sofrimento. Não havia uma mulher para lhe oferecer compreensão, ou com quem ele pudesse falar abertamente sobre as terríveis circunstâncias que cercavam sua dor.

— Sei agora o quanto sofri — disse ele, enxugando os olhos —, mas mesmo neste exato instante não compreendo, e ninguém jamais será capaz de compreender, o que representou sua solidariedade, hoje. O tempo tornará tudo mais claro. Acredite: embora eu possa parecer agradecido agora, minha gratidão aumentará conforme eu entender melhor. A senhora permitirá que eu seja como seu irmão, para o resto da vida, em nome de Lucy?

— Em nome de Lucy — disse eu, enquanto apertávamos as mãos.

— Sim, e pelo seu próprio bem, também — acrescentou ele. — Pois se a estima e a gratidão de um homem lhe forem necessárias, saiba que a partir de hoje pode contar comigo. Se o futuro lhe reservar uma situação em que venha a precisar da ajuda de um homem, acredite, não há de me chamar em vão. Deus permita que nada aconteça em sua vida capaz de nublá-la. Mas, se acontecer, prometa-me que irá me procurar.

Ele estava sendo tão sincero, e seus sofrimentos ainda eram tão recentes, que senti que uma resposta afirmativa iria reconfortá-lo.

— Prometo — disse eu.

Ao sair da sala e seguir pelo corredor, vi Mr. Morris numa janela. Ele se virou ao ouvir meus passos.

— Como está Art? — perguntou. — Ah, vejo que a senhora o esteve reconfortando — prosseguiu, ao notar meus olhos vermelhos.

— Pobre rapaz! Ele precisa disso. Ninguém além de uma mulher pode reconfortar um homem quando seu coração sofre; e ele não tinha quem o reconfortasse.

Ele carregava seu próprio sofrimento de forma tão corajosa que me apiedei dele. Vi o manuscrito em sua mão e sabia que, depois de lê-lo, ele haveria de se dar conta do quanto eu estava ciente. Disse-lhe, então:

— Gostaria de ser capaz de reconfortar a todos vocês, que tanto têm sofrido. O senhor permitirá que eu seja sua amiga e virá a mim em busca de apoio, se precisar? Mais tarde saberá por que digo isso.

Ele viu que eu estava sendo sincera. Curvando-se, tomou minha mão, levou-a aos lábios e beijou-a. Parecia uma ajuda muito pequena a um espírito tão corajoso e abnegado; impulsivamente, inclinei-me e o beijei. Lágrimas brotaram-lhe nos olhos, e sua garganta comprimiu-se num engasgo momentâneo. Ele disse, bastante tranquilo:

— Mocinha, jamais há de se arrepender dessa gentileza tão sincera, enquanto viver! — e foi para o escritório, reunir-se ao amigo.

"Mocinha!" Aquela era a palavra que ele usava para falar com Lucy, e de fato a ela mostrou-se um verdadeiro amigo!

capítulo 18

Diário do dr. Seward

30 de setembro — Cheguei em casa às cinco horas e descobri que Godalming e Morris não só já haviam chegado como também já tinham estudado as transcrições dos vários diários e cartas que Harker e sua maravilhosa esposa haviam feito e organizado. Harker ainda não regressara de sua visita aos homens da transportadora, a respeito dos quais escrevera-me o dr. Hennessey. Mrs. Harker serviu-nos uma xícara de chá, e digo com sinceridade que, pela primeira vez desde que vim morar aqui, esta velha casa pareceu *meu lar*. Quando terminamos, Mrs. Harker indagou:

— Dr. Seward, posso lhe pedir um favor? Quero ver seu paciente, Mr. Renfield. Deixe-me vê-lo. O que o senhor escreveu a respeito dele em seu diário interessa-me tanto!

Ela parecia tão bonita, tão encantadora, que eu não podia recusar, e não havia motivo para fazê-lo, de modo que a levei comigo. Quando cheguei ao quarto, disse a ele que uma dama gostaria de vê-lo, ao que ele simplesmente indagou:

— Por quê?

— Ela está percorrendo a casa e quer ver a todos aqui — respondi.

— Ah, pois muito bem — disse ele. — Mande-a entrar, é claro, mas antes espere um pouco para que eu possa arrumar meu quarto.

Seu método de arrumação mostrou-se peculiar: ele simplesmente engoliu todas as moscas e aranhas nas caixas antes que eu pudesse detê-lo. Era bastante evidente que temia alguma interferência, ou que zelava pelos seus hábitos. Quando concluiu sua repugnante tarefa, disse, alegremente:

— Mande a senhora entrar.

Sentou-se na beira da cama com a cabeça baixa, mas com as pálpebras abertas, de modo a poder vê-la quando entrasse. Por um instante, pensei que ele poderia ter algum ímpeto homicida. Lembrei-me de como estivera calmo antes de me atacar em meu escritório e tomei o cuidado de posicionar-me num local onde pudesse contê-lo imediatamente, caso tentasse se lançar sobre ela. Mrs. Harker entrou no quarto com uma graça capaz de inspirar imediatamente respeito a qualquer lunático — pois a suavidade é uma das características que os loucos mais têm em apreço. Ela foi até ele, com um sorriso gracioso, e estendeu-lhe a mão.

— Boa tarde, Mr. Renfield — disse. — Conheço o senhor, pois o dr. Seward falou-me a seu respeito.

Ele não respondeu de imediato, mas estudou-a de alto a baixo com os olhos, o cenho franzido. Aquela expressão deu lugar a uma outra, de espanto, que logo se transformou em dúvida. Então, para minha grande surpresa, ele disse:

— A senhora não é a moça com quem o doutor queria se casar, certo? Não pode ser, não é mesmo? Ela está morta.

Mrs. Harker sorriu-lhe com doçura ao responder:

— Ah, não! Eu tenho o meu marido, com quem já era casada antes de conhecer pessoalmente o dr. Seward. Sou Mrs. Harker.

— Então, o que a senhora faz aqui?

— Meu marido e eu estamos visitando o dr. Seward.

— Então, não fique.

— Mas por que não?

Achei que aquele tipo de conversa pudesse ser desagradável a Mrs. Harker, tanto quanto estava sendo para mim, de modo que me incluí nela:

— Como você sabe que eu queria me casar com alguém?

Sua resposta foi extremamente desrespeitosa. Após uma pausa, durante a qual seus olhos desviaram-se de Mrs. Harker e se fixaram em mim, para logo em seguida voltar a contemplá-la, Renfield disse:

— Que pergunta mais idiota!

— Não concordo, Mr. Renfield — disse Mrs. Harker, tomando de imediato o meu partido.

Ele replicou com uma cortesia e um respeito que equivaliam, em intensidade, ao desprezo que demonstrara por mim:

— A senhora evidentemente há de compreender, Mrs. Harker, que, quando um homem é tão amado e respeitado quanto o nosso anfitrião, tudo o que lhe diz respeito é do interesse de nossa pequena comunidade. O dr. Seward é amado não apenas por seus familiares e amigos, mas até por seus pacientes. Alguns de nós mal são capazes de manter o equilíbrio mental e podem distorcer causas e efeitos. Como eu próprio tenho sido interno de um asilo de loucos, não posso deixar de notar que as tendências sofistas de outros internos os conduzem aos erros de *non causa* e *ignoratio elenchi*.

Arregalei os olhos diante daquela revelação. Ali estava o meu louco de estimação — o mais lunático que eu jamais encontrara — falando sobre filosofia e comportando-se como um cavalheiro. Pergunto-me se a presença de Mrs. Harker de alguma maneira lhe trouxe à tona certas memórias. Se essa nova fase era espontânea, ou de algum modo devida à sua influência inconsciente, ela deve ter algum dom ou poder bastante raro.

Continuamos a conversar durante algum tempo. Vendo que ele parecia bastante razoável, ela arriscou, olhando para mim em busca de aprovação, conduzir a conversa para o assunto favorito de Renfield. Fiquei mais uma vez muito surpreso, pois ele falou a respeito com a imparcialidade dos homens mais sãos; chegou a utilizar a si mesmo como exemplo ao mencionar certos detalhes.

— Ora, eu sou o exemplo de um homem que tinha uma crença estranha. Não é de se espantar que meus amigos tenham ficado alarmados e insistido para que eu fosse posto sob controle. Eu costumava imaginar a vida como uma entidade positiva e perpétua, e achava que, através da ingestão de um grande número de seres vivos, por mais baixo que fosse o lugar por eles ocupado na escala da criação, seria possível prolongar indefinidamente a vida. Em certos momentos, essa crença se tornou tão forte que cheguei a tentar tirar a vida de seres humanos. O próprio doutor há de confirmar que numa ocasião tentei matá-lo, com o objetivo de aumentar minhas forças vitais mediante a assimilação, em meu corpo, de sua vida, através de seu sangue. É claro que eu me baseava nas Escrituras: "Pois o sangue é a vida." Mesmo que o vendedor de certa panaceia tenha vulgarizado o truísmo a ponto de torná-lo desprezível. Não é verdade, doutor?

Fiz que sim, pois estava tão surpreso que mal sabia o que pensar ou dizer. Era difícil imaginar que eu o vira comer suas moscas e aranhas menos de cinco minutos antes. Consultando meu relógio, vi que devia ir à estação receber Van Helsing, de modo que disse a Mrs. Harker que era hora de partir. Ela veio de imediato, após dizer a Mr. Renfield, de forma cordial:

— Adeus, e espero vê-lo com frequência, sob circunstâncias mais agradáveis para o senhor.

Ao que, para minha enorme surpresa, ele respondeu:

— Adeus, minha cara. Peço a Deus que jamais torne a ver seu adorável rosto de novo. Que Ele a abençoe e proteja!

Quando fui à estação encontrar Van Helsing, não levei comigo os rapazes. O pobre Art parecia mais alegre do que desde antes de Lucy adoecer, e Quincey recobrara seu estado de espírito exuberante.

Van Helsing desceu da carruagem com a agilidade de um garoto. Viu-me imediatamente, e veio às pressas me encontrar, dizendo:

— Ah, amigo John, como andam as coisas? Bem? Ah! Estive ocupado, pois agora venho para ficar, se preciso for. Tudo o que me diz respeito já foi arranjado, e tenho muito a contar. Madame Mina está com o senhor? Certo. E o marido dela, excelente pessoa, também está? E Arthur e meu amigo Quincey, estão todos com você? Ótimo!

Enquanto voltávamos para casa, contei-lhe o que se passara, e como meu próprio diário tornara-se útil a partir da sugestão de Mrs. Harker, ao que o professor me interrompeu:

— Ah, aquela maravilhosa madame Mina! Tem o cérebro de um homem, na verdade o cérebro de um homem particularmente dotado, e o coração de uma mulher. O bom Deus criou-a com algum propósito, acredite em mim, ao fazer uma combinação tão excelente. Amigo John, até agora a sorte fez com que essa mulher nos ajudasse. Após esta noite, é preciso que ela se afaste dessa nossa terrível empresa. Não é bom fazê-la correr um risco tão grande. Nós, homens, estamos determinados a destruir esse monstro; na verdade temos o *compromisso* de fazê-lo. Mas isso não é tarefa para uma mulher. Mesmo que ela saia ilesa, seu coração pode não suportar tantos e tão intensos horrores, e mais tarde é possível que ela venha a sofrer, tanto acordada, com os nervos, quanto ao dormir, por causa dos sonhos. Além disso, ela é jovem, e casada há pouco; talvez haja outras coisas em que pensar, mesmo que não neste exato momento. Você está me dizendo que ela escreveu tudo, então precisa se reunir conosco. Mas amanhã deve dizer adeus a esse trabalho, e nós prosseguiremos sozinhos.

Concordei inteiramente com ele e lhe contei o que havíamos descoberto durante a sua ausência: que a casa comprada por Drácula era precisamente a vizinha à minha. Ele ficou surpreso e pareceu tomado por uma grande preocupação.

— Ah, se soubéssemos disso antes! — disse ele. — Teríamos podido, então, encontrá-lo a tempo de salvar a pobre Lucy. É inútil, porém, chorar sobre o leite derramado, como dizem. Não pensaremos nisso, mas seguiremos em nosso caminho até o fim.

Ele se calou, então, e permaneceu em silêncio até chegarmos ao meu portão. Antes de irmos nos preparar para o jantar, ele disse a Mrs. Harker:

— Meu amigo John disse-me, madame Mina, que a senhora e seu marido organizaram com precisão cronológica todos os eventos até o presente.

— Não até o presente, professor — disse ela, impulsivamente —, mas até esta manhã.

— Mas por que não até agora? Temos visto quão esclarecedores podem ser os pequenos eventos. Revelamos nossos segredos, e no entanto ninguém está pior por causa disso.

Mrs. Harker começou a enrubescer. Apanhando alguns papéis de seu bolso, disse:

— Dr. Van Helsing, tenha a bondade de ler isto e dizer-me se devo incluí-lo. São as minhas anotações relativas ao dia de hoje. Também eu percebi a necessidade de tomar nota de tudo, no momento, por mais trivial que pareça. Mas há muito pouco aqui que não seja pessoal. Devo incluí-lo?

O professor leu os papéis com ar de gravidade, e, ao devolvê-los, disse:

— Não precisa incluir, se não quiser, mas devo pedir-lhe que inclua. Só o que pode advir destas palavras é um amor ainda maior da parte de seu marido; e da parte de todos nós, seus amigos, um maior respeito e estima.

Ela apanhou os papéis ruborizando novamente e sorrindo.

Assim sendo, todos os registros que temos até o momento estão completos e em ordem. O professor levou consigo uma cópia para estudar, após o jantar e antes de nosso encontro, marcado para as nove horas. O resto de nós já leu tudo. Portanto, quando nos reunirmos no escritório, estaremos todos a par dos fatos e poderemos discutir nosso plano de batalha contra esse terrível e misterioso inimigo.

Diário de Mina Harker

30 de setembro — Quando nos reunimos no escritório do dr. Seward duas horas após o jantar, que havia sido às seis, sem querer formamos uma espécie de junta ou comitê. O professor Van Helsing sentou-se à cabeceira da mesa, que lhe foi indicada pelo dr. Seward, quando entrou na sala. Fez com que eu me sentasse à sua direita, pedindo-me que fizesse as vezes de secretária; Jonathan sentou-se ao meu lado. Diante de nós estavam lorde Godalming, dr. Seward e Mr. Morris — o primeiro ao lado do professor, e o dr. Seward no meio. Disse o professor:

— Creio que posso partir do pressuposto de que todos estamos a par dos fatos registrados nesses papéis. — Todos assentimos. — Assim sendo — prosseguiu ele —, seria bom que eu lhes falasse um pouco sobre o tipo de inimigo com que temos de lidar. Vou lhes contar partes da história desse homem, partes sobre as quais meu conhecimento é seguro. Poderemos então discutir qual a melhor forma de agir e tomar nossas providências de acordo com as conclusões. Os vampiros existem; alguns de nós têm provas disso. Mesmo que não tivéssemos como comprová-lo a partir de nossa própria e infeliz experiência, os ensinamentos e os registros do passado fornecem provas suficientes para pessoas sensatas. Admito que fui cético, a princípio. Se eu não me tivesse treinado ao longo dos anos para manter uma mente aberta, não teria acreditado até o momento em que a prova cabal estivesse bem diante do meu nariz. "Vejam! Vejam! Consegui prová-lo!" Ai de mim! Se eu soubesse a princípio o que hoje sei, ou mesmo se tivesse apenas suspeitado, uma vida tão preciosa teria sido poupada a todos nós que a amávamos. Mas isso são águas passadas, e devemos trabalhar para que outras pobres almas não pereçam, enquanto pudermos salvá-las. O *nosferatu* não morre como a abelha, após ter picado uma vez. Ele é mais forte e, sendo mais forte, tem um poder ainda maior de fazer o mal. Este vampiro que está entre nós é forte como vinte homens; sua astúcia é sobre-humana, pois acumula-se há séculos. Ele conta ainda com a ajuda da necromancia, que, conforme diz a etimologia do termo, é a adivinhação feita através dos mortos, e todos os mortos de que ele pode se aproximar estão sob seu comando. Ele é cruel, ou mais do que isso: é desumano como o próprio Diabo, destituído de coração. Pode, com certas limitações, aparecer quando e onde lhe aprouver, e sob qualquer uma das formas de que dispõe. Pode, na medida do seu alcance, comandar os elementos: a tempestade, a neblina e o trovão. Pode comandar todos os seres inferiores: a ratazana, a coruja e o morcego, a mariposa, a raposa e o lobo. Pode crescer e diminuir de tamanho, e às vezes pode mesmo ir e vir sem ser notado. Como, então, daremos início à nossa luta para destruí-lo? Como poderemos descobrir onde ele está? E, tendo-o descoberto, como poderemos destruí-lo? Meus amigos, a tarefa é imensa e terrível, e talvez haja consequências capazes de fazer estremecer o mais corajoso dos homens. Pois, se falharmos, a vitória será dele; nesse caso, qual há de ser o nosso fim? A vida nada significa, não me preocupo com isso. Nesta situação, porém, falhar não é uma simples questão de vida e morte. Significa nos tornarmos iguais a ele, nos tornarmos infames seres noturnos como ele, sem coração ou consciência, consumindo o corpo e a alma daqueles que mais amamos. As portas do céu nos estariam, então, para sempre vedadas. Quem haveria de tornar a abri-las? Seríamos abominados por todos, uma mancha no rosto luminoso de Deus, uma lança no corpo d'Aquele que morreu pelos homens. Mas estamos frente a frente com o dever. Haveremos de retroceder numa hora dessas? De minha parte, digo que não, mas estou velho, e a vida, com todo o brilho do sol, os lugares bonitos, o canto dos pássaros, a música e o amor, ficou para trás. Vocês, porém, são jovens. Alguns já passaram por sofrimentos, mas dias melhores ainda os aguardam. O que me dizem?

Enquanto ele falava, Jonathan tomara-me a mão. Temi que a natureza apavorante de nosso perigo o estivesse sobrepujando quando o vi estender a mão, mas sentir seu toque foi um sopro renovado de vida — tão forte, tão autoconfiante, tão resoluto. A mão de um homem corajoso fala por si própria, e não precisa sequer do amor de uma mulher para ouvir soar sua música.

Quando o professor terminou de falar, meu marido olhou-me nos olhos, e eu retribuí seu olhar. Não havia necessidade de palavras entre nós.

— Respondo por Mina e por mim — disse ele.

— Conte comigo, professor — disse Quincey Morris, como sempre lacônico.

— Estou com o senhor — disse lorde Godalming —, em nome de Lucy, se não por outros motivos.

O dr. Seward limitou-se a anuir com a cabeça. O professor se pôs de pé e, após colocar seu crucifixo de ouro sobre a mesa, estendeu as mãos de ambos os lados. Eu tomei sua mão direita e lorde Godalming, sua mão esquerda; Jonathan segurou minha mão direita com sua esquerda e estendeu a outra mão para Mr. Morris. Assim, quando todos nos seguramos as mãos, o pacto solene foi firmado. Senti meu coração enregelar, mas sequer me ocorreu retroceder. Retornamos aos nossos lugares, e o dr. Van Helsing prosseguiu com uma espécie de animação que demonstrava que o trabalho sério havia começado. Aquela tarefa devia ser levada tão a sério e profissionalmente quanto qualquer outra.

— Bem, vocês sabem contra o que temos que lutar, mas nós também não estamos desprovidos de recursos. Do nosso lado temos o poder da combinação, um poder negado aos vampiros; temos as fontes científicas; estamos livres para pensar e agir; e dispomos tanto das horas diurnas quanto das noturnas. De fato, até onde vão nossas forças, elas são livres, e nós somos igualmente livres para usá-las. Estamos nos devotando a uma causa, e a um objetivo em nada egoísta. Isso significa muito. Vejamos, agora, até onde os poderes que se armam contra nós são restritos, de maneira geral e individual. Trocando em miúdos, consideremos as limitações dos vampiros em geral, e as deste vampiro em particular. Tudo o que temos à nossa disposição são tradições e superstições. A princípio, não parece grande coisa, quando a questão é de vida ou morte, ou mais do que isso. Ainda assim, temos que nos dar por satisfeitos. Em primeiro lugar, porque não há outra saída; não temos outra coisa a nosso dispor. Em segundo lugar, porque, afinal de contas, tradição e superstição são tudo. Por acaso não é nisso que se baseia a crença que outros têm nos vampiros, mesmo que no nosso caso infelizmente as coisas sejam diferentes? Um ano atrás, quem entre nós teria cogitado essa possibilidade, em pleno século XIX, em meio à ciência, ao ceticismo e ao prosaísmo? Chegamos a desdenhar uma crença que se comprovou diante de nossos olhos. Partamos, então, do princípio de que o próprio vampiro e a crença em suas limitações e sua cura encontram-se por ora apoiados na mesma base. Pois na verdade ele é conhecido em toda parte por onde já passaram os seres humanos. Na Grécia e na Roma Antigas, em toda a Alemanha, na França, na Índia, até mesmo no Quersoneso; e na China, tão distante de nós em todos os sentidos, mesmo ali, e nos dias de hoje, ele é conhecido e temido. Acompanhamos o despertar dos furiosos islandeses, dos hunos, gerados pelo próprio Demônio, dos eslavos, dos saxões, dos magiares. Até aqui, então, é somente nisso que teremos que basear nossas ações, e deixem-me dizer que muitas das crenças se justificam pelo que vimos em nossa própria e infeliz experiência. O vampiro continua vivo, não sendo suscetível à morte pela mera passagem do tempo, e se fortalece quando pode se nutrir do sangue dos vivos. Mais do que isso: nós mesmos vimos que ele pode até rejuvenescer; que suas funções vitais ganham vigor e parecem se renovar quando seu alimento especial é abundante. Mas ele não tem como se fortalecer sem esse alimento. Não come da mesma forma que nós. Até mesmo o amigo Jonathan, que viveu junto a ele durante semanas, jamais o viu comer, jamais! Seu corpo não projeta sombra e não se reflete no espelho, como Jonathan também observou. Tem em suas mãos a força de muitos homens, o que mais uma vez Jonathan pôde testemunhar ao vê-lo fechar a porta diante dos lobos e quando o ajudou na diligência. Pode transformar-se em lobo, conforme podemos deduzir a partir de sua chegada em Whitby, quando dilacerou o cachorro. Pode assumir o aspecto de um morcego, como foi visto na janela, em Whitby, por madame Mina, como foi visto ao sair voando desta casa tão próxima pelo amigo John, e também como foi visto por meu amigo Quincey, junto à janela de Miss Lucy. Pode chegar em meio ao nevoeiro que ele mesmo cria, o que nos foi comprovado pelo valente comandante daquela escuna. Com base no que sabemos, porém, a distância sobre a qual pode projetar esse nevoeiro é pequena e limita-se ao espaço ao seu redor. Chega em meio aos raios de luar como poeira elementar, como Jonathan viu fazerem aquelas irmãs no Castelo Drácula. Pode se tornar muito pequeno; nós mesmos vimos Miss Lucy, antes que ela repousasse em paz, deslizar por uma fenda mínima à porta do túmulo. Pode, uma vez tendo encontrado seu caminho, passar de qualquer lugar a qualquer lugar, independentemente de estar fechado ou mesmo soldado. Pode ver no escuro, o que não é um dom desprezível, num mundo que vive a metade do tempo desprovido de luz. Ah, mas me ouçam até o fim. Ele pode fazer todas essas coisas, e, no entanto, não é livre. Tem menos liberdade do que o escravo da galé, do que o louco em sua cela. Não pode ir aonde bem entender; ele, que não faz parte da Natureza, tem ainda assim que obedecer a algumas de suas leis, embora não saibamos o porquê. Não pode entrar em parte alguma antes dos outros, a menos que alguém da casa o convide a entrar; depois disso, contudo, pode ir e vir à vontade. Seus poderes terminam com o raiar do dia, como todas as coisas malignas. Só em certos momentos ele possui liberdade limitada. Se não se encontrar no local ao qual está vinculado, só pode se transformar ao meio-dia ou exatamente ao nascer do sol e ao ocaso. Tudo isso é o que nos é relatado, e a partir de nossos registros podemos provar muita coisa por dedução. Ele pode agir como quiser dentro de seus limites, quando habita em seu lar de terra, em seu túmulo, em seu lar infernal, num lugar profano, como sabemos, por ele ter usado a sepultura do suicida em Whitby. Ainda assim, em outras horas ele só pode se modificar no momento exato. Dizem também que só pode atravessar as águas na baixa-mar ou na maré enchente. E há também certas coisas que o atormentam e anulam seus poderes, como o alho, que conhecemos. Para os objetos sagrados, como este símbolo, meu crucifixo, que está entre nós agora que debatemos este assunto, para esses objetos ele nada significa, e, na presença deles, o vampiro se posiciona bem distante, em respeitoso silêncio. Há também outras coisas, sobre as quais quero lhes falar, pois podemos precisar delas em nossa busca. Um ramo de rosa-selvagem colocado sobre seu caixão o impede de sair dali; uma bala abençoada que seja disparada contra seu caixão tem o poder de matá-lo de forma definitiva; sobre a estaca cravada em seu corpo, já sabemos que pode conceder a paz; sabemos também que o decepar da cabeça traz a dádiva do repouso. Isso foi o que vimos com nossos próprios olhos. Assim sendo, ao encontrarmos a moradia desse homem-que-já-não-é, podemos confiná-lo ao seu caixão e destruí-lo, se agirmos em conformidade com o que sabemos. Mas ele é inteligente. Pedi a meu amigo Arminius, da Universidade de Budapeste, que fizesse uma pesquisa de sua história; de acordo com todas as fontes disponíveis, ele me fez um relato do que foi esse vampiro no passado. Deve ter, de fato, sido aquele Voivode Drácula que ganhou renome lutando contra os turcos, sobre o grande rio na fronteira com o próprio território inimigo. Se for verdade, então ele não era um homem qualquer;

naquela época, e pelos séculos que se seguiram, falavam dele como o mais perspicaz e engenhoso, bem como o mais valente dos filhos da "terra para além da floresta". Sua mente astuta e sua determinação inabalável acompanharam-no ao túmulo, e ainda hoje se armam contra nós. Diz Arminius que os Drácula eram uma família nobre e ilustre, embora aqui e ali houvesse descendentes cujos contemporâneos acreditavam ter feito pactos com o Diabo. Aprendiam seus segredos na Scholomance, entre as montanhas que circundam o lago Hermanstadt, onde o Diabo cobra como taxa o décimo estudante. Nos registros há palavras como *stregoica*, bruxa, *ordog* e *pokol*, Satã e inferno. Num dos manuscritos, o Drácula que conhecemos é denominado *wampyr*, palavra que todos nós compreendemos bastante bem. Entre seus próprios descendentes, tem havido homens ilustres e boas mulheres, cujos túmulos tornam sagrada a terra onde somente a infâmia pode reinar. Pois não é o menor de seus horrores o fato de este mal estar enterrado fundo em tudo o que é bom; no solo destituído de memórias sagradas, ele não tem como existir.

Enquanto falavam, Mr. Morris olhava fixamente para a janela, e nesse ponto levantou-se em silêncio, saindo do aposento. Fez-se uma pequena pausa, após a qual o professor continuou:

— E agora precisamos definir o que faremos. Temos muitas informações aqui, e devemos dar início à ação. Sabemos, graças às investigações de Jonathan, que do castelo até Whitby vieram cinquenta caixas de terra, e todas foram entregues em Carfax. Sabemos também que pelo menos algumas delas foram removidas. Parece-me que nosso primeiro passo deveria ser no sentido de averiguar se as outras caixas permanecem na casa, por trás do muro que hoje vemos, ou se mais alguma foi removida. Se a segunda possibilidade se confirmar, teremos que descobrir...

Nesse momento, fomos interrompidos de maneira assustadora. Veio, do exterior da casa, o barulho de um tiro de pistola; a vidraça da janela foi estilhaçada por uma bala que, ricocheteando, atingiu a parede oposta da sala. Temo ser, em meu íntimo, covarde, pois dei um grito. Os homens puseram-se de pé num salto; lorde Godalming correu até a janela e abriu-a. Em seguida, ouvimos a voz de Mr. Morris lá fora:

— Desculpem! Acho que assustei vocês. Vou entrar e dizer o que aconteceu.

Um minuto depois, ele voltou para o escritório e disse:

— Foi uma atitude bastante idiota da minha parte, e é com sinceridade que lhe peço perdão, Mrs. Harker. Devo tê-la assustado terrivelmente. Mas o fato é que, enquanto o professor falava, um grande morcego apareceu e pousou no parapeito da janela. Devido aos acontecimentos recentes, passei a ter tamanho horror desses desgraçados animais que não consigo suportá-los, e saí para atirar, como tenho feito ultimamente, à noite, sempre que vejo algum. Você costumava rir de mim por causa disso, Art.

— Acertou-o? — perguntou o dr. Van Helsing.

— Não sei; creio que não, pois o bicho voou para o bosque.

Sem outras palavras, ele retornou à sua cadeira, e o professor prosseguiu:

— Teremos que descobrir o paradeiro de cada uma dessas caixas; e, quando estivermos prontos, teremos que capturar ou matar esse monstro em seu covil. Ou teremos que esterilizar a terra, por assim dizer, para que ele já não possa encontrar segurança ali. Assim é possível que ao fim venhamos a encontrá-lo em sua forma humana entre o meio-dia e o ocaso, para combatê-lo no momento em que está mais fraco. Agora quero dirigir-me à madame Mina: sua participação termina hoje, até que tudo esteja bem. A senhora nos é preciosa demais para correr um risco desses. Quando nos despedirmos, hoje à noite, não deverá fazer mais perguntas. Diremos tudo no tempo devido. Somos homens e temos a capacidade de suportar tudo isso, mas a senhora deve ser nossa estrela e nossa esperança. Agiremos com maior liberdade se a senhora não estiver correndo riscos, como nós estaremos.

Todos os homens pareceram aliviados, até mesmo Jonathan. Não me pareceu nada bom, contudo, que eles enfrentassem maiores perigos e talvez fossem menos cuidadosos com sua própria segurança — já que a força é a melhor segurança — por causa de suas atenções para comigo; mas eles já haviam tomado sua decisão, e, embora me fosse difícil concordar, eu nada podia dizer, exceto aceitar sua postura cavalheiresca.

Mr. Morris retomou a discussão:

— Como não há tempo a perder, meu voto é para que demos uma olhada em sua casa agora mesmo. O tempo é tudo quando se lida com ele, e uma ação rápida de nossa parte pode salvar uma outra vítima.

Confesso que comecei a vacilar quando a hora de entrar em ação se fez tão próxima, mas eu nada disse, pois temia ainda mais que, se parecesse um estorvo ou um obstáculo ao trabalho deles, talvez chegassem a me excluir por completo de suas reuniões. Foram para Carfax agora, com o intuito de entrar na casa.

Como homens que são, disseram-me que fosse para a cama dormir. Como se uma mulher pudesse dormir quando aqueles a quem ama correm perigo! Vou me deitar e fingir que estou dormindo, para que Jonathan não se sinta ainda mais ansioso ao voltar para casa.

Diário do dr. Seward

1º de outubro, quatro horas da madrugada — Quando estávamos prestes a sair, recebi uma mensagem urgente enviada por Renfield, perguntando-me se eu poderia vê-lo imediatamente, pois ele tinha algo de suma importância para me dizer. Falei ao mensageiro que atenderia a seu desejo pela manhã: no momento, estava ocupado. O assistente acrescentou:

— Ele foi muito insistente, doutor. Nunca o vi tão ansioso. Receio que, se o senhor não for vê-lo agora, ele acabe tendo um de seus acessos de violência.

Eu sabia que o homem não teria dito isso sem motivos, de modo que cedi:

— Está bem, irei imediatamente.

Pedi aos outros que esperassem alguns minutos por mim, pois tinha que ir ver meu "paciente".

— Leve-me com você, amigo John — disse o professor. — O caso relatado em seu diário interessa-me bastante e tem relações aqui e ali com o *nosso* caso também. Gostaria muito de vê-lo, sobretudo quando sua mente está agitada.

— Posso ir também? — perguntou lorde Godalming.

— E eu? — pediu Quincey Morris

— Posso acompanhá-los? — perguntou Harker.

Fiz que sim, e seguimos juntos pelo corredor. Encontramos Renfield num estado de considerável excitação, mas muito mais racional em sua forma de falar e agir do que eu jamais vira. Havia uma pouco habitual compreensão de si mesmo, diferente de tudo o que eu até então encontrara nos loucos, e ele partia do pressuposto de que seus argumentos prevaleceriam sobre outros inteiramente sãos. Entramos os cinco em seu quarto, mas nenhum dos outros disse coisa alguma, a princípio. Seu pedido era o de que eu o libertasse imediatamente do hospício e o mandasse para casa. Justificou-se argumentando sua completa recuperação, apresentando a própria sanidade como prova.

— Faço um apelo a seus amigos — disse. — Eles talvez não se importem em participar do julgamento do meu caso. Aliás, o senhor não nos apresentou.

Eu estava tão surpreso que a estranheza de apresentar um louco num hospício não me ocorreu de imediato. Além disso, havia uma certa dignidade em seu comportamento, tão característica das pessoas normais, que fiz no mesmo instante as apresentações:

— Lorde Godalming; professor Van Helsing; Mr. Quincey Morris, do Texas; Mr. Jonathan Harker; e Mr. Renfield.

Ele os cumprimentou um a um, dizendo, sucessivamente:

— Lorde Godalming, tive a honra de substituir seu pai em Windham; lamento saber que ele se foi, o que posso presumir pelo fato de o senhor estar usando o título. Era um homem amado e respeitado por todos os que o conheciam; ouvi dizer que em sua juventude foi o inventor de um ponche flambado de rum, que ganhou muito prestígio na noite de Derby. Mr. Morris, o senhor deve ter orgulho de seu ilustre estado. O fato de ter sido recebido na União foi um precedente que talvez venha a ter efeitos de longo alcance mais tarde, quando o Polo e os Trópicos fizerem aliança com as Estrelas e as Listras. A força do Tratado talvez venha a se mostrar significativa para a ampliação do território norte-americano, quando a doutrina Monroe ocupar seu lugar genuíno como fábula política. O que pode um homem dizer acerca de sua satisfação ao conhecer Van Helsing? Meu senhor, não peço desculpas por deixar de lado todos os prefixos convencionais. Quando um indivíduo revolucionou a terapêutica com a descoberta da evolução contínua da massa cerebral, as formas convencionais de tratamento se tornam inadequadas, pois pareceriam limitá-lo a membro de uma classe. Aos senhores, cavalheiros, que por sua nacionalidade, por hereditariedade ou por possuírem dons naturais estão aptos a ocupar seus respectivos lugares no mundo em movimento, solicito que testemunhem minha sanidade, igual pelo menos à da maioria dos homens que estão em total posse de suas liberdades. E estou certo de que o senhor, dr. Seward, filantropo e médico-jurista, bem como cientista, há de considerar um dever moral tratar-me como alguém sob circunstâncias excepcionais — ele fez este último apelo com um ar cortês de convicção não totalmente desprovido de charme.

Creio que todos nós ficamos desconcertados. Eu, de minha parte, tinha a convicção de que sua sanidade mental encontrava-se restabelecida, a despeito do que sabia acerca de sua personalidade e história. Senti um forte impulso de lhe dizer que estava satisfeito quanto à sua sanidade e que averiguaria quais as formalidades necessárias para libertá-lo pela manhã. Achei melhor esperar, porém, antes de fazer uma declaração tão importante, pois já não eram novidade as mudanças súbitas às quais aquele paciente em particular era suscetível. Então, contentei-me em fazer uma declaração mais genérica, dizendo-lhe que ele parecia estar melhorando muito rápido, que eu teria uma conversa mais longa com ele pela manhã e que faria o possível no sentido de atender aos seus desejos. Isso não o satisfez em absoluto, pois logo em seguida ele disse:

— Mas eu temo, dr. Seward, que o senhor mal compreenda os meus desejos. Quero sair logo, agora, de imediato, neste exato momento se possível. O tempo urge, e, em nosso acordo implícito com a velha Ceifeira, é a essência do contrato. Tenho certeza de que basta colocar diante de um médico tão admirável quanto o dr. Seward um desejo tão simples, e no entanto tão significativo, para garantir que seja atendido.

Lançou-me um olhar penetrante, e, vendo a negativa em meu rosto, voltou-se para os outros, estudando-os de perto. Não encontrando respostas suficientes, prosseguiu:

— É possível que eu tenha me enganado em minha suposição?

— Enganou-se — disse eu com franqueza, mas ao mesmo tempo, ao que me pareceu, com brutalidade.

Fez-se uma pausa considerável, após a qual ele disse, devagar:

— Creio então que devo modificar a natureza do meu pedido. Solicito-lhe uma concessão, ou um favor, um privilégio, como quiser. Devo implorar-lhe neste caso, não somente por motivos pessoais, mas pelo bem de outros. Não posso lhe revelar na íntegra meus motivos, mas o senhor pode ter certeza de que são bons, altruístas e justos, e que advêm do mais alto senso de justiça. Se o senhor pudesse olhar dentro do meu coração, doutor, haveria de aprovar totalmente os sentimentos que me movem. Não, mais do que isso: o senhor me teria como um de seus maiores e mais fiéis amigos.

Mais uma vez ele nos lançou uma olhar penetrante. Crescia em mim a convicção de que aquela súbita mudança de seu método intelectual não era mais do que uma outra forma ou fase de sua loucura, então resolvi deixar que ele seguisse um pouco adiante, sabendo, por experiência, que ele acabaria se traindo no fim, como todos os loucos. Van Helsing olhava-o fixamente e com enorme intensidade, suas sobrancelhas espessas quase se encontrando devido ao esforço de concentração. Ele disse a Renfield, num tom que não me surpreendeu naquele momento, mas somente quando pensei a respeito mais tarde — pois era o tom de quem se dirigia a um de seus pares:

— Não pode dizer com franqueza seu verdadeiro motivo para querer estar livre esta noite? Asseguro-lhe que se chegar a satisfazer a mim, um desconhecido, sem preconceitos e habituado a manter uma mente aberta, o dr. Seward há de lhe conceder o privilégio que solicita, assumindo todos os riscos e responsabilidades.

Ele meneou a cabeça tristemente e com uma expressão de pungente desapontamento no rosto. O professor prosseguiu:

— Vamos lá, meu senhor. Reflita. O senhor diz estar em posse do privilégio da razão em seu mais alto nível, já que busca impressionar-nos com sua absoluta racionalidade. Faz isso, mas temos motivos para duvidar de sua sanidade, já que ainda não recebeu alta do tratamento médico a que está submetido por essa exata insuficiência. Se não nos ajudar em nosso esforço para escolher o melhor caminho, como poderemos cumprir a tarefa que o senhor mesmo nos colocou nas mãos? Seja sábio e nos ajude. E, se pudermos, vamos ajudá-lo a realizar seus desejos.

Ele voltou a menear a cabeça e disse:

— Dr. Van Helsing, nada tenho a dizer. Seu argumento é perfeito, e se eu tivesse liberdade para falar não hesitaria um instante sequer, mas não sou dono dos meus próprios passos. Só o que posso lhes pedir é que confiem em mim. Se me recusarem esse pedido, a responsabilidade não será minha.

Achei que já estava na hora de encerrar aquela cena, que estava assumindo uma gravidade demasiada e cômica, então me dirigi à porta, dizendo apenas:

— Venham, meus amigos, temos trabalho a fazer. Boa noite.

Quando me aproximei da porta, no entanto, uma nova mudança ocorreu no paciente. Foi até onde eu estava com tamanha rapidez que por um instante temi que estivesse prestes a fazer um novo ataque homicida. Meus temores eram infundados, porém, pois ele ergueu as duas mãos de forma suplicante e fez seu pedido de maneira comovente. Quando viu que seu excesso de emoção estava depondo contra ele, ao nos recordar nossas antigas relações, começou a demonstrá-las ainda mais. Lancei um rápido olhar para Van Helsing e vi minha convicção refletida em seus olhos, de modo que me tornei mais resoluto, se não mais severo, e fiz ao paciente um sinal indicando-lhe que seus esforços eram inúteis. Eu já vira anteriormente algo daquela mesma excitação crescente nele quando queria fazer algum pedido sobre o qual, na época, refletira muito. Por exemplo, quando me pedira um gato. Estava preparado para vê-lo sucumbir à mesma tristonha aquiescência. Minhas expectativas, porém, não se cumpriram: ao ver que seu apelo não teria sucesso, tornou-se frenético. Caiu de joelhos, erguendo as mãos num gesto implorante, e despejou uma torrente de súplicas enquanto as lágrimas lhe rolavam pela face e todo o seu rosto expressava a mais profunda emoção.

— Rogo-lhe, dr. Seward, ah, imploro-lhe, deixe-me sair imediatamente desta casa! Mande-me embora como quiser e para onde quiser, mande-me acompanhado de guardas com chicotes e correntes; que me levem numa camisa de força, algemado e agrilhoado nas pernas, até mesmo para a cadeia, mas deixe que eu vá embora daqui. O senhor não sabe o que está fazendo ao me manter aqui. Estou lhe falando do fundo do meu coração, da minha alma. O senhor não sabe a quem está fazendo mal, e eu não posso lhe dizer. Que desgraça a minha! Não posso lhe dizer. Por tudo aquilo que lhe é mais sagrado, por tudo o que lhe é mais querido, por seu amor perdido e por sua esperança que ainda vive, em nome do Todo-Poderoso, leve-me daqui e livre minha alma da culpa! Não está me ouvindo, homem? Não compreende? Será que jamais vai aprender? Não sabe que estou são agora e que digo a verdade; que não sou um lunático num acesso de loucura, mas um homem são lutando por sua alma? Ah, ouça-me! Ouça-me! Deixe-me ir! Deixe-me ir! Deixe-me ir!

Achei que, quanto mais aquilo se prolongasse, mais exaltado ele haveria de se tornar e acabaria tendo mesmo um ataque; peguei-o pela mão, então, e o ergui.

— Venha — eu disse, severamente. — E basta disso. Já vimos o suficiente. Vá para a cama e tente se comportar de maneira mais discreta.

De súbito, ele parou e me olhou intensamente por um longo instante. Então, sem uma palavra, levantou-se e foi até a cama, sentando-se na beirada. Chegara a prostração, como da outra vez, exatamente conforme eu previra.

Quando eu estava saindo do quarto, o último do grupo, ele me disse, num tom de voz calmo e polido:

— Estou certo de que o senhor me fará justiça, dr. Seward, não se esquecendo, mais tarde, de que fiz o possível para convencê-lo, esta noite.

capítulo 19

Diário de Jonathan Harker

1º de outubro, cinco horas da madrugada — Saí com os outros para a busca despreocupado, pois acho que jamais vi Mina tão bem e tão forte. Fico feliz por ela ter consentido em ficar e deixar que nós, homens, fizéssemos o trabalho. Por algum motivo, apavorava-me a ideia de que ela estivesse envolvida em toda essa história assustadora; mas agora que seu trabalho está concluído, e que graças à sua energia, à sua inteligência e à sua providência tudo foi organizado de modo que os menores detalhes façam sentido, ela pode muito bem dar sua parte por encerrada e deixar tudo por nossa conta, daqui por diante. Creio que ficamos um pouco aborrecidos com a cena de Mr. Renfield. Quando saímos de seu quarto, ficamos em silêncio até voltarmos ao escritório. Então, Mr. Morris disse ao dr. Seward:

— Puxa, Jack, se aquele homem não estava blefando, ele é o maluco mais lúcido que já vi. Não tenho certeza, mas acho que ele tinha algum objetivo sério. Se isso era verdade, foi bastante duro não conseguir uma chance.

Lorde Godalming e eu ficamos em silêncio, mas o dr. Van Helsing acrescentou:

— Amigo John, você entende mais de loucos do que eu, e fico feliz com isso, pois temo que, se a decisão fosse minha, eu o teria libertado antes do último acesso histérico. Vivendo e aprendendo! Em nossa presente tarefa, não podemos brincar com a sorte, como diria meu amigo Quincey. É melhor que tudo fique como está.

O dr. Seward pareceu responder a ambos de forma um tanto quanto vaga:

— Tudo o que posso dizer é que concordo. Caso se tratasse de um louco igual aos outros, eu teria corrido o risco de confiar nele, mas ele me parece tão ligado ao conde, e de forma tão óbvia, que receio estar agindo mal ao ajudá-lo em seus caprichos. Não posso me esquecer de como ele implorou quase com o mesmo fervor por um gato, e depois tentou rasgar minha garganta com os dentes. Além disso, ele chama o conde de seu "Amo e Senhor", e talvez queira sair para ajudá-lo de alguma forma diabólica. Esse terrível ser conta com a ajuda dos lobos e das ratazanas e de seus semelhantes; suponho que seja capaz de tentar usar até mesmo um respeitável louco. Renfield, contudo, pareceu sincero. Só espero que tenhamos feito o certo. Essas coisas, junto com o trabalho horrível que temos em nossas mãos, podem ter consequências sobre nossos nervos.

O professor se adiantou, e, colocando a mão sobre seu ombro, disse, do modo grave e gentil que lhe era característico:

— Amigo John, não tenha medo. Estamos tentando cumprir com nosso dever num caso bastante triste e terrível. Só podemos agir da maneira que julgamos ser a melhor. O que mais podemos esperar, exceto a piedade do bom Deus?

Lorde Godalming se ausentara por alguns minutos e agora retornava. Mostrou-nos um pequeno apito de prata ao dizer:

— Aquele lugar talvez esteja cheio de ratazanas. Se for assim, tenho um antídoto à mão.

Depois de pular o muro, caminhamos até a casa, tomando o cuidado de nos esconder nas sombras das árvores quando o luar iluminava o gramado. Quando chegamos ao pórtico, o professor abriu sua valise e tirou de lá uma série de coisas, que colocou sobre o degrau, organizadas em quatro pequenos grupos — para dar a cada um de nós, evidentemente. Disse, então:

— Meus amigos, estamos prestes a enfrentar um perigo terrível e precisamos de armas de muitos tipos. Nosso inimigo não é apenas espiritual. Lembrem-se de que ele tem a força de vinte homens e de que, embora nossos pescoços ou traqueias sejam do tipo comum, ou seja, embora possam ser quebrados ou esmagados, os dele não são suscetíveis à simples força física. Um homem mais forte pode às vezes contê-lo, ou um grupo de homens mais fortes do que ele, mas não seria capaz de feri-lo como ele pode nos ferir. Devemos, portanto, evitar seu contato. Guardem isto junto ao peito — apanhou um pequeno crucifixo de prata e o entregou a mim, que era o mais próximo. — Coloquem estas flores em volta do pescoço — e me deu uma grinalda de flores de alho secas. — Para outros inimigos mais mundanos, este revólver e esta faca. E para nos ajudar, estas pequenas lanternas elétricas, que podem prender junto ao peito. Por fim, para todas as circunstâncias e acima de tudo, algo que não devemos profanar inutilmente.

Era uma parte da hóstia, que ele pôs dentro de um envelope e me entregou. Todos os outros foram equipados da mesma maneira.

— Agora — disse ele —, amigo John, onde estão as chaves-mestras? Se pudermos abrir a porta, não precisaremos entrar na casa pela janela, como fizemos antes na casa de Miss Lucy.

O dr. Seward experimentou uma ou duas das chaves-mestras, ajudado por sua destreza manual de cirurgião. Pouco depois, encontrou uma adequada; após algumas tentativas com a chave dentro da fechadura, esta cedeu e se abriu com um tinido. Empurramos a porta, e as dobradiças enferrujadas rangeram enquanto ela se abria devagar. Foi aterrorizante como a imagem que fiz da abertura do túmulo de Miss Westenra, a partir do que o dr. Seward escreveu em seu diário. Creio que os outros tiveram a mesma impressão, pois todos recuamos juntos. O professor foi o primeiro a se adiantar e entrou pela porta aberta.

— *In manus tuas, Domine!* — disse ele, persignando-se ao cruzar a soleira. Fechamos a porta atrás de nós, a fim de não chamar a atenção de pessoas na rua ao acender nossas lanternas. O professor certificou-se de que a porta estava destrancada, para garantir que poderíamos abri-la de dentro caso estivéssemos saindo às pressas. Todos acendemos então nossas lanternas e demos início à busca.

A luz das pequenas lanternas nos revelava todos os tipos de formas estranhas enquanto os raios se entrecruzavam, e a opacidade de nossos corpos projetava sombras enormes. Eu não conseguia me livrar da sensação de que havia mais alguém entre nós. Possivelmente eram as memórias de minha terrível experiência na Transilvânia, reavivadas com intensidade por aquele ambiente soturno. Creio que todos compartilhávamos esse sentimento, pois notei que os outros olhavam para trás, por sobre seus ombros, a cada ruído ou a cada nova sombra que surgia, como eu próprio sabia estar fazendo.

A casa estava inteiramente recoberta de poeira. Sobre o chão, parecia haver uma camada de alguns centímetros, mas notamos pegadas recentes. Iluminando-as com minha lanterna, pude ver marcas de botas ferradas sobre a camada de poeira. A superfície das paredes estava macia e pesada de poeira, e nos cantos havia uma grande quantidade de teias de aranha, sobre as quais a poeira se acumulara até deixá-las com o aspecto de trapos velhos e esfarrapados, já que o peso rasgara-as aqui e ali. Sobre uma mesa do vestíbulo, havia um grande molho de chaves, cada uma delas com uma etiqueta amarelada pelo tempo. Haviam sido usadas muitas vezes, pois na mesa havia diversas marcas sobre a poeira, similares à que foi revelada pelo professor ao erguê-las. Ele se virou para mim e disse:

— Você conhece esta casa, Jonathan. Copiou plantas daqui, e conhece-a pelo menos melhor do que nós. Qual é o caminho para a capela?

Eu tinha uma ideia da direção, embora em minha visita anterior não tivesse obtido acesso a ela. Portanto, fui na frente e, após algumas tentativas equivocadas, deparei-me com uma porta baixa, em arco, de carvalho e ferro.

— Este é o local — disse o professor, iluminando com sua lanterna uma pequena planta da casa, copiada do arquivo de minha correspondência original relativa à compra da propriedade. Com alguma dificuldade, encontramos a chave no molho e abrimos a porta. Estávamos preparados para encontrar algo desagradável, pois quando começamos a abri-la um ar malcheiroso e opressivo parecia exalar-se pela fresta, mas nenhum de nós imaginou um odor como aquele. Os outros jamais haviam se encontrado com o conde em local fechado, e quando eu o vira ele estava no período de jejum, em seus aposentos, ou então, quando estava empanturrado de sangue fresco, numa construção em ruínas, onde o ar fresco entrava. Aquele lugar, porém, era pequeno e fechado, e o longo desuso tornara o ar estagnado e fétido. Havia um cheiro de terra, como o de algum miasma seco, que nos chegava através do ar viciado. Mas quanto ao odor em si, como descrevê-lo? Não era composto apenas por todos os males da mortalidade e pelo cheiro acre e pungente do sangue, mas nos causava a impressão de que a própria decomposição se havia decomposto. Argh! Enoja-me lembrar dele. Cada expiração daquele monstro parecia ter ficado impregnada naquele lugar e aumentado sua repugnância.

Sob circunstâncias normais, um fedor daqueles teria posto um fim à nossa empresa, mas não se tratava de um caso comum, e os objetivos elevados e terríveis que nos moviam nos conferiam uma força superior às meras considerações de ordem física. Depois de termos involuntariamente recuado após o primeiro bafo nauseabundo, fomos todos fazer o nosso trabalho como se aquele lugar repugnante fosse um jardim de rosas.

Examinamos detalhadamente o local. O professor disse, ao começarmos:

— A primeira coisa a fazer é ver quantas caixas restaram. Temos que examinar cada buraco, cada canto e cada fresta em busca de pistas sobre o que foi feito do resto.

Um olhar ao redor foi suficiente para nos mostrar quantas havia, pois aquelas caixas de terra eram enormes, e não havia como confundi-las.

Só tinham restado 29 das cinquenta! Num dado momento, assustei-me, pois, vendo lorde Godalming subitamente se virar e olhar na direção do corredor escuro, imitei-o, e por um instante meu coração parou. Em algum lugar, espreitando em meio às sombras, pareceu-me ver o rosto pálido e malévolo do conde — o nariz protuberante, os olhos vermelhos, os lábios vermelhos, a palidez medonha. Foi somente por um instante, pois quando lorde Godalming disse "Pensei ter visto um rosto, mas eram só as sombras", e voltou a examinar a capela, apontei minha lanterna naquela direção e fui até o corredor. Não havia sinal de ninguém. E como não havia ângulos, portas ou aberturas de qualquer tipo, mas apenas as paredes sólidas do corredor, não era possível que mesmo *ele* se escondesse ali. Concluí que o medo trabalhara junto com a imaginação, e nada disse.

Alguns minutos mais tarde, vi Morris recuar subitamente de um canto que estava examinando. Todos nós seguimos seus movimentos com os olhos, pois sem dúvida sentíamos um crescente nervosismo, e vimos uma multidão de fosforescências que piscavam como estrelas. Instintivamente recuamos. Ratazanas estavam invadindo a capela.

Por alguns instantes ficamos estarrecidos, todos nós, exceto lorde Godalming, que aparentemente estava preparado para uma emergência daquelas. Correndo até a grande porta de carvalho e ferro que o dr. Seward descrevera do lado de fora e que eu próprio vira, girou a chave na fechadura, abriu os ferrolhos e escancarou a porta. Então, pegando o apito de prata no bolso, soprou, produzindo um som baixo e penetrante. Latidos de cães nos chegaram como resposta, de algum lugar para além da casa do dr. Seward. Cerca de um minuto depois, três *terriers* chegaram como flechas pela lateral da casa. Inconscientemente, todos nos encaminhamos para a porta; ao fazê-lo, notei que havia muitas marcas sobre a poeira: os caixotes removidos tinham sido levados por ali. Mesmo no intervalo de um minuto, porém, as ratazanas haviam aumentado bastante de número. Pareciam pulular na capela todas ao mesmo tempo, até que a luz das lanternas, brilhando sobre seus corpos e refletindo-se em seus olhos reluzentes e malignos, fez com que aquele lugar mais parecesse um barranco cheio de vaga-lumes. Os cães corriam, mas ao chegar à soleira da porta subitamente pararam e farejaram; em seguida, levantaram ao mesmo tempo os focinhos e começaram a uivar de forma lúgubre. As ratazanas se multiplicavam aos milhares, e tivemos que sair da capela.

Lorde Godalming levantou um dos cães e, carregando-o para dentro, colocou-o no chão. No instante em que suas patas tocaram o solo, ele pareceu recobrar sua coragem e correu atrás de seus inimigos naturais. As ratazanas fugiram dele tão depressa que só conseguiu dar cabo de algumas, e os outros cães, trazidos da mesma forma, só chegaram a apanhar umas poucas antes que toda a multidão desaparecesse.

Ao saírem, foi como se alguma presença maligna partisse também, pois os cães brincavam dando saltos e latiam alegremente enquanto se lançavam sobre seus inimigos abatidos, revirando-os e lançando-os no ar com sacudidelas perversas. Aparentemente, todos nos sentíamos mais leves. Se isso se devia à purificação da atmosfera mortífera da capela com a abertura da porta, ou se era o alívio de estar novamente fora da casa, não sei dizer. Era certo, porém, que a sombra do temor parecia ter escorregado para longe como se fosse um manto, e nossa ida até Carfax perdeu algo de seu significado sinistro, embora nós não tenhamos afrouxado um milímetro em nossa determinação. Fechamos a porta externa, passamos os ferrolhos e a trancamos. Levando os cães conosco, começamos a fazer a busca pela casa. Nada encontramos em parte alguma, exceto poeira em quantidades extraordinárias, toda ela intocada a não ser pelas marcas dos meus próprios passos quando fiz minha primeira visita. Nem uma única vez, os cães demonstraram qualquer inquietude e, mesmo quando voltamos à capela, eles saltitavam, brincalhões, como se tivessem andado caçando coelhos num bosque, durante o verão.

A alvorada se insinuava a leste quando saímos pela porta da frente. O dr. Van Helsing tirara do molho a chave da porta, trancando-a da forma ortodoxa e colocando em seguida a chave em seu bolso.

— Até aqui — disse ele —, nossa noite foi eminentemente bem-sucedida. Nenhum mal nos aconteceu, entre os muitos que eu temia, e conseguimos descobrir quantas caixas estão faltando. Acima de tudo, alegro-me com o fato de que este primeiro passo, talvez o mais difícil e mais perigoso, tenha sido dado sem a necessidade de envolver a adorável madame Mina, ou de perturbar seus pensamentos, em sonho ou quando acordada, com cenas e sons e cheiros de horror de que ela talvez jamais se esquecesse. Também aprendemos uma lição, se for permitido argumentar *a particulari*: que os animais a serviço do conde não são suscetíveis ao seu poder espiritual. Essas ratazanas, por exemplo. Atenderam ao seu chamado, do mesmo modo que os lobos, que ele invocou do alto de seu castelo quando você quis sair e quando aquela pobre mãe surgiu aos prantos. Mas, embora venham a ele, saem correndo feito doidas dos cãezinhos do meu amigo Arthur. Temos outras questões diante de nós, outros perigos, outros medos. E esta não foi a única ou a última vez que esse monstro usou seu poder sobre o mundo dos animais inferiores. Parece que foi embora para outro lugar; ótimo, que seja assim! Deu-nos a oportunidade de colocá-lo em xeque, de algumas formas, nesse jogo de xadrez do qual participamos pelo bem das almas dos homens. E agora vamos para casa. A alvorada se aproxima, e temos motivos para ficar satisfeitos com nossa primeira noite de trabalho. Talvez estejamos fadados a passar ainda por muitas noites e muitos dias cheios de perigo, mas temos que seguir em frente, e perigo algum nos fará retroceder!

A casa estava em silêncio quando voltamos, exceto por algum pobre coitado que gritava numa ala distante e pelo som baixo e queixoso que vinha do quarto de Renfield. O pobre infeliz com certeza estava se torturando, à maneira dos loucos, com pensamentos dolorosos e desnecessários.

Fui nas pontas dos pés até nossos aposentos e encontrei Mina adormecida, respirando tão suavemente que precisei encostar o ouvido em seu rosto para escutá-la. Parecia mais pálida do que o usual. Espero que nossa reunião de hoje à noite não a tenha perturbado. Estou sinceramente grato por estar excluída de nosso trabalho futuro, ou mesmo de nossas deliberações. É tensão demasiada para uma mulher. Eu não pensava dessa forma no início, mas mudei de opinião. Assim sendo, fico feliz que tenhamos tomado essa decisão. Ela talvez fosse se assustar ao ouvir certas coisas; fazer segredo, porém, pode ser pior do que lhe contar de imediato, caso ela suspeite que lhe estamos escondendo algo. Daqui em diante, nosso trabalho será um livro lacrado para ela, pelo menos até o momento em que lhe possamos dizer que tudo está terminado, e a Terra livre de um monstro do mundo inferior. Devo confessar que será difícil começar a fazer segredo sobre um assunto, dada a confiança que depositamos um no outro, mas tenho que manter minha determinação. Amanhã, nada direi sobre o que fizemos hoje à noite. Vou me recusar a fazer quaisquer comentários. Deito-me no sofá, para não a incomodar.

1º de outubro, mais tarde — Todos nós dormimos demais, e talvez isso seja natural, pois tivemos um dia cheio e nenhum descanso à noite. Até mesmo Mina deve ter se sentido exausta, pois, embora eu tenha dormido até o sol estar alto no céu, acordei antes dela e tive que a chamar duas ou três vezes para fazê-la despertar. Ela de fato dormia tão profundamente que por alguns segundos não me reconheceu e me olhou com uma espécie de terror, como se acordasse em meio a um pesadelo. Reclamou um pouco do cansaço, e eu a deixei descansar até mais tarde.

Sabemos agora que 21 caixas foram retiradas e, se várias delas tiverem sido levadas de uma vez, talvez possamos localizar todas elas — o que simplificaria imensamente nosso trabalho. Quanto mais cedo tratarmos disso, melhor. Vou procurar por Thomas Snelling hoje.

Diário do dr. Seward

1º de outubro — Por volta do meio-dia, o professor me acordou, entrando em meu quarto. Estava mais alegre e bem-disposto do que o habitual, e é óbvio que o trabalho feito ontem à noite ajudou a tirar-lhe algum peso da mente. Depois de discutir nossa aventura noturna, ele subitamente disse:

— Seu paciente me interessa muito. Posso visitá-lo esta manhã com você? Ou, caso você esteja muito ocupado, posso ir sozinho, se necessário. É uma experiência nova para mim encontrar um louco que discorre sobre filosofia e que raciocina com tanta lógica.

Eu tinha trabalhos urgentes a fazer. Disse-lhe, portanto, que ficaria feliz se ele fosse sozinho, pois assim não teria que o fazer esperar. Chamei um assistente e lhe dei as instruções necessárias. Antes que o professor saísse do quarto, adverti-o sobre as falsas impressões que meu paciente podia causar.

— O que quero — disse ele — é fazê-lo falar sobre si mesmo e sobre os delírios que o levavam a consumir seres vivos. Ele disse a madame Mina, como li nas anotações que você fez ontem em seu diário, que em certa época foi movido por crenças nesse sentido. Por que sorri, amigo John?

— Perdoe-me — disse eu —, mas a resposta está aqui — coloquei a mão sobre os papéis datilografados. — Quando nosso louco são e instruído declarou que costumava comer seres vivos, sua boca ainda guardava o cheiro das moscas e aranhas que ele engolira pouco antes de Mrs. Harker entrar em seu quarto.

Van Helsing sorriu também.

— Ótimo! — disse ele. — Sua memória não falha, amigo John. Eu devia ter me lembrado. E, no entanto, é exatamente essa obliquidade de pensamento e memória que faz das doenças mentais um estudo tão fascinante. Talvez eu consiga adquirir mais conhecimento com as bobagens faladas por esse homem do que com os ensinamentos dos mais distintos cientistas. Quem sabe?

Fui fazer meu trabalho e, em pouco tempo, concluí as coisas mais urgentes. Pareceu-me de fato ter demorado muito pouco, mas Van Helsing estava de volta ao meu escritório:

— Interrompo-o? — perguntou, com polidez, aguardando na porta.

— De modo algum — respondi. — Entre. Terminei meu trabalho e estou livre. Posso agora acompanhá-lo, se quiser.

— Não é necessário. Já fui vê-lo.

— E então?

— Receio que ele não me tenha em grande estima. Nossa conversa foi breve. Quando entrei em seu quarto, ele estava sentado num banco, bem no centro, os cotovelos apoiados nos joelhos. Seu rosto era um retrato do mais profundo descontentamento. Falei com ele da forma mais alegre possível e com todo o respeito. Não recebi qualquer resposta. "O senhor não me conhece?", perguntei. Sua resposta não foi muito cordial: "Conheço-o muito bem. O senhor é o velho e tolo Van Helsing. Gostaria que levasse a si mesmo e às suas teorias idiotas sobre o cérebro para outro lugar. Aos diabos com todos os holandeses estúpidos!" Não disse mais uma única palavra e sentou-se num mau humor implacável, tão indiferente à minha presença que era como se eu não estivesse ali. Assim se foi esta chance de aprender com um louco tão inteligente. Se puder, irei me alegrar um pouco trocando algumas palavras com nossa boa madame Mina. Amigo John, sinto uma alegria indizível por ela não estar mais envolvida em nossa terrível missão. Embora venhamos a sentir muita falta de sua ajuda, é melhor assim.

— Concordo sinceramente com o senhor — disse eu, e falava a verdade. Não queria que ele cedesse naquela questão. — É melhor para Mrs. Harker ficar fora disso. As coisas já estão ruins o suficiente para nós, homens viajados, que passamos por várias situações difíceis ao longo da vida. Não é trabalho para uma mulher. Se ela continuasse envolvida com o caso, acabaria se abatendo terrivelmente, com o passar do tempo.

Assim, Van Helsing saiu para falar com Mrs. Harker e seu marido. Quincey e Art estão fora, vendo se conseguem localizar os caixotes de terra. Vou terminar a visita dos pacientes e todos poderemos nos encontrar à noite.

Diário de Mina Harker

1º de outubro — É tão estranho ter que ficar no escuro, como estou hoje, e, após a total confiança de Jonathan ao longo de tantos anos, vê-lo deliberadamente evitando certos assuntos, sobretudo os mais importantes. Esta manhã acordei tarde, após a exaustão de ontem, e Jonathan também, embora tenha se levantado antes de mim. Falou comigo antes de sair e foi mais carinhoso e terno do que nunca, mas não disse uma palavra sobre o que aconteceu durante a visita à casa do conde. E, no entanto, devia saber quão ansiosa eu estava. Pobre querido! Creio que isso deve tê-lo angustiado mais do que a mim. Todos concordaram que o melhor era não me envolver ainda mais nesse trabalho apavorante, e eu aquiesci. Pensar, porém, que ele me esconde algo! E agora estou chorando como uma boboca, quando *sei* que tudo se deve ao enorme amor que meu marido tem por mim e às ótimas intenções daqueles outros homens tão corajosos.

Isso me fez bem. Jonathan há de me contar tudo algum dia; e, para que ele não pense por um momento sequer que estou lhe escondendo algo, vou continuar escrevendo em meu diário, como de hábito. Então, se ele desconfiar de minha sinceridade, poderei mostrar-lhe o que escrevi — cada pensamento meu posto no papel para que seus adorados olhos leiam. Sinto-me estranhamente triste e deprimida, hoje. Creio que seja consequência de toda essa terrível agitação.

Ontem à noite, fui me deitar depois que os homens saíram, simplesmente porque eles me disseram que o fizesse. Não tinha sono, e a ansiedade me devorava. Não conseguia parar de pensar em tudo o que acontecera desde que Jonathan viera me ver em Londres, e essa história me parece uma horrível tragédia em que o destino conduz tudo de forma inexorável a um determinado fim. Tudo o que se faz, por mais correto que seja, me parece ter como consequência exatamente aquilo que se queria evitar. Se eu não tivesse ido a Whitby, talvez a pobre Lucy ainda estivesse conosco, hoje. Ela não costumava visitar o adro da igreja antes da minha chegada, e, se não tivesse ido até lá comigo de dia, certamente não teria ido enquanto sonambulava. Não tendo ido até lá à noite, adormecida, aquele monstro não teria podido destruí-la como fez. Ah, por que fui a Whitby? E agora estou chorando de novo! Pergunto-me o que está acontecendo comigo hoje. Tenho que esconder tudo isso de Jonathan, pois se souber que tive duas crises de choro pela manhã — eu, que nunca choro sem motivos externos; eu, que ele nunca fez derramar uma lágrima —, isso iria deixá-lo preocupadíssimo. Vou colocar uma expressão confiante no rosto e, caso me sinta chorosa, ele não há de ver. Creio que essa é uma das lições que nós mulheres devemos aprender...

Não me lembro exatamente como adormeci, ontem à noite. Lembro-me de ter ouvido o súbito latido de cães e vários sons estranhos, como rezas de forma bastante desordenada, vindos do quarto de Mr. Renfield, que fica em algum ponto abaixo deste. E então o silêncio tomou conta de tudo, um silêncio tão profundo que me deixou alarmada, e fui até a janela. Tudo estava escuro e quieto. As sombras negras projetadas pela luz do luar pareciam cheias de um mistério próprio e silencioso. Nada parecia se mover, e tudo dava a impressão de estar soturno e parado como a morte ou o destino. Tanto que uma faixa delgada de neblina branca, que escorregava com lentidão quase imperceptível por sobre a grama, em direção à casa, parecia ter vida e consciência próprias. Creio que as digressões de meu pensamento devem ter me feito bem, pois, quando voltei para a cama, senti uma letargia apoderar-se de mim. Fiquei deitada por algum tempo, mas não conseguia pegar no sono, então fui até a janela e olhei para fora outra vez. A neblina estava se espalhando, e agora acercava-se da casa; eu podia vê-la espessa contra a parede, como se estivesse subindo até as janelas. O pobre homem gritava mais do que nunca, e, embora eu não conseguisse distinguir uma palavra do que dizia, podia reconhecer em seu tom alguma súplica desesperada. Ouvi então o som de embate físico, e sabia que eram os atendentes tentando contê-lo. Fiquei tão assustada que voltei para a cama e puxei os lençóis sobre a cabeça, colocando os dedos nos ouvidos. Não sentia sono algum, ou pelo menos era o que achava; mas devo ter adormecido, pois, à exceção de meus sonhos, não me lembro de mais nada até o momento em que Jonathan me acordou, pela manhã. Acho que precisei de certo tempo e esforço para me lembrar de onde estava, e que era Jonathan quem se inclinava sobre mim. Tive sonhos bastante peculiares e típicos dos momentos em que os pensamentos que temos quando estamos acordados se fundem com os sonhos, ou continuam neles.

Achei que estava dormindo e esperando que Jonathan voltasse. Estava muito ansiosa a seu respeito e não tinha o poder de tomar qualquer atitude; meus pés e minha mente pesavam, de modo que nada podia se dar com o ritmo habitual. Assim, eu dormia um sono agitado e pensava. Comecei a notar, então, que o ar estava pesado, e também úmido e frio. Tirei os lençóis que me cobriam o rosto e descobri, para minha surpresa, que tudo ao meu redor estava pálido e opaco. A luz de gás que eu deixara acesa para Jonathan, mas com a chama no mínimo, não era mais do que um tímido lampejo avermelhado em meio à neblina, que evidentemente se tornara mais espessa e entrara no quarto. Ocorreu-me então que fechara a janela antes de ir para a cama. Teria me levantado para me certificar disso, mas uma terrível letargia parecia imobilizar meu corpo e até mesmo minha vontade. Fiquei deitada e resisti; foi tudo. Fechei os olhos, mas ainda podia ver através das pálpebras cerradas. (São incríveis os truques que operam nossos sonhos, e do modo mais conveniente que somos capazes de imaginar.) O nevoeiro se tornava mais espesso, e agora eu podia ver por onde entrava, pois era como uma nuvem de fumaça, ou como o vapor pálido da água fervendo: vinha não através da janela, mas pelas frestas da porta. Ficava cada vez mais espesso, até que pareceu se concentrar numa espécie de pilar de neblina, em cujo topo eu podia ver a luz de gás brilhando como um olho vermelho. Tudo começou a girar em minha mente do modo como a coluna de nuvem girava agora no quarto, e em meio a tudo lembrei-me das palavras da escritura: "um pilar de nuvem durante o dia e um de fogo à noite". Seria aquela de fato alguma ajuda espiritual que estivesse vindo a mim durante o sono? O pilar, contudo, se compunha tanto do aspecto noturno quanto do diurno, pois o fogo estava no olho vermelho, que, diante desse pensamento, começou a me fascinar — até que, enquanto eu olhava, o fogo se dividiu e pareceu brilhar sobre mim através da neblina como dois olhos vermelhos, iguais aos que Lucy me descreveu em sua momentânea divagação quando, no rochedo, o sol poente refletiu-se nas janelas da igreja de St. Mary. Subitamente, fui tomada pelo horror ao recordar que dessa forma, através de um redemoinho de poeira à luz da lua, Jonathan vira aquelas três odiosas mulheres se materializando. Devo ter desmaiado, no sonho, pois tudo se transformou em escuridão. O último esforço consciente de minha imaginação revelou-me uma face pálida curvando-se sobre mim, após surgir em meio ao nevoeiro. Tenho que tomar cuidado com sonhos desse tipo, pois são capazes de nos desequilibrar, se forem frequentes. Pediria ao dr. Van Helsing ou ao dr. Seward que me prescrevessem algo para dormir, mas temo alarmá-los. Um sonho desses, no momento presente, serviria para aumentar seus receios com relação a mim. Hoje à noite vou tentar dormir naturalmente. Se não conseguir, amanhã pedirei que me deem uma dose de cloral; não vai me fazer mal, se for apenas uma vez, e terei uma boa noite de sono. A noite passada me deixou mais cansada do que se eu tivesse ficado em claro.

2 de outubro, 22 horas — Na noite passada dormi, mas não sonhei. Deve ter sido um sono pesado, pois não acordei quando Jonathan veio para a cama; porém, o sono não me revigorou: hoje, sinto-me terrivelmente fraca e desanimada. Ontem passei o dia todo tentando ler, ou deitada, cochilando. À tarde, Mr. Renfield perguntou se poderia me ver. Pobre homem! Foi muito gentil, e quando me fui beijou-me a mão e pediu que Deus me abençoasse. De algum modo, isso me afetou muito; estou chorando ao pensar nele. Esta é uma nova fraqueza, com a qual preciso tomar cuidado. Jonathan ficaria arrasado se soubesse que andei chorando. Ele e os outros ficaram fora até a hora do jantar e chegaram cansados. Fiz o que pude para alegrá-los, e acho que o esforço me fez bem, pois esqueci quão cansada estava. Após o jantar, mandaram-me para a cama, e todos foram fumar juntos, conforme disseram, mas eu sabia que queriam contar um ao outro o que lhes ocorrera durante o dia. Pelo jeito de Jonathan, eu pude adivinhar que ele tinha algo de importante para relatar. Eu não sentia tanto sono quanto deveria; portanto, antes que eles saíssem, pedi ao dr. Seward que me desse algum tipo de soporífico, pois não havia dormido bem na noite passada. Muito gentilmente, ele me preparou uma dose, que me deu, dizendo que não faria mal algum, pois era muito suave... Tomei o soporífico e estou esperando pelo sono, que continua arredio. Espero não ter agido mal, pois, agora que o sono começa a chegar, me vem um novo temor: de que eu possa ter sido tola ao abrir mão da possibilidade de despertar. Talvez eu venha a querê-la. O sono chegou. Boa noite.

capítulo 20

Diário de Jonathan Harker

1º de outubro, à noite — Encontrei Thomas Snelling em sua casa em Bethnal Green, mas infelizmente ele não estava em condições de se recordar de nada. A mera perspectiva de beber cerveja que lhe dera a minha visita revelou-se demasiada, e ele deu início cedo demais à sua orgia etílica. Sua esposa, porém, que me pareceu uma decente pobre coitada, disse-me que ele era apenas o assistente de Smollet, este sim o responsável pelos negócios. Fui então a Walworth, e encontrei Mr. Joseph Smollet em casa, em mangas de camisa, tomando um chá tardio num pires. Trata-se de um homem decente e inteligente, o tipo de trabalhador sério e confiável, e pensa por conta própria. Lembrava-se de tudo o que se referia ao episódio das caixas e, consultando um maravilhoso caderno cheio de orelhas, que tirou de algum lugar misterioso nos fundilhos de suas calças, e que tinha anotações em hieróglifos feitas com um lápis grosso e já meio apagadas, disse-me qual o destino das caixas. Havia seis, segundo ele, no carreto que ele levou de Carfax até o número 197 de Chicksand Street, em Mile End, New Town, e mais seis foram entregues em Jamaica Lane, Bermondsey. Se o conde pretendia espalhar esses seus refúgios medonhos por Londres, esses lugares foram os primeiros que escolheu, para que mais tarde pudesse fazer uma distribuição mais uniforme. A forma sistemática como isso foi feito me fez pensar que ele não podia ter a intenção de se confinar a dois extremos de Londres. Agora ele se estabelecera na extremidade leste da costa norte, no leste da costa sul e no próprio sul. O norte e o oeste com certeza não seriam excluídos de seu esquema diabólico, sem falar na cidade em si e no coração da Londres elegante, a sudeste e a oeste. Voltei a falar com Smollet e perguntei-lhe se poderia nos dizer se alguma das outras caixas havia sido levada de Carfax. Ele replicou:

— Bem, meu senhor, como me tratou bastante bem — eu lhe dera algum dinheiro —, vou contar tudo o que sei. Faz umas quatro noites que ouvi um homem chamado Bloxam dizer, no Hare and Hounds, em Pincher's Alley, que ele e um colega tinham feito um trabalho bem poeirento numa velha casa em Purfleet. Esse tipo de trabalho não é lá muito comum, e acho que talvez Sam Bloxam possa lhe dizer alguma coisa.

Perguntei-lhe se poderia me dizer onde encontrá-lo. Disse-lhe que, se me conseguisse o endereço do tal Bloxam, isso com certeza valeria mais alguns trocados. Ele engoliu o resto do chá e se pôs de pé, dizendo que começaria a procurar naquele exato instante. Já estava na porta quando parou e disse:

— Olhe, meu senhor, não faz sentido o senhor ficar esperando aqui. Pode ser que eu demore a achar o Sam, e é bem capaz que ele não esteja em condições de lhe dizer muita coisa, hoje. Sam é um sujeito que fica esquisito quando começa a beber. Se o senhor puder me dar um envelope selado e escrever seu endereço nele, descubro onde pode achar o Sam e mando a informação hoje à noite, pelo correio. Mas é melhor o senhor ir falar com ele de manhã bem cedo, ou não vai chegar a tempo. Ele sai cedo de casa, não importa o quanto tenha bebido na véspera.

Era muito prático, então uma das crianças saiu com um trocado para comprar um envelope e uma folha de papel — e para ficar com o troco. Quando voltou, enderecei o envelope e o selei. Após Smollet ter me prometido outra vez que enviaria o envelope com o endereço, assim que o encontrasse, voltei para casa. De qualquer modo, estamos seguindo o rastro. Estou cansado esta noite e quero dormir. Mina está profundamente adormecida e me parece um pouco pálida demais; a julgar por seus olhos, eu diria que andou chorando. Pobre coitada, não tenho dúvidas de que a atormenta o fato de não estar a par dos acontecimentos, e talvez ela fique duas vezes mais ansiosa quanto a mim e aos outros. É melhor assim, contudo. É melhor que fique desapontada e preocupada em sua ignorância do que perder por completo sua paz de espírito. Os dois médicos estavam corretíssimos ao insistir que ela ficasse fora de toda essa assustadora empresa. Preciso me manter firme, pois é sobre mim que recai o peso particular desse silêncio. Não devo sequer tocar no assunto com ela, sob quaisquer circunstâncias. Talvez não venha a ser uma tarefa difícil demais, afinal de contas, pois ela própria tornou-se reticente com relação a esse assunto e não falou do conde ou de seus feitos desde que lhe comunicamos nossa decisão.

2 de outubro — Um dia longo, exaustivo e empolgante. O primeiro correio me trouxe o envelope que eu mesmo selara, e dentro dele um pedaço sujo de papel, no qual estava escrito, com lápis de carpinteiro e numa caligrafia rude:

"Sam Bloxam, Korkrans, 4, Poters Cort, Bartel Street, Walworth. Pergunte pelo carregado."

Quando recebi a carta, ainda estava na cama e me levantei sem acordar Mina. Ela parecia mole, sonolenta e pálida, e não estava nada bem. Decidi não a acordar e, ao retornar de mais uma busca, tomar providências para que ela voltasse a Exeter. Acho que ela ficaria mais feliz em nossa própria casa, envolvida em suas tarefas rotineiras, do que aqui, entre nós, e sem nada saber. Só vi o dr. Seward por um instante e lhe disse para onde ia, prometendo voltar e contar o resto assim que tivesse descoberto alguma coisa. Fui até Walworth e com alguma dificuldade descobri Potter's Court. A ortografia de Mr. Smollet me havia feito incorrer num erro, pois eu perguntara pela localização de Poter's Cort, e não de Potter's Court. Quando encontrei o local, porém, não foi difícil chegar até a casa de cômodos de Corcoran. Quando perguntei ao homem que chegou à porta pelo "carregado", ele meneou a cabeça, dizendo:

— Não conheço não. Não tem ninguém com esse nome por aqui, nunca ouvi falar nele em toda minha vida. Acho que essa pessoa não mora aqui.

Peguei a carta de Smollet e, ao lê-la, pareceu-me que a aula de ortografia sobre o nome do lugar poderia me ajudar.

— E o senhor quem é?

— Sou o encarregado — respondeu-me.

Vi imediatamente que estava na pista correta; um erro de ortografia mais uma vez me levara a buscar o nome errado. Uma pequena gorjeta colocou os conhecimentos do encarregado a meu dispor, e descobri que Mr. Bloxam curara a embriaguez de cerveja durante a noite, ali na casa de cômodos, e saíra para o trabalho, em Poplar, às cinco da manhã. Ele não era capaz de me dizer onde era seu local de trabalho, mas tinha uma vaga ideia de que se tratava de algum "galpão bem moderno": tive que partir para Poplar com essa informação insuficiente. O meio-dia soou antes que eu tivesse conseguido qualquer indicação satisfatória de tal edifício, que finalmente obtive num café, onde alguns trabalhadores faziam sua refeição. Um deles declarou que estava sendo construído um frigorífico em Cross Angel Street; como essa característica combinava com "galpão bem moderno", dirigi-me imediatamente para o local. Conversas com um porteiro mal-humorado e com um gerente mais mal-humorado ainda, após ambos terem sido apaziguados com uma gorjeta, me colocaram na pista de Bloxam; mandaram chamá-lo, após eu ter sugerido que estava disposto a pagar o ordenado do dia ao gerente pelo privilégio de fazer-lhe algumas perguntas sobre um assunto particular. Ele era um sujeito esperto o suficiente, embora seus modos e sua fala fossem rudes. Quando prometi pagar-lhe por suas informações e lhe dei um adiantamento, ele me disse que tinha feito duas viagens entre Carfax e uma casa em Piccadilly, levando nove caixas no total — "muito pesadas, aliás" —, com um cavalo e uma carroça que alugou com esse propósito. Perguntei-lhe se poderia me dizer o número da casa em Piccadilly; ao que ele me respondeu:

— Bem, doutor, não lembro o número, mas era perto de uma igreja branca bem grande, ou qualquer coisa desse tipo, que foi construída não faz muito tempo. Também era uma casa velha e empoeirada, embora nem se comparasse àquela casa de onde tiramos as malditas caixas.

— Como o senhor entrou nas casas se ambas estavam vazias?

— O velho que me contratou estava esperando na casa velha em Purfleet. Ele me ajudou a carregar as caixas e colocar tudo na carroça. Puxa vida, era o sujeito mais forte que eu já vi, ainda mais porque era bem velhinho, de bigode branco, e tão magro que o senhor nem imaginaria que ele fosse capaz de projetar uma sombra.

Como essa frase me causou arrepios!

— Doutor, ele levantou o seu lado das caixas como se fosse um quilo de chá, e eu suando e bufando antes de conseguir fazer a minha parte. E olhe que não sou nenhum fracote!

— Como foi que o senhor entrou na casa em Piccadilly? — perguntei.

— Ele também estava lá. Deve ter saído bem rápido da outra e chegado lá antes de mim, porque quando toquei a campainha foi ele mesmo quem abriu a porta e me ajudou a levar as caixas para o vestíbulo.

— Todas as nove?

— Sim, senhor. Da primeira vez levei cinco, e quatro da segunda. Foi um trabalho cansativo, de dar sede, e nem me lembro muito bem como é que voltei para casa.

Eu o interrompi:

— As caixas foram deixadas no vestíbulo?

— Sim, senhor. Era um bocado grande e sem móveis.

Insisti mais uma vez na questão das chaves:

— O senhor não tinha nenhuma chave?

— Não usei chaves nem nada. O velhinho abriu ele mesmo a porta e fechou depois que eu saí. Não me lembro como foi a última vez, mas isso foi por causa da cerveja.

— E não consegue se lembrar qual o número da casa?

— Não, senhor. Mas isso não vai ser difícil descobrir. Ela é bem alta, com a fachada de pedra e uma saliência na frente, e os degraus até a porta são altos também. Conheço bem esses degraus, porque afinal tive que carregar as caixas lá para cima, junto com uns três vagabundos que apareceram para ganhar um trocado. O velhinho deu a eles uma gorjeta alta, vários xelins, e eles então ficaram querendo mais. Mas o velho pegou um deles pelo ombro e quase jogou escada abaixo. Aí os outros foram embora depressa.

Achei que com aquela descrição poderia encontrar a casa. Então, tendo pagado a meu amigo por sua informação, dirigi-me a Piccadilly. Descobrira algo bastante desagradável: o conde era capaz, evidentemente, de carregar sozinho as caixas. Assim sendo, o tempo era precioso, pois agora que ele as distribuíra de modo razoável, poderia, por conta própria, terminar a tarefa sem ser visto. Em Piccadilly Circus, dispensei o cabriolé e fui caminhando na direção oeste. Depois da Junior Constitutional, cheguei à casa que me fora descrita, e fiquei satisfeito em saber que era o refúgio seguinte escolhido por Drácula. A casa parecia estar sem inquilinos há bastante tempo. As janelas estavam incrustadas de poeira, e as venezianas, abertas. A construção estava negra com a passagem do tempo, e a pintura sobre o ferro já estava quase toda descascada. Podia-se ver que até bem pouco tempo atrás tinha havido uma grande tabuleta em frente à sacada, anunciando a casa, mas fora arrancada sem maiores cuidados. As escoras que a sustentavam ainda estavam ali. Por trás da grade da sacada, vi que havia algumas tábuas soltas, cujas extremidades pareciam brancas. Como eu queria ter podido ver a tabuleta intacta! Ela poderia fornecer alguma pista sobre o proprietário da casa. Lembrei-me de minha experiência na investigação e na compra de Carfax, e sentia que, se pudesse encontrar o antigo proprietário, talvez descobrisse algum meio de ter acesso à casa.

No momento, nada havia a investigar na frente da casa, em Piccadilly, e nada podia ser feito. Assim, dei a volta e passei pelos fundos, a fim de ver se ali podia descobrir algo. As cocheiras estavam movimentadas, pois a maioria das casas em Piccadilly está ocupada. Perguntei a uns cavalariços e ajudantes que vi nos arredores se poderiam me dizer alguma coisa sobre a casa vazia. Um deles contou-me ter ouvido dizer que a casa havia sido comprada recentemente, mas não sabia de quem. Disse-me, porém, que até bem recentemente havia ali uma tabuleta dizendo "à venda", e que talvez Mitchell, Sons & Candy, os agentes imobiliários, pudessem me informar; ele tinha a impressão de ter lido o nome da firma na tabuleta. Eu não queria parecer ansioso demais, para que meu informante não saísse tirando conclusões. Então, agradecendo-lhe da maneira habitual, fui-me embora. O sol já baixava no céu, e a noite de outono se aproximava, de modo que não perdi tempo. Descobrindo o endereço de Mitchell, Sons & Candy numa lista telefônica em Berkeley, cheguei logo ao escritório, em Sackville Street.

O cavalheiro que me recebeu foi particularmente gentil, mas reservado na mesma proporção. Disse-me que a casa em Piccadilly — que durante toda a nossa conversa chamou de "mansão" — fora vendida, e deu meu trabalho por encerrado. Quando lhe perguntei quem comprara, ele abriu um pouco mais os olhos e fez uma pequena pausa antes de responder:

— A propriedade foi vendida, meu senhor.

— Perdoe-me — disse eu, com a mesma polidez —, mas tenho motivos especiais para perguntar quem a comprou.

Novamente ele fez uma pausa, dessa vez mais longa, e alteou um pouco mais as sobrancelhas.

— Foi vendida, meu senhor — foi de novo sua lacônica resposta.

— É claro que o senhor não iria se importar em me dar essa informação — disse eu.

— Importo-me, sim — respondeu ele. — Os negócios dos clientes são cem por cento seguros nas mãos de Mitchell, Sons & Candy.

Tratava-se obviamente de um pedante de primeira, e seria inútil argumentar. Achei que o melhor era usar das mesmas armas e disse-lhe, então:

— Seus clientes, meu senhor, têm sorte de contar com tão firme guardião de sua confiança. Também eu sou um profissional — e estendi-lhe meu cartão. — Neste caso, o que me move não é a curiosidade; trabalho a serviço de lorde Godalming, que gostaria de saber um pouco mais sobre a propriedade que, como ouviu dizer, até recentemente estava à venda.

Essas palavras colocaram nossa conversa num outro patamar.

— Gostaria de atendê-lo, se pudesse, Mr. Harker, e sobretudo gostaria de atender ao seu cliente. Certa vez nos encarregamos do aluguel de alguns quartos para ele, quando ainda era o honorável Arthur Holmwood. Se o senhor me deixar o endereço dele, posso consultar a firma a respeito. E, qualquer que seja a resposta, comunico-me com lorde Godalming através do correio desta noite. Será um prazer se pudermos nos desviar tanto de nossas regras a fim de atender a um desejo seu.

Eu queria tê-lo como amigo, e não como inimigo. Agradeci-lhe, portanto, e lhe dei o endereço do dr. Seward, vindo-me embora em seguida. Já estava escuro, e eu, cansado e faminto. Tomei uma xícara de chá na Aërated Bread Company e vim para Purfleet no trem seguinte.

Encontrei todos os outros em casa. Mina parecia cansada e pálida, mas esforçava-se bravamente em dar a impressão de que estava alegre e animada. Partiu-me o coração pensar que tinha de lhe esconder tudo, e que assim causava-lhe aquela inquietude. Graças a Deus, esta será a última noite em que ela terá de observar de fora nossas reuniões e sentir a dor de nosso silêncio. Precisei de toda a minha coragem para mantê-la fora de nossa terrível tarefa. Ela parecia de certo modo mais resignada, ou então o próprio assunto tornou-se repugnante a seus olhos, pois estremece a qualquer alusão que fazemos. Fico feliz por termos tomado nossa decisão a tempo; no estado em que Mina se encontra, nossas descobertas seriam uma verdadeira tortura para ela.

Eu não poderia contar aos outros minhas descobertas daquele dia até que estivéssemos a sós. Portanto, após termos jantado — e ouvido um pouco de música, para manter as aparências até entre nós mesmos —, levei Mina para o quarto e deixei-a, para que fosse deitar-se. Minha pobre querida estava mais afetuosa comigo do que nunca e agarrou-se a mim como se quisesse me deter, mas havia muita coisa a discutir com os outros e deixei-a. Graças a Deus, o fato de termos parado de contar as coisas um ao outro não fez qualquer diferença entre nós.

Quando voltei ao andar inferior, encontrei os outros reunidos em torno da lareira, no escritório. No trem, eu anotara em meu diário os acontecimentos do dia e só o que fiz foi lê-los em voz alta, pois era a melhor forma de colocá-los a par das informações que obtivera. Quando terminei, Van Helsing disse:

— Foi um bom dia de trabalho, amigo Jonathan. Não há dúvida de que estejamos na pista das caixas que faltam. Se as encontrarmos todas naquela casa, então nosso trabalho estará próximo do fim. Mas se alguma estiver faltando, teremos que continuar procurando até encontrar. Então faremos nosso *coup* final e caçaremos esse desgraçado até que ele esteja morto de verdade.

Ficamos todos sentados em silêncio por algum tempo, e subitamente Mr. Morris disse:

— E então, como é que vamos entrar nessa casa?

— Entramos na outra — foi a rápida resposta de lorde Godalming.

— Mas, Art, esse caso é diferente. Invadimos Carfax, mas lá tínhamos um terreno cercado para nos proteger, além da escuridão da noite. Vai ser bem diferente tentar invadir uma propriedade em Piccadilly, à noite ou durante o dia. Confesso que não vejo uma forma de entrar, a menos que aquele sujeito da agência encontre para nós uma chave. Talvez venhamos a descobrir alguma quando você receber a carta dele, pela manhã.

Lorde Godalming franziu o cenho. Levantou-se e começou a andar pela sala. Logo parou e disse, olhando alternadamente para cada um de nós:

— Quincey tem razão. Essa história de invasão domiciliar está ficando séria. Tivemos sorte uma vez, mas agora temos uma tarefa árdua nas mãos. A menos que encontremos o molho de chaves do conde.

Como nada poderia ser feito até a manhã seguinte e como seria no mínimo prudente esperar até que lorde Godalming recebesse notícias de Mitchell, resolvemos não tomar qualquer atitude antes da hora do café da manhã. Ficamos sentados fumando durante um bom tempo e discutimos o assunto em seus diversos aspectos e sob seus diversos ângulos. Aproveitei a oportunidade para atualizar meu diário até o momento presente. Sinto muito sono e vou me deitar...

Só mais algumas linhas. Mina dorme profundamente, e sua respiração está regular. Sua testa está contraída, formando pequenas rugas, como se ela refletisse mesmo durante o sono. Ainda está pálida demais, mas não parece tão abatida quanto hoje pela manhã. Amanhã tudo isso há de se resolver, espero; ela estará de volta à nossa casa, em Exeter. Ah, como estou com sono!

Diário do dr. Seward

1º de outubro — Estou outra vez intrigado com Renfield. Suas mudanças de humor são tão rápidas que acho difícil acompanhá-las; como sempre significam algo mais do que apenas seu bem-estar, são um estudo interessantíssimo. Hoje de manhã, quando fui vê-lo após ele ter repelido Van Helsing, estava se comportando como um homem que comanda seu próprio destino. De fato comandava o destino — subjetivamente falando. Não se importava com nada trivial ou material; sua cabeça estava nas nuvens, e ele olhava de cima para as fraquezas e as carências que temos nós, pobres mortais. Pensei em aproveitar a ocasião para descobrir alguma coisa e lhe perguntei:

— E quanto às moscas, ultimamente?

Ele me sorriu com um ar de superioridade — um sorriso que teria surgido na face de Malvolio — ao responder:

— As moscas, meu caro senhor, têm uma característica interessante: suas asas são típicas dos poderes aéreos das faculdades físicas. Os antigos tinham razão quando representaram a alma como uma borboleta!

Pensei em testar sua lógica, insistindo nessa analogia, então disse, de imediato:

— Ah, então é uma alma que você quer, agora?

Sua loucura acabou com sua racionalidade, e seu rosto assumiu uma expressão desconcertada. Ele meneou a cabeça com uma certeza que eu vira raras vezes nele e disse:

— Ah, não! Ah, não! Não quero almas. O que quero são vidas — nesse ponto, ele se animou. — No momento, estou indiferente quanto a isso. A vida está boa, tenho tudo o que quero. O senhor vai ter que arranjar um outro paciente, doutor, se quiser estudar a zoofagia!

Isso me intrigou um pouco, e lhe perguntei:

— Então você tem poder sobre a vida; é um deus, suponho.

Ele sorriu com uma superioridade indiscutivelmente afável:

— Ah, não! Longe de mim usurpar os atributos da Divindade! Não estou sequer preocupado com Suas ações espirituais particulares. Se posso dizer qual a minha posição intelectual, no que diz respeito às coisas exclusivamente terrenas, é algo como a posição que Enoque ocupava espiritualmente!

Essas palavras eram um enigma para mim. Não fui capaz, no momento, de me lembrar da pertinência de Enoque. Tinha, portanto, que lhe fazer uma pergunta direta, embora sentisse que, ao fazê-lo, estaria me rebaixando aos olhos do louco:

— E por que Enoque?

— Porque ele caminhava com Deus.

Eu não conseguia ver a analogia, mas não queria admiti-lo. Então, voltei ao assunto anterior:

— Quer dizer que você não liga mais para as vidas e não está interessado em almas. E por que não?

Fiz minha pergunta rapidamente, e de forma um tanto severa, com o intuito de desconcertá-lo. O esforço foi bem-sucedido. Por um instante, ele voltou ao seu jeito servil, curvou-se diante de mim e ficou saltitando como um cãozinho ao meu redor ao responder:

— É verdade que não quero almas, é verdade! Não quero. Não poderia usá-las se as conseguisse; não teriam uso algum para mim. Não poderia comê-las ou... — ele se interrompeu de súbito, e a velha expressão astuta regressou ao seu rosto, como a superfície da água batida pelo vento. — E, doutor, quanto à vida... de que se trata, afinal? Quando temos tudo aquilo de que necessitamos e sabemos que nunca vamos passar por dificuldades, isso basta. Tenho amigos, bons amigos, como o senhor, dr. Seward — essas palavras foram ditas com um olhar de indescritível malícia. — Sei que nunca hão de me faltar os meios para viver!

Creio que, através da nebulosidade de sua loucura, ele vislumbrou algum antagonismo de minha parte, pois imediatamente recolheu-se ao último dos refúgios daqueles que são como ele — um silêncio obstinado. Após alguns instantes, vi que no momento seria inútil falar-lhe. Estava intratável, e portanto vim-me embora.

Mais tarde, ele mandou me chamar. Normalmente, eu não teria ido vê-lo sem algum motivo especial, mas no momento estou tão interessado nele que estava disposto a fazer um esforço. Além disso, alegrava-me ter algo com que passar o tempo. Harker saiu, para seguir certas pistas. Lorde Godalming e Quincey também. Van Helsing estava em meu escritório, estudando minuciosamente os papéis preparados pelos Harker; ele parecia achar que um conhecimento acurado dos detalhes poderia lhe fornecer alguma pista. Não queria que o perturbassem sem necessidade. Gostaria de tê-lo levado comigo para ver o paciente, mas acho que, após ter sido repelido da última vez, ele talvez não quisesse voltar. E havia uma outra razão: era possível que Renfield não falasse tão abertamente diante de uma terceira pessoa do que quando nos momentos em que estávamos a sós.

Encontrei-o sentado em seu banco, no meio do quarto, posição que em geral indica alguma energia mental de sua parte. Quando entrei, ele imediatamente disse, como se a pergunta já estivesse pronta em seus lábios:

— E as almas?

Era óbvio que minha suposição estivera correta. A atividade intelectual inconsciente estava agindo, até mesmo na mente de um louco. Resolvi levar o assunto adiante:

— Eu é que pergunto — disse.

Ele não me respondeu por alguns instantes, mas ficou olhando ao redor, para cima e para baixo, como se esperasse encontrar alguma inspiração para me responder.

— Não quero almas! — disse-me, de forma branda, como se estivesse se desculpando.

O assunto parecia estar atormentando-o; decidi insistir nele, então — "ser cruel apenas para ser gentil". Perguntei-lhe:

— Você gosta de vidas e quer vidas?

— Ah sim, mas quanto a isso não há problemas, o senhor não precisa se preocupar.

— Mas como é que pretende apossar-se das vidas sem se apossar também das almas? — perguntei. Isso pareceu desconcertá-lo. — Vai ser um mau pedaço — prossegui — quando você estiver no céu com as almas de milhares de moscas e aranhas e pássaros e gatos zumbindo e chilreando e miando ao seu redor. Você levou suas vidas, como sabe; agora terá que aturar suas almas!

Algo pareceu ter efeito sobre sua imaginação, pois ele tapou os ouvidos com os dedos e fechou os olhos, apertando-os como faz um garotinho quando lhe ensaboam o rosto. Havia algo de patético naquela reação, e me comovi. Também aprendi uma lição, pois diante de mim parecia estar uma criança — apenas uma criança, embora os traços do rosto estivessem envelhecidos e a barba por fazer, branca. Era óbvio que ele passava por algum processo de perturbação mental, e, sabendo como anteriormente ele interpretara, em seus diferentes estados de espírito, coisas aparentemente estranhas a ele, pensei em acompanhá-lo da melhor forma possível. O primeiro passo era reconquistar sua confiança. Perguntei-lhe, então, falando bastante alto, para que ele pudesse me ouvir mesmo com os dedos nos ouvidos:

— Quer um pouco de açúcar para juntar novamente suas moscas?

Ele pareceu despertar de imediato e meneou a cabeça. Respondeu, rindo:

— Não quero, não! Moscas são coisinhas sem importância, afinal! — e fez uma pausa. — Mas também não quero suas almas zumbindo nos meus ouvidos — acrescentou.

— E aranhas?

— Que se danem! Qual a utilidade das aranhas? Não há nada nelas para se comer ou... — interrompeu-se subitamente, como se estivesse se lembrando de um assunto proibido.

"Muito bem", pensei comigo mesmo, "esta é a segunda vez que ele se interrompe subitamente antes da palavra 'beber'; o que significa isso?". Renfield parecia consciente de que havia cometido um lapso, pois continuou a falar de imediato, como se para me distrair:

— Não me importo com essas coisas. "Ratazanas e ratos e cervos pequeninos", como escreveu Shakespeare; "comidinhas insignificantes na despensa", poderíamos chamá-los. Já superei toda essa bobagem. É melhor pedir a um homem que coma moléculas com um par de pauzinhos iguais aos que os chineses usam do que tentar fazer com que eu me interesse pelos carnívoros inferiores, quando sei o que me espera.

— Compreendo — disse eu. — Quer coisas grandes, em que possa cravar os dentes? Que tal um elefante no café da manhã?

— Que bobagem ridícula é essa que o senhor está dizendo?

Ele estava ficando exaltado demais, então pensei em pressioná-lo mais um pouco:

— Pergunto-me como deve ser a alma de um elefante — disse, com ar reflexivo.

Obtive o efeito desejado, pois ele na mesma hora perdeu a pose e se tornou uma criança de novo.

— Não quero a alma dos elefantes, nem de qualquer outra criatura! — disse.

Por alguns instantes ficou sentado, abatido. Subitamente, porém, pôs-se de pé, e seus olhos brilhavam, o que era um indício de extrema exaltação cerebral:

— Aos infernos com o senhor e suas almas! — gritou. — Por que é que está me atormentando com essa história de almas? Como se eu já não tivesse tormentos e sofrimentos o suficiente sem pensar em almas!

Ele parecia tão hostil que pensei estar tendo mais um acesso homicida, e soprei meu apito. Nesse exato instante, porém, ele se acalmou, e disse, desculpando-se:

— Perdoe-me doutor. Perdi a cabeça. Não precisa pedir ajuda. Estou tão preocupado que me irrito com facilidade. Se o senhor soubesse o problema com que estou tendo que lidar, e que estou resolvendo, haveria de se apiedar de mim, e de tolerar-me e me perdoar. Por favor, não me coloque na camisa de força. Quero pensar e não consigo pensar livremente quando meu corpo está preso. Tenho certeza de que o senhor me compreende!

Ele obviamente tinha algum autocontrole; quando os assistentes chegaram, portanto, disse-lhes que não havia problemas, e eles se retiraram. Renfield observou-os irem embora. Quando a porta se fechou, disse, com dignidade e gentileza consideráveis:

— Dr. Seward, o senhor demonstrou muita consideração para comigo. Acredite-me, estou muito, muito grato!

Achei melhor deixá-lo naquele estado de espírito e vim-me embora. Certamente há algo a ponderar sobre a situação desse homem. Vários detalhes parecem formar aquilo que os entrevistadores americanos chamam de "uma boa história", se conseguirmos colocá-los na ordem correta. São eles:

Não menciona a palavra "beber".

Teme a ideia de se responsabilizar pela "alma" dos seres.

Não receia vir a desejar "vidas" no futuro.

Despreza por completo as formas inferiores de vida, embora tema ser assombrado por suas almas.

Seguindo a lógica, todos esses dados apontam numa direção! Está seguro, por algum motivo, de que virá a obter formas superiores de vida. Ele teme a consequência — a responsabilidade sobre uma alma. Então, trata-se de uma vida humana!

E quanto a estar seguro...?

Meu Deus do céu! O conde esteve com ele, e um novo terror se aproxima!

Mais tarde — Após fazer a visita dos pacientes, fui falar com Van Helsing sobre minha suspeita. Ele ficou bastante sério e, depois de refletir um pouco sobre o assunto, pediu-me que o levasse para ver Renfield. Obedeci. Quando chegamos à porta, ouvimos o louco cantando alegremente, como costumava fazer numa época que agora parece muito distante. Quando entramos, surpreendemo-nos ao ver que ele espalhara o açúcar como antigamente; as moscas, sonolentas com o outono, começavam a voar para dentro do quarto. Tentamos fazer com que ele falasse sobre o assunto de nossa conversa anterior, mas ele não prestou atenção. Continuou cantando, como se eu e o professor não estivéssemos ali. Arranjara um pedaço de papel, que estava dobrando para transformar num caderno. Tivemos que ir embora com as mesmas dúvidas que nos haviam levado até ali.

Trata-se de um caso realmente curioso; temos que o observar, hoje à noite.

Carta de Mitchell, Sons & Candy para lorde Godalming

1º de outubro.

Meu senhor,

Atendê-lo é sempre um prazer. De acordo com seu desejo, expresso por Mr. Harker em seu nome, seguem as informações concernentes à venda da casa de número 347, Piccadilly. Os vendedores são os testamenteiros do finado Mr. Archibald Winter-Suffield. O comprador é um nobre estrangeiro, conde de Ville, que tratou pessoalmente do negócio pagando em dinheiro vivo, se o senhor nos permite usar a expressão. É tudo o que sabemos a respeito desse cavalheiro.

Atenciosamente,
Seus humildes servidores,
Mitchell, Sons & Candy

Diário do dr. Seward

2 de outubro — Na noite passada deixei um homem no corredor, instruindo-o para que anotasse de forma precisa quaisquer sons que lhe chegassem do quarto de Renfield e para que me chamasse caso algo de estranho acontecesse. Após o jantar, quando todos nos reunimos em torno da lareira, no escritório — Mrs. Harker havia ido se deitar —, discutimos as tentativas e as descobertas do dia. Harker era o único que obtivera resultados, e tínhamos grandes esperanças de que a pista que ele encontrara fosse muito importante.

Antes de ir para a cama, fui até o quarto do paciente e olhei pela janelinha. Ele dormia profundamente. Seu peito subia e descia com a respiração regular.

Hoje pela manhã, o homem que havia estado em serviço disse-me que, logo após a meia-noite, Renfield ficara irrequieto e fizera suas orações em voz um pouco alta demais. Perguntei-lhe se era tudo; ele respondeu-me que era tudo o que ouvira. Sua atitude era um tanto suspeita, porém, e lhe perguntei sem rodeios se dormira. Ele negou, mas confessou ter "cochilado" durante algum tempo. É uma pena que os homens só sejam confiáveis quando observados.

Hoje Harker saiu para investigar sua pista, e Art e Quincey estão tratando de obter cavalos. Godalming acha prudente ter sempre cavalos prontos, pois, quando obtivermos a informação que buscamos, não haverá tempo a perder. Entre a aurora e o ocaso, temos que esterilizar toda a terra importada; assim, poderemos apanhar o conde em seu momento de maior fraqueza e sem um refúgio para onde escapar. Van Helsing foi ao Museu Britânico consultar algumas autoridades em medicina antiga. Os médicos de antigamente levam em conta detalhes que seus discípulos rejeitam, e o professor está pesquisando poções e bruxarias que talvez nos sejam úteis, mais tarde.

Às vezes acho que devemos estar todos loucos e que acabaremos recobrando nossa sanidade dentro de camisas de força.

Mais tarde — Reunimo-nos outra vez. Parece que afinal estamos na pista certa, e nosso trabalho amanhã talvez seja o começo do fim. Pergunto-me se a quietude de Renfield tem algo a ver com isso. Seu estado de espírito acompanhou até aqui as ações do conde, e é possível que a destruição próxima do monstro lhe esteja sendo comunicada de alguma forma bem sutil. Se ao menos tivéssemos alguma ideia do que se passou em sua mente, entre o tempo de minha discussão com ele hoje e a retomada da caça às moscas, isso poderia nos fornecer alguma pista valiosa. Ele agora está quieto, por ora... Está mesmo? Esse grito selvagem parece ter vindo de seu quarto...

O assistente entrou às pressas em meu quarto e me disse que Renfield de algum modo se acidentou. Ele o ouviu gritar e, quando foi ao seu quarto, encontrou-o no chão, o rosto para baixo, todo coberto de sangue. Preciso ir imediatamente...

capítulo 21

Diário do dr. Seward

3 de outubro — Preciso anotar com exatidão tudo o que aconteceu, da melhor forma que puder me recordar, desde a última vez que fiz um registro neste diário. Não devo deixar de fora nem um único detalhe de que consiga me lembrar, e é preciso proceder com toda a calma.

Quando cheguei ao quarto de Renfield, encontrei-o caído no chão, sobre o lado esquerdo do corpo, numa poça brilhante de sangue. Quando fui removê-lo, ficou evidente que fora terrivelmente agredido; não parecia existir aquela unidade de propósito entre as partes do corpo presente mesmo nos estados letárgicos. Ao virá-lo, pude ver que seu rosto estava horrivelmente ferido, como se alguém o tivesse batido contra o chão — era das feridas do rosto, na verdade, que todo aquele sangue brotara. O assistente ajoelhado ao lado do paciente disse-me, quando viramos o corpo:

— Acho que sua coluna se partiu, senhor. Veja, seu braço e sua perna esquerdos estão paralisados, assim como todo um lado de seu rosto.

Como uma coisa daquelas poderia ter se dado era algo que intrigava bastante o assistente. Ele parecia desconcertado e franzia o cenho ao dizer:

— Não consigo compreender como as duas coisas aconteceram. Ele poderia ter se ferido dessa forma batendo a própria cabeça no chão. Certa vez, vi uma jovem fazer isso no Hospício de Eversfield antes que alguém pudesse detê-la. E creio que ele possa ter quebrado o pescoço ao cair da cama, se tiver caído numa posição específica. Mas juro que não consigo entender como as duas coisas podem ter acontecido. Se sua coluna se quebrara, ele não poderia ter batido com a cabeça no chão; e se seu rosto estava desse jeito antes de cair no chão, haveria marcas.

— Vá até o quarto do dr. Van Helsing — eu lhe disse — e peça-lhe que faça a gentileza de vir aqui imediatamente. Quero vê-lo agora mesmo.

O assistente correu para avisar o professor, que dentro de poucos minutos apareceu, de *robe de chambre* e chinelos. Quando viu Renfield caído no chão, estudou-o intensamente com os olhos por um instante e então se virou para mim. Creio que leu em meu olhar o que eu estava pensando, pois disse, num tom bastante contido, obviamente para o assistente:

— Ah, um triste acidente! Será preciso observá-lo atentamente e cuidar dele. Vou acompanhar o doutor, mas primeiro preciso me vestir. Se puderem me aguardar, em poucos minutos estarei de volta.

O paciente respirava com dificuldade, e era óbvio que fora terrivelmente agredido. Van Helsing voltou com extraordinária rapidez, trazendo consigo uma maleta cirúrgica. Andara refletindo, evidentemente, e havia tomado sua decisão, pois, antes mesmo de olhar para o paciente, sussurrou para mim:

— Mande embora o assistente. Temos que estar sozinhos com ele quando recobrar a consciência, após a operação.

— Creio que é tudo, por ora, Simmons — eu disse ao assistente. — Fizemos todo o possível, no momento. É melhor você fazer sua ronda, e o dr. Van Helsing vai operar. Comunique-me imediatamente caso ocorra algo de incomum onde quer que seja.

Ele se retirou, e começamos a examinar minuciosamente o paciente. Os machucados no rosto eram superficiais. O ferimento mais sério era uma fratura no crânio, que se estendia até a zona motora. O professor refletiu por um instante e disse:

— Temos que reduzir a pressão sanguínea e tentar normalizá-la; a rapidez da sufusão revela quão terrível é o ferimento. Toda a área motora parece afetada. O derrame cerebral vai aumentar rapidamente. Precisamos fazer a trepanação imediatamente, antes que seja tarde demais.

Enquanto ele falava, ouvimos batidas suaves à porta. Fui abri-la e me deparei com Arthur e Quincey no corredor lá fora, de pijamas e chinelos. O primeiro disse:

— Ouvi seu empregado chamar o dr. Van Helsing e lhe dizer que ocorrera um acidente. Acordei Quincey, então; eu, melhor dizendo, chamei-o, pois ele não estava dormindo. Tudo está acontecendo de forma rápida e estranha demais para que consigamos dormir profundamente, nesses dias. Estive pensando que amanhã à noite já não veremos as coisas como as vimos até então. Teremos que olhar para o passado. E para e futuro também, um pouco mais do que já temos feito. Podemos entrar?

Fiz que sim, voltando a fechar a porta depois que os dois entraram. Quando Quincey viu o estado do paciente e notou a terrível poça no chão, disse, em voz baixa:

— Meu Deus! O que aconteceu com esse pobre-diabo?

Relatei-lhe em poucas palavras o ocorrido, acrescentando que esperávamos que Renfield recobrasse a consciência após a operação — por um breve período, pelo menos. Ele se adiantou e sentou-se na beira da cama, ao lado de Arthur. Todos observávamos, pacientemente.

— Temos que esperar apenas o suficiente para encontrar o melhor lugar por onde fazer a trepanação — disse Van Helsing. — Assim, poderemos remover com rapidez e perfeição o coágulo, pois é evidente que a hemorragia está aumentando.

Os minutos durante os quais aguardamos se passaram com assustadora morosidade. Eu me sentia deprimido e, pela expressão de Van Helsing, deduzi que ele receava o pior. Eu temia as palavras que Renfield pudesse dizer. Estava positivamente com medo de pensar, mas também não tinha dúvidas sobre o que estava prestes a acontecer, pois já li a respeito de homens que pressentiram a morte chegar. A respiração do pobre coitado estava irregular. A cada momento ele parecia prestes a abrir os olhos e falar, mas em seguida sua respiração se tornava mais difícil e ele mergulhava na insensibilidade. Mesmo habituado como eu estava aos leitos dos moribundos e à morte, o suspense aumentava e me deixava ansioso. Eu quase podia ouvir as batidas de meu próprio coração, e o sangue latejando em minhas têmporas parecia o bater de um martelo. Por fim, o silêncio se tornou insuportável. Olhei para meus companheiros, um após o outro, e vi, por seus rostos corados e cenhos franzidos, que suportavam tortura idêntica. Havia um suspense nervoso sobre todos nós, como se um sino mortífero fosse ressoar acima de nossas cabeças quando menos esperássemos.

Chegou por fim um momento em que ficou evidente que o paciente declinava muito rápido; poderia morrer a qualquer instante. Olhei para o professor e vi que seus olhos estavam fixos em mim. A expressão de seu rosto era grave quando ele disse:

— Não há tempo a perder. As palavras deste homem podem salvar muitas vidas. É o que estive pensando, enquanto aguardava. Talvez haja uma alma em jogo! Vamos operar logo acima do ouvido.

Sem mais uma palavra, ele fez a trepanação. Por alguns instantes, o paciente continuou respirando com dificuldade. Então, houve uma inspiração tão profunda que seu peito parecia prestes a arrebentar. Subitamente, seus olhos se abriram, numa expressão fixa de loucura e impotência. Isso prosseguiu por algum tempo; então, ele relaxou, parecendo sentir uma grata surpresa, e de seus lábios saiu um suspiro de alívio. Ele se mexeu de forma convulsiva, e, ao fazê-lo, disse:

— Vou ficar quieto, doutor. Diga-lhes para tirarem a camisa de força. Tive um sonho terrível, e me deixou tão fraco que não consigo me mexer. O que há de errado com meu rosto? Parece estar todo inchado e dói terrivelmente.

Tentou mover a cabeça, mas o mero esforço fez com que seus olhos se tornassem novamente vidrados. Cuidadosamente, coloquei-a de volta. Van Helsing disse, então, num tom grave e calmo:

— Fale-nos sobre seu sonho, Mr. Renfield.

Ao ouvir a voz do professor, seu resto se iluminou, e um sorriso se desenhou no rosto mutilado enquanto ele dizia:

— Esse é o dr. Van Helsing. Como é gentil de sua parte estar aqui. Dê-me um pouco d'água, meus lábios estão secos. Vou tentar lhes contar. Sonhei... — ele parou de falar e pareceu estar desmaiando.

Chamei Quincey em voz baixa, dizendo-lhe:

— A aguardente! Está em meu escritório! Rápido!

Ele correu para fora do quarto e voltou com um copo, a garrafa de aguardente e uma outra com água. Umedecemos os lábios entreabertos, e o paciente voltou a si rapidamente. Ao que tudo indicava, porém, seu cérebro ferido não parara de funcionar no intervalo, pois, quando ele recobrou a consciência, lançou-me um olhar penetrante e tão angustiantemente confuso que jamais hei de esquecê-lo. Disse ele:

— Não devo tentar me iludir. Não foi um sonho, mas a terrível realidade.

Seus olhos vaguearam pelo quarto. Quando ele viu os outros dois homens sentados pacientemente na beira da cama, prosseguiu:

— Se eu já não tivesse certeza, eu saberia agora, por causa deles.

Por um instante seus olhos se fecharam — não de dor ou sono, mas deliberadamente, como se ele estivesse conclamando todas as suas faculdades. Quando tornou a abri-los, disse, às pressas, e com mais energia do que demonstrara até ali:

— Rápido, doutor! Rápido! Sinto que só me restam alguns minutos e então vou me encontrar com a Morte, ou com coisa pior! Umedeça outra vez meus lábios com aguardente. Há algo que preciso dizer antes de morrer. Ou, de qualquer modo, antes que meu pobre cérebro esmagado morra. Obrigado! Foi naquela noite, depois que foram embora; naquela noite em que implorei que me deixassem sair. Eu não podia falar, pois parecia que meus lábios estavam selados, mas, à exceção desse detalhe, eu estava são naquele momento. Tanto quanto estou agora. Fiquei entregue à agonia do desespero durante um bom tempo depois que me deixaram. Pareceram-me horas. Então, uma paz súbita se apossou de mim. Meu cérebro parecia ter se acalmado de novo, e me dei conta de onde estava. Ouvi os cães latirem nos fundos de nossa casa, mas não onde *ele* estava!

Enquanto Renfield falava, Van Helsing não pestanejou, mas esticou a mão e apertou a minha com força. Não se traiu, contudo; anuiu de forma contida e disse, numa voz baixa:

— Prossiga.

Renfield obedeceu:

— Ele veio até a janela em meio ao nevoeiro, como antes; mas estava sólido e não como um fantasma. Seus olhos estavam contraídos como os de um homem furioso. Ria, com os lábios vermelhos. Os dentes pontiagudos brilhavam à luz da lua quando ele se virou para olhar na direção das árvores, onde os cães latiam. A princípio, eu me recusava a convidá-lo a entrar, embora soubesse que era o que ele queria, como sempre quisera. Então, ele começou a me prometer uma porção de coisas, e não com palavras, mas com ações.

O professor interrompeu-o, nesse ponto:

— Como?

— Fazendo-as acontecer, do mesmo modo como costumava mandar as moscas quando o sol brilhava. Moscas grandes e gordas, com aço e safira nas asas. E grandes mariposas, à noite, com caveiras e ossos cruzados nas costas.

Van Helsing fez que sim ao sussurrar-me, inconscientemente:

— A *Acherontia atropos* das Esfinges, que vocês chamam de Mariposa da Caveira?

O paciente prosseguiu sem se interromper:

— Então, ele começou a sussurrar: "Ratazanas, ratazanas! Centenas, milhares, milhões de ratazanas, e em cada uma delas uma vida. E cães para comerem as ratazanas, e gatos também. Vidas! Sangue quente, com anos de vida, e não meras moscas!" Ri dele, pois queria ver o que era capaz de fazer. Então, os cães uivaram, atrás das árvores escuras em sua casa. Ele me pediu que fosse até a janela. Levantei-me e olhei lá fora. Ele ergueu as mãos, e parecia estar chamando sem usar palavras. Uma massa escura surgiu sobre a grama, avançando no formato de uma chama. Ele então afastou sua neblina para a esquerda e para a direita, e pude ver que eram milhares de ratazanas com olhos vermelhos e brilhantes. Olhos iguais aos dele, só que menores. Ele ergueu a mão, e todas pararam; tive a impressão de que ele parecia dizer: "Todas essas vidas serão suas, sim, e muitas outras, ainda maiores, através de eras infinitas, se você se curvar e me adorar!" Então, uma nuvem vermelha, cor de sangue, pareceu se fechar sobre meus olhos; antes que eu soubesse o que estava fazendo, me vi abrindo a janela e dizendo-lhe: "Entre, meu Amo e Senhor." As ratazanas haviam desaparecido, mas ele entrou no quarto pela janela, embora eu não a tivesse aberto mais do que uns poucos centímetros... assim como a própria lua entrara pelas menores frestas e colocara-se diante de mim em toda sua grandiosidade e esplendor.

Sua voz enfraquecera, de modo que voltei a umedecer seus lábios com a aguardente, e ele prosseguiu; mas era como se sua memória tivesse continuado a funcionar durante o intervalo, pois ele retomou a história de um ponto posterior. Eu estava prestes a pedir que recomeçasse de onde tinha parado, mas Van Helsing sussurrou:

— Deixe-o prosseguir. Não o interrompa; ele não é capaz de voltar ao mesmo ponto, e talvez não consiga prosseguir se perder o fio da meada.

Renfield continuou:

— Aguardei notícias dele durante todo o dia, mas ele não me mandou nada, nem mesmo uma mosca-varejeira, e quando a lua surgiu no céu eu estava bastante zangado com ele. Quando se esgueirou pela janela, embora estivesse fechada, e sequer chegou a bater, fiquei furioso. Ele me sorriu com escárnio. Por trás da neblina branca, seu rosto aparecia e seus olhos vermelhos brilhavam. Prosseguiu como se fosse o dono da casa, e eu, ninguém. Nem mesmo seu cheiro era o mesmo, quando passou por mim. Eu não conseguia detê-lo. Tive a impressão de que, de algum modo, Mrs. Harker entrara no quarto.

Os dois homens sentados na cama se levantaram e se aproximaram, colocando-se de pé atrás dele, onde não podiam vê-lo, mas onde poderiam ouvi-lo melhor. Estavam ambos em silêncio, mas o professor se alarmou e estremeceu; seu rosto, contudo, tornou-se ainda mais severo e soturno. Renfield prosseguiu sem notar:

— Quando Mrs. Harker veio me ver hoje à tarde, já não era a mesma: era como o chá depois que a água foi derramada dentro do bule — todos nos agitamos diante dessas palavras, mas ninguém disse coisa alguma. — Só percebi que ela estava aqui quando falou — prosseguiu ele —, e não parecia a mesma. Não ligo para as pessoas pálidas; gosto de gente com um bocado de sangue, e o dela parecia ter se esvaído. Não pensei sobre isso no momento, mas, quando ela se foi, comecei a refletir e fiquei furioso ao perceber que ele andara lhe sugando a vida — pude notar que os outros estremeceram, como eu, mas permanecemos imóveis. — Quando ele veio, hoje à noite, então, eu estava pronto para recebê-lo. Vi a neblina penetrando furtivamente e agarrei-a com força. Ouvi dizer que os loucos têm uma força incomum; como sabia ser um louco, pelo menos às vezes, decidi usar essa força. Sim, e ele também a sentiu, pois saiu de dentro da neblina para lutar comigo. Eu segurava firme e achava que iria vencer, pois não queria que ele continuasse tirando a vida de Mrs. Harker, mas então vi seus olhos. Queimaram-me, e minha força tornou-se como a água. Ele escorregou para fora e, quando tentei segurá-lo, levantou-me e me lançou no chão. Vi uma nuvem vermelha e ouvi um barulho igual a um trovão, e a neblina pareceu se esvair por sob a porta.

Sua voz enfraquecia, e sua respiração estava mais difícil. Van Helsing pôs-se instintivamente de pé.

— Agora já sabemos o pior — disse ele. — Ele está aqui, e sabemos qual é sua intenção. Talvez não seja tarde demais. Vamos nos munir das mesmas armas que usamos na outra noite, mas não percamos tempo. Cada instante é precioso.

Não havia necessidade de colocar nossos medos, ou melhor, nossas certezas em palavras — compartilhávamos deles. Apressamo-nos e trouxemos de nossos quartos os mesmos objetos que tínhamos usado ao entrar na casa do conde. O professor já tinha tudo pronto. Quando nos reunimos no corredor, ele apontou significativamente para os apetrechos, dizendo:

— Levo isto sempre comigo e continuarei a fazê-lo até que toda essa infeliz empresa esteja terminada. Sejam prudentes vocês também, meus amigos. Não lidamos com um inimigo comum. Ai de mim, se a querida madame Mina sofrer!

Ele se interrompeu; sua voz falhava, e não sei dizer se eu próprio estava tomado pela ira ou pelo terror.

Paramos diante da porta do quarto dos Harker. Art e Quincey mantinham-se afastados, e o último disse:

— Devemos mesmo importuná-la?

— Temos que fazê-lo — respondeu Van Helsing, soturno. — Se a porta estiver trancada, vou precisar arrombá-la.

— Será que isso não vai assustá-la demais? Não é comum arrombar o quarto de uma senhora!

Van Helsing disse, solene:

— Você tem sempre razão, mas esta é uma questão de vida e morte. Todos os quartos são iguais para um médico e, mesmo que não fossem, hoje à noite considero-os idênticos. Amigo John, se a porta não se abrir quando eu girar a maçaneta, apoie nela o ombro e empurre. Vocês também, meus amigos. Agora!

Ele girou a maçaneta ao falar, mas a porta não abriu. Lançamo-nos contra ela, que, com um estrondo, cedeu, e quase caímos dentro do quarto. O professor chegou a cair, e olhei por sobre seu corpo enquanto ele se levantava, apoiando-se nas mãos e nos joelhos. O que vi me aterrorizou. Senti meu cabelo se eriçar na nuca, e meu coração pareceu ter parado de bater.

O luar estava tão claro que mesmo através da espessa cortina amarela entrava luz suficiente para vermos o que se passava. Na cama junto à janela estava Jonathan Harker, a face corada e a respiração pesada, como se estivesse num estupor. Na extremidade da cama, mais próxima à janela, ajoelhava-se sua esposa, vestida de branco. De pé, ao lado dela, estava um homem alto e magro, vestido de preto. Seu rosto estava voltado na outra direção, mas, no instante em que ele se virou para nós, reconhecemos o conde — por todas as características, até mesmo a cicatriz na testa. Com a mão esquerda, ele segurava as duas mãos de Mrs. Harker, mantendo-as afastadas para trás, e os braços esticados. Sua mão direita agarrava-a pela nuca, puxando-lhe a cabeça para junto de seu peito. A camisola branca de Mrs. Harker estava manchada de sangue, que também brotava do peito nu do conde, revelado por sua roupa aberta. A posição dos dois lembrava terrivelmente a de uma criança que empurra o focinho de um gato para dentro de uma tigela de leite, obrigando-o a beber. Quando irrompemos dentro do quarto, o conde virou o rosto em nossa direção, e aquele olhar infernal cuja descrição já ouvira pareceu se instalar ali. Seus olhos flamejavam com uma paixão rubra e diabólica; as largas narinas, no nariz pálido e aquilino, dilataram-se, tremendo nas extremidades; e os dentes pontiagudos, por trás dos lábios cheios e gotejantes de sangue, cerraram-se como os de um animal selvagem. Com um puxão violento, que arremessou sua vítima de volta à cama como se lançada de uma grande altura, ele se virou e saltou em nossa direção. A essa altura, porém, o professor já se pusera de pé e segurava o envelope com a hóstia sagrada. O conde se deteve subitamente, como a pobre Lucy fizera no exterior de seu túmulo, e recuou. Continuou recuando à medida que nós avançávamos, com nossos crucifixos nas mãos. De súbito, a luz da lua deixou de brilhar, pois uma sombra negra atravessou o céu; quando Quincey conseguiu acender com um fósforo a luz de gás, tudo o que vimos foi um vapor tênue — e o vapor esvaía-se por sob a porta, que, com o impulso do arrombamento, fechara novamente. Van Helsing, Art e eu fomos até Mrs. Harker, que a essa altura recobrara o fôlego e dera um grito tão desesperado, tão louco e penetrante que, creio, irá ecoar em meus ouvidos até meus últimos instantes. Por alguns segundos, seu corpo ficou jogado na cama de qualquer jeito, impotente. Seu rosto estava mortalmente pálido, palidez essa acentuada pelo sangue que lhe manchava os lábios e a face e o queixo; o sangue também lhe escorria do pescoço, e seus olhos estavam enlouquecidos de terror. Ela então colocou diante do rosto as pobres mãos esmagadas, em cuja pele pálida via-se a marca avermelhada do terrível punho do conde. Por trás delas, ouvimos um lamento baixo e desolado que fez com que o grito anterior parecesse apenas a expressão imediata de um pesar infinito. Van Helsing se adiantou e cobriu-a delicadamente, enquanto Art, depois de ter olhado com desespero para o rosto de Mrs. Harker por um instante, correu para fora do quarto. Van Helsing me disse, num sussurro:

— Jonathan está num estupor tal como o que sabemos ser o vampiro capaz de produzir. Nada podemos fazer por madame Mina, no momento, até que ela tenha se recobrado. Tenho que o acordar!

Mergulhou a ponta de uma toalha na água fria e começou a golpeá-lo de leve no rosto. Durante todo o tempo, Mrs. Harker escondia o rosto entre as mãos e soluçava de um modo que era de partir o coração. Abri a cortina e olhei para fora. O luar iluminava tudo, e pude ver Quincey Morris correr pelo gramado e se esconder na sombra de um grande teixo. Fiquei intrigado sobre quais seriam suas intenções, mas nesse instante ouvi Harker soltar uma breve exclamação, pois recobrava parcialmente a consciência. Voltei-me para a cama. Em seu rosto, como era de se esperar, havia uma expressão de grande espanto. Ele pareceu tonto por alguns segundos, e então a consciência plena o atingiu de súbito, provocando-lhe um sobressalto. A atenção de sua esposa foi atraída por aquele movimento repentino, e ela se virou na direção dele com os braços esticados, como se fosse abraçá-lo; imediatamente, porém, puxou-os de volta. Encolhendo os ombros, cobriu o rosto com as mãos e tremeu a ponto de fazer a cama sacudir.

— O que é isso, em nome de Deus? — exclamou Harker. — Dr. Seward, dr. Van Helsing, o que é isso? O que aconteceu? O que há de errado? Mina, minha querida, o que há? O que significa todo esse sangue? Ah, meu Deus! Meu Deus! Já chegamos a isso! — colocando-se de joelhos, ele uniu as mãos. — Que Deus nos ajude! Que Deus ajude a ela!

Com um movimento rápido, ele saltou da cama e começou a se vestir, movido pela necessidade de tomar uma atitude imediata.

— O que aconteceu? Contem-me tudo! — ele exclamava, sem parar. — Dr. Van Helsing, sei o quanto o senhor ama minha esposa. Ah, faça algo para salvá-la! Ele não pode estar muito longe. Proteja-a enquanto vou procurar por *ele*!

Sua esposa, em todo o seu terror e aflição, viu que aquilo representava um enorme perigo para Jonathan. Esquecendo-se imediatamente do próprio sofrimento, segurou-o e exclamou:

— Não! Não! Jonathan, você não deve me deixar. Sabe Deus que já sofri o bastante esta noite, sem o temor de que ele venha a lhe fazer mal. Precisa ficar comigo. Ficar com estes amigos que cuidarão de você!

A expressão do rosto de Mrs. Harker tornou-se desvairada enquanto ela falava. Seu marido aquiesceu, e ela puxou-o de volta para cama, onde o sentou, agarrando-se tenazmente a ele.

Van Helsing e eu tentamos acalmar a ambos. O professor ergueu seu pequeno crucifixo dourado, dizendo, com uma maravilhosa calma:

— Não tema, minha cara. Estamos aqui, e enquanto isto estiver próximo nada de ruim pode atingi-la. A senhora está salva, por ora; temos que nos acalmar e discutir nossas ações.

Ela estremeceu e se aquietou, baixando a cabeça e apoiando-a no peito de seu marido. Quando voltou a erguê-la, o camisolão branco que ele usava estava manchado de sangue onde os lábios dela haviam encostado e onde gotas da ferida aberta no pescoço haviam caído. No instante em que ela viu as manchas, recuou, com um lamento fraco, e murmurou, aos soluços:

— Impura! Impura! Não posso mais tocá-lo ou beijá-lo. Ah, e pensar que agora sou eu sua pior inimiga, aquela a que ele mais deve temer!

Ao que ele respondeu, resolutamente:

— Não diga bobagens, Mina. É um absurdo que diga tal coisa. Recuso-me a ouvir uma coisa dessas dita sobre você, e por você. Que Deus me julgue e que me castigue com um sofrimento ainda maior do que este se eu conscientemente deixar que alguma coisa se coloque entre nós!

Ele estendeu os braços e envolveu-a, apertando-a junto ao peito; por algum tempo ela descansou ali, aos soluços. Harker olhou em nossa direção por sobre a cabeça inclinada de sua esposa, com olhos úmidos, narinas trêmulas e lábios rígidos como aço. Após alguns instantes, os soluços de Mrs. Harker ficaram menos frequentes e mais fracos, e seu marido me disse, com uma calma estudada que eu sentia testar ao máximo seu autocontrole:

— E agora, dr. Seward, conte-me tudo. Infelizmente, sei bem o que aconteceu, mas conte-me todos os detalhes.

Relatei-lhe os menores detalhes, que ele ouviu de forma aparentemente impassível, mas suas narinas tremiam e seus olhos faiscavam enquanto eu lhe dizia como as mãos cruéis do conde haviam segurado Mrs. Harker naquela posição terrível, a boca sobre a ferida aberta em seu peito. Mesmo num momento como aquele, foi interessante ver que, enquanto o rosto lívido e arrebatado de Harker se contorcia acima da cabeça inclinada da esposa, as mãos dele acariciavam-lhe de forma terna e amorosa os cabelos despenteados. Quando terminei, Quincey e Godalming bateram à porta.

Entraram, atendendo aos nossos pedidos. Van Helsing lançou-me um olhar inquisidor. Deduzi que me sugeria aproveitar a chegada dos dois para afastar um pouco o pensamento do marido e da esposa infelizes de si mesmos, se possível. Aquiesci com a cabeça, e, a esse sinal, o professor lhes perguntou o que haviam visto ou feito. Lorde Godalming respondeu:

— Não consegui encontrá-lo no corredor ou em qualquer um dos quartos. Procurei no escritório, mas, embora ele tivesse passado por ali, já fora embora. Ele havia, contudo... — interrompeu-se subitamente, olhando para a pobre e abatida Mrs. Harker, na cama.

Van Helsing disse, um tom grave na voz:

— Continue, amigo Arthur. Não vamos mais fazer segredos. Saber de tudo é agora nossa esperança. Fale abertamente!

Assim, Art prosseguiu:

— Ele esteve no escritório, e, embora não deva ter permanecido ali por mais do que alguns segundos, fez um estrago e tanto. Todos os manuscritos foram queimados, e as chamas azuis dançavam entre as cinzas. Os cilindros de seu fonógrafo também foram atirados ao fogo, e a cera ajudou as chamas.

Interrompi-o nesse ponto:

— Graças a Deus por termos uma outra cópia no cofre!

Seu rosto se iluminou por um instante, mas voltou a se fechar quando ele prosseguiu:

— Corri para o andar de baixo, mas não havia nem sinal dele. Olhei no quarto de Renfield, mas nada havia de novo ali, a não ser... — ele se interrompeu outra vez.

— Continue — disse Harker, a voz rouca.

Ele inclinou a cabeça e, umedecendo os lábios com a língua, acrescentou:

— A não ser o fato de que o pobre coitado está morto.

Mrs. Harker ergueu a cabeça, olhando alternadamente para cada um de nós ao dizer, num tom solene:

— Que seja feita a vontade de Deus!

Eu não podia evitar a sensação de que Art estava omitindo alguma coisa; mas, como achei que ele devia ter um motivo para agir assim, nada disse. Van Helsing virou-se para Morris e indagou:

— E você, amigo Quincey? Tem algo a nos dizer?

— Pouca coisa — disse ele. — Talvez venha a significar muito no futuro, mas por ora não sei dizer. Achei que seria bom descobrir, se possível, aonde iria o conde ao deixar a casa. Não o vi, mas um morcego saiu da janela de Renfield, voando em direção ao oeste. Achei que fosse ver o conde em alguma de suas formas voltando para Carfax, mas é evidente que ele foi se refugiar em outro local. Não estará de volta esta noite, pois a aurora já começa a despontar no céu. Temos que trabalhar amanhã!

As últimas palavras ele disse entre dentes. Durante alguns minutos fez-se silêncio, e eu tinha a impressão de poder ouvir nossos corações batendo. Van Helsing disse, então, colocando a mão com ternura sobre a cabeça de Mrs. Harker:

— E agora, minha pobre e querida madame Mina, conte-nos exatamente o que aconteceu. Sabe Deus que não quero lhe causar sofrimento, mas é preciso que saibamos de tudo. Pois agora, mais do que nunca, todo o trabalho terá de ser feito com rapidez, precisão e seriedade. Aproxima-se o dia em que concluiremos essa tarefa, se possível for; quem viver verá.

A pobre senhora estremeceu, e pude ver a tensão de seus nervos quando puxou o marido para mais perto, afundando ainda mais a cabeça em seu peito. Ergueu a cabeça com altivez, então, estendendo uma das mãos para Van Helsing — que a tomou e, após se curvar e beijá-la reverentemente, segurou-a firme entre as suas. A outra mão estava entrelaçada à de seu marido, cujo braço envolvia-a de maneira protetora. Depois de uma pausa, durante a qual evidentemente tentava pôr ordem em seus pensamentos, ela começou:

— Tomei o soporífico que o senhor gentilmente me dera, mas o efeito demorou bastante a se fazer sentir. Pareceu deixar-me mais desperta, e miríades de terríveis fantasias vinham-me à mente, todas elas relacionadas com morte e vampiros, com sonho e dor e inquietação.

Involuntariamente, seu marido deu um gemido; ela se virou para ele e disse:

— Não tenha medo, meu querido. Você precisa ser forte e corajoso para me ajudar a cumprir essa terrível tarefa. Se soubesse o quanto me custa ter que falar sobre essa história assustadora, compreenderia como preciso de sua ajuda. Bem, vi que teria de ajudar a medicação a fazer efeito com minha vontade consciente, se quisesse que ela agisse, então me deitei, determinada a dormir. O sono deve ter chegado logo depois, sem dúvida, pois não me lembro de nada mais. Jonathan não me acordou ao vir para o quarto; lembro-me de ter, em seguida, notado que se deitara ao meu lado. Havia no quarto a mesma neblina pálida que eu vira antes, mas agora não sei se já lhes falei a respeito. Vão encontrar tudo em meu diário, que pretendo lhes mostrar mais tarde. Senti o mesmo terror vago que me perturbara antes e a mesma impressão de que havia uma presença ali. Virei-me para acordar Jonathan, mas vi que dormia tão profundamente que mais parecia ter sido ele a tomar o soporífico, e não eu. Tentei acordá-lo, mas não consegui. Isso me deixou com muito medo, e olhei ao redor, aterrorizada. Então, o desespero tomou conta de mim: de pé, junto à cama, estava um homem que parecia ter saído do nevoeiro. Ou, melhor dizendo, o nevoeiro parecia ter se transformado nele, pois desaparecera por completo. Era um homem alto e magro, vestido de preto, que reconheci imediatamente a partir das descrições dos outros. A face lívida, o nariz aquilino, sobre o qual a luz projetava uma linha branca e delgada, os lábios vermelhos e entreabertos, revelando os dentes brancos e pontiagudos, e os olhos vermelhos que eu parecia ter visto, ao pôr do sol, nas janelas da igreja de St. Mary, em Whitby. Também reconheci a cicatriz vermelha na testa, onde Jonathan o golpeara. Por um instante, meu coração parou de bater, e eu teria gritado, mas estava paralisada. Nesse ínterim, ele falou, numa espécie de sussurro incisivo, apontando para Jonathan: "Silêncio! Se fizer um único ruído, vou pegá-lo e esmagar-lhe o crânio diante de seus olhos!" Eu estava por demais apavorada e perplexa para dizer ou fazer o que quer que fosse. Com um sorriso de escárnio, ele colocou uma das mãos em meu ombro e, segurando-me com força, desnudou meu pescoço com a outra, dizendo: "Primeiro, um pequeno refresco para recompensar meus esforços. Pode ficar quieta; não é a primeira vez, ou a segunda, que suas veias apaziguam minha sede!" Fiquei aturdida e, estranhamente, não queria impedi-lo. Suponho que isso seja parte da terrível maldição que ele lança sobre suas vítimas quando toca nelas. E, ah, meu Deus, meu Deus, tenha piedade de mim! Ele colou seus lábios nojentos em meu pescoço!

Seu marido gemeu novamente. Ela apertou sua mão com mais força e olhou para ele compadecida, como se fosse ele o ferido. Prosseguiu:

— Senti minhas forças se esvaírem, como se estivesse parcialmente desfalecida. Quanto tempo durou, não sei dizer, mas pareceu-me um longo intervalo até que ele afastasse de mim sua boca imunda, medonha, sempre com uma expressão de escárnio. Vi o sangue fresco gotejando de seus lábios!

A lembrança pareceu sobrepujá-la por alguns instantes. Ela vacilou e teria caído, se não fosse pelo braço de Harker, que a apoiava. Com um grande esforço, ela recobrou o autocontrole e prosseguiu:

— Ele me disse, então, num tom zombeteiro: "Então você também andou pensando em maneiras de lutar contra mim, como os outros. Estava disposta a ajudar esses homens a perseguir-me e frustrar meus desígnios! Agora já sabe o que significa cruzar meu caminho — eles também já sabem, em parte, e brevemente saberão na íntegra. Deveriam ter poupado as energias para usar um pouco mais perto de casa. Enquanto se achavam muito espertos, mais espertos do que eu, que comandei várias nações, que conspirei e lutei por eles centenas de anos antes de nascerem, eu os estava contaminando. E você, a adorada deles, é minha, agora: carne da minha carne, sangue do meu sangue. Faz parte da minha raça. É minha generosa fonte de alimento, por ora; mais tarde, será minha companheira e ajudante. Terá então sua vingança, pois todos eles hão de servir aos seus desejos. No momento, porém, tem que ser punida pelo que fez. Ajudou-os em sua tentativa de me impedir; agora, virá ao meu chamado. Quando meu cérebro lhe disser 'Venha!', você há de atravessar as terras e os mares para atender ao meu chamado. E para esse propósito, agora isto!" Ao dizê-lo, abriu a camisa, e com suas unhas pontiagudas rasgou uma veia em seu próprio peito. Quando o sangue começou a brotar, segurou minhas mãos com força com uma de suas mãos; com a outra, agarrou meu pescoço e pressionou minha boca contra sua ferida, de modo que eu ou sufocaria ou teria que engolir um pouco daquele... ah, meu Deus! Meu Deus! O que foi que eu fiz? O que fiz para merecer um castigo desses? Eu, que tentei agir correta e humildemente durante toda a vida! Que Deus tenha piedade de mim! Olhe por esta alma, que corre um perigo mais grave do que os perigos mortais, e tenha piedade daqueles a quem ela é cara! — ela começou então a esfregar os lábios como se quisesse limpá-los daquela imundície.

Enquanto ela contava sua terrível história, o céu a leste começou a clarear, e tudo foi se iluminando. Harker estava imóvel e em silêncio; à medida que a narrativa prosseguia, porém, uma expressão sombria tomou conta de seu rosto e foi se intensificando à luz do dia. Finalmente, quando o primeiro raio da aurora surgiu, sua pele contrastava com o cabelo, que se tornava grisalho.

Decidimos que um de nós ficará para atender ao infeliz casal até que possamos nos reunir e resolver quais serão os próximos passos.

De uma coisa estou certo: o sol não nasce em todo o mundo sobre uma casa mais infeliz do que esta.

capítulo 22

Diário de Jonathan Harker

3 de outubro — Como tenho que fazer algo para não enlouquecer, escrevo este diário. São agora seis horas; devemos nos encontrar no escritório dentro de meia hora e comer alguma coisa, pois o dr. Van Helsing e o dr. Seward estão de acordo sobre o fato de que se não comermos não poderemos dar o melhor de nós mesmos. Sabe Deus que teremos que dar o melhor de nós mesmos hoje. Preciso continuar escrevendo a cada oportunidade, pois não ouso parar para refletir. É preciso levar todas as coisas em consideração; talvez no final os menores detalhes nos ensinem as maiores lições. Os ensinamentos, grandes ou pequenos, não poderiam ter conduzido a Mina, ou a mim, a uma situação pior do que aquela em que nos encontramos hoje. Não podemos, contudo, perder a confiança, ou as esperanças.

A pobre Mina acaba de me dizer, com lágrimas correndo por sua adorada face, que nossa fé é testada justamente nos momentos de dificuldades e de provação — que temos que nos manter confiantes, e que Deus nos ajudará a chegar ao fim. O fim! Ah, meu Deus! Que fim?... Ao trabalho! Ao trabalho!

Quando o dr. Van Helsing e o dr. Seward voltaram, após terem visto o pobre Renfield, começamos a discutir seriamente o que teria de ser feito. Primeiro, o dr. Seward nos disse que, quando ele e o professor foram ao quarto no andar inferior, encontraram Renfield no chão, todo contorcido. Seu rosto estava ferido e esmagado, e os ossos do pescoço estavam quebrados.

O dr. Seward perguntou ao assistente que estava de plantão no corredor se ouvira algo. Ele disse que estava sentado — confessou que adormecera — quando ouviu vozes altas no quarto, e então Renfield gritara várias vezes "Deus! Deus! Deus!". Depois disso, ouvira-se o ruído de uma queda, e, quando ele entrara no quarto, encontrara o paciente no chão, o rosto para baixo, exatamente como os médicos o haviam visto. Van Helsing perguntou-lhe se ouvira "vozes" ou "uma voz", e ele disse que não sabia dizer ao certo; que, a princípio, pareciam ser duas, mas que, como não havia ninguém no quarto, só podia ter sido uma única. Ele podia jurar que a palavra "Deus" fora dita pelo paciente. O dr. Seward nos disse, quando ficamos a sós, que não queria se aprofundar naquele assunto, pois tinha que se lembrar de que poderia levar a um inquérito, e de nada adiantaria dizer a verdade, pois ninguém acreditaria. De qualquer modo, ele achou que, baseando-se no depoimento do assistente, poderia fazer o atestado de óbito colocando como *causa mortis* complicações provenientes da queda acidental da cama. No caso de o médico-legista requerer, um inquérito formal ocorreria, mas os resultados seriam necessariamente os mesmos.

Quando começamos a discutir qual seria nosso próximo passo, a primeira coisa que decidimos foi que Mina devia ficar a par de tudo. Nenhum detalhe, fosse qual fosse a natureza, e independentemente do quão doloroso pudesse ser, deveria ser escondido dela. Ela própria concordou tratar-se da atitude mais sábia, e dava pena vê-la tão corajosa mesmo estando tão aflita e num estado de desespero como aquele.

— Nada deve ser escondido — disse ela. — Ai de mim! Já escondemos coisas demais. Além disso, nada no mundo poderá me causar um sofrimento maior do que o que já suportei, ou do que o que suporto neste momento! Aconteça o que acontecer, será com certeza uma nova esperança ou uma nova coragem para mim.

Van Helsing olhava fixamente para Mina enquanto ela falava, e disse, subitamente mas num tom ameno:

— Mas, minha cara madame Mina, não está com medo? Não por si mesma, mas pelos outros, após o que aconteceu?

O rosto dela enrijeceu, mas seus olhos brilhavam com a devoção de um mártir quando ela respondeu:

— Ah, não! Minha decisão está tomada!

— Em que sentido? — perguntou ele com delicadeza, enquanto todos observávamos, imóveis, pois tínhamos, cada um a seu modo, uma vaga ideia do que ela queria dizer.

Sua resposta veio com uma simplicidade direta, como se ela estivesse simplesmente expondo um fato:

— Vou me observar atentamente e, se encontrar em mim mesma qualquer indício de que possa fazer mal àqueles que amo, morrerei!

— A senhora não pensaria em se matar, não é mesmo? — perguntou ele, a voz rouca.

— Pensaria, se não houvesse um único amigo que, por amor, me evitasse esse sofrimento e esse esforço desesperado!

Ela lançou-lhe um olhar significativo ao dizê-lo. Van Helsing estava sentado, mas nesse momento ergueu-se e se aproximou dela, colocando a mão sobre sua cabeça ao dizer, solenemente:

— Minha filha, esse amigo existe, caso se tratasse de agir pelo seu bem. Eu, de minha parte, poderia prestar contas a Deus e assumir a responsabilidade pela eutanásia, mesmo neste exato momento, se fosse a melhor saída. E se fosse segura. Mas, minha filha...

Por um instante ele pareceu engasgar, e um grande soluço subiu-lhe pela garganta; ele engoliu e continuou:

— Há aqui amigos que haveriam de se colocar entre a senhora e a morte. Não deve morrer. Não deve morrer pelas mãos de ninguém, muito menos pelas suas próprias. Até que aquele outro, que maculou a sua vida encantadora, esteja morto de verdade, a senhora não deve morrer. Pois se ele ainda estiver entre os Não Mortos, sua morte a transformaria num ser igual a ele. Não, precisa viver! Precisa lutar para viver, empenhar-se nisso, mesmo que a morte pareça uma dádiva indizível. Deve lutar contra a própria Morte, venha ela a visitá-la num momento de dor ou de alegria, durante o dia ou à noite, quando correr perigo ou quando estiver em segurança! Em nome de sua alma imploro-lhe que não morra, que nem mesmo chegue a pensar na morte, até que esse mal enorme se encontre no passado.

Minha pobre querida ficou pálida como a morte, estremecendo do mesmo modo como vi estremecer a areia movediça com a subida da maré. Todos estávamos em silêncio; nada podíamos fazer. Finalmente, ela se acalmou e, voltando-se para ele, disse, com delicadeza, mas também com enorme pesar, enquanto estendia-lhe a mão:

— Prometo-lhe, meu querido amigo, que se Deus me permitir viver hei de lutar por isso, até que, com a Sua graça, todo esse horror já não pese mais sobre mim.

Ela falava com tanta bondade e coragem que sentimos nossos corações se fortalecerem para lutar por ela e para aguentar o que mais viesse. Começamos a discutir o que fazer. Eu disse a ela para pegar todos os papéis do cofre e todos os papéis ou diários e registros fonográficos que mais tarde pudéssemos usar, e também para continuar registrando tudo, como fizera antes. Ela ficou contente com a perspectiva de ter algo a fazer — se a palavra "contente" pode ser usada com relação a qualquer coisa que envolva essa história tão soturna.

Como de hábito, Van Helsing já organizara tudo mentalmente bem antes dos outros e tinha preparado uma ordem exata de nossas ações.

— Talvez tenha sido bom — disse ele — que, após nossa visita a Carfax, tenhamos decidido não fazer nada com os caixotes de terra que lá estavam. Se tivéssemos mexido nelas, o conde teria adivinhado nossas intenções e com certeza tomaria precauções para evitar uma ação semelhante com os outros caixotes. Agora, porém, não sabe o que pretendemos fazer. Mais do que isso: provavelmente não sabe que temos o poder de esterilizar seus esconderijos, de modo a impedi-lo de usá-los como o habitual. Já avançamos bastante em nosso conhecimento de sua distribuição; após examinarmos a casa em Piccadilly, poderemos talvez encontrar os restantes. Hoje o dia é nosso, e é aí que residem todas as esperanças. O sol que ao nascer encontrou-nos tão infelizes é o mesmo que há de nos proteger, enquanto estiver no céu. Até que se ponha, o conde é obrigado a conservar a forma que tem agora, qualquer que seja ela. Está confinado aos limites de seu invólucro de terra. Não pode desaparecer no ar, ou entre rachaduras ou frestas ou fissuras. Se quiser passar por uma porta, tem de abri-la como um mortal. Assim, temos o dia de hoje para encontrar todos os seus esconderijos e esterilizá-los. Portanto, se ainda não conseguirmos apanhá-lo e destruí-lo, pelo menos o teremos acuado em algum lugar onde será mais garantido fazê-lo.

Nesse momento, eu me alarmei. Não conseguia me conter diante da ideia de que os minutos e os segundos responsáveis pela vida e pela felicidade de Mina escoavam, já que, enquanto falávamos, era impossível agir. Van Helsing, porém, ergueu a mão, advertindo-me:

— Não, amigo Jonathan — disse ele. — Neste caso, devagar e sempre se chega lá, como diz o provérbio. Agiremos com uma pressa tremenda quando o momento certo chegar. Reflita, porém: é provável que o xis da questão seja aquela casa em Piccadilly. O conde talvez tenha comprado muitas casas. De todas elas tem as escrituras de compra, as chaves e outras coisas. Deve ter papéis onde possa escrever, deve ter seu talão de cheques. Decerto tem muitos pertences guardados em algum lugar. Por que não nesse lugar tão central, tão tranquilo, onde pode entrar e de onde pode sair a qualquer hora, pela frente ou pelos fundos, pois o movimento na rua é tanto que ninguém há de reparar? Teremos que entrar lá e vasculhar por toda a casa. Quando soubermos o que há ali, então faremos aquilo a que nosso amigo Arthur chama, em suas expressões de caça, "parem a terra", para perseguir nossa raposa. Certo?

— Então vamos logo — exclamei. — Estamos perdendo um tempo precioso!

O professor não se mexeu. Limitou-se a perguntar:

— E como vamos entrar naquela casa em Piccadilly?

— Não importa! — exclamei. — Arrombaremos, se for preciso.

— E quanto à sua polícia? Onde ela estará e o que será que vai dizer?

Fiquei desconcertado, mas sabia que, se ele queria que demorássemos, devia ter uma boa razão para isso. Então disse, contendo-me o melhor que pude:

— Não espere mais do que o necessário. Tenho certeza de que o senhor sabe da tortura que estou sofrendo.

— Ah, meu filho, disso eu sei. E de minha parte não há, de modo algum, qualquer desejo de aumentar sua angústia. Mas pense um pouco, o que podemos fazer até que seja grande o movimento lá fora. Então será chegada a nossa vez. Refleti muito, e parece-me que a maneira mais simples é a melhor de todas. Queremos entrar na casa, mas não temos a chave, certo? — fiz que sim. — Suponha, agora, que fosse você o verdadeiro proprietário da casa e ainda assim não encontrasse a chave. Se não tivesse qualquer peso na consciência por estar invadindo a propriedade alheia, o que faria?

— Procuraria um bom serralheiro, a quem pediria que arrombasse a porta para mim.

— E sua polícia interferiria, certo?

— Ah, não! Não se soubesse que o homem estava ali apenas fazendo seu trabalho.

— Então — e ele me lançou um olhar incisivo ao falar —, tudo o que está em jogo é a consciência do homem que contratou o serralheiro, e a opinião de sua polícia sobre as intenções desse homem. Seus policiais devem ser homens zelosos e realmente brilhantes em ler os corações alheios, para se dar ao trabalho de fazê-lo. Não, não, amigo Jonathan. Experimente arrombar uma centena de casas vazias nesta sua cidade de Londres ou em qualquer cidade do mundo; se fizer as coisas da forma correta, e na hora em que tais coisas são feitas de forma correta, ninguém vai interferir. Li a respeito de um cavalheiro que possuía uma bela casa em Londres, e que foi passar o verão na Suíça, trancando a casa. Um ladrão veio e entrou na casa, quebrando uma janela dos fundos. Em seguida, abriu as venezianas das janelas da frente, saiu da casa e voltou a entrar sob os olhos da polícia. Fez então um leilão na casa, que divulgou largamente. Quando chegou o dia, vendeu, com o intermédio de um famoso leiloeiro, todos os bens do verdadeiro proprietário. Foi então a uma construtora, a quem vendeu a casa, fazendo um acordo de que seria demolida e os escombros removidos dentro de um certo tempo. Sua polícia e as outras autoridades ajudaram-no como podiam. E quando o proprietário voltou da Suíça, encontrou um buraco onde antes havia estado sua casa. Tudo isso foi feito *en règle*, e nosso trabalho também será *en règle.* Não podemos ir cedo demais, pois os policiais, que a essa hora têm pouca coisa em que pensar, vão achar estranha nossa conduta. Iremos depois das dez horas, quando há bastante gente nas ruas, e quando poderemos agir como se fôssemos de fato os proprietários da casa.

Tive de reconhecer que ele estava certo, e o rosto de Mina, onde antes se via um terrível desespero, tornou-se mais relaxado. Havia esperança num plano tão bom quanto aquele. Van Helsing prosseguiu:

— Quando estivermos dentro da casa, talvez encontremos mais pistas; de qualquer modo, alguns de nós podem ficar lá enquanto o resto vai para os outros lugares onde haja mais caixas de terra, em Bermondsey e Mile End.

Lorde Godalming pôs-se de pé:

— Posso ser útil nesse detalhe — disse ele. — Mandarei um telegrama aos meus criados, para que levem cavalos e carruagens aos lugares convenientes.

— Escute aqui, meu velho — disse Morris —, é uma ideia de gênio ter tudo pronto para o caso de querermos nos locomover a cavalo. Mas você não acha que uma de suas vistosas carruagens cheias de adornos heráldicos passando por uma ruazinha de Walworth ou de Mile End atrairia atenção demais para os nossos objetivos? Parece-me que devíamos alugar tílburis para ir ao sul e ao leste, deixando-os em algum lugar nas proximidades de nosso destino.

— O amigo Quincey está certo! — disse o professor. — Sua cabeça está bem equilibrada, como vocês dizem. É uma tarefa difícil a que temos nas mãos, e é melhor evitar que as pessoas nos observem, se possível.

Mina demonstrava um interesse crescente em tudo aquilo, e fiquei feliz ao ver que a urgência daqueles assuntos a estava ajudando a esquecer por algum tempo a terrível experiência noturna. Ela estava muito, muito pálida — quase mortalmente pálida, e tão magra que seus lábios haviam recuado um pouco, revelando os dentes um tanto quanto proeminentes. Não mencionei esse detalhe, pois haveria de lhe causar um sofrimento desnecessário, mas o sangue gelou-me nas veias ao pensar no que ocorrera com a pobre Lucy quando o conde lhe sugou o sangue. Por ora não havia sinal de que os dentes estivessem ficando mais afiados, mas pouco tempo passara, e a hora de sentir medo ainda estava por vir.

Quando começamos a discutir a sequência de nossas ações e a disposição de nossas forças, novas dúvidas surgiram. Concordamos, afinal, que antes de partir para Piccadilly destruiríamos o refúgio mais próximo do conde. Se por acaso ele viesse a descobri-lo cedo demais, ainda assim estaríamos na dianteira em nosso trabalho de destruição; e sua presença na forma puramente material, e no auge da fraqueza, talvez nos desse alguma nova pista.

Quanto à disposição das forças, o professor sugeriu que, após nossa visita a Carfax, todos fôssemos para a casa em Piccadilly; os dois médicos e eu ficaríamos lá, enquanto lorde Godalming e Quincey encontrariam os esconderijos em Walworth e Mile End, destruindo-os. O professor observou que era possível, ou mesmo provável, que o conde aparecesse em Piccadilly durante o dia; sendo assim, poderíamos lidar com ele na mesma hora e local. De qualquer modo, poderíamos segui-lo, pois éramos muitos. Opus-me veementemente a esse plano, dizendo que minha intenção era ficar e proteger Mina. Pensava já ter me decidido a respeito, mas Mina não quis ouvir minha objeção. Disse que poderia haver alguma questão legal na qual eu pudesse ser útil; que, entre os papéis do conde, talvez houvesse alguma pista que somente eu seria capaz de compreender, a partir de minha experiência na Transilvânia; e que, de qualquer modo, toda a força que pudéssemos reunir seria necessária para fazer frente aos poderes extraordinários do conde. Tive que ceder, pois Mina estava firmemente decidida; ela disse que nosso trabalho em conjunto era a única esperança que restava a *ela*.

— Quanto a mim — disse Mina —, não tenho medo. Nada pior pode me acontecer. E o que ocorrer há de me trazer alguma esperança ou algum consolo. Vá, meu marido! Deus, se quiser, pode me proteger tanto nos momentos em que estou só quanto naqueles em que estou acompanhada.

Levantei-me bruscamente, então exclamando:

— Então, em nome de Deus, vamos logo, pois estamos perdendo tempo.

Talvez o conde chegue a Piccadilly mais cedo do que imaginamos.

— Não creio! — disse Van Helsing, erguendo a mão.

— Mas por quê? — indaguei.

— Você se esqueceu — ele disse, chegando mesmo a sorrir — de que ontem à noite ele teve um banquete e que acordará tarde?

Se eu me esquecera! Será que algum dia serei capaz de esquecer? Será que qualquer um de nós conseguirá esquecer aquela cena terrível? Mina fez um grande esforço para manter a aparência corajosa e estremeceu ao deixar escapar um gemido queixoso. Van Helsing não tivera a intenção de recordar-lhe sua assustadora experiência. Apenas, em seu esforço intelectual, perdera de vista a ela e à sua parte naquela história. Quando se deu conta do que dissera, ficou horrorizado com a própria insensibilidade e tentou reconfortá-la.

— Ah, madame Mina — disse ele —, minha querida madame Mina, ai de mim! Logo eu, entre todos os que a reverenciam, fui dizer algo tão desatencioso. Estes meus lábios velhos e estúpidos e esta minha cabeça velha e estúpida não merecem, mas a senhora vai esquecer o que eu fiz, não vai?

Ele se curvou diante dela ao dizê-lo; ela tomou-lhe a mão e, olhando para ele por entre as lágrimas, disse, a voz rouca:

— Não, não vou esquecer, pois é bom que eu me lembre. Mas tenho tantas outras boas recordações suas que, no todo, esta será insignificante.

Agora vocês precisam ir. O café da manhã está pronto, e todos temos que comer se quisermos ficar fortes.

Foi uma estranha refeição para todos nós. Tentamos nos alegrar e encorajar, e Mina era a mais radiante e animada. Quando acabamos de comer, Van Helsing pôs-se de pé e disse:

— Agora, meus amigos, partimos para cumprir nossa terrível missão. Estamos todos armados, como estávamos na primeira noite em que visitamos o esconderijo de nosso inimigo? Armados contra o ataque sobrenatural, tanto quanto contra o ataque físico? — todos lhe asseguramos que sim. — Então está bem. Madame Mina, de qualquer modo a senhora está a salvo aqui até o pôr do sol. E antes disso teremos regressado... Se... Não, nós regressaremos! Mas antes de partir, quero vê-la armada contra ataques pessoais. Eu próprio preparei seu quarto, depois que a senhora desceu, colocando lá os objetos que já conhecemos, para que ele não consiga entrar. Agora, deixe-me protegê-la. Em sua testa toco este pedaço da hóstia sagrada, em nome do Pai, do Filho e...

Ouviu-se um grito aterrorizado que quase nos congelou o sangue nas veias. Quando o professor tocou a testa de Mina com a hóstia, esta cauterizou-a — queimou-lhe a pele como se fosse um pedaço de metal incandescente. O cérebro de minha pobre querida lhe informou sobre o significado do fato tão rapidamente quanto seus nervos registraram a dor; ambos sobrepujaram-na de tal modo que toda sua exaustão tomou voz naquele grito assustador. As palavras chegaram-lhe rápido ao pensamento, porém; o grito ainda não cessara de ecoar na sala quando veio a reação, e ela caiu de joelhos, em toda a angústia do rebaixamento. Cobrindo o rosto com seus belos cabelos, como outrora faziam os leprosos com seu manto, ela se lamentou:

— Impura! Impura! Até o Todo-Poderoso se afasta de minha carne maculada! Levarei esta marca da vergonha em minha testa até o dia do juízo final.

Todos fizeram silêncio. Eu me jogara no chão ao lado dela na agonia do desespero e da impotência; envolvendo-a com meus braços, cerrei-a fortemente. Por alguns minutos, nossos corações pesarosos bateram juntos, enquanto nossos amigos desviavam os olhos, dos quais lágrimas corriam em silêncio. Van Helsing se virou, então, e disse, gravemente — tão gravemente que não pude evitar a impressão de que ele estava de algum modo inspirado, e que não era ele quem falava:

— Talvez a senhora tenha que levar essa marca até que o próprio Deus queira removê-la, pois, no dia do juízo final, decerto corrigirá todos os males do mundo e de Seus filhos, que Ele próprio pôs sobre a Terra. E, ah, madame Mina, minha querida, que nós que a amamos estejamos lá como testemunhas quando essa cicatriz vermelha, sinal do conhecimento de Deus sobre o que já se passou, desaparecer e deixar sua fronte imaculada como o coração que todos conhecemos. Pois, tão certamente quanto o fato de estarmos vivos, essa cicatriz desaparecerá quando Deus julgar correto aliviar-nos do fardo que ora nos pesa sobre os ombros. Até lá, carregaremos nossa cruz, como fez Seu Filho, em obediência aos desígnios do Pai. Talvez tenhamos sido escolhidos instrumentos de Sua vontade e venhamos a subir até Ele como seu Filho, entre açoites e vergonha, entre lágrimas e sangue, entre dúvidas e temores, e tudo aquilo que faz a diferença entre Deus e os homens.

Suas palavras trouxeram esperança e consolo, bem como resignação. Tanto eu quanto Mina nos sentimos movidos por elas, e tomamos ao mesmo tempo as mãos do velho professor, inclinando-nos e as beijando. Então, sem uma palavra, todos nos ajoelhamos juntos, e, de mãos dadas, juramos lealdade uns aos outros. Nós, homens, prometemos tirar aquele véu de tristeza de sobre a fronte daquela a quem, cada um à sua própria maneira, todos amávamos. Rezamos pedindo ajuda e orientação na terrível tarefa que tínhamos à nossa frente.

Chegou, então, a hora de partir. Eu disse adeus a Mina, e enquanto vivermos não esqueceremos essa despedida. Pusemo-nos a caminho.

Uma decisão eu havia tomado: se descobríssemos que, ao fim, Mina haveria de se transformar numa vampira, ela então não penetraria sozinha naquele território desconhecido e terrível. Suponho que seja por esse motivo que outrora um vampiro queria dizer muitos; do mesmo modo como seus corpos abomináveis só podiam descansar em terra sagrada, assim o mais puro amor era quem recrutava seus medonhos soldados.

Entramos em Carfax sem dificuldades e encontramos tudo da mesma forma como estava na primeira ocasião. Era difícil acreditar que naquele ambiente tão prosaico, onde imperavam o descuido, a poeira e o abandono, houvesse motivos para um temor como o que já experimentáramos. Se nossa decisão já não estivesse tomada, e se não houvesse terríveis recordações para nos incitar, dificilmente teríamos seguido adiante. Não encontramos papéis ou qualquer sinal de movimento na casa; na antiga capela, os grandes caixotes encontravam-se exatamente como os havíamos visto pela última vez. O dr. Van Helsing nos disse, de modo solene, quando ali chegamos:

— E agora, meus amigos, temos um dever a cumprir, aqui. Temos que esterilizar a terra, tão cheia de memórias sacras, que ele trouxe de uma terra distante para tal uso ímpio. Escolheu esta terra porque foi consagrada. Assim, vamos derrotá-lo com suas próprias armas, pois tornaremos esta terra ainda mais sagrada. Foi santificada para o uso dos homens, e agora a santificamos para Deus.

Ao dizer essas palavras, tirou de sua valise uma chave de fenda e uma chave-inglesa, e em pouco tempo a tampa de um dos caixotes estava aberta. A terra cheirava a mofo, um odor opressivo, mas de certo modo foi como se não nos importássemos, pois nossa atenção estava concentrada no professor. Tirando de seu estojo um pedaço da hóstia sagrada, ele a colocou com reverência sobre a terra. Fechou a tampa e começou a aparafusá-la de volta, com nossa ajuda.

Fizemos o mesmo com cada uma das enormes caixas, deixando-as aparentemente como as havíamos encontrado — em cada uma, porém, havia um pedaço da hóstia.

Quando fechamos a porta, depois de sair, o professor disse, num tom solene:

— Já fizemos bastante coisa. Se conseguirmos ser igualmente bem-sucedidos com as outras caixas, então é possível que o pôr do sol, hoje à tarde, ilumine a testa de madame Mina encontrando-a branca como o marfim e sem qualquer marca!

Quando atravessamos a rua, a caminho da estação de trem, pude ver a fachada do hospício. Olhei, ansioso, e pude ver Mina à janela de nosso quarto. Acenei-lhe, fazendo que sim com a cabeça para lhe dizer que a tarefa fora cumprida com sucesso. Ela também fez que sim, para indicar que compreendera. Minha última visão foi seu aceno, dizendo-me adeus. Foi com o coração pesado que rumamos para a estação e embarcamos no trem, que já apitava ao chegarmos na plataforma.

Foi no trem que escrevi estas páginas.

Piccadilly, 12h30 — Logo antes de chegarmos a Fenchurch Street, lorde Godalming disse-me:

— Quincey e eu vamos procurar um serralheiro. É melhor que não venham conosco, pois é possível que haja dificuldades; nestas circunstâncias, não seria tão ruim para nós invadir uma casa vazia. Mas você é um procurador, e a Incorporated Law Society diria que você deveria estar ciente de que tal coisa não se faz.

Opus-me a não correr o risco junto com eles, mesmo que o resultado pudesse ser a ignomínia, mas ele prosseguiu:

— Além disso, se não formos muitos chamaremos menos atenção. Meu título vai resolver as coisas com o serralheiro e com quaisquer policiais que possam aparecer. É melhor você, Jack e o professor ficarem no Green Park, em algum lugar onde possam ver a casa. Quando virem que a porta se abriu e o serralheiro se foi, vocês se aproximam. Estaremos aguardando para deixá-los entrar.

— São bons conselhos! — disse Van Helsing, de modo que nada mais discutimos.

Godalming e Morris tomaram um tílburi de aluguel, e nós os seguimos em outro. Na esquina da Arlington Street, nosso grupo desceu e começou a caminhar pelo Green Park. Meu coração começou a bater rápido quando vi a casa em que depositávamos tantas esperanças assomar soturna e silenciosa em seu abandono, entre suas vizinhas mais alegres e elegantes. Sentamo-nos num banco que nos proporcionava uma vista boa e começamos a fumar charutos para chamar o mínimo possível de atenção. Os minutos pareciam escoar com passos de chumbo enquanto esperávamos a chegada dos outros.

Afinal, vimos uma carruagem de quatro rodas se aproximar. Dela desceram, tranquilos, lorde Godalming e Morris; do assento do cocheiro desceu também um homem corpulento com sua velha caixa de vime entrelaçado onde estavam as ferramentas. Morris pagou ao cocheiro, que tocou o chapéu e foi embora. Juntos, os dois subiram os degraus até a porta, e lorde Godalming indicou o serviço a ser feito. O serralheiro tirou com calma o casaco, pendurando-o numa das pontas da grade, e disse alguma coisa a um policial que passava por ali nesse momento. O policial fez que sim, e o homem ajoelhou-se, colocando a caixa ao lado. Após remexer lá dentro, apanhou uma série de ferramentas, que dispôs de forma ordenada no chão. Levantou-se, então, olhou para dentro do buraco da fechadura, soprou ali e, virando-se para os dois homens que o haviam contratado, fez algum comentário. Lorde Godalming sorriu, e o homem apanhou um considerável molho de chaves; selecionando uma delas, começou a experimentá-la, girando-a no interior da fechadura. Depois de manuseá-la desajeitadamente por algum tempo, experimentou uma segunda chave, e então uma terceira. Subitamente, a porta se abriu a um pequeno empurrão seu. Ele e os outros dois entraram no vestíbulo. Estávamos imóveis; eu fumava meu charuto sem parar, mas o de Van Helsing se consumia sem que ele fumasse. Aguardamos pacientemente, enquanto observávamos o serralheiro sair e apanhar sua caixa. Ele segurou a porta entreaberta, firmando-a entre os joelhos, enquanto ajustava uma chave à fechadura. Por fim, entregou-a a lorde Godalming, que pegou sua bolsa de dinheiro e lhe deu alguma coisa. O homem agradeceu tocando o chapéu, pegou a caixa, vestiu o casaco e se foi. Absolutamente ninguém notou o que acabara de acontecer.

Assim que o homem saiu de vista, nós três atravessamos a rua e batemos à porta. Quincey Morris abriu-a de imediato. Ao seu lado estava lorde Godalming, acendendo um charuto.

— O cheiro deste lugar é horrível — disse o último, quando entramos. Era verdade. Cheirava como a antiga capela em Carfax, e, com nossa experiência prévia, tornou-se óbvio que o conde andara usando com frequência a casa. Fomos explorá-la, mantendo-nos juntos para o caso de um ataque — pois sabíamos ter um inimigo forte e astuto a combater, e até o momento não sabíamos se o conde estava na casa ou não. Na sala de jantar, que ficava no fundo do vestíbulo, encontramos oito caixas de terra. Só oito caixas das nove que procurávamos! Nosso trabalho não estava terminado e não haveria de estar até que encontrássemos a caixa que faltava. Primeiro, abrimos as venezianas das janelas, que davam para um jardim estreito, com pavimento de pedras, por trás do qual erguia-se a parede de fundos da estrebaria, construída para assemelhar-se à fachada de uma casa em miniatura. Não havia janelas, de modo que não ficamos com receio de ser observados. Não perdemos tempo em examinar os caixotes. Abrimos um a um com as ferramentas que havíamos trazido e fizemos o que havia sido feito com os outros caixotes na antiga capela. Era óbvio que o conde não estava naquela casa, e nosso passo seguinte foi procurar por seus bens.

Após um rápido olhar nos outros cômodos, do porão ao sótão, chegamos à conclusão de que estavam na sala de jantar todos os bens que possivelmente pertenceriam ao conde e começamos a examiná-los detalhadamente. Estavam todos numa espécie de desordem organizada sobre a grande mesa da sala de jantar. Havia escrituras da casa em Piccadilly numa grande pilha; escrituras de compra das casas em Mile End e Bermondsey; papéis, envelopes, penas e tinta. Tudo estava coberto com fino papel de embrulho, para proteger da poeira. Também havia uma escova para roupas, uma escova de cabelos e um pente, um vaso e uma bacia — esta última cheia de água suja, avermelhada como se houvesse sangue ali. Havia, por fim, um pequeno molho de chaves de todos os tipos e tamanhos, provavelmente pertencentes às outras casas. Depois que examinamos essas chaves, lorde Godalming e Quincey Morris, anotando cuidadosamente os endereços das várias casas no leste e no sul, levaram consigo as chaves e foram destruir as caixas que estavam nesses locais. Quanto ao resto de nós, estamos aqui, aguardando, com o máximo possível de paciência, sua volta — ou a chegada do conde.

capítulo 23

Diário do dr. Seward

3 de outubro — O tempo parecia terrivelmente longo enquanto esperávamos pela chegada de Godalming e Quincey Morris. O professor tentava manter nossas mentes em atividade, exercitando-as o tempo todo. Eu era capaz de ver suas boas intenções devido aos olhares que lançava de tempos em tempos a Harker. O pobre rapaz está completamente sobrepujado por uma infelicidade consternadora. Noite passada, era um homem de aparência alegre, extrovertido, com um rosto forte e jovem, cheio de energia, e com cabelos castanho-escuros. Hoje é um velho encovado e abatido, cujos cabelos brancos casam com olhos vermelhos e vazios, e com as rugas que o sofrimento escavou em seu rosto. Sua energia ainda está intacta; ele é, na verdade, como uma chama viva, o que talvez venha a ser sua salvação — pois, se tudo terminar bem, fará com que seja capaz de superar este período desesperador. Ele irá, então, num certo sentido, despertar novamente para a realidade da vida. Pobre rapaz; eu achava que os meus problemas já eram graves o suficiente, mas os dele...! O professor sabe disso suficientemente bem e está fazendo o que pode para manter a mente de Harker ativa. O que dizia era, dadas as circunstâncias, de enorme interesse. Eis suas palavras, até onde posso recordá-las:

— Estudei todos os papéis relativos a esse monstro muitas e muitas vezes, desde que me chegaram às mãos. Quanto mais estudei, maior me parece a necessidade de eliminá-lo. Em toda parte havia sinais de seu progresso; não apenas de seu poder, mas de seu conhecimento acerca desse poder. Descobri, a partir das pesquisas de meu amigo Arminius, de Budapeste, que em vida ele era um homem maravilhoso. Soldado, homem de Estado e alquimista; recordemos que a alquimia era, em sua época, o mais alto grau de desenvolvimento do conhecimento científico. Tinha um cérebro vigoroso, uma erudição sem equivalente e um coração que não conhecia o medo ou o remorso. Ousou mesmo frequentar a Scholomance, e não havia um único ramo do conhecimento em sua época que não tivesse tentado. Bem, nele os poderes mentais sobreviveram à morte física, embora aparentemente a memória não esteja completa. Em determinadas faculdades da mente ele tem sido, e ainda é, apenas uma criança; mas está crescendo e, em algumas coisas a princípio infantis, ele agora já tem a estatura de um homem. Ele está experimentando e se saindo muito bem. Não fosse o fato de termos cruzado seu caminho, ele acabaria por se tornar o pai ou patrono de uma nova ordem de seres, cujo caminho percorreria as sendas da morte, e não da vida. Talvez ainda venha a sê-lo, se falharmos.

Harker soltou um gemido e disse:

— E tudo isso está armado contra minha querida! Mas como está ele experimentando? O conhecimento desse detalhe pode nos ajudar a derrotá-lo!

— Desde que chegou, ele está testando seus poderes, devagar mas com segurança; aquele enorme cérebro de criança que ele tem está trabalhando. Se tivesse ousado, a princípio, tentar fazer certas coisas, já há muito estaria acima de nossos poderes. Pretende, contudo, vencer, e um homem que vive há séculos pode se dar ao luxo de aguardar e avançar lentamente. *Festina lente* é provavelmente o seu lema.

— Não estou compreendendo — disse Harker, exausto. — Ah, fale de maneira mais explícita! Talvez o sofrimento e as preocupações estejam embotando meu cérebro.

O professor colocou a mão gentilmente sobre seu ombro ao falar:

— Ah, meu filho, serei mais explícito. Não vê como, nos últimos tempos, esse monstro tem rastejado gradativamente rumo ao conhecimento, de forma experimental? Usou-se do paciente zoófago para obter uma forma de entrar na casa do amigo John; pois o vampiro, embora mais tarde possa vir quando e como quiser, só pode entrar pela primeira vez onde quer que seja quando assim convidado por alguém que ali resida. Mas essas não são suas experimentações mais importantes. Sabemos que, a princípio, todos esses enormes caixotes eram transportados por outras pessoas; à época, ele não conhecia outra alternativa. Durante todo o tempo, no entanto, aquele grande cérebro infantil estava crescendo, e ele começou a se perguntar se ele próprio não poderia transportar as caixas. Então, começou a ajudar; e, quando viu que era possível, tentou levá-las sozinho. E assim progride, espalhando esses seus túmulos; ele é o único que sabe onde estão escondidos. Talvez tencione enterrá-los fundo no chão. Como os utiliza somente à noite, ou nos momentos em que pode mudar de forma, seriam igualmente úteis enterrados, e ninguém saberia se tratar de esconderijos! Mas não se desespere, meu filho; ele descobriu-o tarde demais! Todos os seus esconderijos, à exceção de um, já estão esterilizados, e antes do pôr do sol teremos completado essa tarefa. Então, ele não terá mais para onde ir ou onde se esconder. Demorei a sair de casa hoje pela manhã para que agíssemos com segurança e certeza. Não é verdade que há mais coisas em jogo para nós do que para ele? Então, por que não haveríamos de ser ainda mais cuidadosos do que ele? Meu relógio marca uma hora, e a essa altura, se tudo tiver corrido bem, o amigo Arthur e Quincey já regressam. Hoje é o nosso dia, e temos que agir com segurança, mesmo que vagarosamente, e não perder nenhuma oportunidade. Veja! Nós seremos cinco, quando os que estão ausentes retornarem!

Enquanto ele falava, fomos surpreendidos por batidas à porta principal — a batida dupla do carteiro, usada pelo garoto que entrega telegramas. Todos fomos até o vestíbulo, num impulso. Van Helsing, erguendo a mão para nos pedir silêncio, foi até a porta, abrindo-a. O garoto entregou uma mensagem. O professor tornou a fechar a porta e, após ter verificado o endereço, leu em voz alta:

— "Cuidado com D. Acaba de sair apressadamente agora, às 12h45, de Carfax, e correu em direção ao sul. Parece estar fazendo a ronda e talvez queira vê-los. Mina."

Fez-se uma pausa, quebrada pelo som da voz de Jonathan Harker:

— Agora, graças a Deus, logo iremos nos encontrar!

Van Helsing virou-se para ele no mesmo instante e disse:

— Deus agirá a Seu modo e em Seu tempo. Não tema, e também não se alegre, por ora; aquilo que desejamos, neste momento, pode vir a ser nossa ruína.

— Não me importo com nada, agora — respondeu ele, calorosamente —, exceto com a tarefa de eliminar esse monstro da face da Terra. Venderia minha alma para fazê-lo!

— Ah, silêncio, silêncio, meu filho! — disse Van Helsing. — Deus não negocia almas desse jeito; e o Diabo, embora talvez negocie, não cumpre com o prometido. Mas Deus é piedoso e justo, e sabe de sua dor e de sua devoção à querida madame Mina. Pense em como o sofrimento dela aumentaria se ouvisse suas palavras insensatas. Não tema por nenhum de nós; estamos todos empenhados nessa causa e hoje conheceremos o fim. Está se aproximando a hora de agir; hoje os poderes desse vampiro são iguais aos dos homens, e, até o pôr do sol, ele não poderá mudar de forma. Vai demorar a chegar aqui; veja, já é 1h20, e algum tempo ainda há de se passar antes que ele chegue, por mais rápido que seja. Temos que torcer para que meu lorde Arthur e Quincey Morris cheguem primeiro.

Cerca de meia hora após termos recebido o telegrama de Mrs. Harker, ouvimos uma batida discreta e decidida na porta. Era uma batida comum, como as que a todo momento precedem a chegada de milhares de cavalheiros, mas fez com que o meu coração e o do professor disparassem. Entreolhamo-nos e juntos fomos até o vestíbulo; ambos tínhamos à mão nossas várias armas — as espirituais na mão esquerda, as mortais na direita. Van Helsing abriu o trinco, e, entreabrindo a porta, recuou, as duas mãos prontas para agir. A felicidade que sentimos deve ter iluminado nosso rosto quando vimos, junto à porta, lorde Godalming e Quincey Morris. Entraram depressa e fecharam a porta em seguida. O primeiro deles disse, enquanto cruzavam o vestíbulo:

— Está tudo bem. Encontramos as duas casas. Havia seis caixas em cada uma, e destruímos todas!

— Destruíram? — perguntou o professor.

— Para ele!

Ficamos em silêncio por um minuto, e então Quincey disse:

— Não há nada a fazer, exceto esperar aqui. Se ele, contudo, não aparecer até as cinco horas, teremos que sair, pois não será possível deixar Mrs. Harker sozinha após o pôr do sol.

— Ele estará aqui em breve — disse Van Helsing, que andara consultando seu caderno de anotações. — *Nota bene*, o telegrama de madame Mina diz que ele seguiu de Carfax rumo ao sul, o que quer dizer que atravessaria o rio; mas só poderia fazê-lo na maré baixa, que deve ter ocorrido um pouco antes da uma da tarde. O fato de que tenha se dirigido ao sul tem um significado para nós. Até o momento, só está desconfiado e saiu de Carfax para o lugar onde menos suspeita encontrar nossa interferência. Vocês devem ter estado em Bermondsey pouco antes dele. O fato de ainda não ter chegado aqui significa que foi em seguida para Mile End, o que lhe tomou algum tempo, pois teria então que ser de alguma forma conduzido ao outro lado do rio. Acreditem-me, amigos, não teremos que esperar por mais muito tempo, agora. Devíamos preparar algum plano de ataque, de modo a não desperdiçar nenhuma chance. Silêncio, agora já não há mais tempo! Peguem suas armas! Preparem-se!

Ele ergueu a mão em sinal de advertência ao falar, pois todos pudemos ouvir o ruído de uma chave sendo inserida na fechadura da porta principal.

Não pude deixar de admirar, mesmo num momento como aquele, a forma como um espírito dominante se faz valer. Em todas as nossas caçadas e aventuras em diferentes partes do mundo, Quincey Morris era sempre quem estipulava nosso plano de ação, e Arthur e eu estávamos acostumados a obedecê-lo, implicitamente. Agora, o velho hábito parecia ter sido renovado de maneira instintiva. Com um rápido olhar ao redor da sala, ele rapidamente estabeleceu nosso plano de ataque, e, sem dizer uma palavra, indicou-nos com gestos nossas posições. Van Helsing, Harker e eu estávamos logo atrás da porta, para que, quando ela se abrisse, o professor pudesse defendê-la, enquanto nós dois nos colocássemos entre o recém-chegado e a porta. Godalming e Morris não estavam à vista; o primeiro à frente e o segundo atrás, estavam a postos para se lançar diante da janela. Aguardávamos num suspense que fazia os segundos passarem com a lentidão de um pesadelo. Os passos vagarosos e cuidadosos entraram no vestíbulo; evidentemente, o conde estava preparado para alguma surpresa — pelo menos temia-a.

Subitamente, num único salto ele estava no meio do vestíbulo, afastando-se de nós antes que qualquer um pudesse erguer a mão para detê-lo. Havia algo em seu movimento que o fazia assemelhar-se ao de uma pantera — algo tão pouco humano que fez com que nos recuperássemos imediatamente do choque de sua chegada. O primeiro a agir foi Harker: com um movimento rápido, colocou-se diante da porta que dava para a sala na frente da casa. Quando o conde nos viu, uma expressão horrível, como a de um animal rosnando, passou-lhe pelo rosto, revelando os caninos longos e pontiagudos; o sorriso malévolo logo se transformou, porém, no olhar fixo e frio de quem sente um desdém semelhante ao de um leão. Sua expressão mais uma vez se modificou quando, num único impulso, todos avançamos sobre ele. Foi pena não termos um plano de ataque mais bem-organizado, pois até mesmo naquele momento eu me perguntava o que faríamos. Eu, pessoalmente, não sabia se nossas armas letais teriam qualquer utilidade. Harker evidentemente queria tirar a questão a limpo, já que empunhava seu facão, com o qual golpeou-o de forma súbita e impetuosa. Foi um golpe poderoso, e somente a rapidez diabólica com que o conde saltou para trás salvou-o. Um segundo a menos e a lâmina aguda lhe teria atravessado o coração. A ponta da faca, porém, só cortou o tecido de seu casaco, fazendo um rasgão de onde um maço de dinheiro e moedas de ouro caíram. A expressão no rosto do conde era tão diabólica que durante um instante temi por Harker, embora visse que ele erguia novamente a faca mortífera para desfechar um outro golpe. Instintivamente, adiantei-me, com um impulso protetor, segurando o crucifixo e a hóstia em minha mão esquerda. Senti um enorme poder emanar de meu braço e não me surpreendi ao ver o monstro encolher-se para trás quando os outros fizeram espontaneamente o mesmo movimento. Seria impossível descrever a expressão de ódio e desconcertada malignidade, de raiva e ira diabólica que se estampou no rosto do conde. Sua tez pálida tornou-se amarelo-esverdeada em contraste com seus olhos flamejantes, e a cicatriz vermelha em sua testa aparecia na pele branca como uma ferida palpitante. No instante seguinte, com um movimento sinuoso ele se esquivou por sob o braço de Harker, antes que o golpe fosse desfechado; apanhou no chão um punhado de dinheiro; cruzou como um raio a sala e lançou-se pela janela. Em meio ao vidro se espatifando e caindo no chão, ele caiu na área pavimentada com pedras, lá fora. Em meio ao som do vidro se quebrando, pude ouvir o tilintar do ouro, pois algumas moedas caíam sobre as pedras.

Corremos e o vimos levantar do chão sem um único ferimento. Subindo rapidamente os degraus, ele atravessou a área e abriu a porta do estábulo. Ali, virou-se e nos disse:

— Acham que podem me impedir, vocês, com seus rostos pálidos enfileirados, como ovelhas no matadouro. Ainda hão de se arrepender, cada um de vocês! Pensam que me deixaram sem um lugar onde repousar, mas tenho outros. Minha vingança mal começou! Desenrola-se ao longo dos séculos, e o tempo está do meu lado. As moças que todos vocês amam já são minhas; através delas, vocês e outros mais ainda serão meus. Minhas criaturas, para cumprir minhas ordens e ser meus chacais quando eu quiser me alimentar. Bah!

Com um sorriso de escárnio, ele entrou rapidamente pela porta, e ouvimos o trinco enferrujado estalar quando se fechou. Uma porta mais adiante se abriu e fechou. O primeiro entre nós a falar foi o professor, quando, apercebendo-nos da dificuldade de persegui-lo no estábulo, voltamos ao vestíbulo.

— Aprendemos algo. Na verdade, aprendemos muito! Apesar de suas palavras corajosas, ele nos teme; teme o tempo, teme a privação! Caso contrário, por que tem tanta pressa? Se meus ouvidos não me enganam, seu próprio tom o trai. Por que ele pegaria aquele dinheiro? Vão atrás dele, rápido! São caçadores de animais selvagens e sabem fazer isso. Quanto a mim, quero me certificar de que nada aqui possa lhe ser útil, se por acaso aqui retornar.

Ao falar, o professor colocou o dinheiro em seu bolso, pegou o pacote com as escrituras do jeito que Harker deixara e jogou todo o restante na lareira, queimando tudo com um fósforo.

Godalming e Morris haviam corrido até o pátio, e Harker descera pela janela para perseguir o conde. Ele passara o ferrolho na porta do estábulo, porém, e quando conseguiram arrombá-la já não havia sinal dele. Van Helsing e eu tentamos fazer perguntas às pessoas nos fundos da casa, mas as estrebarias estavam desertas e ninguém o vira partir.

A tarde já estava avançada, e aproximava-se a hora do ocaso. Tínhamos que reconhecer que nossos planos haviam malogrado; desanimados, fomos obrigados a concordar com o professor quando ele disse:

— Voltemos para junto de madame Mina, de nossa pobre e querida madame Mina. Tudo o que podíamos fazer por ora foi feito e lá podemos ao menos protegê-la. Mas não precisamos perder as esperanças. Só há mais uma caixa de terra, e devemos tentar encontrá-la; quando isso for feito, então é possível que tudo venha a terminar bem.

Eu podia ver que ele falava da forma mais corajosa possível para consolar Harker. O pobre rapaz estava arrasado; vez por outra deixava escapar um gemido alto, que não conseguia reprimir — estava pensando na esposa.

Voltamos para minha casa abatidos, lá Mrs. Harker nos aguardava, com uma aparência de alegria que fazia jus à sua bravura e ao seu altruísmo. Quando viu a expressão de nossos rostos, o seu próprio tornou-se pálido como a morte: por um segundo, seus olhos se fecharam, como se ela rezasse em silêncio. Ela disse, então, alegremente:

— Nunca serei capaz de agradecer-lhes o suficiente. Ah, meu pobre querido! — exclamou, segurando a cabeça grisalha do marido entre suas mãos e beijando-a. — Apoie aqui sua cabeça e descanse. Tudo ainda há de terminar bem, meu querido! Deus irá nos proteger, se for essa a Sua vontade.

O pobre rapaz gemeu. Não havia lugar para as palavras em sua extrema infelicidade.

Juntos jantamos, apenas para obedecer à rotina, e acho que a refeição serviu para nos animar um pouco. Talvez tenham sido apenas os efeitos físicos que a comida produz em pessoas famintas — pois não havíamos comido nada desde o café da manhã —, ou é possível que o sentimento de companheirismo tenha nos ajudado; de qualquer modo, estávamos nos sentindo menos miseráveis e não víamos o futuro próximo como estando totalmente destituído de esperanças. Honrando nossa promessa, contamos a Mrs. Harker tudo o que se passara. Embora ela tenha ficado branca como a neve nos momentos em que o perigo parecia ter ameaçado seu marido, e escarlate quando a devoção de Harker a ela se manifestava, ouviu com calma e coragem. Quando chegamos à parte em que Harker investira de forma tão imprudente contra o conde, ela agarrou-se ao braço do marido, segurando-o com força, como se assim pudesse protegê-lo de todos os males ainda por vir. Não disse uma palavra, porém, até a conclusão da narrativa, quando por fim estava a par dos fatos ocorridos até o momento presente. Então, sem soltar a mão de seu marido, ela se pôs de pé entre nós e falou. Ah, se eu pudesse dar uma ideia da cena; daquela adorável e boa mulher em toda a radiante beleza de sua juventude e vivacidade, com a cicatriz vermelha na testa — da qual estava consciente, e para a qual olhávamos rangendo os dentes de aflição, lembrando-nos de quando e como fora provocada; sua fé amorosa erguendo-se contra todos os nossos medos e dúvidas; e nós cientes de que, a tomar pelos símbolos, ela estava, com toda a sua bondade, pureza e fé, banida do reino de Deus.

— Jonathan — disse ela, e o nome soou como música em seus lábios, pois estava impregnado de amor e ternura —, Jonathan, querido, e todos vocês, meus amigos fiéis, quero que tenham uma certa coisa em mente durante todos esses terríveis momentos. Sei que devem lutar, que devem destruir como destruíram a Lucy falsa a fim de que a Lucy verdadeira pudesse viver; mas sua tarefa não deve ser regida pelo ódio. Aquela pobre alma que nos trouxe toda essa infelicidade é o caso mais triste de todos. Pensem em qual não será sua alegria quando também ele tiver sua pior parte destruída a fim de que a melhor parte possa ganhar a imortalidade espiritual. Devem apiedar-se dele também, embora isso não vá atar-lhes as mãos no momento de destruí-lo.

Enquanto ela falava, pude ver o rosto de seu marido tornar-se sombrio e contraído, como se a exaltação em que ele se encontrava o estivesse fazendo definhar até o âmago. Instintivamente, aumentou a força com que apertava a mão de sua esposa, até os nós dos dedos ficarem brancos. Ela não recuou diante da dor que devia estar sentindo, mas olhou para ele com olhos mais suplicantes do que nunca. Quando ela parou de falar, ele se pôs de pé num salto, quase arrancando sua mão das dela ao dizer:

— Que Deus o coloque em minhas mãos apenas pelo tempo suficiente para destruir sua vida terrena, contra a qual lutamos. Se depois disso eu puder mandar sua alma para o inferno, para todo o sempre, é o que farei!

— Ah, não diga isso! Não diga isso, em nome do bom Deus, Jonathan, ou irá me oprimir com o medo e o horror. Apenas pense, meu querido; estive pensando durante todo este dia tão longo a esse respeito. Pense que talvez... algum dia... também eu precise de igual piedade, e que algum outro como você, movido pela mesma ira, me queira negá-la! Ah, meu marido! Com certeza eu haveria de lhe poupar um pensamento desses se houvesse outra escolha; mas rezo para que Deus não tenha registrado suas palavras exaltadas, a não ser como o lamento de um homem amoroso e gravemente ferido, com o coração dilacerado. Ah, Deus, tome esses cabelos brancos como uma prova do que ele já sofreu, ele que em toda a sua vida não causou mal a quem quer que fosse e que foi sobrecarregado com tantos pesares.

A essa altura, todos nós já havíamos irrompido em lágrimas. Não resistimos, e chorávamos abertamente. Ela também chorava, ao ver que seus conselhos bondosos haviam prevalecido. Seu marido caiu de joelhos aos seus pés e, envolvendo-a com os braços, afundou o rosto nas dobras de seu vestido. Van Helsing nos chamou com um gesto e nós nos retiramos discretamente, deixando o casal a sós com seu Deus.

Antes que se recolhessem, o professor fez na sala os preparativos necessários para uma eventual vinda do vampiro e assegurou a Mrs. Harker que ela poderia descansar em paz. Ela tentou acreditar que sim e, obviamente pelo bem de seu marido, tentou parecer contente. Foi uma luta corajosa, e, creio, ela não ficou sem recompensas. Van Helsing deixou à mão um sino que qualquer um dos dois deveria fazer soar em caso de emergência. Quando se retiraram, Quincey, Godalming e eu decidimos fazer vigília alternadamente e zelar pela segurança da pobre moça ferida. O primeiro turno ficou com Quincey, e eu e o professor devemos ir para a cama o mais cedo possível. Godalming já se recolheu, pois o segundo turno é seu. Agora que meu trabalho já foi feito, também eu irei me deitar.

Diário de Jonathan Harker

3-4 de outubro, por volta da meia-noite — Achei que o dia de ontem não terminaria nunca. Eu estava tomado por um intenso desejo de dormir, numa espécie de crença cega de que ao acordar encontraria as coisas mudadas, e qualquer mudança teria que necessariamente ser para melhor. Antes de nos separarmos, discutimos qual seria o nosso próximo passo, mas não conseguimos chegar a qualquer conclusão. Tudo o que sabíamos era que restava uma caixa de terra, e que só o conde sabia onde ela estava. Se resolvesse se esconder, poderia enganar-nos durante anos, e enquanto isso...! A ideia é horrível; nem mesmo agora ouso pensar a respeito. De uma coisa estou certo: se alguma vez existiu uma mulher que fosse a mais pura perfeição, essa mulher é a minha pobre e ultrajada querida. Amo-a mil vezes mais pela amorosa piedade que demonstrou ontem à noite, uma piedade que fez com que meu ódio pelo monstro parecesse desprezível. Com certeza Deus não permitirá que o mundo empobreça perdendo uma criatura como ela. Isso é uma esperança para mim. Estamos todos à deriva, agora, e a fé é nossa única âncora. Graças a Deus! Mina está dormindo, e dormindo sem sonhos. Tenho medo de como possam ser seus sonhos, com memórias tão terríveis para inspirá-los. Ela já não estava tão calma, ao que me pareceu, desde o pôr do sol. Então, por algum tempo seu rosto foi invadido por uma tranquilidade que era como a primavera depois das ventanias de março. Naquele momento, pensei ser o efeito do sol avermelhado brilhando em seu rosto, mas de algum modo acho agora que havia um significado mais profundo. Eu próprio não sinto sono, embora esteja cansado — mortalmente cansado. Devo tentar dormir, de qualquer modo, pois ainda tenho o dia de amanhã pela frente, e não haverá descanso para mim até que...

Mais tarde. — Devo ter adormecido, pois fui acordado por Mina, que estava sentada na cama, com uma expressão alarmada no rosto. Eu podia vê-lo facilmente, pois não deixamos o quarto na escuridão. Ela cobriu-me a boca com a mão, num gesto de advertência, e sussurrou em meu ouvido:

— Silêncio! Há alguém no corredor!

Levantei-me sem fazer ruído atravessando o quarto, abri a porta devagar.

Do lado de fora, deitado num colchão, estava Mr. Morris, acordado. Ergueu a mão, num sinal para que fizéssemos silêncio, ao sussurrar para mim:

— Psss! Volte para a cama, está tudo bem. Durante toda a noite um de nós fará vigília aqui. Não queremos correr riscos!

Sua expressão e sua postura determinada não davam margens à discussão. Voltei e disse a Mina o que havia. Ela suspirou, e a sombra de um sorriso lhe passou pelo pobre rosto pálido, enquanto ela me envolvia com os braços e dizia, suavemente:

— Ah, graças a Deus por esses homens bons e corajosos!

Com um suspiro, ela voltou a dormir. Escrevo essas palavras agora que não consigo adormecer, embora deva tentar mais uma vez.

4 de outubro, pela manhã — Mais uma vez durante a noite fui acordado por Mina. Dessa vez, todos havíamos dormido bastante, pois o cinza da aurora que se aproximava entrava pelas janelas projetando figuras alongadas na parede, e a chama do gás projetava apenas uma mancha, em lugar do disco de luz. Ela me disse, apressadamente:

— Vá chamar o professor. Quero vê-lo agora mesmo.

— Por quê? — perguntei.

— Tive uma ideia. Acho que deve ter me ocorrido durante a noite, e amadurecido sem que eu me desse conta. Ele precisa me hipnotizar antes do nascer do sol, para que eu possa falar. Vá logo, meu querido; não resta muito tempo.

Fui até a porta. Dr. Seward descansava sobre o colchão, e, ao me ver, pôs-se de pé num salto.

— Algo de errado? — perguntou, alarmado.

— Não — respondi. — Mas Mina quer ver imediatamente o dr. Van Helsing.

— Vou chamá-lo — disse ele, saindo às pressas em direção ao quarto do professor.

Dois ou três minutos mais tarde, Van Helsing estava em nosso quarto, de *robe de chambre*; Mr. Morris e lorde Godalming estavam junto à porta com o dr. Seward, fazendo-lhe algumas perguntas. Quando o professor viu Mina, um sorriso de alívio tomou o lugar da ansiedade em seu rosto. Ele esfregou as mãos e disse:

— Ah, minha querida madame Mina, esta é uma mudança de fato. Veja, amigo Jonathan, essa é nossa antiga madame Mina que está de volta! — e virou-se para ela. — O que posso fazer pela senhora? — indagou, alegremente. — Pois, numa hora dessas, deve ter me chamado por algum motivo.

— Quero que me hipnotize! — disse ela. — Faça-o antes da aurora, pois sinto que então eu seria capaz de falar, e falar abertamente. Seja rápido, pois não temos muito tempo!

Sem dizer uma palavra, ele lhe indicou com um gesto que se sentasse na cama. Olhando fixamente para ela, começou a fazer passes diante de seu rosto, do alto da cabeça para baixo, alternando as mãos. Mina manteve o olhar fixo nele por alguns minutos, durante os quais meu coração batia como um martelo, pois eu sentia que estávamos na iminência de assistir a alguma crise. Seus olhos se fecharam aos poucos, e ela se imobilizou por completo; somente pelo discreto ondular de seu peito era possível dizer que estava viva. O professor fez mais alguns passes e parou; pude ver que sua fronte estava coberta de suor. Mina abriu os olhos, mas não parecia a mesma mulher. Seu olhar estava distante, e sua voz tinha um tom vago e triste inteiramente novo para mim. Erguendo a mão para pedir silêncio, o professor me indicou com um gesto que chamasse os outros. Os três entraram nas pontas dos pés, fechando a porta em seguida, e ficaram junto ao pé da cama, observando. Mina não parecia vê-los. A quietude foi rompida pela voz de Van Helsing falando num tom baixo, que não interromperia o fluxo dos pensamentos dela.

— Onde está?

A resposta veio de forma neutra:

— Não sei. O sono não tem um lugar próprio.

Durante vários minutos fez-se silêncio. Mina estava rígida, e o professor olhava para ela fixamente; o restante de nós mal ousava respirar. O quarto estava ficando mais claro; sem tirar os olhos do rosto de Mina, o professor me fez um sinal para que abrisse as venezianas. Obedeci, e o dia parecia prestes a raiar. Uma faixa vermelha projetava-se no céu, e uma luz rosada pareceu difundir-se pelo quarto. Nesse instante, o professor voltou a falar:

— Onde está, agora?

A resposta veio num tom vago, mas que revelava algum propósito; era como se ela estivesse interpretando alguma coisa. Já a ouvi usar o mesmo tom ao ler suas anotações taquigrafadas.

— Não sei. É tudo muito estranho para mim!

— O que está vendo?

— Nada; está tudo escuro.

— O que ouve? — pude perceber a tensão na voz paciente do professor.

— O barulho da água batendo contra alguma coisa. Ouço o marulho de pequenas ondas lá fora.

— Então está num barco?

Entreolhamo-nos, tentando deduzir alguma coisa dessa troca de olhares. Tínhamos medo de pensar. A resposta não demorou:

— Ah, sim!

— O que mais ouve?

— O som de passos lá em cima, enquanto os homens correm pelo barco. Ouço o ruído de uma corrente e um retinir alto quando a parte lateral do cabrestante entra na catraca.

— O que está fazendo?

— Estou imóvel, completamente imóvel. É como se estivesse morta — a voz foi enfraquecendo aos poucos e deu lugar a uma respiração pesada, como se ela estivesse dormindo; os olhos abertos voltaram a se fechar.

A essa altura, o sol já nascera e a luz da manhã iluminava o quarto. O dr. Van Helsing colocou as mãos sobre os ombros de Mina, deitando-lhe a cabeça gentilmente sobre o travesseiro. Ela ficou ali por alguns instantes como uma criança adormecida; então, com um suspiro profundo, acordou e ficou surpresa ao ver que todos estávamos ao seu redor.

— Por acaso eu falei dormindo? — foram suas únicas palavras.

Parecia, contudo, saber instintivamente qual a situação, o que não significava que não estivesse ansiosa em saber o que falara. O professor reproduziu a conversa que haviam tido, e ela disse:

— Então não há um minuto a perder. Talvez ainda não seja tarde demais! — Mr. Morris e lorde Godalming dirigiram-se para a porta, mas a voz calma do professor fez com que voltassem:

— Fiquem, meus amigos. Aquele barco, qualquer que fosse, estava zarpando enquanto ela falava. Há muitas embarcações zarpando, neste momento, em seu grande porto de Londres. Qual deles é o que procuram? Louvado seja Deus por termos mais uma vez obtido uma pista, mesmo que não saibamos onde ela nos há de levar. Estivemos um tanto quanto cegos, como costumam ser os homens, pois, quando olhamos para trás, vemos o que teríamos visto ao olhar para o futuro se tivéssemos podido enxergar o que havia para ser visto. Ai de mim; essas palavras são incrivelmente confusas, não? Agora sabemos o que o conde tinha em mente ao agarrar aquele dinheiro, mesmo sob a ameaça da faca afiada de Jonathan, que até mesmo ele temia. Pretendia fugir. Ouçam-me, FUGIR! Sabia que, com apenas uma caixa de terra restante e um grupo de homens perseguindo-o como cães atrás de uma raposa, Londres não era lugar para ele. Levou sua última caixa de terra para bordo de um navio e deixa a terra firme. Pensa que vai escapar, mas não! Nós o seguiremos! *Tally-ho!*, como diria o amigo Arthur ao vestir seu casaco vermelho! Nossa raposa velha é astuta; ah, astuta demais, e nós devemos persegui-la com astúcia. Eu também sou astuto e acho que em breve conseguirei adivinhar quais são suas intenções. Enquanto isso, podemos descansar, e descansar em paz, pois entre nós há águas que ele não ousaria atravessar e que não conseguiria atravessar mesmo que tentasse, a menos que o navio encostasse na terra firme, o que só acontece na maré-cheia ou na baixa-mar. Vejam, e o sol acaba de nascer; o dia todo, até a hora do ocaso, pertence a nós. Vamos nos lavar, nos vestir e tomar o café da manhã, de que todos precisamos; podemos comer com calma, já que ele não está pisando a mesma terra que nós.

Mina lançou-lhe um olhar suplicante ao perguntar:

— Mas por que precisamos continuar procurando por ele, quando ele se foi para longe de nós?

Ele tomou-lhe a mão, afagando-a ao responder:

— Não me faça perguntas, por ora. Depois do café da manhã responderei a todas elas.

Nada mais ele disse. Separamo-nos e fomos nos vestir.

Após a refeição, Mina repetiu a pergunta. Ele olhou para ela de forma grave por um minuto, e então respondeu, pesarosamente:

— Porque, minha querida madame Mina, agora precisamos encontrá-lo mais do que nunca, mesmo que tenhamos que o perseguir até as portas do inferno!

Ela empalideceu, ao perguntar, a voz fraca:

— Por quê?

— Porque — respondeu ele de forma solene — ele pode viver por séculos, e a senhora não passa de uma mortal. Agora temos que temer a passagem do tempo, uma vez tendo ele deixado essa marca em seu pescoço.

Adiantei-me na hora exata para segurá-la antes que ela caísse para a frente, desmaiada.

capítulo 24

Diário fonográfico do Dr. Seward, gravação feita pelo Dr. Van Helsing

Este recado é para Jonathan Harker.

Deve ficar com sua querida madame Mina. Nós iremos fazer nossa investigação — se é que posso usar esse termo, pois não se trata de uma investigação, mas da procura de uma certa informação, e só o que buscamos é uma confirmação. Fique, porém, e tome conta de sua esposa hoje. Esse é o seu dever mais importante e mais sagrado. Nada poderemos fazer para encontrá-lo hoje. Vou lhe dizer algo, para que saiba aquilo que os outros também já sabem. Nosso inimigo se foi; voltou para seu castelo na Transilvânia. Sei disso com tanta certeza quanto se uma enorme mão de fogo o tivesse escrito na parede. Ele de certa forma se preparou para isso, e aquela última caixa de terra estava em algum lugar pronta para ser despachada. Por esse motivo ele levou o dinheiro; por esse motivo toda aquela pressa — temia que conseguíssemos agarrá-lo antes do pôr do sol. Era sua última esperança, exceto pelo fato de acreditar que poderia se esconder no túmulo aberto a ele pela pobre Miss Lucy, que ainda achava pertencer à sua raça. Mas não havia tempo. Quando isso falhou, ele seguiu diretamente rumo ao seu último recurso — seu último movimento de terra, eu diria, se quisesse fazer *double entente*. Ele é astuto; ah, tão astuto! Sabe que seu jogo por aqui terminou. Assim sendo, toma a decisão de voltar para casa. Encontra um navio fazendo a mesma rota pela qual veio à Inglaterra, e embarca nele. Vamos agora tentar descobrir qual é esse navio e para onde ruma. Quando tivermos essa informação, voltaremos para contar. Então, consolaremos a você e à pobre querida madame Mina com novas esperanças. Pois será de fato uma esperança, se parar para refletir: significará que nem tudo está perdido. A criatura que perseguimos leva centenas de anos para chegar a Londres; num único dia, porém, podemos obrigá-lo a fugir, se soubermos onde se esconde. Seu poder não é infinito, embora tenha a capacidade de operar muitos males e não sofra como nós. Somos fortes, contudo, em nossos objetivos individuais; e somos mais fortes unidos. Recobre a sua coragem, caro marido de madame Mina. Essa batalha apenas começou, e no fim a vitória será nossa — isso é tão certo quanto Deus está nas alturas zelando por Seus filhos.

Portanto, fique reconfortado até que regressemos.

VAN HELSING

DIÁRIO DE JONATHAN HARKER

4 de outubro — Quando li para Mina a mensagem que Van Helsing gravara no fonógrafo, a pobrezinha se animou consideravelmente. A certeza de que o conde estava fora do país já a consolara um pouco, e para ela consolo significa força. Quanto a mim, agora que já não estamos cara a cara com aquele horrível perigo, parece-me quase impossível acreditar nele. Até minhas próprias e terríveis experiências no Castelo Drácula parecem um sonho há muito esquecido. Aqui, no ar revigorante do outono, sob o sol brilhante...

Ai de mim! Como é fácil deixar de acreditar! Em meio a esses pensamentos, meus olhos caíram sobre a cicatriz vermelha na fronte pálida da minha pobre querida. Enquanto perdurar, não posso deixar de acreditar. E depois que tiver desaparecido, sua simples memória manterá viva minha fé. Mina e eu tememos o ócio, de modo que voltamos a examinar todos os diários outra vez. De algum modo, embora a realidade pareça cada vez maior, temos a impressão de que a dor e o medo diminuem. Há uma espécie de objetivo que nos conduz e que se manifesta em todos os momentos; isso nos reconforta. Mina diz que talvez sejamos os instrumentos do bem final. É possível! Vou tentar pensar como ela. Ainda não conversamos sobre o futuro. É melhor esperar até que tenhamos visto o professor e os outros, após sua investigação.

O dia está se passando mais rapidamente do que eu jamais imaginei que um dia fosse se passar para mim de novo. Já são três horas.

Diário de Mina Harker

5 de outubro, cinco horas da tarde — Registro de nossa reunião. Presentes: professor Van Helsing, lorde Godalming, dr. Seward, Mr. Quincey Morris, Jonathan Harker e Mina Harker.

Dr. Van Helsing fez o relato de tudo o que foi feito ao longo do dia para descobrir em que barco o conde Drácula embarcara e qual o destino de sua fuga:

— Como eu sabia que ele queria regressar à Transilvânia, tinha como certo que teria de seguir pela foz do Danúbio, ou por algum lugar no mar Negro, já que viera por aquele caminho. Diante de nós, um terrível vazio. *Omne ignotum pro magnifico*; assim sendo, foi com grande abatimento que começamos a procurar saber quais as embarcações que haviam partido para o mar Negro na noite passada. Era uma embarcação a vela, pois madame Mina falou sobre velas sendo içadas. Elas não são importantes a ponto de figurar na lista de embarques do *Times*; assim, por sugestão de lorde Godalming, fomos ao seu Lloyd's, onde há registro de todas as embarcações que partem, por menores que sejam. Ali descobrimos qual a única embarcação com destino ao mar Negro que partiu com a maré vazante. Trata-se da *Czarina Catherine*, que partiu do cais do Doolittle rumo a Varna, e de lá para outros portos e depois para o Danúbio. "Ah!", exclamei, "esse é então o barco em que está o conde." Fomos para o cais do Doolittle, onde encontramos um homem num escritório. Perguntamos a ele sobre a rota da *Czarina Catherine*. Ele falava muitos palavrões e tinha um rosto vermelho e uma voz alta, mas mesmo assim era um bom sujeito; quando Quincey lhe deu algo que tirara do bolso e que estalava enquanto ele o enrolava e guardava dentro de uma sacolinha, provavelmente escondida entre suas roupas, tornou-se um sujeito ainda melhor e nosso humilde criado. Acompanhou-nos e fez perguntas a muitos homens rudes e nervosos; esses também melhoraram de humor quando já não sentiam sede. Usaram um bocado de linguagem grosseira, com vários "malditos" e "diabos", e outras coisas que não compreendi, embora ache que tenha conseguido adivinhar o que queriam dizer; contudo, disseram-nos tudo o que queríamos saber. Contaram-nos que ontem ao anoitecer, por volta das cinco horas, chegou um homem muito apressado. Um homem alto e magro, com o nariz protuberante e dentes muito brancos, e olhos que pareciam estar em chamas. Que estava todo de preto, a não ser por um chapéu de palha que não servia para ele nem era apropriado à hora do dia. Que distribuiu dinheiro em busca de informações rápidas sobre que barco partia para o mar Negro e exatamente para que porto. Alguns o levaram para o escritório e de lá para o barco, no qual não embarcou, mas se deteve na extremidade da prancha, pedindo que o comandante fosse se encontrar com ele. O comandante veio e, quando soube que ele pagaria bem, acabou por concordar, embora a princípio xingasse muito. O homem magro então se foi, e alguém lhe disse onde poderia alugar um cavalo e uma carroça. Ele partiu, e logo retornou, conduzindo ele mesmo uma carroça que transportava um grande caixote; retirou-o dali sem ajuda, embora vários homens tenham sido necessários para levá-lo a bordo. Deu muitas instruções ao comandante sobre como e onde deviam colocar o caixote, mas o comandante não gostou e xingou-o em várias línguas, dizendo-lhe que, se quisesse, poderia subir a bordo e dizer ele mesmo onde colocá-lo. Mas o homem disse que não, que ainda não podia subir a bordo, pois tinha muito que fazer; ao que o comandante lhe disse que, "pelos diabos", era melhor ele se apressar, pois a embarcação partiria daquele lugar "dos diabos" antes da mudança da "maldita" maré. Então, o homem magro sorriu e disse que evidentemente iria quando o comandante achasse apropriado, mas que ficaria bastante surpreso se fosse de imediato. O capitão xingou outra vez, poliglota, e o homem magro fez uma mesura, agradeceu-lhe e disse que abusaria de sua gentileza no sentido de apenas subir a bordo quando o barco estivesse prestes a zarpar. Por fim, o capitão, mais vermelho do que nunca, disse-lhe em muitas línguas que não queria saber de franceses, sobre os quais usou vários "malditos" e vários "dos diabos", em seu barco, usando "maldito" aqui também. Então, após perguntar se haveria nas proximidades alguma embarcação onde pudesse comprar formulários, se foi. Ninguém sabia para onde o "maldito" homem, como diziam, fora, mas tampouco se preocupavam com isso, pois tinham outra coisa com que se preocupar, outra vez "pelos diabos": logo começou a parecer que a *Czarina Catherine* não zarparia na hora prevista.

Uma névoa começou a surgir, aumentando e aumentando, até que em pouco tempo um denso nevoeiro envolvia o barco e tudo ao seu redor. O comandante xingou em muitas línguas, em muitíssimas línguas, com vários "malditos" e vários "infernos", mas nada podia fazer. A maré subia e subia, ele começou a temer que acabaria por perder irremediavelmente a maré propícia. Não estava num humor muito amigável quando, na maré-cheia, o homem magro voltou, subiu pela prancha e pediu para ver onde sua caixa fora colocada. O comandante disse-lhe então que gostaria que ele e sua caixa, sempre com muitos "malditos" e "diabos", fossem para o inferno. O homem magro não se ofendeu, contudo, e foi com o imediato ver a caixa, voltando e demorando-se um pouco no convés, em meio ao nevoeiro. Deve ter resolvido tudo por conta própria, pois ninguém chegou a vê-lo. Na verdade, não pensavam nele, pois logo o nevoeiro se dissipou e o céu voltou a ficar limpo. Meus amigos sedentos e com a linguagem cheia de "diabos" e "malditos" riram, contando como os xingamentos do comandante excederam as várias línguas habituais, mais pitorescos do que nunca, quando ele perguntou aos outros marinheiros quem navegava pelo rio àquela hora e acabou descobrindo que muito poucos chegaram a notar o nevoeiro, exceto quando estava sobre o cais. A embarcação, contudo, zarpou na baixa-mar; pela manhã, sem dúvida já ia longe, após ter passado pela foz do rio. A essa altura, disseram-nos, já devia estar no mar. Assim sendo, minha cara madame Mina, resta a nós descansar mais uma vez, pois nosso inimigo está no mar, com a neblina sob seu comando, a caminho da foz do Danúbio. Velejar é demorado, por mais rápida que seja a embarcação. Quando partirmos, iremos mais rapidamente por terra e havemos de encontrá-lo lá. Nossa maior esperança é encontrá-lo dentro da caixa entre a aurora e o pôr do sol, quando não terá condições de lutar, e poderemos lidar com ele da maneira apropriada. Podemos dispor de alguns dias para elaborar nosso plano. Sabemos para onde ele se dirige; vimos o proprietário da embarcação, que nos mostrou faturas e mais toda a papelada existente. A caixa que procuramos irá para Varna, onde será entregue a um agente, um certo Ristics que na ocasião apresentará suas credenciais; assim, nosso amigo no cais do Doolittle terá feito sua parte. Quando perguntou se havia algo de errado, pois, se fosse o caso, poderia telegrafar para Varna e mandar que fosse feita uma investigação, respondemos "não"; pois o que há a ser feito não é trabalho para a polícia ou a alfândega. Deve ser feito apenas por nós, e à nossa maneira.

Quando o dr. Van Helsing terminou de falar, perguntei-lhe se era certo que o conde permanecera a bordo do navio. Ele replicou:

— Temos a melhor prova disso: a prova que a senhora nos deu durante seu transe hipnótico, hoje de manhã.

Perguntei-lhe novamente se era mesmo necessário que perseguissem o conde, pois, ah!, eu temia que Jonathan me deixasse, e sabia que ele com certeza iria aonde os outros fossem. Ele me respondeu com exaltação crescente, mas calmo a princípio. Ao prosseguir, porém, foi ficando mais aborrecido e enérgico, até que no fim só era possível perceber uma pequena parte daquele autocontrole que fizera dele durante tanto tempo um mestre entre os homens.

— Sim, é necessário! Necessário, necessário! Pelo seu bem, em primeiro lugar, mas também pelo bem da humanidade. Esse monstro já causou males demais, mesmo num campo de ação limitado e durante um curto período de tempo; por enquanto, ele não passa de um corpo tateando às cegas e na ignorância. Tudo isso eu já disse aos outros; a senhora, minha cara madame Mina, saberá se ouvir o fonógrafo de meu amigo John, ou o de seu marido. Disse-lhes como a atitude de sair de sua própria terra árida e despovoada e vir para um outro lugar onde a vida dos homens prolifera como o trigo nos campos foi o resultado de séculos de trabalho. Se um outro Não Morto como ele tentasse o que ele tentou, talvez nem mesmo todos os séculos passados e futuros poderiam ajudá-lo. Com esse, todas as forças ocultas, profundas e poderosas devem ter se unido de forma espetacular. O próprio lugar onde ele, um Não Morto, tem existido durante todos esses séculos está cheio das estranhezas dos mundos geológico e químico. Há cavernas e fissuras profundas em que o homem ainda não conseguiu penetrar. Existem vulcões onde algumas das crateras ainda emanam águas de propriedades estranhas e gases que podem matar ou fazer reviver. Sem dúvida, há algo de magnético ou elétrico em algumas dessas combinações de forças ocultas que agem sobre o mundo físico de estranhas formas, e nele próprio sempre houve, desde o início, enormes qualidades. Numa época difícil, de muitas guerras, dizia-se que ele possuía, mais do que qualquer outro homem, nervos de aço, mente sutil e coração destemido. Nele, alguns dos princípios vitais chegaram de uma estranha maneira à perfeição. Enquanto seu corpo se mantém forte, cresce e se desenvolve, também seu cérebro cresce. Tudo isso sem aquela ajuda diabólica com que ele certamente conta, pois mesmo essa ajuda tem de se curvar aos poderes que emanam do bem, assim como aos seus símbolos. E agora é isso o que é para nós. Ele a infectou; perdoe-me, minha querida, por eu ter que o dizer, mas falo pelo seu bem. Infectou-a de tal modo que, mesmo que não mova mais um dedo, o que ocorrerá será que a senhora continuará levando sua vida, da forma habitual e harmoniosa, mas, com o tempo, a morte, que é o fim de todos os homens, e com a sanção de Deus, há de transformá-la num ser como ele. Isso não pode ser! Fizemos um juramento a esse respeito. Portanto, somos ministros da vontade divina: que o mundo e os homens pelos quais Seu Filho morreu não sejam entregues a monstros, cuja mera existência O difama. Já nos permitiu redimir uma alma, e sairemos pelo mundo como os antigos cruzados, para redimir outras. Como eles, viajaremos na direção do nascente; como eles, se perecermos, será por uma justa causa.

Fez uma pausa, e eu disse:

— Mas o conde não irá aprender sua lição, depois do fracasso? Já que conseguimos fazer com que ele fugisse da Inglaterra, será que ele não irá evitar nossa terra, como o tigre que evita a aldeia onde o caçaram?

— Arrá! — disse ele. — A imagem do tigre é boa, e vou adotá-la. O conde é igual a certos tigres da Índia que já provaram o sangue humano. Não os atraem outras presas, mas espreitam incessantemente até obter aquela que desejam. Esse que escorraçamos de nossa cidade é também um tigre, um animal que ataca os homens e nunca cessará de espreitar. Mais do que isso: não faz parte de sua natureza ir embora e permanecer afastado. Quando vivia como um homem, cruzou a fronteira do território turco para atacar o inimigo em seu próprio território; fizeram-no recuar, mas por acaso ele se aquietou? Não! Voltou outra vez, e outra, e mais outra. Vejam como é persistente e resistente. Com seu cérebro de criança, acalentou durante muito tempo a ideia de vir para uma grande cidade. E o que fez? Encontrou um lugar que para ele era o mais promissor do mundo. Deliberadamente, fez o que foi necessário a fim de se preparar para a empresa. Descobriu, com paciência, exatamente quais eram seus poderes e até onde ia sua força. Estudou outros idiomas. Aprendeu novas formas de vida social, os novos costumes, a política, as leis, as finanças, as ciências, os hábitos de uma nova terra e de um povo que passara a existir depois dele. O que vislumbrou serviu para abrir-lhe o apetite e acentuar-lhe os desejos. Mais do que isso, até: ajudou a desenvolver seu cérebro, pois provou-lhe que estivera correto desde o princípio em suas suposições. Fez tudo isso sozinho, inteiramente sozinho!, num túmulo em ruínas, numa terra esquecida. O que não será capaz de fazer quando o mundo mais amplo do pensamento se abrir a ele! Ele, que pode escarnecer da morte, como sabemos; ele, que prospera em meio às doenças capazes de dizimar povos inteiros. Ah, se um ser como esse viesse de Deus, e não do Diabo, que força benéfica não teria neste nosso mundo! Mas nossa tarefa é libertar este mundo. Nosso trabalho terá de ser feito em silêncio, e todos os nossos esforços, em segredo; nesta época esclarecida, em que os homens não acreditam sequer naquilo que veem, a descrença de homens sábios seria a maior força de nosso inimigo. Representaria ao mesmo tempo sua proteção e sua armadura, e suas armas para destruir a nós, seus inimigos, que estamos dispostos a colocar em risco até mesmo nossas almas pelo bem daquela que amamos, e pelo bem da humanidade, e pela honra e glória de Deus.

Depois de uma discussão, ficou resolvido que nada seria decidido de maneira definitiva naquela noite. Todos devíamos dormir sobre o assunto e tentar chegar às conclusões apropriadas. Amanhã, à hora do café da manhã, vamos nos reunir de novo e, após contar uns aos outros nossas conclusões individuais, decidiremos acerca de um plano de ação definido.

Sinto uma paz e uma tranquilidade maravilhosas esta noite. É como se alguma presença que me assombrasse tivesse partido. Talvez...

Minha suposição sequer pôde se completar, pois olhei-me no espelho e vi a marca vermelha em minha testa, sabendo assim que permaneço impura.

Diário do dr. Seward

5 de outubro — Todos acordamos cedo, e acho que esse sono nos foi muito benéfico. Quando nos encontramos para tomar o café da manhã, ainda cedo, havia uma alegria geral maior do que qualquer um de nós esperaria voltar a experimentar.

É de fato maravilhosa a capacidade de recuperação inerente à natureza humana. Quando algum obstáculo, seja qual for, é removido — mesmo que pela morte —, voltamos aos nossos princípios primordiais de esperança e alegria. Mais de uma vez, enquanto nos sentávamos em torno da mesa redonda, arregalei os olhos e me perguntei se tudo o que acontecera nos últimos dias não fora na verdade um sonho. Foi somente ao me deparar com a ferida vermelha na fronte de Mrs. Harker que voltei à realidade. Até mesmo agora, quando reflito seriamente sobre o assunto, é quase impossível me dar conta de que a causa de todas as nossas inquietações ainda existe. A própria Mrs. Harker parece se esquecer de seu problema por longos períodos; só pensa na terrível cicatriz vez por outra, quando algo a obriga a recordar-se dela. Vamos nos reunir aqui em meu escritório dentro de meia hora, para traçar nosso plano de ação. Vejo apenas uma dificuldade imediata, e me apercebo dela de modo mais instintivo do que racional: teremos que falar abertamente, mas temo que, de alguma forma misteriosa, a pobre Mrs. Harker não tenha essa capacidade. *Sei* que ela chega a suas próprias conclusões; a partir de tudo o que já se passou, posso adivinhar que sejam brilhantes e acertadas, mas ela não as revela, talvez por não poder. Mencionei isso a Van Helsing, e pretendemos conversar a respeito quando estivermos a sós. Suponho que seja o terrível veneno que penetrou em suas veias começando a agir. O conde tinha intenções específicas quando fez com ela o que Van Helsing chamou "o batismo de sangue do vampiro". Bem, talvez haja um veneno destilado a partir de coisas boas; numa época em que a existência da ptomaína é um mistério, nada deveria nos surpreender! De uma coisa estou certo: se meu instinto estiver correto no que diz respeito aos silêncios de Mrs. Harker, então há uma terrível dificuldade, um perigo desconhecido, no trabalho que temos diante de nós. A mesma força que a obriga a se calar ordena que fale. Não ouso permitir que meu pensamento vá além disso, pois equivaleria a insultar uma mulher tão nobre!

Van Helsing virá à minha biblioteca um pouco antes dos outros. Tentarei discutir com ele essa questão.

Mais tarde — Quando o professor chegou, discutimos a nossa atual situação. Pude notar que ele tinha algo em mente e que gostaria de dizer, mas hesitava um pouco em abordar o assunto. Após alguns circunlóquios, ele disse, subitamente:

— Amigo John, há algo que você e eu precisamos discutir a sós, pelo menos por enquanto. Mais tarde, é possível que tenhamos que o revelar aos outros — interrompeu-se, então, e eu aguardei. — Madame Mina — prosseguiu ele —, nossa pobre e querida madame Mina, está mudando.

Um calafrio percorreu-me ao ver meus piores medos confirmados daquele modo. Van Helsing continuou:

— Depois de nossa triste experiência com Miss Lucy, desta vez temos que estar prevenidos antes que as coisas cheguem longe demais. Nossa tarefa é, na verdade, mais difícil do que nunca, e essa nova preocupação faz com que cada hora tenha importância crucial. Posso ver as características do vampiro surgindo no rosto de madame Mina. Ainda é uma mudança bastante sutil, mas temos que reconhecer que está ocorrendo, se formos capazes de fazê-lo sem julgamentos antecipados. Seus dentes estão um pouco mais afiados, e às vezes seu olhar parece mais rígido. Mas isso não é tudo: seu silêncio é agora frequente, como aconteceu com Miss Lucy; ela não falava, mesmo quando escrevia aquilo que gostaria que os outros viessem a saber mais tarde. Vou lhe dizer qual o meu receio. Se ela pode, quando em transe hipnótico, nos dizer o que o conde vê e ouve, não será possível também que ele, que a hipnotizou primeiro, que bebeu do sangue dela e a fez beber do seu, obrigue sua mente a lhe revelar aquilo que ela sabe? — fiz que sim. — Então — prosseguiu ele —, o que temos que fazer é tomar precauções. Não podemos mantê-la a par de nossas intenções; ela não terá como contar a ele o que não sabe. Eis uma tarefa dolorosa! Ah, tão dolorosa que me parte o coração pensar em levá-la a cabo, mas assim terá de ser. Quando nos reunirmos hoje, terei que dizer-lhe que, por motivos que não podemos revelar, ela não poderá mais fazer parte de nosso conselho, mas será apenas protegida por nós.

Ele enxugou a testa, que começara a transpirar profusamente ante a ideia do sofrimento que teria de infligir à pobrezinha, já tão torturada. Eu sabia, seria um consolo para ele se eu lhe dissesse que também chegara à mesma conclusão; de qualquer modo, poderia aliviá-lo da dor causada pela dúvida. Foi o que fiz, e o efeito foi o esperado.

Aproxima-se agora o momento de nossa reunião. Van Helsing foi se preparar para o encontro e para a parte dolorosa que terá de assumir. Acredito que seu objetivo tenha sido poder rezar um pouco, sozinho.

Mais tarde — No início de nossa reunião, tanto eu quanto Van Helsing sentimos um grande alívio. Mrs. Harker enviara por seu marido uma mensagem dizendo que não iria se reunir a nós por ora; achava melhor que ficássemos livres para discutir nossas ações sem sua presença para nos constranger. O professor e eu nos entreolhamos por um instante e de algum modo ambos parecemos ficar aliviados. De minha parte, achei que, se Mrs. Harker se dera conta do perigo, evitavam-se assim muita dor e um enorme risco. Dadas as circunstâncias, concordamos, com um olhar interrogativo e o gesto que veio em resposta — o dedo indicador sobre o lábio —, em manter silêncio acerca de nossas suspeitas até que pudéssemos discuti-las em particular novamente. Abordamos de imediato nosso plano de campanha. Van Helsing nos expôs os fatos, em linhas gerais:

— A *Czarina Catherine* deixou o Tâmisa ontem pela manhã. Se velejar em sua velocidade máxima, levará três semanas para chegar a Varna; por terra, poderemos chegar ao mesmo local em três dias. Se diminuirmos dois dias do prazo previsto para a embarcação, dado o controle que o conde tem sobre as condições climáticas, e se contarmos com um atraso de um dia e uma noite em nosso caso, teremos então uma margem de quase duas semanas. Assim sendo, para não correr qualquer risco, teremos que partir o mais tardar no dia 17. De qualquer modo, chegaremos em Varna um dia antes do barco e poderemos fazer todos os preparativos necessários. Iremos armados, é claro; armados contra o mal físico e o espiritual.

Quincey Morris acrescentou, nesse ponto:

— Sei que o conde vem de uma região de lobos, e é possível que chegue lá antes de nós. Proponho que acrescentemos Winchesters ao nosso armamento. Tenho uma espécie de crença nas Winchesters quando há qualquer problema desse tipo nos arredores. Você se lembra, Art, de quando aquela alcateia estava atrás de nós em Tobolsk? O que não teríamos dado por uma arma de repetição para cada um de nós!

— Boa ideia! — disse Van Helsing. — Teremos Winchesters, então. Quincey é sempre sensato, mas ainda mais quando há uma caçada envolvida; a metáfora representa mais desonra à ciência do que os lobos representam perigo ao homem. Enquanto isso, nada podemos fazer aqui; como acredito que Varna não seja familiar a nenhum de nós, por que não chegar lá antes? Aqui ou lá, a espera será igualmente demorada. Podemos fazer nossos preparativos hoje e amanhã. Então, se tudo estiver bem, nós quatro podemos partir.

— Nós quatro? — indagou Harker, olhando para cada um de nós.

— É claro — respondeu com presteza o professor. — Você tem que ficar para cuidar de sua adorável esposa!

Harker ficou em silêncio por algum tempo e depois disse, numa voz inexpressiva:

— Vamos conversar sobre esse detalhe amanhã pela manhã. Quero falar com Mina a respeito.

Achei que era aquele o momento de Van Helsing adverti-lo para que não revelasse a ela nossos planos, mas ele nada disse. Lancei-lhe um olhar significativo e pigarreei. Em resposta, ele pôs o dedo indicador sobre o lábio e me deu as costas.

Diário de Jonathan Harker

5 de outubro, à tarde — Por algum tempo, após nossa reunião desta manhã, não consegui pensar. O novo aspecto que as coisas assumem deixa minha mente num estado de tal perplexidade que não me parece haver lugar para o pensamento ativo. A determinação de Mina no sentido de não participar da discussão me fez refletir; como não podia discutir com ela o assunto, só me restaram as suposições. Nunca estive, contudo, tão longe de qualquer conclusão. Também me intrigou a forma como os outros receberam o fato; na última vez que conversamos a respeito, concordamos que não deveríamos esconder nada uns dos outros. Mina está dormindo, agora — com a calma e a suavidade de uma criancinha. Seus lábios estão curvos e sua face irradia felicidade. Graças a Deus por ela ainda ter momentos como este.

Mais tarde — Como tudo é tão estranho. Eu estava sentado observando o sono feliz de Mina e estava quase me sentindo também eu tão próximo da felicidade quanto jamais voltarei a ficar. Conforme a tarde caía, e o sol cada vez mais baixo fazia a terra se encher de sombras, o silêncio do quarto foi se tornando mais solene para mim. Subitamente, Mina abriu os olhos e, olhando para mim com ternura, disse-me:

— Jonathan, quero que me faça uma promessa. Tem que me dar sua palavra de honra. Uma promessa a mim, mas sagrada aos ouvidos de Deus, que não deve quebrar mesmo que eu caia de joelhos e lhe implore com lágrimas amargas. Rápido, tem que me fazer essa promessa imediatamente.

— Mina — disse eu —, uma promessa dessas não pode ser feita imediatamente. Talvez eu não tenha o direito de fazê-la.

— Mas, meu querido — disse ela, com uma intensidade espiritual tamanha que seus olhos eram como duas estrelas polares —, sou eu quem lhe pede, e não é pelo meu bem. Pode perguntar ao dr. Van Helsing se não tenho razão; se ele discordar, faça então o que achar apropriado. Mais do que isso: se todos concordarem, mais tarde você estará livre da promessa.

— Prometo! — disse eu, e por um momento ela pareceu sentir uma felicidade suprema, embora para mim toda a felicidade lhe fosse negada pela cicatriz vermelha em sua fronte.

— Prometa-me — disse ela — que não vai me contar nada sobre os planos da campanha contra o conde. Não dirá nada explicitamente, tampouco me dará informações das quais eu possa fazer deduções, em momento algum, enquanto esta marca persistir em minha testa!

Ela apontou de forma solene para a cicatriz. Vi que ela falava sério, e disse, também de modo solene:

— Prometo!

Nesse mesmo instante, senti que uma porta se fechara entre nós.

Mais tarde, à meia-noite — Mina esteve alegre e radiante durante toda a noite, tanto que o restante de nós pareceu se encorajar, como se sua alegria nos contagiasse. Como resultado, até mesmo eu senti que a nuvem de desânimo que pesa sobre nós tinha se tornado um tanto menos espessa. Todos nos recolhemos cedo. Mina dorme como uma criancinha, agora; é maravilhoso o fato de que sua capacidade de dormir não tenha se alterado em meio a todas essas terríveis preocupações. Graças a Deus, pois pelo menos assim ela pode esquecer seus problemas. Talvez seu exemplo me afete como fez sua alegria, hoje à noite. Vou fazer uma tentativa. Ah, como gostaria de ter uma noite de sono sem sonhos!

6 de outubro, pela manhã — Outra surpresa. Mina me acordou cedo, mais ou menos à mesma hora de ontem, e me pediu que chamasse o dr. Van Helsing. Achei que era mais uma ocasião para o hipnotismo, e sem mais perguntas obedeci. Ele evidentemente esperava um chamado daqueles, pois encontrei-o vestido em seu quarto. Sua porta estava entreaberta, de modo que ele podia ouvir a porta de nosso quarto se abrindo. Veio imediatamente, entrou e perguntou a Mina se os outros também poderiam vir.

— Não — disse ela, de modo bastante simples. — Não será necessário. Pode contar a eles tão bem quanto eu. Tenho que os acompanhar em sua viagem.

O dr. Van Helsing ficou tão surpreso quanto eu. Depois de uma pequena pausa, perguntou:

— Mas por quê?

— Têm que me levar junto. Estarei mais protegida em sua companhia, e vocês também correrão menos perigos.

— Mas por que, minha cara madame Mina? Sabe que sua segurança é nossa tarefa mais importante. Enfrentaremos o perigo, um perigo ao qual a senhora está mais suscetível do que qualquer um de nós, pelas circunstâncias, devido ao que ocorreu — ele fez uma pausa, embaraçado.

Mina, ao responder, ergueu o dedo e apontou para a própria testa:

— Sei disso. E é por esse motivo que devo ir. Posso lhe dizer agora, enquanto o sol nasce; talvez não seja capaz de voltar a fazê-lo. Sei que terei de ir quando o conde assim determinar. Sei que, se ele me disser para partir em segredo, terei que me valer de artimanhas, ludibriando a todos, até mesmo a Jonathan.

Deus viu o olhar que ela me lançou ao falar, e, se existir de fato um Anjo que tudo registra, esse olhar ficará gravado em nome da honra eterna de minha esposa. Só pude segurar-lhe a mão com força. Não tinha condições de falar; minha emoção era demasiada até mesmo para liberá-la através das lágrimas. Ela prosseguiu:

— Vocês, homens, são corajosos e fortes. O fato de serem muitos também os fortalece, pois podem desafiar um poder capaz de acabar com a resistência de um único homem. Além disso, posso ser de alguma ajuda, já que podem me hipnotizar e descobrir coisas que eu própria não sei.

Dr. Van Helsing disse, num tom grave:

— Madame Mina, a senhora tem razão, como sempre. Virá conosco, e juntos lutaremos para alcançar nosso objetivo.

Depois que ele falou, o longo silêncio de Mina me fez olhar para ela. Caíra adormecida sobre o travesseiro; não acordou sequer quando abri as persianas e deixei entrar a luz do sol no quarto. Van Helsing me fez um sinal, indicando-me que o acompanhasse sem fazer barulho. Fomos ao seu quarto, e, um minuto depois, lorde Godalming, dr. Seward e Mr. Morris se reuniram a nós. Ele lhes contou o que Mina dissera e prosseguiu:

— Pela manhã partiremos com destino a Varna. Temos que lidar com um novo fator, agora: madame Mina. Ah, como ela tem uma alma sincera! É uma agonia contar tudo o que já nos contou; mas é o mais correto, e fomos advertidos a tempo. Não podemos perder nenhuma oportunidade. Em Varna, teremos que estar prontos para agir no instante em que o barco aportar.

— E o que exatamente faremos? — perguntou Mr. Morris, lacônico.

O professor fez uma pausa antes de responder:

— Em primeiro lugar, subiremos a bordo. Quando tivermos identificado o caixote, colocaremos nele um ramo de rosas-selvagens, amarrando-o firmemente. Desse modo, o conde não poderá sair, pelo menos segundo as superstições. E é na superstição que devemos crer, a princípio; no começo, era essa a fé dos homens, e ainda tem suas raízes na fé. Quando tivermos a oportunidade que buscamos, quando não houver ninguém por perto para ver ou ouvir, abriremos a caixa, e então... e então tudo ficará bem.

— Não vou esperar por uma oportunidade — disse Morris. — Quando vir a caixa, vou abri-la e destruir o monstro, mesmo que haja mil homens olhando, e mesmo que no instante seguinte eu venha a ser aniquilado!

Agarrei instintivamente sua mão; estava firme como aço. Creio que compreendeu meu olhar; espero que tenha compreendido.

— Bom rapaz — disse dr. Van Helsing. — E valente também. Quincey é um homem de verdade, que Deus o abençoe. Meu filho, acredite-me, nenhum de nós irá se demorar ou se deter devido ao medo. Só o que digo é o que poderemos fazer. O que teremos que fazer. Mas, na verdade, não é possível dizer o que faremos. Muita coisa pode acontecer, de formas e com resultados tão variados que até que seja chegado o momento nada poderemos dizer. Todos estaremos armados, e de todas as formas; quando chegar o momento final, nossos esforços não serão poupados. Portanto, temos que organizar tudo hoje. Que tudo o que atinge pessoas que nos são queridas e que dependem de nós fique acertado, pois nenhum de nós tem condições de afirmar como e quando será o final. Quanto a mim, meus assuntos pessoais estão em ordem; como nada mais tenho a fazer, vou cuidar dos preparativos para a viagem. Arranjarei as passagens e tudo o mais.

Nada mais havia a ser dito, e nos separamos. Vou agora cuidar de todos os meus negócios aqui neste mundo, a fim de me preparar para quaisquer eventualidades...

Mais tarde — Tudo já foi feito. Preparei meu testamento e cumpri os procedimentos legais necessários. Mina é minha única herdeira, se sobreviver. Se não, então os outros, que têm sido tão bons conosco, receberão meu espólio.

O pôr do sol se aproxima. A inquietude de Mina chama-me a atenção. Estou certo de que há algo em sua mente, e o momento exato do ocaso há de revelá-lo. Essas ocasiões estão se tornando angustiantes para nós, pois cada aurora e cada pôr do sol revelam algum novo perigo — algum novo sofrimento, que, no entanto, se Deus quiser, serão os meios para atingirmos os nossos objetivos. Escrevo estas palavras em meu diário, já que minha querida não pode ouvi-las, por ora; mas se puder voltar a lê-las, estarão prontas.

Mina está me chamando.

capítulo 25

Diário do dr. Seward

11 de outubro, à noite — Jonathan Harker pediu-me que anotasse isto, pois diz que no momento não está em condições de fazê-lo e quer que mantenhamos um registro exato dos acontecimentos.

Creio que nenhum de nós ficou surpreso ao ser chamado para ver Mrs. Harker um pouco antes do pôr do sol. Ultimamente, começamos a compreender que a aurora e o poente são seus momentos particulares de liberdade. É nesses momentos que seu antigo eu pode se manifestar sem que uma força controladora a reprima ou a obrigue a tomar determinadas atitudes. Esse estado de espírito ou condição começa cerca de meia hora antes do efetivo nascer ou pôr do sol, durando até que o sol esteja alto no céu ou enquanto as nuvens ainda guardarem a luz dos raios que subsistem no horizonte. A princípio, há uma espécie de condição negativa, como se algum nó se desatasse; então, a liberdade absoluta logo se instala. Quando, porém, a liberdade termina, o estado anterior ou a recaída chegam rapidamente, precedidos apenas por um período de silêncio que nos adverte.

Hoje à noite, quando nos reunimos, ela parecia estar um tanto constrangida, e tudo indicava estar travando uma luta interna. Eu próprio creio que isso se devia ao esforço violento que fazia no primeiro instante em que isso lhe era possível. Poucos minutos foram suficientes, contudo, para lhe dar total controle sobre si mesma. Fazendo um sinal a seu marido para que se sentasse ao seu lado no sofá, onde se reclinava, fez com que o resto de nós levássemos cadeiras e nos aproximássemos. Tomando a mão do marido entre as suas, ela começou:

— Estamos todos juntos aqui em liberdade, e talvez seja esta a última vez! Eu sei, meu querido, que você ficará ao meu lado até o fim — disse a seu marido, que, como pudemos ver, apertou com força a mão dela. — Pela manhã, sairemos para cumprir nossa tarefa, e só Deus sabe o que nos aguarda. Vocês farão a gentileza de me levar consigo. Sei que farão tudo aquilo que homens valentes e leais são capazes de fazer por uma pobre mulher cuja alma talvez já esteja perdida... não, não, ainda não, mas que de qualquer modo corre perigo. Devem se lembrar, porém, que não sou como vocês. Há um veneno em meu sangue, em minha alma, capaz de me destruir; que *irá* me destruir, a menos que possamos encontrar algum auxílio. Ah, meus amigos, sabem tão bem quanto eu que minha alma corre perigo; e, embora eu saiba que há uma saída para mim, vocês não devem recorrer a ela, e eu também não!

Olhou para cada um de nós de maneira suplicante, começando e terminando em seu marido.

— E qual é? — perguntou Van Helsing, rouco. — Qual é essa saída, a que não podemos ou não devemos recorrer?

— É a minha morte imediata, por minhas próprias mãos ou pelas de outra pessoa, antes que o mal maior esteja feito. Eu sei, e vocês sabem, que se eu morresse poderiam libertar meu espírito imortal, como fizeram com minha querida Lucy. Se a morte ou o medo da morte fosse tudo o que estivesse no caminho, eu não hesitaria em morrer aqui e agora, em meio aos amigos que me amam. Mas a morte não é tudo. Não posso acreditar que morrer num caso desses, quando há esperanças diante de nós e uma tarefa difícil a cumprir, seja a vontade de Deus. Portanto, eu, de minha parte, abro mão aqui da certeza do repouso eterno e ingresso na escuridão onde talvez estejam as coisas mais sombrias deste e do outro mundo!

Ficamos todos em silêncio, pois instintivamente sabíamos que se tratava apenas de um prelúdio. Os rostos dos outros estavam rígidos, e o de Harker, sem cor; talvez ele adivinhasse melhor do que nós o que viria em seguida. Ela prosseguiu:

— Isso é o que posso acrescentar à colação de bens — não pude deixar de notar a singular expressão jurídica que ela usava num local como aquele, e com toda a seriedade. — O que cada um de vocês dará? Sei que darão suas vidas — prosseguiu, sem demora —, mas isso é fácil para homens valentes. Suas vidas pertencem a Deus, e podem devolvê-las a Ele;

mas o que darão a mim? — olhou-nos de forma inquisitiva, mas dessa vez evitou o rosto do marido. Quincey pareceu compreender; fez que sim, e o rosto dela se iluminou. — Então direi claramente o que quero, pois não podem restar dúvidas nessa combinação entre nós. Têm que me prometer, todos vocês, e até mesmo meu adorado marido, que, se chegar o momento, irão me matar.

— Qual será o momento? — a voz era de Quincey, mas estava baixa, e ele parecia ter dificuldades em falar.

— Será quando estiverem convencidos de que estou tão modificada que é melhor morrer do que continuar viva. Quando minha carne estiver morta, então, sem demorar um instante, transpassarão uma estaca em meu coração e deceparão minha cabeça, ou o que mais for necessário para que eu possa repousar em paz!

Quincey foi o primeiro a se levantar depois da pausa que se fez. Ajoelhou-se diante dela e, tomando-lhe a mão, disse, com um tom solene:

— Eu não passo de um sujeito grosseiro, que talvez não tenha vivido como deveria viver um homem para merecer tal distinção, mas juro por tudo o que me é mais sagrado que, se esse momento chegar, não hesitarei diante da tarefa que a senhora nos incumbiu de cumprir. E prometo-lhe também que farei com que todos tenham essa mesma certeza, pois se apenas eu estiver na dúvida vou deduzir então que o momento terá chegado!

— Meu amigo fiel! — foi tudo o que ela conseguiu dizer entre as lágrimas que lhe brotavam em profusão dos olhos, enquanto ele, inclinando-se, lhe beijava a mão.

— Juro-lhe o mesmo, madame Mina! — disse Van Helsing.

— E também eu! — disse lorde Godalming, cada um deles se ajoelhando alternadamente para prestar juramento.

Eu fiz o mesmo. Então, seu marido virou-se para ela com olhos muito tristes e com uma palidez esverdeada que amenizava a brancura de seus cabelos, perguntando-lhe:

— Eu também preciso fazer esse juramento, minha esposa querida?

— Você também, meu amor — disse ela, com uma piedade imensa na voz e no olhar. — Não deve recuar. Você é a pessoa mais próxima e querida que tenho. É minha vida. Nossas almas são uma só, para todo o sempre. Pense, meu querido, que houve épocas em que os homens matavam suas esposas e as mulheres de seu povo para evitar que caíssem nas mãos dos inimigos. Suas mãos não vacilaram porque suas amadas lhes pediam que as matassem. É o dever dos homens para com aquelas que amam, numa época de penosa provação! E, ah, meu querido, se eu tiver que encontrar a morte pelas mãos de alguém, que seja então pelas mãos daquele que mais me ama. Dr. Van Helsing, não esqueci a compaixão que o senhor demonstrou, no caso de Lucy, por aquele que amava... — ela se interrompeu, corando ligeiramente, e mudou a frase. — Por aquele que tinha mais direito de lhe proporcionar a paz. Se um momento como esse voltar a se apresentar, conto com vocês para fazer com que seja uma boa memória na vida de meu marido o fato de ter sido sua mão amorosa a me libertar de uma terrível escravidão.

— Mais uma vez eu juro — ressoou a voz do professor.

Mrs. Harker sorriu, e era um sorriso satisfeito; com um suspiro de alívio, ela reclinou-se para trás e disse:

— E agora algumas palavras de advertência, das quais nunca devem se esquecer: esse momento, se algum dia chegar, talvez chegue de forma rápida e inesperada; nesse caso, não devem perder tempo em aproveitar a oportunidade. Num momento como esse, eu talvez esteja unida ao seu inimigo contra vocês. Ou, melhor dizendo, sem dúvida estarei, se tal momento chegar. Mais um pedido — continuou ela, agora com um tom solene —, que não é tão vital ou necessário quanto o outro. Quero que me façam um favor, se puderem — todos aquiescemos, mas não dissemos nada; não havia necessidade de palavras. — Quero que leiam o missal.

Ela foi interrompida por um gemido profundo de seu marido; tomando a mão dele entre as suas, segurou-a sobre o peito e prosseguiu:

— Terão que lê-lo sobre o meu corpo algum dia. Qualquer que seja o desfecho dessa terrível história, será um pensamento de consolo para todos, ou para alguns de nós. Gostaria que você, meu querido, fizesse a leitura, pois assim as palavras ficarão para sempre gravadas em minha memória com a sua voz, aconteça o que acontecer.

— Mas, ah, minha querida — alegou ele —, a morte ainda está distante de você.

— Não — disse ela, erguendo a mão em sinal de advertência. — Estou mais perto da morte neste momento do que se me encontrasse dentro de um túmulo!

— Ah, querida esposa, devo mesmo ler? — perguntou ele, antes de começar.

— Vai me reconfortar, meu querido! — foi tudo o que ela disse, e ele começou a ler assim que ela abriu o livro à página certa.

Como eu poderia — como qualquer um poderia — falar dessa estranha cena, de sua solenidade, de seu ar sombrio, de sua tristeza, de seu horror, e também de sua doçura? Até mesmo um cético, que nada enxerga além de uma paródia da amarga realidade em tudo o que é sagrado ou envolve as emoções, teria baixado as defesas se visse o pequeno grupo de amigos afetuosos e devotos ajoelhados em torno daquela mulher ferida e desolada; ou se ouvisse a paixão terna da voz de seu marido, que falhava devido à emoção e tantas vezes obrigava-o a se interromper enquanto lia o culto simples e bonito do Enterro dos Mortos. "Nã-não posso... continuar... faltam-me as pa-palavras... e... a voz."

Seu instinto estava correto. Por mais que tudo tenha sido estranho, por mais bizarro que possa ter parecido mais tarde até mesmo a nós, que sentíamos toda a sua força no momento, o episódio nos reconfortou bastante; e o silêncio, que revelava a recaída de Mrs. Harker e a perda da liberdade de sua alma, não pareceu tão desesperador quanto havíamos temido.

Diário de Jonathan Harker

15 de outubro, Varna — Partimos de Charing Cross na manhã do dia 12, chegamos em Paris à noite e fomos ocupar os assentos previamente reservados no Expresso do Oriente. Viajamos uma noite e um dia inteiros, chegando aqui por volta das cinco horas da tarde. Lorde Godalming foi até o consulado ver se chegara algum telegrama para ele, nós viemos para o hotel — "o Odessus". É possível que o trem tenha atravessado belas paisagens, mas eu estava ansioso demais para seguir em frente e não prestei atenção nelas. Até que a *Czarina Catherine* aporte, nada no mundo será capaz de me despertar grande interesse. Graças a Deus, Mina está bem e parece mais forte; sua cor está voltando. Dorme bastante; durante a viagem, dormiu quase o tempo todo. Antes da aurora e do ocaso, porém, fica desperta e bem alerta. Tornou-se um hábito para Van Helsing hipnotizá-la nesses momentos. A princípio, era necessário um certo esforço, e ele tinha que fazer muitos passes. Agora, porém, ela parece ceder de imediato, como se já estivesse habituada, e pouco esforço é necessário. O professor parece ter nesses momentos o poder de simplesmente comandar, e os pensamentos dela lhe obedecem. Ele sempre lhe pergunta o que está vendo ou ouvindo. À primeira pergunta, ela responde:

— Nada, está tudo escuro.

E à segunda:

— Posso ouvir as ondas batendo contra o barco e o mar em movimento lá fora. A lona e o cordame estiram-se; os mastros e vergas estalam. O vento está forte; posso ouvi-lo assoviando no ovém, e a proa devolve ao mar a espuma.

Era evidente que a *Czarina Catherine* ainda estava no mar, velejando apressada para Varna. Lorde Godalming acabou de chegar. Trazia quatro telegramas, um recebido a cada dia desde que partimos, e todos com a mesma informação: o Lloyd's não recebeu qualquer notícia da *Czarina Catherine*. Antes de partir de Londres, lorde Godalming solicitou a seu agente que lhe enviasse um telegrama por dia dizendo-lhe se havia notícias do barco, ou mesmo que não as houvesse, para que pudesse ter certeza de que alguém estava alerta do outro lado da linha.

Jantamos e fomos cedo para a cama. Amanhã vamos nos encontrar com o vice-cônsul e tentar conseguir permissão para subir a bordo da embarcação assim que chegar. Van Helsing diz que nossa chance é entrar no barco entre a aurora e o poente. Mesmo que assuma a forma de um morcego, o conde não pode atravessar as águas quando bem entender, de modo que não poderá deixar o barco. Como não ousa assumir a forma humana, pois haveria de levantar suspeitas que evidentemente quer evitar, terá que ficar dentro da caixa. Se pudermos, então, subir a bordo após o nascer do sol, ele estará em nossas mãos. Podemos abrir a caixa e nos certificarmos de que está lá, como fizemos com a pobre Lucy, antes que ele acorde. Quanta comiseração ele há de encontrar em nós não importa. Acreditamos que não teremos muitos problemas com os oficiais ou os marinheiros. Graças a Deus! Neste país tudo se resolve com suborno, e dinheiro não nos falta. Só o que temos a fazer é nos certificarmos de que o barco não chegue ao porto entre a aurora e o ocaso sem que sejamos avisados, e estaremos a salvo. O "Juiz Propina" vai decidir este caso, creio eu!

16 de outubro — O relato de Mina ainda é o mesmo: ondas batendo e água correndo, escuridão e vento favorável. É evidente que estamos bem adiantados e, quando recebermos notícias da *Czarina Catherine*, estaremos prontos. Como ela deve cruzar Dardanelos, com certeza vamos ouvir a seu respeito.

17 de outubro — Tudo está bastante bem-preparado, acredito, para dar as boas-vindas ao conde em seu regresso. Aos encarregados de embarque e expedição de mercadorias, lorde Godalming disse acreditar que uma caixa que se encontra a bordo da *Czarina Catherine* talvez contenha algo que foi roubado de um amigo seu, e conseguiu obter permissão para abri-la, se assumir os riscos. O proprietário lhe deu um documento solicitando ao comandante que lhe desse todas as facilidades para fazer o que quisesse a bordo da embarcação e também uma autorização similar para o seu agente em Varna. Encontramo-nos com o agente, que ficou bastante impressionado com o tratamento gentil que recebeu de lorde Godalming, e todos estamos certos de que fará o que estiver ao seu alcance para atender aos nossos desejos. Já resolvemos o que fazer caso consigamos abrir a caixa. Se o conde estiver lá, Van Helsing e Seward deceparão de imediato sua cabeça e transpassarão uma estaca em seu coração. Morris, Godalming e eu teremos que evitar qualquer interferência externa, mesmo que tenhamos de usar as armas, que estarão prontas. O professor diz que, se fizermos isso com o corpo do conde, ele em breve ficará reduzido a poeira. Nesse caso, não haveria provas contra nós, se qualquer suspeita de assassinato for levantada. Mesmo que não fosse assim, porém, cumpriríamos nossa tarefa, e talvez algum dia estas minhas palavras venham a constituir provas que nos salvarão da forca. Eu, de minha parte, correria o risco alegremente, se necessário. Faremos tudo o que for necessário, absolutamente tudo, para levar a cabo nossos planos. Fizemos um acordo com certos oficiais para que sejamos informados por um mensageiro especial no instante em que a *Czarina Catherine* for vista.

24 de outubro — Uma semana inteira de espera. Telegramas diários para Godalming, mas sempre a mesma história: "Ainda sem notícias." Os relatos de Mina durante os transes hipnóticos, tanto pela manhã quanto à tardinha, são os mesmos: ondas batendo, o mar em movimento, mastros estalando.

Telegrama de Rufus Smith, do Lloyd's de Londres, para lorde Godalming, aos cuidados de Sua Majestade Britânica, vice-cônsul em Varna

"*24 de outubro* — A *Czarina Catherine* anunciou hoje sua chegada em Dardanelos."

Diário do dr. Seward

25 de outubro — Como sinto falta do meu fonógrafo! Escrever meu diário com pena e tinta é cansativo, mas Van Helsing diz que devo fazê-lo. Ficamos todos bastante excitados quando Godalming recebeu o telegrama do Lloyd's. Agora sei como se sentem os homens quando, numa batalha, são chamados à ação. Somente Mrs. Harker não demonstrou qualquer sinal de emoção. Não é estranho, afinal de contas, que tenha sido assim; tomamos um cuidado especial para não deixar que soubesse de coisa alguma e tentamos não nos mostrar exaltados em sua presença. Nos velhos tempos, tenho certeza de que ela teria notado, por mais que lhe tentássemos esconder. Está bastante mudada, contudo, após transcorridas essas três semanas. Sua letargia aumenta, e, embora pareça forte e saudável, além de recuperar um pouco da cor, Van Helsing e eu não estamos satisfeitos. Falamos frequentemente sobre ela; não dissemos uma única palavra aos outros, porém. Partiria o coração do pobre Harker — com certeza afetaria seus nervos — saber que estamos um tanto desconfiados sobre esse assunto. Van Helsing examina seus dentes cuidadosamente, pelo que me diz, enquanto ela está em transe hipnótico; segundo ele, enquanto não começarem a ficar mais pontiagudos, não há perigo iminente de mudanças nela. Se essas mudanças ocorrerem, será necessário tomar providências!...

Ambos sabemos que providências seriam essas, embora não mencionemos nossos pensamentos um ao outro. Nenhum de nós recuaria diante da tarefa — por mais que nos pareça abominável. "Eutanásia" é uma boa palavra; nos oferece consolo! Fico muito agradecido a quem quer que a tenha inventado.

A tomar pela velocidade com que a *Czarina Catherine* veio de Londres, não levará mais do que 24 horas de Dardanelos até aqui. Deve, portanto, chegar amanhã pela manhã; mas como não existe a possibilidade de que chegue antes de meio-dia, fizemos com que todos descansassem cedo. Acordaremos à uma hora, para ter certeza de que estaremos prontos.

25 de outubro, meio-dia — Nenhuma notícia da chegada do barco. O relato de Mrs. Harker durante o transe hipnótico foi igual ao habitual, de modo que é possível que tenhamos notícias a qualquer momento. Nós, os homens, estamos com uma verdadeira febre de excitação, à exceção de Harker, que está calmo. Suas mãos estão frias como o gelo, e há uma hora encontrei-o afiando o enorme facão que agora sempre leva consigo. Será uma situação bem desagradável para o conde se a lâmina do "Kukri" chegar a tocar-lhe a garganta, empunhada por aquela mão firme e fria como o gelo!

Van Helsing e eu ficamos um pouco alarmados com relação a Mrs. Harker, hoje. Por volta do meio-dia, ela entrou numa espécie de letargia que não nos agradou; embora tenhamos mantido silêncio com os outros, nenhum de nós dois ficou feliz com o fato. Ela ficara inquieta durante toda a manhã, e a princípio ficamos felizes em saber que estava dormindo. Quando, porém, seu marido mencionou que ela dormia tão profundamente a ponto de ele não conseguir acordá-la, fomos até o quarto examinar nós mesmos. Ela respirava com naturalidade e parecia tão bem e tão tranquila que concordamos que o sono teria sobre ela efeitos melhores do que qualquer outra coisa. Pobre moça! Tem tantas coisas a esquecer que não é de se admirar que esse sono, se lhe trouxer o esquecimento, lhe faça bem.

Mais tarde — Nossa opinião pareceu se confirmar, pois quando, após um sono revigorante de algumas horas, ela acordou, parecia mais animada e em melhor estado do que estivera por vários dias. À hora do pôr do sol, fez seu habitual relatório hipnótico. Onde quer que o conde esteja, no mar Negro, aproxima-se de seu destino. De sua destruição, espero!

26 de outubro — Mais um dia sem notícias da *Czarina Catherine*. Já devia ter chegado, a essa altura. Aparentemente, continua velejando *em algum lugar*, pois durante o transe hipnótico, à hora do nascer do sol, Mrs. Harker nos fez o mesmo relato. É possível que a escuna esteja aguardando para aportar, devido ao nevoeiro; alguns dos vapores que chegaram na noite passada informaram haver trechos sob nevoeiro tanto ao norte quanto ao sul do porto. Temos que continuar atentos, pois a escuna pode agora ser avistada a qualquer momento.

27 de outubro, meio-dia — É muito estranho. Ainda não há notícias da escuna que aguardamos. Mrs. Harker nos fez seu relato da mesma forma ontem à noite e hoje pela manhã: "ondas batendo e mar em movimento", embora tenha acrescentado que "o barulho das ondas era muito fraco". Os telegramas de Londres foram idênticos: "Sem mais notícias." Van Helsing está terrivelmente ansioso e acaba de me dizer o quanto teme que o conde nos esteja escapando. Acrescentou, de maneira significativa:

— Não gostei da letargia de madame Mina. Espíritos e memórias podem fazer coisas estranhas durante o transe.

Eu estava prestes a lhe pedir que falasse mais a respeito, mas Harker entrou nesse exato instante, e o professor ergueu a mão em sinal de advertência. Hoje, à hora do pôr do sol, temos que fazer com que ela fale mais abertamente do que quando em seus transes hipnóticos.

Telegrama de Rufus Smith, do Lloyd's de Londres, para lorde Godalming, aos cuidados de Sua Majestade Britânica, vice-cônsul em Varna

"*28 de outubro* — A *Czarina Catherine* registrou sua entrada em Galatz hoje à uma hora."

Diário do dr. Seward

28 de outubro — Quando recebemos o telegrama anunciando a chegada da escuna em Galatz, creio que não foi para nenhum de nós um choque como o que poderíamos esperar. Na verdade, não sabíamos de onde, ou como, ou quando viria o golpe, mas creio que todos esperávamos que algo de estranho fosse acontecer. O atraso da chegada em Varna nos deixou a todos com a impressão de que as coisas não aconteceriam exatamente conforme o esperado; aguardávamos apenas para saber qual seria a mudança. Apesar disso, porém, foi uma surpresa. Suponho que a natureza trabalhe sobre o princípio da esperança, e acreditamos, a despeito de nós mesmos, que as coisas serão como deveriam ser, e não como deveríamos saber que serão. O transcendentalismo é uma fonte de luz e inspiração angélica, mesmo que seja uma ilusão para os homens. Foi uma experiência insólita, e cada um de nós reagiu de maneira diferente. Van Helsing ergueu as mãos para o céu por um instante, como se rogasse ao Todo-Poderoso, mas não disse uma palavra e, em poucos segundos, se pôs de pé, a face rígida. Lorde Godalming ficou muito pálido e se sentou, com a respiração acelerada. Eu próprio fiquei meio atordoado e olhei para cada um deles alternadamente, surpreso. Quincey Morris apertou o cinto com aquele movimento rápido que eu conhecia tão bem; na época em que errávamos pelo mundo, significava "ação". Mrs. Harker ficou pálida como a morte, o que fez com que a cicatriz em sua fronte parecesse estar em brasa, mas ela juntou as mãos docilmente e ergueu os olhos, rezando. Harker sorriu — sorriu mesmo, mas era o sorriso amargo e sombrio dos que não têm esperanças. Ao mesmo tempo, contudo, sua atitude desmentiu suas palavras, pois suas mãos instintivamente procuraram pelo cabo do facão Kukri e ali ficaram.

— Quando parte o próximo trem para Galatz? — perguntou Van Helsing dirigindo-se a todos nós.

— Amanhã pela manhã, às seis e meia!

Todos ficamos muito surpresos, pois a resposta veio de Mrs. Harker.

— Como é possível que a senhora saiba? — perguntou Art.

— Está se esquecendo de que sou a fanática por trens, embora Jonathan saiba disso, e o dr. Van Helsing também. Em Exeter, costumava anotar os horários, de modo a ser útil a meu marido. Descobri que isso às vezes se revelava tão útil que sempre faço um estudo dos horários dos trens, agora. Sabia que, se alguma coisa nos obrigasse a ir até o Castelo Drácula, teríamos que ir via Galatz, ou de qualquer modo via Bucareste; então, informei-me cuidadosamente sobre os horários. Infelizmente, não é muita coisa, pois o trem a que me referi é o único a partir amanhã.

— Que mulher maravilhosa! — murmurou o professor.

— Será que conseguimos trem especial? — perguntou lorde Godalming. Van Helsing fez que não com a cabeça:

— Receio que não. Este é um país muito diferente do seu e do meu; mesmo que conseguíssemos um trem especial, provavelmente andaria mais devagar do que o nosso trem comum. Além do mais, temos que fazer preparativos. Precisamos refletir. Vamos nos organizar: o amigo Arthur vai até a estação, compra as passagens e toma todas as providências necessárias para que possamos partir amanhã pela manhã. O amigo Jonathan vai falar com o agente da escuna, obtendo dele cartas para o agente em Galatz, com autorização para vasculhar a embarcação igual à que tínhamos aqui. Quincey Morris vai falar com o vice-cônsul e pedir-lhe que nos ajude junto ao seu colega em Galatz e que facilite nossa viagem, evitando que percamos tempo no Danúbio. John ficará com madame Mina e comigo, para discutirmos o assunto. Assim sendo, não terá importância se essas providências lhes tomarem tempo e se atrasarem, pois à hora do pôr do sol estarei aqui com madame, para ouvir seu relato.

— E eu tentarei ser útil de todas as maneiras possíveis — disse Mrs. Harker com vivacidade; há bastante tempo eu não a via tão parecida com seu antigo eu. — Vou pensar e escrever para vocês como costumava fazer. Algo está se afastando de mim de um modo estranho, e me sinto mais livre do que tenho estado ultimamente!

Os três rapazes pareceram se alegrar quando compreenderam o significado de suas palavras; ao nos entreolharmos, porém, Van Helsing e eu nos deparamos com a mesma expressão preocupada e séria. Nada dissemos, porém, no momento.

Depois que os três saíram para cumprir suas tarefas, Van Helsing pediu a Mrs. Harker que consultasse a cópia dos diários e encontrasse a parte escrita por Harker no castelo. Ela foi buscar os papéis. Quando ela saiu, o professor fechou a porta e me disse:

— Temos a mesma impressão! Fale!

— Houve mudanças. É uma esperança que me deixa aflito, pois talvez venhamos a nos frustrar.

— Exatamente. Sabe por que pedi a ela que fosse buscar o manuscrito?

— Não! — disse eu. — A não ser que quisesse uma oportunidade de estar a sós comigo.

— Você está certo, em parte, amigo John; mas só em parte. Há algo que quero lhe dizer. E, ah, meu amigo, estou correndo um risco imenso, um risco terrível, mas acredito que tenha razão. No momento em que madame Mina disse aquelas palavras cujo significado nós dois compreendemos, uma luz se acendeu para mim. Durante o transe, há três dias, o conde enviou seu espírito para ler a mente dela; ou, o que é mais provável, fez com que ela o visse em seu caixote de terra, na escuna, com o barulho do mar ao redor, do mesmo jeito como ela o vê à hora do nascer do sol e do ocaso. Descobriu que estamos aqui, pois ela tem mais a dizer, vivendo entre os homens, com olhos para ver e ouvidos para ouvir, do que ele, trancafiado como está em seu caixão. E agora faz esse último esforço para fugir de nós. No momento, não a quer. Seu grande conhecimento lhe dá a certeza de que ela atenderá ao seu chamado; mas a exclui temporariamente de seu campo de influência, como tem a capacidade de fazer, para que ela não vá até ele. Ah! Tenho esperanças de que nossos cérebros de homens, que o têm sido há tanto tempo e que não perderam a graça de Deus, elevem-se acima daquele cérebro infantil confinado há séculos a um túmulo, que ainda não alcançou a nossa estatura e que só opera de maneira egoísta; limitada, portanto. Aí vem madame Mina. Não lhe diga uma palavra a respeito de seu transe! Ela não sabe e, se viesse a saber, ficaria arrasada e desesperada, num momento em que precisamos de toda a sua esperança e coragem, num momento em que precisamos que use sua mente, treinada como a de um homem, mas pertencente a uma mulher adorável e dotada de um poder especial que lhe foi conferido pelo conde; nem mesmo ele pode privá-la inteiramente desse poder, embora acredite que sim. Silêncio! Deixe-me falar e saberá. Ah, John, meu amigo, estamos em terríveis dificuldades. Tenho medo, um medo maior do que jamais tive. Só podemos confiar no bom Deus. Silêncio! Aí vem ela.

Achei que o professor fosse perder o controle e ter uma crise de histeria, como a que teve quando Lucy morreu, mas com um enorme esforço ele conseguiu se conter e estava no mais perfeito equilíbrio nervoso quando Mrs. Harker entrou no escritório, animada, alegre e aparentemente esquecida de seus infortúnios enquanto fazia seu trabalho. Entregou uma certa quantidade de folhas datilografadas a Van Helsing. Ele as examinou com ar grave, e seu rosto foi se iluminando conforme lia. Então, segurando as folhas entre o polegar e o indicador, disse:

— Amigo John, eis uma lição para você, que já tem tanta experiência; e também para a senhora, cara madame Mina, que ainda é jovem: jamais tenham medo de pensar. Uma ideia tem ficado zumbindo com frequência em meu cérebro, mas temo dar-lhe asas. Agora, com mais conhecimento, retorno aonde essa ideia se originou e descubro que não se trata apenas de uma ideia incipiente, mas de um pensamento completo, embora tão jovem que ainda não é forte o suficiente para usar suas asinhas. Como o "Patinho Feio" de meu amigo Hans Andersen, não é um pensamento-patinho, mas um enorme pensamento-cisne que desliza com toda a nobreza e com grandes asas assim que é chegado o momento de usá-las. Vejam, acabo de ler aqui o que Jonathan escreveu: "Um outro de sua raça que, mais tarde, levou repetidas vezes suas forças a cruzarem o rio; aquele que, uma vez derrotado, retornava, e retornava, e retornava, embora tivesse que regressar sozinho do campo sangrento onde suas tropas estavam sendo dilaceradas, pois sabia que somente ele poderia, ao fim, triunfar." O que isso nos revela? Não muito? Não! O pensamento infantil do conde nada vê; é por isso que ele fala tão abertamente. E nosso pensamento de homens nada vê, até este momento. Não! Mas eis que se ouve uma outra palavra, dita por alguém que fala sem pensar porque também ela não sabe o que significa, ou o que *poderia* significar. Do mesmo modo como, na natureza, há elementos inertes que, com o passar do tempo, acabam por se tocar; então, puf!, surge um clarão imenso que cega e mata e destrói alguns, mas que ilumina a Terra lá embaixo por quilômetros e quilômetros. Não é assim? Bem, vou explicar. Para começar, vocês já estudaram a filosofia do crime? "Sim" e "não". Você, John, sim, pois é um estudo da loucura. A senhora não, madame Mina, pois o crime não a afeta, à exceção daquele único episódio. Ainda assim, raciocina com correção e não argumenta *a particulari ad universale*. Os criminosos têm uma peculiaridade. É tão constante, em todos os países e em todas as épocas, a ponto de até mesmo a polícia, que não sabe muita filosofia, vir a descobrir, de forma empírica, que *é assim*. Isso é ser empírico. O criminoso sempre trabalha num crime; isto é, o verdadeiro criminoso, aquele que parece predestinado ao crime e que não se dedica a nada além disso. Esse criminoso não tem uma mente inteiramente desenvolvida. É esperto, astuto e habilidoso, mas seu cérebro não tem a estatura do cérebro dos outros homens. Em muitos aspectos, tem um cérebro infantil. Esse nosso criminoso também está predestinado a cometer crimes; também tem um cérebro infantil, e é característico de uma criança fazer o que ele fez. O passarinho, o peixinho, os pequenos animais não aprendem por princípios, mas de maneira empírica; quando aprendem o que fazer, já têm um ponto de partida para fazer mais coisas. "*Dos pon sto*", disse Arquimedes. "Deem-me um ponto de apoio, e serei capaz de mover o mundo!" O ponto de apoio a partir do qual o cérebro infantil se torna um cérebro adulto é a experiência. É o ato de fazer uma vez. Enquanto tiver a intenção de fazer mais coisas, continua se repetindo uma vez após a outra! Ah, minha cara, vejo que seus olhos estão abertos, e que para a senhora o clarão luminoso revela toda a vasta extensão lá embaixo — Mrs. Harker começou a bater palmas, e seus olhos cintilaram. — Agora deve falar — prosseguiu ele. — Diga a nós, frios homens da ciência, o que vê com esses olhos tão brilhantes.

Ele tomou-lhe a mão, segurando-a enquanto ela falava. O indicador e o polegar fecharam-se em torno de seu punho — instintivamente, foi o que pensei.

— O conde é um criminoso e tem a natureza de um criminoso — disse ela. — Nordau e Lombroso haveriam de classificá-lo assim, e, como criminoso, a formação de sua mente é imperfeita. Assim, quando em dificuldades, tem que buscar seus recursos no hábito. Seu passado é uma pista, e a única página que conhecemos desse passado, a que ele próprio nos contou, nos diz que, no passado, quando se encontrava no que Mr. Morris chamaria de "maus lençóis", o conde deixou o território que tentara invadir e regressou ao seu país; então, mantendo-se firme em seu propósito, preparou-se para uma nova investida. Voltou, melhor equipado para a luta, e venceu. Assim foi também a Londres, para invadir um novo território. Foi derrotado, e, quando já não lhe restavam esperanças de sucesso e sua existência estava em perigo, atravessou o mar e regressou às pressas ao seu lar, do mesmo modo como atravessara antes o Danúbio, voltando do território turco.

— Muito bom, muito bom! Ah, mas que mulher inteligente! — disse Van Helsing, entusiasmado, inclinando-se e beijando-lhe a mão.

Um instante depois, ele me disse, calmamente, como se estivéssemos fazendo uma consulta numa enfermaria:

— Só 72, e com toda essa animação. Ainda tenho esperanças — e virou-se novamente para ela. — Mas prossiga — disse, na maior expectativa. — Prossiga! Há mais coisas a dizer, se quiser. Não tenha medo; John e eu sabemos. Eu sei, de qualquer modo, e direi se estiver correta. Fale sem receio!

— Vou tentar, mas terão que me perdoar se eu parecer egotista.

— Não, não tenha medo. A senhora tem que ser egotista, pois é na senhora que estamos pensando.

— Então, assim como ele é criminoso, é egoísta; seu intelecto é pequeno e sua ação é baseada somente em seus interesses; ele se restringe a um único objetivo. Nesse objetivo não há espaço para o remorso. Do mesmo modo como fugiu, atravessando o Danúbio e deixando seu exército ser feito em pedaços, assim também tem agora a intenção de se proteger, sem se importar com nada mais. Seu egoísmo, portanto, liberta um pouco meu espírito do terrível poder que adquiriu sobre mim naquela noite medonha. Eu pude senti-lo! Ah, eu pude senti-lo! Graças a Deus por Sua misericórdia. Minha alma está mais livre agora do que em qualquer outro momento desde aquela hora assustadora; só o que ainda me assombra é o medo de que, durante algum transe ou sonho, ele tenha se usado do meu conhecimento em prol de seus propósitos.

O professor se pôs de pé:

— É verdade que ele tenha usado dessa forma sua mente. Foi por isso que nos deixou aqui em Varna, enquanto a escuna em que embarcara seguia, em meio a um espesso nevoeiro, até Galatz. Lá, sem dúvida ele se preparou para fugir de nós. Foi apenas esse, porém, o alcance de sua mente infantil. Pode ser que, como sempre acontece quando a Providência Divina está em ação, aquilo com que esse ser maligno mais contava para alcançar seus objetivos egoístas acabe por lhe causar os maiores danos. O caçador é pego em sua própria armadilha, como diz o grande Salmista. Pois, agora que ele acha que está inteiramente livre de nós, que conseguiu fugir deixando-nos muitas horas para trás, seu cérebro infantil e egoísta vai lhe sugerir que durma. Ele também acha que, ao deixar de ler sua mente, a senhora também não poderá ter acesso à dele; esse é o seu grande engano! Esse terrível batismo de sangue a que a submeteu deixa-a livre para ir até ele em espírito, como fez até o momento em seus períodos de liberdade, ao nascer e ao pôr do sol. Nesses instantes, a senhora está obedecendo à minha vontade, e não à dele. Esse poder, que pode usar em favor do seu próprio bem e dos outros, a senhora ganhou através do sofrimento, nas mãos dele. Agora, nos é muito útil o fato de ele não saber disso, e de, para se proteger, ter se desligado até mesmo do conhecimento de nosso paradeiro. Nós, contudo, não somos egoístas; acreditamos que Deus esteja conosco em meio a toda essa escuridão e durante todas essas longas horas difíceis. Vamos segui-lo. Não recuaremos, mesmo que corramos o risco de nos tornarmos seres iguais a ele. Amigo John, este foi um momento muito especial; conseguimos avançar muito em nosso caminho. Tem que escrever tudo isso para que os outros possam ler, mais tarde, quando regressarem de seu trabalho. Então, ficarão a par de tudo, como nós estamos.

Assim sendo, escrevi estas páginas enquanto aguardamos seu retorno, e Mrs. Harker datilografou tudo o que aconteceu desde que chegou com o manuscrito.

capítulo 26

Diário do dr. Seward

29 de outubro — Estas páginas foram escritas no trem, entre Varna e Galatz. Na noite passada reunimo-nos um pouco antes da hora do poente. Cada um de nós tinha cumprido suas tarefas da melhor forma possível; no que diz respeito às reflexões, ao empenho e ao bom uso das oportunidades, estamos preparados para nossa viagem, e para o trabalho que teremos que fazer ao chegar em Galatz. Quando o momento habitual se aproximou, Mrs. Harker preparou-se para seu transe hipnótico; após um esforço maior e mais prolongado da parte de Van Helsing do que normalmente se fazia necessário, ela mergulhou no transe. O habitual é que ela fale tão logo receba o estímulo, mas dessa vez o professor teve que lhe fazer perguntas, e de forma bem direta, para que pudéssemos descobrir alguma coisa. Afinal, veio a resposta:

— Não consigo ver nada; estamos parados; não há ondas batendo, mas somente um ruído constante de água correndo suavemente junto à espia. Posso ouvir vozes de homens gritando, perto e longe, e o ruído dos remos nas toleteiras. Um tiro é disparado em algum lugar; o eco parece distante. Ouço passos lá em cima, e o arrastar de cordas e correntes. O que é isto? Vejo um clarão e posso sentir o sopro do ar sobre meu corpo.

Ela se interrompeu nesse momento. Havia se erguido como que impulsivamente do lugar onde estava deitada, no sofá. Levantara as duas mãos, com as palmas para cima, como se estivesse erguendo um peso. Van Helsing e eu trocamos olhares de entendimento. Quincey ergueu as sobrancelhas e ficou olhando atentamente para ela, enquanto Harker instintivamente agarrou o cabo de seu facão Kukri. Fez-se uma longa pausa. Todos sabíamos que o período em que ela era capaz de falar estava passando, mas sentíamos que era inútil dizer alguma coisa. Subitamente, ela se sentou e disse, com delicadeza, ao abrir os olhos:

— Será que nenhum de vocês quer uma xícara de chá? Devem estar todos tão cansados!

Como só queríamos vê-la feliz, aceitamos a oferta. Depois que ela se foi, Van Helsing disse:

— Estão vendo, meus amigos, que ele está bem perto. Saiu de dentro de sua arca de terra, mas ainda tem que chegar à terra firme. À noite, talvez se esconda em algum lugar, mas se não for carregado até a terra firme, ou se a escuna não a tocar, não tem como desembarcar. Nesse caso, durante a noite poderia mudar sua forma física e pular ou voar por sobre a água, como fez em Whitby. Se o dia nascer, porém, antes que ele consiga chegar à terra firme, então não poderá fugir, a menos que o carreguem. E se for carregado, os oficiais da alfândega talvez descubram o que contém o caixote. Assim sendo, em suma, se ele não fugir para a terra firme hoje à noite ou antes da aurora, terá perdido o dia. Talvez cheguemos a tempo; se ele não deixar a escuna à noite iremos encontrá-lo de dia, encaixotado e à nossa mercê. Pois ele não ousa ficar acordado e visível em sua verdadeira forma física, com medo de ser descoberto.

Nada mais havia a dizer. Aguardamos pacientemente até a aurora, quando então poderíamos obter mais informações junto a Mrs. Harker.

Bem cedo pela manhã aguardávamos, com o fôlego suspenso de ansiedade, pelas suas respostas durante o transe. O estágio hipnótico demorou ainda mais para chegar do que antes; quando se instalou, o tempo restante até o nascer do sol era tão pouco que começamos a entrar em desespero. Van Helsing parecia empenhar sua alma no esforço; afinal, em obediência ao seu comando, ela respondeu:

— Está tudo escuro. Ouço o marulho das ondas no mesmo nível em que estou, e uns estalos como os da madeira.

Ela se interrompeu, e o sol vermelho raiou. Teremos que esperar até a noite.

Assim, estamos viajando para Galatz angustiados e em grande expectativa. Deveríamos chegar entre duas e três horas da madrugada, mas já em Bucareste estamos com três horas de atraso, de modo que não conseguiremos chegar antes do nascer do sol. Teremos, portanto, mais duas mensagens hipnóticas de Mrs. Harker; através de uma delas, ou mesmo de ambas, talvez alguma luz se acenda sobre o que está acontecendo.

Mais tarde — O ocaso veio e se foi. Por sorte, ocorreu num momento em que não havia distrações; se tivesse nos surpreendido numa estação, não teríamos conseguido obter a calma e a isolação necessárias. Mrs. Harker cedeu com prontidão ainda menor do que a de hoje de manhã ao transe hipnótico. Temo que seu poder de ler as sensações do conde venha a cessar no momento em que nos é mais necessário. Parece-me que sua imaginação está começando a funcionar. Até agora, quando em transe, ela se limitou ao relato puro e simples dos fatos. Se isso continuar acontecendo, talvez acabe por nos confundir, em última análise. Se eu achasse que o poder do conde sobre Mrs. Harker cessaria junto com o poder de conhecimento dela, ficaria satisfeito, mas temo que não seja assim. Quando ela por fim falou, suas palavras foram enigmáticas:

— Alguma coisa está acontecendo; sinto passar por mim algo como um vento frio. Posso ouvir, a distância, sons confusos, como se fossem vozes de homens falando em línguas desconhecidas, água caindo com força e lobos uivando.

Ela parou e estremeceu, com uma intensidade cada vez maior durante alguns segundos; por fim, tremia de forma descontrolada. Nada mais disse, nem mesmo em resposta às perguntas que o professor fazia de forma imperativa. Quando acordou do transe, sentia frio e estava lânguida e exausta, mas sua mente encontrava-se alerta. Não conseguia se lembrar de coisa alguma, mas perguntou o que havia dito. Quando lhe contamos, ela refletiu profundamente a respeito durante um bom tempo, em silêncio.

30 de outubro, sete horas — Estamos agora perto de Galatz, e eu talvez não tenha tempo de escrever, mais tarde. Todos nós aguardávamos com muita ansiedade o nascer do sol, hoje de manhã. Ciente da crescente dificuldade de fazer Mrs. Harker ingressar no transe hipnótico, Van Helsing começou seus passes mais cedo do que o habitual. Não tiveram qualquer efeito, porém, até o horário costumeiro, e ela cedeu com dificuldade ainda maior, apenas um minuto antes o nascer do sol. O professor não perdeu tempo em fazer-lhe as perguntas; sua resposta veio com igual rapidez:

— Tudo está escuro. Ouço a água correndo, no mesmo nível dos meus ouvidos, e o estalar de madeira contra madeira. O mugir do gado, a distância. Há um outro som, um som esquisito, como... — ela parou e começou a ficar cada vez mais pálida.

— Continue! Fale, eu ordeno! — disse Van Helsing, aflito.

Havia ao mesmo tempo desespero em seus olhos, pois o sol que nascia produzia reflexos avermelhados até mesmo no rosto pálido de Mrs. Harker. Ela abriu os olhos, e todos ficamos surpresos quando disse, de maneira gentil e com aparente indiferença:

— Ah, professor, por que me pede para fazer o que sabe que não posso? Não me lembro de nada.

Em seguida, vendo a expressão de surpresa em nosso rosto, disse, virando-se alternadamente para cada um de nós:

— O que foi que eu disse? O que foi que eu fiz? Não sei de nada, exceto que estava deitada lá, semiadormecida, e o ouvi dizer "Continue! Fale, eu ordeno!" Pareceu-me tão engraçado ouvi-lo me dar ordens, como se eu fosse uma criança travessa!

— Ah, madame Mina — disse ele, tristemente —, quando palavras que visam ao seu bem, ditas com mais sinceridade do que nunca, parecem tão estranhas, por serem ordens dadas àquela a quem me orgulho de obedecer, isso é uma prova, se provas forem necessárias, do quanto eu a estimo e respeito!

O trem está apitando; aproximamo-nos de Galatz. Estamos ardendo de ansiedade e impaciência.

Diário de Mina Harker

30 de outubro — Mr. Morris levou-me ao hotel onde nossos quartos foram reservados através de telegramas, já que ele, por não falar idiomas estrangeiros, é o único de que podem abrir mão, no momento. As forças foram distribuídas como haviam sido em Varna, com uma exceção: lorde Godalming foi falar com o vice-cônsul; seu título pode funcionar como uma espécie de garantia imediata ao oficial, já que estamos com uma pressa enorme. Jonathan e os dois médicos foram ao encarregado de expedição de mercadorias, a fim de se pôr a par de detalhes acerca da chegada da *Czarina Catherine.*

Mais tarde. — Lorde Godalming voltou. O cônsul está ausente, e o vice-cônsul encontra-se doente; o trabalho rotineiro está sendo feito por um funcionário — que foi muito amável e se ofereceu para fazer o que estiver em seu poder.

Diário de Jonathan Harker

30 de outubro — Às nove horas, o dr. Van Helsing, o dr. Seward e eu fomos ter com os senhores Mackenzie & Steinkov, agentes da firma londrina Hapgood. Em resposta ao pedido enviado por lorde Godalming, eles haviam recebido de Londres um telegrama solicitando-lhes que nos atendessem com toda a cortesia. Foram mais do que gentis e polidos, levando-nos imediatamente a bordo da *Czarina Catherine*, ancorada no porto fluvial. Lá vimos o comandante, chamado Donelson, que nos contou sobre a viagem. Disse que em toda sua vida jamais encontrara ventos tão favoráveis.

— Minha nossa — disse ele —, estávamos tão apavorados. Achávamos que a má sorte ia nos visitar e perderíamos o navio. Não é normal ir tão rápido de Londres ao mar Negro com o vento ao nosso favor. Era como se o próprio Diabo estivesse soprando nossas velas, com algum objetivo particular seu. E o tempo todo não conseguíamos ver nada. Sempre que chegávamos perto de algum barco, de algum porto ou de algum cabo, o nevoeiro nos envolvia e seguia conosco. Quando se dissipava e olhávamos para o mar, já não conseguíamos ver nada. Atravessamos Gibraltar sem poder sinalizar, e só encontramos alguém quando chegamos em Dardanelos e ficamos esperando pela permissão para seguir viagem. Primeiro, eu estava inclinado a afrouxar um pouquinho as velas até o nevoeiro diminuir, mas achei que se o Diabo estava determinado a nos fazer chegar logo ao mar Negro, ia conseguir, quiséssemos nós ou não. Se fizéssemos uma viagem rápida, não ficaríamos nada mal aos olhos dos proprietários, e não prejudicaria nossos negócios. E o velho que havíamos ajudado ficaria bem agradecido por não ter sido impedido.

Essa mistura de simplicidade e astúcia, de superstição e raciocínio comercial, despertou Van Helsing, que disse:

— Meu amigo, esse Diabo é mais esperto do que alguns acreditam; e ele sabe quando encontra um adversário à sua altura!

O gracejo não desagradou ao comandante, que prosseguiu:

— Depois que passamos pelo Bósforo, os homens começaram a resmungar. Alguns deles, os romenos, vieram me pedir que lançasse ao mar um caixote grande que um velho esquisito trouxera a bordo logo antes de zarparmos de Londres. Eu vira esses homens olharem assustados para o sujeito e apontarem para ele os dois dedos quando o viram, a fim de se proteger do mau-olhado. Puxa, essa superstição dos estrangeiros é bem ridícula! Mandei que voltassem ao trabalho na mesma hora, mas, logo depois que um nevoeiro envolveu o barco, eu mesmo me senti um pouco estranho por causa de alguma coisa. Mas não posso dizer que fosse por causa do caixote. Bem, continuamos, e como o nevoeiro não se dissipasse por cinco dias, simplesmente deixei o vento nos levar. Porque se o Diabo quisesse chegar em algum lugar, bem, é claro que ia conseguir. E se não quisesse, de qualquer modo ficaríamos de olho. Tivemos de fato bom tempo e navegamos em águas profundas o tempo todo. Há dois dias, quando o sol penetrou o nevoeiro, nos encontramos exatamente no rio em frente a Galatz. Os romenos estavam histéricos e queriam que, certo ou errado, eu tirasse a caixa e a jogasse no rio. Tive que discutir com eles com uma alavanca de madeira. Quando o último deles levantou-se do chão segurando com as mãos a cabeça, tive de convencê-los de que, mau-olhado ou não, a propriedade e a confiança dos proprietários seriam melhor servidas em minhas mãos do que no Danúbio. Reparem bem, esses homens já tinham levado a caixa até o convés e estavam prontos para lançá-la n'água. Como estava marcado nela *Galatz via Varna*, achei melhor deixá-la ali até descarregarmos as mercadorias no porto e nos livrarmos dela de uma vez por todas. Não conseguimos descarregar muita coisa naquele dia e tivemos que ficar ancorados durante a noite. Mas, bem cedinho na manhã seguinte, um senhor subiu a bordo com uma ordem, proveniente da Inglaterra, para receber uma caixa destinada a um tal conde Drácula. Os papéis estavam em ordem, e eu fiquei feliz por me livrar da maldita caixa, pois também estava começando a ficar inquieto com aquilo. Se o Diabo tivesse alguns pertences no navio, acho que não era nada mais nem nada menos do que a própria!

— Como se chamava o homem que o levou? — perguntou o dr. Van Helsing, contendo sua ansiedade.

— Já vou lhe dizer — respondeu o comandante.

Descendo até a cabine, voltou de lá com um recibo assinado por "Immanuel Hildesheim". O endereço era Burgen-Strasse, 16. Descobrimos que isso era tudo o que o comandante sabia; agradecemos e fomos embora.

Encontramos Hildesheim em seu escritório. Tratava-se de um hebreu tipo "Teatro Adelphia", com o nariz igual ao de um carneiro e um fez. Seus argumentos eram sublinhados com dinheiro — essa parte cabendo a nós —, e com uma certa barganha ele nos contou o que sabia. Suas informações se revelaram bastante simples, mas importantes. Ele recebera uma carta de Mr. de Ville, de Londres, dizendo-lhe que recebesse, se possível antes do raiar do dia, para evitar os oficiais da alfândega, uma caixa que chegaria a Galatz a bordo da *Czarina Catherine.* Deveria deixá-la aos cuidados de um certo Petrov Skinski, que negociava com os eslovacos que faziam o transporte pelo rio até o porto. Seus serviços haviam sido pagos por uma promissória de um banco inglês, devidamente descontada em ouro no Danube International Bank. Quando Skinski aparecera, ele o levara até a escuna e lhe entregara a caixa, a fim de economizar as despesas com o carreto. Era tudo o que sabia.

Quando procuramos por Skinski, não conseguimos encontrá-lo. Um de seus vizinhos, que não parecia gostar muito dele, disse que partira dois dias antes; ninguém sabia para onde. A informação foi confirmada pelo senhorio, a quem um mensageiro entregara a chave da casa e o pagamento do aluguel — em moeda inglesa. Isso ocorrera entre dez e 11 horas, na noite anterior. Estávamos novamente num beco sem saída.

Enquanto conversávamos, alguém chegou correndo, sem fôlego, dizendo que o corpo de Skinski havia sido encontrado dentro dos muros do adro de St. Peter, e que a garganta havia sido dilacerada, como que por algum animal selvagem. Os homens com quem falávamos correram para ver o horror, o sujeito gritando "Isso é coisa de algum eslovaco!" Fomos embora depressa, para evitar que nos relacionassem de alguma forma ao crime e assim nos detivessem.

Ao chegarmos ao hotel, não havia qualquer conclusão definitiva. Estávamos todos convencidos de que o caixote estava a caminho de algum lugar, por água, mas qual poderia ser esse lugar era algo que teríamos que descobrir. Com o ânimo abatido, voltamos para junto de Mina.

Quando nos reunimos, a primeira coisa a fazer era decidir se Mina voltaria a compartilhar de nossos planos e discussões. Estamos numa situação desesperada, e isso seria pelo menos correr o risco, embora um risco grande. Como um primeiro passo, fui liberado da promessa que fizera a ela.

DIÁRIO DE MINA HARKER

30 de outubro, à noite — Todos estavam tão exaustos e esgotados e abatidos que nada havia a fazer até que tivessem descansado um pouco. Assim sendo, pedi-lhes que se deitassem por meia hora enquanto eu anotava tudo o que acontecera até o momento. Fico muito grata ao homem que inventou a máquina de escrever "Traveller's" e a Mr. Morris, que comprou esta aqui para mim. Ficaria perdida se tivesse que escrever com pena e tinta.

Tudo já foi feito. Como meu pobre querido Jonathan não deve ter sofrido, como não deve estar sofrendo agora! Está deitado no sofá e mal parece respirar; a impressão é de que todo o seu corpo entrou em colapso. As sobrancelhas estão franzidas, e todo o seu rosto está contraído com a dor. Pobre rapaz; talvez ele esteja pensando, e posso ver sua face enrugar com o esforço da concentração. Ah! Se eu pudesse ajudar no que fosse... Farei o que puder.

Pedi ao dr. Van Helsing todos os papéis que ainda não li, e ele me atendeu... Enquanto descansam, vou ler tudo com cuidado e talvez chegue a alguma conclusão. Vou tentar seguir o exemplo do professor e refletir sem preconceitos sobre os fatos que se abrem diante de mim...

Acredito que, com a graça de Deus, tenha feito uma descoberta. Vou apanhar os mapas e examiná-los...

Estou mais do que nunca convencida de que tenho razão. Já anotei minha nova conclusão; reunirei os outros e lerei o que escrevi. Eles poderão julgar; convém ser precisa, e cada minuto é muito importante.

MEMORANDO DE MINA HARKER
(*REGISTRADO EM SEU DIÁRIO.*)

Base da investigação — O problema do conde Drácula é regressar ao seu castelo.

(*a*) É necessário que ele seja *levado de volta* por alguém. Isso é evidente, pois se ele tivesse condições de se deslocar como quisesse, poderia ir como homem, como lobo, como morcego ou de alguma outra forma. É óbvio que teme ser descoberto, ou que haja interferências em seu plano, no estado de impotência em que deve se encontrar — confinado como está a um caixote de madeira, entre a aurora e o poente.

(*b*) *Como ele será levado?* — Aqui um processo de exclusões pode nos ajudar. Pela estrada, pela ferrovia ou por água?

1. *Pela estrada.* — Há infinitas dificuldades, sobretudo para deixar a cidade.

(*x*) Há pessoas; pessoas são curiosas, e fazem investigações. Uma insinuação, uma suspeita, uma dúvida sobre o que poderia haver dentro da caixa poderiam destruí-lo.

(*y*) Há, ou pode haver, oficiais da alfândega e cobradores de impostos pelos quais teria que passar.

(*z*) Seus perseguidores poderiam segui-lo. Esse é o seu maior medo; para evitar que descubram seu paradeiro, ele repele, até onde é capaz de fazê-lo, sua própria vítima — eu!

2. *Pela ferrovia.* — Não há ninguém para cuidar da caixa. Ele teria que correr o risco de sofrer algum atraso, e qualquer demora seria fatal, com os inimigos em seu encalço. É verdade que pode fugir à noite; mas o que seria dele se deixado num lugar estranho, sem um refúgio onde se esconder? Não é o que tem em mente; não pretende correr riscos.

3. *Por água.* — Essa é a forma mais segura, sob um aspecto, mas a mais perigosa, sob outro. Na água ele perde seus poderes, exceto à noite; mesmo então, só pode invocar o nevoeiro, a tempestade, a neve e seus

lobos. Se naufragasse, porém, a água haveria de tragá-lo; impotente, ele seria destruído. Poderia fazer com que a escuna se aproximasse da terra firme, mas se fosse terra inimiga, onde não tivesse liberdade para ir e vir, sua situação ainda seria desesperadora.

Sabemos, a partir destes registros, que ele estava viajando por água; o que precisamos fazer, portanto, é definir *qual* água.

A primeira coisa a descobrir é o que exatamente ele fez até o momento; então, talvez tenhamos alguma pista de quais serão seus próximos passos.

Primeiro. — Temos que distinguir entre o que ele fez em Londres como parte de seu plano geral de ação e o que fez sob pressão, em momentos em que tinha de se arranjar da melhor forma possível.

Segundo. — Temos que descobrir, até onde pudermos deduzir a partir dos fatos que conhecemos, o que ele fez até o momento.

Quanto ao primeiro ponto, ele obviamente tinha a intenção de ir até Galatz, mandando a fatura para Varna a fim de nos despistar caso averiguássemos a forma como partiu de Londres. Seu propósito único e imediato era fugir. Prova disso é a carta com instruções que enviou para Immanuel Hildesheim, dizendo-lhe que liberasse e desembarcasse a caixa *antes do nascer do sol.* Há também as instruções a Petrov Skinski. Só podemos fazer conjecturas, aqui, mas deve ter havido alguma carta ou mensagem, já que Skinski procurou Hildesheim.

Todos sabemos que seus planos, até aqui, foram bem-sucedidos. A *Czarina Catherine* fez uma viagem surpreendentemente rápida — tão rápida a ponto de merecer a desconfiança do capitão Donelson; mas sua superstição junto com sua esperteza beneficiaram o conde, e a escuna seguiu a toda velocidade, sob os ventos favoráveis e através do nevoeiro, até aportar em Galatz, às cegas. Também já foi comprovado que as instruções do conde foram cumpridas. Hildesheim liberou a caixa, desembarcou-a da escuna e a entregou a Skinski. Este apanhou-a — e aqui perdemos a pista. Tudo o que sabemos é que a caixa está em algum lugar sobre a água, seguindo adiante. A alfândega e os cobradores de impostos, se é que isso funciona por aqui, foram evitados.

Agora temos que nos perguntar o que o conde pode ter feito após sua chegada — em *terra firme*, em Galatz.

A caixa foi entregue a Skinski antes do nascer do sol. À hora da alvorada, o conde poderia aparecer em sua própria forma. Neste ponto, cabe perguntar por que Skinski resolveu colaborar. No diário de meu marido, Skinski é mencionado como alguém que negocia com os eslovacos que fazem o transporte pelo rio até o porto; e a observação daquele homem, de que o assassinato "era coisa de algum eslovaco", demonstra qual o sentimento geral com relação a essa gente. O conde queria ficar isolado.

Eis o que deduzo daí: em Londres, o conde decidiu voltar a seu castelo por água, por ser esse o meio mais seguro e discreto. Os ciganos o haviam trazido do castelo e provavelmente entregaram a carga aos eslovacos, que levaram as caixas até Varna, onde seriam embarcadas e seguiriam para Londres. Assim, o conde tem conhecimento de quais as pessoas capacitadas a lhe prestar esse serviço. Quando a caixa estava em terra firme, antes da aurora ou depois do poente, ele saiu de sua caixa, encontrou-se com Skinski e lhe disse o que fazer — como acertar que a caixa fosse transportada ao longo de algum rio. Quando isso foi feito, ele acreditou estar apagando suas pegadas com o assassinato do agente.

Estudei o mapa e descobri que o rio mais propício que os eslovacos poderiam ter subido é o Pruth, ou então o Sereth. Li nos papéis datilografados que, durante o transe, ouvi o mugido distante de vacas e a água correndo no nível dos meus ouvidos, bem como o estalar da madeira. Portanto, o conde, dentro de sua caixa, estava navegando por um rio, e dentro de uma embarcação aberta — movida a remo ou a varas, pois as margens estão próximas e é preciso remar contra a corrente. Não haveria sons como esses se o barco deslizasse a favor da corrente.

É claro que talvez não seja o Sereth nem o Pruth, mas podemos continuar investigando. Entre esses dois, porém, o Pruth é o mais facilmente navegável, mas o Sereth se junta, em Fundu, com o Bistrita, que mais acima vai circundar o passo de Borgo. A curva que faz ali é tão próxima do Castelo Drácula quanto é possível chegar por água.

DIÁRIO DE MINA HARKER (CONTINUAÇÃO)

Quando acabei de ler, Jonathan tomou-me nos braços e me beijou. Os outros ficaram apertando minhas mãos, e dr. Van Helsing disse:

— Nossa querida madame Mina mais uma vez nos dá uma lição. Seus olhos enxergaram quando os nossos estiveram cegos. Agora estamos outra vez na pista, e desta vez talvez sejamos bem-sucedidos. Nosso inimigo está mais impotente do que nunca; se pudermos encontrá-lo durante o dia, no rio, nossa tarefa terá terminado. Ele está na nossa frente, mas não tem o poder de apressar a viagem; não pode sair de sua caixa, ou vai despertar as suspeitas dos homens que o estão transportando. E se eles suspeitassem de algo, isso equivaleria a jogá-lo dentro d'água, onde pereceria. Isso ele sabe e não permitirá que aconteça. Agora, homens, ao nosso "Conselho de Guerra", pois temos que planejar aqui e agora o que cada um de nós fará.

— Vou arranjar uma lancha a vapor e segui-lo — disse lorde Godalming.

— E eu conseguirei cavalos para seguir pelas margens do rio, no caso de ele desembarcar — disse Mr. Morris.

— Ótimo! — disse o professor. — Mas nenhum dos dois deve ir sozinho. Temos que reunir forças para o combate caso haja necessidade; os eslovacos são fortes e grosseiros, e levam consigo armas cruéis.

Os homens sorriram, pois levavam consigo um pequeno arsenal. Mr. Morris disse:

— Trouxe algumas Winchesters; elas são bem práticas no meio de muita gente, e talvez haja lobos. O conde, se vocês se lembram, tomou algumas precauções. Fez certos pedidos que Mrs. Harker não conseguiu ouvir ou compreender. Temos que estar prontos, em todos os sentidos.

Dr. Seward disse:

— Acho que é melhor eu ir com Quincey. Estávamos acostumados a caçar juntos e nós dois, bem armados, seremos um páreo duro para quem quer que apareça. Você não deve ficar sozinho, Art. Talvez seja necessário lutar contra aqueles eslovacos, e uma facada imprevista, pois não acredito que essa gente leve armas de fogo, destruiria nossos planos. Não podemos correr riscos, desta vez. Não descansaremos até que a cabeça e o corpo do conde estejam separados, e que tenhamos certeza de que não pode reencarnar.

Olhou para Jonathan enquanto falava, e Jonathan olhou para mim. Eu podia ver que o pobre rapaz estava terrivelmente dividido. É claro que queria ficar comigo, mas por outro lado o grupo no barco seria o que mais provavelmente destruiria o... o... o... vampiro. (Por que hesitei em escrever esta palavra?) Ele ficou em silêncio por algum tempo, e enquanto isso dr. Van Helsing falou:

— Amigo Jonathan, vou lhe dizer algumas palavras, e por dois motivos. Em primeiro lugar, é jovem, valente e pode lutar; todas as suas energias talvez venham a ser necessárias no fim. Em segundo, é direito seu destruí-lo, esse ser que trouxe tanto sofrimento a você e aos seus. Não tema por madame Mina; ficará sob meus cuidados, se permitir. Estou velho. Minhas pernas já não correm tão rapidamente quanto outrora, e não estou habituado a cavalgar durante o tempo que talvez essa perseguição venha a exigir, ou a manejar armas de fogo. Mas posso ser útil de outra maneira; posso lutar de outras formas. E posso morrer, caso seja necessário, tanto quanto os homens mais novos. Portanto, vou lhes dizer qual a minha proposta: que o senhor, meu lorde Godalming, e o amigo Jonathan subam o rio em seu ligeiro barquinho a vapor, e, enquanto John e Quincey vigiam as margens onde por acaso ele poderia vir a desembarcar, levarei madame Mina ao coração do país do inimigo. Enquanto a velha raposa está presa em sua caixa, viajando por água, incapaz de fugir para terra firme e sem ousar abrir a tampa de seu caixão, pois seus transportadores eslovacos fariam, por puro medo, com que ele perecesse, seguiremos o mesmo trajeto de Jonathan: de Bistrita através do Borgo, e dali encontraremos o caminho para o Castelo Drácula. Nesse particular, o poder hipnótico de madame Mina com certeza vai ajudar, e encontraremos um caminho que de outro modo seria obscuro e desconhecido após a primeira aurora, quando estivermos perto daquele lugar fatal. Há muito que fazer, e outros lugares a santificar, para que aquele ninho de víboras seja eliminado.

Nesse ponto, Jonathan o interrompeu, exaltado:

— O senhor está querendo dizer, professor Van Helsing, que levaria Mina, mesmo em sua triste situação, e contaminada como está pela doença do Diabo, para dentro da armadilha mortífera de nosso inimigo?

Por nada neste mundo! Nem por todos os anjos e por todos os demônios! — Ficou quase sem fala por um minuto. — O senhor sabe que lugar é aquele? — prosseguiu. — Por acaso viu aquele antro odioso de diabólica infâmia, onde o próprio luar está vivo com formas pavorosas, e cada grão de poeira que rodopia ao vento é o embrião de um monstro devorador? Por acaso sentiu os lábios do vampiro sobre sua garganta? — Virou-se para mim, aqui, e, quando seus olhos encontraram minha fronte, ele jogou os braços para cima, com um grito. — Ah, meu Deus! O que fizemos para que tamanho terror recaia sobre nós?

Com isso, afundou no sofá, num colapso de aflição. Quando o professor falou num timbre claro e suave que parecia vibrar no ar, sua voz acalmou a todos:

— Ah, meu amigo, é justamente porque desejo proteger madame Mina daquele lugar odioso que iria para lá. Que Deus me proíba de levá-la àquele lugar. Há muito trabalho a fazer ali, um trabalho árduo, ao qual os olhos dela não devem assistir. Nós, os homens aqui presentes, à exceção de Jonathan, vimos com nossos próprios olhos o que precisa ser feito antes que o local possa ser purificado. Lembrem-se de que estamos em dificuldades terríveis. Se o conde fugir de nós desta vez, e ele é forte, astuto e sagaz, pode decidir dormir por um século; então, nossa querida — e tomou minha mão — iria ao seu encontro para lhe fazer companhia e seria igual àquelas que você, Jonathan, viu. Falou-nos sobre seus lábios lascivos; ouviu sua gargalhada torpe enquanto agarravam aquela sacola que o conde lhes atirara, e que ainda se mexia. Estremece, e não é de se espantar que o faça. Perdoe-me se lhe causo tanto sofrimento, mas é preciso. Meu amigo, não é esta uma necessidade extrema pela qual darei, talvez, minha vida? Se eu quisesse que alguém fosse àquele lugar para ficar, seria eu mesmo a ir e lhes fazer companhia.

— Faça como quiser — disse Jonathan, com um soluço que o sacudiu da cabeça aos pés. — Estamos nas mãos de Deus.

Mais tarde — Ah, me fez bem ver a forma como todos aqueles homens valentes trabalharam. Como pode uma mulher não amar homens tão honestos, tão sinceros e tão corajosos? E tudo isso me fez pensar também no maravilhoso poder do dinheiro! O que não é capaz de obter, quando é utilizado de maneira correta; e o que poderia fazer se fosse utilizado com intenções vis. Sinto-me tão grata por lorde Godalming ser rico, e pelo fato de que tanto ele quanto Mr. Morris, que também tem uma boa fortuna, estejam dispostos a gastá-la com tanta liberalidade. Pois, se não o fizessem, nossa pequena expedição não poderia ter início com tanta prontidão e tão bem equipada — como terá, dentro de mais uma hora. Não se passaram três horas desde que ficou acertado o que cada um de nós deveria fazer, e agora lorde Godalming e Jonathan têm uma bela lancha a vapor, pronta para partir a qualquer instante. Dr. Seward e Mr. Morris têm meia dúzia de bons cavalos aparelhados. Temos todos os mapas e vários tipos de instrumentos e apetrechos. O professor Van Helsing e eu devemos partir no trem das 23h40 para Veresti, onde teremos que arranjar uma carruagem e ir até o passo de Borgo. Levamos conosco uma boa quantidade de dinheiro em espécie, pois será preciso comprar a carruagem e os cavalos. Nós mesmos conduziremos, pois não há ninguém em quem possamos confiar num caso destes. O professor conhece os rudimentos de muitíssimas línguas, de modo que tudo ocorrerá sem problemas. Todos levamos armas, até mesmo eu, que tenho um revólver de grande calibre. Jonathan não ficou satisfeito até me ver armada como os outros. Ai de mim! Há uma arma que todos os outros levam e que me está proibida, enquanto houver esta cicatriz em minha testa. O caro dr. Van Helsing me consola dizendo-me que estou armada até os dentes, pois podemos encontrar lobos. O tempo está ficando cada vez mais frio a cada hora que passa, e nevascas leves acontecem de quando em quando, em sinal de advertência.

Mais tarde — Precisei de toda a minha coragem para dizer adeus ao meu querido. Talvez nunca mais nos encontremos. Coragem, Mina! O professor a está olhando com uma expressão severa; é uma advertência. Não deve haver lágrimas agora — a menos que Deus as deixe cair, em sinal de alegria.

Diário de Jonathan Harker

30 de outubro, à noite — Escrevo estas palavras sob a luz da porta da fornalha, na lancha a vapor, que lorde Godalming está atiçando. Tem experiência no assunto, pois durante anos teve uma lancha no Tâmisa e outra em Norfolk Broads. Com relação aos nossos planos, chegamos por fim à conclusão de que Mina tinha razão; se o conde escolheu fugir de volta ao castelo por via fluvial, o Sereth e depois o Bistrita, quando os dois se unem, seriam o caminho ideal. Concluímos que o lugar escolhido para seguir por terra até os Cárpatos seria algum ponto a 47 graus de latitude norte. Não receamos ir em grande velocidade à noite; há muita água, e as margens estão suficientemente distantes para fazer da lancha a vapor um transporte seguro mesmo no escuro. Lorde Godalming me disse para ir dormir um pouco, pois por ora basta um de nós ficar de guarda. Mas não consigo dormir — como conseguiria, sabendo que esse perigo terrível paira sobre a minha querida, e que ela está indo para aquele lugar abominável? O consolo que me resta é saber que estamos nas mãos de Deus. Se não fosse pela fé, seria mais fácil morrer do que viver, e assim ficar livre de tantos problemas. Mr. Morris e dr. Seward partiram em sua longa cavalgada antes de nós embarcarmos; vão ficar na margem direita, longe o suficiente do rio para que, em terras mais altas, tenham uma visão melhor e também possam evitar as muitas curvas. Levaram consigo, para essa fase da viagem, dois homens que cavalgam com eles e levam os outros cavalos, quatro animais ao todo, para não despertar curiosidade. Quando dispensarem os homens, o que ocorrerá em breve, eles próprios cuidarão dos cavalos. Talvez seja preciso unir nossas forças; se for o caso, haverá cavalos para todos nós. Uma das selas tem o arção dianteiro removível, e pode ser facilmente adaptada para Mina, se necessário.

Esta é uma aventura fantástica. Aqui, enquanto seguimos rio acima em meio à escuridão, com o frio parecendo levantar-se das águas e nos atingir, e com todas as vozes misteriosas da noite ao nosso redor, é possível compreender a enormidade de tudo isto. Parecemos estar ingressando em lugares e caminhos desconhecidos, num mundo de coisas sombrias e assustadoras. Godalming está fechando a porta da fornalha...

31 de outubro — Continuamos seguindo em frente. Já é dia, e Godalming está dormindo. Eu estou de guarda. A manhã está bastante fria, e o calor da fornalha é bem-vindo, embora tenhamos pesados casacos de pele. Até o momento, só passamos por uns poucos barcos abertos, mas nenhum deles levava a bordo qualquer tipo de caixote do tamanho daquele que procuramos. Os homens ficaram assustados todas as vezes que caiu sobre eles o facho de luz de nossa lanterna elétrica, e se puseram de joelhos, rezando.

1º de novembro, à noite — Sem novidades o dia todo. Não encontramos nada do tipo que procuramos. Já estamos agora no rio Bistrita, e se nossas conclusões estiverem erradas, perdemos a chance de interceptar o conde. Inspecionamos todos os barcos, grandes e pequenos. Hoje cedo pela manhã a tripulação de um deles achou que éramos do governo e nos deu o tratamento apropriado. Descobrimos com isso uma forma de facilitar as coisas; portanto, em Fundu, onde o Bistrita e o Sereth se encontram, arranjamos uma bandeira romena, que agora exibimos de forma bem visível. O truque foi bem-sucedido com cada barco que inspecionamos desde então; trataram-nos com muita deferência e não fizeram qualquer objeção ao que quer que tenhamos perguntado ou feito. Alguns dos eslovacos nos disseram que uma embarcação grande passou por eles, seguindo com extraordinária velocidade, pois a bordo havia o dobro da tripulação habitual. Isso havia sido antes de chegarem em Fundu, de modo que não tinham condições de dizer se o barco seguira pelo Bistrita ou se continuara subindo o Sereth. Em Fundu, ninguém sabia do barco, o que significa que deve ter passado por aqui à noite. Estou bastante sonolento; talvez esteja começando a sentir as consequências do frio, e a natureza precisa descansar em algum momento. Godalming insiste em fazer o primeiro turno da guarda. Que Deus o abençoe por toda a bondade que tem demonstrado por minha pobre querida Mina e por mim.

2 de novembro, pela manhã — Já é dia. O gentil rapaz não me acordou. Disse-me que teria sido um pecado fazê-lo, pois eu dormia em paz, livre de todas as inquietações. Pareceu-me brutalmente egoísta de minha parte ter dormido tanto e tê-lo deixado de guarda a noite toda, mas ele tinha razão. Sou um novo homem esta manhã; enquanto me sento aqui e o observo dormindo, posso fazer tudo o que é necessário: cuidar da fornalha, conduzir a lancha e ficar de guarda. Sinto minha força e energia regressando. Pergunto-me onde estarão agora Mina e Van Helsing. Devem ter chegado a Veresti por volta do meio-dia, na quarta-feira. Levaria um certo tempo até conseguirem a carruagem e os cavalos; assim sendo, se viajaram rápido, devem estar chegando agora ao passo de Borgo. Que Deus os guie e ajude! Tenho medo de pensar no que pode acontecer. Se pudéssemos ir mais rápido! Mas não podemos; os motores vibram, trabalhando em sua potência máxima. Pergunto-me como estarão se saindo Mr. Morris e dr. Seward. Parece haver uma quantidade infinita de riachos que correm das montanhas até este rio, mas nenhum deles muito grande — por ora, pelo menos, embora sejam muito perigosos no inverno e quando a neve derrete. Nossos cavaleiros não devem ter encontrado muitos obstáculos. Espero que consigamos vê-los antes de chegar a Strasba; pois, se até então não tivermos interceptado o conde, será preciso reunirmo-nos para discutir o que fazer a seguir.

Diário do dr. Seward

2 de novembro — Estamos na estrada há três dias. Não há nada de novo, e eu não teria tempo para escrever mesmo que houvesse, pois cada instante é precioso. Só descansamos o necessário para os cavalos, mas ambos estamos aguentando bastante bem. Esses nossos dias de aventura estão se revelando úteis. Temos que nos apressar: não ficaremos satisfeitos até colocarmos de novo os olhos sobre aquela lancha.

3 de novembro — Em Fundu ouvimos dizer que a lancha seguiu pelo Bistrita. Eu gostaria que não fizesse tanto frio. Há sinais de que a neve se aproxima e, se cair em grande quantidade, vai nos deter. Nesse caso, precisaremos de um trenó para seguir em frente, do tipo russo.

4 de novembro — Hoje ouvimos dizer que a lancha se acidentou ao tentar forçar caminho pelas corredeiras. Os barcos eslovacos saem-se bem na passagem, com a ajuda de uma corda e de um timoneiro experiente. Alguns passaram apenas algumas horas antes. O próprio Godalming é um mecânico amador, e evidentemente foi ele quem pôs a lancha em condições de navegar outra vez. Por fim, com ajuda local conseguiram passar pelas corredeiras, e estão novamente na busca. Temo que o barco esteja em piores condições depois do acidente; os camponeses nos disseram que, após a passagem das corredeiras, ficava parando a todo momento, enquanto o tiveram em vista. Temos que nos apressar mais do que nunca; é possível que em breve nossa ajuda venha a ser necessária.

Diário de Mina Harker

31 de outubro — Chegamos em Veresti ao meio-dia. O professor me disse que hoje pela manhã, ao raiar do dia, mal conseguiu me hipnotizar, e que tudo o que eu disse foi "escuro e quieto". Saiu para comprar uma carruagem e cavalos. Disse que mais tarde tentará comprar mais cavalos, para que possamos trocá-los durante a viagem. Temos cerca de cem quilômetros diante de nós. A região é adorável e muito interessante; se as condições fossem outras, seria agradável conhecê-la. Se Jonathan e eu estivéssemos viajando aqui sozinhos, que prazer eu não estaria sentindo! Parar e ver as pessoas, aprender alguma coisa sobre sua vida, encher nossas mentes e nossas memórias com todo o colorido e o caráter pitoresco desta região bonita e selvagem, e dessa gente exótica! Mas, ai de mim!...

Mais tarde — O dr. Van Helsing voltou. Conseguiu a carruagem e os cavalos; vamos jantar qualquer coisa e partir dentro de uma hora. A dona do hotel está preparando para nós um grande cesto de provisões; parece suficiente para uma companhia de soldados. O professor a incentiva a fazê-lo, sussurrando em meu ouvido que talvez uma semana se passe antes que consigamos boa comida novamente. Ele também andou fazendo compras e trouxe para o hotel uma boa quantidade de casacos e agasalhos de pele, e mais todo tipo de vestimentas quentes. Com certeza não passaremos frio.

Partiremos em breve. Tenho medo de pensar no que pode nos acontecer. Estamos verdadeiramente nas mãos de Deus. Somente Ele sabe o que vai acontecer, e rezo, com toda a força de meu espírito triste e humilde, para que Ele proteja meu adorado marido; para que, aconteça o que acontecer, Jonathan saiba que o amei e respeitei mais do que sou capaz de dizer, e que meu último e mais sincero pensamento será sempre para ele.

capítulo 27

Diário de Mina Harker

1º de novembro — Viajamos o dia todo, e em boa velocidade. Os cavalos parecem saber que estão sendo tratados com gentileza, pois é de boa vontade que dão o melhor de si. Já fizemos tantas mudanças de cavalos e encontramos a mesma reação com tanta constância que somos levados a acreditar que a viagem será fácil. Dr. Van Helsing é lacônico; diz aos fazendeiros que tem pressa de chegar a Bistrita e lhes paga bem para fazer a troca de cavalos. Tomamos sopa quente, ou café, ou chá, e partimos. É uma região admirável, cheia de belezas de todos os tipos imagináveis, e o povo é valente, forte e simples, e aparentemente tem muitas qualidades. São *muito, muito* supersticiosos. Na primeira casa em que paramos, quando a mulher que nos servia viu a cicatriz em minha testa fez o sinal da cruz e estendeu os dois dedos, para se proteger do mau-olhado. Acredito que se deram o trabalho de colocar um pouco mais de alho em nossa comida, e eu não suporto alho. Desde então, tenho tomado o cuidado de não tirar o chapéu nem o véu, e assim tenho conseguido escapar de suas suspeitas. Estamos viajando rapidamente, e, como não temos conosco um cocheiro que saia espalhando fofocas, evitamos comentários negativos a nosso respeito, mas creio que o medo do mau-olhado vai nos seguir bem de perto o tempo todo. O professor parece incansável. Não parou o dia inteiro, embora tenha me feito dormir por um bom período. À hora do poente, hipnotizou-me e disse que respondi, como de hábito: "escuridão, o marulho da água e o estalar da madeira"; portanto, nosso inimigo ainda está no rio. Tenho medo de pensar em Jonathan, mas de certo modo não temo por ele, ou por mim mesma. Escrevo estas palavras enquanto esperamos, numa fazenda, que os cavalos sejam preparados.

Dr. Van Helsing está dormindo. Pobre coitado, ele parece muito cansado e muito velho, mas sua boca está rígida como a de um conquistador; até mesmo durante o sono sua determinação transparece instintivamente. Depois que partirmos, preciso fazê-lo descansar enquanto eu conduzo a carruagem. Vou lhe dizer que ainda temos vários dias diante de nós e que não podemos correr o risco de fraquejar quando nossa força será mais do que nunca necessária... Tudo está pronto, logo partiremos.

2 de novembro, pela manhã — Fui bem-sucedida, e alternamos a condução da carruagem ao longo de toda a noite. Já é dia, agora; dia claro, embora frio. Há um peso estranho no ar — digo "peso" por falta de uma palavra melhor; o que quero dizer é que nos oprime. Faz muito frio, e só ficamos confortáveis usando nossas peles. Ao nascer do sol, Van Helsing me hipnotizou; disse que respondi "escuridão, estalar da madeira e águas rugindo"; portanto, o rio está se modificando à medida que sobem. Espero que meu querido não esteja correndo perigo, ou pelo menos não mais do que o necessário; mas estamos nas mãos de Deus.

2 de novembro, à noite — Viajamos o dia todo. A região torna-se mais selvagem à medida que avançamos, e os enormes picos dos Cárpatos, que em Veresti pareciam tão distantes e tão pequenos no horizonte, agora dão a impressão de nos cercar e se elevar em grande altura diante de nós. Ambos parecemos ter bom ânimo; acho que um se esforça para alegrar o outro, e, assim, alegramo-nos a nós mesmos. Dr. Van Helsing diz que pela manhã chegaremos ao passo de Borgo. As casas são muito esparsas, agora, e o professor diz que o último cavalo que conseguimos terá de ir conosco até o fim, pois talvez não seja possível trocá-lo. Comprou mais dois além dos dois que trocamos pela última vez, de modo que nesse momento temos um quarteto improvisado. Os pobres cavalos são bons e pacientes, e não nos dão trabalho. Não temos que nos preocupar com outros viajantes; assim, até mesmo eu posso conduzir a carruagem. Chegaremos ao passo durante o dia; não queremos chegar antes disso. Portanto, estamos seguindo com mais calma e descansamos por um bom período, alternadamente. Ah, o que o dia de amanhã vai nos trazer? Estamos indo procurar o lugar onde meu pobre querido sofreu tanto. Deus permita que sigamos no caminho correto. Que faça a bondade de olhar por meu marido e por aqueles que nos são caros a ambos, agora em tão grave perigo. Quanto a mim, não sou digna de Seus olhos. Ai de mim! Estou impura e assim permanecerei até que Ele haja por bem olhar-me como alguém sobre quem Sua ira não caiu.

Memorando de Abraham van Helsing

4 de novembro — Isto é para meu velho e leal amigo dr. John Seward, de Purfleet, Londres, no caso de eu não voltar a vê-lo. Talvez consiga explicar tudo. De manhã, escrevo diante de um fogo que mantive aceso durante toda a noite — com a ajuda de madame Mina. Faz muito frio, tão frio que o céu pesado e cinzento está cheio de neve; quando essa neve cair, ficará durante todo o inverno, pois o chão já está endurecendo para recebê-la. Parece ter afetado madame Mina; ela anda tão sonolenta durante todo o dia que nem parece a mesma pessoa. Dorme, dorme e dorme! Ela, que de hábito é tão alerta, não fez literalmente nada durante o dia; chegou mesmo a perder o apetite. Não escreve em seu pequeno diário; ela que costumava aproveitar cada pausa para fazê-lo. Algo me diz que as coisas não vão muito bem. Hoje à noite, no entanto, ela está mais *vif.* O fato de ter dormido o dia todo a revigorou e restabeleceu, pois agora está animada e gentil como sempre. À hora do poente, tentei hipnotizá-la, mas, ai de mim!, sem resultados; o poder diminuiu dia após dia, e hoje não funcionou por completo. Bem, que seja feita a vontade de Deus — qualquer que seja ela e para onde quer que nos leve!

Agora ao histórico — pois, se madame Mina não escreve em seu diário taquigrafado, tenho eu que o fazer, à minha moda antiga e desajeitada, para que nenhum dia de nossa viagem fique sem registro.

Chegamos ao passo de Borgo ontem de manhã, logo após o raiar do dia. Quando vi os sinais da aurora, aprontei-me para hipnotizar madame Mina. Paramos a carruagem e descemos, para não sermos perturbados. Fiz com as peles um assento para ela, que, recostando-se, cedeu como de costume ao sono hipnótico, mas mais devagar e por um tempo menor do que até então. Como antes, a resposta foi "escuridão e água correndo". Então acordou, alegre e radiante; seguimos viagem e logo chegamos ao passo. Nessa hora e nesse lugar, ela ficou extremamente entusiasmada;

alguma nova força manifestou-se nela e a estava guiando, pois ela apontou para uma estrada e disse:

— É por aqui.

— Como pode saber? — perguntei-lhe.

— É claro que sei — ela respondeu, e fez uma pausa. — Por acaso Jonathan não a percorreu — acrescentou — e descreveu em seu diário?

A princípio achei algo estranho, mas logo vi que só havia uma única estrada transversal. Poucos a utilizam, e é bem diferente da estrada usada pelos coches entre Bucovina e Bistrita — esta última é mais larga e resistente, e mais utilizada.

Assim, seguimos por essa estrada; quando cruzávamos outros caminhos — nem sempre tínhamos certeza de que fossem estradas, pois estão descuidados e caiu um pouco de neve — só os cavalos sabiam. Soltei as rédeas, e eles seguem em frente com muita paciência. Aqui e ali fomos encontrando tudo o que Jonathan descreveu naquele seu maravilhoso diário. E seguimos adiante, por horas e horas a fio. A princípio, disse à madame Mina que dormisse; ela tentou e conseguiu. Dormiu o tempo todo. Por fim, comecei a ficar desconfiado e tentei acordá-la. Ela continuou dormindo, porém, e não consegui fazer com que despertasse, a despeito das tentativas. Não queria ser muito incisivo para não lhe fazer mal; sei o quanto sofreu, e o sono às vezes é tudo para ela. Acho que acabei cochilando, pois subitamente senti-me culpado, como se tivesse feito o que não devia; encontrei-me sentado muito ereto, com as rédeas nas mãos, e os cavalos iam trotando em frente como sempre. Olhei para baixo e vi que madame Mina ainda dormia. A hora do poente já se aproxima, e, sobre a neve, a luz do sol projeta um brilho amarelado; nossas sombras são compridas sobre as montanhas tão íngremes. Estamos subindo cada vez mais; ah!, a paisagem é tão selvagem e rochosa, como se este lugar fosse o fim do mundo.

Então, acordei madame Mina. Dessa vez ela despertou sem maiores dificuldades, e em seguida tentei hipnotizá-la. Mas ela não cedeu, mesmo eu tendo sido rígido. Continuei tentando e tentando até que eu e ela já estivéssemos na escuridão. Olhei ao redor e vi que o sol já tinha se posto. Madame Mina riu, e virei-me para ela. Estava agora bem desperta e parecia tão bem quanto eu não a via desde aquela noite em que entramos na casa do conde, em Carfax. Fiquei surpreso e não muito satisfeito; mas ela estava tão animada e carinhosa e atenciosa para comigo que esqueci todos os meus medos. Acendi uma fogueira, pois havíamos trazido lenha conosco, e ela preparou a comida enquanto eu soltava os cavalos da carruagem, amarrava-os num abrigo e os alimentava. Quando voltei para junto da fogueira, meu jantar estava pronto. Fui ajudá-la, mas ela sorriu e me disse que já havia comido — que sentia tanta fome que não conseguira esperar. Não gostei disso e fiquei bastante receoso; mas não quis assustá-la e nada disse a respeito. Ela me ajudou, e eu comi sozinho. Depois, envolvemo-nos nas peles e deitamos junto à fogueira. Eu lhe disse para dormir enquanto eu fazia a guarda. Logo em seguida, porém, esqueci-me completamente da guarda e, quando de súbito recordei-me, vi que ela estava deitada em silêncio mas acordada, olhando para mim com olhos brilhantes. A mesma coisa aconteceu uma ou duas vezes, e consegui dormir bastante até o raiar do dia. Quando acordei, tentei hipnotizá-la, mas, ai de mim!, embora ela fechasse os olhos, obediente, o transe não veio. O sol foi ficando cada vez mais alto no céu. Ela adormeceu tarde demais, mas tão profundamente que não consegui acordá-la. Tive que pegá-la no colo e colocá-la ainda adormecida na carruagem, depois de atrelar os cavalos e aprontar tudo. A madame ainda está dormindo, e, em seu sono, parece mais saudável e corada do que antes. Não gosto disso. Tenho medo, medo, medo! Tenho medo de tudo — até mesmo de pensar, mas preciso seguir em frente. O que está em jogo aqui é uma questão de vida e morte, ou mais do que isso, e não podemos recuar.

5 de novembro, pela manhã — Tenho que relatar tudo de forma precisa, pois, embora nós dois tenhamos visto coisas estranhas juntos, você pode a princípio pensar que eu, Van Helsing, estou louco — que os muitos horrores e a tensão nervosa finalmente abalaram minha mente.

Viajamos durante todo o dia de ontem, chegando cada vez mais perto das montanhas e penetrando numa região cada vez mais selvagem e deserta. Havia enormes e sombrios precipícios e muitas quedas d'água; a Natureza parecia ter feito uma grande festa por ali. Madame Mina continuava dormindo a sono solto; embora eu tivesse sentido fome e me alimentado, não consegui despertá-la — nem mesmo para comer. Comecei a temer que o feitiço mortal daquele lugar estivesse agindo sobre ela, contaminada depois do batismo feito pelo vampiro. "Bem", eu disse a mim mesmo, "se ela dormir durante o dia inteiro, então eu não dormirei durante a noite inteira." Enquanto viajávamos pela estrada acidentada, pois aquela era de fato uma estrada antiga e defeituosa, baixei a cabeça e adormeci. Mais uma vez acordei com um sentimento de culpa e de que algum tempo se passara. Encontrei madame Mina ainda adormecida, e o sol baixo no céu. Mas tudo se modificara de fato: as montanhas sombrias pareciam mais distantes, e estávamos perto do topo de um morro íngreme, onde havia um castelo como o que Jonathan descrevera em seu diário. Fiquei ao mesmo tempo exultante e temeroso; agora o fim estava próximo, fosse qual fosse.

Acordei madame Mina e mais uma vez tentei hipnotizá-la, mas, ai de mim!, sem qualquer resultado, até que já era tarde demais. Então, antes que a escuridão nos envolvesse — pois, mesmo depois do poente, os céus ainda guardavam alguma luminosidade, que se refletia na neve, e tudo ficava mergulhado por algum tempo no crepúsculo —, soltei os cavalos da carruagem e lhes dei comida, abrigando-os como pude. Acendi então uma fogueira, perto da qual fiz com que madame Mina, agora desperta e mais encantadora do que nunca, se sentasse confortavelmente entre suas peles. Preparei a comida, mas ela não comeu, alegando apenas que não tinha fome. Não a pressionei, sabendo que seria inútil. Eu próprio comi, pois preciso agora estar forte. Então, temendo o que pudesse vir a acontecer, desenhei no chão um grande círculo em torno de madame Mina, para sua segurança; ao longo de todo o anel, polvilhei um pouco da hóstia, partida em pedaços bem pequenos de modo a não deixar de cobrir nenhum lugar. Ela ficou imóvel o tempo todo — como um cadáver; foi ficando cada vez mais pálida, até que a neve já não era mais branca do que ela, mas não disse uma palavra. Quando me aproximei, porém, ela se agarrou a mim, e eu sabia que a pobrezinha tremia dos pés à cabeça; era doloroso senti-lo. Disse-lhe, logo em seguida, depois que se acalmou um pouco:

— Por que não vem para perto do fogo?

Na verdade, eu queria testar o que ela era capaz de fazer. Ela se levantou, obediente, mas depois de ter dado um passo se deteve e ficou parada como se tivesse sido atingida.

— Por que não continua? — perguntei.

Ela meneou a cabeça e, voltando, sentou-se em seu lugar. Então, olhando para mim com os olhos abertos, como quem acaba de acordar, disse apenas "Não consigo", e ficou em silêncio. Alegrei-me, pois sabia que o que ela não pudesse fazer nenhum daqueles que temíamos poderia. Embora pudesse haver risco para o seu corpo, sua alma estava a salvo!

Pouco depois, os cavalos começaram a relinchar, dando puxões nas cordas que os amarravam; fui até lá, então, e os acalmei. Quando sentiram minhas mãos neles, relincharam baixinho como se estivessem alegres, lamberam minhas mãos e ficaram quietos por algum tempo. Várias vezes durante a noite fui aonde estavam, até a chegada da hora fria em que toda a Natureza está mais debilitada; em todos os momentos foi a minha presença que os acalmou. Na hora fria, a fogueira começou a apagar, e eu estava prestes a ir atiçá-la, pois a neve caía com mais força e junto com a neve espalhava-se uma neblina fria. Mesmo na escuridão havia uma espécie de luz, como sempre há sobre a neve; parecia que os flocos agitados pelo vento e as espirais de neblina tomavam a forma de mulheres arrastando vestidos compridos. Um silêncio morto e sombrio tomava conta de tudo, exceto pelo barulho dos cavalos relinchando e se encolhendo, como se temessem o pior. Eu sentia um medo terrível, mas então me veio a sensação de segurança por estar dentro do anel. Comecei também a pensar que estava imaginando coisas por causa da noite, do abatimento e da falta de descanso que tivera de suportar, e mais toda a terrível ansiedade. Era como se minhas lembranças de toda a apavorante experiência de Jonathan estivessem me fazendo de tolo; pois agora os flocos de neve e a neblina começavam a girar em círculo, até que pude vislumbrar, em meio às sombras, formas que se assemelhavam às mulheres que queriam beijá-lo. Os cavalos se encolhiam cada vez mais, gemendo de medo como fazem os homens quando sentem dor. Não conseguiam sequer sentir a loucura do pavor, que lhes teria permitido fugir. Eu temi por minha querida madame Mina, quando aqueles vultos estranhos se aproximaram e nos rodearam. Olhei para ela, que, no entanto, estava sentada, calma, e me sorria; no momento em que eu estava prestes a sair do círculo para reavivar a fogueira, ela me segurou e me puxou de volta, sussurrando, numa voz tão baixa que mais parecia saída de um sonho:

— Não! Não! Não saia. Aqui o senhor está a salvo!

Virei-me para ela e, olhando-a nos olhos, disse:

— Mas e a senhora? É pela senhora que temo!

Ao que ela riu, uma gargalhada baixa e irreal, dizendo:

— Teme por *mim*! Por que teme por mim? Ninguém no mundo inteiro está mais a salvo delas do que eu.

No mesmo momento em que eu me perguntava qual o significado de suas palavras, uma rajada de vento reavivou a chama, e vi a cicatriz vermelha em sua testa. Então, ai de mim!, eu soube. Se não soubesse, em breve haveria de descobrir, pois os vultos de neblina que rodopiavam se aproximaram, mas sempre se mantendo fora do círculo sagrado. Então, começaram a se materializar, até que — se Deus não me privou da razão, pois vi com meus próprios olhos — estavam diante de mim em carne e osso as mesmas três mulheres que Jonathan viu no quarto, onde elas queriam beijar seu pescoço. Eu conhecia as formas arredondadas e oscilantes, os olhos brilhantes e rígidos, os dentes brancos, a pele corada, os lábios voluptuosos. Elas sorriam para a pobre madame Mina; enquanto sua gargalhada ecoava em meio ao silêncio da noite, elas se deram os braços e apontaram para ela, dizendo, naquele tom de voz agradável que Jonathan disse serem da intolerável doçura dos copos de cristal com água dentro:

— Venha, irmã. Venha até nós. Venha! Venha!

Apavorado, virei-me para minha pobre madame Mina, e meu coração se encheu de alegria, pois, ah!, o terror espelhado em seus olhos adoráveis, a repulsa, o horror me davam muita esperança. Graças a Deus, ela ainda não era uma delas. Apanhei um pouco da hóstia e avancei em sua direção, indo para a fogueira. Elas recuaram diante de mim e riram com aquele seu riso baixo, horrível. Coloquei lenha na fogueira e não mais as temi; sabia que estávamos a salvo com a proteção que tínhamos. Elas não poderiam se aproximar de mim enquanto eu tivesse aquela arma, tampouco de madame Mina, enquanto estivesse dentro do anel, do qual não podia sair tanto quanto as outras não podiam entrar. Os cavalos haviam parado de gemer e estavam deitados no chão, imóveis; a neve caía aos poucos sobre eles, que iam ficando mais brancos. Eu sabia que os pobres animais não voltariam a sentir mais terror.

Assim permanecemos até que o tom avermelhado da aurora iluminasse a neve sombria. Eu estava desolado e apavorado, e sentia um enorme pesar e terror; mas, quando o belo sol começou a se aproximar do horizonte, a vida retornou ao meu corpo. Ao primeiro sinal da aurora, os vultos hediondos se desfizeram em meio à neblina e à neve que rodopiavam; as medonhas espirais transparentes seguiram na direção do castelo e desapareceram.

Com o nascer do sol, virei-me para madame Mina instintivamente, com a intenção de hipnotizá-la, mas ela caíra num sono repentino e profundo, do qual não consegui despertá-la. Tentei hipnotizá-la mesmo adormecida, mas não obtive respostas, nem uma única, e o dia raiou. Eu ainda tenho medo de me mexer. Acendi a fogueira e vi os cavalos; estão todos mortos. Hoje tenho muito que fazer por aqui e aguardo até que o sol esteja alto no céu. Talvez haja lugares aonde tenha que ir; lá, a luz do sol será uma segurança, mesmo obscurecida pela neblina e pela neve.

Vou me fortalecer com o café da manhã, e então irei cumprir minha terrível tarefa. Madame Mina ainda está dormindo; e graças a Deus por ser um sono tranquilo...

Diário de Jonathan Harker

4 de novembro, à noite — O acidente com a lancha foi terrível para nós. Se não fosse por esse fato, já teríamos há muito tempo ultrapassado o barco, e, a essa altura, minha querida Mina estaria livre. Tenho medo de pensar nela, nos descampados, perto daquele lugar horrível. Arranjamos cavalos e seguimos na pista do conde. Escrevo estas linhas enquanto Godalming se prepara. Estamos levando nossas armas. Os ciganos precisarão tomar cuidado se quiserem briga. Ah, se Morris e Seward estivessem conosco! Só o que nos resta é não perder as esperanças! Se eu não mais escrever, adeus, Mina! Que Deus a abençoe e proteja.

Diário do dr. Seward

5 de novembro — Ao raiar do dia, vimos o grupo de ciganos diante de nós afastando-se rapidamente do rio em seu *leiter-wagon*. Eles circundavam-no, bem próximos, e avançavam como se estivessem sendo perseguidos. Neva um pouco, e há uma estranha excitação no ar. Talvez sejam nossos próprios sentimentos, mas a depressão é insólita. Ouço lobos uivando ao longe; a neve faz com que desçam das montanhas, e há perigos para todos nós, aproximando-se por todos os lados. Os cavalos já estão quase prontos, e logo partiremos. O fim desta viagem é a morte, mas só Deus sabe quem será, ou onde, ou o que, ou quando, ou como...

Memorando do dr. Van Helsing

5 de novembro, à tarde — Pelo menos não estou louco. Graças a Deus por isso, embora comprová-lo tenha sido aterrorizante. Depois de ter deixado madame Mina dormindo dentro do círculo sagrado, segui em direção ao castelo. O martelo de ferreiro que trouxe de Veresti na carruagem foi útil; embora as portas estivessem todas abertas, quebrei suas dobradiças enferrujadas, para evitar que viessem a ser fechadas por más intenções ou pela má sorte — e, uma vez dentro do castelo, eu não tivesse mais como sair. A amarga experiência de Jonathan me foi útil. Recordando seu diário, encontrei o caminho até a antiga capela, pois sabia que era ali que teria de trabalhar. O ar estava opressivo; era como se houvesse algum gás sulfuroso, que às vezes me deixava tonto. Ou meus ouvidos zumbiam, ou escutei o uivo distante de lobos. Então me lembrei de minha querida madame Mina, e me vi numa situação difícil. O dilema me deixava dividido.

A ela eu não ousara levar àquele lugar, mas deixara dentro do círculo sagrado, a salvo das vampiras. Mas ainda havia os lobos! Decidi que meu trabalho era ali, e que teríamos que nos submeter aos lobos, se Deus assim o desejasse. De qualquer modo, para além daí só havia a morte e a liberdade. Então, fiz a escolha por ela. Se fosse apenas por mim, teria sido uma escolha fácil: melhor descansar entre as mandíbulas de um lobo do que no túmulo de um vampiro! Então, minha escolha foi levar a tarefa adiante.

Eu sabia que havia pelo menos três sepulturas a encontrar — sepulturas habitadas. Procurei, procurei e encontrei uma delas. Lá estava ela, em seu sono de vampira, tão cheia de vida e voluptuosa beleza que estremeci como se tivesse ido ali cometer um assassinato. Ah, não tenho dúvidas de que outrora, quando aconteciam coisas desse tipo, mais de um homem disposto a realizar uma tarefa como a minha veria seu coração lhe falhar no fim, e seus nervos também. Então, haveria de se demorar, e se demorar, e se demorar, até que a simples beleza da Não Morta leviana o tivesse hipnotizado; ficaria ali até a hora do poente, quando o sono da vampira terminaria. Então, os bonitos olhos daquela linda mulher haveriam de se abrir, com a expressão do amor, e a boca voluptuosa ofereceria um beijo... e a carne é fraca. Ali estaria mais uma vítima para o rebanho dos vampiros; mais um para engrossar o sinistro e medonho exército dos Não Mortos!

Com certeza há uma certa fascinação quando uma mera presença como essa é capaz de me perturbar, mesmo deitada como ela estava num túmulo gasto pelo tempo e pesado com a poeira acumulada ao longo de séculos, e embora exalasse aquele odor terrível que eu já sentira nos abrigos do conde. Sim, fiquei perturbado — eu, Van Helsing, com toda minha determinação e com todos os motivos que tinha para odiá-la —, fiquei perturbado e fui tomado pelo desejo de atrasar o cumprimento da minha tarefa; esse desejo parecia paralisar minhas faculdades e embotar meu próprio espírito. Talvez a necessidade de sono e a estranha opressividade do ar estivessem começando a me dominar. Eu com certeza mergulhava no sono, o sono de olhos abertos de quem cede a uma adorável fascinação, quando, através do silêncio criado pela neve, um longo lamento, baixo, tão cheio de sofrimento e piedade me despertou como se fosse o toque de um clarim. Era a voz de minha querida madame Mina que eu ouvia.

Então me preparei para minha terrível tarefa e encontrei, tirando as tampas das sepulturas, mais uma das três irmãs, a outra morena. Não ousei parar para observá-la, receoso de mais uma vez ficar fascinado. Continuei procurando até que, logo em seguida, encontrei, num túmulo alto e grande, como que feito para alguém muito amado, a outra irmã, a loura — que, como Jonathan, eu vira se materializar a partir dos átomos da neblina. Ela era tão agradável de se ver, dona de uma beleza tão radiante, tão maravilhosamente voluptuosa que o próprio instinto masculino existente em mim, esse instinto que leva a alguns do meu sexo a amarem e protegerem as do seu sexo, fez minha cabeça rodopiar com novas emoções. Que Deus seja louvado, porém; aquele lamento da alma de madame Mina ainda ecoava em meus ouvidos. Antes que aquele feitiço me dominasse por completo, eu me reanimara e estava pronto para fazer meu trabalho.

A essa altura, já verificara todos os túmulos na capela, ao que me parecia; como à noite só havia três daqueles fantasmas Não Mortos ao nosso redor, deduzi que não existiam mais Não Mortos ativos. Havia uma grande sepultura de aspecto mais nobre do que as outras; era imensa e de belas proporções. Uma única palavra se inscrevia nela:

DRÁCULA

Era aquela então a casa de Não Morto do Rei-Vampiro, ao qual tantos outros deviam sua existência. Estava vazia, o que era suficiente para me fazer ter certeza do que de resto já sabia. Antes de começar a devolver aquelas mulheres à verdadeira morte através de meu trabalho abominável, coloquei um pouco da hóstia dentro do túmulo de Drácula, banindo-o dali, Não Morto, para sempre.

Então comecei a cumprir minha terrível tarefa, que eu muito temia. Se fosse apenas uma, teria sido comparativamente fácil. Mas três! Recomeçar mais duas vezes depois de ter realizado aquele feito odioso! Se havia sido terrível com a adorável Miss Lucy, como não seria com aquelas três estranhas que sobreviviam há séculos e que teriam se fortalecido com o passar dos anos; que teriam, se pudessem, lutado por suas vidas ímpias...?

Ah, meu amigo John, foi uma carnificina. Se não me encorajasse a lembrança de outros mortos e daquela que ainda vivia e sobre a qual pesava tamanha nuvem de medo, não teria conseguido continuar. Estou tremendo ainda agora, embora, até que tudo já estivesse terminado, meus nervos aguentaram firme, com a graça de Deus. Se eu não tivesse visto em primeiro lugar o repouso, e a felicidade que penetrou ali logo antes de a dissolução final ocorrer, como um sinal de que a alma havia sido salva, não teria conseguido levar adiante aquele trabalho de açougueiro. Não teria suportado os berros horríveis enquanto a estaca as perfurava, os pulos e contorções de seus corpos, e a espuma sangrenta que se formava nos lábios. Teria fugido dali, aterrorizado, e deixado minha tarefa inacabada. Tudo já está terminado, porém! E as pobrezinhas — agora posso apiedar-me delas e chorar, quando me lembro de seu plácido sono, o sono da morte verdadeira, um curto instante antes de se desfazerem. Pois, amigo

John, mal minha faca decepara suas cabeças, todo o corpo começou a se desintegrar e se transformar no pó original, como se a própria morte, que deveria ter chegado séculos antes, por fim se tivesse feito valer e dito, em voz alta: "Aqui estou!"

Antes de sair do castelo, lacrei suas entradas, de modo que nunca mais o conde possa entrar ali como Não Morto.

Quando entrei no círculo onde madame Mina dormia, ela acordou, e, ao me ver, exclamou, sofrida, que eu suportara coisas demais.

— Venha! — disse. — Vamos embora deste lugar abominável! Vamos nos encontrar com meu marido, que agora sei estar vindo em nossa direção.

Sua aparência era de magreza e palidez, mas seus olhos estavam puros e brilhavam de fervor. Fiquei feliz em ver o quanto estava pálida e abatida, pois minha mente estava cheia das imagens das vampiras coradas em seu sono, que eu vira tão recentemente.

Assim, confiantes e esperançosos, embora com muito medo, seguimos para leste, a fim de encontrar nossos amigos — e a *ele*, que madame Mina diz *saber* estar vindo nos encontrar.

Diário de Mina Harker

6 de novembro — A tarde já ia avançada quando o professor e eu rumamos na direção leste, por onde eu sabia que Jonathan estava vindo. Não fomos num passo rápido, embora o caminho fosse uma descida íngreme, pois tivemos que levar conosco as mantas e os agasalhos pesados; não podíamos correr o risco de nos ver sem nada com que nos aquecer em meio ao frio e à neve. Tínhamos que levar algumas provisões também, pois aquele lugar era inteiramente deserto, e, até onde podíamos ver em meio à neve que caía, não havia qualquer sinal de moradias. Quando já tínhamos percorrido pouco mais de um quilômetro e meio, senti-me cansada com a árdua caminhada e me sentei para descansar. Olhamos para trás, então, e vimos o Castelo Drácula recortado nitidamente contra o céu; era tão íngreme a encosta do morro sobre o qual se erguia e que estávamos descendo, que daquele ângulo sequer era possível avistar os Cárpatos. Vimos o castelo em toda a sua grandiosidade, trezentos metros acima do topo de um precipício, e aparentemente com uma enorme garganta separando-o do sopé das montanhas vizinhas. Havia algo de selvagem e sobrenatural naquele lugar. Podíamos ouvir o uivo distante de lobos. Estavam longe dali, mas o som, mesmo que nos chegasse abafado pela neve, era cheio de terror. Pelo modo como dr. Van Helsing examinava os arredores, eu sabia que ele estava tentando encontrar algum local estratégico onde ficássemos menos expostos em caso de ataque. A estrada acidentada ainda descia; era possível divisá-la em meio à neve que se acumulava.

Um pouco depois, o professor me fez um sinal; levantei-me e fui até onde ele estava. Encontrara um lugar maravilhoso, uma espécie de vão natural numa rocha, com uma entrada igual a um pórtico entre duas pedras grandes. Ele me levou pela mão e fez com que eu entrasse:

— Veja! — disse ele. — Aqui a senhora estará protegida, e, se os lobos vierem, poderei recebê-los um a um.

Trouxe para dentro nossas peles, fazendo um confortável leito para mim; trouxe também um pouco das provisões e insistiu para que eu comesse. Não consegui, porém; mesmo a simples tentativa me causava repulsa, e, embora eu quisesse agradá-lo, não era capaz de comer nada. Ele pareceu muito triste, mas não me censurou. Tirando seus binóculos do estojo, pôs-se de pé no alto da rocha e começou a olhar na direção do horizonte.

— Olhe! Olhe, madame Mina! Olhe!

Pus-me de pé num salto e fiquei ao seu lado, na rocha; ele me passou os binóculos e apontou. A neve caía em maior quantidade e rodopiava ferozmente no ar, pois começava a ventar forte. Havia momentos, porém, em que se faziam pausas entre as lufadas de neve, e era possível enxergar bem longe. Da altura em que estávamos, a vista era boa; lá longe, para além do vasto deserto coberto de neve, eu podia ver o rio correndo como uma fita negra, em curvas e volteios. Diretamente à nossa frente, e não muito longe na verdade, tão perto que fiquei surpresa por não termos notado antes —, vinha um grupo de homens a cavalo, galopando velozmente. No meio deles havia uma carroça, um comprido *leiter-wagon* que balançava para um lado e para o outro, como a cauda de um cachorro, a cada irregularidade da estrada. Destacados sobre a neve como estavam, eu podia ver, pelas roupas dos homens, que eram algum tipo de camponeses ou ciganos.

Sobre a carroça havia um enorme baú quadrado. Meu coração deu um salto quando o vi, pois soube que o fim se aproximava. A noite caía, e eu sabia que depois do poente a Coisa, agora aprisionada ali dentro, ganharia nova liberdade e poderia despistar seus perseguidores assumindo uma de suas muitas formas. Voltei-me para o professor, assustada; contudo, para minha consternação, ele não estava ali. Um instante depois, vi-o lá embaixo. Em torno da pedra, desenhava um círculo, igual ao que nos abrigara na noite passada. Quando terminou, voltou para junto de mim e disse:

— Pelo menos *dele* a senhora estará a salvo, aqui! — Pegou os binóculos e, quando a nevasca voltou a nos oferecer uma brecha, correu os olhos em todo o espaço abaixo de nós. — Veja — disse ele —, estão vindo rápido. Estão açoitando os cavalos e galopando o mais velozmente possível.

Fez uma pausa antes de prosseguir, com a voz sem expressão:

— Estão correndo contra o tempo, mas o poente se aproxima. Talvez tenhamos chegado tarde demais. Que seja feita a vontade de Deus.

A neve caiu profusamente outra vez, transformando toda a paisagem num borrão. Logo amainou, porém, e, de novo, o professor fixou seus binóculos na planície. Então, um grito súbito:

— Olhe! Olhe! Olhe! Veja, dois cavaleiros seguem velozmente, vindos do sul. Devem ser Quincey e John. Pegue os binóculos. Olhe, antes que a neve borre tudo outra vez!

Obedeci. Os dois homens talvez fossem dr. Seward e Mr. Morris. Estava claro, de qualquer modo, que nenhum dos dois era Jonathan. Ao mesmo tempo, *sabia* que ele não estava longe dali; olhando ao redor, vi, a norte do grupo que se aproximava, dois outros homens galopando a toda velocidade. Um deles eu sabia ser Jonathan, e o outro presumi ser, é claro, lorde Godalming. Os dois também perseguiam o grupo com a carroça. Quando contei ao professor, ele gritou de alegria como um menino; após observar intensamente com os binóculos até a neve tornar a tarefa impossível, deixou seu rifle Winchester pronto para ser usado junto à pedra, na entrada de nosso abrigo.

— Estão se dirigindo ao mesmo ponto — disse. — Quando chegar a hora, teremos ciganos por todos os lados.

Peguei meu revólver, pois, enquanto falávamos, o uivo dos lobos se tornara mais alto e mais próximo. Quando a nevasca tornou a diminuir, olhamos outra vez. Era estranho ver a neve caindo perto de nós em flocos tão pesados e, na distância, o sol brilhando cada vez mais forte enquanto afundava por trás dos picos das montanhas. Correndo os olhos em torno de onde estávamos, pude ver aqui e ali pontos se movendo sozinhos e em grupos de dois ou três, ou em maior número — os lobos estavam se reunindo para a caçada.

Cada instante parecia uma eternidade enquanto esperávamos. O vento agora soprava em lufadas ferozes, e a neve arremetia contra nós em furiosos redemoinhos; às vezes não conseguíamos enxergar à distância de um braço diante de nós. Em outros momentos, porém, quando o vento passava por nós com um ruído surdo parecia limpar o espaço ao nosso redor, e assim podíamos enxergar longe. Ultimamente, havíamos nos acostumado tanto a ficar alertas à aurora e ao poente que sabíamos com bastante exatidão quando seriam; estava claro que logo o sol haveria de se pôr. Era difícil acreditar que, conforme o que podíamos observar, menos de uma hora se passou em nosso abrigo na rocha antes que chegassem até onde estávamos. O vento soprava com rajadas ainda mais furiosas e vinha mais regularmente do norte.

Parecia ter afastado as nuvens dali, pois agora a neve só caía ocasionalmente. Podíamos distinguir com nitidez os indivíduos de cada grupo, os perseguidos e os perseguidores. Muito estranho, porém, era o fato de que os perseguidos não pareciam se dar conta de sua situação, ou pelo menos importar-se com ela; no entanto, aparentemente avançavam com velocidade redobrada conforme o sol mergulhava cada vez mais entre os topos das montanhas.

Chegavam mais perto. O professor e eu nos agachamos atrás da rocha, com nossas armas prontas para disparar; eu podia ver que ele estava determinado a impedir sua passagem. Ignoravam completamente nossa presença.

Subitamente, duas vozes gritaram "Alto!". Uma delas era a de meu Jonathan, num tom alto e arrebatado; a outra era o timbre forte, decidido e imperativo de Mr. Morris. Os ciganos talvez não compreendessem o idioma, mas não havia como confundir aquele tom, independentemente da língua em que estivessem falando. Instintivamente, puxaram as rédeas de seus cavalos; no mesmo instante lorde Godalming e Jonathan surgiram como flechas de um lado, e dr. Seward e Mr. Morris do outro. O líder dos ciganos, um homem de aspecto magnífico, que se sentava em seu cavalo como um centauro, fez-lhes um gesto com a mão para que se afastassem; com uma voz furiosa, gritou para os companheiros a ordem de prosseguir. Chicotearam os cavalos, que se lançaram adiante, mas os quatro homens apontaram seus rifles Winchester, e, de modo inconfundível, ordenaram que parassem. No mesmo instante, o dr. Van Helsing e eu saímos de trás da pedra e apontamos nossas armas na mesma direção. Vendo que estavam cercados, os ciganos puxaram as rédeas e fizeram os animais parar. O líder virou-se para eles e disse algo que fez com que todos os homens do grupo sacassem suas armas, facas ou pistolas, preparando-se para atacar. A batalha começou no mesmo instante.

O líder, com um rápido movimento das rédeas, levou seu cavalo até a frente do grupo; apontando primeiro para o sol — agora bem próximo dos picos das montanhas — e depois para o castelo, disse algo que não compreendi. Em resposta, os quatro homens de nosso grupo desmontaram e dispararam como flechas em direção à carroça. Eu devia ter sentido um medo enorme ao ver Jonathan correndo tanto perigo, mas o ardor da batalha provavelmente me contagiara, assim como a eles; eu não tinha medo, mas somente um desejo louco e crescente de fazer alguma coisa.

Vendo o rápido movimento dos cavaleiros, o líder dos ciganos deu uma ordem; no mesmo instante, seus homens se agruparam em volta da carroça, numa espécie de esforço indisciplinado, acotovelando-se e se empurrando na ânsia de cumprir a ordem.

No meio de tudo isso, eu podia ver que Jonathan, diante do círculo de homens, e Quincey também, do outro lado, estavam forçando passagem para junto da carroça; era evidente que estavam dispostos a concluir sua tarefa antes que o sol se pusesse. Nada parecia capaz de detê-los ou mesmo de fazê-los recuar. Nem mesmo as armas que os ciganos apontavam, ou suas facas de lâminas faiscantes, diante deles, ou o uivo dos lobos, às suas costas, pareciam lhes chamar a atenção. A impetuosidade de Jonathan e a evidente determinação de levar a cabo seu propósito pareceram intimidar os homens diante dele; instintivamente, encolheram-se e o deixaram passar. Num instante ele pulara sobre a carroça e, com uma força que parecia incrível, ergueu a enorme caixa, lançando-a ao chão, por sobre a roda. Enquanto isso, Mr. Morris tivera de se valer de toda a sua força para passar pelos ciganos do seu lado do círculo. Durante todo o tempo em que estivera observando Jonathan, com o fôlego suspenso, vira, com o canto do olho, Mr. Morris abrindo caminho desesperadamente; as facas dos ciganos faiscaram enquanto ele forçava passagem, e o golpearam. Ele se defendera com sua faca, e a princípio achei que também chegara são e salvo à carroça; mas quando ele se reuniu a Jonathan, que saltara para o chão, pude ver que apertava o próprio corpo à altura das costelas e que o sangue brotava por entre seus dedos. Apesar disso, não parou; enquanto Jonathan, com uma força desesperada, investia contra uma das extremidades da caixa, tentando fazer uma alavanca com seu facão Kukri e abrir a tampa, Mr. Morris investiu furiosamente contra a outra extremidade. Sob os esforços dos dois homens, a tampa começou a ceder; os pregos saltaram com um ruído agudo, e a tampa da caixa foi arremessada para trás.

A essa altura, os ciganos, vendo-se sob a mira dos Winchesters de lorde Godalming e do dr. Seward, tinham se dado por vencidos e não resistiram mais. O sol já quase se escondera por trás das montanhas, e as sombras dos homens projetavam-se sobre a neve. O conde estava deitado dentro da caixa, sobre a terra — que, com a queda violenta da carroça, espalhara-se um pouco sobre ele. Estava mortalmente pálido, como uma figura de cera, e os olhos vermelhos brilhavam com o olhar vingativo que eu conhecia muito bem.

Enquanto eu observava, os olhos viram que o sol se punha, e o olhar de ódio que havia neles transformou-se numa expressão de triunfo.

Nesse instante, porém, vi o brilho e o movimento veloz do facão de Jonathan. Dei um grito agudo ao ver a lâmina cortar o pescoço do conde, ao mesmo tempo que a faca de Mr. Morris mergulhava em seu coração.

Foi quase como um milagre, mas, diante de nossos olhos, e em menos de um segundo, todo o corpo se desfez em pó e desapareceu de nossa vista.

Enquanto viver, guardarei a alegria de saber que mesmo no instante da dissolução final havia no rosto do conde uma expressão de paz tal como nunca imaginei possível a ele.

O Castelo Drácula projetava-se contra o céu rubro, e cada pedra da ameia danificada era divisível à luz do poente.

Os ciganos, achando que de algum modo éramos os responsáveis pelo extraordinário desaparecimento do morto, viraram-se, sem dizer uma palavra, e cavalgaram para longe dali como se suas vidas estivessem em jogo. Os que não estavam a cavalo pularam na carroça e gritaram para os cavaleiros, pedindo-lhes que não os abandonassem. Os lobos, que haviam recuado a uma distância segura, seguiram os ciganos, deixando-nos em paz. Mr. Morris, que caíra ao chão, apoiava-se no cotovelo, apertando o lado do corpo com a mão; o sangue ainda jorrava por entre seus dedos. Corri até ele, pois o círculo sagrado já não me detinha; os dois médicos fizeram o mesmo. Jonathan ajoelhou-se ao seu lado, e o ferido apoiou a cabeça em seu ombro. Com um suspiro, Mr. Morris estendeu-me a mão que não estava manchada de sangue, quase sem forças, e segurou nela a minha. Deve ter visto a angústia que eu sentia estampada em meu rosto, pois me sorriu e disse:

— Estou muito feliz por ter sido útil! Ah, meu Deus! — gritou, subitamente, tentando se sentar e apontando para mim. — Valeu a pena morrer por isso! Vejam! Vejam!

O sol acabava de descer por trás do pico da montanha, e os raios vermelhos caíam sobre meu rosto, banhando-o com uma luz rosada. Num único impulso, os homens caíram de joelhos.

— Amém! — disseram, com grande intensidade e seriedade, quando seus olhos seguiram o dedo que Mr. Morris apontava.

— Que Deus seja louvado por tudo isso não ter sido em vão — disse ele. — Vejam! A neve agora não é mais imaculada do que a fronte de Mrs. Harker. A maldição terminou!

E, para nosso profundo pesar, com um sorriso e em silêncio, morreu um nobre cavalheiro.

Os grandes, achando que de algum modo eram os responsáveis pelo [illegible], o desaparecimento do menino, viram-se [illegible] uma [illegible] e [illegible] para [illegible] com [illegible] sem [illegible] o [illegible]. O que não estavam [illegible] mesmo [illegible] para os [illegible] que [illegible]. Os lobos, que [illegible] uma distância segura, [illegible]. [illegible] em paz, Mr. Moto [illegible] com [illegible] o sangue [illegible] por [illegible] o [illegible] grande [illegible] dois [illegible] que [illegible] seu lado, e [illegible] com um suspiro. Mr. Moto [illegible] que [illegible] [illegible].

— [illegible] não [illegible] feliz [illegible] aqui! Ah [illegible] — [illegible] seus [illegible].

[illegible] acabava de [illegible] do peso da [illegible] e [illegible] com uma [illegible] os [illegible] de [illegible].

— [illegible] — disse [illegible] com [illegible] de [illegible] Mr. Moto [illegible].

— Que [illegible] — [illegible] que [illegible] Mr. [illegible].

E [illegible] com um [illegible] e [illegible].

Nota

Há sete anos todos nós atravessamos as chamas; acreditamos que a felicidade em que alguns de nós vivem desde então valeu a dor que tivemos de suportar. É uma alegria a mais para Mina e para mim que o aniversário de nosso filho seja no mesmo dia em que Quincey Morris morreu. Sei que sua mãe acredita, em segredo, que algo do espírito de nosso valente amigo vive nele. Seu nome completo une todo o nosso pequeno grupo de homens, mas o chamamos de Quincey.

Este ano, durante o verão, fizemos uma viagem para a Transilvânia e percorremos o mesmo solo que estava, e está, para nós, tão cheio de memórias vívidas e terríveis. Foi quase impossível acreditar que as coisas que tínhamos visto com nossos próprios olhos e escutado com nossos próprios ouvidos eram verdadeiras. Já não havia mais o menor traço delas. O castelo erguia-se como antes, alto, acima de uma terra árida e desolada.

Quando voltamos para casa, estávamos falando sobre os velhos tempos — para os quais podemos olhar sem nos desesperar, pois Godalming e Seward estão ambos casados e muito felizes. Peguei os papéis no cofre onde haviam ficado desde o nosso retorno, há tanto tempo. Surpreendeu-nos o fato de que, em meio a todo o material que compõe nosso registro, mal há um único documento autêntico; tudo não passa de um monte de folhas datilografadas, à exceção dos últimos cadernos de Mina, de Seward e o meu próprio, e do memorando de Van Helsing.

Não poderíamos pedir que alguém os aceitasse como prova de uma história tão fantástica — mesmo que quiséssemos fazê-lo, Van Helsing resumiu tudo quando disse, com nosso filho sentado sobre seus joelhos:

— Não queremos provas; não estamos pedindo a ninguém que acredite em nós! Algum dia, este menino saberá que mulher valente e notável é sua mãe. Já conhece o quanto ela é adorável e afetuosa; mais tarde compreenderá como certos homens a amaram tanto a ponto de se arriscar para a sua salvação.

JONATHAN HARKER

sobre o autor

Abraham "Bram" Stoker nasceu em 1847, na Irlanda. Era amigo de Henry Irving, com quem trabalhou na administração do Lyceum Theatre de Londres. Escreveu diversos livros além da obra-prima *Drácula* (1897) e se dedicou também a adaptações para o teatro. Bram Stoker faleceu em Londres, em 20 de abril de 1912.

EQUIPE EDITORIAL
Daniele Cajueiro
Ana Carla Sousa
Maria Cristina Antonio Jeronimo
Guilherme Bernardo
Adriana Torres
Mariana Elia
Mônica Surrage
Pedro Staite
Leandro Liporage
Maicon de Paula
Vinícius Louzada

REVISÃO
Isabel Newlands
Thiago Braz

PROJETO GRÁFICO E DIAGRAMAÇÃO
Filigrana

CAPA
Maquinaria Studio

Este livro foi impresso em 2016 para a Nova Fronteira.